张炜文存

插图珍藏版 7 中篇小说

秋天的愤怒

山东教育出版社
SHANDONG EDUCATION PRESS

前　言

　　从二十世纪七十年代尝试写作到今天，张炜创作发表了大约一千五百万字的作品，这还不包括他亲手毁掉的约四百万字的少作。就体量而言，现当代的严肃作家几乎无人可出其右者。这些文字至广大而尽精微，有宏阔的视野和抱负，也有对人性与存在最幽微处的洞察和发掘。张炜不但代表齐鲁文学的高度，也一直屹立在中国文学的高原。鉴于此，我们请张炜先生编选了这套颇能代表其个人创作实绩的文丛，也希望它能成为引领读者深入张炜丰茂的文学世界的一个精要读本。

　　阅读张炜，并不是一件轻松的事情。

　　四十余年来，张炜切实参与了新时期文学的进程，且在每个时段均留下具有范本意义的作品，如《古船》《九月寓言》《你在高原》《融入野地》等代表作无一不被允为中国当代文学的经典。有意味的是，除了在二十世纪九十年代前期以忧愤的态度参与过人文主义精神的讨论，在更多的时间里，他与所谓的文学热点和流行话题自觉保持着距离，他的创作也很难被妥帖地归类到某一文学思潮和概念之下。比如，在一些文学史中，《古船》是反思文学的集大成之作，在另一些文学史中，它是改革文学的扛鼎之作，还有一些文学史则将其放入寻根文学的专章中讨论。事实上，张炜对庞大之物近乎偏执的关怀，他那些让人战栗的道德诘问，他交织着时代的迫力、灵魂创伤与人类苦难的文字所彰显出来的写作的德性和思想性都决定了他不会是一个文坛的"弄潮儿"，恰恰相反，他常常是潮流化写作的反动者。可是，当我们以文学史的眼光回头打量他所置身的文学时代，又会讶异地发现，原来有那么多重要的文学话题，张炜在它们成为热点之前便已做出实践或洞见。比如，批评界一度称许新历史主义写作，尤其推重以个人史、家族史取代阶级史和革命史的写作范式，在批评家们罗列出一通九十年代的重要文本之后，蓦地发现发表于一九八六年的《古船》已经几乎包孕了这个写作范式所有可能的向度，并且以家族史和阶级史并举的方式避免了新历史主义容易滋生的意义偏失。又如，近年来批评界强调发掘中国本土的叙事资源，激活汉语传统美学的意义，而多年来张炜持续与古老而灵性不散的齐文化和更古老的神话传统对话，他在演讲中说过："怪力乱神基本上是文学的巨资。"他在《〈楚辞〉笔记》《也说李白与杜甫》等诠解古代经典的散文中所表现出与前贤思接千载的会心以及借此获得的启悟，在《外省书》中对史传记人方式的创造性化用，也显见他对本土文学传统的倚重。再如，新世纪的底层文学蔚为壮观，欲迷人眼，当批评界顺着"底层"的概念前溯时，即会注意到张炜很早之前即有这样的提醒："一个作家心灵的指针要永远指向生活在最底层的人们。"甚至有时，张炜会因创作上的前瞻意识让他的作品陈义过高而逾越出时代的理解和逻辑框架，导致外界严重的错位式的误读，如对其"道德理想主义"的标签化概括，以及连带的反现代性的保守立场的质疑等，在我看来，即属此例。

关注张炜的人都知道，《九月寓言》发表后，他一直承受着来自标榜启蒙现代性立场人士的非议，认为他的作品存在着一个善恶、正邪、大地伦理与现代文明的二元结构，并以对后者的弃绝将自己变成一个与潮流逆势的具有强烈乌托邦气质的不合时宜者。张炜对此决不妥协，他把道德力量视作一个写作者才华和人格构建的关键部分，依旧以近于独战的姿态横对失范的科技理性和物质欲望。阅读张炜的这些文字，常常让人想到二十世纪思想史和文学史上被划归到文化保守主义阵营的那些名字，学衡派、新儒家、杜亚泉、梁漱溟、梁实秋……他们在历史潮汐的进退中也一度被时人视为逆流而生的卫道士，是螳臂当车的文化反动势力，但当后来的人们跳出时代的烟云却发现，他们的探求和思索与西方近现代以来尤其是启蒙迷思被世界大战轰毁之后兴起的新人文主义思潮遥相呼应，他们代表的是对人类中心主义和工具理性万能论进行自我反省与批判的另一现代性路径，是参与现代性对话的建设性思维，也是与主导性的历史行为和历史观念相对峙的必不可少的制衡力量。当代西方最重要的伦理学家麦金太尔在他的《德性之后》中曾提出一个重要的问题：谁来为失去形而上学品质的现代人的精神立法，或者说，在德性被放逐的时代还有没有对个人而言的至善的目标？他如此质问道："道德行为者从传统道德的外在权威中解放出来的代价是，新的自律行为者可以不受外在神的律法、自然目的论或等级制度的权威的约束来表达自己的主张，但问题在于，其他人为什么应该听从他的意见呢？"他认为当代人深陷一种"情感主义"的道德迷思中，走出这种迷思的根本在于为当代人重建德性，而"德性必定被理解为这样的品质：将不仅维持使我们获得实践的内在利益，而且也将使我们能够克服我们所遭遇的伤害、危险、诱惑和涣散，从而在对相关类型的善的追求上支撑我们，并且还将把不断增长的自我认识和对善的认识充实我们。"我们以为，张炜的"道德理想主义"也应在此意义上理解。他捍卫君子固穷的价值观、严守义利有别的守成文化立场其实是对上述现代人文主义思路的自觉传承，其间固然有接续"斯文"、承袭道统的传统天命意识，亦有在终极关怀的层面重建现代人的意义世界的激进实践意图。他坚守民间的姿态也绝非像某些批判者说的那样是蹈入了老旧道德的泥淖，这些批判者被时代困陷的局限让他们忽略或者说失察了张炜站在全人类立场的超越意识和存在意识。而且，张炜这一信念几乎在他写作之初就建立起来，它当然经过一个不断磨砺和成熟的过程，但并不像一些批评者描述的那样存在着一个从八十年代张炜到九十年代张炜的急遽转型。我们分明可以在老得、隋抱朴和宁伽之间看到一条贯通的精神的丝缕。我们也不应忘记，《你在高原》的写作所经历了漫长的二十二年，没有持之以恒的心力和不为世移的信念，这样一部描写五十年代生人意志、情感和命运的百科全书式的大书不会完成。

明乎此，我们也就不难理解为什么张炜的写作不能被简约地归类了，他的写作对应的并非时代，而是时间。他不存在趋时的问题，自然也就无法被时代利诱或者绑架；他能预知文学的热点，只是因为他内心有对文学恒常价值笃定的判断。也因此，我们以为，出于表达的权宜，人们可以用一些约定俗成的语汇来评价张炜其人其文，但必须警惕这些语汇对其文学世界丰富性的缩减。比如我们一再提到的"民间"。因为参照物的不同，"民间"至少有两重意涵，它既可以指与庙堂相对的知识分子的价值寄居地，亦可指与精英文化相对的大众化的文化生成空间。张炜的民间立场中和了这两种意义的理解，同时又对二者抱有清醒的审视。四十余年中，他像一个真正的地质工作者一样不断漫游在以其故地为中心辐射开的莽野林间，并反复倾诉这种"在民间"的行旅之于写作的滋养，因为这种跋涉不但是对民间的亲历和发掘，还构成与庙堂那种案牍之劳的有效区隔，是逃逸体制化和职业化写作伤害的最有效的方式，漫游让他的写作与那些想象民间的写作之间划开了一道鸿沟。与此同时，他赞美民间的苍茫与混沌，颂扬民间热辣活泼的不驯顺的生命热力，但并不以为这是可以豁免民间藏污纳垢的理由，事实上他也从未搁置对民间之恶的揭示和批判——把张炜的民间简略成浪漫的乡愁或野地的生趣显然是失当的。

同样，我们也应当小心在时下生态写作的浪潮里，对张炜写作呈现出的生态伦理观念的简单追认。的确，他二十年前在《寻找野地》等作品中对大地之灵踪的追觅放之今日依旧是不可掩其光彩的，而他笔下还有那么多多姿多彩、栩栩如生的动物形象，有那么多对自然魅性的倾心书写，但仅以生态立场来解读他的这些作品是远远不够的。他写有情的生灵万物，写悲悯的山河大地，会让人想起《猎人笔记》《鱼王》《白鲸》《草原》《白轮船》，也会让人想起楚辞和诗经里那些精魂不散的草木花树，他以对自然的敬畏尝试建立连接"宇宙的神性"的可能。而且他并没有像很多生态写作者习惯的那样，因为要质疑人类中心主义的僭妄，便把人排除在自然万有之外，在他笔下，我们总能找到一个辽远的人，一个因为自然而获得性灵延展的人，用里尔克的话说，这是一个"沉潜在万物的伟大的静息中"的人，他"不再是在他的同类中保持平衡的伙伴，也不再是那样的人，为了他而有晨昏和远近。他有如一个物置身于万物之中，无限地单独，一切物与人的结合都退至共同的深处，那里浸润着一切生长者的根"。某种意义上说，张炜文学世界的开阔和深邃来源于他对自然理解的开阔和深邃，来自于他作为野地之子深扎在大地中的根须。

阅读张炜的难度即在于习惯妥协和随顺的我们与一颗灼热的、忧虑的、高远的心灵对话的难度。"伟大的心魂有如崇山峻岭，风雨吹荡它，云翳包围它，但人们在那里呼吸时，比别处更自由更有力。……我不说普通的人类都能在高峰上生存。但一年一度他们应上去顶礼。在那里，他们可以变换一下肺中的呼吸，与脉管中的血流。在那里，他们将感到更迫近永恒。以后，他们再回到人生的广原，心中充满了日常战斗的勇气。"这是罗曼·罗兰在《米开朗琪罗传》的结尾部分谈到的，阅读张炜，我们会有庶几近似的感受。

本卷导读

这部小说集收录了张炜的七个中篇小说，包括他的成名作《护秋之夜》《秋天的愤怒》《秋天的思索》和《蘑菇七种》等。它们既是作家日后一系列饱满创作的文学准备，同时也具有很强的时代感、美感和可读性，尤其是蕴含着作家青春写作的迷人气质。

《护秋之夜》用牧歌式的笔触描写芦青河畔发生的田间纠葛。村里最大的农户曲有振不分昼夜耕耘守护一方菜田却招致"老混混"的觊觎。热情泼辣的大贞子带着初生牛犊不怕虎的锐气智斗恶霸，却常遭到"老混混"一帮势力的报复。三来终于鼓起勇气检举"老混混"，也救赎了自己多年以来良心上遭受的谴责。在张炜笔下，田间氤氲的水汽、晚露、朝霞弥漫过书页的边边角角，乡野的景色透着欢愉的气息和蓬勃的生命力。

《秋天的愤怒》和《秋天的思索》皆从横断面切入农村改革，用形形色色的人物活动展现改革洪流中的明矾和暗礁。前者以李芒和小织纯美的爱情为隐线，讲述了正直高尚的李芒为抵抗以小织父亲为代表的一股上层村组织里的邪恶势力所做的艰辛努力。而后者则写"葡萄园里的哈姆雷特"老得与侵占农户利益的承包人王三江的斗争。这两部小说对变革中的农村社会诸多乱象表现出超前的敏锐的问题意识，并且以向人内心世界的深度探寻而与一般表达改革所带来的外在冲突类的小说区隔开来，老得和李芒身上浓郁的思辨气质和强大的人格力量，也让他们与后来《古船》中的抱朴等一起成为新时期文学人物长廊中重要的"思索者"形象。

《蘑菇七种》在张炜的创作中有承上启下的意义，本身也具备解读的多义性。小说以对林场场长权力的争逐为线，写了林场中几个人的爱恨纠缠，其中自封场长的老丁是作者着力塑造的人物，和他的爱犬"宝物"一样，他"有爱力"又"让人憎恶"。蘑菇有七种，人有七情，七种蘑菇而可"蓝绿黄红，医毒食敷，各有不同的属性"，人性的复杂就更无法用善恶二元做简单的判分。这个小说"所表现的激情，思维的自由，想象的能力，以及它的有趣"都让它卓尔不群。

目 录

护秋之夜

一九八三年写作中

一

　　晚霞落进河道里，河水变红了。秋水很盛，涨满起来，反而在缓缓地流着。靠近堤岸的浅滩上，蒲苇和荻草在轻轻摆着。它们密得望不透，随着河道延伸开去，浓绿深远，似河水一般浩浩荡荡。幕雾升起来了，它先是薄薄地挂在苇叶儿上，接着就凝聚起来，成丝成缕地缠绕在树梢上、悬起在河道上，变得厚重了，也变得美丽了。小鸟儿在商量着归巢，喊喊喳喳地叫着。乌鸦每到暮色降临时就感到不安，它们聚在一起，从这棵柳树飞到那棵柳树，在荻草上空一掠而过，像一片黑色的云烟。远处，密密的草丛里传来一声连一声嘶哑的啼叫，那是老野鸡在召唤迟归的儿女。风明显地变得凉爽了，也来得平和了，湿气掺和在风中，从河道的一边吹过来，徐徐飘过彼岸，去滋润堤外那一片茂盛的秋田了。

　　河边村子里，炊烟升起来，又慢慢融化到上空的雾气中，狗在树边懒散地走着，偶尔吠一声，鸡鹅在鼓噪。米饭的香味很浓。这是一种柔和、悠远的气味，不腻不烈，透着农家的恬然和淳朴，别有一种诱惑力。田里做活的老人、年轻人，甚至跑向村外的鸡鸭鹅狗，都会迎着这种气味走回来。晚餐，一家人坐在一起，每人取一碗饭吃起来，有时从饭桌上取点零食抛到身后 —— 鸡狗们早在那儿期待着呢……的确有迟迟不归的男人和女人。他们恋着自己的土地，蹲到烟棵下、高粱丛里，不停地劳作，让汗水湿掉最后一片衣角。他们听得见庄稼拔节的声音，可是就常常听不见家里人催他们收工的呼唤。

　　年轻人不愿围在桌上吃饭，这一直是老年人感到苦恼的事情。从长远计，每一顿晚饭都是重要的，它关系到庄稼人的体魄、做活的耐力。一夜的消化充实，第二天的田里功夫就会做出个样子来。可是他们倚仗着年轻、倚仗着人生路途上这段骄傲的时光，全不把老年人的话放在心上。他们往往是随便从饭桌上取块干粮，一边吃就一边走出门去。肩膀上搭着衣服，嘴巴里哼着小调，这是吃饭的样子吗？东一家西一家地串着，每家里都有一两个年轻人在呼应。他们每到这傍晚时分就兴奋起来，不能安安稳稳地坐下来了。他们在商量着、集合着，到河边上去看护自己的秋田。他们出门去的时候常常带着猎枪、棍棒，甚至还牵着狗——护秋自然需要这些东西，可是老年人望着这群走进田野的背影，总是暗暗担心，怕演化出一些什么事情来……

二

种菜园似乎比种庄稼好。

曲有振在河边上经营起一片大菜园，是惹人流过一阵口水的。多好的一片园子啊，说是菜园，其实里边除了黄瓜韭菜等各种蔬菜，还有葡萄、无花果等。好像好吃的东西他都感兴趣，遇到什么栽种什么，栽种什么就丰收什么。到了秋天，黄瓜还是嫩生生地挂在架子上，黄花儿，白刺儿，像一只只大海参。葡萄紫乌乌的，串穗儿真大，带着天生的一层白粉，在绿叶儿下闪闪露露的，有几分害羞的意味。……各种蔬菜瓜果都长那么好，多少算一桩奇迹。这儿靠近芦青河，浇水方便，于是什么都长得水灵灵的。他和女儿大贞子整天在园里忙碌，很少有歇息的时候。

大贞子累了的时候就唱歌，唱她近来学会的唯一的一首歌：《年轻的朋友来相会》。

曲有振不喜欢任何年轻人到菜园里来。他们进了园子，吃了黄瓜还要吃葡萄，无花果的蕊儿没有红就被扯下来。大贞子只是唱歌："年轻的朋友们，今天来相会……啊，亲爱的朋友们，美好的春光属于谁？"年轻人吃着黄瓜笑，吐着葡萄皮儿笑，这个接唱道："属于我——"那个接唱道："属于你——"曲有振大声喊着："大贞子！这个菜园属于我的，你给我滚！"大贞子嚷着："地上不干净，滚脏了衣服……"

菜园当中搭起了一个草铺，晚上看园子用。每个夜晚，曲有振都在铺柱上点起一根艾草火绳，仰面躺在铺子上。他闻着艾草的香气，心里舒坦极了。狗拴在柱子上，只要园子里有一点动静，它就"汪汪"地叫起来。这条狗已经跟了曲有振好多年了，它有一个奇怪的名字，只一个字，叫"哈"！曲有振常常一动不动地躺着，跟黑影里的狗说上一阵话："哈！你说，你今夜肚子疼吗？老是吵闹！""哈！你饿吗？你不会饿，你白天吃了半个饼子……""哈！没事就不用吵，躺下睡吧！"……

哈很少睡觉，曲有振也很少睡觉。秋夜是不安静的，高粱地边，黄烟垄里，都有人转悠。他们在看护自己的责任田。有的年轻人在午夜里向着草铺子唱歌，那分明是在打菜园的主意。曲有振心里说："哼哼，口渴吗？芦青河里有的是水！就像馋猫盯着一块咸肉一样，从四下里爬过来……没有办法的。只要有我，有哈，你们就偷不走！"艾草火绳燃完了一根，他又换上一根新的。

有时候，远处燃起一团红红的火焰，那是几个年轻人在煮东西吃。嘴馋的东西！在田间转了大半夜，开始围在一起烧一顿夜餐了。有的从自己的地里掰来几穗玉米；有的挖来几把花生；有的添上几块地瓜……几样东西煮到一起，有一股特别的香味。这种香味被一阵风吹过来，倒也怪好闻的，曲有振总在这时候翻一翻身子，嘴里"哼呀"一阵子。他最近老觉得腿疼，有时睡一夜，早晨两腿反而沉沉的抬不动了。他知道河边水气重，一夜一夜又得不到很好的休息，这腿怕是生出毛病来了。他很想吃一点热东西，可是他没有架小铁锅。

大贞子常常要求来园里守夜，都被曲有振拒绝了。可是她削了一根五尺来长的大木棍，对父亲说："我来看园子时，就扛上它。我领着哈，不停地沿着园子四边儿巡逻。我才不像你，只躺在铺子里……"

曲有振看到这根木棍就皱眉头。

他还记得一年前的事情。那时候她主动揽下到海滩看野枣的活计，就是拿了这么一根大木棍的。她用它在海滩上扳着荆棵走路，外加防身。有人亲眼见她肩扛木棍，在大海滩上高视阔步，唱着《年轻的朋友来相会》，满海滩问着"美好的春光属于谁？"那真是丢人的日子！游手好闲的队长三来每隔两天就要去检查一次，在树丛里跟着大贞子一颠一颠地走着，一边从地上拣着带虫眼的野枣吃。多少人说她的闲话，她就像没有听见。后来三来被选下来了，做不成队长了，他去海滩上拔猪草，她还帮他捆草捆儿呢！曲有振当时恨不能夺下木棍揍她一顿……

大贞子算是有看护东西的老经验了。她的木棍削得很光滑。

曲有振看着她的木棍喝道："你又扛起木棍！姑娘家能扛这东西吗？"

大贞子说："怎么就不能？去年我扛着它看野枣，一天挣一天半的工分呢！怎么就不能！……"

曲有振气得再不说话，叼着烟袋倚在铺柱上。他把那两条腿活动着，又用拳头捣了两下。这两条讨厌的腿。

哈围着大贞子愉快地蹦跳着，它伸出粉红色的舌头舔着大贞子的手，鼻子里发出"呼呼"的声音。

曲有振吸了一会儿烟，嗓音低低地说："你用心在园里做活吧，看园子不是你做的营生——听见了吗？"

大贞子用木棍狠狠地敲了一下铺柱。她的过于肥胖的圆脸涨得通红，一双眼睛放着恼恨的光，嘴巴噘起，咕哝道："让园子里的东西都丢光才好！……"

"丢不光的。"

"等着瞧吧！"

"丢不光的。"

曲有振重新装起一锅烟末，大口地吸了起来。他的目光落在四周那一片片的高粱田、地瓜田上。每天夜里，就是在那儿有人游荡，喊喊喳喳说话儿。他们都是年轻的小伙子们，有得是胆气，不一定什么时候就会做出一点事情，曲有振提防的就是他们！他们一群一群在河边上溜达，每人披个蓑衣，困了就地躺下，随便什么时候就回家去的。曲有振甚至怀疑这些精力过剩的家伙是成心要捉弄他的，也许并非真要护秋。

在他这样想着的时候，大贞子扛着木棍走开了。

曲有振看着这片田野，突然发现不远处的一块地瓜田里，有人不知什么时候搭好了一个矮矮的草铺……他心里暗暗吃了一惊：他们要在这河边上度过一个又一个夜晚了，他们成心要让我一夜一夜大睁着眼睛。他们年轻，他们的血液就像芦青河的流水一样，又急又涌。他们不知道疲倦是什么东西！……这个小草铺引得曲有振一次又一次伸长了脖子，仔细地端详着，他发现那铺柱儿虽然不粗，却是直挺挺地竖起，有力地托着一个麦草做的铺顶，就像故意跟他的大草铺子过不去似的……

白天做活的时候，他也常抬头望一眼对面那个新搭的草铺子。

铺子里面似乎总是空的，什么人也没有。这使曲有振觉得有些新奇。他想：草铺子又不是稻草人儿，还用得着扎好了，空空地放在那儿唬人吗？他想搭草铺子的人，或许是脑子有点毛病。

有一天，曲有振和大贞子正在园里做活，一个人无声无息地进了园子。曲有振抬头一看，不禁吃了一惊：村里有名的"老混混"来了！

老混混有四十来岁，穿了一件泛白的旧蓝布衣服，没系扣子，只是用一根草绳儿拦腰一捆，草绳上，插了把铁锈斑斑的韭菜刀子。他背着手走过来，腰微微弯下，闭起一只眼睛，用另一只眼睛用力地瞅着四周的黄瓜和西红柿。"哼、哼"——他嘴里老发出这样的声音。有时他走着走着就站下来，歪着脖子望一望空中，闭一闭眼睛，再往前走几步，一副莫名其妙的样子。他走到近前来，站定了端量着曲有振，大声说一句："好！"

"嘿嘿……"曲有振笑着，伸手去口袋里掏出烟锅，递过去。

老混混就像没有看见，只把手伸进衣怀的里层，掏出了一盒香烟。他吸着烟，眯着一只眼睛，又大声说一句："好！"

曲有振把烟杆儿咬进自己嘴里吸着。从老混混掏烟的样子可以看出，他贴近胸口那儿有一个口袋。"奇怪的东西！能在那儿反着缝个口袋！"他心里说道。这会儿他在猜测老混混的来意。

老混混吸着烟，转过头问："哈呢？"

曲有振用手指一指前面的草铺说："睡着呢，它看了一夜园子。"

"嗯"，老混混无声地笑了，"你行啊，整这么一片大菜园，养了一条卷毛大猎狗看家，一眨眼成了河边上的首户了！好！"

哈是一条普通的黄狗，哪里是什么"卷毛大猎狗"！曲有振从中听出了讽刺的意味，摇摇头："用汗珠子换点钱，发不了财的……"

老混混把烟蒂吐到地上说："你的汗珠子值钱，我的就不值钱。我种那一片地瓜，下力气小吗？我的汗珠子就不值钱。"

曲有振没有吱声。老混混腰里插一把铁锈斑斑的韭菜刀子，虽然不一定能伤人，但也没谁敢招惹他。他拿队里的东西就跟拿自己的差不多，他哪里流过什么汗珠子！包产了，他图省心，种上一片地瓜，从来不耘不锄，如今茅草也有半尺高了。可是他没处拿东西了，虽然腰上还有那把韭菜刀子。……曲有振搔搔头皮，说："你……地瓜长得……还不错……"

老混混笑了："哼哼……我要改路子，跟你学种菜园了。那里——"他说着用手一指不远处那个草铺："那就是我搭的，我要跟你学种菜园了……"

曲有振吃了一惊。他这才明白过来：草铺搭在茅草丛生的地瓜田上呀！他连连摇手："不敢不敢，你的功夫深哩，你自己去做吧，你一准发财哩……"

老混混递过去一根香烟："怕个什么？我又不会进园子抢你！我在那边，你在这边，人多势大；夜间也有个帮手。你这园子好东西多，馋死了不偿命 —— 你只知道护秋的人厉害，还不知道河对岸哩。我有个朋友叫三老黑，他说河那岸有群小伙子，几次想过来捣鼓东西哩……"

"喱……"曲有振吸了一口冷气。他问："怎么……没见来呢？"

"亏了三老黑哩！"老混混竖起一根手指，"我告诉三老黑了，对岸过来一个贼，我就找你三老黑算账！再说 —— "老混混说着抽出腰里的韭菜刀子掂量着："他们也怕这东西呀。"

曲有振的眼睛一直瞪得老大，这时懊丧地低下了头。

大贞子正在园子另一边绑葡萄藤蔓，这时转过来，看到了老混混，就大声叫着："老混混呀！你什么时候过来的？"

老混混点点头："刚来！刚来！……"

儿女敢于直呼老混混的外号，曲有振多少有点安慰。他嗫嚅着："你该叫 —— 叔……"

大贞子就像没有听到，只是说道："这个老混混游手好闲，地瓜田的茅草半尺高了……"

老混混的脸色难看起来，把韭菜刀子"哧"一下插到腰上。

曲有振低头吸着烟，像在沉思着什么，这时突然严厉地板起面孔，指指草铺对大贞子说：

"别在这儿乱打岔子，喂喂哈去！"

三

芦青河的流水声在夜晚显得很响，"呜噜噜，呜噜噜……"像一首低沉的歌。无数片庄稼叶子在秋风里"唰唰"抖着，却怎么也掩不住河水的声音。偶尔有鸟雀在空中尖着嗓子鸣叫，给河边的夜添上一种神秘的色彩。夜露总是很重，它润湿了庄稼叶子，又从叶尖滴落下来，发出一阵细微的、似有似无的淅沥声。

曲有振睡不着，耳边老是鸣响着各种声音。哈在铺柱下躺着，把长长的下巴贴放在两只爪子上，不一会儿就发出"呜呜"的声音。那是一种威胁的声音。曲有振每听到这种声音，就要坐起来，警觉地四下里望一望。园子里很静，似乎并没有什么。四周的旷野里，有人说笑着，走动着。也许哈就是在警告他们吧？

对面的夜色里透出一个红点儿，曲有振知道那是老混混在铺柱上挂起的一根艾草火绳。那个人要正式地在田野里过夜了……这是曲有振特别不高兴的。他觉得对面那个红点儿刺眼极了，每看一眼，就好长时间不舒服。

"啊——啦呀啦——"

有个小伙子在远处唱着。还有什么呼叫的声音听不清，朦朦胧胧的，淡远下去。一切都在告诉这里守夜的人很多。他们同时又可以做贼，这是曲有振再清楚不过的。他就记得自己年轻时候看青，怎样和一群人去偷瓜的。那些不眠的夜晚，他们一伙儿年轻人做下了怎样荒唐的、有趣的事啊，至今想起来都有些脸热，兴奋就像一股热流一样在脉管里涌动着。他熟悉野地里那些声音，他于是就加倍地变得警醒、勤苦，永远睁大那双眼睛。他甚至不相信机敏的哈，在它沉默的时候也坐起来倾听。

对面的草铺里，老混混一边咳嗽一边动手燃起一堆火，在上面烤一个绿色的烟叶。烟叶烤好之后，他又端上了一个小小的铁锅……一会儿铁锅就冒气了，他咳嗽着，嘴里喊："老有振！老有振！"

曲有振一声不吭，把脸贴在铺席上。

老混混骂了一句什么，走了过来。

曲有振有力地打着鼾。老混混用手指捅捅他说："装什么样子？走吧，吃煮地瓜去。"曲有振摇摇头："不了，不了，我……看园子呀！"

老混混把眉头竖起来说："怎么，瞧不起我怎的？"

曲有振两腿搭到铺沿下，用脚在地上寻着鞋子，样子十分丧气。他站起来，走到铺柱那儿，说一句："哈，好好看园子，我去去就来……"

他们围在小铁锅跟前坐了。老混混首先让他抽一口刚烤好的烟叶，然后又从锅里捞出一块小瓜纽儿让他吃。锅里撒过了盐，瓜纽儿有些咸。老混混吸着烟卷，看着曲有振笑了。他说："怎么样老有振，我老混混和你做了邻居不孬吧？半夜里也能吃上东西。你看这里……"老混混伸手朝外面一扬说："这半边儿地瓜我先掘了 —— 管他娘的熟不熟呢，空出地来种上秋黄瓜、秋芸豆！你老有振就是师傅！我为什么搬来草铺哩？俗话说：'要想学得会，跟上师傅睡！'我跟你一样睡草铺子。你可得有心有意地带上我这个徒弟……"

曲有振一颗心呼呼地跳着。他胡乱地把瓜纽儿吞到肚里，呆呆地听着。他不明白老混混是什么意思。他只知道老混混像烧红的铁块，谁沾上就要掉层皮。

老混混接连吃了几个瓜纽儿，抹抹嘴巴说："渴得慌，摘串葡萄吃去。"说着抬腿向着菜园走去。

哈在狂怒地吠着。曲有振知道老混混开始摘葡萄了。他的一颗心在疼。

一会儿老混混就回来了，他手里提着几串葡萄，一边用嘴巴去咬，一边说："老有振真养了条好狗，不愧是卷毛儿大猎狗，直到真扑过来！我说，你别咬了，是你家主人派我来的——它还不信……"

曲有振在心里骂着："馋东西，哪个才派你去哩！"……

这个夜晚，曲有振觉得晦气极了。他回到草铺时天已经快要亮了，两腿疼得忍不住。眼睛又涩又胀，可是他不敢睡觉。他老想那几串葡萄。

天亮后大贞子来了。他问起老混混的事，曲有振不愿告诉，就说："他睡他的，我睡我的，管他呢！"

大贞子说："你睡，你睡得了吗？你一夜也没睡，你的眼睛通红，你说话嗓子也哑了。"

曲有振不说话了。

"还是我来看园子吧，领上邻居的小霜做伴儿……"

曲有振用手捶打着腿，气哼哼地说："我就躺在这铺子里，气死那些打鬼主意的东西。我偏不离窝儿，他们就休想下得手 —— 唉唉，庄稼人得点好处，四下里的手就要伸过来了……"

"你如果有个木棍，"大贞子打断了父亲的话，"你就用木棍敲他们的手！手伸到葡萄藤蔓里，一棍！手伸到西红柿架子上，一棍！哈哈哈哈……"她说着说着高兴得大笑起来。

"唉，野性啊，野性！"曲有振在心里叫着。他看着女儿那张胖得圆起来的大脸盘子，摇了摇头。他心里想：你能哩！你的大木棍子连老混混也敲得吗？

两个年轻人从不远处的小路上走过，大贞子看见了，大声喊着："哎，进来玩啊！三喜！三来！……"

年轻人听见喊声就走了过来。他们进了园子，高兴得什么似的，一迭声地叫着大贞子，仿佛没有看见曲有振一样。

曲有振厌恶这些年轻人，就像厌恶老混混一样。他对其中一个留着分头的小伙子说："三来，你以后少进这园子吧，我不欢迎 —— 特别是你这个人！"

三来两手抄在衣兜里，左脚有节奏地拍打着地面，说："我又不摘东西！再说，大贞子叫我呀……"

大贞子应声说："是我叫的。"

"我高兴了连你也赶出去。"曲有振冲着女儿咕哝道。

三喜站在一边笑着说："大伯千万别高兴啊。"

年轻人说说笑笑，逗着哈玩。三来将大贞子叫到一边说："你来看园子多好？你爸也老了。人老了就熬不得夜，说出事就出事的 —— 你愿信不信！"大贞子说："他不同意的。我才爱看园子哩！我就愿在外边过夜，月亮底下多有意思！啧啧，他不同意……"

三来走到曲有振身边说："大伯，你就不用来看园子了！"

"让你们把东西都偷光吗？"曲有振惊讶地说。

三来用手将分头抚弄一下，说："我是讲，你把这个任务交给'新的一代'吧！"

　　"你他妈的真打了个好主意！"曲有振弯腰绑着西红柿架子，眼睛使劲地斜着三来："你算个什么东西，还'新的一代'哩！你那会儿让大贞子去海滩看野枣，也是'新的一代'吗？……"

　　三来的脸立刻红了起来。那时候他当队长，大贞子一个人到大海滩上看野枣，他每隔两天就要去"检查"一次工作。有一次他蹲在大贞子身边说话，有一句"下了正道儿"，被她一棍砸在了左拐肘上，至今似乎还在隐隐作痛呢！三来最怕有人提起这段事儿，这会儿就恨恨地说了一句："那会儿我是队长，你还笑眯眯地递给我'大前门'呢！"

　　曲有振脖子上的青筋暴了起来，大声地骂起了大贞子……

　　年轻人互相挤着眼睛，走出了园子。大贞子迎着他们的背影唱道："年轻的朋友们，今天来相会！"……

　　整个一天，曲有振都是闷闷不乐的。他心中焦虑的是对面那个小草铺子——里面的主人又不见了。他想这个老混混一准是白天出动胡溜达（听说他正和河西岸的几个朋友做一笔生意呢），晚上找他缠磨的。他也真想离开这个草铺子。可他又不放心。他担心那时候年轻人会一齐涌进园子里把东西吃光。他还担心其他的事情。

　　这个夜晚，老混混又躺在他的草铺里了。

　　曲有振一看到夜色里那个红点子，心里就哆嗦了一下。他害怕小草铺的主人再次邀请去吃煮地瓜——那样又要搭上好几串葡萄的。"这个好吃懒做的东西！这个霸道的东西！这个嘴馋的东西……"曲有振一个劲地在心里骂着。他想事情也真是怪呀，就这么巧，偏偏让两块责任田离这么近！

老混混在他的小草铺里翻了个身，嘴里"哼哼呀呀"地叫着，好像十分舒坦。

哈吠了一声，曲有振伸手拍了一下它的头。他不想让它吵醒小草铺里的人，不想让那个人听到它的声音。

大约是半夜时分，小草铺里的人在嘶哑地喊叫了："老有振——！你睡了吗？"

他当然不敢睡去的。不过他没有作声。

"你他妈的净装睡——我去捅起你来……"

曲有振一声不吭地等着他走过来。可半天了，还不见有人进园子。

住了一会儿，对面的小草铺子突然热闹起来，好像有三五个人围在那儿。小铁锅也架起来了，一会儿就冒出了白气。老混混向这边嚷着："老有振，我们煮鳖吃了——我河西岸的朋友带着鳖来了，还有一瓶大曲酒。你死睡吧，你就没有这份口福！"

曲有振就像没有听见一样。

小草铺跟前，几个人忙忙碌碌地走动着，像在收集柴草。过了一会儿，他们真的喝起了酒，几个人在火光下轮换着将酒瓶对在嘴上。老混混不断嚷着："好酒啊！好酒！……"

直闹腾了好长时间，那些人才离去。火熄灭了，黑影里又剩下了一个红色的点子。

曲有振走下铺子，牵上哈，沿着他的菜园走着。哈有些疲倦，一边走一边打着哈欠，一副蔫蔫的样子。曲有振小声骂着："哼，你个不中用的东西！"虽然这样骂，他自己也感到实在需要睡一觉了。他的两腿直打磕绊。

葡萄的香气在夜间很浓，黄瓜的鲜味儿也闻得见。月亮爬上来，那颜色今夜好像有些红。好大的一个园子啊，园子里什么都长得十分旺盛。露水滴下来，打在另一片叶子上，溅到曲有振的手上。真是长瓜果菜蔬的好地方，夜间的露水抵得上一场小雨了！这片园子去年有一笔好收入，于是曲有振今年狠狠心，将它扩展了近一倍。他料定今年是实实在在发财的一年了。……他对哈说："哈呀，你看园子有功。卖了葡萄、果子，冬天也就快来了。冬天，你还记得冬天吗？下大雪，大雪把你的窝也蒙住了。我给你买肉骨头啃，你冬天里一准变肥！现在忍忍吧，现在是出大力的时候，你看我夜晚差不多都闭不上一两回眼睛，困呀，累呀，走了这步不想走那步。没有办法，要发财就得吃苦的。还得等冬天吧，冬天来了，让你啃肉骨头……"

哈突然不高兴地"呜"了一声。这使曲有振觉得很奇怪。他转回身子，一动不动地听了一会儿，听到了一阵脚步声。他刚要说话，那边的人在叫了：

"老有振哪！"

他身上哆嗦了一下。

老混混一歪一歪地走了过来，见了曲有振，一屁股坐在了一块木头上："嘿嘿，好酒！你没有口福，你不去。我那几个朋友全来了，他们是河西岸的。嘿，跟我一样，全是村里的一条汉子。哦呜，嘿嘿，好酒……"

老混混晃晃荡荡地站起来，差点儿栽倒。他扶住一根葡萄桩，顺手摘下一串葡萄吃起来。

　　曲有振看着这个醉汉，恨不能上前去夺下他手里的葡萄。可他只是默默地垂着两手，紧紧地扯着哈的铁链……这个乡间的"混混"，一个人住个小土屋，穷得屋子里光光的，炕上的席子也是半截的。有一次，他对进门探望的驻村干部说："我在睡'忆苦觉'啊！"村子里的一些地富成分、甚至是富裕中农成分的家庭，常常受到他的突然袭击。他们怕他，有时就偷着送一些酒肉，他也很快就吃光了。驻村干部常常夸他，说他是"阶级觉悟很高的人"。……实行了责任制，再说村里也没有"地主""富农"了，老混混整天骂街。他说："我饿不死，我还要'吃大户'！……"

　　曲有振看着他大把地往嘴里塞葡萄，立刻想起这是在"吃大户"！一点火星在眼里迸跳着，可他终于忍住了。

　　老混混吃足了葡萄，又坐在了那块木头上。他喘息着，端量着曲有振说："嘿嘿，老有振哪！你摆弄的葡萄真甜，是蜜！怪不得你能发财，你的手艺好啊！你猜我怎么也种菜园了？怎么也学你搭起了草铺？我是想跟你联合承包责任田呢！嘿嘿，老有振啊，联合承包……"

　　老混混说着站起来，大笑着，摇摇晃晃走出了园子。

　　曲有振木木地站在那儿。他知道老混混刚刚借着酒力说出了真话！他心里的疑团一下子解开了，一双手不禁颤抖起来……他磕磕绊绊地摸索着回到草铺里，重重地跌在席子上，昏昏迷迷地睡了过去……

　　大贞子来到园子后，立刻发现父亲病了。她将他搀起来，发现他的腿也不灵便了。她把父亲背回了家里。医生给他看了病，说必须在家里好好静养，那腿需要针灸的……

这一来曲有振不能到菜园里过夜了！大贞子开始还为父亲的病流眼泪，后来被医生宽慰一下，又想到自己能到园里去过夜了，禁不住就笑了。

曲有振躺在老伴烧暖的炕上，看到了女儿圆圆的脸盘上那一丝狡黠的笑容，有些恼怒地吆喝道：

"听着！不准招惹老混混！不能让那些年轻人进园子，要特别提防三来！……"

四

大贞子领着邻居家的小姑娘小霜，扛着五尺长的木棍进了夜间的菜园，哈迎着她们跳起来，表示了最热烈的欢迎。

这个夜晚，满天的繁星亮晶晶的，就像离开地面不很远的样子。天空真清明呀，没一丝云气。空气中，全是令人心醉的香味儿。高粱穗儿、黄烟叶儿、谷子、玉米……所有河边上的稼禾的气味混合在一起，被南风轻轻地播散过来，好闻极了。海浪的声音如今很淡远，它和海滩树林的呼鸣声一起，变得那么深沉厚重。芦青河哗哗流去，它的流动声就显得可以亲近了。它总是奏着河边人最熟悉、最喜欢的调子。蝈蝈儿无所顾忌地唱着，促织虫们小心翼翼地交谈。远处，那望不透的青纱帐后面，传来一声连一声的吆喝，那是夜里护秋的人们了。

大贞子爬上一棵高高的李子树，四下里望着。她大口地呼吸着，觉得舒服极了。她向着夜色茫茫的田野呼喊起来：

"呃——哎——"

哈在铺柱跟前跳跃着，仿佛也要跟着呼叫。小霜蜷蛐在铺子上，高兴地笑着。

大贞子听着田野上的回声，又从胳肢窝里取出木棍，在手里转起了飞花儿。她转了一会儿，才从树上下来。

对面的小草铺刚才还是黑漆漆的，这会儿点起了艾草火绳，有了一个红色的点子。大贞子知道那是老混混，就走了过去。她离着老远就喊了起来："老混混呀，你来了吗？"

老混混在他的铺子里活动着身子，黑影里看去像一头熊。他应着："来了。"

"哈哈，你这铺子跟个狗窝一模一样……"大贞子在铺子前面站定了，手里拄着木棍。

老混混可能在放被子，这时拍拍手钻出来，眯起一只眼睛看着大贞子。他说："你在园里过夜吗？"

"不错。"

"哟——"老混混吸了一口冷气，"了不得！了不得！"

"怎么呢？"

"哟——"老混混用手指指河西岸，"那边有些年轻人，老想摸索过来，弄田里的东西，捎带着也……哟——"

大贞子笑了："我用棍揍他们！"

"哟——我河西岸有个朋友，也在岸边上搭个铺子看秋，你看，"他说着用手点划着，"那个红点儿，看见了吧？"

大贞子望着，摇摇头。

"就是那里！那叫三老黑，那一身硬功跟少林寺差不多。有一回他惹翻了那群小子，差点儿败在他们手里，费了好大的事儿才让他们归顺——如今算听话了。"老混混说着划火点着了地上一堆麦秸，动手烤一张圆圆的烟叶儿。

"他们听三老黑的，你跟三老黑讲好，他们不就不来了吗？"

老混混卷好一支烟吸着，两臂抱起来说："咱说不成，人都是见了东西眼红的——你想他们见了好东西，那眼珠儿都是红的，我管得了他们吗？不成不成……"

"我放哈咬他们！"

"哈？抵不得一枪。"

大贞子将手里的木棍舞弄起来，说："兵来将挡，怕个什么？不怕那些鬼东西！"

老混混把烟从鼻孔里喷出来，鄙夷地看着她说："你是'将'啊？"

大贞子跺跺脚："我是穆桂英！"

老混混笑弯了腰，韭菜刀子从捆腰的草绳上掉了下来。大贞子伸手拣起刀子，看着说："这把破刀子好做什么用？……"老混混听了，一把将刀子夺到手里，严厉地说：

"不准动我的刀子！"

大贞子觉得很有意思。她又玩了一会儿，就牵上哈回菜园去了。

夜里很冷。大贞子和小霜围着被子坐在铺子上。她明白了父亲为什么把腿整坏了。这儿的湿气重,风吹过来,不软不硬,可是就能凉到人的骨头。在河边护秋真不是老头子做的事情啊!她这时候后悔没能更早一点把父亲换回家去。可是她心里也知道这不怨自己的,怨人信不过她……大贞子想到这里笑了,抱着小霜仰躺下来。

夜深了,各种声音都好像在远处慢慢地消逝着。大贞子觉得在田野里过夜,唯一的缺点就是太孤寂 —— 那些出来护秋的青年们不知转到哪里去了。她想大家全到一块儿过夜多有趣呀。她就抵挡不住孤寂!

一只大雁在高空里叫了一声。无边的黑暗包围着这声长鸣。把它融化在一片墨色里,显得可怕极了。长鸣之后,一切又都显得愈加沉寂了。仿佛海浪和河涛的声音一下子都退却到非常遥远的地方……眉豆架儿底下有什么小虫虫在爬着,发出"唰啦唰啦"的响声。西红柿棵棵下好像有一只小草獾在吃果子,发出"咯吱咯吱"的声音……"喂喂,哈,你喊一喊!"大贞子把手伸到狗的脊背上,抚摸了一下。

哈不知什么时候睡过去了,这会儿猛然惊醒,在黑影里看着她。

"你喊一喊——"大贞子对着它的脸说。

哈坐下来,头颅高高扬起,警觉地望着前方。

大贞子顺着它的目光看去,立刻望到了一堆红红的火焰。那是燃在小草铺前面的,老混混在火光下忙碌着。他的小铁锅架起来了,锅沿上正冒出白白的热气。他往锅里扔着地瓜,有一次烫了手,放在嘴巴里吮着。……大贞子看着他,心里不明白他为什么一个人睡在野外的草铺里。她不明白这一片长满蒿草的地瓜田有什么好看护的?听说他正试着种秋菜，可秋菜也不到看护的时候啊！不过她又想起了他的那间小土屋、土炕上的半截席子，立刻觉得这小草铺子对他也没有什么不舒坦。

不一会儿老混混就开始吃红薯了。吃过之后，他就倒在铺子里，用手抚摸着肚皮，嘴里哼哼呀呀地唱着什么，月亮刚刚要升起，大地上还是昏沉沉的。一阵懒散散的声音在南风里送向均匀处，听来有几分凄凉的意味："……说起我老混混，也是条啊……好呀么好汉子儿！住着小土屋，铺着破席子儿，好酒好肉过一年，断不了吃零嘴儿……"

大贞子听着这断断续续的歌唱，想着他过去的模样儿。

……这真是河边上一个特殊的人物！他从来不在队里做什么重活儿，整天喝得脸色通红。韭菜刀子插在腰上，连村干部也怕他三分。他经常拍着腰里的刀子说："我老混混什么都怕，就是不怕死！有什么事，好说好商量，跟咱来硬的不行！"……"商量"的结果，往往是眼瞅着让他拿走一些东西。有一次他把队里的一根柳木扛走卖了，村干部要罚他，他说："我就是光棍一条，你看着办吧！压制贫农就是压制革命——这可不是我说的！走着瞧哪，让你断子绝孙，草垛起火！……"结果村干部只得不了了之。三来做队长时，常常和他一块儿喝酒，被选下来之后，老混混立刻逼他还五百块钱。三来有口难辩，至今欠着他……

"说起那个人是帅模样，说起那个家来是穷得精光。有心出门去办个嫒，只可惜屋里不存二斗粮……"

老混混又唱了起来。这个调子古里古怪的，大贞子听了觉得十分可笑。她禁不住喊了一声："老混混！……"

老混混立刻不唱了。停了一会儿，那个小红点子颤了颤，大概是他在用火绳点烟。他吸了一会儿烟，又断断续续地唱起来：

"……十七的夜晚好晴的天，胖乎乎的大妞住对面……一个腰里插刀子，一个大棍扛在肩……"

老混混唱着，词儿都是他胡乱随口编排的。唱到最末两句，他自己也觉得巧妙起来，于是就放声大笑了……

五

第二天，大贞子遇到三喜和三来，立刻问他们为什么不来护秋？三来说："我的田里和老混混一样，是种了地瓜的，护不护都不要紧——不过我以后每夜都来的。"三喜说："我不知道你在园子里呀，我以为还是有振叔呀，就没有进园子……"

他们都向大贞子保证：以后每夜都出来护秋。

大贞子高兴极了，说："哎呀，昨夜里把我孤独的！小霜只知道趴在铺上睡觉，跟没有她一样。一晚上只听老混混瞎唱了……"

他们走后，大贞子回家看了看父亲。他的病好些了，不过医生说还必须在家养一养。他问起了园里的事，大贞子说："你放心在家里吧！那边挺好的 —— 哈也好，小霜也听话，老混混再不敢进园子。"对最末一句话，曲有振感到特别欣慰。他想世上事，一物降一物，老混混就是怕大贞子！他想只要大贞子在，老混混也许就不敢去园里骚扰，不敢提联合承包的事……想到这里他安然地闭上眼睛，说："你就在园子里吧，我的病好透了再去替换你。不过还是要记准那两件事——第一不要招惹老混混，第二提防三来！"……

大贞子笑着离开父亲，笑着回到了菜园里。她这次特意从家里拎来一个小铁锅。一到园里就架好了。她想夜晚烧起它来，做什么不行！这都是老混混的经验——什么人都有经验！

也许就因为小铁锅的缘故，这天她老盼着夜晚早早来临。

黄昏时分，她在小铁锅里煮了几个土豆，作为晚饭。吃过饭，天就黑了。小霜来得晚，所以没有吃上土豆。哈很感兴趣地望着火苗怎样舔着锅边，有时还要伸出爪子去抚摸一下——每一次都哭丧着脸叫一声。大贞子十分喜欢哈，她坐在铺子上，总是将身子探出铺沿一截儿，用手将它拢到近前来，跟它说话。她问父亲在的时候打过它几次？它亲眼看见多少贼来园里偷过东西？半夜里冻不冻脚？……哈将头扬起来，认真地听着，但最终还是因为不能听懂而焦躁地活动一下前爪。它的眼睫毛一动一动，看着大贞子，一副老练的样子。大贞子用手指按一按它的鼻子，说："你是狗，但不是一条'走狗'……"说着，就绞拧着手掌大笑起来……

住了一会儿，三来先一步来到了。

大贞子首先闻到的是一股香味，转过身子，见三来坐在那儿，脸上好像搽了一层白粉……大贞子生气地说："你又搽粉了？"

"没有的事！"三来红着脸摇头，使长长的分发一甩一甩的，"我天生这味儿……"

这味儿马上使大贞子想起了在海滩上看野枣那会儿的事。那时候三来就是搽了粉的，一次又一次地往海边跑。海滩上的芭草都是一人多高的，他就跟在大贞子身后钻着茅草棵，嘴里咕咕哝哝说着巧话儿。后来民主选举，他的队长职务被选下来了 —— 大贞子想，这与他搽粉多少也有些关系的。主持选举的驻村干部就说：人民不相信一个"油头粉面"的人能做好队长……大贞子这会儿坐在铺子上，厌恶地噘噘嘴巴。

三来见小霜睡了，就给她盖了被子。他坐在那儿，逗一会儿哈，然后又去拨弄铁锅底下的火。他揭开锅盖看了看，见是清清的白水，立刻站起来说："我去我田里扒几块地瓜……"

大贞子一直低头看脚边的泥土，三来走时她头也没抬。她脸前仿佛还飘着那股香味儿，于是一直噘着嘴巴，天色渐渐浓了，眉豆架儿、葡萄树、西红柿棵棵、远远近近的庄稼，都变成一丛丛、一簇簇、一团团的黑影了。有的地方簇生着一些缠得很密的藤蔓，在夜色里看去好像一座座小山……大贞子想起了什么，她抬头看看对面那个小草铺，发现只是一个黑色的轮廓，里面仍旧死一样的沉寂……

哈突然抬起头来，先是"呜呜"了几声，接着就摇起尾巴来 —— 三喜扛着猎枪走了过来。

"三喜！"大贞子兴奋地叫着，"我看看你的枪 —— 你晚上还扛着枪吗？"

三喜"嘿嘿"地笑着，摘下枪来说："我爸不让带的。他的东西谁也不让碰一碰。我偷着扛出来了……。"

大贞子欣喜地抚摸着，又端起来瞄着准，说："放一下吧，打对面那个小草铺，老混混在里面，他就好比一个兔子……哈哈！"她笑得枪杆都托不住了，掉在了泥土上。

三喜小心地把枪背在了肩上。

大贞子说："你爸二老回这个人，挺坏！"

三喜惊讶地瞪着她："为什么？！"

"不让咱使枪！"

"这个……"三喜抿抿嘴角，"不能说老一辈坏的，里面有个'道德'……"

大贞子撇撇嘴："怕什么？我有时高兴了，就说我爸坏的！他也不恼，只是用烟锅敲我的头，轻轻地敲……"

三喜笑了。他和大贞子在地垄里来回走着，看着，挑拣了一串葡萄、几个西红柿吃起来。他说："你爸见了，非心疼不可！"大贞子高兴地说："吃吧吃吧，我才不心疼哩 —— 去年我和爸去龙口镇上卖菜，一大卷一大卷钱往回拿，里面有五元的，还有十元的，都是新票子，一板'哗哗'响……"

三来在架子外边喊了："看见了！"

三喜小声对大贞子说："他看见什么？"

大贞子摇摇头。

三来又喊："看见了！"

他坐在铁锅跟着，一边低头捣鼓着火，一边喊着。三喜和大贞子出来，一齐叫着"三来"。三来故意不声不响地捅捅火炭，又揭开锅盖看一看，点了点头。

"哈哈……"大贞子笑了。

三来指一下分头，朝三喜挤挤眼，小声说："两个人钻到架子后面，嘻嘻，嘻嘻……"

三喜拧了他一下。

锅烧开了，水咕咕地响。大贞子这时候看到了对面的小草铺上亮起了一个红色的点子。

地瓜煮熟了。大家刚刚围到小铁锅跟着，老混混就来了。他一来就用粗粗的嗓门说："吃东西也不叫我一声，独吞吗？我有东西都是叫老有振一块儿吃的……"他说着在锅边蹲下来。

大贞子回身把哈也牵过来，说："狗，你也跟着吃吧！"

三喜笑了。三来也笑了。

老混混正剥着瓜皮，这会儿盯着三来说："三来！你他妈的跟着笑什么？嗯？"

三来赶紧收敛了笑容。他说："混混叔，你也来地里过夜啊？"

"我问你笑什么！"老混混用愤愤的目光盯着他。

三来嗫嚅着："我笑…小霜吃地瓜，手指都吃进去了。"

大贞子说："老混混，就笑你，怎么着？！"

老混混最后盯一眼三来，才把瓜纽儿推进嘴巴里去。他连吃了几块，又从锅里舀一点水喝。最后他站起来，拍打着油光光的肚皮，蹒跚地挪动步子，到了无花果树下。他揪下一个果子。

大贞子回身去拿木棍，可是已经晚了。她说："不熟的果子也摘呀？"

老混混挤开果皮，用舌头舔一舔流出的白汁，长叹一声说："像酒一样……"

"以后进了园子，老实点！"大贞子对着他的耳朵喊道。

老混混咂着嘴，又咕哝一句："像酒一样……"

大贞子气得把棍子扔到一边，说："真是个老混混……"

老混混吃了无花果，卷一支喇叭烟吸着，大口地吐着烟雾。他转头寻找着三来，拉着长声说："三来呀，五百块钱什么时辰能还我呀？"

三来没有作声。

大贞子插话说："诈人！"

老混混又说："分了责任田，收成又不好，我老混混连酒钱都没有了……唉唉，鬼年头，压制贫农……"

三喜笑着说："你算'赤贫'了！"

老混混顺着他刚才的话茬说下去："鬼年头啊，肯定是路线歪了！你们看 —— "他说着使劲将手一挥："过去地主也不过就有这么一片大菜园吧！"

大贞子蹦到他的对面："你这是什么意思？"

"这意思！"老混混气昂昂地站起来，右手按在韭菜刀子上，说，"我老混混饿死，也不走这条剥削的路！我今年四五十岁了，可还是记住当年那句话：'人老心红！'"……他的脖子硬挺着，望着北方那几颗灿灿的星星，停了好一会儿才坐下。他把身子斜一斜，倚在了一个石桩上。

三喜笑了起来。

老混混眯着眼睛，拉着懒洋洋的调子说："唉唉，我这个人哪，谁也不服。我就佩服老忽一个人……"

三来在黑影里小声对大贞子说："老忽，是解放前村里的无赖，常常跟人拼命……"

"我佩服老忽……那一年南村大地主家的人打了他，他说：不出三天放火烧你麦田！吓得地主摆下筵席请他。再到后来，他看好了谁家什么，说一声就可以拿走的……嘿嘿，老忽可算条汉子，我就佩服老忽！……"

老混混说着，用手抚摸着韭菜刀子。

三喜："你不佩服好人！"

老混混站起来："'贫农'还不是好人吗？"

大家笑了起来。哈以为出了什么事情，吃惊地望着每一个人的脸。小霜也笑了……

老混混离开园子，回他的小草铺去了。

几个人围着小铁锅。三来捅着下面快要熄去的木炭。谁也不吱声，停了一会儿，三喜突然说："我在邻村有个朋友，叫老得……"三来插话说："就是看葡萄园的那个老得吗？"

三喜把枪放到腿上，点点头，又摇摇头："他现在改行去海上拉大网了……他有个双筒猎枪，比我这个可好多了。他还会作'诗'，是个'诗人'，什么诗都作得哩……"

大贞子觉得有趣，自语道："作诗！……"

三喜望着一天星星说："他看太阳出来了，就写'太阳升起来了'；看到天黑下去了，就写'天墨墨黑'，好懂的。他写多了，就用一个纸口袋捎到城里，城里看了，再捎回来……如果相中了，就用机器印出来。"

"相中了吗？"三来几乎和大贞子一同问道。

"没有……"三喜低下头说。

三来往炭里扔了几块干木，火焰又慢慢燃起来了。三喜从衣兜里掏出几块糖果，每人一块吮着。他说："老得真有意思！他把那些坏事、坏人，比如老混混这样的，都叫成一个东西。"

"什么东西？"大贞子问。

三喜摇摇头："猜猜吧。"

大贞子和三来都不作声。三喜停了一会儿，见他们猜不出，就站起来，用食指往脚下的泥土断然一指，说："'黑暗的东西'！"……

六

每天晚上，三喜从大贞子的园里出来，总要沿着芦青河堤向前走去。他家的责任田也在河边上。

这是一片片肥沃的土地。庄稼长得好极了，比去年好 —— 明年还能更好吗？庄稼人总会说，是的，一年好似一年的。快收获了，谷穗儿变得很低，玉米秸上的每个棒子都显得十分沉重。高粱穗差不多红透了，月亮下看得很清楚。三喜家的田里有谷子，有玉米，有高粱，还有几垄儿黄烟。

土地承包到个人手中，土地就变得美丽了。人们用力地耘土，土像梳过的头发，乌油油。你耘两遍，他耘三遍，耘四遍的也有。竞争的结果，就写在庄稼上。快收获的时候，欲望涨满起来。真正的庄稼汉将遗憾悄悄地咽进肚子里，把希望坚定地留给下一年；也有的把手伸长一些，伸到了邻人的地垄里。这些全不稀奇。

三喜从河堤上下来，惊跑了藏在草中过夜的兔子。河边野椿树上的鸟儿也飞起来，用力地扑打着翅膀，发出两声鸣叫……堤下，有几盏游动的灯火，那是护秋的人提着马灯穿行在田埂上；每堆火焰旁边都坐着一个人，在那儿低头烧东西吃。夜露很重，守夜的人愿意跟前有一堆火。三喜走到每个有光亮的地方，都和人们愉快地打着招呼。他们总问："前边有动静吗？"三喜总是告诉他们："平安无事！"……在一片很宽的高粱地边上，燃着一大堆柴火，一帮子人围坐在火边上，吃着喝着，高声地谈笑。三喜走过去，他们立刻发出邀请，递过来一条烧熟的野兔子腿。三喜借着火光辨认着他们的脸，认出全是本村的或邻村的人，几乎全是年轻的小伙子，其中也有两三个姑娘、老头子。他们几个人拿过三喜的枪看着，嘴里啧啧称赞着。有的说："二老回这杆枪真有分量，打东西顶事的！"有的说："射得远，抵得上快枪 —— 那一年我和二老回进河头打兔子，离开八竿子远的跑兔也能撂倒！"

三喜看着他们的猎获品：鱼、兔子、鸟……全都在火上烤熟了，洒了盐，每人分一点吃着。老年人胸前摆个酒瓶儿，不时仰仰脖儿灌一口。他们招呼："三喜，来，呷一口！"三喜接过来喝了，呛得咳嗽起来，大家笑着。他们问："三喜，你们北边的地片规矩？"三喜告诉："转了几天了，也没发现丢东西……不过，"三喜顿一顿，说，"不过听说河西有人要过来捣鼓东西……"

大家沉默了。

解放前发生过河西人过河抢庄稼的事件。那是一次残酷的洗劫：掰走了成熟的玉米，踩烂了一地秸子；谷子没了穗儿，高粱倒在地上。河东的庄稼人拿着土枪、小火炮、三节鞭赶到河岸，河上的小木桥已经被拆塌了。这给河东的人留下了痛苦的记忆。虽然多少年过去了，当年的小伙子已经步履艰难了，他们还不忘对自己的娃娃叙说着那次劫难……

人们面对火焰沉默着。有人问三喜："谁说的呢？"

"老混混告诉大贞子的。"

一个年轻人嚷着："老混混的话，不作数的！"

一个老年人捋着胡须说："防着点好啊！庄稼包种到各家各户里，歹人要钻空子……"

有人又说："听说了吗？北面龙口林场那儿丢木头了，报了公安局……"

大家都惊讶地看着说话的人。

火焰往上蹿着，柴草在火里噼啪响着。火星儿跃上很高很高的天空，才慢慢消失了。月亮穿行在云朵里，大地忽明忽暗的。云缝里的星星很稀疏，一颗，两颗……有人往火边上凑一凑，把蓑衣卷在身上，躺了下来。更多的人半坐半跪地卧在那儿，不出声地端量着旁边的人。

有个叫"毛猴王友"的小伙子打破了沉寂，问了句："大贞子来看菜园了，真的吗？"

三喜点点头。

"还扛着一根大木棍！"另有人说。

"毛猴王友"打趣道："三来又要去'检查工作'了！"

很多人一齐笑起来。大家对三来似乎很感兴趣，都七言八语地接上说三来了。有的说三来去海滩上"检查工作"怎样被大贞子打了一棍；有的说老混混在他当队长那会儿，怎样和他一块儿去喝酒……说起老混混，不少人又记起了他腰上的那把韭菜刀子，又都笑了一场。

气氛开始活跃起来。三喜告诉说："老混混也来护秋了，还在责任田里搭了个草铺子呢！"

一个老头儿说："他护秋！他是看别人热腾腾闹生活，心里闷得慌，出来散散心！再说，铺子搭在田里，秋天里抓挠东西也方便……"

三喜拍拍手，连连说"对"。他从心里佩服老年人的眼力 —— 年轻人总想不明白的事，有时老人的一句话就点明了。三喜问他："你知道三老黑这个人吗？"

老人从火堆里取个火炭点上烟锅，吸一口说："怎么不知道？河西岸有名的一条'恶狗'，正事儿不干，仗着会点拳脚功夫，横行霸道的。他和老混混合得来。真是什么人找什么人！……"

这时候一个什么鸟儿从人们头上跳跃，一头钻进了火堆里。大家都惊奇地拍着手掌，呼叫着。那个一直蜷曲在火堆边睡着的人突然被惊醒了，揉揉眼睛说，他听见了河里鱼跳。他起身到河里摸鱼去了。另有几个小伙子也跟上他走了……

月亮偏到一边。三喜背上枪，往回转去了。

高秆作物将田埂罩得黑漆漆的，人走进去，像迈进了一条狭长的巷子。四周都见不着光亮，只能听到夜间田野里那千奇百怪的声音。每一次碰到庄稼棵，都有露珠洒上一身。三喜走在田埂上，心想如果有人在田里偷东西，真是容易啊！这么大一片片庄稼，他藏在地中，你哪里找去呀？

在自己的田边上，他细细地围着看了一会儿，又蹲下倾听着。没有什么可疑的声音。但他刚要离去，却在脚边发现了几片剥落的玉米叶子！原来有十几个棒子都被谁掰走了，仔细瞅瞅，玉米田里间作的豆棵也被拔走了不少……三喜心里吃了一惊。

身后传过来一阵奇怪的调子，那是老混混在他的小草铺里唱着。三喜想到了什么，迎着他铺柱上那个红点儿走过去。

老混混的小铁锅里果然煮着玉米和豆角，三喜一来就看到了。可是他觉得田里丢失的远不止这点儿。他问："你从哪儿弄的东西煮？"

老混混头也不抬地搅着锅子，说："从你田里，怎么，想不'义气'吗？"

"你搞了多少？"

"锅里这些。"

三喜趴下身子看着铺子下面，黑漆漆的什么也看不到，老混混从后拍他一掌说："不信服你大叔吗？"

"大叔"两个字使三喜恶心起来。他说："哪个龟儿子才跟你喊'大叔'哩！"

老混混撇撇嘴巴一笑："三来就喊。听见没有？"

三喜气愤地说："我不是三来！"

老混混这时从沸水里夹出一穗玉米，吹一吹递给三喜，三喜拒绝后，他一个人啃起来。每啃完一穗，他就把核儿投到很远的地方……他吃着，一边咕哝说："看看吧！都成了什么样子！前天我在街口碾屋那儿看见地主老奎的孙子小福海，小福海就敢用眼角斜着瞅我！看看吧，都成了什么样子！……"

三喜笑了。

老混混又说："那年上我响应号召，到田里拔苦苦菜做'忆苦饭'，离瓜田老远，小福海就喊我去吃瓜，笑眯眯的。他亲手给我挑大西瓜——第一个打开是生的，他要扔，我说："慢，先吃个'忆苦瓜'吧！……"

三喜也再忍不住，哈哈大笑起来。

老混混却严肃地说："笑！看看吧，就是同一个人，如今也敢斜着眼看我了……唉唉！"他长长地叹息着，站起来，呆呆地遥望着西北方那一片星空。望着望着，他突然用细细的嗓门唱起来："……想哪北斗，想亲人，想哪亲人……"

他的调子里有一股悲凄的意味。三喜望着这个驼背弓腰、衣服用草绳捆起来的人，心中不知怎么泛起一股酸酸的滋味……

哈在不远处叫着。大贞子在说什么。三来发出一阵笑声……三喜迎着菜园子喊着："哈！哈——！"

哈欢快地回应他："汪！汪汪！……"

老混混催促着三喜说："还不快去！他锅里煮了好东西，全让三来这条馋虫吃了。"

三喜又喊："大贞子！三来——！"一边往菜园大步走去。

老混混以为是他的催促起了作用，高兴地大笑起来……

七

　　曲有振的腿好了一些。这一天，他到了菜园里，和大贞子一起摘下黄瓜、西红柿、豆角，割下一整畦的韭菜，卖给了镇上的菜店……拉菜的车走了，他盯着地上两道辙印，声音沉沉地对女儿说："也许，就卖这一茬儿好菜吧！"

　　大贞子有些吃惊："怎么咧？政策变了吗？"

　　"政策倒是没变，有人——老混混，要和我们联合承包哩！"

　　"想他的好事儿！"大贞子舞起手里的大木棍把眼前的一棵马尾草打折了。她向着对面的小草铺子喊："老混混，你死了吧——"

　　可惜小草铺子里是空空的。

　　曲有振心事重重地说："这两天，他进家找我商量哩！我说，我再想想……"

　　大贞子生气地说："你还'再想想'！你天生就是受欺负的人！这还用想吗？和猪联合也不和他联合——老混混，死了吧！"

　　"惹不起他哩！逼到数儿上，他会连命都不要的。再说他河西又有一帮人……"曲有振蹲在了地上，燃着了烟锅。

　　大贞子说："我惹得起他——我用棍揍他！"

　　曲有振没有作声。他仰脸看看女儿的脸：红彤彤的，因为太胖，在阳光下闪着亮儿。这张脸上，两道弯弯的眉毛相隔很远——人们说这是"心路"宽的人才这样生，不知忧愁呢。两只大黑眼珠子滚动着，总带着笑。她生气的时候也像笑。好像她总是高兴的。心清如水，没有计谋。老一辈人常为她这样的性情担忧，怕她遇事吃亏。奇怪的是她都"逢凶化吉"了。像去年的看野枣，分明是三来安下歪心，想不到最后还是他自己挨了木棍，队长落选！生活中还有好多这样的例子。曲有振常在心里庆幸，把女儿比作沙场上的"福将"。但他这次的担心却并没有因此而减弱。他端量着女儿，在心里叫着："野性啊，野性！那个老混混是惹得的吗？"他捶着腿，站起来说："不管怎么，他来菜园找你的时候，你就说'我还年轻，找爸讲吧'！……"

大贞子笑了。她把木棍扛上肩膀，一蹦一跳地走开，嘴里不断重复着："'我还年轻，找爸讲吧'！哈哈……"

她只是大笑着，两个肩膀笑得直抖，跑到了一丛眉豆架儿后边去，只把头探出来唱道："年轻的朋友们，今天来相会！……"

"唉唉！"曲有振叹息着，捶打着腿，无可奈何地往回走去了……

父亲走后，大贞子牵上哈走出了园子。她径直走到老混混的小草铺跟前，端量了一会儿，对哈说："哈，你看看，老混混夜里就躺在这上边打坏主意！"

哈用长鼻子闻了闻，厌恶地吠了一声。

大贞子又说："哈，你给他的铺子上撒泡尿吧！"

哈不解地仰脸望望她，又摇了摇尾巴。大贞子把木棍插到铺子底下，用力往上一掀，铺子就斜了……她牵上哈，高兴地跑回到菜园里去了……

这个夜晚，不知什么缘故，老混混一直没有回来睡觉。三来却很早就来到大贞子的园里，一来就将什么东西从怀里摸出来，放到了小铁锅里。大贞子揭开锅子一看，见是两个鸡蛋。她问："你怎么拿鸡蛋啊？"

三来笑着,用手把掉下来的一绺头发使劲一拨,说:"你一个,我一个。"

大贞子问:"小霜、三喜呢?"

"他们,"三来嗫嚅着,"不一定吃……东西拿给谁、不拿给谁,都是讲感情的——这你还不知道吗!"

大贞子说:"我不知道。"

三来在锅子下边点火了。火苗儿很长,映得四周通红。三来在火光里望着大贞子,目不转睛。

大贞子装作没有看见。她将木棍横着搁在腿弯里,把一道刘海儿抚弄几下说:"哎呀,真热!"说着往后退了几步。

三来挪蹭到锅子的另一边,这就离大贞子近一些了。他说:"真怪,我和你在一块儿不知瞌睡……"

大贞子不作声。

"一点儿也不知瞌睡……"三来又说了一句。

大贞子用一只手轻轻地抚摸着哈的脊背。

三来捅着火,这时停住了。他嘴角挂上一丝笑容,看着大贞子说:"咱俩在园子里,用小铁锅煮东西吃,小两口儿似的……"

大贞子说:"快了!……"

"快成了吗?"三来一下子挺起胸脯。

大贞子伸手抓起木棍说:"快挨揍了!"

三来拔腿跑开了。他的右手,条件反射似的捂在左拐肘上。

大贞子笑起来。……

鸡蛋煮熟的时候,小霜和三喜来到园子。大贞子把一个鸡蛋给了小霜，另一个还给了三来。三来一边剥着蛋皮一边夸大贞子；把鸡蛋填到嘴里，咀嚼着，还在含混不清地对三喜说："你看，她对我比对你好……"三喜揶揄说："那是好事情啊！"

他们正说着话，突然黑影里传来老混混的叫骂声。大家还是第一次听到老混混在夜晚这样尖声叫骂，都觉得很有趣。

老混混骂着："哪个混账小子搞了破坏，掀坏我的草铺子！……"

大贞子捂着嘴笑，三喜和三来就明白了。

"欺负到我头上了 —— 我都是欺负别人的人！……"老混混还在骂着。

三喜说："他倒说实话。"

"那小子是瞎了眼了，太岁头上动土！"

大贞子在手里掂着木棍，说："他再别想欺负别人！哼，让他在黑影里蹦吧！还是作诗的老得说得好，他是那东西……"

三喜插一句："'黑暗的东西'！"

老混混骂了一会儿，开始点火煮东西，在火光里修他的铺子了。又过了一会儿，他一摇一晃地向菜园这边走来。离菜园老远他就喊："三来！你这小子又钻来了嘛？"

三来应声道："混混叔……"

老混混进了园子。他看看大贞子，又看看三喜，问三来："谁掀我的铺子咪？"

三来说："天黑看不清……"

大贞子笑吟吟地接上说："就是看清也不能告诉你啊。"

老混混气哼哼地坐在地上，咬着牙说："我抓住他，把他的手割下来！哼哼，还说不定是阶级敌人破坏呢，'万万不可粗心大意'……三来！"

三来"唔"了一声。

"你到我铺子里，看看锅底的火。"老混混头也不抬地指使说。

三来迟疑了一下，看火去了。

老混混自豪地看了一眼大贞子和三喜，开始卷烟抽了。他抽完一支烟，说："怪渴的……"说着就站起来向葡萄架儿那边挪步。

大贞子挡住他说："那么方便吗？又不是你的园子！"

老混混不认识似的抬头看一眼，跺跺脚说："我在河边上爱吃什么吃什么，还没人敢拦哩！"

"我敢拦！"大贞子把木棍提在手里。

老混混把袖子绾起来，嚷道："你个东西！我和你爸联合承包了这片菜园，我吃我拿都随便！发家致富、倾家荡产，今后合在一块儿了！……"

三喜上前一步，惊讶地看看老混混。

大贞子大声喊道："和你承包？想得美！你滚到那个狗窝里等死吧！告诉你，铺子是我掀的 —— 棍子插到底下，一挑，就歪了！……活该！"她嚷着，把木棍拄起来，身子一纵离了地，两脚落下来，重重地跺一下……

老混混眼睛都气红了，"啊啊"地叫着。三喜去拉他，他身子一挣冲到了葡萄架子上，使劲用脚踢那垂挂着葡萄的秧棵。

大贞子也冲上去，挥起木棍，重重地打在他的脊背上！

老混混疼得在地上滚了一下，随手拔出腰里的刀子，大喝一声："看刀！"然后将那把铁锈斑斑的韭菜刀子扔了出去，大贞子机敏地往旁一跳，闪了过去。老混混扑上去抢了刀子，刚要再扔，被三喜用枪拦住了。

老混混气得身子乱颤，喊道："好！好！等着瞧！你这两个东西……"

小霜被喊声惊醒，吓得哭了起来。哈一直愤怒地向着老混混扑着，只可惜被链子扯住了……这时候正好三来看火走回来，老混混回头看到了，立刻大声地命令说："三来，快上手！"……

八

老混混背负木棍打击的一道印痕，再也不到菜园里来了。三来也不来了。

菜园里倒是出奇地安静。对面的小草铺里，那个艾草火绳的红点儿一直亮着，像一个神秘的眼睛。老混混躺在铺子里，咳嗽声不时地传过来。……三喜时常揣着猎枪转到菜园这儿，他一来就骂三来，说他是"叛徒"。大贞子每夜都不合眼，听到一点声音也要牵着哈沿园子四周转着看看。园子里一样沉寂，有时她故意唱几句"年轻的朋友来相会"，可一闭嘴巴无边的沉寂又合拢过来了……秋风在深夜之后变得大起来，不知吹拂到什么东西上，发出一声声尖厉的啸叫。小霜有时睡着睡着就惊醒起来，她说："我做了一个噩梦，梦见一个人，拿着刀子……"大贞子总说："刀子，不怕刀子，那是割韭菜用的，长满了铁锈！"小霜执拗地说："不！是锃亮的，上面有一道深痕……"

哈也变得沉默起来。它不像过去那样爱吵闹了，只是用一双聪慧的眼睛望着天空，望着吹动的树叶，望着大贞子。它紧紧地伏在地上，爪子硬硬地扣在一个地方，仿佛随时准备迎着命令一蹿而起，去冲杀和撕咬。远方的狗在叫着，往常它会满怀柔情地呼应几声，现在也没有这份兴致了。

一天深夜，有个黑影溜过园子，哈严厉地叫了一声。

大贞子警觉地提着木棍追上去，那个黑影终于没有逃脱 —— 他是三来！

三来跟着大贞子，慢慢走到铺子跟前。他蹲下来，无声地燃起铁锅下的火，从衣兜里掏出几块红薯扔进锅里……大贞子气愤地问："你怎么不来了？"

三来只是拨弄着火，说："老混混……不让……"

"你就怕老混混！"大贞子喊道。

三来示意她小点儿声音，她偏大声地说："怕什么？我偏不怕他！你是叛徒！"

三来连连摇头，说一句："我什么时候也不和老混混好，我只和你好……"就跑出了园子。

大贞子望着他的背影，有些迷茫起来。她望望那个小草铺上的红点子，心想，你这个老混混啊！你就有手段！你怎么把个三来给制住了？

她觉得这里面定有奥妙。

白天，父亲来园的时候，她总想把和老混混打仗的事告诉他，可又怕他担心，就把涌上嘴边的话咽了下去……

一天夜里大贞子对三喜说："你把护秋的人都叫来园里玩啊！我抵不住孤独，我有时候和小霜一样害怕……"

第二天夜晚，果然来了不少年轻人。大贞子高兴极了，摘了那么多葡萄给他们吃。大家在园里燃起了一堆大火，围着火堆坐着，大声地说笑着。大贞子高兴得不知怎样才好，她把木棍扛在肩上，迈着大步走在园子里，兴奋地甩动着胳膊。哈的情绪也被感染了，它很快和新来的人们熟悉了，跳跃着，扑动着，嘴里发出"呜费呜费"的声音。火苗儿蹿得很高很高，火星儿直要飘到渺远的星空里去。大贞子说："真好啊，半个园子都映亮了。啊哈，啊哈……"

这真是个愉快的晚上。

可是他们的责任田都在南边，他们也不能总到园里来啊。

园子又恢复了沉寂。大贞子见到三喜就埋怨说："你真封建啊！三来不来，你就不能常待在园里吗？你怕什么！"三喜支吾着，点着头，但还是坐一会儿就走……他大概怕别人说他和大贞子的闲话。

有一天傍晚，三来在园边上小声喊："大贞子！大贞子！"大贞子赶紧跑过去。三来告诉："这几天晚上防着点吧，河西的三老黑来了好多趟，和老混混一起喝酒，嘀嘀咕咕……"

大贞子记在心里。她告诉了三喜。三喜晚上没有走，他一直坐在一个角落里。

开始他们燃了火，架着小铁锅，后来火熄灭了，他们也没有去管。月亮还没有升起来，园里一片漆黑。风有些凉，多少带来了一些深秋的意味。

夜渐渐深了，三喜一个人坐在一边，突然蹑手蹑脚地走到大贞子跟前，低着嗓子说："西北角，好像在园子边上，伏着几个黑影，一动不动……"

大贞子咬住了嘴唇，没有说话。

三喜又轻轻地往角落里走去了。

大贞子默默地从四处拣来一些土块、瓦砾，放到了铺子跟前。她紧紧地握着木棍，一动不动地坐着，望着黑漆漆的夜色……

停了会儿，三喜又轻轻地走过来，说："真的，伏着几个黑影，一动不动，只是伏着……"

大贞子听着，突然咬了咬下唇，弯腰抓起一些土块瓦砾，呼喊着，像冲刺一般向着园边跳去。她嘴里呼喊的什么，谁也没有听清。哈激怒了，紧随着她往前扑去……

就在同时，黑影里有四五个人一齐蹿了起来。他们嘻嘻笑着，投过来一团团稀软的泥巴，打在了大贞子的脸上、身上。大贞子哎哟着倒在了地上，三喜跑过去扶她，头上也重重地挨了几下。小霜大哭起来……那几个人冲到园子中，钻到葡萄架下和菜畦，用棍子打，用脚踢。还有的从腰间抽出长长的白布袋，往里装起了瓜果菜蔬……大贞子冲上去，横着抡起了木棍，嘴里喊着："黑暗的东西！来吧！来吧！……"奇怪的是他们都能灵活地扭动着腰身躲过棍子，在园里跳来跳去，一会儿钻到架子下，一会儿翻滚在菜畦里。很大一块地方都给踩烂了，他们就顺手抓着烂茄子、破柿子，往大贞子和三喜身上、往铺子里扔，一个劲地笑着。大贞子急得哭起来，喊着"三喜"，上去一把夺过他猎枪，"轰"的一声放响了！

白烟在园里久久不散。有人在烟雾里仓皇逃窜着。一瞬间，一切都归于沉寂了。三喜和大贞子都呆呆地站在那儿，当晚风吹开烟雾，吹干大贞子的泪花时，她才想起了什么，赶忙低头看着：地上一片塌倒的架子，只是没有人躺倒在那儿……大贞子长长地吐了一口气。三喜像刚刚醒过来似的，连连说："好险！好险！差点出了人命。亏了枪口抬得高……"

大贞子恨恨地跺着脚："打死他们才好哩！都打死他们！打死老混混——"她说着，抬头看看对面的小草铺子：那儿还亮着一个红色的点子！……大贞子扯一下子三喜，牵上哈，说："走，找老混混去！"

老混混在铺子上打着鼾。

大贞子两手抡起木棍，狠狠地砸在铺角上，使铺子猛地抖动了一下。老混混慌乱地爬起来，一看大贞子，"噌"的一下蹦下来，两手按在韭菜刀子上。大贞子用木棍指着他说：

"你勾结来坏人，饶不了你！三喜，开枪吧……"

三喜威严地看一眼老混混，只是没有摘下枪来。

老混混退开几步，说："打吧！打吧！反正这是穷人受欺负的年头……说我勾结来坏人？我还说你哩！谁让你长这么俊，引来河西的流氓！"

大贞子抡起了棍子，老混混跳着躲开。他在远处嚷着："半夜携带武器，对我行凶，我要告到上级政府！……"

大贞子打不到老混混，就弯腰掀倒了他的铺子。

老混混在远处看着，连连说："好！好！血债要用血来还！"

哈愤怒地吼叫着……

大贞子和三喜回到菜园里，见到一个人正在扶弄着塌倒的架子。大贞子厉声喊道："谁？"……那个人不作声。大贞子火了，大步跑上前去，揪住了他的衣领使劲一扯，才使他转过身来。大贞子看清了他的脸，气愤地叫了一声，扔了手里的棍子……

他是三来。

九

护秋的人们看到大贞子被蹂躏的菜园，脸上都露出了愧色。几十条好汉子没有护住河东的土地，他们实在有些难为情。一个村子有一个村的尊严，一种职业有一种职业的荣誉。护秋的反被人劫了秋，那种损失是远远超出了经济范畴的。

大家帮大贞子整理着园子，塌倒心架子扶起来，毁了田埂重修好；那些没法收复的菜畦，干脆拔掉，重新栽种口秋菜……一个老头子一边往地里捻着菜种一边说："我早说过河西那帮人得提防着点呢！三老黑，不是东西的……"有个年轻人用下巴颏儿指示着对面的小草铺："那里面躺着的家伙胳膊肘往外拐，扯出来就揍，冤枉不着他！"……

大贞子摘来各种各样的果子，让护秋的人们吃。她一夜间好像变得消瘦了、憔悴了。她的头发有些散乱，那总是通红闪光的脸庞也有些苍白。弯弯的眉毛下，一对黑亮黑亮的眼睛里有那么多的怨恨……她对吃果子的人们说："不要把昨夜的事告诉我爸爸啊！"大家答应了她。

这之后的夜晚，大家一部分留下来和大贞子一块儿守菜园，一部分到田里去巡视。这是非常时期，人们几乎都顾不得睡觉了。

一连几夜都是平安无事的，菜园也重新修整好了，大贞子又高兴了。大家成夜地在一起说说笑笑，也不怎么瞌睡，谁瞌睡了，大贞子就用棍子捅一下，惹得别人直笑。哈的铁链子解开了，它在熟悉的人中间走来走去，有时把长长的嘴巴凑近人的耳朵，似乎要告诉些什么……

月亮升得早了，园子里到处黄蒙蒙的。听着露珠从叶子上滴到地下，多么有趣啊！还有虫鸣，各种细小而奇异的鸣唱交织到一起，显出夜世界的神妙。没有一个人说："听听夜晚田野里那特有的声音吧！"没有人这样说。可是人们心灵深处仿佛就常常响起这样的声音 —— 于是大家就常常不约而同地闭起嘴巴，一起倾听着……今夜坐得久了，谈得久了，有些冷，也有些渴。点起篝火吧。最好再煮点东西吃。护秋的人们似乎已经不满足于只煮些花生和红薯了，有人提议做点鱼汤喝，而且，汤里面一定要有姜！两个摸鱼能手马上自告奋勇地走了，不出半个钟头，竟然提回两条鳝鱼、一条鲤鱼、三五条鲫鱼……做汤吧！

姜真是个好东西，它能使人心里热乎乎的，气畅神旺。守夜时浸入皮肤的寒冷和湿气，都被赶跑了。大家围着火坐着，年纪轻轻的人也学会了盘腿而坐。有人拿出酒来，每人都用大碗端了，向着蹿跳的火苗举起来。几口酒喝下去，好几个人的脸变红了。于是就有人唠唠叨叨地说话，事无巨细地数念一遍，逗得人们一阵阵发笑。

三喜一直坐在铺子那儿，听着园子外边的动静。他不放心，竭力想从园边的树丛里发现几个伏着的黑影。小霜睡着了，三喜听着她呼吸的声音，觉得很有意思。他回头迎着火堆看去，见大贞子正和人们说笑着，使劲地拍打着手掌，高兴得一会儿将腰弯下来一次。她那样子不像刚刚被人破坏了菜园，她的心里存不下仇恨。她永远是欢愉的。

三喜在铺子上坐着，火边的伙伴们已经喊了他好几次了。半夜时分，他回到火边，将蓑衣铺下，躺了下来……"有一天晚上，我在河边上走，走迷了路，绊倒在荻草里，就睡着了。有个东西伸着舌头舔我的脸，我醒过来，吓得说不出话！……"三喜听到有人细声细气地说着。

大贞子又拍着手掌笑起来。她嚷着："碰到狼了吧？"

"也不知是什么——至今不知道，真的，不知道。我只觉得它有一双毛茸茸的手，老在我胳肢窝里掏来掏去，像是要找什么东西似的……"

三喜睁开眼睛，看清说话的人是村南头的"毛猴王友"，一个有名的会瞎扯的人。他又闭上了眼睛。

大贞子笑嘻嘻地插话："它是要胳肢你笑啊……"

"也许是，因为我一笑，它就停了手。我闭着眼睛，再睁开眼睛的时候，眼前什么也没有了……真怪！啧啧。"

大贞子笑了。她向身边的人说："你说热闹不热闹死个人！"说过之后，又转身对哈说，"哈，你听见了吧！你说热闹不热闹死个人……"

"那一年上，""毛猴王友"又接着讲起来，"我夜里到海上买螃蟹——这可是真的。网还没有上来，我们一伙儿人等不得，都要找地方歇一歇。海边上死鱼烂虾也多，引来小苍蝇、小蚊虫，一团一团在头顶上滚……"

"在头顶上'滚'！……"大贞子对"滚"字发生了兴趣，重复了一遍。

"就是滚的。我要睡上一觉，可就是找不到地方。我找啊找啊，看见一张旧篷帆搭在渔铺边上，里面有个空子，就钻了进去。嘿嘿！嘿嘿！里面早有个人睡着，我低下头一瞅，看见一条乌油油的大辫子 —— 是个大姑娘！我装作没看见，挨着她就躺下了，我是太困了。"

"咝——"有人惊讶地吸着凉气。

大贞子噘起了嘴巴，不高兴地说："六（流）氓七氓！"

"毛猴王友"不以为然地斜一眼大贞子："这要作风过硬的！我睡过去，什么也不知道了。醒来以后，伸手往旁边摸摸，什么也没有了。我觉得身上有些分量，一看，人家怕我睡着了冻坏，给我盖了一块帆布角角呢！我还闻着有一股香味，一转脸，左边放着一块小花手绢……我至今留着这块手绢，没事了就拿出来看一看……"

大贞子不作声了。她绞拧着手掌，盯着眼前的火苗儿。

一个人粗声粗气地顶撞一句："好事都让你遇上了！"

"毛猴王友"就像没有听见，还在自语："没事了，就拿出来看一看……"

小铁锅里的水沸出来了，有人揭开了盖子。

大贞子也注意到了三喜，高兴地推三喜一把说："三喜，你讲个故事呀！你就没遇到什么吗？"

三喜在蓑衣里活动一下身子说："我没遇到。"

"那个老得呢？——他是你朋友啊，你不是说他会作诗吗？……"大贞子又说。

三喜坐了起来，揉一揉眼睛说："那是当然的了。老得可不是一个简单的人——不过他现在还没有媳妇。"

有人笑嘻嘻地说："大贞子跟他吧！"

三喜看了那人一眼，像告诉他，又像告诉大贞子说："老得个子很高，我们没一个比得上他！不过……"三喜咬咬嘴唇，"不过他是个'水蛇腰'，走起路来腰老拧的……"

大家都笑了。

三喜很严肃地对大贞子说："真可以考虑呢！老得有骨气啊，他原来和我们一样，是护秋的，负责看一片葡萄园。后来园里的负责人轻视他，他说：'此处不养爷，自有养爷处——我老得走也！'拍拍身上的土就走了，到海上拉大网去了。有一回我看见了他，见他赤着身子，晒得又黑又红，太阳一照耀眼地亮，像涂了一层油……"

"是条好汉子！"有人感叹道。

大贞子站起来，撇了撇嘴巴，看着月亮和星星，使劲仰拧着身子，嘴里发出舒服的"啊啊"声。她拾起了地上的木棍，高兴地唱起来："年轻的朋友们，今天来相会……啊，亲爱的朋友们，美好的春光属于谁？"

"毛猴王友"摇头晃脑地接上唱着："属于我——！属于你——！"……

月亮慢慢偏西了，已经过了午夜。海潮声在远处响着，好像大海在慢慢地漫涌过来一样——海边的人管这叫"发海"。菜园四周的树木上，有的鸟儿被人们吵醒了，这时扑动着翅膀，不耐烦地咕哝着什么，飞到另一棵树上去。芦青河咕噜噜地流着，不时送过来几声溅水的响动……

对面的小草铺上，铺柱上一直亮着一个暗红的点子。月亮朦朦胧胧，看不清铺子上有没有老混混。他没有点火，没有架上小铁锅。这个夜晚，人们只听见他咳嗽过一次。

大贞子牵上哈，要沿着园子走一走了。三喜也披好蓑衣，要到自己的田里去看看。可是就在他们站起来时，铺子上传来了小霜的喊声——她被什么给惊醒了，害怕地叫着大贞子。

哈警觉地吠着，向着黑暗的园角扑过去。

三喜想起了什么，他急急地跑到铺子上，到处寻找着，连连痛惜地拍打着手掌。大家问他怎么了，他顾不上回答，只是向着哈的方向跑去了……

过了一会儿，他和大贞子牵着哈回来了。哈的耳朵被什么弄破了，流着血。三喜声音低低地告诉大家：

"枪，被人摸走了……"

十

河边的庄稼丰收了，带来那么多喜悦，也带来那么多焦虑。护秋的人越来越多，他们披着蓑衣，带着棍棒，夜间就睡在田野里。不断发生丢失庄稼的事情，半夜里常常听到粗野的叫骂和呼喊。

这真是一个不安宁的秋天……

曲有振不知怎么知道了河西岸来人骚扰菜园的事情，慌慌张张地拖着拐腿跑到园子里，先狠狠地骂了大贞子一通，然后又找老混混求情去了。

老混混躺在小草铺上，头也不抬，一边吃着瓜子一边说："就是嘛！有什么事情，咱老一辈人商量，我跟你闺女他们说不着！"

曲有振掏出一盒大前门烟递过去，说："那是噢！那是噢！"

老混混吸着烟，斜着瞅了他一眼说："我这铺子，让大贞子掀翻了两次，你知道吗？"

"野性啊！野性！"曲有振在心里叫开了。"老混混的铺子也掀得吗？……"他连连说，"混混，贞子不醒事的……"

"你也不醒事吗？我老混混可是好心好意地跟你联合承包，又不是偷你、抢你！"老混混说着坐起来，把放在一边的韭菜刀子插到腰上，声音重重地说，"如今就是偷你抢你也犯不到哪家的王法，你发了财，还不兴穷人'吃大户'吗？压制贫农就是压制革命 —— 这可不是我说的！……"

"吃大户"三个字深深地刺痛了曲有振！他"吭吭"地喷着气，一直没有吱声。

"我这个人就佩服老忽，人家是说干就干的，一辈子也没对谁软过！结果哩？地主怕他，解放了，村干部也怕他。他临死的前天晚上还喝酒哩，啃一条狗腿……"老混混说着，手搓一片绿叶子蛤蟆烟。

曲有振有些站不稳，扶着铺柱，坐在了铺子上。他知道那个老忽是当年河两岸有名的一个无赖，一年总要跟人拼几次命的，很少有人不怕他。

老混混让曲有振吸他的蛤蟆烟，曲有振吸一口，呛得连连咳嗽起来，再不敢吸。老混混大笑不止，说："怎么样？我就成天吸的这号烟叶，脾气也跟这烟叶差不多，谁敢往肚里吸，就冲他一家伙！……"

"劲道太大……"曲有振说。

老混混冲他摆摆手："我不去作践你的园子。可我挡不住河西的人——三老黑是我朋友，可他见了东西红了眼珠子，我管不了的。要是联合承包起来，他自然看我的面子……"

曲有振再不作声，摇摇晃晃地离了小草铺，回到菜园里去了。大贞子看到父亲两腿站不稳，脸色变得十分难看，就扶着他回家了。一路上，曲有振总咕哝着老混混，咕哝着"联合承包"……

大贞子回到园子里，向着老混混喊："老混混，你死了心吧，和猪联合也不跟你联合！……"

老混混就像没有听见，在铺子上打了一个滚，呼呼地睡着了。……

三喜丢了枪。一直哭丧着脸。他一方面担心父亲跟他要枪；一方面担心坏人用枪做出什么事情来。有一天他在田埂上遇到了三来，告诉了丢枪的事。三来支支吾吾，说他好像见谁拿过这杆枪。三喜气愤地质问了一会儿，他才说出是老混混拿了这枪——见他去河套子里打过野鸡……

三喜让三来去讨回枪来，三来无论如何不干。三喜把他领到了菜园里。

大贞子气得蹦起来，用大棍指着三来说："你是个'叛徒'！"

三来看着他，嗓子低低地叫着："大贞子……"

"你肯定是个叛徒！"大贞子说。

三来为难地说："我要不来的。……"

大贞子和三喜都不作声了。停了一会儿大贞子说："你没一点男子汉的骨头！你还'三来'哩，你一次也别来了，我跟你就算不认识，你走吧！你找老混混去吧，你是他的人哩！……"

三来难受地蹲下来，捏弄着指头说："我和你前年看过野枣……"

大贞子把手一挥说："我不领情！你那是去吃野枣的……"

三来吞吞吐吐的："我敢去要枪，可我要不来的。大贞子，我怎么也要跟你好的，我恨老混混……"

三喜这时想个好计谋，就说了一遍。大贞子高兴地拍着手掌说："真好的办法啊，快去吧三来！"……

三来真的去找了老混混。

他站在小草铺跟前，看着躺倒的老混混，声音低低地说："混混叔，事情闹大了……"

"怎么咧？"

"你偷枪的事，不知怎么漏了风声，报上登出哩……"三来说着，从裤兜里摸出一张揉皱了的报纸，展开念道："……偷枪就是犯法。老混混偷枪，罪责难逃！他偷去枪，想做什么，上级知道。如果近期不归还失主，法办是肯定的……"

"'法办'就是抓人吗？"老混混问着，一欠身子拿过报纸说，"我看看吧！"

老混混一个字也不识。三来用手指点着那一溜儿黑体标题说："看看吧，这就是你的名字，'老、混、混'……！"

老混混坐起来，眼望着天边上的一块浮云，吸起了烟。

三来说："混混叔，干脆，瞅他们不在时，把枪扔到园里算了，省得招惹是非……"

老混混不动声色地吸完一支烟，然后歪歪身子，从铺盖卷里抽出了那杆枪。

"你拿去吧，他们问，你就说从田埂上拣的。他妈的，他妈的，晦气……"

……

这天晚上，月亮被云彩遮去了。几个人正坐在菜园里像往常一样聊天，突然哈愤怒地大吼起来。大家吃了一惊，还没有反应过来，就看到几个黑影蹿进了园子。大贞子大叫起来："又是他们……"

大家呼喊着追逐那几个黑影，可他们毫不惧怕，一边躲闪着棍棒，一边往架子下面钻。他们顺着眉豆架空跑着，棍子是打不着的。有的还藏在里面喊着"大贞子"……

三喜跑出了园子，到南边叫人去了。

不一会儿，护秋的人们举着火把，呼喊着围拢过来，手里高高举着木棍。园里的歹徒见势不妙，纷纷钻出架子，钻进庄稼棵子里，溜掉了。只有一个家伙从园边的大树上滑下来，嘻嘻狞笑着，大摇大摆地踢散围篱，想往河边上走。三五个人围上去，他就像没有看见一样，头也不回。

等到靠近他身边时，他"呼"的一声架起了拳头，蹿起身子，脚踢拳打，干净利落地把几个人全部打倒在地上，身子一摇钻进了庄稼地里……

这个人会功夫！

大家举着火把，眼巴巴地瞅着他消失在黑暗里……

可是过了不一会儿，正在大家要离去时，突然远处传来一阵呼喊声、扑打声。那尖叫的声音简直像两只巨兽在厮打、受伤时发出的吼叫一样，在黑暗的夜空里播散着，可怕极了……大家向着喊叫的地方跑去了。

原来在玉米田里，有两个人紧紧地拧在一起，滚倒了好大一片秋玉米！

大家围上去，他们还在滚动着，一个揪着另一个的头发，一个卡着另一个的脖子。衣服上沾满了泥土和鲜血，脸上也流着血，那血不知是流自鼻孔还是嘴巴……大贞子第一个认出其中的一个是三来，大叫了一声。

大家用力将两个人分开。那个陌生的人歪歪斜斜站起来，还想往玉米垄里钻，三来躺在地上，用嘶哑的嗓子喊："他是三老黑！"

三老黑一只耳朵流着血，一条腿也跛了，可还是虎视眈眈地看着周围的人。

大家把三老黑绑了起来。

三来长长的分发已经被扯掉了五分之一左右，身上也受了好多处伤，只得抬着走了。担架是用大贞子和另一个人的木棍穿到两件衣服袖里做成的。大贞子自告奋勇地争着抬三来，说：

"三来是个英雄！"……

十一

当天夜晚，大家在菜园里决定了两件事：把三来送进医院里，把三老黑送进公安局。

三来本来不能动了，奇怪的是喘息一会儿，能够歪歪扭扭地走路了。他说："我不进医院，我就在这儿了！反正没有内伤，擦点紫药水就好了！"

大家见他十分固执，就只好依他了。天傍亮的时候，大家押着三老黑到公安局去了……

大贞子让小霜回去取药水和纱布，让三喜到河里弄几条鱼来。她自己给三来洗了脸，把他抱到了铺子上。

哈一直看着三来，看着他洗去血污，躺在铺子上……三来像不懂事的睡迷的孩子一样，大贞子怎么搬他，他就怎么躺，全凭她拨弄去。他闭着眼睛，像睡着了一样。

大贞子摇摇他："睡了吗？讲讲，你怎么就逮住他呢？"

"我——"三来用带血口子的手搓搓眼睛，嗫嚅着，"我恨老混混呀，我成天在园子四周转着。可我不敢帮你赶开坏人……"

"你那时胆小。"大贞子声音轻轻地说。

"嗯。"三来点点头，"这晚上，我在庄稼棵里转着，也听见了园里的喊声，急得直搓手掌。后来一片火把亮起来。我才放心了……一会儿，有个人从菜园那儿跑过来，我一下就认出是三老黑，就一把抱住了他。"

大贞子说："你真行！"

"也不知怎么就抱住了。他会功夫，可我两手扣紧了，不让他离身，他就使不出功夫！他那两只手也厉害呀，好几次扣到我的肋骨里，我疼得要昏过去，可还是不松手！他咬我，你看，腮上这道口子就是他咬的。我也咬他，我咬他的耳朵。他抱住我，发疯似的滚动，像要把我碾碎似的。我不知和他压倒了多少玉米棵棵。你看我脖子上的血道子吧，这都是玉米叶子割开的……可我咬紧了牙，就不松手！我想起了好庄稼是怎么被他们糟蹋的，你是怎么哭的 —— 你哭起来和小孩子儿似的 —— 我对不起你呀！我咬着牙，就不能让他跑掉！我想我三来今夜索性就做一遭真正的男子汉吧！……"

风呼呼地吹着，满园的叶子在"唰唰"抖动。芦青河的浪涛大起来，哗啦啦拍打着堤岸，在辽阔的夜色里回荡。哈注视着缈远的星空，鼻子，指向那颗最亮的星星……

大贞子听着三来的叙述，两手托着两腮静静地坐着，泪水，顺着两颊不停地滚落下来……她用力地抹着腮上的泪珠，说："三来，你真像个男子汉，像……"

她伏下身，那么温柔地看着三来。三来大约是累了，这会儿轻轻地闭上了眼睛。大贞子看他的眉毛、眼睫毛，看着他的嘴 —— 这原来是一张有着棱角的、倔强的嘴啊！她又看他的额头，突然觉得这眉宇间有着一股英俊之气……她心中涌来了潺潺流动的热流，心跳得急起来，四下里飞快望了几眼，然后低下头，轻轻地吻了吻他的眉心。……

三来哭了！他肩头耸动着，全身颤抖，一瞬间像个小孩子。他两手扶住大贞子的肩头说："大贞子，我永远……记住你！你是个最好的人 —— 你和我好起来吧！你要是拒绝了，我三来趁这身伤势也就死了……"

大贞子害怕似的离开了铺子，站在了几步远的地方。

三来一下子坐起来，一双渴求的目光定定地注视着她。

她说："三来，你能告诉我 —— 你为什么那么怕老混混吗？"

三来像一株霜中枯萎的茅草，一下子躺倒了。

大贞子走上来，用手抚摸着他的脸，说："你有什么可怕的！你不怕三老黑，你都是个英雄了，你偏要怕老混混！你不是要做个真正的男子汉吗？"

三来的眼里含着一汪儿泪水，声音颤颤地问："我说了，你还能和我好下去吗？"

大贞子点点头。

三来又呜呜地哭了起来，他把细长的手掌盖在脸上，一丝一丝地往下滑脱着。当手掌从嘴巴上拿开的时候，他突然止住了哭声。他坐了起来，抹一抹泪花，问："你知道龙口林场丢失木材的事吗？"

大贞子点点头。

三来说下去："那就是老混混勾结三老黑一帮人干的！有一天晚上，风很大，芦青河的浪头有好几尺高。他们把木头扎成了排子，要推下河去，硬让我去帮忙。我知道这是犯刑事的……"

"那你怎么还干 —— 你干了吧？"

"我……唉！老混混说：'干吧，以后五百块钱一笔抹'。我心一动，就干了……唉！"三来的手掌又盖住了脸庞。

大贞子咬着嘴唇，一声不响。

"后来，老混混怕我说出来，就吓唬说：'火了，我找公安局投案去 —— 我早晚要投案的。我一个人过得好苦，没家没业，早就想找个吃饭的地方了 —— 我捎上你，怕不怕？你可是年青，进一次大狱，一辈子就完了，媳妇也甭想娶上……。"

"你就记得娶媳妇！"大贞子气愤地喊了一声。

三来气愤地捶着自己的腿："我多傻，就信了他这一套，以为他真要'找个吃饭地方'呢……"

大贞子坚决地说："去告发他，正好三老黑也送进了公安局！"

三来定定地望着大贞子说："不会抓起我来吧？"

"你这是立功赎罪，不会的——万一抓了你，我也等你回来……"大贞子的声音慢慢低下来。

三来躺下了。他响亮地说："看我的吧！"

"怎么看？"

"我去告发老混混，也去告发我自己！"……

小霜取来了纱布。大贞子给三来包扎起来。

三喜提回了鱼，蹲下来烧着鱼汤。火焰很旺，一会儿鱼的鲜味就出来了。鱼味儿，还有徐徐吐出的气雾，给洒了一片霞光的园子添上一种温馨可亲的气息。三喜捅着锅下的火，对铺子里的三来和大贞子喊道："鱼是鳝鱼，讲究大补的！"……

十二

由于三来的有力证明，三老黑在公安局里全面招认了。他和老混混的关系以及他们骚扰河两岸新生活、偷盗国营林场木材的罪恶行径，全部暴露出来了。

几个主要罪犯很快就被逮捕了，老混混也在其中。三来主动揭发，且又生擒歹徒，属于有功之列。

三喜是亲眼看见怎样逮捕老混混的。他兴奋地到菜园里告诉了大贞子，大贞子一声不吭地听着。三喜说：

"老混混正在铺子上仰面大睡呢，去了两个公安战士，亮出了手铐。他忽地爬了起来，骂咧咧的，还拔出韭菜刀子，说了一声'看刀'，像上一回在菜园里那样，扔了出去……他原来是使惯了'飞刀'的。我估计，他是要罪加一等的。"

"为什么呢？"

三喜反问："你知道扔刀那叫干什么吗？"

大贞子摇摇头。

三喜严肃地用食指往地下一指。

"那叫'拒捕'！"

大贞子点点头。三喜接着说。

"后来老混混带好了铐子，反而大笑起来，对四周围看的人说：'我老混混这回可找到吃饭的地方了！'……"

大贞子骂了一句："这个不死的老混混！"……

曲有振的病突然好了——这是非常奇怪的。他听到老混混一伙被抓起来之后，两腿立刻觉得轻松了不少，结果抛了拐杖，从家里晃晃悠悠地走出来，直走到了菜园里，站在园边大声地喊着："大贞子——"

大贞子扛着木棍跑出来，笑吟吟地问："你来护秋吗？"

曲有振摇摇头："你护吧，你是好样的！"

"三来才是好样的！"

他一边往园里走一边说："这个我知道……不过，我对三来还是不放心。他留个分头……"

"让他剃个平头就是！"大贞子爽快地说。

曲有振没有作声。他摇着头，慢慢进了园子。

大贞子点了火，为父亲烧一点汤喝。她连连叫着哈，一蹦一跳地走过去。哈被主人的情绪感染了，也高高地跳起来，嘴里"呼啊呼啊"地喘息着，和大贞子逗着玩。哈真是一条懂得人间情理的好狗啊。

傍晚的时候，三喜和三来又进了菜园。三来见了曲有振，转身就想走开，却被大贞子喊住了。

三来有些腼腆地走到曲有振跟前说："大伯好些了吧？"

曲有振端量着他，说："你也好些了？"

三喜笑了。

三来看看大贞子，然后走到铁锅跟前，去搅动那锅汤。大贞子对父亲说："爸，你看看三来有多么勤快吧！……"

曲有振看着铺柱上熄灭了的艾草火绳，认出还是一个月前他使用的那根。他吃惊地摘下来端量着，心想：大贞子夜间原来是不点火绳的！

守夜不点艾草火绳，这似乎这也是一件少有的事情了。不过他转念又一想，她不抽烟，园里又没有多少蚊虫，点火绳确实没有多少必要。可是她点篝火，她架上了小铁锅。这也是老年人和年轻人不同的地方啊。……老人用手抚摸着四根光滑的铺柱子，默默地吸着烟。他望望对面那个小草铺子：铺柱上的艾草火绳也熄灭了。他想，那根火绳是永远也点不燃了吧！

哈转过来，依恋地把头搭在他的腿上，温柔地挪蹭着……曲有振用手抚摸着它后背上长长的毛，小声地说："老混混跟你叫什么？你不会记得了。他跟你叫'卷毛儿大猎狗'——那是讥讽哩！可你实实在在是一条好狗。我不在园里，你受苦了。我过去告诉过你，说在冬天里买肉骨头给你啃，那时候让你肥胖起来。现在还不行。现在还是出力的时候，我，大贞子，都用力做……"

哈点点头，摇着尾巴……

这个晚上，曲有振留下来一块儿守夜了。篝火点起来时，照例有好多年轻人聚到园子里。大家围着火苗儿谈笑着，有人定时到田埂上巡逻去。有人又把酒瓶儿对在嘴上。会捉鱼的捉鱼去了，会使枪的打野兔子去了……不一会儿，园里就溢满了鱼肉的香味。曲有振最受尊敬，人们给他敬酒，让他吃最肥美的烤肉。曲有振抹抹嘴巴说："这样护秋，不会瞌睡的。"

大家正玩得高兴，"毛猴王友"突然说："大贞子和三来呢？"

三喜狠狠地瞪了他一眼说："你不见他们巡逻去了吗？"

………

他们真的去巡逻了。他们的巡逻路线很长。他们牵着哈,走出园子,登上了河堤。河水在涌动,拍打着蜿蜒的堤岸,芦苇和荻草像波浪一样在月光下摇荡。大贞子打着木棍大步地迈着。三来总要急急地走才能跟得上。三来一路上咕咕哝哝,每一句话前面都有"大贞子啊!"……大贞子自豪地挺着胸膛,抖着哈的锁链,说:"哈,快走!……"

秋野的气味是迷人的。月光下的田野,无数的成熟的果实都在一片薄薄的黄沙下面覆盖着,更多了几分炫耀的意味!芦青河!多么美丽的河流啊,它在小平原上流过,滋润了这么一片好庄稼!河面上的雾气升腾起来,扩散开去,凝在高粱叶子上、玉米叶子上、谷子和大豆叶子上、红薯叶子上……碰一碰高粱和玉米,哗哗哗洒一身露珠儿;从豆子和红薯地里走过,裤脚很快就湿得水淋淋的了……三来说:"我看,做什么也不如当个庄稼人。"大贞子说:"庄稼人太苦了……不过现在开始有意思!哈哈,老混混还想和我们联合承包呢,热闹不热闹死个人!……

"说起承包的事,大贞子想起个事情。她停住脚步,问三来说:"你和我们联合吧?"

三来摇摇头。

大贞子气愤地说:"联合!"

三来又摇摇头。

他望着天上的星星,自语似的说:"我还不配。等等吧,我非亲手做出一块好庄稼不可!到那时候,咱们再联合!"

大贞子没有作声,停了会儿,她用木棍轻轻地捅一捅他说:"真是个'男子汉'啊!……"

田埂上，开始出现一些身穿蓑衣的护秋人了。他们有的生疏，有的熟悉，全都瞪起眼睛看着牵狗的两个人。大贞子喊着："我是大贞子，他是三来！"三来不让她喊，她反而唱起了"年轻的朋友来相会"，把手里的木棍当个矛枪，随着歌儿节怕的向前一捅一捅……

他们往前走着，身上差不多被露水全打湿了。三来说："该穿个蓑衣来。"大贞子说："像刺猬一样！"三来不同意说："我看了个电影——不记得名字了——女的全穿了蓑衣！你不知那个好看呀，当时我坐在下面想：哪一个做媳妇都是好媳妇，啧！啧！……"

大贞子用棍子轻轻敲了一下他的拐肘，他才闭了嘴巴。

他们往回走了。老远地就望见菜园上空那飞动的火星儿，他们知道篝火烧得很旺，一齐向着园子跑了起来。

曲有振已经在向着田野呼唤了："大贞子——回来——！"

大贞子和三来跑着，哈也跑着。三来听到喊声对大贞子说：

"你爸这个人，思想还是不够解放啊！"

十三

曲有振再也不愿离开菜园了。三喜等年轻人也留恋着园子。夜晚，大贞子和三来坐在人们中间，反而没有多少话了。大贞子的脸色通红，总是闪着光亮。三来的分头剪成了平头，因而曲有振也和颜悦色地对他说话了。

大家说着故事，"毛猴王友"自然成了重要角色。他讲了那么多鬼怪故事，护秋的人很愿听，听了又害怕，生怕在田埂上遇到那种事情。不过故事中遇到的姑娘都那么美，并且大多主动地对小伙子表示好感，年轻人听了是十分惬意的 —— 虽然听到最后，她们往往是狐狸变的，但大家并没有因此而懊丧。"那么好，狐狸变的也值得啊！"有人说。

大贞子说让三喜讲 —— 她眼里，稳重诚实的三喜该有更真实的故事 —— 可惜三喜没有，他开口只是讲他的朋友老得。老得是个可以见到的青年农民诗人，因而大家产生了另一种兴趣。很快，大家都了解老得了。曲有振对三喜说："你不能请老得来咱园里看看吗？"三喜说："我的好朋友，怎么不能？能的！"

在"毛猴王友"讲故事的时候，大贞子常叫上三来去巡逻。他们像永远不知疲倦似的，在田野里转了一夜，两双眼睛还是那么明亮！

有一个晚上，大贞子和三来从田野回到园子里，天就要亮了。三喜和一群年轻人见他们踏进园子，就惋惜地拍打着膝盖。他们一问，才知道是诗人老得来园里玩了半夜，刚离去一会儿呢。

大家告诉，老得和大家一块吃烤兔肉、喝酒，还有一锅炒刺猬。不过他不怎么吃鱼的 —— 要知道他是打鱼的人啊，早不稀罕鱼了。他听了大家讲的护秋的故事，知道了老混混和三老黑被抓走的经过，竟然十分激动，两眼直直地盯住一个地方，嘴里发出"啊！啊！"的感叹，当场做了一首诗呢？

大贞子连忙问："什么诗呀？"

这可很少有人回答上来，于是大家都把目光投在三喜的脸上了。三喜咳嗽一声，往前迈一步，用食指朝脚下的泥土一指，吟唱道："……大滴的汗珠往土里落／如今要过新生活／夜里护秋真英勇／要保卫神圣的劳动！……"

大贞子抛了手里的木棍，拍一下手掌说："真好啊！多好的诗呀！……"

三来也喊："好！"

大贞子说："这……这些，诗里也能写吗？老得……"她想起了那一个个不眠的夜晚，想起了三来那满脸的血迹，想起了猎枪午夜震荡着天空……一滴泪珠从她的脸上滚落下来。她突然问三喜："老得刚走了一会儿吗？咱追他去怎么样？"

三喜说："试试吧！"他们 —— 大贞子、三喜、三来，一块儿跑出了园子。三喜跑着，尽管脚下磕磕绊绊，嘴里喘息着，却还在不停地告诉："老得，要不会等你们回来的，他是要赶到海上，赶上拉黎明这一网啊……"

他们一会儿就跑得满身大汗了。

东方，有一个人在急急地赶路。三喜喊道："老——得——！"

那个人听到了喊声，赶忙站住了，回过身来望着这边。

可惜东方的朝霞太亮了些，像火一样红，迎着看去，怎么也没法望得清他的脸庞。他们只能望得见一个剪影。霞光勾勒出他一个清晰的身形。哦哦，大贞子和三来都看清了：老得细细的个子，很高很高；他站在霞光里，是笔挺的；他是听到喊声猛然站住的，头颅抬起，目光透过淡淡的晨雾向这边遥望；整个儿身影显得英俊挺拔、坚定而执拗。……

他们几乎同时喊了起来："老得——！老得——！"

那个高高的影子举起手来，有力地挥动。他挥着，挥着，然后转过身去走了……

大贞子和三来定定地望着那个身影。

三喜说："他实在没有工夫转回来了。他是赶去拉黎明这一网的——这一网是最重要的，黎明网！……"

大贞子久久地望着那个身影，喃喃地："我没见过他，不过我觉得早就熟悉他的……"

三来也点了点头。

"让我用歌送送他吧！……"大贞子说着从肩上取下木棍，两手举着唱道："年轻的朋友们，今天来相会！……天也新，地也新，春光多明媚！……啊！亲爱的朋友们，美好的春光属于谁？……"

那个影子终于融化在一片朝霞之中了……

三个人站了一会儿，若有所失地往回走去了。

这时候朝霞将田野映成一片金红。田野，秋天的田野啊，想象一下你涂了霞光的颜色吧，想象一下你涂了霞光的韵致吧！……雾在散着，乳白的，淡红的，飘飘成缕，缠绕在树梢、在青纱帐、在远处那淡淡的山影上。湿漉漉的香味在风中吹送，各种声音在田埂上回荡。一两句悠长的吆喝，一两声甜脆的歌唱……

离园子还远，他们就听到了那儿喧腾的声音。那是护秋人在嬉闹吗？在呼唤他们吗？好像是又好像不是。大贞子又想起了那一个个不眠之夜，那篝火，那猎枪，那蓑衣……她很想高声吟唱那首为守夜人写的诗，可她还背不上来。她只是大声呼喊着最末的一句："'要保卫神圣的劳动！''要保卫神圣的劳动！'……"

哈在远处呼叫他们了。

大贞子喊着："哈！哈哈哈哈……"

她是笑，还是呼应她的那个伙伴？没人知道。

一九八三年七月二十四日写于黄岛

秋天的思索

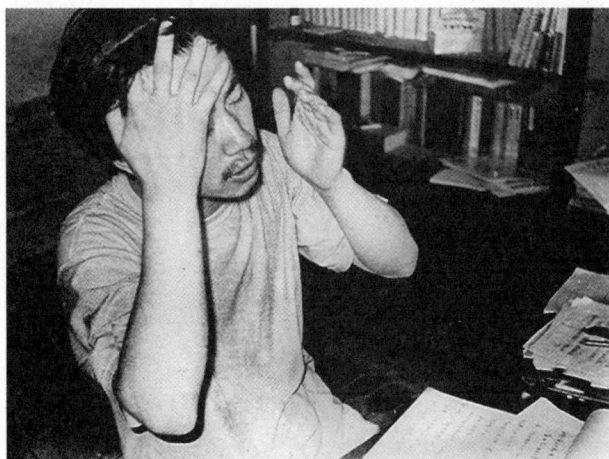

一九八八年，行走写作途中。

一九九八年在台湾诚品书店

一

　　去年秋天，葡萄熟得很快。今年的葡萄仿佛永远是青绿的颗粒儿，很酸。

　　可是，就有人喜欢这股酸味儿。看守葡萄园成了一桩大事。如今的园子是由三十六户合伙包种下来的，他们就给看葡萄园的买来一杆猎枪。

　　猎枪是双筒的。买来的第三天上，看园子的老得（"得"字读作 děi）才知道怎样使用。他很高兴地将上了黄油漆（他认为是"火漆"）的枪身用手撸了两下，拍一拍，放到了小茅屋的墙角上。然后找来一张八开的绿纸，写了一张"告示"，贴到了葡萄园边的大杨树上：

　　任何想偷葡萄的人都要注意，看葡萄园的人新买来双筒猎枪，见贼就放，决不留情。枪是钢枪，上了火漆，特此告知。

　　告示贴出的当天，园里做活的纷纷来茅屋里找老得。来的大多是上了年纪的人，劝他："老得呀，人命关天，可不能为一串葡萄打死了人啊！"

　　老得二十六七岁，奇瘦，个子很高，走起路来一拧一拧，人送外号"水蛇腰"。他的脸也很长，仔细端量起来，下巴似乎还有些歪。人们一句一句劝他时，他就蹲在屋角上，两只眼睛盯住地上一片草叶儿，不说一句话。人们又劝了一会儿，知道他是不会说话的了，就离开了屋子。可是他们走出不远，老得也出来了，站在门口，一手撑在门框上说：

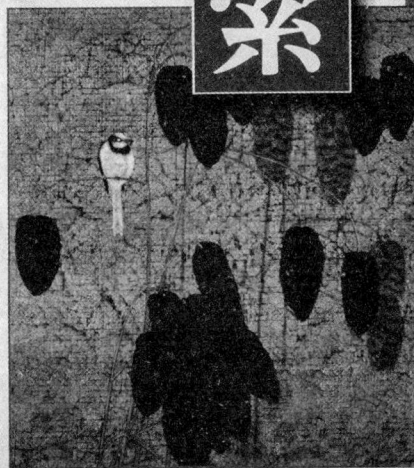

《秋天的思索》书影，风云时代出版股份有限公司一九九四年二月版。

"有心做贼，打死莫怨！枪是钢枪，上了火漆……"

所有人都愣愣地站住了，回头望着老得。

老得说完就回屋去了，还用力地将门使上了闩。

秋风轻轻吹着茅屋的草顶，发出簌簌的声音。早晨的露水还没有消去，趁风溜下窗外的葡萄叶片，沙沙地滴下来，像雨。老蝈蝈大约有什么心事，一大早就躲在树叶下唱，那调子显得深沉而悠远。老得在一张小白木桌儿前坐了，用手搓揉着那双涩涩的眼睛。

他看了一夜葡萄园，可是他这会儿并不想躺到炕上，眼睛发涩，搓揉一下就好了。他一般都在靠近中午时，用被子蒙住头睡上一两个钟头。他现在只是伏在桌子上，瞅着那个刻满了刀痕的桌面想心事。过了一会儿，他从抽屉里摸出一叠儿纸，又从衣兜里掏出一截儿铅笔，用力地写起了什么。

老得这个年轻人睡得很少。也许正是因为这个，他才被安排来看护葡萄园的。真是个美差！老得可以在秋天里尽情地吃那些甜蜜的黑紫黑紫的颗粒了！他在架子下一扭一扭地走着，东瞅一眼，西瞅一眼，满眼里都是绿色的叶子、黑紫的葡萄。他老想唱歌，可是他不会。他高兴的时候，只是将那个长长的、柔软的腰扭动得幅度更大一些……

这时，老得坐在桌前，头也不抬，铅笔"哧哧"地刮着白纸。写了一会儿，他抬头瞅着那几张写满了字的纸，"嘿嘿"地叫着，兴奋得腰身又扭动了起来。

屋门给踢了一下，老得一惊，迅速将桌面上的东西都揽到了抽屉里去。

"谁呀？"老得不耐烦地问了一句。

屋外是脆生生的姑娘的声音："是我！你个死老得就知道闩门——开、开、开！"

老得听出是葡萄园会计小雨的声音，眉头皱了一下，说："我要睡觉。"

"开、开、开！"小雨就像什么也没有听见，只管踢门。

老得没有办法，他嫌脏似的先将手在裤子上抹了几下，然后拉开了木闩。

小雨跳了进来，一进门就四下里看，一双眼睛滴溜溜的。老得问："你找什么？"

小雨也不回答，掀了掀木桌，揭了炕上的被子，最后在炕头的小夹道里踹着，踹开一个破被套，拿出了那枝崭新的猎枪。她笑眉笑眼地端量着，露出了两排雪白晶亮的小牙。她说："嘻嘻，两个筒的呀！……"

老得蹲在屋角，两眼瞅着地上的一片草叶儿。

小雨将手指一个一个挨着往枪筒里捅，嘴里说着："哼哼，你说笑不笑死个人！……"

老得真不知道这有什么好笑的。

小雨抚摸了一会儿猎枪，突然板起脸来问道："你买了猎枪，怎么就不告诉我一声呢？"

老得不吱声，只是立起身来，伸手去取枪。她一撇嘴，把枪藏到了身后。老得只好重新蹲下。小雨说："这是我爸批准给你买的——他批准了，有人才把这枪给你买来。别不知好歹！我跟我爸说一句，这枪也许就收回了。你以后放枪时叫上我吧？"

老得脖子有些红涨。他眯起一只眼睛端量着她。

她二十刚多一点，或许还不满二十呢。穿着风衣 —— 乡下姑娘如今也穿风衣。长得真好看，乡下姑娘也长这么好看。可惜只是好看，不算聪明。聪明还能连初中也考不上吗？老得可是初中毕业，他往往瞧不起学历较低的人。

小雨并没注意老得在看她，只是咕哝着："我爸批准买这猎枪，我爸说了，有枪和没有枪就不一样！就不一样！我爸……"

老得站起来说："你爸，你爸也不是很好的人。你一口一个'你爸'。"

小雨两根描过的眉头一皱，一抖，嗓子尖尖地喝了一声，"刷"地将枪从身后倒过来，对准了老得。

老得一动不动地掐着腰，两眼盯住枪口看着。他清清楚楚知道枪膛里没有火药，可他的目光里还是有一丝畏惧。他说："我对你爸，还是有很大意见。"

小雨怒喝道："不准有意见！"

"压而不服。"老得又说。

"不准动！"小雨抖了抖枪身。

老得的腰一丝也不敢扭了。他又蹲下去。蹲了一会儿，脖子突然又红涨起来。忽地，他站直身子，一伸手将枪夺到了怀里，然后伸出那只又黑又大的巴掌，按到小雨又软又细的腰上，用力推了一下。只一下，小雨就给推到了门外。她在门外大骂，并随手捡起一块砖头。老得干脆利落地关了门，将骂声、喊声，将一切烦恼关在了门外。

他再也无心写东西了，也无心睡觉，拉开抽屉，取出了他刚才写过的一叠儿信纸，默默地看了一会儿，又放回了原处。他骂了一句：

"王三江，挨钢枪！"

二

王三江是小雨的父亲，民主选举中落选了的大队长。

从前，他也算乡间的一个"大人物"了，跺跺脚，满村的地皮都要颤动。落选了，突然失了威风，他就整天把自己关在家里……土地开始承包了，海滩葡萄园虽有三十六户报了名，但因为没有领头的，迟迟没能签订承包合同。谁都知道负责这片园子的艰难：它需要和果品公司、酒厂、农药厂等单位搞好关系，需要有人为它奔波，万一有点闪失，那损失将会有几万元、十几万元！仅这一点，就吓退了一般庄稼人。

正这时候，一直不露面的王三江走上了街头。

人们很难忘掉那天的情景：老人们正懒散散地蹲在墙根下吸着烟晒太阳，突然有个又高又大的黑汉顺着街筒子走来。老人们一齐惊讶地仰起脸来：这不是王三江吗？他肩膀上搭着一件黑衣服，摇晃着肥胖的身躯，慢吞吞地往大队部走去，显出十分悠闲的样子……

后来人们才知道：他是去承包葡萄园的，自愿代表三十六户，伸出了那根肉嘟嘟的食指，在承包合同上使劲按了一下。

王三江很快把当年做大队长时搞熟的门路全利用起来。又让三十六户用力地做，葡萄园果然有了不少起色。结果第一个秋天，收入就超出承包额近一倍，三十六户欢笑起来，王三江却不动声色。他只从超产中抽出一小部分平均分配，其余的全部交公。这真有些冤枉：河西葡萄园的葡萄树小，总收入还比不上他们，可人家手里的钱却比他们多！三十六户找王三江吵架，王三江说："农民意识！以后再没有秋天了吗？只要你们跟着我王三江好好干！"说着，他把那只红润润的大巴掌果断地一挥……

这个王三江真是个奇怪人物。他做大队长时霸道和暴躁是有名的，如今却很少发火。他似乎永远将一件黑色中山装斜披在肩膀上，一晃一晃地在葡萄架里走着。年轻人可能更喜欢他，有四五个小伙子常常跟在他后边。老得喜欢端量他那圆圆的大脸盘子：黑红黑红，渗着一层油汗，样子憨憨的 —— 老得认为这正好说明了王三江的内秀，并且具有某种幽默感。他尤其觉得那件斜披着的衣服让人发笑。

可是后来发生了一件事情，使老得深深地吃了一惊。

他陷入了迷惑。他要重新揣摩王三江……

有个叫铁头叔的孤老头子，看了一辈子葡萄园，和老得做了好多年搭档。老得把他看作父亲一样，夜里守园子寒冷，就把细长的身子拱在老人温热的蓑衣下边……有一天，老得从葡萄架下钻出来，发现空旷沉寂的屋前空地上定定地站着两个人 —— 铁头叔和王三江。

王三江还是斜披着衣服，双臂倒剪，一动不动地盯着铁头叔。他脸色阴沉，目光锐利。铁头叔也一动不动地站着，看着王三江。他胡须抖动，眼含愤怒。两个人不吱一声，连咳一声也没有。这场面很使老得诧异。

突然，老得发现王三江的牙齿磨动了一下，接着两眼射出一道歼灭性的光来 —— 老得第一次看到这样的目光，差点惊慌地叫出来……王三江就这样定定地看着铁头叔，直看了老半天，然后才抖抖衣服，和从前一样地摇晃着走了……

老得愣愣地站在那儿。他看到铁头叔这时已经全身发抖，脸色铁青了。老得赶忙抱住老人问："怎么啦？怎么啦？"老人摇着头没有作声，停了好长时间，才长长地舒了一口气："他嫌我多嘴。我觉得他一笔账目不对，背后找人问了问，被他知道了……"

老得深深地吸了一口凉气……

接着，好多古怪事儿都落到了铁头叔身上。他一值班，园子里就丢东西；一次他在树下打瞌睡，有人把一个癞蛤蟆扔到了他头上；还有人骂他"吃里爬外"……铁头叔想离开园子了。

老得怎么劝阻都没有用，老人还是走了。他走时给老得留下了一件崭新的蓑衣和守夜狗大青……

老得眼睛都哭红了。他不明白王三江为什么用两束目光就能逼走铁头叔。那是一双什么样的眼睛啊！连他自己也不敢回忆那道目光了……

老得一个人睡在小茅屋里，睡梦中常见到茅屋的小门"吱扭扭"打开了，有一个又粗又黑的壮年汉子堵在门口，先是目光沉沉地逼视着他，然后就摇摇晃晃地一步一步走过来。他吓得大叫一声，醒了。醒来了，就再也睡不着了。

梦中常见的这个人，就是王三江。

他弄不明白，怎么也不能从梦中将这个黑汉赶开。甜甜的睡，就让黑汉给毁掉了。他有时实在困得不行，寂寞无聊，就搓揉着眼睛走出葡萄园，到海边上吹吹海风，看那些赤身裸体拉大网的人。

他有时想：要从梦中赶开这个黑汉，首先必须敌得住他的眼睛。铁头叔看了一辈子葡萄园，那身上的筋脉被风雨磨韧了，尚且敌不住那双眼睛！他想这里面会有什么缘故的，需要好好寻思一下。……往常老得看了一夜园子，早晨跟在铁头叔的后边，手扯着大青的铁链从一片早霞里走出来，高高地呼唤几声，扭动几下腰身，别提有多么惬意和舒畅！可是后来就不行了。他一个人走在架空里，老觉得四周那么憋闷，似乎有什么东西要逼近过来。他几次猛地转过身去，都发现园里静静的，什么也没有。老得自己也感到奇怪了。他实在弄不明白这是怎么回事儿。有一次他看到王三江斜披着黑衣服，摇摇晃晃从葡萄架下走过，就猛地拍了一下大腿：毛病就出在这个黑汉身上！那种奇怪的感觉就是从他身上来的！

老得弄清了这个缘故，连自己也吃了一惊。他不明白这个黑汉子怎么就会有这种神奇的作用。要敌得住他，只有弄明白里面的"原理"——老得记得在学校读书，数理课本上常有"原理"。他想世上的大小事情也都会有个"原理"的！老得绞拧着眉头，苦苦地思索着。他有时能够远远地盯住那个斜披衣服的身影，半天也不动一下……他又想起了那两束可怕的目光。他咬着牙。他想终会有一天制住这个黑汉的，现在要紧的是先弄明白里面的"原理"！……

老得像害了病一样。他整天牵着大青，步子蹒跚地走在葡萄园里。他的头发蓬乱，两眼无神，鼻子两侧挂着两小片污垢。他不想吃饭，只是忘不了喂大青。大青平常是活蹦乱跳的，可是这会儿也蔫蔫地垂着头，尾巴夹在两条后腿中间，步子迈得松松垮垮。

有一次他正走着，遇上王三江迎面过来。老得的眼睛立刻放出了两束光，下巴收紧，用力压在锁骨上，那目光就往上射出，显得眼白很大。他就这样鼓足勇气，瞪着一双眼睛，迎着王三江走了过去。

王三江倒被这副样子逗笑了。他嘿嘿笑着，刚要说什么，可是又立刻闭上了嘴巴。王三江发现这目光里闪烁着仇恨！他禁不住"哼"了一声，警惕地退开一步。

老得说话了，那字是一个一个从牙缝里挤出来的，断断续续："你……欺负……铁头……叔！"

王三江气愤地挥起了巴掌。可是老得也不示弱，他手里牵着大青的铁链，正好余出一截，就奋力向着王三江抢去。王三江一躲，同时伸出右手，五指并拢，往左上方举、举，直举到左肩膀上方，才狠狠往下一砍。只一下就将老得砍倒在地上。……王三江盯着躺倒的老得骂了一句：

"一个古怪……东西！"

老得第一次尝到王三江的威力。他那立起的手掌，侧面如同一把钝钝的刀子，砍来着实厉害。这沉重的一击，使老得很长时间不敢去寻思那个"原理"。葡萄开花了，结果了，老得精心地守护着，只是再也不敢去琢磨怎样制住黑汉 —— 王三江的一掌，使他的思辨进程足足推迟了两个月！……可是他敢恨他。他常常面对大青，藏在深深的葡萄叶子里说话。他认真地告诉大青："记住，是王三江气走了你家铁头叔的！"大青摇摇尾巴，悲哀而丧气地点点头，似乎是听明白了。

老得还有一点怎么也弄不明白的地方，这就是小雨了。他不知道小雨怎么会生成这样。她太白了，白得像阳光，让人不敢定神凝视，真正是耀眼的白。那腰也真细，圆圆的，老是引逗老得要伸手去拃。可是他不屑于一拃。他离小雨远远的。他怕小雨身上沾了和她爸一样的毒气。小雨也真是天下第一个"妖女"：永远不像个大姑娘，娇滴滴，脆生生，想笑就笑，想骂就骂，倚仗她爸的威力，走路也想横行！她必定描了眼眉才肯出来，必定是每天都要骂人的。可是，她骂老得，老得却觉得她可恨的程度也有限。她又坏又天真。

总之，老得认为，王三江能有小雨这么个姑娘，是十分奇怪的事情。

王小雨是葡萄园的会计。明白人都知道这里不需要什么专职会计。可是她愿意大模大样地"办公"，她的办公桌就安在老得的隔壁。那儿清静又卫生，还有一张床，可以偶尔留下过夜。

老得最恼恨的就是她在这儿过夜。那时他要待在葡萄园子深处守夜。他要牵上大青，披上蓑衣，依偎在一棵老葡萄树下。可是这时候的小雨喜欢站在茅屋前的空地上唱歌。她唱得很多，很杂，一会儿是《军港之夜》，一会儿是《松花江上》，有时竟唱起一首十分陈旧的歌："天上布满星，月牙儿亮晶晶，生产队里开大会，诉苦把冤伸……"那尖尖的声音在夜空里飘散，悲凄而又哀怨，使老得一个人待在黑夜里，怪害怕的。每逢这时他就思念起铁头叔了，思念着他们一起守夜的那些日子。

该有一个和他做伴的人了。可是这个人总也没来。

老得想：也许是葡萄还青绿的缘故。可他转而又想：青绿的葡萄也要丢失啊！

倒是新买的猎枪给了他不少慰藉。他白天将双筒猎枪包在一床破棉絮里；到了晚上，就抱着它，一夜嗅着枪身上那股淡淡的油漆味儿……

三

早晨，乌蓝鸟最先叫了一声。乌蓝是最伶俐的歌手，它常在早晨蹲上葡萄架，默默地歇息一会儿，吸足了新鲜香甜的空气，再一跃而起，在葡萄园上空那片绚烂的彩霞里飞动。它永远在不停地跃动，不停地歌唱。

风吹动着千万片葡萄叶儿，那一面泛白、一面黑绿的大叶片儿每扭动一下，都要显露出一串硕大的葡萄穗儿。风是香的。阳光照在穗串上，叶子上，古铜色的老藤蔓上，使一切都变红了，变得羞答答的。架子将空中彩色的光束切割成更细的光束，投到不同的方向，均匀地落在园子里的每个角落。葡萄架是一把"光的喷壶嘴"。一个个葡萄园在大海滩上伸展开去，没有边缘，似一片深远莫测的海，一片旷大无边的森林。红色的雾气笼罩在这片绿海之上，给它增添了一丝神秘的意味。

常常是从不知多么遥远的地方，从晨雾笼罩的葡萄架子深处，传来一声声悠长的呼叫。这声音也许是起早到园里做活的人喊的，也许是守夜人在沉闷、劳累了一夜之后，伸臂展胸，发出的快意的长吁。这片辽阔的园子没有沉寂的时候，你如果仔细倾听，总能听到奇妙的声音。即便在午夜，也有些无法分辨的千奇百怪的响动。或者是"嘎嘎"两声，或者是"啵啵"两声……海浪在黑暗深处应和着,使夜里的园子更加不可捉摸。整个海滩都像一个睡去的巨人在喃喃梦呓。

乌蓝叫过之后,大海滩真正苏醒了。

各种鸟儿都飞动起来,一试歌喉。野兔儿在野鸡的呼声里有节奏地蹦蹿;乌鸦(这些讨厌的乌鸦!)成群地飞过,一边七言八语地议论着,一边从一排架子跃到另一排架子上去;小虫虫们在霞光里飞上飞下,那薄薄的翼被映成了鲜红;蝈蝈儿一齐鸣唱了,它们的歌声里充斥着对漫漫长夜的控诉……对于这一个长长的夜来说,早晨的苏醒就显得太重要了。各种小生灵奔走相告,欢呼光明。它们憎恨黑暗葬送缤纷的颜色,葬送一个明媚的世界。它们急于看一看叶片上那一层细细的绒毛,那清晰的、像图画一样美丽的网络,那泛红的、像蚂蚱腿一样的叶梗儿……

守夜人都在同时搓揉着眼睛 —— 他们都是在乌蓝的欢呼声里搓揉眼睛的。蓑衣都是湿的,他们都在这时候抖落一身露珠。哦哦,一夜的警觉的守候,一夜的忠于职守,他们像个活化石一样,一动不动地待在树下,偎在蓑衣里……

老得用力地跺脚,抖动蓑衣,大声地咳嗽着。他要回茅屋去了。

大青顽皮地伸了伸舌头,看了看老得。它周身的毛也都濡湿了,在阳光里闪着亮儿。老得背上猎枪走去了,它一颠一颠地跟上去,"哈、哈"地呼出一股股热气。

园子里已经开始有人来做活了。老得看见来人,精神立刻好了许多。他和人们打着招呼,人们和他说着笑话。他的猎枪在肩上闪亮,这使得好多人想起那张贴在杨树干上的告示。有的人问他:"老得,你说你的枪上了'火漆'，其实不过是上了一点儿'黄油'。"有的说："老得，昨夜里我听见'轰轰'几声，半空里亮了一下，真以为是你放枪打贼，走出屋望望，才知道是南山顶上打雷呢！"……老得每一句话都认真地听，他并不以为这是笑话。关于枪的问题他是要认真解答的。他说："火漆！那还有假？'黄油'？'黄油'是不禁摩擦的，是不顶事的。"

老得走近了茅屋，见里面正站了个高高大大的黑汉，跟梦中常见的那人一样！他闭了闭眼睛，默默地将大青拴了，然后就像什么也没有看到一样，转身就要走去。可是屋里的黑汉大声喊了一句："老得呀！"

老得只得迈进茅屋。

王三江坐在屋里唯一的一把白木椅子上，老得只得坐在炕沿上。他故意不看王三江，可那眼睛总要不时地瞥过去一下。对于王三江一大早的突然到来，他心里多少有点慌乱，一颗心"噗噗"地跳着。

王三江坐在椅子上，偏要将那只套了尼龙丝袜的大脚搬到椅面上，用手摩挲、捏巴着。他问："老得呀，你一个人憋闷不？"

老得说："嗯。"

王三江觉得有趣，笑了。突然，他向一边喊道："小来！"

屋角的黑影里有什么东西活动了一下，接着传来"哼"的一声。

老得一愣，上前打开了窗户。光线透进来，屋里明亮多了。原来屋角里蹲着一个瘦瘦的小孩儿，皮肤黝黑，周身被太阳晒得流油儿。他蹲在那儿，头扭向一边，像哭泣一样地耸动着肩头，身子一抽一抽的。

老得不解地望着王三江。

"小来！"王三江又喊一声，说，"你从今后跟上老得看葡萄园子，不准耍刁。"又对老得说，"小来交给你了，他不是个好孩子。耍刁，你泼揍！我跟他爸老窝说妥了的，他爸也说：'交给老得了，耍刁泼揍！'听见了吧？"

老得应了一声："嗯。"

王三江说完搓搓大手，站起来走了。

老得把枪放到破棉絮里，然后躺到了炕上。他枕着两手，眼望着屋顶，很想一下子睡过去。可是他睡不着。他盼了多少天的新搭档，如今就蹲在这间茅屋的角落里。这么个小东西，能做什么事情！他想他家准是给了王三江什么好处的，要不，王三江不会轻易让他来葡萄园的。他这样想着，闭上了眼睛。可是他很快听到了小来在角落里喘息的声音，这使他从炕上爬起来，走到了小来跟前。

小来站起来，像害怕似的往角落里退了一步。

老得这会儿看清楚了，原来小来不像从背影上看的那么小，他至少也有十五六岁的样子，只是长得弱一些，薄薄的肩头像个孩子。老得这会儿也像王三江那样，大着声音喊了一句："小来！"

小来注视着老得，就像害怕阳光似的，很快就眯起眼睛，将脸转向一边了。老得笑了，使得那个长长的下巴歪得更厉害了。他把手搭到小来的肩膀上说："我知道这茅屋快来个伴儿了，想不到是你！嘿呀，你和我看葡萄园吗？你和我住这茅屋吧 —— 以前是铁头叔和我住茅屋……"他一说到铁头叔，脸立刻沉了一下，不吱声了。他停了一会儿说："睡觉，你上炕躺下吧！"小来不愿动，可能不大瞌睡。老得却不管这些，弯下腰抱起小来，平展展地将他放在炕上，又用一条厚厚的花被子蒙起来……

老得又伏在小白木桌儿上写起了什么。

写了一会儿，他突然觉得不很自在，回头一望，见是小来从被子里探出了头，睁大着眼睛往这边看。老得粗声粗气地喊了一句：

"不准看！以后不准看我写字！"

小来一下子缩进了被子……

这天，老得像过去那样很晚了才去睡觉。他醒来时，天竟然黑了下来。他从来没有一觉睡到这时候的。他坐起来，发现身边的被窝空了，屋角也没有了小来。他觉得有些奇怪，赶紧跑到了屋子外边：大青在葡萄树下静静地卧着，风"沙沙"地吹着一园绿叶儿，喧闹的人声也没有了，晚霞笼罩了整个葡萄园……

"小——来——"老得急得跺了一下脚，呼喊了一声。

大青忽地蹦起来，警觉地四下望着，两只耳朵朝上竖了起来。

老得牵了大青，急匆匆地走到了园子里。他想也许小来到园里玩，迷路了，回不来了。他在架子间奔跑着，长长细细的腰使劲地扭动着。直到两腿又酸又疼，热汗湿透了衣服的时候，他才放慢了步子。葡萄园漆黑漆黑的，连他自己都要迷路了，他不得不往回走去。

整个夜晚他懊丧极了。他弄不明白小来哪里去了。这个瘦小的人儿像个影子一样出现在茅屋里，又像个影子一样地消失了……

四

夜里，老得疲惫地倚坐在葡萄树下。大青的鼻子对着他的脸，呼呼地喷出一股股热气。老得将额头低下来，用面颊靠在它长长的、温热的嘴巴上，一丝一丝地活动着。大青禁不住伸出舌头去舔他的手。在往常，老得总要毫不留情地拍它一下，可是今天他任它舔着。

狗的舌头热乎乎的，好似一个温柔的手掌。老得伸出两手将它推开了，让它蹲在一边，不满地"哼唧"着。老得深深地垂下了头，用两手紧紧地将脸颊捧住……他喘息着，张大了嘴巴，就像刚刚激烈运动过一阵似的。他觉得手掌有些发湿，对在眼上看了看，见是两滴泪珠。

老得一动不动地盯着眼前一片漆黑的夜色。他老是觉得这面巨大的黑色幕布向两边拉开，从中间的缝隙里走出一个背有些驼的老人。他认识老人那双眼睛，他在这伸手不见五指的黑影里也能认出铁头叔来！他禁不住"啊啊"地站起来，往前迈出一步……眼前什么也没有，还是一片黑暗。他揉一揉眼睛，失望地坐在了地上……

老得很小的时候便失去了父母，他是跟哥哥和嫂子长大的。他长到三四岁时，村子里闹起了饥馑，哥哥一家差一点儿被饿死，慌乱之中不得不抛开了老得。老得一个人也不知是怎么活过来的。后来他老是生病，瘦得不成样子，书也读不好。老得多么愿意读书啊，可是他读不好。他不得不怀着一腔迷恋回到了村里。也许是同情他的孱弱和孤独吧，村里领导没有让他下田扛沉重的镢头，把他派来看护葡萄园了。

铁头叔没有老婆，也没有孩子。他一个人在园子里，养着大青，住着茅屋。老得来到的第一天里，铁头叔特意到海边上，跟拉鱼人要来两条黄鱼，做了一顿鲜美的鱼汤。

老得至今忘不了那鱼汤的味道。他甚至记得鱼汤做好时，铁头叔怎样叼着烟袋去揭开锅盖子，先搅动一下，然后用勺子赶开漂在油水表面的三两个绿色的葱花……那些不眠之夜哟，铁头叔的烟锅在黑影里一明一灭，像不知疲倦的眼睛。老人有时高兴了，甚至这样问他：

"喂，老得呀，娶个媳妇呀，想不？"

老得不作声。他在黑影里，兴奋地把两只大手撑在肋骨上，使劲咬着嘴唇……铁头叔在一边笑，笑了一会儿又说："娶个媳妇，做鱼汤我喝吧 —— 我这辈子生在海边上，还没有喝得够鱼汤 —— 我到人家屋里做客，也老是对人家说：'做鱼汤喝吧！'……"

老得和铁头叔在一起看葡萄园永远也不知道疲倦。老人有好多古怪的故事。他至今记得一个故事：有一个小伙子种了一片果园，总也结不多果子。后来他在园里遇到了一个古怪的老头子：穿了一件遮膝长袍，是用画满了果子的布料做成的……老头子临走时告诉了小伙子一个方法：吃第一个果子时，要捏住果梗儿，闭上眼睛用心地想 —— 果子里有水，水是树木吸了地底的水、浇灌的水、天上下的雨水和露水；果皮上有花道道，是一早一晚的云彩映上去的；果子上有个小洞眼，是不小心让虫子咬上的；果子长得不圆，是缺养分，管园子的人开春身子疲乏，多睡了几次懒觉……实在想不出了，再把这个果子吃掉。

铁头叔讲过了故事说："那个老头子是专管人间结果的神仙。照着他说的做，果子要多得压断果枝！可到现在还没有多少人照着去做，果子当然是又酸又涩、个头小、稀稀疏疏……"

铁头叔说到这里时，就和老得一齐大笑起来。老人不停地吸烟，总要把烟灰磕在大青面前。大青总要低下头去闻一闻，也总要用力地打一个响亮的喷嚏……

老得多么留恋那些个夜晚啊！

可是后来，老得一个人待在漆黑的园子里，总要设法赶走瞌睡。

无边的黑暗里，老得有时沿着葡萄架空往前走着，不一定什么时候前面冒出一个活动的黑影，吓得他出一身冷汗；再一看，原来是一棵在风中摇动的杨树！失群的孤雁在园子上空哀鸣，老得每一次听到都要难受半天……

大青这会儿"呜呜"地低叫了两声，向着一个方向昂起头，脊背上的毛竖了起来。老得把脸从手掌里抬起，拾起了横在腿弯里的猎枪。

"老——得——！"有个尖尖的声音在不远处压低嗓门呼叫。

老得迎着声音走了几步，又拍一拍大青的脊背，一声不吭地蹲在了葡萄树下。月亮刚要升起来，老得看得见大青的眼睛。

那个声音也不响了。停了一会儿，传来"嗒嗒"的脚步声。从一团团黑色的藤蔓里，走出了一个姑娘。她头发披在肩上，穿了一件浅色的衣服，脚上踏着塑料拖鞋，身子一晃一晃地往前走着。

老得的心开始跳得快了，当他认出是小雨，又松了一口气。他从树下站起来，不解地"嗯"了一声。

小雨先是被突然出现的老得吓了一跳，接上就哭了出来。她用手背儿揉着眼睛，咕咕哝哝地诉说着："……死老得啊，你在这儿站岗，背着枪，我一个人在茅屋里睡，做了个噩梦！我梦见有个人蹑手蹑脚地往茅屋跟前走，手里握一把刀子！我出了一身冷汗，醒过来……死老得呀，我醒过来，真听见有人蹑手蹑脚地往茅屋这儿走。我打开窗子 —— 只打开一条缝，外面黑漆漆的什么也看不见。可我怎么也睡不着，老觉得有人蹑手蹑脚往茅屋跟前走……"

她一边说一边比画着，还不时插上"哼哼"的几声拖腔，使人联想起撒娇的娃娃在哭。

老得大不以为然地摇摇头："噩梦，又不是真的。"

"我真听见有人蹑手蹑脚……"

"噩梦又不是真的……"

小雨脱了拖鞋垫在屁股下，两手操在胸前说："我是不回茅屋了，死老得，我和你守一夜园子……吓人！"

老得不作声，只是怕冷似的将蓑衣围在身上。他闭了闭眼睛，觉得这简直像梦一样……芦青河在远处呜噜噜地响着，好像一个老妇人在深夜里哭泣，又像一个嗓子不好的人在恶作剧般的大笑。海浪的声音也很大，大约是海潮涨上来了。可是迟迟听不见拉夜网的号子，老得想也许这个夜晚他们不拉夜网了……他不时地抬眼瞅一下对面的小雨，瞅一眼他身旁坐着的大青。大青对小雨的到来也像是颇不以为然，斜也不斜过去一眼，不亢不卑地昂首直坐，望着那一天闪烁的繁星……

王小雨的泪痕未干又笑了起来，说："我真想不到还能和你一同守园子哩。死老得！水蛇腰！真想不到。这是'干部和群众同劳动'呀……"

"呸！"老得吐了一口。

小雨愤怒地站了起来，说："你吐我？"

"我恶心。"老得说。

"你恶心我？"

老得说："我的嘴巴恶心……"

小雨又坐下了。

他们好长时间都没有说话。老得用心地抚弄他的枪，一会儿搬上膝头，一会儿又搂在怀里。园子里每有一点声响，他都警觉地站起来，倾听着，辨别着。

王小雨坐了一会儿觉得无聊起来。她说："老得呀，你这个人也不错……"

老得没有应声。

"我是说你怪老实的。"

"老实就有人欺负——铁头叔就是一例！"

王小雨噘噘嘴巴："不准你指桑骂槐！"

老得搓搓脖子："没有的事……"

王小雨重新高兴起来。她又坐了一会儿，说：

"你知道吗？我爸不让找你玩的。他说：'老得可不是个正经东西。'我觉得你坏是坏，可也坏不到哪里去。"

老得从地上站起来了，粗声粗气地叫了一声："嗯？"

"坏不到哪里去。"小雨说。

老得没有吱声。他把枪从肩上摘下来，搬弄着，又一个一个瞄着天上的星星。他瞄着，闭着一只眼睛，含混不清地咕哝着："我早晚打下他来——'嗵！'给他来这么一枪……"

王小雨立刻从地上蹦起来，抓起沙子扬他。

老得敏捷地在葡萄树下绕来绕去，小雨追着追着就找不见了。

停了一会儿，从不远处的葡萄藤蔓里又传出老得的声音：

"给你爸来这么一枪……"

五

小来自己回来了。老得问他哪去了？他说哪也没去。老得当然不会相信，就再三盘问。后来小来才告诉：他跑走了，穿过葡萄园，要回家去。他怕老得以后会揍他。可是他跑到了自己家的后门口，望着门缝射出的灯光，又不敢进去，他怕爸爸。于是又摸黑跑了回来，在茅屋跟前转了一宿……

老得明白了那天晚上王小雨为什么听见有人蹑手蹑脚地走……他知道了小来有个后娘，他爸老窝也管得很严厉，不由得生出几分同情。这天下午，他特意到海上讨来两条黄鱼（铁头叔当年也这样做过），为小来烧了一锅鱼汤……

葡萄慢慢变紫。

葡萄园要进行成熟前的最后一次洒药了，这是园子比较繁忙的时候。人们都穿上了破衣服改做的工作服，手持喷雾器的长杆，在架子间来来去去，那样子有趣极了。无数的喷头向上、向下，向左、向右，喷出乳白的雾气，阳光又在雾气上映出一道道好看的彩虹。

喷雾器"嘧嘧"地响着，压气机"吱吱"地叫。两个人扳一个压气机，迎着面推来推去，就像踩跷跷板一样。可是远远不像踩跷跷板那么轻松，这只要看一看他们横流满面的汗水就知道了。年轻的姑娘和小伙子愿意结伴做这样的活儿，他们面对面地劳动，你推过来，我推过去，严肃的时候不多。姑娘推几下就笑了，接上小伙子也笑。姑娘笑得"咯咯"的，小伙子笑得"哈哈"的。只是他们都低着头笑，轻易不抬头互相看一眼。没有人督促，也没有人喝彩，他们越干越有劲儿，将气压得足足的。气越足，远处的喷头喷出的雾气越匀、越宽，空中的彩虹也越好看。

整个园子里都是沸沸腾腾的人声。葡萄紫了，三十六户都激动起来，连小孩子也涌到园子里来了，在乳白色的雾气里奔跑着，呼喊着。

老得睡不着的时候，就牵着大青，领着小来到园里来。他们有时在压气机跟前停住步子观看，那扳机器的姑娘和小伙子就说："老得，你站哪儿不好，偏站这儿！这儿脏哩，小心药水溅到身上……"老得总是果断地回答说："我不怕脏，我又不是娇气的人……"

有人老远打趣地嚷着："得呀，你告示上不是说见贼就打吗？地上从来没见有人躺倒！""也可能是枪法一般吧？哈哈……"

老得把枪往肩上耸一下，大声说："告示贴出来，有法必依，谁敢偷这园子……"

远处的人一阵满意的哄笑。

又有人说："老得，你看园子是有功的，该报告王三江，奖励你一下呀……"

老得听到"王三江"三个字,心里很不愉快,于是就离开了压气机……葡萄架空里,这时"突突突"开进几辆轻骑,在老得的身旁停住了。从车上跳下来的都是三四十岁的人,老得一看就知道是"葡萄贩子"。他们其中有的早就认识老得,笑模笑样地递过来香烟,喊:"老得,帮我们引见一下王三江吧!"

老得不停歇地往前走去,嘴里咕哝着:"我引见不上……"他早已瞥见了轻骑后座上捆绑的那些东西,在心里恨恨地骂了几声,和大青、小来横钻过一排架子走去了……

洒药水的人们开始休息了。他们坐在葡萄架旁喝着水,高声地谈笑着。老得走着,听到他们不断提到王三江,觉得今天十分晦气。"……今年葡萄又要涨价!酒厂经理都亲自来了,小卧车就停在王三江门口……""也肥了那些葡萄贩子,他们运上一秋,要挣上千块呢……现在都忙着找王三江批条子……""有个人肥得更快呢!看看河西园子,人家葡萄长得没咱好,可年年分钱比咱多!……"

老得想和小来回茅屋去。他们正走着,突然听到身后静下来,几乎所有人都同时闭上了嘴巴!老得觉得奇怪,回头一看,原来是那个斜披衣服的黑汉从南边摇晃着走过来了!他的身后,照例跟着四五个小伙子……老得拍拍小来的肩膀,坐在了地上。他远远地盯着那个黑汉。他想那些小伙子简直成了王三江的义务保镖了!王三江的黑衣服被风吹得扬起来,很像个大乌鸦的翅膀——老得马上觉得黑汉子就是个大乌鸦,它在园子上空低低地盘旋而过,黑影儿投在地上,地上的一切都默然无声了……

王三江走到一个坐着的小伙子跟前，伸手去弹他的脑壳……好多人站起来，叫着"三江叔"，嘿嘿地笑着。园子里又开始有了说笑声。

老得盯着那个"大乌鸦翅膀"，目光像凝住了一般。他眼前仿佛又闪过那一对逼视过来的目光……老得的眉头绞拧在一起，又在默默地想那个"原理"了。"大乌鸦翅膀"在风中扇动着，下面有人向他频频点头……老得看着，心中突然动了一下 —— 王三江可怕，有些人的贱气样子更可怕哩！他想起民主选举时，人们对这个只喝酒不做事情的大队长再也不能够容忍了，一下子就把他选掉了！那时候大家就不怕他，现在反倒忍得住，反倒怕起他来了 —— 这里面总该有个"原理"的！……老得想到这里"哼"了一声，站了起来。他激动地抖着大青的锁链，对小来说：

"这里面有个'原理'！"

小来不解地望着老得。

老得又定定地望了一会儿黑汉，就往回走去了……

不远处的小路上，有些陌生人走过来，老得知道又是找王三江批过条子的人。他早听说这些有本事的商贩能用低价购到葡萄，让三十六户吃哑巴亏。他又想起人们和河西园子做的对比，这时心里一阵愤怒，就走过去跟他们要条子看。

几个人挤着眼，搔着头，并不掏条子。

老得也不作声，只是拦住他们，很有耐性地蹲在了路边，揪一串葡萄慢慢吃着，不时斜眼瞥瞥他们。

大青呜呜地叫起来……老得抬起头，看到葡萄架后面有个人影在晃动，他扒开藤蔓一看，见站在那儿的正是斜披着黑衣服的王三江！

王三江哈哈笑着，一只手挥动着让那些人走开，一只手招着，那是让老得再靠近些。

老得心里不由自主地"噗噗"乱跳起来，手里扯紧了大青上前一步。小来也站到了老得身边。

王三江坐在了架子下，让老得和小来也坐了。他从衣兜里摸出一个拳头大的黑烟斗，惹得老得惊讶地看着。王三江笑眯眯地端量了一会儿老得，吸一口烟说："你是得病了……"

老得迷惑地看他一眼，咬着牙关没有作声。

"你的两个眼珠子锃亮 —— 你是得病了！"王三江徐徐吐着烟，又说。

老得不安地将枪倒在怀里。他摩擦着枪身说："我没病。有病也全在腰上。我的腰挺不硬。"

"病在眼上。腰是好腰。铁头叔以前也犯过这病，那是睡觉多了，外精神太大……"王三江说到这儿突然严厉地绷紧了脸，"我送你个偏方：以后只许上午睡觉，下午到园里扳压气机！"

老得终于明白这是怨他刚才拦了那些商贩！他气得身子抖了一下，腾地站起来说："我没有病！我要睡觉！"

王三江也站起来，威严地喝道："听大叔的话，偏方治大病！"

傍晚，小来的爸爸老窝到茅屋来了。

这是个老实巴交的老头子，嗓子也不很好，每说一句话，都要"吭吭"两声。他的烟锅永远叼在嘴里，不管有没有烟。他是为小来的事才来的。他管老得叫"他家老得"，并且说得声音甜甜的，包含了一定的尊重。老得还是第一次听人这样叫他，心里十分高兴。

老窝说："他家老得，你是个好小伙子哩！小来交给你我心里妥帖！吭吭，妥帖。我跟他家王三江大叔说哩，小来有什么不好的地方，他家老得你泼揍，吭吭，泼揍！……唉唉，泼揍！……吭吭，庄稼人不易哩！小来身子软，又念不成书，在田里又做不了多少活，吭吭，我就求他家王三江大叔开开面子，好话说了一抬筐，费了烟酒才……吭吭！吭吭！……"

老窝觉得说走了嘴，眼皮垂了垂，使劲咳嗽起来。他长长地吸了一口烟，又说下去："他家老得呀，吭吭，你呀，你年长他几岁，有事多担待些，吭吭，你泼揍，只管泼揍！可你别让……吭吭！别让别人动他呀，你看他那胳膊，秫秸秆儿粗，吭吭！在家时，他后娘老要打他，这孩子自小命苦哇……吭吭！……"

老窝说着流出了泪水。他赶忙用衣袖用力地抹去。

老得一直默默地听着，两眼望着窗外的什么地方。后来，他不知怎么也哭了，眼泪从鼻子两边缓缓地流下来。

小来就坐在炕沿上，低着头，用手撕一个破布条……

六

习惯真是个奇怪的东西。老得几次想一大早就睡觉，可怎么也做不到。他总要坐到桌前，揉搓着眼睛，一个接一个地打着哈欠，用铅笔在白纸片上写一会儿。纸片写满了时，他才爬到小来身边睡觉。午饭常常被他们忽略了，有时醒来，也不过是烧几条咸鱼，吃两片烤玉米饼。老得近来不知怎么很疲倦，有些瞌睡。

下午，他很想蒙头大睡，可是果真有人来喊他和小来去扳压气机了。他恨死了王三江，可是又不能不去。他发现自己像大家一样害怕王三江。没有办法，他暂时只得穿好衣服，唤醒小来，背着猎枪，牵着大青到园里做活去了。

几乎所有人看了老得这副样子都笑。他们笑老得总也离不开大青，离不开枪。老得倒没觉得怎么可笑。他心里更多的是气恼。他知道王三江存心不让他睡个好觉。他想如果铁头叔在，也许事情不会糟到这种地步的，铁头叔有骨！铁头叔高高的嗓门喝一声："我要睡觉！"——所有人（当然包括王三江）都要惧他三分。现在则不行，现在只好乖乖地来扳压气机了。

他和小来扳一台。小来两臂细瘦，自然不顶事的，差不多要老得一个人用力气。他的腰吃力地扭动着，一会儿就汗流满面了。

王三江从一边走过来，总要停住步子欣赏一会儿，大声夸奖几句："瞧瞧，老得是做这活的好材料。老得扳得得法，省好多力气的……老得扳得好！"

老得紧紧咬着牙齿。他的脖子涨得紫红，一声不吭。他只把圆睁的眼睛瞪向小来。小来有些不敢看这双眼睛，躲闪着他的目光。可小来有时瞅瞅这双眼睛，脖子也红涨起来，咬住嘴唇，伸出细瘦的胳膊，狠狠扳住压气机手柄，狠命地往胸前拉着。

王三江很有耐性地站在一边看着，不时地夸赞几句。他说："这活路不同别的，这活路讲究个配合！你们看人家老得，功夫都在腰上了！"

老得的腰疼得厉害。他有时要用一只手按住腰部。可这时候王三江也要夸他，说他很从容呀、一只手也做得呀。老得气得肚子都要炸开了。他直挺到王三江走开，嘴里没哼一声。

休息的时候，老得拉上小来到一个僻静地方坐了。

他把头埋在了两膝间，深深地低着。他大睁着眼睛，望着地上那片洁白干净的沙土……真好的沙土！这样的沙土，白玉颗粒一样，当然生得出甘甜的葡萄呢！老得禁不住伸出手去抚摸着。他认定这儿的葡萄特别甜，完全是因为这片沙土的缘故。如果说到感激，应该感激的是这片沙土！他想，谁包种下这片葡萄园，葡萄都会生得像蜜一样甜的。奇怪的是有人不去感谢土地，却要去感激霸道的王三江！

"哼哼！"老得苦笑了一声。他想起了有人甜甜地呼叫"三江"——像呼唤兄长一样。兄长？哪有这么霸道的兄长！人们是怕他。王三江能领着他们发财——钱这东西也真怪，它能使人胡乱去认"兄长"！"哼哼……"老得搓搓手，又笑了。他望了望对面的小来和大青：小来在搬弄地上的石子玩，那样子安然极了，天真得很 —— 十六七岁的小伙子特有的那种天真。大青有些疲倦地眯着眼睛，舌头烦躁地伸出来，大口地喘着气……

风把一片浓重的药水味儿送过来，老得用力呼吸一口。药水的气味有点像碘酒。葡萄穗儿的气味也很重。葡萄开始成熟了，尽管药水味儿那么浓，也没法掩盖得住这种香甜的气味。秋风真凉爽，它吹在老得汗漉漉的身子上，使他感到一阵发冷。远远近近的鸟雀都在聒噪，它们一定是在诅咒人类的恶作剧——将这么多有害的邪味毒水喷洒到美丽的葡萄园里！小蚂蚱们蹦起来，"噌噌"地飞到架子的最顶端，又向着一边逃去了……三两个年轻人趴在架子下，眼睛向四下里乜斜着，偷偷咀嚼一串变紫的葡萄。老得在过去准向他们扬一把沙土，逗个乐子，可是现在没有这份心思……远处，传来几声刺耳的笑声，一听就知道是王三江。老得厌恶地低下头去。

他继续想这片洁白的沙子。他甚至将一个粗沙粒儿捏住，迎着光亮审视着……他弄不明白沙子为什么每个颗粒都包着一层半透明的东西？他只记起葡萄粒儿也包了一层半透明的东西。他于是试图从这片沙子和葡萄园之间找出一点什么联系来。结果他不能够。他想那葡萄的根须，根须怎样扎到深深的地下，地下的水脉……他还想每天在葡萄园里劳动的人，差不多都赤着脚板，极力去和这片沙土亲近。他想这沙子深深地硌到脚板里去，脚板也陷到了沙子里面，那样子仿佛也在设法往地里扎下根须啊！王三江又大又厚的脚，踩到地上"啪啪"响。这双脚因为穿了皮鞋，就不曾陷进过沙土，当然他是不想生下根须的。他在地上没有根。没有根就立不住，所有赤脚的人满可以把他推个仰八叉。老得笑了。他从哪里也看不出人们有什么应该惧怕王三江的地方。

不过他想起了梦中出现过的那个黑黑的身影 —— 王三江手大脚大，身子像牯牛一样粗，长得就是有过人的地方。也许天生他就是让人怕的。老得想到这儿吸了一口冷气，眼睛直愣愣地瞅向一个地方。他摇摇头，又摇摇头 —— 他记起在学校时老师讲过的"法律" —— 法律是专门维持公正的，它不允许一个人依靠体力的强健去欺侮另一个人、去剥夺另一个人，因为全都要过生活。他从这里也看不出有什么应该惧怕王三江的地方。

老得感到很疲倦。他站起来，伸了个懒腰，呼唤了一声大青。大青欢跳起来，跳得最高的时候超过了他的肩头。小来一声不响地在地上划拉着什么，手里捏着一个绿色的草梗……老得这会儿想起了什么，他把大青交给小来，然后一个人攀到了葡萄架子顶上。

他向西望着，他在望芦青河。

在一个个葡萄藤蔓纠扯成的"小山峦"的那边，在一片白雾底下，那堤内碧绿的苇荻、白亮的水，都望得清清楚楚……河的另一边，就是河西葡萄园了。那是一片正在兴起的园子，一片愈来愈漂亮的园子。老得知道搞承包之前那园子是多么丑陋，多么不值一提！可是这一切如今全变了，那儿的人以令人难以置信的速度富起来，听说看护园子的人住在高高的草楼铺上望，并且有了彩电……他决心去寻访那个园子。他要算一笔账。他要从中寻找那个"原理"……

七

王小雨有时懒得回家，就睡在老得隔壁的茅屋里。她的小屋子和老得的差不多，只不过经她一收拾完全变了样子。她的办公桌上有一块玻璃板，下面压了几张男女电影明星的照片。她将自己不太喜欢的几个演员都描上了胡子。女演员添上两撇胡子，她反倒有些喜欢了。她养了一盆吊兰，梗叶垂下来，一条又一条，很像她自己披散的头发。

小雨有一次随送葡萄的汽车去了一趟城里，看到了披肩发，于是不久她的头发也照样披下来。她的头发真黑，乌油油闪亮，老得最不敢看的。她见了隔壁的老得（当时铁头叔还在），总要以两个脚掌为轴，倏地转动一下身体，站定以后再将脚跟颤两颤，使脑后的黑发上下波浪一般翻抖。老得看得出了神，嘴里哼哼呀呀的，要不是铁头叔总将他及时喊进屋里，他会这样一直看下去的。

小雨心里恣得要命。她用后脑勺也瞧得清老得的神态。这个死老得！这个水蛇腰！王小雨在心里一连串地骂着，真痛快。她知道那颗小伙子的心是怎么跳动的，老想弯下腰来笑一场。

你老得也想和我小雨好吗？小雨成百次地在心里问自己，成百次地笑！她照过镜子。她从来没发现有谁长得比自己俊！从小爸爸就不让她做重活儿。她的身体没有像一般农村姑娘那么结实，可也不像有些农村姑娘那么笨重。她娇小而苗条，两条腿显得又长又直，像两根结实的橡皮柱，那样有弹性，走起路来一耸一耸的 —— 也就是这个走法，引得老得醉心醉意的。她从来就认为：老得高高的个子，像个篮球运动员（她喜欢他们），只可惜生了个七扭八扭的腰。她气闷地噘噘嘴巴，心想老得呀，你怎么就不去城里，像骨折的病人那样，用石膏把腰固定住呀？她想着想着又笑了。

可是自从铁头叔离开葡萄园以后，老得对她变得冷淡了。好像是她赶走了铁头叔一样！她想起这个就生气。她想让老得像以前那样，老得却偏偏不像以前那样。他偶尔眼睛里闪过一丝羡慕和爱恋的火花，随即也就熄灭了。小雨气愤地走在园里的小土埂上，将她新买的米黄色风衣抖得"唰唰"响。她感到了一种莫名的惆怅和懊恼。

老得能够记住一种仇恨，能够目不转睛地盯住一个地方想心事。他恨王三江，因而也多少有点恨小雨。小雨那些令人眼花缭乱的装扮，老得竟不屑一顾。这说明了他的坚定，也表明了他的笨拙。王小雨有点哭笑不得。

可是那个夜晚她被噩梦惊醒之后，来到葡萄园里，那么顽皮而得意地玩了一个通宵！老得哟，仍像过去那样驯服地、目不转睛地望着她。她那个夜晚过得多么欢畅啊，她已经好久没有过这种欢畅了。她想起了小来，觉得那个小东西倒是很有意思的。她想，从今以后小来就归老得领导了 —— 连"水蛇腰"也可以做领导，这个年头真是有意思啊！以前老得什么都听铁头叔的，明显地受他的领导。如今不行了，如今老得神气了，添了猎枪（双筒的！），又添了小来。小雨心里不知怎么有了一丝孤独感。她想自己领导一下老得倒也许是合适的。那时候她可以支使老得："老得，提桶水去！""老得，进屋里坐会儿 —— 不，还是滚开吧！""老得，以后走路不准胡乱扭动那个腰——那叫'水蛇腰'，水蛇有毒！"

晚上，小雨睡不着。她愿仰躺在床上想心事。屋子里有一股淡淡的香味，这使她很舒服。月光正好透过窗纸，映在吊兰上。吊兰的小白花儿在夜晚显得那么清晰。她轻轻合上了眼睫。

风徐徐地吹过，像一个人小心地踮着脚尖穿过葡萄园。窗外的青草上有什么虫虫在小声地交谈。露水偶尔从高处的葡萄藤上滴下来。芦青河的流动声变得非常遥远。海浪拍击着海岸，听声音好像要翻腾着奔涌过来。小茅屋愈显得安静了，像一个老人，在月光的注视下怡然入睡了。

小雨老听到自己的呼吸声，轻轻的，细细的，像一只小猫睡着了那样。她将头在枕头上滚动了一下，用嘴唇轻轻地吻了吻柔软的枕巾。一切都是温暖和煦的，散发着一股荞麦花的香味。她愉快地笑了。睡不着，怎么也睡不着。她仰着看茅屋顶，伸出两手在面前绞拧着。胳膊绞到了一起，胖乎乎的手脖儿贴压在一块儿，轻轻地摩擦着。她觉得两只胳膊好看极了。一股暖流在胸中流动，慢慢变得滚烫起来，使她再不能静静地躺着了。她翻动着身子，急躁地扭着胳膊，有时故意用两腿敲击着床板。她不知怎么淌出一滴泪水，接着咬住下唇，"呜呜"地哭起来，将脸埋到枕头上……

傍晚时，她想和爸爸一块儿回家去。她像过去一样跑过去，揪他搭在肩膀上的衣服。王三江平时总是高兴地一耸肩膀，将衣服抖落到女儿的手上……可是这次他站住了，严厉地瞅着小雨问：

"你半夜里找老得玩了吗？"

小雨惊讶地站住了。他怎么知道得这么快！她轻轻地说："我……

嗯！"

王三江把肥胖的食指竖起来说："你闲得不耐烦，以后就到园里做活去！"

小雨从来没听过这么阴冷的语气，看了看他的眼睛，吓得要哭起来，大口地喘息着。突然她跺着脚说："做活就做活，我还不稀罕当这个会计呢！"

她说完往屋里跑去，王三江喊她，她像没有听见一样⋯⋯

半夜了，她还没有睡去。这时，父亲那像锥子一样的目光又从她脸前闪过。她不安地点了灯，从床上坐起来。

怎么也睡不着，小屋里燥热极了！她开了门，走到了窗外的葡萄树下⋯⋯往常铁头叔将大青拴在树根上。如今老得牵上，到葡萄园里守夜去了。葡萄树根下的干土皮被大青磨蹭得光滑滑的，散发着一股大青的气味。她将身子抵在葡萄架的石柱上。石柱凉森森的，使她舒服得很。她真想就这样睡过去。她想这会儿老得和小来在做什么呢？她又记起父亲那两道目光，就像跟谁赌气似的，她今晚真想跑到园里去找他们啊！她紧紧咬着嘴唇，轻轻地呼吸着，将脚跟跷起来，再跷起来⋯⋯头被葡萄藤碰了一下，她突然抬腿往园子深处跑去了⋯⋯

"老得——！老得——！"她一边跑一边喊。

大青呼叫起来。接着老得和小来不无惊奇地迎上来。

小雨站住了，喘息着。她说："我是来和你俩看护葡萄园的——要吧？"

老得怕冷似的将蓑衣紧揪到身上，慢慢坐下来。他把枪横到膝上说：

"看护吧。"

小雨吃了一串葡萄，抚摸了几下大青，又去捏小来的胳膊。她在架子间来回走动着，样子十分快活……这样玩了一会儿，她突然说："月亮有多圆！真亮！老得呀，小来！愿不愿看跳舞？我跳舞你看！"

她说着真的蹦起来，用脚将拖鞋往一边拨拨，然后弯扭着柔韧的腰，伸出两只胖圆的胳膊舞动起来。

月光下，老得清楚地望见了她那弯弯的眉毛。她闭起眼睛跳舞，这也算是一怪了。可是她笑吟吟的，头在轻轻转动，两手柔和地在胸前推动，大拇指和其他几根手指有趣地翘起来……老得想这一定是演的洗衣服！不过，她闭着眼睛呀……老得觉得她的脸、她的头发、她的手，一切一切都被月亮洗得发光，好看极了。哦哦，老得急躁地把枪从腿弯里拿起来，又放下。他目不转睛地看着，有时想：这东西，小妖精一样，小狐狸一样！她的腰那么软，那么细，圆圆的就像白杨那光滑的树桩子。老得常常紧紧地靠着杨树站着，背着一杆猎枪……他现在笑吟吟地瞅着小雨。

小雨终于不跳了。她问老得："跳得怎么样？"

老得看看一边的小来，如实回答："不错！"

"再来一个要不要？"

"要！"

小雨脸一板："想得美！"

老得不吱声了。

小雨停了一会儿又笑了。她说："和你搞个对象什么的也不错。"

老得给吓了一跳！他不由自主地往后仰了仰身子。

大青歪头瞅了瞅小雨，打了个喷嚏。

小雨眼望着老得说："你看过那些大书吗？上面就写着两个人怎么怎么好，怎么怎么好……你肯定没看过，你个水蛇腰懂什么！"

老得手里紧握着双筒猎枪，点点头。

小雨神往地看着空中的月亮，喃喃地说着："老得呀，你个水蛇腰一扭一扭真难看，你长得也丑。你如果再俊一些，说不定我真能和你好哩……死老得，傻乎乎的死老得！……"

老得的脸热乎乎的。他"吭哧吭哧"喘着气，站起来，就像抵不住炎热的天气似的，抖抖衣服，活动着身子。

王小雨不说话，一直笑眯眯地望着他……

东方慢慢亮了。有什么鸟儿在远处嘶哑地叫着。王小雨这时候却靠在一棵树上睡着了。她醒来后，看了看天色，又骂了一句"水蛇腰"，就拖拖拉拉地往茅屋里走了。老得牵上大青，望着她的背影，摇了摇头。

天完全亮了。

八

一个小铁锅给老得和小来增添了无数的欢乐。

他们把它架在葡萄树下，夜里煮东西吃。小来平常不声不响的，晚上倒是很勤快，无声地离去，又无声地归来，手里总是拿来地瓜、花生什么的。他们将这些煮到锅里，撒一点盐，然后就看着它突突地冒白汽。

火光将小来的脸映红了，他坐得很近，老得不时地掀开锅盖，用勺子搅一搅。每逢这时候小来就要用鼻子使劲吸着，说："真鲜！"

老得听到空中有什么叫了一声，想起个事情。他说："打一只鸟来煮上才好——现在有猎枪了。'吃素不吃荤，长不成强壮人'！我从小吃肉太少，你看我，弱成这样子。"

小来小心地伸出手来捏一捏他的胳膊，说："还弱呀？你的胳膊有我两个粗了……"

老得摇摇头："不能比你的。你是得过病的人。"

小来急剧地摇头："没有——你听谁说的？"

老得把枪倒了一下，说："也没有听谁说过。我一看就知道你得过病，没有大病，也生过蛔虫……"

小来不作声了。他记得爸爸给他吃过驱虫药。他这时用钦佩的眼光直瞅着老得。

老得起身摘了两串葡萄，递给小来一串，然后吃起来。他把蓑衣铺在地上，仰面朝天躺下来，眼望着星星说："我每天晚上都想一会儿铁头叔，和他在一块儿你就不知道瞌睡。他老是不停地抽烟，烟瘾真大！你猜他抽的是什么烟？蛤蟆烟！那种小圆叶儿呀，样子不好看，劲头可真大。有一回铁头叔使劲吸了一口，迎着大青吹过去，大青就一个劲地咳嗽，咳嗽……"

小来听到这里笑了起来。

"铁头叔有时候把蓑衣包在身上，像挡雨水那样用手扯紧在身上，蹲在那儿，蓑衣毛儿着，像个大刺猬。他把后脑勺仰靠在葡萄根上，'吭哧吭哧'喘气，你以为他睡得死死的。可你走过去，他就一下睁开了眼睛，用手打个招呼……"老得说到这儿认真地将下巴朝地上点一点：

"葡萄园里再别想找他那样好的护园人了——永远也别想找！"

小来蹲起来说："你也比不上他吗？"

"我？"老得撇撇嘴巴，"我十个也抵不过他的。他是一辈子练成的本事。他护起园子来，可以一连几十天不睡觉——可是他天天都在睡觉，信不？他走路在睡，赶贼在睡，蹲着更在睡，不过你看不出来罢了。"

小来不信："赶贼也在睡？"

"也在睡！"老得伸手指着大青说，"比如说它是'贼'，鬼头鬼脑地来了，蹲在架子下偷葡萄了。铁头叔先咳一声，然后就说：'走吧，走吧，我看见了——你还不走吗？'他说的时候眼睛也不睁，还在呼呼地睡呢！"

小来感到新奇地笑了起来，两手按在沙土上，兴奋地拍打了两下。

大青见老得指着它，禁不住站起来，用舌头舔了舔他的手指。

老得上前掀开锅盖，用勺子搅动着，又捞出一个瓜纽儿，吹一吹放到嘴里。他说："快熟了……唔唔，还是这东西好煮，一煮就熟。我和铁头叔熬鱼汤喝，常要熬上多半夜。铁头叔说：'千滚豆腐万滚鱼。'——鱼是不怕煮的，越煮味道越鲜。铁头叔布袋里放一撮姜片，几截葱，到时候掐巴掐巴扔进锅里，和鱼一块儿在开水里滚。鱼味儿真馋人啊，人越馋就越有精神——告诉你吧小来，那样的日子你没过，你就不知道那个好劲儿。露水珠儿从头上滴下来，吧嗒吧嗒往我眼睛上滴，往铁头叔烟锅上滴，烟锅熄了，铁头叔就骂一句。有时滴到锅盖上，发出'噔'的一声。小铁锅冒的白汽一般分成四股，在月亮底下怪好看的……"

小来不时地问一句："再怎么样呢？"

老得就像没有听到小来的话，继续往下说："铁头叔在鱼快揭锅的时候就对我说：'该转一转了，老得……'我们就一齐爬起来，留下大青看住锅子，到葡萄架里转去了。一晚上就转这么几圈儿，从来没遇上贼。有贼也去偷别处的葡萄园了，他们还不知道这里有铁头叔吗？……转回来，我们就喝鱼汤。大青也要分一点，这个狗很馋。"

小来问："我们不去转一转吗？"

老得将锅端了下来："吃完了再去转。"他先挑出几块放到葡萄杈上凉一凉，然后抛给了大青。

他们吃过东西之后，就背上猎枪转开了。园子里黑乎乎的。一个个爬密了葡萄藤蔓的架子遮住了月光，黑得怪吓人。小来紧靠着老得身边走，生怕被什么伤害了一样。老得说："转常了就不怕了，夜晚的葡萄园咱说了算。白天王三江说了算。夜晚他也不来。你看我大声笑笑你听——"他说着停住了步子，喘了一口气大笑起来："哈、哈、哈、哈……"这笑声在夜间听来响极了，不知停了多长时间，远处仿佛还有这几声大笑。他又说，我喊喊你听："呜——喂！呜——喂——喂！——……"

葡萄园在老得的呼叫声里震荡。大青在远处听到了，幸福而自豪地应和着："汪！汪！……"小来高兴了，也笑得很响亮……

他们走着，小来却一声也不响了，那样子像在想心事。停了一会儿，他突然说："老得哥，我想问你件事……"

老得一愣，说："什么事？"

小来低下头，用脚踢着葡萄根："你写的……成天趴在小桌上写的东西！"

老得不作声了。停了会儿，他突然厉声问：

"说！你是不是瞅我不在时偷看了？"

"没有！没有……"小来有些慌，但他坚决否认着。

"没有！真的？"老得这才放开步子走下去。他问："你小来也识字吗？"

小来点点头。

老得让小来在一棵树下站了等他，然后一个人转回茅屋去了。回来时他手里抱着一大叠儿牛皮纸信封，对小来说："走，转回去！"

他们重新坐到煮东西的地方了。老得一手抱着东西，一下将火拨旺，然后命令小来说："把手放在衣服上擦净！"

小来照着做了。老得这才将蓑衣铺到地上，将一叠儿大信封摊上去，让小来随便翻看。

小来拣出一个鼓胀的信封，抽出几张纸，见上面整整齐齐写着一行一行字。老得用手指点着说："这就是'诗'。你慢慢看吧，不要吱声。"

小来吃惊地咬着舌头，两手捧起来凑到眼前看。

老得说："你来得晚，你看一遍，葡萄园里的事就会知道不少。"接着问："你想知道铁头叔怎么走的吗？"说着从中抽出一个纸片，"你读这篇儿！"

小来读起来："……铁头叔冒雨走了／王三江这人太凶／茅屋里挂着他崭新的蓑衣／茅屋里只剩下我和大青……"

小来抬头望着老得。

老得说："这还不明白吗？王三江把铁头叔逼走了！那天夜里正好下大雨，他走了。我一觉醒来，小茅屋空空的，只有一个蓑衣挂在墙上了。那是他的新蓑衣，他看我的蓑衣旧了，没舍得穿走，淋着雨就走了……"

老得说着，眼里渗出了一层晶亮的泪花。

小来说："铁头叔真好……"

火焰正烧在旺时候，火苗蹿起老高，映红了两个人的脸。小来又展开了另一张纸："……太阳升起来了／窗外有小鸟叫了一声／铁头叔许是累了／翻动着，嘴里发出'哼哼'……"

老得说："这是早晨他在睡觉，他睡了，我趴在桌上写诗，他累得在炕上翻动着，嘴里发出'哼哼'……"

小来神往地看着蹿动的火苗，一声也不响了。

老得恨恨地说："王三江欺负了一个看了一辈子葡萄园的老人！我早就说过的：铁头叔有骨！他一跺脚走开了，眼睛也不斜他一下。唉唉，要是人都能像铁头叔那样就好了！"老得说着低下头来，久久没有吱声。停了会儿，他把嘴对在小来耳边说："你知道吗？我去河西了！人家的葡萄园只是咱的一半多一点，承包额比咱还高哩。可是他们分钱比咱们多，现在要盖楼了，还要办罐头厂——这里边有'数学'啊，你想想，王三江在咱园里捣了多少鬼！"

小来钦佩地看着老得。

老得的眼睛定定地望着一个角落说："要弄清楚根底，非找小雨不可了 —— 她管账。不管她愿意还是不愿意，我得看看她的账！不管最后费多大劲儿，我得找到那个'原理'！……"

一滴露珠落到了老得的眼上。他站起来，扛着枪，有些激动地踱着步子。蓑衣重新被他穿起来，由于衣角紧紧地缚在身上，毛儿都竖了起来。老得一个人默默地在火堆旁边走着，只看着脚下被映红的小草和泥土。海潮的声音退远了，芦青河的咆哮仿佛也停止了。葡萄藤蔓在夜色里纠扯成一簇簇黑影，像一座座重叠的山峦。不时有一两声含混而奇特的响动震荡在这重重的山峦之间；有时传过来的竟是让人费解的有节奏的声音，仿佛有一个老人在遥远的地方慢慢敲击着什么……老得的眉宇间皱成了一个"川"字，摇摇头，又摇摇头。他有时仰起脸来，长时间凝望着头顶那一片星星，火焰映出的是一副男儿粗糙而刚毅的脸庞。此刻他倒像个冥思的哲人 —— 葡萄园孕育出的一个哲人！……

老得重新坐下来时，久久没有作声。他闭上了眼睛，像睡着了一般偎在蓑衣里。他揽住小来说："小来呀，你每天走在葡萄园里，每天吃饭、做活、睡茅屋 —— 你没有觉出什么不对劲儿的地方吗？你一定没有。是啊，人人都习惯过一种别人安排好了的生活，懒得动脑。我原来也这样。可后来园子包下来了，成了三十六户自己的了，我老想为自己的园子动动脑筋，想想里面的'原理'……"停了会儿，他睁开了眼睛，望着蹿动的火苗叹息着：

"钱真是个好东西啊，唉唉！它能让庄稼人过舒服日子；钱又真是个坏东西啊！看看，它让那么多人冲一个黑汉笑，怕这个黑汉！唉唉……"

小来不吱声了。停了一会儿他问："你不怕，你怎么也去扳压气机了？"

老得的脸一热："我也怕。不过我正寻思——我告诉你我正寻思嘛。等我寻思好了，把'原理'弄清楚了，我一定不会怕他。到时候我只做我该做的事。"

"你能打得了他吗？"

老得立刻想起被王三江用手砍倒那一回——他着实领略了王三江的威力，至少使他寻思"原理"的进程推迟了两个月！……他摇了摇头。

小来喃喃地："王三江会打人的……"

老得又摇摇头："我寻思过，如果世上没有'法律'，好东西都被高个子拿走了——'法律'会管的。所以，然而，于是，我就不怕他有力气了……"

停了一会儿老得问："那几年混乱你记事吧？你不记事！"

小来说："不记事。"

"我记事。"老得用手往西一划，"芦青河里涨水，涨出两个戴红袖章的女尸首来，头发粘在脑门上，只剩三根……吓人！"

"吓人……"小来不作声了。

老得说："好好的姑娘，还没工夫做媳妇就给打死了。为什么？因为那时候很黑暗，有'黑暗的东西'……我寻思：欺压人、捉弄人、霸道……"老得说着把声音憋得粗粗的，"还有王三江，都是'黑暗的东西'……"

"嗯。"小来赞同地说。

停了一会儿小来又补充道："不过，小雨就不是'黑暗的东西'……"

老得听了，立刻声音软软地问："怎么就不是呢？"

"挺好看的，俊呢！"

老得好长时间没有说话，他又想起了小雨那天晚上的舞姿。他点点头："不错。小雨如果不坏下去，还不是'黑暗的东西'。"

小来说："我老觉得，"他咽一口唾沫，"我老觉得她身上是晶亮的……"

老得咬咬嘴唇："也亮不到哪里去呀……"

天要亮了。火势也弱了。

小来还想看一会儿这些大信封，老得说以后再看吧，就收拾起来。收拾时掉出一张印了大红字的信封，被小来捡了起来，老得告诉他这是杂志社退诗时用的。小来好奇地问："你让他们退吗？"老得笑笑："相中了就不退了。我念书时跟老师学的，他写满几张纸就捎走的，有时也不退，印到了书上……我就仿他做。"

小来觉得有趣极了，又问："哪里印啊？"

老得拍拍大信封："杂志社，杂志社。我们叫'农业社'，他们叫'杂志社'，差不多。他们的社出书，我们的社出粮……"

小来笑了，脸上映出一丝淡淡的霞光。

九

园里的第一批葡萄要采收了。

果品公司照例来园里测试了葡萄糖度，以便决定收购等级。测试的结果是：这个葡萄园生出了全海滩上最甜的葡萄。

所有人都兴奋起来，三十六户的男女老少都拥到葡萄园里，帮着采收。王三江不动声色，只是叼着那大黑木烟斗。人们心里都有数，知道管试糖度的工作人员是王三江的老朋友。不过谁也不作声，就像拾了个宝贝，又高兴又怕别人知道。

王三江为了庆祝一下，特意在海上买来了三大筐肥蟹子、一筐鲜鱼，又到园里摘回几筐黑紫的葡萄，在茅屋里请人喝酒。客人有村里的头面人物，有果品公司和酒厂的，也有税务局的干部，甚至连县上的干部也坐着吉普车赶来了。他们从中午喝到傍晚，吵吵嚷嚷，屋盖都要顶得飞开了。

因为小雨的屋子被他们占了，小雨待在老得和小来的屋里，不时地骂一句。

老得听了很高兴。他和小来也趁机骂了几句。但有时他们骂得重了些，小雨却要干涉。她说他们："混坏，敢骂我爸！"老得听了只是笑……正笑着，隔壁传来了一阵哭声，把他们吓了一跳。

他们跑出门去一看，原来大哭不止的是王三江，好多人已经在围着看了。王三江喝醉了。

小雨喊着"爸爸"，上前去拉他，却被他一抬手掀了个趔趄。小雨跺着脚，看着围上来的人，最后捂着脸跑开了。

王三江醉成这样，大家还是第一次看到。他哭得十分悲伤，一双眼睛哀怨地盯着一个地方，嘴里不停地诉说着："……我，我居功自傲啊！总觉得为园子立了功，就做起黑脸包公来了！我……难哪！老婆子在家里骂我，三十……十六户里也有人恨我。我不好，我平时对人太狠了，这是活该的……有谁要知道我王三江的难处，也就好了……我！……"

他哭着，身子站不稳似的摇晃着，颤抖着，一双手老在胸前拢划着，像要把周围的人全拢到他的胸膛里去，老得觉得很有趣。

喝酒的朋友们劝着他，他越发哭得厉害了。有人说："别哭了老王，谁不知道你的心？你全为了三十六户过好日子啊！"有的说："你对人再凶，也是为别人好啊……"王三江好像全没听到这些，一个劲地捶打自己的胸脯："我也不全是为别人啊，我想自己舒服啊，想把三十六户当长工使啊，我是个多么混账的人！哦，我做过亏心事，我混坏……"

围着的人像不认识似的看着，议论着。

老得呆呆地望着他，不说一句话。他突然也有点困惑了。这就是那个走起路来摇摇晃晃，有时眼睛里能放出两束凶光的王三江吗？老得看看身边的小来，小来也呆呆地望着那个哭泣的醉汉。老得不解地摇摇头，离开了……

以后好多天，老得的眼前都晃动着那一张流泪的醉脸。

葡萄采收是很累的。一串串葡萄小心地摘下来，再仔细地装进筐里，要花费好多劳动的。所有小伙子都要用肩头扛起装好的葡萄筐，往一块儿集中，装车……老得几乎连一个上午的睡眠也没保证了，王三江常常派人把他从睡梦里揪起来，使他一边搓眼睛一边往外走，心里十分烦躁。可是他每次都走出茅屋，和大家一块儿扛葡萄筐。他的眼前老晃动着那个泪流满面的醉脸。

他把葡萄筐格外小心地放到地上，想着心事。他想那一个个圆圆的葡萄在筐里挤压着，被颠簸得够厉害了，再一震动就会破碎。他想自己心里长时间有个什么东西也像葡萄那样被颠簸着，挤压着，如果再被摔打一下就会破碎。他所以用心地护住这个"东西"，只默默地做活，别人跟他说话，有时他也像听不见一样。他的脑子有些发涨，眼睛也常常花晕。这不是好兆头。这是瞌睡搞成的。瞌睡前几年从来不招惹他，如今也赶来凑热闹了。瞌睡不是好东西，它也和王三江一块儿来挤压他身上的那个"东西"了。

傍晚时分，他不小心跌了一跤。因为要去护住葡萄筐，使他的身子重重地跌在一个葡萄桩上。一阵剧疼从他的膝盖爬到胸口，气得他大骂起来。这时候，胸中的那个"东西"就要破碎了，他咬了咬牙，忍住了。他重新往前走去。

那个"东西"是什么？也说不出。好像可以叫作"忍耐"吧。

王三江的大脚踏在葡萄园里，来来回回地踏着。这是园子里最热闹的时候了，找王三江的人特别多。他们从王三江的家里找不到，就追到园里来了。这其中除了财大气粗的果品商贩，还有省城机关出来采购水果的行政干部……有一次还不知从哪里驶来一辆锃亮的小轿车，就停在园子当中，引得劳动的人群全停了手里的活计看着。王三江客客气气接待着客人，顾不上管做活的人，等到车子走了，他就用那双眼睛扫一下四周。

老得扛着筐子，眼睛总要不断地从筐下斜上来，愤愤地盯住那个黑黑的身影……这个身影当然很大的，因为肥肥胖胖，走起路来才左右摇晃；也许就因为他能左右摇晃，才轻易不会跌跤子。老得这会儿想的是，如果在他摇晃时顺势推他一掌，他也许就会"扑哧"一声倒下去的。那必定是沉重的一跌，也许会折断两根肋骨。不过没人会伸出巴掌，没人有这个企图，这是老得看得出的。他现在弄不明白的是为什么不可以有这个企图。

老得想着心事，终于把视线从那个黑影身上移开。他低头看着脚下的白沙子，摇了摇头，又摇了摇头。他嘴里小声咕哝："怎么就不可以推他一掌呢……"在咕哝时他仔细瞅了一眼自己的手掌：宽宽的，十分粗糙，力量是足够用的。问题是怎样抬起胳膊，找一个好的角度伸出巴掌。胆量也是一个问题。总之，究竟怎样做他还没有考虑好。他还在忍耐，还在考虑——这么多人都在忍耐，也许忍耐才是个"好东西"呢！

他这样想的时候，眼前突然又晃过那张醉脸，使他心中猛然一动：假话可以真说，真话也可以假说，一醉遮百丑！这是一个有大智慧的坏人！老得又想起承包葡萄园的第一年，王三江是怎样不顾承包额的限制，把大笔钱交了公的。这个人惯于耍这样的手段。看起来他多么大度，多么重义轻财啊，其实他这是故意不信守合同，为自己买好，让三十六户吃个哑巴亏！这笔账也要算的，"原理"慢慢会找到的……"哼哼！"老得在心里发出一声可怕的冷笑，摩擦了两下巴掌，扛起筐子往前大步走去了。

正走着，突然不远处传来小来的喊叫，他一怔，抛了筐子，寻准方向跑了过去。

原来小来也被喊来做活儿了。他不知怎么被几个小伙子围起来，一个小伙子正拧住了他的耳朵，嘻嘻笑着问："还敢不敢了？"

小来疼得嘴巴都歪了，连连说："不敢了！不敢了！"

小伙子又说："你说，'我是个海节虫……'"

小来吞吞吐吐地说："我是个……海节虫……"

围起的一堆人都开心地笑了。

老得发现他们大多是平常跟在王三江屁股后头转的一伙人，就弯着腰钻进去，一把攥住了小来细细的手脖儿，一边往外拉一边恨恨地说："黑暗的……东西！"

拧耳朵的小伙子嬉着脸骂一句："臭老得！"

老得止住了步子。他转回身来，直直地盯住对方，往前上了一步。他的脖子又涨红起来，每一根青筋都鼓胀着，一双眼睛眯起来，射出一束可怕的光。他把腰微微弓起，同时将两只大手收到腰眼上，鼻子里"哼"了一声。他这样盯了小伙子一会儿，然后那腰轻轻扭动一下，往前又迈出一步。

大家都怔怔地望着他，最后目光一齐落在那双手上，一霎时静得很。

他十根手指松松地垂着，仿佛还在微微颤抖。大家几乎是同时都注意到了，那手背儿慢慢变成了紫红的颜色。他再往前迈出一大步，一双手握成了坚硬的拳头。

那个骂老得的小伙子开始还在笑着，突然惊讶地"唔"了一声，喊了一句"不好！"往一边躲开了……

十

老得将小来的手腕一直攥住，不歇气地往回走。他的手越攥越紧，使小来不得不求饶："老得哥……"

他就像没有听见，依然往前走去。

小来哭了，用另一只手抹着眼泪。老得低着头走着，回头大喊一声："不准哭！"

小来吓得不吱声了……到了茅屋里，老得用一只手上了门闩，然后把小来拎到了炕上，直直地盯着他。

小来无声地流着泪水，恐惧地望着老得。

老得伸出了黑乎乎的巴掌，高高地悬在小来头上，只是没有落下来。他问："小来，你是海节虫吗？"

"不是……"

"不是，刚才你还说是！"老得暴怒地喝了一声，同时那个巴掌往下落了几寸。

小来大哭着："我疼，他们拧我……"

"拧死，也不能说软话！"老得抖一抖巴掌，"再向他们说软话，我揍死你——你听见了没有？"

小来颤颤抖抖地说："我听见了……"

老得收了巴掌。

……这个夜晚，他们守在葡萄园里，坐在一棵葡萄树的黑影下，都不吱一声。老得架起小铁锅，点了火，小来就无声地去了。过了一会儿，他才从黑影里走出来，从衣兜里掏出了花生、地瓜纽儿，一个一个投进锅里。他做完这一切之后，又退到黑影里坐下了。

老得一遍又一遍地搅着铁锅，不停地捣鼓着锅下的柴火。

大青坐在老得和小来中间的地方，仰脸向上，只偶尔瞅一眼老得，再瞅一眼黑影里的小来……铁锅冒汽了，煮东西的鲜味很浓了，大青愉快地活动了一下腿脚。

露水开始滴下来，又"噔噔"地打在锅盖上，落在守夜人的蓑衣上了。老得突然低低地叫了一声："小来……"

小来用刚刚听得见的声音答了一句："嗯。"

"你饿了吧？"

"嗯……"

老得把蓑衣抖了抖，坐在地上："你听，芦青河咕噜咕噜响……会捉鱼吗？"

"不……"

"我会的。有一年上，我捉了一条花鲇鱼，好几斤重呢 —— 鲇鱼做汤没有比。"老得说着瞅一眼黑影里的小来，"往火前凑凑，夜里有寒气的，小来……那一回下河，我被什么东西在肚子上划开一道口子，不合算的。"

小来不作声。只有老得一个人在说："小来，瞅哪天我去河里捉条

126

鱼你吃——河鱼和海鱼就不一个味儿。我给你做个汤……"

小来还是不作声。黑影里，一会儿传来他细细的哭声。

老得走过去，把小来抱到了光亮地方，紧紧地搂在怀里。小来哭得更重了，身子在老得怀中颤抖着。老得说："小来呀，你恨我要揍你，恨吧！我也恨你——你说软话。我是为你好哩。"

小来抽泣着说："我知道……"

老得把他放下了。老得把身子倚在了葡萄桩上，取过猎枪抚摸着。他问："小来，我以后教你使枪吧？"

小来点点头。

"要学会使枪！双筒猎枪，你也该均摊一个筒子。以后你用枪打野鸡我吃。"

小来笑了。

老得高兴地用手抹一下他尖尖的下巴："嘿，笑了，笑了。你不该恨我，你知道我是好心。记住——"老得说着严肃地板起脸来，"死了，也不能给'黑暗的东西'说一句软话——能记住吗？"

小来抿起嘴角，用力地点一下头。

"我跟你说过几次了，铁头叔有骨！他看了一辈子葡萄园，就没人听他说过一句软话。"

老得说着坐下来，一边搅锅里的东西一边说："我是跟上哥哥嫂子过活的，爸爸妈妈早死了。那一年上哥哥家没东西吃，他们找到一截瓜根就自己煮了吃。我说了那么多软话，饿花了眼。最后还是我自己爬到田里，拔草芽儿吃……我现在这么弱，就是吃草芽儿吃的，吃什么像什么，我像草芽儿……"

小来说："我也像草芽儿……"

"草芽儿长成树 —— 你看到大杨树苗了吧，小时就像草芽儿！"老得大声说道。

小来轻轻地说："得哥，我怕后妈。后妈老打我，后来我就怕后妈了，怕打我的人——连你也怕。"

"我以后不打你，原来也不想打你。"

"街上的人都笑我，说我像个粟子秸。"小来的手搓弄着披在膝上的蓑衣角，"他们还编了歌来骂我……"

老得抬起头听着。

小来问："你还记得'手拿碟儿敲起来'那首歌吧？"

老得点点头："《洪湖赤卫队》上的歌。"

"嗯。"小来说，"他们就用那个曲儿唱，把词换了，是骂我的。他们唱：'我是一个王小来，小时长得很富态。半路落到后娘手，从此不如一条狗……'"

老得听着，看着小来瘦瘦的手掌像敲一个碟儿那样抖着，鼻子一酸……他用力地抹去眼泪，上前捧起小来瘦削的脸蛋看着，又捏了捏他硬硬的肩膀，叫着："小来呀……"

小来的脸在老得黑大的手掌里转动着，轻声呼应："得哥……"

风吹落树上几片叶子，落到了他们身上。一丝寒气吹了过来，大青抖了抖全身的皮毛。老得又激动地在葡萄架下蹀起了步子。他像过去那样将枪抱在怀里，用力地揪紧了蓑衣角儿，步子迈得很慢，很沉重。眉宇间又拧成一个"川"字。他站下来，身子靠住了一丛葡萄藤蔓，久久地望着一片星空。他将小来揽到怀里，神往地、声音低缓地说："……我常想那些星星里面会有人，想他们会过什么日子。我想'飞碟'。有时夜晚走在林子里，望着黑压压的一片，头发梢就要竖起似的。还有那片海，你望不到边缘，你觉得自己像一粒小沙子。我老觉得四周好像有什么东西要挤压过来，老要架起拳头抵挡。这时我就想自己这粒小沙子要碾碎难不难。这时我就故意大声地咳嗽，想寻找无数好朋友，想把什么都告诉他……"

老得说着，突然热烈地拥抱小来……他们坐在了篝火旁。老得说："小来，我们一起住茅屋，一起使猎枪；我和你最好，你和我最好；我什么都告诉你，你什么都告诉我……"

小来用抖动的手捏住老得粗粗的胳膊："我什么都告诉你……"

老得说："我们什么都不怕。"

小来重复一句："我们什么都不怕！"

"王三江不怕！"

"不怕王三江！"……

老得这时候猛地站起来，朝天上举着猎枪说："我从买来还没有放过，他妈的，今夜来一家伙，听听响儿。"

小来拍拍手："朝天上打！"

老得低头说一句："大青，你不要害怕，我们打枪了！"

他和小来都抢下了蓑衣，神情严肃地望着星空。老得举枪的手松了松，倒换了一下。他说："小来，你盯住枪口，看它冒出什么颜色的火，你看准！"他一边说一边将两腿叉开，稳稳地站住了，两手卡住枪身又停了一会儿，然后扳响了枪机！

"轰——啪——"

一道火舌腾上空中，消失在星星中间。巨大的骤响震撼了整个夜的海滩，远远近近都在回应，远远近近都在呼啸！枪口老老实实地冒着一缕淡淡的烟气，老得仍高高地举着猎枪。

"嘿嘿！哈哈！哈哈哈！……"老得快活地大笑，下巴抵在胸骨上，一颤一颤的。

小来也笑了，他喊着："红色的！红色的！"

整个夜晚都亢奋起来。老得和小来迅速地吃了煮熟的东西，又喂了大青，然后将火焰拨弄得高高的。火星儿老往上空飞腾，木柴在火中"噼啪"地响着。老得兴奋地大声吟唱着他的诗："……春天一般化／春天干燥／秋天很好了／秋天往家收东西／到了秋天／我高兴得笑嘻嘻……"

小来蹦起来，反复着最后一句："'我高兴得笑嘻嘻！''笑嘻嘻'，嘻嘻嘻……"

老得听了反而不再吟唱，他严肃地问："好吗？"

小来严肃地回答："好。"

老得笑了："我正在兴头上，一忽儿就能做一首。"

"你做！"

老得咳一声，盯着高高的火焰吟唱着："秋天好，到了秋天不准懒／你看核桃变硬，柿子变软／怕事的人，也全都变大胆！……"

不知是血液涌上来，还是被火焰映的，老得的脸通红通红。

小来搂住了老得的胳膊，大叫起来："老得！老得！得哥！得哥！你真是个大诗人！哎呀得哥……"

老得说："你不是柿子，你也得变大胆！"

"我变大胆——你给我枪，我今夜自己到园里转一转。"

老得说"好"，却抱紧了枪说："停一会儿，咱一块儿转去吧……"

小来停了一会儿问："得哥，你怎么就会作诗啊？"

"这个，"老得挠挠头皮，"我跟老师学的。我该再跟老师读几年，我什么书都喜欢！村里只供我读到初中，说这已经是能写会算的人了……我出了学校门，哭了三天……"

小来说："我是我爸不让读的……"

老得感叹道："书是个好东西啊！"

接下去他们谈了很多。因为兴奋，都忘了一旁的蓑衣，一会儿衣服就被露水打湿了。夜气多重，葡萄叶儿像被一场小雨浇过一样，在月亮下闪着亮儿……大青在即将熄灭的炭火下睡着了，发出均匀的鼾声。老得和小来谈了一会儿小雨，都对她那个圆圆细细的腰极有好感。老得说："圆圆的，像那些滑溜溜的大杨树桩一样……"谈过了小雨，自然还要谈她父亲王三江。两个人的神情立刻严肃起来。老得告诉小来一个刚探听到的秘密：前些天，一个电视机厂来车拉走了五十筐好葡萄，比收购价格还要低百分之三十！这是王三江批的条子。他家里如今有老大老大的"彩电"了；他偷税漏税，还和果品公司的朋友合伙，以次充好，不知卖给了国家多少坏葡萄！……老得说："这个黑汉子常常喝醉，他喝'茅台'！别以为手大捂得住天，群众全睁着眼。三十六户也不全怕他，有好多人正想去不去乡政府告他呢 —— 经他手批的低价葡萄有上万斤……"老得说到这儿神秘地点一下头，小来忙把耳朵凑上去。

"你不知道，有些事情就是小雨告诉我的。小雨有时也骂她爸'混坏'！……你看吧，王三江这个黑汉有什么可怕的？有人怕他，也许以为葡萄园的好日子没他不行哩，这真是大误解！我寻思，'原理'这东西快离咱不远了！我想到这里就高兴。我把一些想法都写在了纸上……"

老得说着，从腰里摸索出一个皱巴巴的纸头。

小来费力地展开纸头，在月光下瞅着，那原来又是一首诗：

…………

挺起腰杆大步走

使劲甩动两只手

做人就做条硬汉子

黑暗的东西，都要藐视

…………

十一

王小雨抓住了一只刺猬。她写了一张纸条，捆在刺猬身上，然后放到了隔壁的茅屋里。

老得和小来从园子里回来，睡了一会儿，就被屋里"沙啦沙啦"的声音惊醒了，他们起来一找，发现了一只刺猬，后背上还有一张纸条，上面写着：

"我是水蛇腰老得！"

老得笑了，对小来眨眨眼，小来也笑了。

炕洞里烧的柴草太多，热得很。老得一会儿踢开被子，一会儿又蒙上。他怎么也睡不着，就干脆滚动一下身子，和小来挨到了一起。小来的身子更热，这使得老得不得不离开一些。他咕哝道："小来呀，你到底年轻，热力四射！"

小来把手搭到了老得的腰上。老得说："小来，你说热闹不热闹死个人了！"小来说："热闹什么？"老得用手拍一下大腿："我老看见小雨在眼前跳舞！"

小来笑了，露出了很白的牙齿。

"真的，一闭眼就是。"老得认真地说。

小来说："睁着眼呢？"

老得翻翻眼皮："还要睡觉呢。"

他们一块儿笑了一会儿，高兴得将身子在土炕上上上下下耸动着。老得突然问："小来，你不是说小雨身上'晶亮晶亮'吗？"

小来点点头。

老得接上分析："那是一个奇怪的'印象'。我有时也觉得有的姑娘身上是晶亮的，仔细看看吧，她们都俊！"

小来同意地说："小雨就俊！"

老得好长时间不说话了。

小来只是细细地喘气，然后说："你这会儿，全在想她！"

老得惊讶地盯住了他，说："你长大了。"

小来瘦瘦的脸庞马上红起来……他伸出两手按在老得的胸脯上，将他远远地推开。

老得偏要往前凑。他搂住小来，在他耳边说："小雨看好我了。"

小来怀疑地盯住了他的腰。

老得说："真的。以前都怨铁头叔 —— 他老吓唬我，说：'小心王三江砸破你脑壳！' ——我就给吓住了。现在想，"他揉了揉鼻子，"现在想，管他哩！"

小来握住老得的胳膊欣喜地说："对，管他哩！"

他们就这样说着，声音越来越低，最后终于睡着了。醒来时太阳已经偏西了，那个刺猬还在屋角里爬着，老得搓揉着眼睛对小来说："帮忙捉住它。"他说着从白木桌儿里取个纸片，在上面写了："小雨，我和你好了。"

他和小来把缚了纸条的刺猬塞到了小雨的门缝里，然后就开始做饭吃了。

饭还是半生的时候，小雨就把门踢开了。她眯着眼睛看着老得，一只手里高高悬着那个纸片。

老得装着认真地瞅了一会儿那个纸片，嗫嚅道："这不是我的字笔……"

"水蛇腰！死老得！"王小雨把纸条抛到他身上，又骂了几句，一甩披散的头发出门走了……

小来怅怅地盯着她的背影。

老得捡起纸片说："你不明白她。"

吃饭的时候，老得一直没有吱声。吃完饭，他将空碗砰地抛到桌上，说："我怕他王三江什么？我寻思好了，小雨会帮忙的……"

他说完在屋里急急地活动着，抚摸着自己的胸脯，然后到隔壁去了。

小来待在屋里，奇怪的是听不到隔壁一点声音。他心里痒痒的，便蹭到小雨窗前偷偷地望。

原来王小雨正在读一本大书，老得却翻弄着桌子上的账本。小雨抬头看看老得，没有吱一声。她读到没意思的地方，就飞快地翻动书页，老得也飞快地翻动着他的账页。王小雨换一本书，老得也换了另一本账。后来，小雨看腻了，就提起水桶走出屋子……老得冲她的背影说："小雨呀，你很好，你是个优秀的女青年……"小雨头也不回，只顾往前走着，说：

"你是个'水蛇腰'！"

十二

老得早晨蹲在茅屋前，一动不动地盯着前面密密的葡萄藤蔓……他站起来，大口地呼吸，扩胸，自言自语地说："老得，快行动吧！"

他看过了账本，心中的雾霭却并未完全驱散。现在要紧的是找园里老人，弄清那些账本上没有的东西……他和小来搓揉着眼睛，扛着葡萄筐，在人群里磕磕绊绊地走着。他和一个头戴酱色斗笠的老头子靠在一起，不时喊一句："罗叔啊！……"老头子将斗笠拉低，四下里看看，把手搭上老得的肩膀；老得离开罗叔，又去找一拐一拐走路的"拐子大哥"了……休息时，老得和一个叫"锅腰"的老汉躺在一堆空筐子旁边聊天，突然筐子"呼啦"一声塌倒了。他们费力地钻出来，看到一个三十多岁的人向一边跑去，才知道筐子是被他掀塌的……老得知道这是王三江的人，恨恨地骂了一句。

这天上午，王小雨正要到园子里去，王三江向茅屋走来了。

"爸！"小雨喊了一句。

王三江阴沉着脸，斜披的衣服拖在地上，没有应声，只是瞪着小雨走过来。

小雨向后退着，把手指咬到嘴里，退到茅屋，轻轻地在桌前坐下。

王三江迈进屋子，随即回身关了屋门。他用刚刚听得清的声音问道："你让老得看了账本？"

"账还怕人看吗？"小雨站了起来。

王三江咬了咬牙关，一巴掌打过去……小雨倒在了地上，嘴角流出鲜红的血。她盯住父亲，先是惊讶、迷惑，接着是愤怒和怨恨。她眼里没有一丝泪水，坐起来，死死地盯着父亲，一动不动。

王三江一边将所有账本都包在他斜披的黑衣服里，一边恶狠狠地说："你这个不争气的东西。你等着有好结果吧！你等着穿你的好衣服、玩你的吧！你这个又蠢笨又贱气的东西……"

小雨一声不响，就那么盯着他……突然，她站起来，掏出洁净的小手帕，小心地擦去嘴角的血迹，拍打掉身上的泥土，默默地走出了屋子。

王三江喊她，她也没有回头。

她一直向前走，走到了园子深处……

…………

王三江又喝醉了！他衣服拖地，在葡萄园里一摇三晃地一边走一边叫骂："他妈的，有人想算计我，你先摸摸肋巴骨！我怕什么？大风大浪也经过！……他妈的，有人还想学河西园子发大财——别做美梦了！这几十年里发了'过头财'的哪个有好下场？只要我王三江说了算，就保证老少爷们饿不着！狗咬吕洞宾，不识好赖人，瞎了眼的才算计我呢……"

他叫骂的时候，所有的人都停了手里的活计，定定地望着他。有人扮个鬼脸说："饿不着？早几年还不是他说了算，没把咱饿死！"有人冷笑着："是他自己想发'过头财'哩！"……王三江摇晃着，最后在一个葡萄树荫下躺倒了，呼呼大睡起来。

有人说："看看吧，他还是没醉，他还知道找树荫儿躺……"大家哄笑起来。

多半天，大家做活时都在议论河西的园子，都对一河之隔的这片园子的日益兴盛感到惊讶……小来和一帮子老人在一起搬着空葡萄筐，听人们说话儿。有人说起王三江家的彩电如何如何好看，大家就挤挤眼笑起来。小来气愤地说一句："用葡萄换的……"可是待了小半天，刚刚醒酒的王三江不知怎么就知道了，喷着酒气走过来，喊道：

"你个小东西皮痒了！"

小来身子颤颤地退开一步。王三江又喊一声："皮痒了？"

几声喊叫，使好多人都盯住这儿看起来。

王三江越发恼怒了，用粗粗的手指点着小来的鼻尖说："三十六户养着你这个小瘦狗儿，你不正干！你皮痒了，我用巴掌愣拍！"他说着，真的扬起巴掌。

小来这时身子反而不颤抖了，两眼恨恨地盯住头上悬起的巴掌。他咬住了嘴唇，含混不清地咕哝了一句什么。王三江大声问："你说什么？"

小来耸一耸瘦削的肩头，清晰地咕哝着："黑暗的……东西！"

王三江这会儿听清了，猛地一巴掌。

小来被打翻在地。可是他就势在地上滚了几下，带着一身的泥土和草屑爬起来。他一动不动地挺立着，紧紧盯着对面那个黑乎乎的巴掌。

有人在一边喊了几声什么，好多人围了过来。有人上来拉架，被王三江一扳就扳开了。他说："我代表老窝教育教育他。"说着用手抓住了小来的胳膊，往他胸前拖。

正这时，人群后面有谁"呜哎——"一声大喊。大家都往那儿看去，王三江也抬起了头。原来老得牵着大青，肩扛双筒猎枪站在那儿，正满脸热汗，皱着眉头呼喊着。王三江一看，立刻松开了小来。他用沉重粗壮的嗓门威慑地喝道：

"老得！"

老得不慌不忙地拴好了大青，然后走到王三江跟前。

王三江挥挥手："走开，扛葡萄去！"

老得不作声，只是定定地望着他，眼睛露着很大的眼白。他咬紧了嘴唇，使下巴看上去比平常更歪斜一点。

王三江骂道："混账东西！"随即挥起右手，五指并拢，就像一把钝钝的刀子，用力砍去！老得有过经验，趴下身子躲过，那一掌正好劈在他的腰上。

老得的腰痛苦地扭动着。他拧过脖子看着王三江，说：

"你是个很坏的……家伙！"

王三江又举起了手掌。

好多人拥上来拉架。王三江只是举着手掌，对众人喝道："给我退远些看光景，看我怎么收拾这个'水蛇腰'！"他说着再一次狠狠地把巴掌砍下来。

老得这一次却极其灵便地、出人意料地拧过身子，两手抱成一个大拳，"嘭"的一下顶住那个手掌，然后就势往下一捅，捣在了王三江的胸口上……王三江恼怒极了！他跺了跺脚，拾起老得丢在脚下的猎枪，握住枪筒，把枪托照准老得的腰砸过去。老得不顾一切地用右手抓住了枪托，同时左手摸索到枪的扳机上，大喝一声：

"我打死你！"

王三江的脸色突然变得蜡黄，两手不由得松开了。

"我打死你！"老得又喊了一句，神色严峻地将枪端平，弓起了腰瞄准。

四周的人见老得在瞄准，一齐惊恐地摆着手，喊着，但是反而慢慢往后退开了两步。

"汪！汪汪！……"大青在不远处扑动着，愤怒地狂吠。它震怒了，一边大叫，一边把锁链甩得嘎嘎作响。

王三江往后退着，嘴里连连叫着："老得！老得！……"

老得用枪指着他，却把脸转向人群，大声嚷着：

"这是个真正的坏家伙！他不知捣了多少鬼，坑害咱们这些没白没黑种葡萄的人！这棵邪树吸着毒水长了这么多年，小根须也比大拇指粗。光图个歇阴凉，受透了窝囊气，快伸出巴掌推倒他吧！这家伙也乱了阵——过去伪装得不错，现在又打小来又骂人……"

人群骚乱起来。有人指点着王三江，议论纷纷。

老得又说："我寻思了好多天，寻思那个'原理'。这里面有数学，也有哲学！我现在寻思好了：大家哪里是怕他？是穷了几十年，穷怕了！所以今天得到一点好处就满足，过上点好日子就怕再丢失！还以为好日子是黑汉带来的，这真是大误解！河西葡萄园没有王三江这样的人，不是更好吗？他说河西发了'过头财'，'没有好下场'，这是吓唬咱！藐视他吧！"

人群里没有了声音。大家默默的，似乎在思考着，权衡着。每个人的神情都很严肃，好多双愤愤的眼睛盯向了王三江……

拴在一边的大青一直呜呜吼叫，怒视着王三江扑动着。它总被铁链扯住，几次用祈求的目光看一眼老得。老得似乎没有在意。它于是愤怒地往上一蹿，当身子跌在地上时，两爪用力一按，铁链"喀"的一声折断了！

大青狂怒地扑向了王三江，老得眼疾手快地揪住了一截铁链……王

140

三江躲闪着，趁乱一头扎进了人群里。

人们惊叹着，一齐睁大了眼睛看着大青。大青的眼睛晶莹闪亮，悲怆地怒吼着……

老得弯腰抚摸着大青的脖颈，安慰着它。当他抬起头来时，突然从人群中看到了身穿风衣的小雨！她正激动地看着他，咬着下嘴唇，睁大了一双美丽的眼睛……老得向她点点头，脖子上一条条粗粗的青筋鼓胀着，睁圆了眼睛喊着：

"我早在告示上写过：看葡萄的人新买来双筒猎枪，见贼就放，决不留情。枪是钢枪，上了火漆。有人看了告示来劝过我，我说：有心做贼，打死莫怨。贼在哪里？这个王三江就是全葡萄园里最大的贼！……"

老得的脖子硬挺着，很像苏联诗人马雅可夫斯基的一尊雕像。是的，他的确朗诵了一首很好的诗，虽然嗓子也喊得嘶哑了。

好长时间，人群里没有一点声息。大家只用敬佩的目光看着这个瘦削的年轻人……

王三江在人群里嚷："老得你个东西，你想开枪刺杀领导——好啊，瞧我怎么治你！"

老得冷笑着："是你先抓了枪的！再说枪里没装火药，哼哼——"他扳了枪机，枪口里果然没有喷出火来。

人群里发出了快意的嬉笑……

三天之后的一个夜晚，有个陌生人来到茅屋，让老得跟上他走一趟。

老得十分执拗。他从破被套里摸出枪来，一边擦拭着一边说："我夜里要护葡萄园——再说，我又不认识你……"

那人有些恼火："你黏黏糊糊！让你走一趟就走一趟！"

老得气愤地指指门外说："给我出去！"

那个陌生人猛地拍了一下白木桌子，吆喝了一声什么，立刻从门外的黑影里蹦出四五个人来，拖上老得就走。

小来吓得哭了。老得刚骂了一句"黑暗的东西"，就被捂住了嘴巴。他们将老得拖出门去时，那个陌生人又小声吩咐一句：

"枪也带上，那是罪证！"

十三

这个夜晚，月亮迟迟没有升起来。星星很密，很亮。

风比往常吹得急了一些，葡萄叶儿频频抖动着，使整个园子充满了一种焦躁而急促的节奏。猫头鹰在一声声啼叫，山鸡也呼喊起来。黑夜使这个绿色的世界安静下来，有些小生灵却因为留恋白天的光明而不安地骚动。有极少数小动物在夜色里欢快地忙碌，它们喜欢这夜的凉爽，愿意在这时候到处走动。有时它们真的歌唱起来，那声调有热烈的，也有悲凄的，有的不免流露出一丝淡淡的哀愁……芦青河呜噜噜流过海滩平原，流入大海。它的声音统率了夜的声响，是夜葡萄园的主题歌。它的声音虽不昂扬，但却厚重，是一种常常在的声音。没有什么可以掩盖河水的奔流声。那些尖利的野鸟的呼号使大海滩为之震颤，可是不久也就消失了……

天有些凉意。

王小雨突然被隔壁的哭声惊醒了。她刚坐起来，就听到有人擂门，开了门，小来哭着扑了进来。他说："小雨姐，得哥被人抓走了！"

小雨愣怔怔地看着他，两手按在他瘦削的肩膀上。从他的眼睛里，小雨明白了一切。这一切来得那么突然，那么出乎意料。她那天从园里回来，心窝老是噗噗地跳，现在才明白这是为老得担心 —— 担心的事情终于发生了！她嘴唇颤抖着，给小来擦去泪水，然后扯着他的手跨出门来。

天阴得真黑呀！

他们向前跑去……葡萄藤蔓缠在一起，夜色里一团一团，漆黑漆黑，怪吓人的。他们有时一块儿给绊倒在地上，有时被野藤子勒住，从藤子上边跌翻过去……

他们不知跑了多久，突然听到一阵奇怪的声音。好像有人在远处的葡萄藤蔓里费力地挣扎着。他们听了一会儿，听出那是一个男人的喘息声、咳嗽声。他们赶紧跑过去。还离着老远，小来就挣脱了小雨，喊了一声："是得哥！"

果然是老得，他身上沾满了泥土。小雨和小来要上前扶他，他说："远一些，我身上有血！"

小来和小雨都吓坏了，反而不顾一切地挽上他，飞快地往茅屋里走。小来"哼哼唧唧"地哭着，说："我和小雨要去救你，去救你……"

老得一拐一拐地往前走，搌搌鼻子说："他们不敢扣留我过夜，法律不准他们……"

到了茅屋里，划亮火柴一看，小雨立刻吓得尖叫了一声——老得满脸是血，胸前的衣服都染上了血。小来呆呆地看着，看着，"哇"的一声大哭起来。老得拉过破被套枕在头下，生气地说："那主要是鼻子流的血，不碍事！"

小雨从她屋里拿来了檀香皂和毛巾，把手巾浸到了水里。她试了试，又往盆里添了一点热水。

小来还是哭着。他蹲在灶前看了一会儿，突然跑出了门。

小雨把盆子端到老得跟前，给他抹去脸上的血。盆里的水红了。老得看着红色的水说：

"小雨呀，这回我跟你爸是势不两立了！"

小雨眼角里流下了一行泪水。她并不抹去，只是一下又一下地给老得擦脸。

这张脸上没有多少伤口，只是有不少处青肿的地方。老得告诉她：几个人把他拖到园边上一块柳林里，要用柳枝抽他，问他还敢不敢开枪打王三江了？他看不清这些人的脸，可是他从声音里听出是王三江身边那些人！他于是愤怒地推了他们一掌。他们一齐拥上来（其中有一个可能会功夫），把他打翻在地上……老得说到这儿又重复一遍：

"小雨呀，这回我跟你爸是势不两立了！"

小雨问："要有子弹，你真敢开枪打死我爸吗？"

老得说："法律不准的，我是懂法律的人。"

小雨不作声了。她看着被抹得光洁起来的这张脸，含泪念一句："死老得啊……"

老得闭上了眼睛，轻轻咏叹着："……铁头叔冒雨走了／王三江这人太凶／茅屋里挂着他崭新的蓑衣／茅屋里只剩下我和大青……"

小雨静静地望着外面漆黑的夜色，鼻翼轻轻动了动，嘴唇翘着，似乎要说什么。可是她什么也没说，只是默默地望着葡萄园。

小来回来了，提来了一条黄鱼——他要给老得做鱼汤。

老得痛苦地扭动了一下。小雨小心地掀开他的背心，看到了一道一道被柳枝抽破的皮肉，一汪泪水再也忍不住……她盯着墨黑的夜色，一个字一个字从嘴里吐出来：

"王三江这人太凶……"

十四

几天以后，王三江召集三十六户开了个会。乡政府的一个文书也来了。会上王三江宣布：因为老得一贯好逸恶劳，对抗领导，决定给予经济制裁。

群众里一阵骚动。有人站起来问："打老得的那些人为什么不制裁！"还有人问："是谁指使坏人行凶？""是谁？""王三江知道吧？""要查查看！"……会场上乱了。

王三江静静地坐在台上。他的大黑脸盘子上没有一丝笑意。过了一会儿，他突然将肩膀上的黑衣服猛地甩在桌上："制不伏一个老得，我王三江宁可不干！"接着又转向文书，"你是上级派下来的，你来决定吧！"

文书咳一声，扶扶眼镜，然后慢腾腾地从挎包里捏出几张纸片说："这是收到的人民来信，是告你们领导的。我看他只是方法上的问题，大的方面还是清醒的！老得对抗领导，也不是偶然的……这些信件嘛，要存档的……"

"存档"两个字使台下的人惊讶地互相对看着。不知是谁小声说了句："这眼镜没少白吃葡萄。"

…………

老得的伤好了，又可以在葡萄园里走了。那些小商贩进了园子，总像看一个怪物似的盯住他看，使他烦腻透了。有一次一辆轻骑疾驰而来，猛地停在离他十几步远的地方，上面的人嘻嘻笑着，做着手势骂他，他刚要回击，轻骑车鸣一声长笛就驰去了……更气人的是有一天人们喊着"老得"跟他正说话，一辆吉普停下来，一位干部模样的人端量着他说："噢，你就是老得！一个青年嘛，是共青团员吧？可要严格要求自己，不要染上搞宗派、出风头的坏习气哟……"

不久开始搞现金预支了。老得果然受到"经济制裁"——只得到很少的一点钱。

小来的钱竟比老得多一倍。他把硬硬的票子一张一张摊到炕上，点数了几遍，决定将其中的一半分给老得，另一半交给父亲老窝。老得不要他的钱，说："他王三江的办法再多，我还是藐视这个'黑暗的东西'。他一辈子也许做成了好多事情，可就是制不伏我。"停了会儿又说："他的一切事情，在园子里是没有办法的。不过我相信他不会长久。葡萄园落在他手里，就一定不会再兴盛！有时我在心里焦急地对自己喊：'老得，快行动吧！'……"

小来点点头："快行动吧！"

这个晚上他们来到园里，老得好长时间不说一句话。他像过去那样将蓑衣紧裹在身上，踱着步子。只是他怀中再也没有枪了。他不知有多少天没有理发了，那长长的头发被北风吹拂着，不断遮住他的眼睛，他伸手再拂开……他似乎没有心思去点篝火，只是默默地走着。有时他会停住脚步，歪着头倾听那远处波涛的声音；有时他仰起脸来，极目远望着那一天繁星。葡萄树！像山影一样叠起的葡萄树！老得在树下艰难地踱躅着，踱躅着。

小来抱住他的胳膊，小声呼唤着："得哥……"

老得一动不动地站住了。

"得哥，你想什么呢？"

老得坐在了潮湿的泥土上。他声音低缓地说："我在想那个'原理'……"

小来吃惊地看着他："'原理'不是已经找到了吗？"

老得摇摇头："有的找到了，有的还没有……我在想，王三江为什么有那么大的势力？我又为什么低估了他？为什么又是为什么？……这里面都有'原理'啊！要找到这些'原理'也许更难……"

"得哥！……"小来看着他，用手摩擦着他那双粗粗的手掌。老得沉默着，最后站起来，提高了声音说道：

"我再也不愿看见王三江的大脚踏在葡萄园里——我老得走也！"

小来急哭了。他抓住老得的胳膊说："不能走，你不能走呀！"

"这里现在不是我待的地方，但我还要回来！我和铁头叔早晚都要回来的！"

小来哭得更厉害了。整个夜晚，他都把头久久地贴放在老得的腿上。

…………

后来，老得仍重复着那句话，可他还是住在茅屋里。

小来为了给老得补身体，常到海上去要黄鱼。有一天他又听老得说要走，就不放心起来，告诉小雨说："得哥说：'我老得走也！'……"小雨听了就跑到老得的屋里，说："死老得，不准你走！"

老得摇摇头："早晚还要回来的——不会太长久！"

小雨一动不动地望着他。

老得伸出手来，握住了小雨软软的手脖儿。小雨使劲甩，老得却握得更紧，用坚定、热烈的目光望着她。

老得声音颤颤地说："小雨，小雨，你和我好吧……"

小雨像个石头人似的一动不动。她突然挣脱出手来，说："不行！我看不中你的腰！"……老得像没有听见，只是展开长长的两臂，将她的腰按住……他第一次离这个美丽的、圆圆的腰这么近！他多次幻想着能够一拃这个细小的腰，可是不能，他只拃过园边那光滑的大杨树……他把两只黑乎乎的大手拃在这个柔韧的腰上，用力往上举起来，嘴里快乐地喊着：

"很好的！很好的！……"

"死老得！水蛇腰！"小雨在空中蹬着腿，尖声骂着，生气地从他手里挣扎出来。

这时候小来手里提着两条黄鱼跑了进来，一进门就对小雨说："熬汤给得哥喝吧……"

小雨涨红着脸望着小来，没有作声。停了会儿，她怏怏不快地接过黄鱼，咕哝着：

"有葱花吗？……"

十五

秋天即将度过。

最后几穗葡萄，是由小来一个人看护的。那一天晚上，当小来拖着疲惫的身子回到茅屋时，发现屋子空空的！他仔细瞅了瞅屋里，看到炕上只有他自己的被子了，白木桌上，是老得的蓑衣；蓑衣上面，留下了老得刚写下的一首诗：

"小来弟，我老得走也／天下这么大／我走到哪里，都不怕／挺起腰杆，做个好人／一辈子不受恶人欺压……"

小来扑到了蓑衣上……身后有什么响了一下，他抬起头来，见小雨眼睛红红的站在门口，一动不动地向里望着。

"小雨，得哥……"

"得哥走了……"小雨呆呆地望着老得常睡的地方说。她倚在了门框上，两肩抽动起来……

这天，好多人都知道了老得走掉的消息。人们一群群地拥到茅屋里，长时间默默地坐在老得休息过的大土炕上。他们坐在那儿，有时听到门外大青的呼唤，以为老得又回来了，就一齐推门去看：外面，再也没有老得了，只有一片浓绿的葡萄树在风中抖着枝叶……

后来，王三江也知道了老得突然走掉的消息，有些慌促地赶到了茅屋里。

小来哭个不停，但他见了王三江，立刻擦干了眼睛，挺直了身子站在那儿。

王三江声音低涩地问："小来，你知道老得哪去了吗？"

小来只是望着远方的葡萄树，就像没有听见。

王三江又问了几句，问不出，就急匆匆地转到隔壁看了看，背着手走去了……但没有走出多远，他就听到了一声怒喝。回头看去，小来满脸红涨，正放开喉咙向着他大声喊道：

"挺起腰杆大步走／使劲甩动两只手／做人就做条硬汉子／黑暗的东西，都要藐视——！"

王三江打了个愣怔。

"都要藐视——！"小来又迎着他大声喊一句……

…………

天慢慢寒冷了，地上铺满树叶。小来和小雨都消瘦多了，他们牵着大青，蹒跚在葡萄园里、大海滩上……白色的沙滩上，到处是赤身裸体拉网的人们，小雨看到了，就赶忙转身跑开。白白的网浮儿漂在海上，上网之前，拉网人愿将赤裸的身子躺在温热的沙子上。小来太思念老得了，他几次一个人跑到他们近前，将仰卧在沙滩上的小伙子误当成老得……

有一次他看到一个小伙子面向大海搬起一块磨扇般的黑礁。他还是第一遭见到这样有力气的人，禁不住惊讶地张开了嘴巴 —— 小伙子把礁石举上去，举上去，两个臂膀的肌肉聚成几个疙瘩，颤抖着，慢慢地又渗出一层油来。那大石块多沉啊，他的两只脚都深深地陷到了沙子里……礁石终于举上去，举过头顶。强劲的胳膊，铁钳似的手掌！这简直是力的炫耀啊！……"哎呀！哎呀！"小来在心里惊叫起来。

这时，不远处的海上老大呼喊起来，小伙子听到声音，迅速抛掉石头，向着长长的网纲跑去了 —— 小来突然看到他的腰扭动了一下 —— 多么熟悉的扭动啊！

"老得！"小来惊讶地蹦跳起来。

"得哥——得哥——！"小来呼喊着，奔跑着。

"哟——使足劲那个哉！哟——！"

"哉！哉！……"

海上老大用粗亮的嗓门呼叫起号子，人群都靠在黑色的网纲上。小来的喊声和海浪的拍击声、号子声合在了一起，立刻给淹没了……

这时小雨也从一边走过来。小来向她指点着那个消融在人流中的身影……

大海的边缘变薄了，又皱成一朵朵花儿，向脚下平展展的沙岸抛撒着；它的那一边，则和瓦蓝的天空紧紧缝合在一起，一片片白帆，就永久地停泊在那蓝天碧海的交接处了……

远处，一群黑红的、赤裸的身体活动起来。号子声震人耳膜。小来和小雨呆呆地站着。大青跳在了那块抛下的礁石上，昂头看着涌动的人群，像凝住了一般……

小雨望着茫茫的海水，眼泪一串串滚落到她的风衣上……小来望着她，又伸手给她擦去泪水。他咬了咬嘴唇，坚定地对她说：

"总有一天，他会回到葡萄园里来的，和铁头叔一起！"

一九八三年七月——一九八四年六月起草、修改于青岛、旅顺、北京

《秋天的愤怒》书影，人民文学出版社一九八六年十二月版。

秋天的愤怒

一九八三年在济南寓所

一

初秋的暮色中，一对年轻的夫妇坐在一棵很老很老的柳树下，男的在吸烟，女的提起水罐往一个粗瓷碗里倒水。他们都三十四五岁。男的摘下斗笠，露出了又短又黑的头发。他长了一副英俊的脸庞，很宽的额头，很挺的鼻子；眼睛深陷，可是大而明亮；眼角和前额上有几道深深的皱纹。单从这几条皱纹上看，也许他的年龄更大一些。他一定是个高个子，因为支在地上的两条腿显得很长。他身边的女人穿了一件很薄很薄的、粉红色的衣服。她此刻端起碗来，像个小猫一样轻轻地吮吸着水，还不时用黑黑的眼睛瞟一下男人。比起他来，她显得那么娇小。她搬弄水罐时不得不挪动一下两只脚，她的身子已经有些笨重了。这时她问道：

"李芒，你就爱皱眉头。你心里又活动什么了？"

李芒淡淡地笑了笑，算是回答。他把烟灰磕到裸露着的粗大的树根上。他手中摆弄着的是一个足有拳头大小的梨木烟斗，用得久了，它的颜色黑中透红。这个烟斗好像不该是他使用似的。

大柳树的四周是一片黄烟棵。烟叶儿在徐缓的风中微微掀动，像一群待飞的大鸟活动着它们的翅膀。暮色映着这片烟田，烟叶儿闪着红色、紫色。烟田这时倒有些像玫瑰园。烟田也很漂亮啊！它的气味又辛辣又清香，和田野傍晚时分飘起的水汽掺和到一起，很好闻。风有时大起来，烟叶就晃动得厉害一些。一片厚重的叶儿在风中笨模笨样地扭动，说明它很健壮。这片烟田的烟棵一般高，都很健壮。老柳树立在烟田中间，静静地低垂下它巨大的树冠。它好像在俯视这些烟棵，俯视这片守候了

·中篇·

秋天的愤怒

·中篇小说·

秋天的愤怒

张炜

一

在秋的暮色中，……

158

几十年的田野。

"你看看吧小织，你看看！"李芒用烟斗指着树桩根部的一个窟窿，有些吃惊地说。

小织费力地伏下身子，望着那枯朽的洞洞。原来木头当心又有很大一片枯死了，用不了多久整个根部就会枯透。她张开很小的、布满了茧子的手掌量了量，说："没枯的那面只有三指宽了。"

"它快死了。"

小织仍旧伏着望那个树洞。她说："也不一定。你看见河边上那棵老树了吗，也枯成这样。不过它靠半边儿树皮又活了好几年呢！"

"它快死了。"李芒像没听到她在说什么一样，又说了一遍，一边戴上斗笠。

他站直身子，把斗笠往上推一下，看着眼前的这片烟田。那双有些深陷的、但是十分漂亮的眼睛里，这会儿闪射着明亮的光彩。他的目光在烟垄上移动，鼻孔一下下翕动着……这样看了一会儿，他又给烟斗装满了烟末。他吸得十分香甜。当他握烟斗的手又一次抹到嘴巴上时，一股辛辣味儿使他吐了起来。两只手上涂满了烟叶的绿汁，一层层绿汁干在手掌上，竟成了一个个小粉块儿。他咬住烟斗，用力地搓着，拍打着手掌。

一股绿色的粉末儿混合到他喷出的白色烟气里。……这一天做得可真不少，他和小织从天蒙蒙亮蹲到烟垄里，掰着烟冒杈，直做到这个时候，没顾上吸烟。大梨木烟斗装在口袋里，他弯下身子做活时老要硌他的腰。最后一把冒杈儿抛到地垄上了，他才长长地舒一口气，坐到老柳树下。欠的烟都要补上，他开始用力地、惬意地吸那个大梨木烟斗了。

小织在柳树下收拾了一下她的头发，提上水罐说："今夜咱们就赶回去吧。"

"一定赶回去！"

李芒的语气非常坚定。他说着，瞥了一眼西方的天色。太阳就要沉下去了……老柳树上死去的干枝条不断地落下来，撒在他们的头上。李芒把这些细小的枝条折碎了，抛在树根部的那个大窟窿里。多粗的树，他和小织两人才合抱得过来。树皮乌黑，裂开了无数的纹路，看上去就像鳞一样。风吹过来，枝丫发出一种苍老的、微弱的声音。

本来他们守在玉德爷爷的身边，守了好多天。

玉德是小织的爷爷，一连几天昏迷在医院的床上。守在床边的除了他们小两口，还有小织的父亲肖万昌。一家人围在床边，谁也不说话，只静静地看着床上的玉德爷爷。

一个午夜里，玉德爷爷突然从床上醒过来了。老人转脸看看四周，又看看儿子、孙女和孙女婿，雪白的胡子就愤怒地抖动起来。他问：

"一家子人都来了？"

大家不解地对视着。还没来得及答话，老人又吼了：

"谁在家照管烟田？那些烟杈子，一夜能蹿二寸长！一家子人还守在这里！……"

"爷爷……"李芒叫着。

"还守在这里！"老人只冲着他一个人吼叫了。

李芒声音怯怯地说："天明、天明了，我和小织就赶回去做活……"

"这就给我回去！快走！"玉德爷爷的眼睛死盯住李芒的脸，一动不动。

李芒犹豫了一会儿，终于扯起小织的手，站了起来。他们往门口走去……肖万昌在他们背后喊道："腊子要是回来了，让他赶紧来看爷爷！"他们没有回头，一直走出门去了。

腊子是小织的弟弟，原来在龙口电厂上班，现正跟人合伙贩鱼，有时几个星期不回家。眼下正是捕鱼的旺季，他能回来吗？李芒知道，肖万昌是喊给玉德爷爷听的……

晚风渐渐平息了。原野上无限宁静。最后一束霞光也暗淡下来，天要黑了。一只乌鸦飞到老柳树上，又飞走了。

老柳树死去的干枝条还在往下撒落。

"弄不好，它挨不过这个秋天去……"李芒抬头看一眼老树密密的枝丫。

小织不作声。她正想床上喘息的爷爷。她搀着男人的胳膊说："走吧，快走吧……"

两个人正要挪动步子，烟田的小土埂子上匆匆忙忙地走来了一个人。小织抬头望了一眼，接着就怔住了！她惊讶地喊了起来……

那不是爸爸肖万昌吗？他怎么回来了？怎么没有守在玉德爷爷身边？

二

玉德爷爷死了。

四十多年前，有一个壮年汉子分到了一块土地，就在地的当中植了一棵柳树。他很早听说柳木埋在土里耐烂，心想多少年之后，他要用这棵柳树为自己做一具棺材。中国农民之怪异在他身上得到了多么有趣的表现：一个壮年汉子，首先想到的竟是自己的最后归宿。

今天这个汉子倒下了，他的柳树却还在他的田里喘息。

如今实行火葬，不能够携带着一棵大树离开人间了，他就把它留给了儿孙们。

有意思的是，树木栽在自己田里，后来土地入社，风风雨雨几十年，这棵树竟然也长起来了。再后来，土地实行承包了，这棵树就在儿子和孙女婿两块承包地之间了。老人做主，硬让儿子和孙女婿两家联合经营这片土地。这样，那棵大柳树又在土地的中间了。

悲哀的气氛笼罩了这片土地，笼罩了两个家庭。玉德爷爷八十五岁了，他走得不算匆忙。可是他对于这两个不同的家庭是太重要了。无论是昨天还是今天，他都给后辈人的生活增添了极其重要的东西，成了他们的生活中不可或缺的人物。他虽然病得时间很长了，但他的过世还是让儿孙们感到突然和惊愕……

三天后的一个夜晚，李芒和小织久久地坐在灶间里，没有一丝睡意。李芒一直吸烟，三天来的大半时间他就这样坐在灶间的一个草墩上。他不说话，有时眉头轻轻皱一下。第二天的上午，曾经有人哑着嗓子在窗外喊他："李芒，别忘了去烟地掰杈子啊……"李芒听出是岳父肖万昌的声音，一声也没有吭……桌上的台灯闪着微绿的光。正照在一本翻开的诗集上。李芒走过去，合上那本小书，然后又重新坐下来吸他的烟斗。小织轻声喊道："李芒！"

李芒就像没有听见一样。

"你心里又活动什么了，李芒？"小织紧挨着他坐下，把头靠在他粗壮的胳膊上，黑黑的眼睛望着台灯后面那片暗影眨动着。

李芒沉着地磕着烟斗。他说："小织，我这几天老想一个心事，就是跟你爸分开干——我们自己种自己的烟田吧。"

小织并不感到惊讶。她轻轻地咬着嘴唇，低下头去。

李芒的大手抚摸着她的头发。这头发真柔和、滑润啊！他又按了按她的圆圆的、软软的肩膀。突然他觉出这肩膀在颤，于是就扳起了她的脸来看——她的眼睛有些红，已经流泪了，泪珠挂在眼睫毛上。

"爷爷刚去世，你就……这样！"小织难过地责备男人。

"爷爷去世了，咱才能这样。"李芒执拗地说了一句。

"这样爸爸不难过吗？"

"肖万昌不会难过。他会有新帮手的——他是村支书，做了这么多年的干部，还愁找不到搭伙的人吗？"李芒自信地摇摇头，"不会难过的。爷爷一过世，你看有多少人趁这机会往他家送东西！乡政府的，还有县上的干部，都来了。我还替爷爷难过呢……"

小织不吱声了。

"我琢磨，咱和肖万昌的联合是到了头了。"李芒站起来，在屋子里蹚了一步。

"是和爸爸联合……"小织纠正他。

"随便叫什么吧……我是说，我得当面和他谈开。"

"一点也不能凑合了吗？"

"一点也不能了。"

"非分开不可吗？"

"非分开不可！"

"……"

小织站起来，往前走了一步，似乎要去抓男人的胳膊，但她的手抖了一下，在离他胳膊很近的地方停住了……她欲言又止，有些伤心地坐下来。停了会儿她说：

"我知道，你嫌和他在一块儿吃亏……"

没等她说完，李芒就愤怒地看了她一眼。他盯着她，嘴巴有些颤抖。他把那双黑黑的胳膊按在她的肩膀上，身子弓得很低，脸都快要碰在她的脸上了。他像在仔细地端详着她："小织，你真是这样看我吗？真的吗？"

"啊啊，啊，啊，……"小织又激动又慌乱地抱住了他的胳膊。她连连摇着头，说："不，不！我不过是说气话啊……李芒，你知道我心里明白你 —— 你当然是为了别的才要和他分开；为了别的，另一些要紧事儿，不过我也说不清……"

李芒有些感激地望着自己的妻子。他望着黑漆漆的窗外，喃喃地说：

"连我自己也说不清。我不过是越来越觉得要和他分开，非分开不可；好像有个声音老在我心底喊：分开吧！分开吧！……你看看，就是这样……"

小织低声说："我能明白。"

"你想的我都能明白。"停了一会儿她又说。

李芒的目光仍然在望着窗外。夜已经深了，星星很亮，整个村子都很静。几声不安的鸟鸣从原野上传来，可以听出那是十分孤寂的声音。也可以想见它们在模糊的夜色里一荡一荡地飞着，像被什么可怕的东西追逐着一样，禁不住要呼喊起来……李芒又想到了他那片可爱的烟田，再有不久烟叶儿就要变得厚实了，接着烟田的活儿要变得更累了。像每年的这时候一样，一天的绝大部分时间都要花在田里了，割烟、上烟吊子、看护烟叶子……他也想到了那棵老柳树，想到它根部那个枯朽的洞，心里沉甸甸的。他盯着夜空说："和肖万昌分开吧。这是早晚要做的事。我下了决心了。"

"可是，"小织仰起脸说，"村里人会怎么说？他们不会说咱是过河拆桥吧？……"

"他为咱搭过桥吗？任别人说去。"

小织喘息着："可他到底还是爸爸啊！李芒，我求求你，再忍耐些，还是一块儿种下去吧……"

李芒捧起她的脸看着，替她擦去泪花说："睡吧小织，不说这个了，看看，这让你多难过。我就先不跟他谈开。不过分开干是一定的。跟他谈开很容易，说服你倒不容易。我得等你下了决心再跟他谈。好吧，睡觉吧。"

他们睡觉去了。

三

"我想这个小家伙生下来，模样一定会像你。"小织坐在烟垄上，吃着一个发青的苹果说。

李芒笑着问："为什么就一定会像我？"

"村里人说，女的怕男的，生下的孩子就像男的……"她吃完一个苹果，把果核儿投到很远的地方。

李芒笑起来："没有道理，没有道理。再说你从来就不怕我啊！"

"可我发觉有时候不知不觉就跟着你走下去了，哪怕前边是泥湾、是坑……这真怪哩，你知道这挺怪。我常想这些，李芒。在南山的时候，在东北的林子里，我就这样寻思过。"

小织说着，慢慢严肃起来。她的嘴唇那么小巧地抿着，有几个小小的棱角显得很清楚。她脸部的皮肤很细腻，李芒对这点儿从来就很自豪。

他的目光从她的脸上移开，也慢慢严肃起来。她的话当然让他想到好多事情。都是些严肃的事情啊！他从来不愿想这些事情，想它们太累。他和眼前这个可爱的妻子曾经手挽手地涉过芦青河，往西，穿过密林，不为人知地走了几百里，又折向南，入山。他们在山里生活，还曾经有过一个孩子，但不幸流产了。现在小织怀着的是他们的第二个孩子……入山是被迫的。后来他们在山里待不下去了，又回到胶东西北部小平原上，是秘密地回来的，只停留了一夜，便从龙口港坐船，去了东北。那是一种流浪生活。今天想这种生活，也有一种心理上的疲惫感。李芒怕自己奇怪的思路就这样想下去，这时故意把脸仰起来，看这片烟田了。

这片使他一直牵肠挂肚的烟叶，长得不错。烟叶都很肥、很醇。他不信有谁搞烟田的本事如今能超过他，这片烟田简直可以拿到国际上去较量一下了。他是全村里第一个做起黄烟专业户来的，做得很美，也很苦。肥厚的烟叶在风中扭动，撩拨人心。庄稼人经不起它的撩拨，有人身上终于燥热起来，要把这片烟田铲除掉。他们扛着铁锹跑过来，嘴里骂着："奶奶的！……"后来不知怎么就被阻止了，想铲除烟田的人翻着白眼，坐到他们自己的地上去了。李芒当时觉得很伤心，也觉得很有趣。他这时看着这烟田，奇怪的思路就又转到这上边了。幸好这会儿岳父肖万昌从田埂上走来了，肩上扛着半块黄豆饼，李芒的目光移到了他的身上。

肖万昌热汗涔涔地走过来，放了豆饼坐下，用一块雪白的手绢擦脸。擦过了脸，他掏出一包果脯递给了女儿。

李芒看了看他，没有说什么。

小织吃着，一边对付起那块豆饼来。她用一块石头把它砸成两半，观察着新茬上的颜色。

肖万昌五十岁的样子，并不显老。他在这个村子做了三十多年干部，经他的手做成的大小事情数不清，因而他很自信。他坐在那里，那表情就很自信。他穿了件深蓝色的衬衫，衬衫下部又很利落地扎在一条灰裤子里，显得干练、富有生气。衬衫的小口袋上卡了一支钢笔，手腕上，则是一块锈了壳子、但牌子很过硬的手表。头发花白了，发式与一般人不同，是乡下人望而生畏的背头，并且梳理得一丝不乱。然而他并未因这穿戴和发式惹人反感，相反，看上去，他像是深沉稳重的、可以信任的。他跟人说话时，并不看着对方，而是望着旁边的什么，好像他对自己所说的话也并不十分在意，只是高兴了，随便谈一点而已。在任何时候，他的目光都不咄咄逼人。这会儿，他专心地卷好一支喇叭烟，仔细地研究着他新做成的这支烟，跟李芒说话了：

"你看看这种饼行不行？这种饼追肥用比花生饼好多了。我跟乡里榨油厂讲妥，如果相中了，就跟他们订下三年合同。这半块饼是样品……"

他的声音淡淡的，讲的却是大事情：跟一家榨油厂订一个买饼的三年合同！

"饼很好，李芒，你看……"小织递过去一块。

李芒看也不看那饼。他看着脚下的土，也用淡淡的语气说道："老柳树下面枯了一个窟窿，它快死了……"

"如果相中了，就跟他们订个三年合同。"肖万昌吸着烟，又说了一句。

李芒掏出他那个硕大的烟斗，放在手里摆弄着说："老柳树正好长在地界上。它的那边是你的地，这一边是我们的地。"

肖万昌的目光这会儿迅速地从一旁收到李芒的脸上。

李芒也看了他一眼说："我是说，这豆饼合同先不要订了罢！"

"怎么？"

"看看形势怎么发展吧。"

肖万昌笑了："形势？哼哼，形势不会变的，专业户还要大发展哩！我忘了告诉你：县里通知我去参加专业户代表会呢！明天我去开会。"

李芒摇摇头："我不是指这个'形势'。"

"那什么'形势'？"

李芒朝小织苦笑了一下，玩笑似的随口答道："国际形势。"

肖万昌的神色有些茫然，但马上又恢复了那种淡然的表情。他一时弄不明白的东西也不想去明白它，这时有些疲倦地站起来，拍打了一下裤子上的尘土说："我要去队部开会了。烟垄还要耘一遍，隔一垄耘一垄……"

他刚要走，一个老头子急匆匆地跑进来，原来是"老獾头"。他喘着粗气把肖万昌拦住了："哎呀呀，肖书记，找你半天啊……我是来求个情的，先莫派小儿子出民工了，你知道剩下我们俩老的和闺女，快忙秋了，老婆子又有病……"

老獾头说一句一哈气，脖子上松弛的皮肉一动一动。

肖万昌就像没有看见他面前还有什么别的人一样，仍然神色淡淡地望着一个烟棵说："烟垄还要耘一遍，隔一垄耘一垄……"他说着就绕开老头子往前走去了。老獾头略一停，然后也跟上他出了烟田。

李芒看着他们的背影，沉默着。

小织说："李芒，刚才你差一点就跟爸爸挑明了。"

李芒笑了笑："就差那么'一点儿'了。"

"你可先不要急着挑明啊，你答应过我！"小织极其认真地说。

李芒点点头："放心吧，没有和你商量好，我不会正式和他分开的。"

小织有些欣慰地看了他一眼。

李芒望着天边的一块云彩，突然想起了一个要紧事儿。他说："忘了跟他要来通知看看，通知上正式让谁去开会？等会儿我去要来看看。"

小织责备说："你也太认真了。谁去不一样？"

"如果是通知我的，为什么他要去？以前就出过这种事儿。"李芒看着烟田，一字一顿地说道："我也要寻机会出去开会。出头露面的事不能让他一个人全占了！……"

小织长长地舒了一口气。她又用那双柔和的眼睛看李芒了。她发现李芒的衣服又被汗水浸湿了，后背那块儿有些泛黄。她想回家后该给他换洗了。她一动不动地盯着他那两道眉毛，嘴唇轻轻动了动。她终于又问：

"李芒，咱真要和他分开吗？"

李芒点点头。

"我老想，咱是不是对过去的事情记得太深了……是吧？"她有些胆怯地问。

李芒摇摇头，又点点头："我才不会忘记过去的事情哩！可我也不全是为了过去的事情……反正，原因好多，好多好多，我自己也有些讲不清了。我只是觉得……"

他说到这儿顿住了。小织问下去："觉得怎么？"

"觉得到底也没法儿凑合！……"

小织叹息着。她像恳求似的、语气极其柔和地说："李芒，过去的事情已经随着过去一块儿埋进土里了。不是吗？你太倔犟！太倔犟！……"

"才没有埋进土里呢！你只要留神看一看，就知道还没有埋。咱不能自己骗自己……"李芒执拗地说。他两道犀利的目光一碰到小织的脸上，又立刻变得柔和了。他说："小织，我有好多话要跟你说，又好像什么都用不着说。你的话让我想起了好多事情，好多好多，都是些我不愿去想的事儿！"……

四

十几年前，他们曾经手挽手地涉过芦青河；往西，穿过密林，不为人知地走了几百里；又折向南，入山。

在大山里面，李芒找到了他的一个朋友。朋友以介绍副业师傅为名，把他和她介绍到了一个又小又穷的山村里。这么年轻的两个师傅，山民们看了很惊奇，也很喜欢。可就是没有住的地方：这是二十岁左右的一对子，给他们太窄巴的地方不行。他们一年、也许是两年的时间，就会添出一口来。后来有人想起有幢房子闹过鬼，倒是又空闲又宽敞。

李芒问："怎么个闹法？"

村领导说："房子三间。最东边一间盛了干草，大跃进那年里面吊死一个人，以后常年锁着。到了半夜的时候，锁着的门就响，锁、铁环子，都咔嚓嚓响……"

"就是咔嚓嚓响吗？"

"就是这么响。"

"没出来过什么东西么？"

村领导摇摇头："没有。"

"那就住在那里吧。"李芒这样说。他想，只是咔嚓嚓响，危害不着他们的生活。这使他想起自己村里那个老寡妇：每到夜深的时候就哭，开始人们听了都害怕，后来也就不怕了……

他们把用来居住的正间和西间认真地裱糊了一番。在土炕的围墙上，还贴了粉红花纸。这一天他们一生也不会忘记的。他们忘不了那么疲乏地走了几百里路，路的两旁那么荒凉，颜色单调，山的岩石是铁样的青灰色。他们躲闪着行人，躲闪着田野里的歌声。他们好不容易翻过了最后的一座山，接近了朋友，接近了他们将要落脚的这个山村。于是世界的颜色开始变换了，变为嫩绿和浅黄，变为石竹花的那种红色，又变为土炕围墙上的那种透着暖意的粉红色了。

天色将晚，粉红色被霞光映成了大红色。小织的脸也红了。

她穿了件学生蓝制服。这衣服剪裁得特别合身。头发黑亮而柔软，用橡皮筋在脑后扎成两个弯弯的毛刷刷。此刻，这两个毛刷刷安静地垂着，末梢儿往里曲着，像小猫那两只永远握不紧的拳头。她安详而羞涩地坐在炕沿上，手里掐弄着她的淡黄色的小手帕，脸像被染过了一样，脸上有一层非常细小、非常规整、又淡又匀的白绒毛。这使她显得很稚嫩。她刚刚才十九岁。十九岁的姑娘就跟上一个男子跑出来了，她多有激情啊！此刻，她把一切都压抑在心底，不动声色，微微抿着嘴角。红红的嘴唇，下唇翻得略重一些，显得有些顽皮。她不看站在屋子里的李芒，她看到的只是环绕她的一片粉红色。她很自信地等待着，她什么都能等得到：幸福、焦虑、喜悦、烦闷、惆怅。一个有过这种等待的人才知道她此时的心绪是多么美好、多么丰富而奇特。她实在是一个勇敢的人，在周围的一片凝固的空气里，在一个板着没有血色的面孔的世界里，她不是表现了可嘉的勇气么？这勇气谁给的她也不知道，大概是站在一边的这个好棒的小伙子吧。

这个小伙子可不简单。可这个小伙子的爷爷是地主。

当时他没有上高中的权利。上高中的学生都是贫农和下中农推荐的。这个小伙子从小长得挺拔，像个运动员似的。人们以为他特别需要在农村里锻炼和改造，就让他扛麦包、抬大筐什么的。抬来扛去，他并没有弯腰缩背，也没有长成一个短粗胖子。他悄悄藏起了对这种劳动的厌烦和焦躁，质朴可爱。第三年，上高中可以推荐和考试相结合了，他幸运地上了学。

他做了学校运动员，穿着漂亮的运动衫。有一次他在一个运动会的比赛场上推铅球，铅球落下时，有个特别灵巧的女学生激动不安地走过去插了个小铁旗子。女学生插下的这个小铁旗子再也没有谁超过，她很自豪。

后来他们一同毕业回村了。她穿了件洗得发白的黄军衣，也背了个同样颜色的挎包。他看到她常常想：这样的姑娘真不多见啊！

再后来他们就好起来了……

天色越来越暗淡了，霞光一束束从窗上收走。小织还是默默地坐在炕沿上。她突然说：

"李芒，咱走了多远，怎么一点也不累？"

李芒说："我刚才还累，现在不累了。"

"半夜的时候，等着闹鬼吧。"小织说。

小纹笑了，笑得没有声音。

停了会儿她说："今夜就睡在这儿吗？"

"可不是就睡在这里呗。"李芒咬了咬嘴唇。

"这有些太早了呀——"

"早了好。管别人呢……"

小纹流出了泪花。她说："可是，可是……"

李芒想安慰他的刀（子），可是找不到合适的说法。

小纹（一个人笑着）笑过之后更美丽了。她瞪个小孩子那样大睁着眼儿看他。他看到了她那齐整整刷一溜儿眼睫毛。她说："李芒，你不知道我有多么害怕……"

"谁不害怕。我也害怕，可是！"

李芒鼓励着她。他这声音若断若续，表现了他那颗向幸福的心情。

天黑了。他们燃起了一根蜡烛。

"这个大山里的村子我从前想也没想过……啊～，哦～……闹鬼的屋子——啊～……小纹！你睡着了吗？啊！啊……"

五、

他们现在需要熟悉一下这一层～的大山了。从前他们李芒不答话。他找了个红色的粉笔，在那个锁起的门上划了一个大大的 ×。他说："把这个鬼枪毙了吧！"

小织笑了，笑得没有声音。

停了会儿她说："今夜就睡在这儿吗？"

"可不是就睡在这里呗。"李芒咬了咬嘴唇。

小织流出了泪花。她说："可是，可是……"

李芒想安慰他的新娘子，可是找不到合适的话。

小织一个人哭着，哭过之后更美丽了。她像个小孩子那样大仰着脸儿看他。他看到了她那齐整整的一溜儿眼睫毛。她说："李芒，你不知道我有多么害怕……"

"谁不害怕？我也害怕，可是……"

李芒鼓励着她。他这声音若断若续，表现了他那颤颤的幸福的心情。

天黑了。他们点起了一根蜡烛。

"这个大山里的村子我以前想也没想过……啊啊……闹鬼的屋子……啊啊……小织！你睡着了吗？啊！啊……"

五

他们现在需要熟悉一下这一座座的大山了。以前他们对山很陌生。山嘛，石头嘛，树木和绿草长在缝隙里。他们现在登在山的半腰上，有些惊恐地看着那一块块凸出的怪石，那一道道幽黑深邃的沟壑。阳光在山上攀缘着，做着各种奇怪的脸色。它看着石英石，目光立刻放出了光彩；山林密不透风，闪着一片墨绿的、诱人的颜色，它望着山林的叶子，显出很神秘的样子；一块块铁色的巨石从稀薄的土层里探露出来，满身粘着点点银白色，它看到那些点子就惊讶地睁大了眼睛。银白的斑点闪射出锐利的光箭，太阳眯起眼睛了；红秆儿草在石头脚下、在大树的身旁扭动着腰身，漂亮吗？它吸引了两个登山的人。它的叶儿也开始变红了，尖儿红得最厉害。登山的人捏住它的叶子，像是揪住了山里姑娘的裙子。啊啊，它是山里姑娘呀！他们不断结识着山上的一切，也不断地告别它们。他们终于和阳光一起，攀到了山顶上。

原来周围都是山。

一片淡灰色的雾，还有一片微蓝色的雾，浮在了一架架山的尖顶上。模模糊糊的峰刃，模模糊糊的树林。鸟鸣在草丛里、在山涧里、在树丫里、在一片雾气里。它们彼此呼应，彼此安慰。它们也不明白山，不明白它们赖以生存的山是属于谁的。可是它们一声声叫着。他们觉得山影就如同它们的叫声那般纷乱，又好似在这叫声里一层层漾开去，山峦像水的波涌一样啊！原来世上有这么多的山，原来阳光常常被山遮住。他们甜蜜地安睡过的那个小村庄就在山的脚下，那么小、那么稚嫩孱弱，此刻也在安睡着。它可怜巴巴的，他们都有点可怜这个小村庄了，在心里为它鸣不平。

他们觉得，山下这个不起眼的小山村可是不平凡的。他们就是刚刚从它温柔的怀抱里走出来，身上还带有它的体温。他们觉得那些永生难忘的巨大幸福就是它给予的，并亲眼看到朝霞从村子里升起，染红了他们的窗棂，又染红了他们自己。希望洒在一条条肮脏窄巴的街道上，谁说人间无希望。人们啊！请回忆你的那种时刻，回忆朝霞染红窗棂的时刻，回忆幸福，回忆生活，回忆昨天的震颤和那仅有的一丝忧虑。小山村，小山村，避难所，避难所；邻居的一只母鸡咯咯叫着，围墙上探出的果枝上挂着两个鲜红的苹果。生活就从这里开始吗？生活能从这里开始吗？他们依偎着，问自己，也问这间闹鬼的屋子。

他们攀登得有些累，就坐在了一块大石头上。李芒脱下鞋子，倒出里面的一颗小石子。他说："以后就得在这山沟里爬了，爬来爬去。"

小织说："有人背着枪追我们，再宽的路咱跑起来也累；爬在山上，藏在山上，山上真好啊！"

"山上真好！"

"你说我爸爸他们会找到山里来吗？"

"谁知道呢。让他们进山就迷路才好哩！"

小织笑了。

李芒也笑了，是一种冷笑。他一想起小织的爸爸就冷笑起来……此时此刻，他是个胜利者。他的敌手是无比强大的，强大到全村里没人能够战胜，可是他却似乎是胜利了。他好像早就预料到了这个结局，并且用这个结局鼓励着自己。"一个狠家伙！……"他冷笑着在心里骂了一句。他想，这会儿那个家伙不知在做些什么呢，会气得跳起来吗？生活老要让他做个倒霉鬼，他偏不做，拼力挣脱着，最后……他现在是坐在一座大山之巅了，和心爱的人一起眺望着、俯视着。

他说："咱们以后得想法为山里人做些事情。"

"做好多好多事情——咱一辈子住在大山里……"

"我就怕做不好。我们能帮他们做什么？他们还以为咱俩全是些手艺人，会做好多事情呢！"李芒为难地绞拧起眉头。他望着小织，发现她正安详地看着前方，那神情可爱极了。他立刻又后悔起来。他觉得不该说刚才那些丧气的话——小织对山里生活正充满了希望呢！他于是说："从头开始吧！什么手艺都是人学的！难就难吧，也会挺有意思。"

小织不说话，只看着李芒。她觉得他的肩膀很宽、很健美；好粗壮的胳膊啊，这个家伙长了这么吓人的胳膊。她一点也不怀疑他会做成好多事情。她觉得十分自豪。

李芒说："除了为山里人做事情，我还要读点书。也许我也能写一本书，你信吧？你点头了，嘿嘿，你什么都信。真的，我也许会写出一本书来……还有咱们那间闹鬼的屋子，我要好好整整它，用泥和石板垒个书架子，屋前边再栽上些花……"

"李芒！……"小织听到这里，激动得再也听不下去了。她吻着李芒，又把头埋在他的胸脯上喘息着。她仰起脸看着李芒说："做什么我都和你在一块儿，咱们会过得挺好的……不过，在这儿住得久了我会想家——你可不要误解啊，我不是想我爸。我想的是熟人、庄稼、海滩，还想芦青河。我想咱们那块好地方……"

李芒不吱声了。他也在想自己出生的地方。在那片土地上，爷爷死了，父亲死了，母亲也死了。母亲曾经告诉过他：爷爷攒了一大笔钱，让年纪老大的父亲到青岛去念洋书。几年洋书念下来，父亲也就不愿回来了。幸亏后来得了肺病，父亲怕死在外边，就带着几驮子书回到河边来，从此再也没有离开，直到死了，葬在祖坟地里……李芒现在没有一个亲人了，可是他和小织一样，也深深眷恋着那个地方。到底凭什么要剥夺他们生活在那儿的权利呢？他的几辈人不是都生在那儿，最后又埋在了那儿吗？李芒紧紧地握着拳头，一声不吭。

他想起了他和小织的同学、好朋友袁光。袁光三岁那年，父亲成了"反革命"，从城里领着袁光和姐姐回乡下来了。袁光上初中时父亲死了，袁光一滴泪水也没有掉。为什么要哭他呢？不就是因为他的缘故，袁光才受尽了歧视，也许连高中也不能上呢！后来初中毕业，袁光真的回家下田了。他在全校学习是最好的，他对那些能够继续升学的同学羡慕死了。他和李芒一块儿到海滩上挖渠、修树、种花生，结下了很深的友谊。李芒后来上了高中，就再也没有见到他。毕业第二年上，李芒过河去找袁光，找到了一个衣衫褴褛、面黄肌瘦的小老头模样的袁光。他的生活李芒完全想象得出来。他已经二十七八岁了，还没有娶上媳妇……最后一次见他是在河边的一块土豆地里，他担了两个大粪桶，右眼不知怎么肿胀得睁不开了，只睁着一只眼睛跟李芒说话……

如今袁光在做些什么呢？

"给袁光写封信吧……"小织突然咕哝了一句。

李芒惊奇地看了她一眼：她怎么知道我心里在想袁光呢？他感激地握着她的一双手，摇摇头说："不，不能写。不能让河边的人知道我们现在在哪里……"

有一只漂亮的山鸡站在不远处的一块石头上啼叫。李芒惊喜地指给小织看，小织刚转过头去，它就飞走了……李芒却发现了它站立过的石头是雪白的、荧光闪亮的！他赶忙奔了过去。

他记起县城的楼房上、墙皮上就粘满了这种闪亮的白石子！一个念头在他的脑际飞快闪过：可不可以满山找来这样的石块儿，碾成小碎块块卖给城里人盖楼房呢？

"小织！"他一下子站起来，喊了她一声。

六

李芒这天果然起早去跟肖万昌要开会的通知看了。肖万昌正耐心地照着镜子刮脸，头也不转地说："通知就在桌子上，你看吧……"

通知上果真只写了肖万昌一个人的名字。

李芒说："这是专业户代表会，怎么只有你一个人的名呢？我可是最早做黄烟专业户的。你开会时捎一句话给发通知的人，告诉他们不要故意漏掉我李芒的名字！"

脖子上的毛发很难对付，肖万昌这会儿刮得特别细心。他一下一下刮着，刮完了又用心地抚摸了一会儿，转着脸庞照着镜子。他揩着刀片说："我一准把话捎到就是了。"

李芒转身走出了肖万昌的屋子。

他想尽快离开这里。他觉得站在屋里和肖万昌说话的时候，正有一双沉沉的目光在一旁望着。走出门来，后背上好像还负着这双目光。走着走着，他猛然回头去寻找，后边什么也没有。他心里明白：这双眼睛是看不见的，这是玉德爷爷的一双眼睛啊！

　　他很清楚地察觉到，玉德爷爷那双衰老的、有些混浊的眼睛此刻已经愤怒了。老人分明在责备这个孙女婿，恶狠狠地盯着他。那双目光分明在怒斥说：忘恩负义的东西！我刚闭了眼，你就要和我儿子分开干，你是个败家子！……李芒步子沉重地踏上了田埂，又望见了那棵老柳树。他痛苦地闭了闭眼睛。他在心里呼喊着："玉德爷爷啊！我李芒今生不会忘了您的恩德，小织也会永远记着您……如果我们有什么地方违背了您的意愿，那也是实在没有办法的事。我们请求您老人家原谅，我们是您的孩子……"

　　前边不远的烟垄里，小织正在做活。那翠绿的烟棵间，她的粉红衣服一闪一闪的。李芒大着步子走过去，默默地站在一边看着。她并没有发现李芒，只顾着掰着冒杈。肥嫩的冒杈怎么也掰不完，烟棵长得越壮，冒杈子越难对付。她的小巴掌握到冒杈上，就像攥住了一个小麻雀似的。小麻雀紧紧地伏到烟秆上，她就灵巧地一扭把它给扭下来了。绿色的汁水染了她的手背，她擦汗水的时候，额头就沾满了绿色。当她又一次抬头擦汗时，发现了李芒站在一边，就有些羞涩地笑了一笑。她问：

　　"犟汉子，到底看了通知吗？"

　　李芒点点头。他蹲下来，用两手捂着额头，一声也不吭。小织推了他一下，他也没有抬头。

　　"跟爸爸吵了吗？"

　　他摇摇头。

　　"你病了吗？"

李芒还是摇头。停了一会儿，他咕哝说："小织，我们把那棵老柳树伐了吧！"

小织惊愕地望着他。

"我一看见它，就想起玉德爷爷。好像他就是玉德爷爷似的，蹲在田里，喘着粗气……咱老得在它的监视下做活儿……"李芒有些急促地说。

小织慢慢地搓扭着手掌，望了一眼老柳树。她说："想着爷爷也好！想着玉德爷爷，你就不会硬跟爸爸闹着分开了。"

李芒昂起头望着她说："一定要分开。这是早晚的事情。"

"你真是个犟汉！咱和爸爸联合了这几年，不是挺好的吗？你呀！"

"挺好？肖万昌在烟田里腰也不弯一下，他让儿子腊子贩鱼挣钱去，这么大一片烟田，全靠玉德爷爷和我们两个！……"李芒的胸脯一起一伏，一双愤怒的眼睛紧盯着小织。他大声嚷起来："这是欺侮人！压榨人！……"

小织的眼睛涌出泪花来，也迎着他嚷道："可他是支书啊！他要为村里忙别的事情……我们家买化肥、柴油，卖烟叶这些事，不都是亏了他吗？李芒，你该想想这些！……"

"我全想过，一样一样全想过。你以为我要和他分手，光是因为他不做活吗？因为害怕吃亏吗？不是！你也知道不是！要下决心分手，就得打谱不做这个专业户，狠下心做个穷光蛋！这个鬼联合本来就不该有。我早跟你说过，分开是注定了的。我心底老喊：分开吧，快分开吧！……看看，你多么不理解我啊！"

李芒很痛苦地摇着头，又蹲下了。

小织有些委屈地看着他，再也不作声了。

他们一边有人粗粗地喘着气，抬头一望，原来早有一个人抱着膀子站在那儿，嘻嘻笑着。

他叫荒荒，是村里的一条"光棍儿"。这时他嬉笑着问："小两口打架了？"他的一双眼睛诡秘地闪动着，松弛的皮肉在嘴角划出两个大弧。

"有事情吗，荒荒？"李芒问。

荒荒把身上发黑的汗背心扯一扯说："怎么没有事情？来就有事情。我是做代表来了。"

"什么代表？"

"群众代表。"

"到底干什么啊？"李芒不解了。

荒荒挠一挠蓬乱的头发，所答非所问地说："如今这个世道嘛，有本事的人都发家了。发家嘛，咱不眼馋，谁叫人家有本事呢？不过，哼哼，发了横财、黑心财的，从理论上讲也不算好事情……"

李芒用心地听着，还是抓不住他的"要义"，只是觉得"从理论上讲"几个字用得可笑。

荒荒说了一会儿，见对方并未明了，就咳了一声说："干脆直着说吧！我是代表大伙儿跟你来谈判的！"

李芒不解地看看他，又看看小织。

荒荒说："今年的化肥分来不少，可是摊到各家各户就那么一点点。后来才知道肖万昌书记给你们自己留了一手儿。俺是来跟你商量一下，借几百斤先用一用。"

李芒有些吃惊："荒荒，这许是误传吧？我们哪有那么多化肥？"

小织也不解地望着荒荒。

荒荒哈哈大笑："是呀，这么多东西放在自己家多显眼！得找一个好地方，再封起来，哼，这样儿 —— 明白了吧？"荒荒用手做成抹泥板的样子，在空中抹了一下。

李芒站了起来。

荒荒像公鸡一样将头伸到李芒跟前，又奇怪地摇了一下说："怎么，不知道？真不知道你就跟上我去看看！嘿嘿，其实你心里早明白，你们是一家子人……"

李芒不耐烦地摆手打断他的话，跟上他走了。

在一座孤零零的老屋子跟前聚集了一帮子人。老屋子是一个老寡妇的。老寡妇死了，这屋子就一直闲置着，如今重新砌了门，挂了一把很大的锁……荒荒得意地朝人们挤着眼，说："总算把'驸马'请来了！"

"驸马"两个字深深地刺疼了李芒。还没等他说什么，人群就哄笑起来。他们主动给李芒和荒荒闪开一条通道。

荒荒大摇大摆地走在通道上，头颅高昂，像个将军一样。他走到门口，用手敲了敲那把大锁说："看见了吧？我跟你说的那些好东西都在这里边了……"

李芒端详着这座老屋。他透过缝隙往里看着，虽然黑洞洞的什么也看不见，但他想肖万昌完全做得出这种事情。他此刻明白为什么这么多人聚在这里了。

荒荒笑眯眯地对李芒说："看见了吧？有人手里握的铁钎子有多

长！有这东西撬门最好使，不过要糟蹋一个锁扣子，不符合节约的方针……"

人群又笑了。大家很欣赏荒荒的幽默。

"所以说，还是请你回家取个钥匙来。钥匙这东西，又不伤和气，又不伤锁扣……"荒荒说着话，扳着手指头，极力显得有条理。

李芒很快打断他的话，面向大家说："这是肖万昌一个人干的事，我真的不知道。要撬门，我赞成，我手里没有钥匙。"

人们互相对看着。

李芒对荒荒催促说："撬吧！"

七

"我们要和他分开的事，也许他早就有预料。"李芒从大队部回来后，这样对小织说。

小织问："为什么？"

"他这个人机灵得很，早就嗅出味儿来了，知道终有一天我会跟他分开。他偷偷积下那么多化肥，从来没跟我们说。今年秋天的化肥多么紧，他一个人就积下那么多。其实三分之一就足够他用的，他就这么个贪婪性儿，不知道这是在积民怨！大伙儿要给他撬门……"

"撬了吗？"

"没有。他们怕肖万昌，知道他开会去了，就来找我，到时候就说是我同意了的。谁知我赞成他们撬门，他们反倒害怕了……"

小织长长地舒了一口气。

"荒荒当着大家的面跟我叫'驸马'，说明群众早把他看成土皇帝了。你不让我跟他分开，就是说还要我给他当'驸马'！从大队部回来的路上我就想：一定把他们喊的话告诉你……"

李芒有些冲动地望着他的妻子，声音颤颤地说着。

小织抬头望着大片的烟田，咬着嘴唇。她说："我知道你还会说什么。你说出来的、没说出来的，我全能明白。我知道他和咱不是一路的人，可我常想，咱和他积了这么多年的怨气，过去了的就让它过去吧！咱现在的日子不是已经过得挺好了吗？烟田的肥料不用咱操心，烟叶从来都是卖高价钱，这些不全都靠他吗？将来孩子生下来，他能没有姥爷吗？李芒！你是太倔了啊，你想得太多了、太细了！你就不会忍着点……"

李芒的目光长久地停留在她笨重的身子上。他说："是啊，比起那几年到处流浪来，现在怎么能说是过得不好？我们有了这么大一片地，又成了全县有名的专业户。可这是和当年把我们逼跑的那个人联合的，是这样成了专业户的！你不觉得这种好日子里面也掺和了好多屈辱吗？"

肖万昌开会回来，很快知道了老屋门前闹的这场事。他让民兵连长请来那些人，和他们一块儿站到老屋门前，微笑着问："你们说这里面有多少化肥？"

大家感到莫名其妙，没人作答。

荒荒见肖万昌用眼盯他，就往人身后挤了挤。

肖万昌说：“荒荒，你来估估，我看你是好眼力。”

民兵连长在一边笑着。

荒荒见肖万昌很和蔼，就朝身边的人扮个鬼脸，说：“少说也有一千斤！”

“多说呢？”

“两千斤！”

肖万昌笑了。他把手按到荒荒的肩膀上说：“你还是没有估准——你估得太少！我这里面存有化肥两吨，整整四千斤！”他说着，不知从哪儿取出一支粉笔头儿，回身在铁门上写了：内存化肥两吨。

人群里发出吸气声。

肖万昌又说：“话不说不明，我今天就是跟大家说明一下情况的。不错，这里面的化肥有上级分配的一份儿，那是保证重点专业户的，比大家也多不了多少，也不过几百斤。其他的就是我自己找门路买来的了，与分配的化肥没有关系。有人说我偷着藏下来，一个‘偷’字把我这个党支书说得挺窝囊。化肥又不是抢来的，不过是借这么一块地方放一放，偷着藏？用不着吧！”

没人吱一声。民兵连长还在笑。

肖万昌停了一瞬，又接着说：“要搞化肥，这我支持！开动脑筋，前门后门（说实话，我这些化肥不少就是走后门来的），都不妨搞搞看，都到了什么时候了，还像小孩子一样事事找保姆！我可做不了这么多人的‘保姆’。我听说有人带铁钎子搞化肥来了——这个法子可使不得。撬门破锁犯法哩！我在这里劝大家一句：犯法的事还是不做的好！……"

肖万昌说完，开朗地大笑起来，满脸堆上了和善的皱纹。

荒荒用眼睛瞟着肖万昌，重新挤到人群里去了。

"赶空儿我还要给大家传达一下会议上的精神哩……"肖万昌卷好一支喇叭烟吸着，眯起了眼睛，"会上，张县长接见了全县的专业户代表，一个一个鼓励，拉着手问还有什么困难？大家都笑着说没有困难。我们是老朋友了，'文革'那年他在我家藏过好几个月，我可从来不和他客气！我说：'我自己倒是没有困难！俺村里还有个荒荒，快四十了没有娶上媳妇，裤子后腚上老是破个洞，你管不管？'……"

他大笑起来。

有的人跟着笑起来；但更多的人却陷入了长久的沉默……

肖万昌离开大队部，到他的承包田里来了。他见李芒和小织在耘烟垄，就要过小织的耘锄耘起来。他左右开弓，耘地的姿势很好看，但总也不能和李芒耘得一样快。他只好耘窄窄的一溜儿，一边耘一边和李芒说话："我看今年的烟长得比去年要好！一张烟叶子就是一块钱的人民币……开会时见到烟厂的王会计，我跟他讲，秋后收烟可要瞪起眼睛来！……"

李芒打断他的话说："今年的烟劲道大。这从烟叶那些黄疤上看得出来。有人爱吸便宜烟，就得小心呛嘴巴！"

肖万昌摇摇头："嘿嘿，这地方的人什么烟没吸过？劲道越大越好，呛不着。劲道大过瘾哩！"

"长期过烟瘾，嘴巴里该生口疮了！"李芒又说。

"口疮又算个什么！"

"不能吸烟了。"

"照吸就是。"

"小心烂嘴巴。"

肖万昌停了耘锄，看着一旁坐着的小织，"哼哼"地笑起来。只有将牙齿咬在一起才能发出这种笑声。小织低着头，声音非常轻微地叫了一声："爸……"

"什么事？"肖万昌很警觉地睁大了眼睛。

"你看别人的烟棵又黄又小，可不该扣留他们的化肥。榨油厂也不卖豆饼给他们了，说要等着和你订合同。天这么旱，要浇地就得自己出柴油，他们也没有柴油。听说荒荒的烟叶旱得打蔫了……谁都指靠着烟田过日子，你该为他们想一想办法，你办法总是多的……"

小织这样说着，眼睛却一直盯在李芒身上。

肖万昌听完女儿的话，长长地叹了一口气。他皱了皱眉头，然后重新低头耘起烟田来，自语般地说道："我为这个村子奔忙三十多年了。我现在该为自己家里做点事情了……"这样说着，心里却在苦笑。是啊，三十多年！这期间有多少坎儿，政治运动，家族矛盾，村仇械斗，无数的难题交织在一块儿，他每次都在风口浪尖上。但他很快就老练了。四十岁以后。他遇到事情就从来没有惊慌失措过。整个村庄仿佛就是一个巨大的轮子，他认为它需要旋转一下了，就伸出手指轻轻一拨。平时他总是大背着手，他特别愿哼古戏里诸葛亮的那句唱词："我本是……

散淡的人哪！"

耘锄的一个尖齿刺进烟秸里去了。他"哼哼"地笑着，把尖齿儿慢慢退出来……

八

刮了一夜大风。

这种风是让人厌恶的。很多烟叶儿给刮折了，没有刮折的也扭向一边，像一个人为抵挡风沙的袭击把手臂蒙在头上一样。所有的人家都到烟田里捡拾折下的烟叶，集中到一处去晾晒，准备将来有机会再把这些不成熟的劣叶子卖出去。这种风每年秋天都有，今年刮得早了点，损失也就不大。如果在烟叶收获的前几天，烟叶儿上足了"烟"，刮起大风来，不但会刮折烟叶，还会刮走烟叶上的"烟"！

风中掺了雨，所以人们活动在烟田里，衣服都湿透了。

李芒和小织很早就到田里了。他们把折掉的烟叶抱到老柳树下，堆了很高的一垛……老柳树被风雨抽打了一夜，大清早还在呻吟。它的叶子不断飘落下来，枝条也从身上脱落着。它的裂缝经了雨水，干朽的木头胀起来，发出老人干咳似的声音。有一块干树皮被水气滋润得脱离了树干，掉在李芒的肩膀上。李芒吸着他的大烟斗，端详着这块老树皮，觉得它像一块炮弹皮一样。

小织有滋有味地吃着刚刚变红的山楂，一把一把从衣兜里掏出来。

李芒看看她手里的山楂，口水就要流出来。可她偏偏要把山楂送他的脸前 —— 她吃着山楂，抬头四下里张望着。四周的烟田中，都有人影在活动。远处被雾气罩住，什么也看不清，只听得见那一声声咳嗽和叹气声，还有那奇奇怪怪的、听不清词儿的村里人的歌唱。烟农们对风的恶作剧说不上是高兴是悲哀，因为每年都有这样的风，吹折了这么多的叶子，像要代替他们辛劳的手去收获似的。雾海静静的，没有什么波涌；多少人在这早雾里钻烟垄、在田埂上奔跑。雾气漫开了多远呢？在辽阔的芦青河两岸，在整个的海滩平原上，都蒙上了这么迷迷茫茫的一层么？这雾气将烟草的气味、牛羊的鸣叫、村里人的呼喊和咒骂、芦青河的奔流声、海潮的轰响以及泥土细微的声息都融合在一起了……小织的目光从远处收回来，又落在自己的烟垄上。她看着看着，目光就凝住了！

她发现整整两座屋基那么大的一片土地上，烟棵儿都倒伏着。她惊呼了一声，扯着李芒的手奔了过去。

原来是一片烟棵被人砍倒了！不成熟的、稚嫩的烟秸被齐齐斩断，断口处渗出清清的水珠，像泪滴一样……

"谁的心这么狠啊！多么坏啊……"小织心痛地用手抚着砍倒的烟棵。

李芒默默地吸着烟斗。

"怎么办啊，李芒，多好的烟叶……"小织蹲了下来。

李芒还是一动不动地吸烟。

他透过袅袅烟雾，好像看到了一张瘦削、黝黑、又愤怒又丑陋的烟农的脸。这张脸又熟悉又陌生，上面沾满了发黑的烟汁。那人握了把镰大清早还在呻吟。它的叶子不断飘落下来，枝条也从身上脱落着。它的裂缝经了雨水，干枯的木头胀起来，发出是人似的干咳。有一块干树皮被水汽浸润〔得脱离了树干〕，掉在李芝的肩膀上。李芝收着他的大细斗，端详着这块老树皮，觉得它象一块炮弹皮一样。

　　小纹有滋有味地吃着刚才采红的山楂，一把一把从衣兜里掏出来。李芝看见他手里的山楂，口水就要流出来，她俩一把手里的山楂送到他的嘴巴跟前……她吃着山楂，拾起四下里张望着。四周的稻田中，都有人影在活动着。远处被雾气罩住，什么也看不清，只听得见那一声声咳嗽和吸气声，还有那句句怪异的、听不清〔词〕的村里人的哼唱。烟茎们对风的无作剧说不上是高兴还是恐惧，因为每年都有这样的风，吹折了这么多的叶子，象是代替他们辛劳的手去收获似的。雾渐醒了的，没有什么波涛；多少人在这早雾里站烟茎、在田硬上奔跑。雾气漫开了多远呢？在辽阔的芦青河两岸，在连千的海滩平原上，都蒙上了这么远〔茫茫〕的一层么？这雾气将鲜草的气味、牛羊的哞叫、村里人的呼喊和吆号、芦青河的奔流声、海潮的轰响从泥土细微的音息都溶和在一起了……小纹的目光从远处收回来，又落在自己的田垄上了。她看看看看，目光就凝住刀，穿过他自己那一片又黄又瘦的烟田，来到了一片黑乌乌的好烟棵跟前，咬了咬牙关，恶狠狠地砍伐起来。他砍得好惬意，好解恨，直到砍了好大的一片，他有些疲累时，这才跺一跺脚，往地上吐一口唾沫离开了……

李芒从地上扶起小织，抚去她头发上的几颗水珠说："我们回到老柳树那儿吧……"

小织不动，只是盯着地上的烟棵。

这时有两个人吆吆喝喝地走过来了，原来正是肖万昌和民兵连长。肖万昌大概早已发现了这个情况，特意找了人来的。肖万昌的头发还像往日一样，梳理得一丝不乱；他今天穿了件深棕色衬衫，仍旧扎在半新的灰制服裤里。他说话的声音很大，但并不激动，脸上还带有淡淡的笑意。他对民兵连长说："破破这个案子吧，待会儿你请海边派出所的人也来。你协助他们……"

民兵连长心不在焉地看了李芒和小织一眼，笑了笑。

李芒默默地吸着他的烟斗，和小织一块儿离开了。他的大黑烟斗不离嘴巴，也不怎么说话，只在磕烟斗的时候深深地看一眼小织……

三天内没有什么消息。

邻地的人远远地向这边张望，可是像怕沾了什么晦气似的，并不到近前来看。腊子回家来了，他听说了这个事，骑着他的轻骑到烟田里来了。他穿着紫格子衣服，戴了墨色眼镜，将轻骑开得很快，到了烟田里却猛地刹车。他并未下来，摘下眼镜望了望被砍倒的烟棵，骂了一句什么，就离开了……海边派出所的一个胖子也来了一趟，他将两手卡在腰上，掀起了后衣襟，使所有见过他的人，都同时看到了贴在他后屁股上的小皮套子枪。烟农们开始伸舌头了，吸冷气了，发出"咝咝"的声音。

第六天上，半下午时分，肖万昌、胖子、民兵连长和荒荒四人到田里来了。他们后边不远，跟上来一些小伙子、妇女和娃娃，邻近地里人见了，知道案子破了，也放下手里的活计走过来。李芒和小织也走到那片砍倒的烟棵前。

海边派出所的胖子看着地上的烟棵，不时掏出一个小本子记上两笔。肖万昌卷好两支喇叭烟，分给民兵连长一支。荒荒想抽烟了，从衣服的里层摸索出一个又短又小的竹子烟斗，用两根手指夹着吸起来。

"用什么工具作的案？"胖子问。

"告诉多少遍也记不住，用老镰！"荒荒有些不耐烦。

把镰刀叫成"老镰"，惹得四周的人一阵大笑。

"什么用意呢——为什么砍？"胖子又问。

"什么用意，没什么用意，砍他娘的就是！"

荒荒说着，把小竹烟斗放在鞋底上磕起来。他的鞋子很怪：底子约莫一寸厚；帮子上缝了各种颜色的补丁，圆乎乎像个大彩球。大家又笑了。可能是笑鞋子。

肖万昌在一旁不慌不忙地说开了："唉唉，庄稼人就是没有法制观念！你恨我，可以指出我的错误，怎么能破坏农作物呢？犯了法，谁也没有办法……"

荒荒听了，用小烟斗指着肖万昌说："不用说了，我知道你，你他妈的最不是东西。老寡妇让你这伙人气死了，又占人家老屋藏东西……"

他的话刚停，民兵连长就笑眯眯地凑近了他，用烟头儿往他手心里一触。荒荒毫无准备，疼得跳了起来。

派出所的胖子正低头记着什么，一抬头见荒荒在跳，就迅速地从皮包里摸出了一副手铐，跑上去卡住了荒荒的两只手。

大家都不笑了。

胖子手里捻动着一杆紫红色的圆珠笔，两眼盯住荒荒的眉心说："拘留你！"荒荒的眉心上有一块疤，大家都看到了。

李芒把一切都看在眼里，这时走上前去问荒荒："荒荒，真是你砍的吗？"

荒荒摇头大笑。

"荒荒！别让人讹了你……"李芒喊着，愤怒地推开了那个笑眯眯的民兵连长：他笑着抱了荒荒的胳膊，正用指甲掐荒荒的肉呢。

荒荒仍旧大笑："哈哈，'驸马'，这回抓了我你该高兴了吧？留下你自己发财吧！哈哈……"

荒荒被押走了。人群先是随着荒荒移动着，最后又散开在田野上……

李芒蹲在砍倒的烟棵旁，默默地吸烟。吸了没有几口，他突然站了起来，"噗"的一声抛了烟斗。

"李芒！……"小织喊了一声，紧紧地抓住了他的胳膊。

李芒望着远去的人群，慢慢蹲下来。不知过了多长时间，他才抬起烟斗，和小织默默地走回家去了。

李芒仰躺在炕上，不说一句话，目光一动不动地看着天花板。

小织用手试了试他的额头，说："李芒，你病了吗？"

李芒摇摇头。

小织坐在他的身边，看着他。

"小织，"李芒望了望她的脸，"从明天开始，由我们替荒荒掰冒权、耘烟田吧。"

"也怪可怜人的。不过他也太坏了，砍了咱那么大一片烟……"小织说。

李芒看着天花板："他没有办法，我们有时也没有办法嘛！他算被逼到数上了。他要报复，就用上了那把镰刀……想想吧，小织，他穷得没有第二双鞋子，一点点指望就全在烟田上了。可他没有肥料，也没有水。什么权力全在肖万昌他们手里。招工、分红、参军、出夫……娶媳妇有时也得受他们干涉，荒荒的媳妇不是肖万昌给搅散了吗？他什么办法也没有，只好用镰刀撒撒气……我眼看着荒荒被抓走了，恨不得去把他夺回来！我心里明白：荒荒是因为砍了我们的烟棵才被抓的！我们倒和肖万昌搅在了一块儿！让大伙儿去恨我们吧！没人再会瞧得起我们……"

李芒激动起来，从炕上跳了下来。

小织呆呆地望着他。

"我们被逼得无家可归，到处流浪才学到了一点过日子的本事，学会了种烟的技术！可我们只有技术，没有肥料，没有水，没有公平合理收购烟叶的地方。没有这些你怎么能富起来！咱就这么和肖万昌联合了，成了全县最有名的黄烟专业户！……多大的屈辱啊！多少人在烟田里急得团团转，我们倒心安理得地做起专业户！小织，我们对不起乡亲们，对不起荒荒！也对不起我们自己！"

李芒愤怒地挥动着拳头，在屋里走着。他连连说着："不能再忍了！不能这样下去了！赶紧让这种鬼联合散伙，立刻就应该去告诉他！"他的脸膛变成紫红色，全身颤抖，碰倒了凳子，就要迈出屋门。

小织紧紧地抱住了他的胳膊。她叫着："李芒！李芒！"

"我们在和什么鬼人联合！我们这个不干不净的专业户啊……"李芒几乎要吼叫起来。

小织有些害怕，她抽搐起来……她从他的衣兜里摸出那个大烟斗，给他装了烟，塞到了他的手里。"李芒！"她叫着，"冷静一下吧，李芒！你答应过我，要等我同意了那天才……才正式和他分开。这样，你今天这样怒冲冲的，会把事情弄坏……啊，李芒！你听见了么？李芒！啊啊，李芒……"

李芒握烟斗的手颤抖着，颤抖着，终于慢慢举起来，将它送到嘴巴上了……

九

小织的手指也不知是怎么长成的，又细又圆，那么光润，那么软！用它拿苹果、搬凳子、捏钢笔……它触摸过的东西都变得比原来美好了。李芒曾经不眨眼地看它弹拨过一个琴：它按在丝弦上，黄色的丝弦弯下来，它也弯下来；丝弦颤动着，它也颤动着。当它在丝弦上揉动时，指尖就微微发红了，像害羞似的；它用力弹了一下弦，弦要激动地跳起来，它却异常机敏地、有几分顽皮地先一步从弦上跳开了。指甲又硬又亮，闪着荧光，像十枚小小的铜片。小铜片打在弦上，当然是金属的声音。几道丝弦，有粗有细，它不冷淡任何一根弦，去抚摸，去揉动。它的温柔全在弦的身上了，丝弦叙述着各种感触，委婉的语气也像是模仿着它。有时它全从弦上移开，与弦相距一寸，像是默默地对视，又像是在轻轻地喘息。这安静的几秒钟里，空气凝住了。它重新按在弦上时，是几根手指轮换地触摸，显得小心翼翼，像是怕惊醒了对方的熟睡，又像是蹑手蹑脚的行走。丝弦终于没有被惊醒，熟睡过去，发出轻微而均匀的鼾声。于是它离去了，指尖勾起，恋恋不舍地从弦上移开……

一个男子这样细致地研究一个姑娘的手，他自己也感到有些难为情。可是没有办法，这双眼睛特别执拗。李芒有时故意把脸转向一边，但眼睛却仍要去寻找那双手。

那双手曾捏紧了一个做标记用的小铁旗子，插在一个铅球砸出的印痕上。那个铅球就是李芒掷出去的，她惊羡地看了他一眼。他也同时看清了她是肖万昌的女儿，于是深深地吃了一惊。

他当时看到的是一个娴静的姑娘。她穿了件洗得发白的黄军衣，一条学生蓝制服裤。与上衣不同，这是笔挺的、使下肢显得特别修长的新裤子。衣服特别合身，恰好衬托出她的丰满与娇小。她的脸色很红，猛然一看还以为她正害羞呢。像一株秀美的香椿树，挺拔地长在屋前的空地上，并没有因为水肥充足就痴憨地疯长起来。它矜持得很呢，将雨露闪烁在叶子上；叶梗儿发红，像永远披了霞光。她的确使人想起这样的一株香椿树。

毕业了，她和他都回村了。她依然常常穿着那身泛白的军衣。那个年代军衣时髦得很，她开始是赶这个时髦的；后来谁都发现军衣使她更加漂亮了，她实在需要这样的一件衣服……肖万昌安排女儿做了大队广播员。她可以不下田，这就招来了村里人暗暗的怨恨。可是她的甜润的声音慢慢使人喜欢起来，人们都在心里问：有这样一个广播员有什么不好？年轻人很寂寞，从学校回到田野很寂寞。李芒和小织每天要参加夜校，他们就在这时组织了一个文艺宣传队。

排练节目时，李芒常常看小织弹琴。

宣传队要到造田工地上演出，工地上的先进人物，无一例外地都要编进节目里。只有李芒和小织两个人是高中生，节目也就靠他们编了。他们常常编到深夜，一点也不累。他们编了快板、数来宝，自己先要说一遍。李芒能将数来宝最末一段的最末一句罗列上七八个形容词而后押韵，这使小织觉得新奇而痛快。她腼腆、内向，极度兴奋时往往垂下眼睑，摆弄她那支铝杆儿镀金笔。她那两只柔软的、可爱的、未被粗重的东西磨损过的手掌不时去翻动一下纸页，李芒把她弄乱的纸页再理整齐。他总是微微含笑，表现了一个男子的沉着和自信。他和她很少说话，因为有些更细微的东西，有些还嫌模糊的感觉，语言反而说不清。他们两人都自觉地在一种氛围里大致沉默着。夜色真美好，月亮姗姗来迟了。窗外不安分的鸟儿叫一声，风懒懒地摇动着树梢。他们疲倦时走出屋来，伸一伸腰，踩一踩湿漉漉的青草。小织脑后那两个弯弯的毛刷刷在月色里显得特别可笑，揪一下多好，可是没人敢揪。它就那么骄傲地摇摆、颤动吧！它就那么高高地翘着吧！暂时没有人理睬，没有人去过问……

这里是一所学校，就处在村子的西北角上，离村子有半里之遥。校舍在一片稀疏的树林里，夜晚有一个老人在睡觉。此刻老人早就睡着了。

他们走出屋子时，听到的是校舍四周各种奇奇怪怪的夜之声息。虫鸣、蛇走、刺猬咳嗽，一只大乌鸦在远处落下。村子里狗吠了，小孩子在哭泣，有位老人悲伤地号啕，这声音真正打破了一片静寂，使月色也变得凄凉了……他们这时候就默默地望向那黑乎乎的村子，猜测着，忧虑着，用目光询问：又是谁家的老人遭到了不幸？在这样的夜晚里，在这样的月色里，什么事情都会发生啊……

老人的哭声越来越大了，狗吠得更急了。他们终于听出是那个老寡妇在哭。两个人都长叹起来……老寡妇只守着一个傻女过活。傻女疯起来的时候就满街乱跑，老寡妇就不吃不喝地跟上她。有一回老寡妇追傻女追到一片蓖麻林里，出来的时候也变傻了：抓扯着自己的头发嚷叫着，说治保主任在蓖麻林里糟蹋傻女了，不一会儿又说是民兵连长。她说的那个治保主任死了快两年了，这显然是疯话。大家寻到蓖麻林里，什么也没有看到，都说老寡妇是疯了……

她从那开始就常常抓着自己的头发哭喊了。

两个年轻人站在惨白的月色里，觉得一阵阵发冷……

李芒说："我记得傻女上小学时一点也不傻。她是后来才傻的……"小织回忆着，点点头，"大概是十四五岁时……"

两个人不再说话，往前走着。李芒走着走着突然站住了，眼望着远处的树影说："有一回傻女在巷子口遇到我，笑着，一点也看不出傻来。这样站了一会儿，她突然尖声大叫起来，用手去扯自己的头发，转身就跑了。我正发怔，觉得后面有什么人，回头一看，见民兵连长在我身后站着！原来傻女是看见他了……"

小织惊讶地望着李芒。

"你看，傻女见了民兵连长就疯！……"

宣传队排练时，村里的好多人都要迎着琴声赶来观望。民兵连长也背着枪赶来了，他还兼任着治保主任。他笑眯眯地看着好多人伏在明亮的窗前往里张望，第二天就禁止了"随随便便看排练"。他一个人来，有时也陪伴支书肖万昌。当肖万昌不来的时候，他就找一个角落坐下，长久地盯着小织。肖万昌如果来到这里，总是显得十分庄重。他不声不响地坐下，先点燃一支烟。有一个漂亮的女儿活动在这里，他显得十分得意。在这里，他的脸上流露得最多的神情，就是一个支书的威严和一个父亲的慈爱。偶尔他也站起来，问一下文艺节目中的某个问题，那时人们就会知道，支书关心的主要是政治，他要在政治上把关的。这时候民兵连长坐在他的背后，微笑着，不时地递给支书一支烟或是小声地解释几句什么。支书点着头，显出十分满意的样子。民兵连长跟支书说完话，就专心地研究几个女演员了。他看得最多的是小织，但偶尔也警觉地扫一眼李芒。

有一次民兵连长一个人来了。他站到小织的身后看她弹琴，突然脸上消失了微笑。小织只顾弹着，当她黑亮的、柔软的头发落到琴上时，她就甩一甩头。她想不到他站得那么近，有几根发丝碰了他的脸。他的脸有些灰黄，有着三十多岁的人不该有的深皱。他有些惊讶地张开了嘴巴，露出了被烟草染黑的牙齿，发出一声很难听到的呵气声。他伸手搓了一下脸，嫌热似的退开一步说："小织会弹！"……临走时他对小织说："明天，不一定排练了，李芒要去队部开个会。"

"开什么会？"小织冷冷地问。

"他是'可以教育好的子女'，不开会还行？这是治保会的制度。"

从此，李芒就常常被叫到民兵连部开会了。这里集中了二三十个年轻人，民兵连长和他们对坐着，一个人吸烟微笑。他说："先学习'老三篇'吧，待会儿再谈。"他有时也请肖万昌来讲讲话。肖万昌常讲的就是："重在政治表现。到底是不是可以教育好，就看你们自己了。嗯？"他走后民兵连长就发挥起来，有时扳着手指告诉他们哪个国才是"第三世界"。他讲累了就直眼瞅着一个女青年，嘴里又发出不易听见的呵气声。李芒在一边暗暗想：民兵连长的腮帮上，就短那么狠狠的一拳头！

他从民兵连部出来，再晚也要到学校那儿看一看。这种带有侮辱意味的会，使他沮丧极了。好比一个急需新鲜空气的人被强迫关进一间发霉的屋子里一样，一经解放，就马上奔到旷敞的原野了。他急于听一听那儿的歌声，那儿的欢笑。

那儿有歌声吗？

太晚了，没有歌声了。只有一个人在树下等他归来，这就是小织。

十

她在等待一个不幸的人，因而常常显得急躁和焦虑。她的性格就是这样的温柔多情，这样的容易体贴别人。她的眼睛特别看不得苦难，却偏偏生在一个有很多苦难的时代里。如果她不是肖万昌的女儿，不是这方土地上一个权威人物的骨肉，她很可能在等待别人的时候就遭到了罪恶的袭击。她站在那儿，比起身旁粗大的梧桐树来，越发显得弱小了。月亮出来后，照着她的旧军衣，照着她亭亭的身姿。她周身无时无刻不散发出一种青春的、让人爱恋的气息。秋天了，她已经在衣服里边加了一件秋衫，她对气候变化特别敏感。劳动还没有去磨损她，她躲在一个安静的角落里闪动着好看的睫毛，有些惊讶。她慢慢就不会惊讶了，慢慢就看到她等待着的这个人有多么不幸，以后的夜晚会变得多么凄冷。

李芒多么感激她啊。每当他从民兵连部出来，踏上通往学校的小路时，他就急于看到那个站在树下的身影了。排练的时候，他又被渐渐地溶解在歌声里了。李芒后来发觉大家唱歌的时候，常常要寻空儿看他一眼，那目光里多少掺杂了一些同情和怜悯。这就使他特别受不了。他有时故意放高了声音歌唱，每一个动作也用力一些，来向伙伴们证明，他是多么不在乎去开那个会。可是这样一来他的动作常常就变得过于夸张了、不自然了。小织禁不住要问他："李芒，你的手，就是表现打锤子的动作，还要扬那么高吗？"李芒的脸马上红起来了……

后来，小织在父亲面前为李芒求情，请他不要再让李芒去开那种倒霉的会了。肖万昌吸着烟，好长时间没有说话，只是不时地看一眼女儿。他说："你可得跟李芒离远一些。他是什么人你该知道，你好像对他不错……"小织的脸红了。她想说点什么，可父亲的眼睛一动不动地盯着她："你自己揣摩吧。你不是个笨孩子，我知道你不会自己去毁自己……"

肖万昌的语气严厉起来。她抬头看了看，见他的脸色不知什么时候变得铁青。小织有些吃惊。她想争辩什么，但她什么话也说不出，只噙着泪水离开了。

李芒仍旧要去开会，民兵连长仍旧来看排练。当李芒缓缓地离开宣传队，朝着大队部走去的时候，小织总要呆呆地目送他远去。小织想他那沉重的步履，是被难以负起的重压拖累的。

李芒越来越消瘦，嗓子也常常嘶哑。他决心离开宣传队，跟小织告别说："小织！……你不知道，不知道我一次次被叫走时，我想些什么……我想起了我小时候戴的那条红领巾，鲜红鲜红的……可是……"李芒说着，眼里涌出了泪水……

小织紧紧地握住了他的手，摇动着说："我明白！我知道！李芒……"

小织决心要让李芒留在宣传队里，留在这个暂时用歌声编织起篱笆的小花园里，无论如何也要让他留下！宣传队的伙伴们无数次地安慰他、劝阻他，紧紧地拥抱起他来……

李芒后来终于留下来了，所有的伙伴都高兴得不知怎么才好，大家兴奋极了。

这天晚上，他们没有排练以往的节目，而是各自选择了自己喜欢的歌子，不停地唱起来。多么痛快！多么舒畅！就好像欢迎一个从远方归来的好朋友似的，大家围着李芒，眼睛里闪着比往日更明亮的光泽。也巧得很，这晚上李芒和小织的同学袁光从河西找他们玩来了！这使李芒和小织十分高兴。三个同学见面了，彼此都激动起来。袁光白天在生产队里劳动，只有夜晚才有时间出来玩。他大概很久没有经过这样热闹的场面了，看着大家唱歌，满脸通红，鼻尖上渗出了愉快的小汗珠。袁光的头发又长又乱，这使他自己都有点不好意思了。后来他小声告诉说：他要早些赶回去了，因为他出来时找治保会请过假……他说这话时，见李芒垂下了头，也就闭上了嘴巴，站起身来。

李芒和小织去送袁光了。

一天的星星。他们踏上海滩，穿行在稀疏的小树林里。他们默默地穿行在稀疏的小树林里。一天的星星。友谊分别记在三个人的心底，他们仰脸看那星星。夜露有时洒在他们的眼睛里……袁光踏上了芦青河的小桥，向两个好朋友无声地笑了。

袁光走了，月亮升起来了。他们又踏着月光穿行在稀疏的小树林里……白白的沙子在脚下嚓嚓响着，无数的叶片在四周闪动着绿色。小织的泛白的军衣上沾着露滴，她的两个毛刷刷辫也沾上露滴了。她的前面几尺远的地方，走着高高细细的李芒。在这月色苍茫的大海滩上，她跟上李芒往前走去，就像跟在了一位兄长的身后，心里那么温煦和安逸。她很羡慕李芒那挺拔的、青春勃发的身姿，也羡慕他那透着男性的力度、男性的自信的宽厚的臂膀。她呼唤他："李芒！你走那么快，你走得真快呀……"

她的声音慢慢弱下来，"真快呀"三个字几乎要听不清了。李芒于是就放慢了脚步。他像是极不习惯于这种行走的速度似的，只得走走停停。小织简直就不像赶路了，她的步子十分缓慢，一双大大的眼睛四下里观望着。后来，她就倚着一棵青杨树站住了。李芒也走回到树下来。

也羡慕他那透着男性的力度、男性的自信的宽厚的肩膀。她呼唤他。"李芒！你走那么快，你走的更快吗……"

她的声音慢慢弱下来，"更快呀"三个字儿几乎要听不清了。李芒于是就放慢了脚步。他像是极不习惯于这种行走的速度似的，又得走走停停。小纹简直就不愿赶路了，她的步子十分缓慢，一双大大的眼睛四下里观望着。后来，她就倚着一棵青杨树站住了。李芒也走回了树下来。他听见了她的均匀的呼吸，看了看她那个很乐意的样子，觉得她多么好、又多么可笑啊。李芒没有吱声。

"李芒，我不会老在宣传队里的……"小纹说。

李芒不解地看了她一眼。

"你想想，我爸爸会让我呆在村里吗？不用多久，他就会把我弄到哪个工厂、机关里了……"小纹轻声说。

"他一定会，"李芒说。

"我就那样走了吗？"

"可不是就那样走了！"

"就那样离开宣传队了吗？"

"可不是就那样……离开了！"李芒的声音变得很重。

小纹垂下了头，两个小毛刷儿往上竖着，微微颤着。李芒看了看它，心中有些闷热。他又把目光转向莫薇的脸他听见了她的均匀的呼吸，看了看她那个很严肃的样子，觉得她多么好、又多么可笑啊。李芒没有吱声。

"李芒，我不会老待在宣传队里的……"小织说。

李芒不解地看了她一眼。

"你想想，我爸爸会让我待在村里吗？不用多久，他就会把我弄到哪个工厂、机关里去了……"小织轻声说。

"他一定会。"李芒说。

"我就那样走了吗？"

"可不是就那样走了！"

"就那样离开宣传队了吗？"

"可不是就那样……离开了！"李芒的声音变得很粗重。

小织垂下了头，两个小毛刷刷往上仰着、微微颤着。李芒看了看它，心中有些闷热。他又把目光移向黄蒙蒙的前方了……小织仰起脸来问："你喜欢一个人待在这片海滩上吗？"

李芒笑着："你喜欢一个人待在海滩上。"

小织又问："你喜欢有一个人和你一块儿待在海滩上吗？"

李芒笑着："你喜欢有个人和你一块儿站着。"

"你把铅球推那么远……什么胳膊！"小织笑眯眯地看着他。

他有些冲动地猛击了一下青杨树。青杨树周身震动，几滴露水落下来，有只鸟儿也飞了。他大口地呼吸着，他觉得身上很燥。这个夜晚明亮、安静，没有一点儿风。远处的林木高高簇起，月色下看去像一道山崖。他此刻倒真想让前边有座起伏的山岭，他们一起攀登上去。他看看小织：

她就站在身边，那么娇小的一个姑娘。她是依偎在这棵大树上了，用那个很小的小巴掌抚摸着光滑冰凉的树皮。她比他小那么多，他看她需要低下头来呢。他抿了抿嘴角，轻轻地咳了一声。他想唱一支歌儿，他突然觉得大海滩上的林木、沙土、夜飞的鸟儿、小蚂蚱、飘飘落下的叶片、溅起的露水……一切的一切，都融化在他要唱的这支歌里了。没有什么痛苦了，没有什么焦虑了，没有什么不安了。眼前的树木仿佛退远了，又慢慢消逝在远方，化作一片朦胧的月色。大海滩像被一层雪粉轻轻覆盖，反射出淡淡的光来；大海滩毛茸茸的，粉丹丹的，热烘烘的。大海滩像个红眼儿白毛的小兔子了！你想去捕捉它，把它举在手上。哦哦，一天的星星！星星用热切的眼睛望着海滩上的一切，眨着，又睁得老大，雪亮亮的眼睛啊。星星眼里的世界会是这样的吧：只有一个温柔的大海滩，只有一棵大树，只有两个人。两个人隔着一棵树。红眼睛的小兔子，小兔子伸出通红的小舌头去舔闪着露珠的树叶儿。它喝足了水，就睡着了。它的鼾声那么轻微、均匀。它紧紧依偎着一棵高大的青杨树……李芒的心噗噗地跳起来，他把手压到了身后去，轻声呼唤："小织！小织你一声也不吭……你睡着了么？小织……"

"我没有睡着。李芒，李芒……"

"我们离开青杨树吧，我们往前走吧！"

他们走去了。微微的风吹起来了，吹来一种淡淡的香味。慢慢的，林木更稀疏了，开阔的草地袒露出来了。月光在平展展的草的尖叶上滚动跳荡，小野菊特别显眼。离开草叶一寸高的地方好像有什么在飞速流动，看得人眼睛发花。他们仔细看了看，看出是闪亮的甜草叶儿在风中扫动，月光在上面走来又走去，真像是流动着什么！李芒说："小织，你看，我好像第一次发现这个地方似的……多好的一片小草原！"小织重复着他的话："多好的一片小草原！"……踏在了小草原上，野菊的香味变得扑鼻了。他们在这片开阔的草地上坐下来了。小织小心地捏了捏李芒支在地上的一只胳膊说："像铁一样……"李芒就用这只胳膊把她揽到身边说："像铁一样……"小织呼吸的声音又粗又急，发出一种哭泣似的声音，挣脱着，奋力挣脱。因为"像铁一样"，她终于挣脱不掉，于是就把头伏到他的宽厚的胸脯上了。他试图将她的头扶起来，可是怎么也不能。他抱着她，唯一的担心就是怕她笑自己那颗咚咚乱跳的心。他终于可以去攥她脑后的两个毛刷刷了，小心翼翼地伸出手去。他发觉她的头发很滑，很滑很滑的。他声音颤颤地说："一切的一切，什么，所有的什么东西，我都不怕了……小织，啊啊！小织……我听不见你喘气了。哦哦，你真要睡过去了……小织，你没有睡过去啊，你的眼睛睁这么大。你看见什么了？你知道吗？你听见吗？我什么都不怕了……我想告诉你的就是这个。小织，啊啊！我又听不见你喘气了。哦哦，哦……小织！"

小织的头埋在他的胸脯上。她闭着眼睛，一片黑色没有边缘。她什么也感觉不到了，似乎也听不到李芒在说些什么。一股热流从她的心房流出来，涌遍了全身。她觉得她是伏在一片黑色的、温暖的波涛上了，正随着海的浪涌漂去了。海浪抚摸着她，把她的毛刷刷辫拆开了，把她黑色的头发溶化进水流里去。远处的浪涛巨雷般轰响，震动着她的心，她勇敢地向着那雷鸣泳去。阳光在黑色的波涌上闪耀，金色的水珠跳荡起来。一片大海变绿了，翠绿翠绿，波涛也在平息，渐渐的，大海又像绿丝绒那样光滑了，细小的皱褶活动着，变幻着。她在这绿丝绒上惬意地、尽情地舒展，她玩得都有些眩晕了！……突然她又听到雷鸣似的浪涛在轰响了，她好奇地将头埋下去、埋下去。她听得更清晰了："轰——隆！轰——隆！……"她用手去抚摸，后来，她的手就被更大的一双手给捉住了……

李芒捉着她的手，一动不动地握着。他昂起头来，默默地注视着前方。

那还是茫茫的月色，还是丛林，黑乎乎的丛林……小织问："李芒，你怎么了？你在想什么呀？"

李芒喃喃地说："我在想我自己、想傻女和袁光……"

小织沉默了。停了不知多长时间，小织才轻声问："我们该回去了吧？"

李芒点点头："该回去了！"

十一

严寒来到了。芦青河又结了白色的冰层。后来冰层加厚，过河不一定走小桥了，可以大摇大摆地从冰上踏过，一些来不及收获的蒲苇就冻在冰里半截，寒风又把它们从冰面上斩为两段。

每年最寒冷的时候，学大寨总要掀起一个高潮。为了造田，"跟荒滩要粮"，需要砍掉大海滩上一片片林木，然后将白沙子下面丈把深的黑泥翻上来：这叫"大翻"。大翻是当时最苦的活儿了，人们要翻一个冬春，脚上一直穿着生猪皮包裹茅草做成的鞋子。几乎每年都有人在大翻中受伤，不是塌下的土块砸坏了腰腿，就是被锹镐碰了哪儿；也有人被崩下的冻土块埋住，永远不再活过来……这年的"大翻队"又成立了，李芒理所当然地被招到大翻队里。

他的手掌很快就挤出几个血泡。后来血泡没有了，磨出了一层铁样的老皮。他从来没有被碰伤过，一双灵活的眼睛警觉得很。总是一次次化险为夷。民兵连长做了"大翻总指挥"，他捎着枪，将一个琥珀色烟嘴咬在嘴角上，在丈把深的泥沟岸上笑眯眯地走着，见了沟下的李芒，就蹲下来欣赏一会儿。

李芒默默地瞥他一眼，咬了咬牙关。

民兵连长笑着："喂！伙计，上来喝口水吧？"

他明明知道李芒上不来：只有统一休息时才放下长木梯让大家爬上来，平时大小便也都在下边了，要喝水，也是随便找个水洼子伏上去……他是逗着李芒玩儿。

这天晚上，民兵连长又来宣传队里看排练了。他就站在一边看小织弹琴，有时还眯起眼睛倾听。有一次他被一阵特别委婉的琴声引得睁开了眼睛，接着就紧紧地咬住了烟嘴。他看到小织一边弹琴，一边看着李芒，那目光热烈中透出无限的柔情！他的烟嘴越咬越紧，后来就是这么硬咬着走出屋去……

第二早上，李芒很早就来到大翻工地上。工地上没有人，李芒正想找个背风的泥堆歇一会儿，突然从泥堆后面跑出一个老婆婆来。原来是老寡妇，她正从翻开的泥沙中寻找铲断的树根，准备做烧柴……李芒就帮她找起来，一会儿就弄了一大捆。

老寡妇坐在柴捆上，像是一时不想走了，眼神僵直地望着他。望了一会儿，她竟然朝着他的脸伸出手来。李芒的心咚咚跳着，但没有逃开，而是往前走了一步。她终于能够摸到他的脸了，就一下一下地抚摸起来。李芒看着她的有了笑意的眼睛，看着她的头发，不知怎么想起了傻女和蓖麻林。一个念头越来越强烈，他突然想起要弄明白蓖麻林里的秘密！他像自语似的，喃喃地说道："蓖麻林……蓖麻林……"

老寡妇的手像被什么烫了似的，从李芒的脸上倏地抽回来，大声呼喊起死去的治保主任和民兵连长的小名来，竟然呼个不停……人慢慢多了，围了上来。

李芒和老寡妇被围在中间。他十分后悔，不该提蓖麻林……老寡妇喊着，比画着，突然向外冲过去。大家一看，原来民兵连长就站在人群后面，不知怎么就被她发现了。民兵连长跳着，慌慌张张地跑着，躲闪着追上来的老寡妇……

大家喝起彩来，一边大笑，一边给老寡妇加油……

上工的时候，民兵连长阴着脸，一直蹲在李芒的那一段沟岸上。他徐徐地吐着烟雾，看着下面的李芒整得满脸泥浆……看了一会儿，他突然"咯嘣"一声将烟嘴咬住了。他笑着对李芒说："你到东边那条沟里翻去，你的个子高。"说完就让人放了木梯。

李芒踏上岸来。他端详了一会儿东边这条沟，立即惊得怔住了！

这是一条特别狭深的沟，往下看黑森森的。沟的一边已经弯曲了。

弯曲来自巨大的挤压力；离边沿一米多远处，已隐约可辨一条断裂痕了。不难判断，这条冻土沟在一二小时内，也许更早一些，就会坍塌掉！如果不是他发觉了，那么用不了多一会儿就会被活活埋掉！他深深地吸了一口冷气，仰面望了望蓝蓝的天空……

这一天，小织刚踏进家门，肖万昌就用冷冷的目光盯住她。这样过了有五分钟，小织觉得自己的手有些颤。父亲淡淡地说了一句："说说你和李芒的事吧。"小织猛地抬起头来，咬了咬嘴唇。"说说吧！"他的声音突然变得又粗又硬。小织还是不吱声。肖万昌等待了一会儿，声音又软下来："你不说我也知道。我就你这么一个闺女，你是父亲的心尖肉……我交个底给你吧：你要找上李芒，除非日头从西边出来！你自己思量去吧！"他说着，终于火气又涌上来，最后几个字是从牙缝里一个一个挤出来的。小织还是第一回见到父亲激动成这样，她又一次感到了惊讶，但更多的是气愤。一种受辱的感觉从心底泛起，她有好多话，但她一个字也没有说，转身跑出了屋去……

李芒更频繁地被叫去开会了。

宣传队很快就被迫解散了。但小织仍像过去一样，站在树下默默地等他归来。李芒从民兵连部出来，总是急急地奔向学校。他是奔向一束阳光去了……在路边的这棵树下，他们谈了那么多。当李芒告诉了她冻土沟的事情时，她惊恐得好长时间没有说出话来……

不知从什么时候起，人们听不到老寡妇的哭声了。后来才知道是傻女突然失踪，老寡妇病倒了。不久，她就死了。

她死的那天晚上，老屋门前围了很多的人。不懂事的孩子哈哈笑着，打闹着。邻居的几个老婆婆偷偷地在角落里烧纸，弓着腰在地上划着什么。她们的背影使几个围看的妇女哭起来，哭声越来越大，后来男人们也哭起来了。

哭声惊天动地！李芒和小织睁着泪眼，惊讶地看着。他们从来没有见过这么多的人一块儿泣哭……

他们再也看不下去，从老屋门前离开了。李芒反反复复地想着不久前在大翻工地上，老寡妇追逐民兵连长的事；想起傻女见到民兵连长时的那一声尖叫……他走着走着突然站住了。

他说："民兵连长一准跟傻女的事有关……蓖麻林，老寡妇喊的蓖麻林不是疯话！"

"那治保主任呢？他死了好几年了！"

"……"李芒答不上来。他说："老寡妇死了，蓖麻林里的秘密也给带走了。要找到傻女就好了。这一家子人惨极了，等于被推到了那条冻土沟里……"

"傻女不知道还活着没有？她一个人跑到哪儿去了？"小织哀叹着，嗓子哽住了。

李芒说："我有时真不知道这一辈子怎么活到底。肯定很难，到处都是那条冻土沟。我有时想：真不如像傻女一样跑走，跑得没有影儿，跑到天边上去！傻女一点也不傻呀！"

小织用她小小的巴掌握起李芒的手，轻轻地摩擦着。她小声呼唤着："李芒！……"

李芒望着天上的星星，又低下头来看小织那滑润的头发……他说：

"那天晚上坐在草地上,你记得我说过一句话吗?我说过'我今后什么也不怕了',这是真的。我到现在也这样想。可是,你能跟着我吗?这样我也把你领到那条沟边上了,这不是更惨吗?……"

"李芒!李芒!……"小织连声叫喊着,用手掩住了他的嘴巴……

他们一起向前走去……

在小路边上,多了一截干朽的木桩,立在那儿,黑森森的怪吓人。当李芒和小织试着走近它时,它的顶部突然闪亮了一个红点儿 —— 原来是一个人默默地站在那儿吸烟!小织惊叫了一声,攥住李芒的手就跑。他们跑开一段路之后站住了,听着身后的声音:那个人在咳嗽。

第二天晚上,李芒又被叫去开会了。当他走出民兵连部,走到那棵树下、走到小织身边时,突然从一旁的树丛里蹦出三个持枪的人来。还没容李芒和小织叫出声来,就有两个大白布套子分别把他们套住了。一个人呼喊着:"抓流氓抓流氓!小地主崽儿耍流氓!哦号……!"

李芒马上听出是民兵连长的声音。他极力想撑破这个袋子,可是怎么也不能。他在袋子中闻到一股香味儿,接着用手摸到了一截粉丝。他终于明白了自己是被装在一个装龙口粉丝用的大帆布包里!他们可真会想坏点子啊!……民兵连长又喊开了:"绳子缠上,绳子缠上!"话音刚落,李芒觉得有五六道绳子勒上布袋,并渐渐勒紧,有一条绳子正勒过他的咽喉,他感到一阵窒息,脑海中立刻闪过那条即将坍塌的冻土沟的影子……他呼叫着,奋力挣扎,尽量让绳子的位置离开咽喉远一点。他同时也听到小织反抗的声音,听到民兵连长的嬉笑:"嘿嘿,小织呀,莫害怕,我是你大哥,大哥把你抱回家去……哎哟,有一百斤?……"

小织怒斥着、叫骂着，但这声音和民兵连长的嬉笑掺在一起，渐渐远了……

李芒被几个民兵轮换扛到了一个地方，接着被抛到了一个又深又硬的坑里。他的头被重重地磕了一下，立即昏了过去。

醒来时，他身上的套子已经被解开了。原来他被抛在了一个废弃不用的水泥氨水库里！一股残存的氨味儿直刺他的脑门，身前身后、墙壁上，留着一些唾液和血痕，这里不知关过多少人呢！……小木门响着，接着民兵连长和肖万昌走了进来。李芒盯着这两个人，一声不吭。

肖万昌的头发有些乱，满脸倦意。他吸着烟，咳了几声。

李芒突然想起了那个夜晚小路边上的半截朽木桩，想起了那几声咳嗽。这咳的声音是一样的。

"……看来治安工作真要抓一抓喽。嗯？"肖万昌在和民兵连长说话。

民兵连长笑眯眯地指了指李芒："这不捕获了么？"

李芒冷笑着："你们比法西斯还有办法。可你们扼杀不了我们的爱情！"

肖万昌由于气闷而喘息起来，用手指着李芒说："你算个什么东西！你这个小地主崽子大白天做梦！你挠痒挠到我头上来了……好，好，你等着吧！"他骂着，咳着，身子摇晃得很厉害。停了一会儿，他的火气才消下来，对民兵连长交代了几句，急匆匆地离开了。

送走肖万昌，民兵连长就转了回来。他一进门就狞笑着嚷："芒兄弟口福不浅啊，我就没有这口福。你这回就是死了也值了。肖支书到底有钱，把个闺女养这么白嫩……"

没容他住口，李芒就给了他的下颌骨那儿一拳。这一拳打得没有节制，使民兵连长的头先往一旁猛地一甩，接着整个身子也倒下来……

小织一直躺在玉德爷爷的怀里。

她从被裹绑着送回家来以后，一直没有流泪。她听着父亲的斥骂，紧紧地咬着嘴唇。她第一次知道父亲也会这样凶狠地骂人。肖万昌在屋里暴跳着，大嚷大叫："你要和他好得成，除非把我杀了！你干脆死了这条心，我早跟你说过！……李芒那小子也活得不耐烦，看我这回怎么把他送到公安局里去！臭流氓！"

玉德爷爷抱紧孙女，一边怒喝着儿子："出去！你给我出去！没完了？"……肖万昌走了，他还是紧紧地抱着孙女。

玉德爷爷就是这样把她抱大的。小织的母亲死得早，玉德爷爷就老是把小织带在身边了。今天的小织已经完全是个大姑娘了，他抱起她来还像过去一样妥帖自然。小织没有流泪，他却用粗粗的手掌擦了几下她的眼睛。肖万昌出去之后，他哈着气对小织说：

"孩子哟哟！咱可不能跟李家结亲！你还小，不醒事，你不知道，过去河边上这些地全是他们李家的。我这胳膊，看见这块疤了吧？就是李家的狗咬的……"

玉德爷爷挽起了衣袖，让孙女看他胳膊上的疤。

小织摇着头说："爷爷，李芒的爷爷、父亲不是全死了吗？他不是个孤儿吗？"

"不能跟李家结亲……"玉德爷爷摇着头。

"爷爷，李芒不是个好孩子吗？你不是也夸过他吗？"

玉德爷爷点着头："那倒是。"

"爷爷！"小织从老人的怀里挣脱出来，执拗地说，"我就和李芒好了，他到哪儿我跟到哪儿，我一辈子都和他在一块儿了。硬把我们分开，我会活不下去！……"

老人摇着头，叹着气，重新把小织紧紧地抱在怀里。

"爷爷，我们快去救出李芒吧！他们要把他送到公安局，现在不知怎么折磨他呢，那个民兵连长比狼还狠！……爷爷！"

玉德爷爷默不作声，一双深陷的眼睛望着漆黑的窗户。

起风了，街上的树木发出尖利的叫声。小织恳求着爷爷，这时突然从老人怀里跳下来说："你听啊爷爷！你听！他们在抽他，打他，他在喊——你听啊！你的心比石头还硬……"

老人打开窗户，倾听着。还是只有风声。

"爷爷！快走啊爷爷……"小织摇晃着他。

玉德爷爷的胡子抖了抖，沉着嗓子喝了一声："织子！"……小织坐了下来。老人轻轻地关了窗户，又从屋角找来一根铁钎，掖在了宽大的衣襟下边，然后靠在椅背上睡着了。

刚过午夜，玉德爷爷就醒来了。他扯上孙女的手往外走去。他们撬开了氨水库的小木门。李芒已经被打昏几次了，捥出门来，当看清了来的是玉德爷爷的时候，立刻给老人跪下了。

李芒决定连夜逃走。当小织告诉要和他一块儿离开这里时，他的一汪泪水再也忍不住了！没法儿跟谁告别，没法儿跟老爷爷告别！他们抹去了泪花，转过几条村巷，就隐没在一片夜色里了。

在村边上，他们久久地呆立着。

整个村落死死地沉睡着，只偶尔有狗吠一声。天空有淡淡的云，星星忽闪忽隐。冷风从不远的海上吹来，吹起了他们的衣角。

他们踏上了河桥。过河，入林，开始了不为人知的逃亡。他们要走几百里，再折向南，入山。

十二

李芒怎么也弄不明白这几句话："用小树叶遮住眼睛，然后，不发一言。"他吸着大烟斗，一双手在诗集上摩挲着，显出很有兴味的样子。直接的、表面的意思他是明白的，他只是害怕还有什么寓意、什么象征等等。他知道那些诗人的狡猾，知道诗人就是些善于埋藏东西的人。他吸着烟，看着这一行一行的、印得很规矩的文字，常常感到一阵阵惊讶。他品着烟，咀嚼着诗行，总能从里边掘出什么新鲜东西来。在南山和东北的时候，他试着写过一些东西，都写得很糟。但他也养成了读东西的兴趣。他每逢在生活中遇到难题，每逢激动起来，就习惯于翻开一本诗集、一本书。这能使他平静下来。更奇怪的是有时这书也能给他一些新奇的想法，使他这样做而不那样做。

小织伏在一边的缝纫机上做针线，她有些黄瘦了。这主要是因为她到了一个特别时期，她坐在那儿真有些笨呢！也可能李芒的执拗使她吃了些苦头，她几天来老要劝阻、说服她的丈夫。

这个家已经是很温暖、很幸福的了。几乎不缺任何东西，电视、录音机、电冰箱……什么都有。特别安慰着她、使她自豪的是，他们家比别的家多了一个大书架子，这当然是因为有李芒的缘故。此刻的李芒坐在桌子旁，一声不吭地读他的书，慢吞吞地吐着烟。橘黄色的台灯光圈罩在他的身上，他屈起身子，一条腿放到了椅子上。这个家真是很安逸了呢……自从和父亲联合做了专业户以后，一切似乎都很顺利。父亲做了好多别人没有力量做的事情，比如黄烟的收购、追肥、浇水，有他也就有了诸多的方便。如果他们这个联合的黄烟专业户破裂了，那么在她和李芒这方面，肯定立即就会招来好多不便。也许他们再也不可能有这样安逸的日子了。他们需要为烟田去苦苦奔波了，也许最终还需要去经受失败的打击……

她很担心。她寻思事情从来就比李芒缜密。她担心的是经济上的损失；但最担心的，似乎还不是这些。她不赞成和父亲决裂，还有别的原因。到底因为些什么，她自己也讲不清，比如，因为他是父亲，等等。她自己也讲不清。她只是觉得处在她这样位置上的人，今天有责任去阻止丈夫……有时候，面对一个慷慨陈词或者咄咄逼人的李芒，她也有些胆怯了。她又开始担心另一些事情：我错了吗？是我在害李芒、害这个家吗？

"用小树叶遮住眼睛，然后，不发一言。"李芒握着大烟斗，咕哝着离开了桌子。

"不发一言。"李芒走过来，看着小织说。

小织把连在针上的线剪断，抬头微笑着看他。

"荒荒抓走已经三天了。"李芒突然说道。

小织眨着她黑亮的眼睛，好像说：三天了吗？

"三天了，也没有什么动静。"

小织点点头。

"大伙把荒荒忘了。"

"大家都在忙烟田，顾不上他了。"

"他算个什么。光棍汉，不一定什么时候就死了。"

小织咬了咬嘴唇。

"所以就把他抓起来！用铐子铐住！"

"他们会打他吗？"小织担心地问。

"不打他太便宜了。他也很壮，打得皮开肉绽也没事。"

"那些人多狠呵……"小织难过地望了望窗外。

"最狠的还要算你爸爸，他抓荒荒不用自己动手。"

小织垂下了头。

"看看那个民兵连长吧！老是笑眯眯地把人往那条又深又窄的冻土沟里推……他如今还是跟在你爸爸身后。"

"爸爸跟他是不一样的……"小织说。

"怎么能一样呢？像一个大扁瓜：肖万昌是瓢，民兵连长是皮……"

小织的脸不知怎么有些红了。她说："……你真会比喻。"

"反正这样说你就明白了……我就是这个意思。"

"不过荒荒也真的犯法了……"

"是啊。把一个人硬往山涧里逼，他掉下去了，怨谁呢？是他自己一脚踩空了！"

小织不说话了。

"荒荒为化肥的事情来找咱，他说是'做代表来了'。他不知道他砍烟田，也是做代表来了！"

小织有些不解地看了李芒一眼。

"他代表了好多人的一种情绪！"

"你是说大家都仇视……他？！"

"是仇视。"

"仇视……"

"能不仇视他吗？他把人往狠里治，又叫人说不出什么。好多法儿都是使绝了的。像集体办那些工副业，篷布厂、小橡胶厂，都承包给他身边那几个人了。承包额定那么低，谁承包谁发大财！这些人就得供养他，是他让他们发财的，这些工厂简直成了肖万昌几个人的'钱柜子'了……像这样的事有多少！谁心里都明白，都有一笔账，可不敢说。荒荒是个不知深浅的人，就站出来动了镰刀，结果给逮起来了……"

小织吸了一口冷气。

"他给逮起来了，"李芒继续说着，在屋里踱着步子，"倒没有人出来说话了。他们都弯下腰，钻到烟垄里去做活了……'用小树叶遮住眼睛，然后，不发一言'！……"李芒说着激动起来，使劲地搓起了手掌。他感叹着，突然坐在了小织的身边，握起了小织的手，有些急促地叫着：

"小织！……"

小织仰脸倾听着。

"我……唉！我有好多好多的话、好多好多的想法要跟你说。可这都是一眨眼的工夫涌出来的一些念头，又说不清。也不光是为了说服你，你用不着拿这种眼神看着我；我是要急着告诉你一些想法……我闲下来时就想好多事情，好多好多。我在想我们的日子、我自己的日子，想我们从河边到南山、到东北、再到河边这一段弯弯扭扭的路。我想人有时候也真是奇怪：转了一圈儿又回来了！……离开河边时，我们是穷光蛋；回到河边后，我们成了全县有名的专业户，有了这点儿家当，有了个暖烘烘的小家庭。离开河边时，我刚刚从那条黑森森的冻土沟里爬出来，后脊梁上还有民兵连长用烟头触上的痕子；再回到河边后，我身上的皮脱了几层，烟疤也快长得没有了……"

李芒说着，眼睛里慢慢闪射出了冷峻的光芒。他痛苦地摇着头，慢慢松开了妻子的小手掌。

"我帮荒荒去掰冒权了，我不歇气地做了一天，比在自己的地里卖力气多了。也怪，我倒觉得荒荒的地才是自己的地，用力地做呀，汗水把全身衣服都湿透了！更怪的是，我还有一种赎罪的滋味儿……"

小织惊诧地看了丈夫一眼。

"真有这种滋味儿。……从荒荒的地里出来，我第一眼看到的就是那棵老柳树！它一动不动，我没看见一个树叶在飘动。我又想到了玉德爷爷……树的那一边儿是肖万昌的地，这一边儿是我们的责任田，老柳

"你说……"

"触不犯视犯吗？他把人割了，又叫人说不犯公么。集体在那些工副业，棚布厂，小橡胶厂，■■■是那公欧，■色人都发大财了。这都是色的人，■给他们好处，他们就得着他……■这样 事大■了，谁也里明白色不敢说出来。觉不知深浅动了■刀，就给这■起来了……"

从■■吸了一口冷气。

"他■起来了，"李芝继续说着，主屋里跺着步子。

"倒没有人出来说啥了。他们都蛋下腰，■到■空里做活了……'用小树叶遮住眼睛，然后，不发一言'！■■■

■■■……"李芝说着激动起来，使劲地搓起了手掌。他屈叹着■■■■■■■■■■■■■

■实坐坐在了小纹的身边，捂起了小纹的手，有些急促地叫着。

"小纹！……"

小纹仰脸庞听着。

"我……唉！我有■■好话、■■■想法要跟你说。可■这都是一■■涌来来一些念头，又说不清也不先是为了说服你，你■■■这种■眼■看着我，我是憋急着告诉你一些想法■■……我闲下来时就想好多事情，好多好多。我左想我们的日子、种自己的日子，想我们从河边到南山、到东北、再到河边这一段■■之的路。我想人有时也真是奇怪，绕了一圈儿又回来了！

树的根就扎在这两块地里。老柳树的根一准很长很长了，就像又粗又长的缝衣线一样，硬是把两片地缝到一起去了，缝得好牢绷。我闭上眼睛想这树根的模样儿，我差不多看到它穿在土里的样子。很多条根，上上下下、长长短短地扎在土里；可是这些根开始变了颜色，慢慢松脱、抓不住泥土了……我是说，这些'缝衣线'快要断开了。它一准要断开。我从荒荒地里出来时，第一眼看到老柳树时就想了这些……"

"缝衣线断开了，缝在一起的布就要裂开了……"小织喃喃地说。

"世上没有不断的缝衣线，没有……"李芒看了妻子一眼，转身到桌子跟前吸烟去了。他转动着那个大烟斗，又自语似的咕哝道："'用小树叶遮住眼睛，然后，不发一言'！"……

十三

腊子贩鱼挣了一笔好钱。他驾着轻骑跑回家来，想好好松闲一番，肖万昌那张不露声色的脸上有了明显的笑容，他一连两天没有出门，和他的小腊子一块儿玩。

他很喜欢小腊子。吃饭的时候，他常引诱小腊子喝上一盅酒，并亲自为之斟酒：两个手指捏住精巧的小酒壶，在空中扬一道弧线，那细细的酒流儿跌到杯子里，正好刚刚满平！这个手艺是他几十年的工夫练出来的，就在这个四尺长、三尺宽的小方桌上，他和县长、公社书记、派出所所长、场长、厂长、银行会计、退休干部、经理、警察、矿长、捕捞员、船老大、养蜂人、工程师、说古书的、省里来的巡视员、要饭的、武装部的、码头客运班长、耍把戏的、税务员、县委组织部长以及部长的亲家、烧砖专业户……和各色各样人物喝过酒。他没有老婆了，可是他就会做一手好菜。烧鲅鱼、海参汤、焖海狗鳝、鲍鱼，这是海味儿。他还能采来田埂上、沟渠里、野地里的小蓟、马齿苋、灰菜、苦苦菜、地瓜叶、榆树钱、洋槐花，或放进开水里烫一烫用佐料拌成凉菜；或做成饭团、饼馅、包子馅。吃的人都很高兴，都留下了深刻的印象，赞不绝口。喝的酒也很杂，红、白颜色的，黄色的，黑色的；茅台喝完了，空瓶儿用来盛酱油；如果是很便宜的瓜干酒，他一定在里面泡上橘子皮、何首乌、枸杞豆、沙参等等，做成药酒。药酒无价……他真正为之牵肠挂肚的人，实在只有腊子一个。在雨天里，如果他一个人睡在炕上，听着外面淅淅沥沥的雨声，有着说不出的孤寂感。他想象着腊子在雨天的夜晚里会做些什么：此刻他大概躺在渔铺里，身上盖着一块帆布睡着了吧？但愿不是跑在通往南山的路上，轻骑和身上都溅满了稀泥浆……他有时也会想起小织。想起她的时候，他就极力去想些别的，来赶跑她的影子。因为她的背后，总是有着另一个影子！老婆子死去之后，这座屋就显得空荡荡的了。后来这屋子又改建了，添了耳房，造了厨房和卫生间，地面上改为水磨石地板；去年，天花板又改为泡沫压塑。他去城里张县长家串门之后，回来又在门前的水泥台基上放了一个棕垫子。一切很好，开始好起来了。腊子住在耳房里，录音机的声音被他放得很大，不断发出一种"嗡咚嗡咚"的声音。有时录音机里放出女人的尖叫声，他这时就会站在门口，吸上一支喇叭烟，用手梳理一下光滑的背头。腊子在女人的尖叫声里弓着腰走出来，斜叼着一支烟，看也不看父亲，到耳房与正房之间的夹道里去了。那里有他的金鱼缸，缸里漂着水草、水葫芦。有时民兵连长也钻到耳房里，腊子出来时，他就跟在后面，手里提着什么，两个人显得很繁忙的样子……肖万昌很惬意，他这时候总是感到充实而满足。这时候也才明白：腊子活活像他，太像他了！这才是他喜欢的主要原因呢！

　　几年来，肖万昌已经学会了放松自己。他无论在外面多么紧张，脚一踏上这座房子的台阶，立刻就会舒一口气。他脱去外衣，在椅子上或是沙发上坐下来，开始慢悠悠地吸烟、呷热茶了。有时他叼着烟，拿着水杯就走出屋子来，给院子里的几盆花松松土，施施肥。花肥不是什么鸡蛋壳子、豆渣渣之类，而是装在塑料袋子里的一些灰色粉末，袋子上的彩色商标十分漂亮。他做着活儿，有时轻轻地咳一声。院子里很静，没有人来找他。村里人都知道支书有个习惯，特别厌恶有人上门来找，他办事情，要求到大队部里说去……邻村的一些支部书记有时来这里拜访他。他们的穿着常常使他觉得可笑。他笑他们不下雨也穿上长筒胶靴，并且将裤脚掖进筒子里去。他知道墨黑锃亮的胶皮子对他们产生了吸引力。他笑他们戴一个黄帽子，这么不伦不类。黄帽子早时兴过了，他们就不知道。他们之中有人披着衣服，这衣服一定是新的，并且掐着腰走进门，用两个胳膊的拐肘将衣服撑起来 —— 他特别笑这个姿势。他们留下来吃饭，喊着说："大鱼！大肉！老肖啊，就看你舍不舍得了！"肖万昌微笑着，不置可否。他挽着衣袖，到厨房里去了。他们很快就跟进去，看他做饭。他端出一盆活着的小泥鳅，一块很大的鲜嫩豆腐。他把它们一块儿放进锅里，让一群泥鳅在锅底的水中尽情游戏 —— 他们看傻了眼，互相瞅着、伸着舌头。肖万昌在灶里放了一把火，锅里的小泥鳅乱窜起来。水的边缘上冒白气了，泥鳅往锅底里聚拢、散开，然后疯狂地扭动，一会儿就全扎进那块豆腐里了……豆腐炖熟了，切成片片，每个片片上都有灰点儿，那是小泥鳅的横断面儿！肖万昌烧了一个很漂亮的汤菜！他说："这叫泥鳅拱豆腐！"……他可瞧不起这些客人。他见过大世面。他到省城里开过会，跟大干部们握过手，同桌吃过饭。他什么没有见过？他们有说不出的崇拜他，有什么事情也愿意跟他谈。他说："唔唔，我可当不了这么多村的书记啊……"他吸着烟，轻轻地咳。他们觉得他咳的声音也很有讲究……

眼下，这座屋子里只有他和小腊子，他有说不出的高兴。做了几十年的村干部，养成了吃狗肉的习惯。这几年没有狗了，他也暂时把它的滋味忘却了。有一天他突然想起那个美味来，竟然是火烧火燎地急躁起来。民兵连长从邻村弄来一条叫"大花"的肥狗，他就养到了院子里。今天，他要和腊子一块儿享受这个美味了。他十分愉快。

宰狗是个难题。肖万昌决定亲自动手，可是小腊子偏要"过过瘾"。大花在院里待了几天，已经和肖万昌有些熟了，它开始用舌头舔新主人的手了。肖万昌常常取一块馒头抛起来，看着它跳起来用嘴巴接住。它的胖胖的前爪又白又圆，很笨的样子。肖万昌有一次试着按它几下，觉得热乎乎的、软绵绵的；它友好而愉快地抬动着，故意送到他的面前来让他按。他却在它上面磕下一截儿红色的烟火，大花哭叫着蹦开了，站在远远的地方看着他……今儿早上，腊子决心将大花乱棍击死。他看过一个武打片，很赏识上面一个黑汉的棍术。他将棍子立在身侧，先朝大花推一下手掌，然后就舞将起来。大花原认为腊子是要跟它游戏，高兴地叫着，将两腿按到地上，跃动、展扑，有时腾空而起，从腊子的耳畔蹿过，顺便咬一下腊子的胳膊。但它并不真咬，只是轻轻一含，给他留下一个可笑的、杏子大小的湿印子。它得到的是愉快，一展技艺的愉快。它的勇敢和敏捷第一次让这所院落的主人知晓，两个人暗暗吃惊……可是腊子一棍子击中了它的后腿，那么狠、那么痛，它尖叫一声，跛着腿跳开了，哭叫着，迷惑地看着小腊子和那条又粗又长的棍子。它终于明白了这里面暗藏杀机！

小腊子呼叫着，它却再也不回来了。肖万昌站在一边吸烟，这时责备地看了儿子一眼。他把烟蒂踩灭，然后高高扬起右手喊道："大花！"他微笑着，和蔼、亲切，像有什么事情要恳求大花。他呼唤着："来呀！来呀！好大花！……"大花还在冤屈地哭着。它仇恨地望着腊子，有些警惕地弓着身子，慢慢向肖万昌走来……肖万昌用手抚摸着它的头颅，给它擦去眼角的一点眼屎，又刮了一下它那黑亮可笑的鼻子……他的右手插进衣兜里，一丝丝地掏出一条尼龙绳。大花看到了绳子，警告地"呜——"了一声。肖万昌立刻抖搂着绳子，在它眼前晃来晃去，嘴里接着也哼起来："割上了二尺，红头绳呀，给我大花扎起来呀，哎咳咳——"他哼着，慢慢给大花捆扎起来。捆了腿，捆了脖子，捆了腰。大花舔着他的手。他到后来把大花推倒了，恶狠狠地喊了一声："小腊子，动手吧！"……

中午时分，狗肉就熟了。

肖万昌和小腊子坐在院子里的一个石桌旁，将酒斟好。父亲在喝酒之前微笑着看了一会儿子。儿子伸手去取他的杯子，正在这时，有人敲门。

这是最令人讨厌的事情！肖万昌恼怒地看了一眼院门。他端坐了一刻，并没有动。门板继续响，很有节奏，力度适当，不像是村里人，也不像是邻村的支书们。他拍打了一下手掌，去开门了。

进来的是李芒。

肖万昌像是高兴极了，请李芒快吃狗肉。蒜泥！葱片！酱盅！小腊子！大家全在一块儿了！中午的太阳被大梧桐遮住了！李芒说已经吃过饭了，他摇摇头，又摇摇头，坐到石桌一侧的一个大草墩子上。

李芒当然是有事情来的。可是他看着这对父子吃狗肉，竟然暗暗惊讶起来，一时也忘了说他的事情了。

肖万昌和腊子吃起来了。肖万昌将腿、臀部分让给儿子。他专吃蹄子、肋骨和脖根、脑袋。一条很细的脖骨，他横着端起来，像吹口琴一样放在嘴上，咬着、吮着，轻轻移动；骨节处一个个凸起，他像对待不同的音阶一样，不断停顿、停顿，细细地吸、磨，用牙齿揉动，又突然迅速地推开，滑到另一个骨节上；由粗到细地来一遍，再由细到粗地来一遍；有时这条软软的骨头在嘴里滑动，有时是一下一下跳跃；剩下脖根的一块红肉，却丝毫未动，由于整条脖骨的肉都快光了，它就显得特别肥硕诱人了。这时候，也是最后了，它终于被塞进嘴巴里：轻轻地旋转，旋转，拉出来就是光洁的一条净骨了！……狗的脑壳肉被他用两个手指剥光了，露出白圆的骨头。他笑眯眯地把它往石桌上方推一推，然后取过一个早就备好的方铁块儿，"啪"地敲开了。他把开裂的脑骨捧起来，又用三根指头捏住一转，像欣赏一个咧嘴的石榴。他先取一块里面的东西呮了一下，然后迎着太阳细细地看着，两眼放出尖尖的、有些骇人的光亮。他立刻把它放到石桌上，用手去抠、去抹、去摇晃震荡，到了他认为可以吃了的时候，他就把嘴对在了上面，接着眼睛也眯了起来。这样低着头约有三四分钟，才将两手伸出来捧住那个光光的骨壳儿，慢慢地仰起、仰起，轻轻地转动他的头颅。最后狗的脑壳放到了石桌上。终于是空空的了。脑壳儿很像一个被取了仁儿的核桃，那些很曲折很细微的沟沟道道由于被取走了核儿而变得光洁起来。他盯了一眼空脑壳儿，拿起酒杯一饮而尽。

李芒看着他吃东西，真是惊讶。他第一次见肖万昌吃一个动物。

肖万昌揹着手，把身子转向李芒。李芒也记起了他要来做些什么，这时就说：

"我是来和你商量个事情的。"

"唔唔。"肖万昌又用心卷他的烟了。

"烟田太忙了，我和小织做不完。小织也不应该做那么多了。腊子和你要到烟田里做活。"

"我的公事太多，这个你知道。腊子过去在电厂里上班，他恋着贩鱼才回来的，你只当着他还在电厂就是了。"

"你的公事多，不过你也别忘了，你还和另一户人家联合承包了一块烟田呢！"

肖万昌点点头："我和我闺女家承包的。"

李芒把腿叉开，一下下磕着烟灰说："你闺女单立门户了。她现在过得也很富裕，用不着给谁去做长工。他们松闲了，只要高兴，大白天还可以躺在沙发上看电视。这个你还不明白么？"

肖万昌看了腊子一眼，像自语般地回答说："明白了。"

十四

荒荒离开了他的土地，他的土地并没有荒芜。冒杈被及时掰掉，肥水也上得很足。这片烟苗由瘦小泛黄变为肥胖油绿了。每天的一大早，都有一个人在田里弯腰忙着，露水把他的周身都打湿了。人们都站在田埂上向这方张望，满脸的迷惑……没有人明白这是为什么：荒荒砍了这个人的烟棵，这个人反过来倒要替荒荒做活！

肖万昌扛着锄头来到大柳树下，四下里张望着。当他看到李芒在荒荒的田里做活时，嘴里发出了"咦"的一声。他放下锄头，就到荒荒的地里去了。

这是个很清明的早晨。太阳就要出来了，东方一片橘红。河边上度过了一个水气充盈的夜晚，所有的烟棵上都挂满了晶莹的露珠。露珠上映着早霞的颜色，有的甩进土里，有的甩到种烟人的身上。李芒的眼睫上、眉毛上，都落着露珠。他那么专心地看着烟棵，每个烟叶根部冒出的小杈子，都逃不过他的眼睛。肖万昌就站在烟垄的另一边，李芒却没有留意。肖万昌在一声不吭地端详着他。

李芒的前额上有几道深深的皱纹，两颊却还像十八九岁的小伙子那样放着光泽。他的眼角上，如果仔细些看，也会看出几条皱褶。也许有什么可怕的智谋藏在那双深陷的眼底！这双眼睛总是闪着沉着的、机警的光芒。那几条皱纹表明了他的成熟、老练。他的手，指头长而有力，巴掌是阔大的、结实的；每一个关节都那么灵活、有力量。这双手向烟权子伸去时，又稳又轻，指顶儿颤也不颤，似乎是慢条斯理地伸了过去，只轻轻地一抹，那肥胖的权子就折到泥土上去了。他的脚轻易不动一下，除了非迈出不可，它总是坚实地踏在地上。地上留下的脚印又深又大，有一个青蛙跌进去，蹦了两下才跃出来。整个的他都显出一种自信、忍耐、不轻易冲动的和非常执拗的个性。他的沉默使人感觉到他的矜持和傲慢、他的男子汉的庄重和深厚。一个人站在五六米以内来注视他，像被什么看不见的射线击中一般，肉体的某一部分会微微震颤，引起一种无可名状的威慑感……

　　肖万昌看着他，几乎是在这一瞬间修正完成了原有的设想。他一直在这个归来的大汉（他内心里很少想到这是自己的女婿）身上试探着、寻找着什么东西。他觉得这个大汉归来之后，变得陌生了。很清楚，他不那么容易制服了（实际上他从来也未被真正地制服过）。但肖万昌决不退却，就像老虎生来就是肉食动物一样，他生来就是要制服别人的。他在寻找时机，寻找角度。也许是他自己太犹豫了、太软弱了，他倒越来越感觉到了对方的凌厉的攻势、咄咄逼人的锋芒。他仍在犹豫，仍在彷徨，他曾经彻夜不眠。他表面上却不动声色。他像一头巨兽雄踞在一座山岭上一样，在这片土地上从容而得意地生息了几十年。他微笑着，梳理着一丝不乱的背头，心中却在盘算，是否迎击过去，迅速地咬住对方的咽喉，厮扭到一起？他仍在犹豫，仍在彷徨。他似乎感到那种硬性厮扭有多么危险……这会儿他端详着李芒，一个信念更加坚定了。

他喊了李芒一声。

李芒抬起头来，看了一眼肖万昌，然后舒展了一下身子。他取出大烟斗，见对方亮出一块卷烟纸，就顺手捏过去一撮烟末。

两个人吸着烟。

肖万昌头也不抬地说："芒子！我老在找个机会，跟你好好说些事情……"

引起李芒注意的，只有"芒子"两个字。他仰头看了看肖万昌，发觉"岳父大人"的眼睛那么慈祥。他不言语，长长地吸一口烟。

"我有很多话跟你、跟织子说。说什么呢？直截了当讲吧：说说我们这一大家子人……你可能打断我的话：说这是两家子。不错，两家子，户口本子上这么写着。可是我在心里始终是看成一家子的……"

肖万昌眯了眯眼，顿住了话头。睁大眼睛重新盯着李芒，提高了声音说："这里我要解释一下'始终'两个字——从什么时候'始终'了呢？从你和织子结婚那天起吗？不！那样说是骗人喽。那时候我恨你，恨到骨头。我'左'得厉害，那个时代就是这样！我能不恨你吗？……可是从你和织子打东北回来、特别是联合承包烟田以后，我确实是把你们当成家里人了……"

李芒大约觉得烟的味道很好，微微含笑，轻轻地咂着。

"想想吧，本是一家子人，其中你两个却逃到东北去了！我当然后悔不迭。我的岁数也这么大了，我的老伴早过世了，我盼个安定日子、团圆家庭。老父亲也刚刚过世了。老人家心里也这么想的，所以他才做着主，把我们两家子的地合到一块儿种。如果我有什么薄情的地方，我也对不住老人！我也常常盘算烟田的事情，是盘算卖个好价钱，想法子让它水足肥足。我从来不算计你吃亏我吃亏！我倒是常想：芒子不容易啊！芒子照管这么大一片烟田！有时你的话伤了我（比如你说什么'不做长工'、要开会通知看……），我就想：芒子年轻哩！火气旺哩！芒子做活累得心焦！……我想得心里发热。就是这样！这样！嗯！……"

肖万昌被烟呛住了，大咳起来。他用手捶打胸部，使劲地弓着腰。

李芒收起了烟斗。他蹲在离肖万昌很近的地方，把手捏在下巴上，说：

"你到底是个大度的人。"

肖万昌叹息着摇摇头："唉唉，上了年纪的人了。"

"我没上年纪。我这个人记仇。"

肖万昌脸上的肌肉动了一下。

"我老记着过去的事情。"

"我说过嘛，那个时代！"

李芒摇摇头。他拧起了眉毛，用尖利利的眼睛盯住肖万昌。他突然问："傻女到底是怎么傻的？还有蓖麻林里的事，你当时真的一点也不知道吗？"

肖万昌一愣，大声接应："我怎么知道！你问到哪里去了？"

李芒用更大的声音说道："你是支书！你管辖的这个村里出了家破人亡的事，你有责任！"

肖万昌磨动着牙齿，痛苦地摇着头。

李芒又说："傻女不能白疯，老寡妇死了也合不上眼！这个事没有完结，全村人都会记着傻女……傻女还会找到！"

肖万昌一声不吭。

李芒大口呼吸着，又问："我再问你，废氨水库墙壁上那些血印子是怎么来的？里面关过多少人？你一个农村支书有什么权关这些人？"

肖万昌抖着手掌，仍在摇头。

李芒站了起来，用手指着脚下的泥土说："我还要问你，荒荒和民兵连长哪个该抓？今天你总该清楚民兵连长了，为什么还要大家白白养着他？还有集体办那些工副业，承包额为什么那么低？……我早就要寻机会问问你，看看你怎么回答。如果有时间我还会问得更多。"

肖万昌苦笑着，痛苦不堪的样子。

李芒重新蹲下吸他的大烟斗了。他盯着脚下的泥土，自语般地咕哝道："我是个记仇的人。我不光记着那个'时代'，我还记着一些人……"

肖万昌茫然地站起身来，重新咳嗽起来。他四下里张望着，突然惊呼道：

"咦！荒荒……放回来了！"

十五

李芒惊异地站起来。他看到荒荒了！

荒荒顺着一条田埂，跌跌撞撞地走过来。他几乎没有抬头，只顾低头走着。直到走近自己的地边上，他才抬起头来，他一眼就看到了肖万昌和李芒，立刻停住了脚步。这样呆立了足有二三分钟，这才缓缓地走到田里来。

"荒荒！"李芒呼喊着他。

他像是没有听见一样，老远就冲着肖万昌笑起来："嘿嘿，嘿嘿嘿……"他笑着，站到了两个人之间，把手插到了蓬乱的头发里。他有些结巴地叫着："肖、肖书记！李芒、李芒兄弟！嘿嘿嘿……"

"放回来了？"肖万昌问。

荒荒点点头："宽大回来了……"

"年纪轻轻，要务正。今后可要吸取教训，老实守法……嗯？"

"那可是对……荒荒不敢了！"荒荒说。

李芒端详着他，一直没有吱声。这时问了句："他们打你了吧？"

"打？打我？……"荒荒看一眼肖万昌，又看一眼李芒，反复看着，很像摇头。

"打人了么？"肖万昌声音粗粗地问道。

荒荒连连摆手："没有没有！没打没打！主要是'触及灵魂'——这里！"他说着，用手一捅脑壳。

肖万昌满意地看着荒荒，说一声"嗯"，深深地瞥了一眼旁边的李芒，走出了荒荒的烟田……

李芒久久地盯着肖万昌的背影。他发觉这个往日总是挺得很直的后背，今天仿佛是驼下去一些，有什么沉重的东西压在了上面……他把目光转向荒荒。他心中正暗暗惊讶：这个荒荒变得那么规矩！这个荒荒一下子失去了挥镰大汉的雄姿！他点了点头，没有说什么。他绝不相信那个胖子会轻松地让这个人出来。

荒荒说："芒兄弟，你不知道，咱可见了些世面。"

"什么世面？"

"海边所里的人都有小盒子枪……我也要来玩了玩，一扳机子，'啪、啪、啪！'……"

这真是谎话。李芒老想笑。

"还有'电棍'。朝你一指，你就倒！朝什么一指，什么都倒！……"

"朝大烟囱一指，它也倒么？"李芒插了一句。

"也会倒。"荒荒坚定不移地说道。

李芒苦笑着，低下了头，停了一瞬，他突然抬起头说：

"荒荒！做人得讲点骨气，得给咱庄里人长脸。你哩？我听人讲，那些人揍你，你给人家磕了头！……"

荒荒的大眼虎生生地瞪圆了，大叫着："胡扯！他们揍我，我给了他们一脚！那么多人揪我的头发，打耳光子，我没吭一声！哼！……"

李芒想：到底说实话了。他轻轻捋了一下荒荒的裤管，看到一条条血印子从大腿处爬下来……他的手颤抖了。荒荒想挣脱他，但后来索性蹲下来。他对李芒小声说："这都是外伤。内伤你看得见？我全身的骨头都疼……你可不要告诉肖书记！民兵连长好几次去所里，说是想我了，去看看我，一凑近了就用烟头触我的皮肉！……嘀咦，你千万莫跟别人说：他们告诉我，外人知道了打人的事，就再抓我进去！千万莫说啊！你知道了，那可是你自己用手扒拉裤子看见的……"

李芒沉默了。他装了又满又实的一锅烟末，慢慢地吸着。

这时候荒荒突然发现了地上掰掉的烟冒杈，立刻用警惕的眼睛盯着李芒。

"你，你在我烟田里做活么？这可是我的烟田！"

李芒点点头。

"可我还回来啊！我回来了！"

荒荒大声喊着，跺着脚。李芒一愣，接着说："还能让烟田荒了吗？我是闲着没事来替你做做。你回来，就接着做吧……"

荒荒的身子摇晃了一下，呆呆地站在了那儿……

李芒又要说什么，突然发现有一个老头儿背着一大卷东西站在田埂上向这边张望。老人也许刚刚看清了李芒，就走了过来。李芒赶忙站了起来。

老人走近了，李芒看出是老獾头。

"有什么事吗，老伯？"李芒上前扶了老人一下。

老獾头一动不动地直眼看着李芒，使劲地抿着满是深皱的嘴角……这样看了一会，老人长叹一声说："唉唉，唉！老天不长眼哪！肖支书不开恩，我那个小子最后还是出夫去了。才干了几天，就不小心砍伤了脚。走时我嘱咐他：不要挂家不要挂家。他不听，干着活也走神……唉唉，我去看看他，送些干粮。芒子啊，得到这信的时候，也正好挨到我浇地了。我跟管机器的讲好了，我回来就交柴油。我求你跟肖书记讲讲，批个柴油条子给我……"

李芒点着头："你放心吧老伯！我替你交柴油！"

"好孩子啊！心软的孩子……"老獾头擦着鼻子，又转向一旁的荒荒说，"芒子肯帮忙了！唉唉，庄稼人哪里弄柴油去……我得去跟我儿子说：你做活要专心，家里有芒子帮忙哩！"

老獾头擦着鼻子，再三感谢，往大路上走去了。

荒荒一直在原地呆站着。

李芒指指他掰着的权子说："荒荒，你回来了，你就接着做吧！我要回自己的烟田去了，你有事情，就喊我好了。"

"芒兄弟……"

"有事么？"

"芒兄弟……"

李芒不解地望着他。

荒荒上前半步，嗫嚅说："你这个人……不是'驸马'！"

李芒心中立刻涌起一股滚烫的热流，但他没有作声。他只是低着头，默默地走出了荒荒的土地。

小织在老柳树下歇息着等他。

老柳树下，落了那么多的干枯枝条。它已经毫无生气，一树叶片，都开始枯黄了。枝丫一条条皱着皮肤，没有绿气了，没有活动的力量了，只是垂着。风从树上吹过，老柳树并不搭言，像一个老人甘于寂寞地蹲在屋角上，打发着并不多了的时光。有一只小麻雀落在树丫上，开始吵叫着、蹦跳着，后来便悄悄飞开了，连头也不回。螳螂从高高的树桩上爬下来，有些灰溜溜的样子；它在干硬的泥土上徘徊了一会儿，便昂首阔步地向绿野里奔去了……

"李芒，我老远就听到了你和爸爸大声说什么。我听不清，又怕你两个打起来……"小织有些焦急地对走来的李芒说。

"打不起来。"李芒用手收拢一些干树条子坐了，轻松地说："他哪是对手。他自己清清楚楚，他才不愿打架呢。十几年前就不是这样了，那时候他的筋骨还硬，你得远远躲着……"

小织难过地垂下头来说："李芒，我知道他不是很好的人。可我想他这么大年纪了，你说话的口气还是让我难过。我真有点不知怎么才好了……就该这样下去吗？我真不知道……"

"你去看看荒荒腿上的伤就知道了！你去听听老獾头哀求什么吧！听听看看你就知道了。他这么大年纪了，可是牙上还有尖尖，还会撕咬人！你看看荒荒的腿！……有时我就想，他怎么会这个样儿？他从什么时候变成了这个样儿？想来想去也想不通。再想一想，也就更复杂了，什么我都说不清了！……"

李芒沉思着，发出一阵阵的叹息。

小织抬头远望着，看着荒荒弓着腰在他田里做活了。她看到的是一个蓬头垢面的荒荒、一个一瘸一拐的身影。她"啧啧"了两声，也叹起气来。

李芒说："马上和肖万昌分开，这已经是不能犹豫的事情了。前天我看到他和小腊子吃狗肉，心里就是这样想的。咱们一丝一毫也不能有什么别的指望，人哪能靠忍耐过日子，我看他吃狗肉时就是这么想的。"

"他吃狗肉又怎么了？"小织有些不解地问。

"我也说不出怎样。反正我当时看着，就这样想了。我觉得这是一芒说。

"打不起来。"李芒用手收拢一些干树枝子坐了，轻松地说道："他哪里是对手。他自己清楚，他才不愿打架呢。十几年前就不是这样了，那时候他的筋骨还硬，你得远远躲着……"

小纹艰难地垂下头来说。"李芒，我知道他不是很好的人。可我想他这么大年纪了，你还是让我难过。我更有些不知怎么才好了……就该这样下去吗？我更不知道……"

"你去看看荒荒腿上的伤就知道了！你去听听老猴关长水说吧！听听看看你就知道了。他这么大年纪了，可是还会撕咬人！你看看荒荒的腿！……有时我就想，他怎么会这个样儿？这样儿？他本来还是全村里最优秀的人啊！想来想去也想不通

再想一想，也就更复杂来了，什么我都说不清了！……"

李芒沉思着，发出一阵长长的叹息。

小纹抬头远远瞧着，看着荒荒弓着腰在他田里做活了。她看到的是一个被关烙画的荒荒，一个一瘸一拐的身影。

个又馋又贪、有大心计的人。跟他相处不能分一点心，不能不警觉，更不能软骨头，你要是往后退，他会一丝一丝往上顶，像滑过来一样，没声没响地就逼到你跟前来了，又快又猛地突然就伸出手来，直冲着你的喉咙！那时候你再想办法挣脱吧，你会觉得给什么缠住了身子，滚动也不行，呼叫也不行，求饶也不行，什么都晚了……他的经验也真多，还都是结结实实的，所以他没有失败过。我暗地里做过一个总结。我跟他交手刚开始的时候，就是十几年前那会儿，我好比被困在一个有野物的大山里了。我又要对付他，又要对付狼虫虎豹，他们全是一伙儿。后来他把一条条长腿爪儿（就像海蜇生那东西！）伸出来缚住了我的身子，我就拼命挣脱，到底没等被消化完就逃开了……后来我们从东北回来了，不知不觉他的长腿爪儿又缚到我们身上了。可是今天我们是在平地上了，没有那么多狼虫虎豹了；这也容易松劲儿，失了警惕性儿。你知道那长腿爪儿里会分泌出一种液汁来，无声无响地把你给麻醉了，你就再也逃不掉！你就得活活被消化了！……现在，这长腿爪儿还搭在我们身上，已经开始分泌液汁了。我的总结就是这样。我们怎样逃到南山？怎样逃到东北？怎样跟他联合的？我从头至尾地想了一遍。我想这不该忘记，这应该来一个总结。从老寡妇、再到袁光、到荒荒、到老獾头、到你我……这要好好去想，反反复复地想，想得再苦也要去想，去总结。要咬紧牙关，挺着，站稳，保住那么一股劲儿，一步也不往后退！……"

李芒说得很慢、很沉着。但他的声音却是极有力量。小织不眨眼地看着她的芒，脸色一会儿红，一会儿又苍白起来。她的嘴角有些颤抖了，一双小手掌激动地在身上抹着。她抬头望着远方，她的眼睛迷蒙了……

十六

石头的美丽，并没有多少人像他和她感觉那么深刻。

白石头、绿石头、红石头、花石头……五色斑斓，绚丽迷人。真不知道这一架架的大山上，还生出了这么新奇的东西！李芒和小织把它们背回了村子里，放在了他们那个无比温暖的、闹鬼的屋子里。他们堆积着希望，堆积得实在太多，就和村里人一起，将它们碾成了各种各样的小块块。

村里人看着这些彩色的小石块儿就笑。他们不信会有谁买这种东西，虽然它们着实好看。但他们喜欢这两个年轻的副业师傅，也信服他们。

李芒把各种石子装在小布袋里，作为样品，带上去县城碰运气了。临离开山村的时候，小织和山民们在村口上给他送别，看着他慢慢走远了，消失在山坳里……李芒心里兴奋得很，也不安得很。他真高兴啊，这种石头或许会改变山里人的命运、改变他和小织的命运呢！他最担心的是根本就没有人要这种石头，白白欢喜一场 —— 那样，他只好和小织重新去流浪了；他还担心小织一个人会害怕，那毕竟是个闹鬼的屋子啊！……

到了城里，他宿在马车店里。亮天后，他跑了几个建筑工地，都见到了这种石头，有的散放着，有的装在包里。李芒可高兴了！他想有人要这种石头是确定无疑的了，剩下的问题就是赶紧找到买主……他问了那么多人，最后有人笑吟吟地买了他一小袋，说是拿回去商量一下，让他等候消息。他在马车店里忐忑不安地睡了一夜，第二天赶紧去听消息。

结果是对方提出买几百吨！价钱怎么样？他不知道。他去问了一下工地上的人，才知道价钱也不错。他问那人是什么单位？人家告诉他是"龙口玻璃厂"，买这种石头用来造高级酒杯！……李芒兴冲冲地往回返了。

从此，山民们从田里回来，就忙着碾石头了。李芒还是到各处去推销。碾的白石头、绿石头、红石头，堆成了一个个彩色的小山。早晨，露水把这些小山染洗得多么鲜亮！呵，多漂亮啊，多迷人啊。李芒用白粉子在石碾屋的外墙上写了：石粉厂。

山民们终于有了点钱。村子里也终于有人站出来批判这是"资本主义"。但钱是好东西，刚刚有一点，大家还没有喜欢够，就不睬是什么主义，继续让石碾子撒欢……大家也感激两个师傅，给他们白馍馍吃，给他们送去辣椒、松蘑菇、鲜黄花菜等等。他们实在不敢收下这些东西！他们感激山民们还来不及呢 —— 山民们给了他们这样温暖的一个小窝儿。

他们幸福极了。结合的幸福，创造的幸福，助人的幸福，全汇聚在一起了。他们几乎被这种巨大的幸福给压倒了，啊啊，幸福一下子来得也太多了……小织对李芒说："李芒，啊，李芒！我们一辈子就住在这个闹鬼的屋子里吧！我们还要什么？什么都有了，啊！李芒！你说话啊李芒！……"李芒点点头，但目光只望着一个方向出神。小织推了推他，他才转过脸来……他嘴唇颤抖着："小织！我在想我这个人太坏、太卑劣，我多么爱你，像你爱我一样！可我有时候倒生出这样的念头：和你结婚是对肖万昌的报复！这念头多么可恶……"小织怔怔地望着李芒，接着眼里流下了两行泪水。她哭着，没有一点声息，停了一会儿，又谅解地握住了李芒的手……李芒沉默着，又接着喃喃地说："我真想玉德他问题就是赶紧找到买主……他问了那么多人，最后有人笑哈哈地买了他一小袋，说是拿回去商量一下，让他等候消息。他在马皮底里忐忑不安地睡了一夜，第二天赶紧去听消息：结果是对方提出买几百吨！价钱怎么样？他不知道。他去问了一下工地上的人，才知道价钱也不错。他问那人是什么单位？人家告诉他是"龙口玻璃厂"，买这种石头用来造高级酒杯！……李芒乐冲乐地往回赶了。

从此，山民们从田里回来，就忙着搬石头了。李芒还是到处去推销。那些白石头、绿石头、红石头，堆成了一个个彩色的小山。早晨，露水把这些小山笼罩得多么鲜亮！啊，多漂亮啊，多迷人啊。李芒用白粉子在石头屋的外墙上写了："石粉厂"。

山民们终于有了这钱。村子里终于有人站出来批评这是"资本主义"。但钱是好东西，刚刚有一点，大家还没有喜欢够，就不睬是什么主义，继续让石头子撒欢……大家也感激两个师傅，给他们煮蛋吃，给他们送去辣椒、松蘑菇、鲜笋在柴笼乐。他们竟至不肯收下送些东西！他们感激山民们还来不及呢——山民们给了他们这样温暖的一下小离儿。

他们幸福极了。结合的幸福，创造的幸福，助人的幸爷爷啊，想他们，也想芦青河……"说到玉德爷爷，两个人再不作声了。

这个夜晚，屋子里第一次闹起鬼来：锁着的那个房门响起来，锁扣儿咔嚓嚓地响！两个人不由得想起了多少年前吊死在里面的那个人，害怕了，头发也像要竖起来。他们不由得偎在了一起，紧紧靠着炕角的墙壁……时钟嗒嗒走着，门扣儿咔嚓嚓响。正是夜半，风刮着窗纸，破了的窗洞上，泻进黄色的、冰凉的月光。他们偎着，偎着，出了一身汗水。就这样停了一会儿，李芒突然跳下炕去，不顾小织的阻拦，用一根铁棍撬开了那个房门！他们用灯照亮了这间屋子，满是乱草、废弃不用的农具等。李芒用铁棍打着，用力挥舞，像个武士一般，大声呼喊着。终于有几个野物（山猫等）跳腾起来，从窗洞上蹿了出去。这就是闹了多少年的那个鬼了！两个人舒了一口气，相视而笑了……

有一天李芒从县城回来，脸色就沉下来，一直不愿说话。小织叫着，摇晃着他的肩膀，他也不回答……他就这样坐在那儿，夜深了也不想睡觉。小织说："李芒！有什么事情你瞒了我！你听到什么了吗？你遇到熟人了吗？"李芒低着头，沉吟道："我好像遇见了傻女……"

"真的？！"小织欢叫出来。

"在一个小河汊上，她披头散发，用手捞青苔……我喊了她一声，她肩膀一抖，爬起来就跑。我看那身影很像。我追呀追呀，她绕着山根跑，一会儿就没了影儿。我在心里祷告：傻女活着，傻女还会回来……"

小织用手捧住了脸，抽泣起来。

"你还想着袁光吗？"

"袁光又怎么了？"小织几乎要跳起来了。

"他自杀了……跳了芦青河……"

小织摇着李芒的手："袁光？！……"

李芒点点头。

小织"啊"了一声，一下子跌坐在了炕上……李芒讲述着，声音十分低缓，而且常常要莫名其妙地中断下来。

……袁光读初中的时候，就是全班的"老头儿"。他快要三十岁了，可还没有媳妇。没有谁会嫁给一个"反革命"的儿子。袁光负责给全村的厕所淘粪，但他放下粪勺的时候，总是用香皂把身上洗干净，换上唯一的一件没有补丁的衣服。有一次，一个媒人从袁光家里出来，正碰上一个村干部，他对媒人说："贫农的孩子还没全娶上媳妇哩，你穷忙活什么！……"后来就没有一个媒人到袁光家了。袁光见了本村姑娘投来的新奇的、怜悯的目光，就有些畏缩地转过脸去。后来他就总是穿着那件又臭又破、沾了不少粪汁的衣服了，拖拖拉拉地在街上走着。他的姐姐每逢这时候就喊他回家。他回家后，她就关严了院门，伏在炕沿上尽情地哭一场……

姐姐三十多岁了还没有出嫁。她细高身材，洁白的皮肤，一双美丽的、抑郁的眼睛，很清高的样子。她虽然比袁光大不了几岁，可她觉得对袁光负有母亲般的责任……村支书的一个侄子刚刚十八九岁，竟然趁在场院看电影的机会，对她小声咕哝了一句令人惊愕的下流话。第二天就有人替支书侄子提媒来了，说："跟了吧！跟了吧！他又不嫌你大，不嫌你这样那样……他叔又是支书……"媒人走了，她冷静地理了一下鬓角的头发，一动不动地盯着窗外的一片浮云。

几天之后，姐姐突然对袁光说："我要去找南村的'三叉'了！"

"三叉"是一个四十多岁的男人，腰有毛病，小时候玩雷管只剩下了三根手指，就落下了"三叉"这个外号。他娶不上媳妇，他父母几年前就说要为儿子"换亲"：谁家有闺女给"三叉"，就把"三叉"的妹妹给那家做媳妇。一年前他们曾来袁光家提过换亲的事，被袁光斥退了……这会儿袁光盯着姐姐的眼睛，知道她是下了决心了。他知道怎么也拗不过姐姐，不过他还是发誓：宁可死去，也不让姐姐跟"三叉"！

姐姐没说什么。她把家里的瓷碗一个一个擦得锃亮，又洗过了所有的衣服被子，把碎布片和破棉絮小心地捆好……一切做过之后，她就失踪了。袁光跟治保会请了假，然后就四处寻找。找到"三叉"的家里，"三叉"两手按着腰出来说："没有没有，不信你来家里看！"果然里边没有姐姐，但袁光却看到了一个长着一对杏眼的姑娘，正赤着脚站在灶间里捣蒜，见到袁光时走了神，一撮蒜泥从石臼里溅出来……

五天之后，姐姐突然出现在家里。她像所有出了嫁的姑娘一样，拐肘上挂了个红包袱。她说："我早是'三叉'的人了。那天是'三叉'把我藏起来了，我让他这么做的……"袁光磨动着牙齿，没有说话，这样停了有五六分钟，他突然向着姐姐跪倒了。姐姐说："准备你的终身大事吧！原先跟'三叉'家讲好的，什么时候喊，她什么时候来……"

袁光要积点钱结婚了。家里有一头母猪，可当时母猪不准随便宰杀或买卖。焦急之下，袁光就在一个夜晚，偷偷地把它杀掉了。可他没法儿让猪一声不叫，它的一声尖叫惊动了民兵，接着他就被喊到大队部了。身背一串子弹袋子、手里握一把上了油的刺刀的支书侄子围着他转着，不时鼻子里发出一声："哼！"……支书来了，粗着嗓子说："这不是阶级敌人破坏'大养其猪'又是什么！"几个人合计了一下，当即决定：批斗！批斗之后让他披上亲手剥下的那张母猪皮，到"三叉"那个村游街去，要自己敲锣！支书宣布完了决定又瞥侄子一眼，盯在袁光脸上说："不识抬举的东西！"

袁光不同意到"三叉"村里游街——他怕那个捣蒜的姑娘看见，更怕姐姐见了心碎啊！他苦苦地哀求，最后都跪了下来："让我到别处游吧，游一年也行，只是不到那个村……"支书冷笑着："单让你去那个村游！"……袁光不再作声。他闭了一会儿眼睛，然后站起来，站得笔直，一字一字说："好吧，我，去游！"……

他去游了，游了整整一天，喊哑了嗓子……回来时，他没有再进自己的家门，而是迎着血红的晚霞走向田野，走向了他的芦青河！……

李芒讲完了，抬起头看着小织。他发现小织的泪水已经不流了。他愤恨地望向窗外，紧紧地咬着嘴唇。"又一个人，给推到了那条冻土沟里！"李芒自语道。

"袁光，我总以为回家的时候还要一起玩、一起唱歌……我们那天晚上送他时你还记得吗？……"小织像对着窗外的什么人说话一样，并没有回头……

这个夜晚，起了大风。风声吹得人心里发怵，他们怎么也无法睡去……风慢慢怒吼起来。

风怒吼着。李芒轻手轻脚地穿好衣服。他把一个什么东西掖进了腰里，就小心地出了屋门……遍地月光，风妄图把地上的月光掠起来。他四下里张望着，出了街巷，一个人往北走去。风真大啊，简直就不像秋风，寒冷直扎到他的心里去。他咬着牙关往前走去，尽量不让身子打战。他听到了什么波涛声，低头一看，脚下就是芦青河堤。他来到家乡的小平原了，他顺着河堤奔跑起来，当见到小木桥的时候，就小心翼翼地踩了上去……

他摸到了自己的村边上。他的第一个想法就是看看傻女回来了没有——他想她也会像他这样，趁一个夜晚回家来吧！他寻找着，终于又看到熟悉的街巷，找到了那个老屋。大概是看过了大山吧，这个房门看起来这么矮小！他低着头进了屋子，四下里看着：炕上只有一半破草席子，空空的，什么也没有。他有些失望地要走出门去。突然发现门后边藏着一个人，正用力地侧着身子站在那儿，这时候狞笑起来，缓缓地转过身来：民兵连长！"嘻嘻，我就是在等你……好哇！"说着，他从身后亮出一支枪来。李芒全身的怒火都燃烧起来，奋力一脚踢掉了他的枪，顺手又给了他脸上狠狠的一拳！民兵连长被击倒在地上，恐怖地看着李芒；突然，他又笑了。李芒正有些迷惑，民兵连长就地滚了一下，往巷口上跑去……李芒追赶着，拼力追上去。就要赶上了的时候，巷口上蹿出一个人来，挡住了李芒！

这个人又粗又高，轻轻地咳嗽着。李芒揉了揉眼睛，认出是肖万昌！肖万昌嗓音压得很低说：

"回来了么？"

"回来了。"

"嗯。"肖万昌背着手，慢慢凑近了。

李芒逼视着他问："傻女哪去了？袁光怎么死的？"

"傻女不知哪去了，袁光？我不认识这个人。"

"哼！肖万昌，我今天就是跟你讨还这两个人的！你必须打开那个废氨水库让我看看！……"

肖万昌"哼哼"地笑着，转到了李芒的背后。突然他将手指摸到了李芒的咽喉上，用力一勒！一阵火辣辣的疼痛，一阵窒息！李芒挣脱着，然后反手扭住他肥胖的身子。两个身子缠到一起，在地上滚动着。李芒感到肖万昌的手指老要抠进他的肋骨里，这手指像钢钩一般有力。他的坚韧的皮肤终于被抠破，这手指又抠向肋骨间的肌肉。李芒几次要昏迷过去，但他硬挺着、硬挺着。好不容易才翻到肖万昌的身子上边，可那两根手指还扎在他的肌肉里，鲜血流进地上的沙土里，沙土变为稀泥巴，他忍着疼举起拳头，狠狠击在肖万昌的太阳穴上！拳头立刻疼得像要裂开，原来肖万昌在太阳穴和脑门上包了一层铜皮！肖万昌冷笑起来，用膝去顶他的肚子。这提醒了李芒！他立刻左右开弓挥起老拳，照着对方的肚子、肋骨、两腿，频频击去。肖万昌滚动、躲闪，不愧有些招数。但最后还是大口喘息了。他滚到墙根，两手插进了衣服里。李芒警觉地站住了，他清楚地看到了肖万昌的两眼突然间放出了两道杀气！正在他犹豫的时候，肖万昌已经亮出了刀子，并且马上就往前逼近了。李芒又看见了那条又深又窄的冻土沟了，不过他并没有颤抖，而是敏捷地跳了过去，肖万昌的刀子在他脖子的咽喉处缠绕，已经擦破了皮。李芒猛然间记起了什么，从自己的腰里抽出了远行防身的一截铁棍：铁棍横着飞舞，打飞了刀子，打在了肖万昌的头上！他连连呐喊，锐不可当，愤怒四溅，想着袁光的眼睛，盯着肖万昌这双阴险的眼睛，最后狠狠地一棍！肖万昌倒下了，脑袋碎了，眼睛翻着死去了！……李芒扔了铁棍，惊呼着：

"小织，我杀死了肖万昌！我杀死了你爸爸！……"

"小织，我杀人了啊……"

"小织，你在哪里啊……"

"小织！小织！小织……"

他呼喊着，终于有人回应了：

"李芒！我在这里！你怎么了？你怎么了？你做梦了吗？"是他的小织的声音。他同时也突然明白过来，他是做了一个噩梦。他有些丧气地坐了起来，两手抱住了膝盖。过了好长时间，他才喃喃地说："小织，我梦见杀死了你爸爸！"

……

噩梦是不祥的。一天的下午，小织在街口上发现了一个收酒瓶子的人很面熟。那个人穿了一件雨衣，脸被帽子遮去大半，老是远远地注视小织。小织终于认出那个人是民兵连长身边的一个民兵！她的胸口扑扑地跳起来，立即跑去找李芒了……李芒明白这里是再也住不下去了。必须马上逃开！他对小织说："走！今晚就走！"

李芒去找了他的朋友，又跟村里人交代了石粉厂的事情，暗示了他可能要出趟远门。他跟小织一边收拾东西一边盘算到哪里去。后来他想到好多人都到东北当"盲流"去了，于是一咬牙关，决定就到东北去！……小织收拾着东西，泪水怎么也忍不住。她想，她今生也不会忘掉山民们，反到了肖万昌的身子上边，可那两根手指还扎在他的肌肉里。鲜血流进地上的沙土里，沙土变为稀泥巴。他忍着疼举起拳头，狠狠击在肖万昌的太阳穴上！拳头立刻疼得跳起来，原来肖万昌把太阳穴和脑门上包了一层钢皮！肖万昌冷笑起来，用膝去顶他的肚子。这提醒了李芒！他立刻左右开弓揉起老拳，照着对方的肚子、肋骨、两腿，狠狠击去。肖万昌滚动、躲闪，不愧有些招数。但最后还是大口喘气了。他退到墙根，两手插进了衣服里。李芒警觉地站住了，他清楚地看到了肖万昌的两眼突然间放出了两道杀气！正在他犹豫的时候，肖万昌已经亮出了刀子，并且马上就往前逼近了。李芒又看见了那条又深又宽的沟了，不过他并没有退却，而是敏捷地跳了过去。肖万昌的刀子在他肚子的咽喉处缠绕，已经擦破了皮。李芒猛然间记起了什么，从自己的腰里抽出了运行防身的一截铁镐，铁镐挥着飞舞，打飞了刀子，打在了肖万昌的头上！他连连呐喊，锐不可挡，横扫四截，朝着全在私欲充血的眼睛，盯着肖万昌这双阴险的眼睛，最后狠狠地一揍！肖万昌倒下了，脑袋碎了，眼睛翻着死去了！……李芒扔掉铁镐，狂呼着：

"小纹，我杀死了肖万昌！我杀死了你爸爸！……"

"小纹，我杀人了啊——"

忘不掉这个给了他们希望的小山村，更忘不掉这个闹鬼的屋子！……再见了！南山！再见了！闹鬼的小屋！

他们离家、离芦青河越来越远了！

十七

东北是一片辽阔、宽容的土地。李芒和小织在这里遇到那么多从家乡逃出来的汉子。他们之中，有的做了挖煤的，有的钻进深林里伐木，有的跟当地人一起种参。"盲流"之多，说明了苦难之多。人们从不同的方向汇聚到这块陌生的大地上寻找生存的希望来了。这里也并非就没有苦难，只是旷阔的疆域很快就将它溶解、稀释了罢了。人们在这生疏的、粗犷的、无比辽远又无比野性的山岭和丛林、荒地间，奋力开拓着新的生活。这里也有最著名的城市，像哈尔滨、长春、齐齐哈尔、吉林等等，大半不是"盲流"们流连的地方。他们的好运气不在这里。他们从龙口、烟台等水路而来，或沿铁路走一个弧线，然后直插北疆。旅顺白玉山上的高塔，市内的中苏友好纪念铜塔；哈尔滨的松花江，美丽的太阳岛、长春宽阔的斯大林大街……他们往往来不及瞥一眼，就匆匆上路了。他们和一部分当地人一起去翻黑土地，撬岩石块，甚至将腿上缠裹了皮条子去挖参娃。能使用的工具都使用过了，或长或短，或轻或重，用它来敲击那扇幸福之门……

李芒和小织倒是吃尽了苦头。李芒在鹤岗煤矿挖过煤，一次冒顶把他赶离了这个行当。后来他又试着刷线布，种植向日葵、亚麻和甜菜，试着采松子、猎貂獭。他先后到过五大连池，到过张广才岭和老爷岭……一场大病差点儿使他没有走出老爷岭。小织哀求他说："李芒！我们往南走吧……"她只知道他们的家乡在南边。李芒听从了她的劝告，到了吉林，到了通化，到了长白山。最后，李芒在一个叫"露水河林场"的附近，跟一位关东老大爷学种黄烟了。

关东老大爷叫"莫合"，李芒永远也无法搞明白这名字的含义，问他为什么叫"莫合"？他吸着一个大黑烟斗说："就是'莫合'嘛！"……莫合老爷爷种了一辈子烟，有无数的绝技。他用小刀子，可以割出比别人多两片的顶叶烟；他的烟田，绝少出现黄叶病和烂秸病；无论什么时候看他的烟棵，都是齐齐的一般高。特别令人羡慕的，是他能在烟田种出各种味道的烟叶：酒味儿、糖味儿、果子味儿的……

李芒和小织像服侍亲爷爷一样服侍他，他也把身上的本事全拿出来……夜晚，李芒就和小织读书。他们找来各种各样的书来读，有时一直读到拂晓。这种生活充实而安定，他们又感到幸福从闹鬼的屋子跑到这边的大山里了。有时小织对李芒说："我们还缺什么？什么也不缺了……李芒，你不觉得幸福吗？……"

李芒找来一叠子纸，没事的时候就写起来。他对小织说："我在南山的时候跟你说什么了来？我说我要写一本书！现在，我就试着写那书了……我要写傻女，写袁光……"

小织说："袁光不在了。傻女也不知道怎么样了……"

"她会活着。我总想有一天她会回到芦青河边上……从那一回遇到

256

捞青苔的姑娘以后，我老要做傻女回来的梦。我出门的时候从来没有忘记打听傻女。我还记得老寡妇在大翻工地上用手摸我脸的情景，我一想起来就忍不住要流泪。老人的话没人信了，大伙儿都说她是疯了。她大概是把傻女的事情托付给我了。我一定找到傻女！我一定弄清蓖麻林里发生了什么事！就是傻女不在了，我也不会泄气。千年的枯树还会发芽呢，是谁逼疯了两个人？说不定突然就有什么兆头生出来，让人一清二白了呢！……"

李芒说这些的时候，小织定神地望着他。她在心里说：啊啊！这就是男人哪！这就是丈夫哪！我的男人，我的丈夫！……

李芒跟莫合爷爷学种烟，也学会了吸烟。老爷爷吸烟的技术才叫高呢，他能将烟品出几十种味儿来，底叶、中叶、顶叶儿，他一吸就知道；就是同一片叶子，叶尖和叶根、叶边和叶梗的味道他也分得出来。他还能将烟秸上的一截儿烟骨（烟骨的味道是极香的，可惜没劲道！）配上几片顶烟，做成又香又醇的"混子烟"；能将底烟、顶烟、辣嘴的蛤蟆烟按比例配好，做成奇怪滋味的"大全烟"；马粪施肥的烟、豆饼施肥的烟、草木灰施肥的烟以及施了化肥、人粪、芝麻饼、棉籽、死猫烂狗、兔羊粪的，都要分开放，以免"混味儿"。李芒和小织常要暗暗发笑：那是多么细微的分类！那能有不同的味儿吗？想是这样想，但他们总是极其尊重莫合爷爷的意见和经验，其中包括一些明显的谬误和纯属个人怪癖的东西……

这样不知不觉中时光在飞快流逝。李芒写成了一大本子东西，小织看了，觉得十分失望：他完全没有写东西的才华，尽管他已经读了那么多书。李芒也看着不顺眼起来，后来干脆一个人偷偷把它烧成了一块灰，埋到了喂草木灰的烟棵下。

中秋的时候，陆续收烟了。他们将烟叶割上一截儿烟骨，用绳子编成一排一排（这叫"烟吊儿"），挂到木架子上晒干、过露水。被露水洗过几场的烟叶又黄又红，味道也醇厚了……这时候的活儿特别忙，常常要挑灯割烟、上烟吊儿。三个人就在烟田里坐着干活儿，头顶上是一片星星。莫合爷爷讲着老山里的故事，讲着长白山上的天池，天池里爬出的水妖……露水简直就像一场小雨，半夜活儿做下来，衣服几乎能拧出水来！……

烟叶收完时，李芒要去吉林。在路上，他遇到了一个芦青河边上的老乡。一路下来，李芒才知道他的家乡有很多变化。开始包田了，日子可以过得很红火……这勾起了他的乡思。他回来后，怎么也睡不着了。他在想救了他一条性命的玉德爷爷，想那片土地，想海滩平原上的熟人了！被日常生活暂时淹没了的乡思像喷泉一样喷发着，又像烈焰一样燎着他的胸扉！他当晚就决定：回老家去！他先一个人回老家去看一看！……

李芒一个人回到芦青河边的村子里了。村里人像看到了一位天外来客一样，惊奇得了不得。玉德爷爷像怕他重新跑掉一样，紧紧握住他的胳膊，老泪不停地流着，接着又号啕大哭起来。他说："我的孩子啊！你可回来了！可回来了……我想小织子、想你啊，我这几年老要做你俩的梦……"肖万昌见到李芒似乎并不惊奇，他的第一句话就是：

"你把我闺女给弄到哪儿去了？"……

玉德爷爷让李芒快些领小织子回来，说再要不回来，他想孙女也想死了。肖万昌说：“回来看看可以，住下来不走可不行。我没有这样的女婿！再说，他和小织的户口也销掉了，上边有规定，回来的'盲流'一律不给落户……”玉德爷爷一听急了，跺着脚说："你这心比石头还硬！生米做成了熟饭，再说又这么多年了，你还不要他们！"肖万昌说："就是我要他们，也落不下户！"

玉德爷爷还要说什么，李芒对他说："爷爷，我不是回来给谁做女婿来的，我是回自己的老家来的。我马上回去搬小织，来看您老人家，然后就侍候着您，不走了！……"

玉德爷爷感动得不知如何是好。他伸手拍打着李芒，嘴里咕哝着："孩子啊，落叶归根，吵架归吵架，还是一家子人，还是得回家，啊？……"

李芒回东北的前一天，玉德爷爷又求儿子，让两个孩子回来落户，肖万昌还是不依。玉德爷爷骂着："冤家，还要我给你下跪吗？"说着，"扑通"一声给儿子肖万昌跪倒了……肖万昌惊慌地扶起老人，一声也不吭了……

李芒返回东北了。他要和小织回到芦青河边了！

怎么跟莫合爷爷告别呢？怎么和这个搭在林中空地上的茅草屋告别呢？怎么和这个亲手绑扎起来的烟架子告别呢？

人生活在这个世界上，就得忍受着一次又一次的告别，就得经历那最终的告别……

莫合爷爷不言不语地和两个年轻人分手了。他们临走给老人蒸了一大锅面饼，洗净了他所有的衣服鞋袜。老人送给他们的，就是那个大黑掉了，上边有规定，回来的"盲流"一律不给落户……"玉德爷爷一听急了，跺着脚说："你这比衙门还硬！生来做我了邻居，再说又送里车了，你还不要他们！"有万吕说："就是我要他们，也落不下户！"

玉德爷爷还要说什么，李芒对他说，"爷爷，我不是回来给谁做女婿来的，我是回自己的老家来的……我写上回去搬小纹，来看你老人家，然后就伴随着您，不走了！……"

玉德爷爷感动得不知如何是好。他用手拍打着李芒，嘴里吱喽着："孩子啊，人落叶归根，还是一家子人，还是得回家，啊？……"

李芒回东北的前一天，玉德爷爷又求儿子，让两个孩子回来落户，有万吕还是不依。玉德爷爷哭着："冤家，还要我给你下跪吗？"说着，"扑嗵"一声给儿子有万吕跪倒了……有万吕慌慌地扶起老人，一声也不吭了……

李芒返回东北了。他将和小纹回到芦青河边了！

怎么跟莫令爷告别呢？怎么和这千挂在林中空地上的茅草屋告别呢？怎么和这千卖手捶扎起来的烟袋子告别呢？

人生活在这千世界上，就得忍受着一次又一次的告别烟斗……

他们回到老家，很快就分到了一块土地。不久，他们就种出了方圆几十里最棒的烟田。玉德爷爷再也不愿离开他们了，成天在田里帮他们打冒杈、整烟地垄子。

一天晚上，老人突然提出说："万昌的地和这块界临，怎么不合起来种烟呢？一家人还分来分去吗？"

李芒坚决地摇头说："不！爷爷，不能合！"

"什么不能！你知道为合这地，我跟儿子费了多少口舌。'家不和，外人欺'，孩子，一家子做片大烟田多美气！我从年轻时就盼着自家有这么大的一片地啊……"老人说得很严厉，也很动感情。

李芒还是摇着头。他有多少话要跟老人说啊。但他相信什么都说不清楚。他只是预感到跟肖万昌的真正合作是不可能的，也是没有前途的……他摇着头。

老爷爷火了！他骂着："小冤家！还得我给你两个跪下吗？你和万昌还能再吵么？一家子人还能再分开么？……"老人气得全身都颤抖了。小织赶紧扶住了他，说："爷爷！爷爷决定吧，我们都听爷爷的！"……

十八

小织几乎一夜未眠。李芒在大柳树下的那一番话，几乎使她不安了一天。夜里,她恍恍惚惚的,一会儿在海滩的那片小草原上,一会儿又在南山;一会儿在闹鬼的屋子里,一会儿又在满是血迹的废氨水库里。她一闭上眼睛,就好像看到荒荒在抢一把镰刀,莫合爷爷捏着他的大烟斗,傻女一把一把揪着自己的头发,老獾头在儿子身旁跪着包脚;好像看到了五彩颜色的石子,五大连池,甜菜地,老爷岭;看到山民们喜悦的脸色,那个收酒瓶子的人,肖万昌和民兵连长相互接火抽烟……她好不容易才睡过去,又忽然听到袁光的姐姐在窗外喊她:

"小织!小织!……"

"啊,我们在这里!在这里!袁光,袁光!……"

小织猛然从炕上爬起来,就要奔下去开门。李芒拦住了她说:"怎么了小织?你怎么了?"

"袁光和姐姐一块儿来了,就站在窗外,你快给他们去开门啊!原来袁光没有死,他是和姐姐一块儿逃走了啊……袁光!……"

小织呼叫着。李芒费力地解释她这是幻觉,她才安静下来……这时候天已拂晓,李芒穿好了衣服说:

"我要替老獾头交柴油去,原来讲好了的。"

小织说:"替他多交一些,交两次的油吧,好吗?"

李芒正要走出门去,这时听了她的话,就站住了脚步。他久久地、深情地望着她……

霞光映红了窗子时,李芒从外面回来了。他带回了一张报纸,递给小织说:"你看看第二版上,有新闻!……"

小织接过来一看,原来是肖万昌上报了!这是一个记者在专业户代表会上的采访，上面还配有一幅大照片：肖万昌正微笑着站在麦克风前讲话。文章说肖万昌是发家致富的带头人，是海滩小平原上新时期的先进人物，是新生产力的代表者。文章中还举出一系列数字，说他第一个成为黄烟专业户，第一个与人联合承包；尔后，收入多少现金，带动了多少人做了专业户，多少人有了电视机、录音机、洗衣机等……

李芒说："他哪次运动都上报纸广播，如今又赶了这个浪头！因为他踩在别人的头顶上，所以从远处看，第一眼看到的就是他。他反过来，又正好可以用这张报去吓唬老百姓，使他更能舒舒服服地踩下去。这个事实有多么残酷！"

小织看着报纸上的父亲笑微微的样子说："明明是我们先种了黄烟的，可他……"

"就是这种倒霉的联合使他钻了空子！小织，想想吧，咱是嫉恨他出名吗？是嫌自己风头出小了吗？当然不是！我们难过的是被他逼得到处流浪（还有更多的人被他这样的人逼迫、践踏！），在流浪中学了一点点本事，一点手艺，倒被他反过来给利用了！他利用这个欺骗人！只要有他当道，村里人就别想真富起来，他应该受罚，可他没有！他继续作威作福。咱跟他的这种联合，真是耻辱！真是犯罪！"

李芒的脸涨得赤红，直眼盯着小织。

小织一丝丝地把那张报纸折好，放到桌子上。她伸手到他的衣兜里取出那个大烟斗，装满了烟，塞到他的手上……她低声地、像是规劝而不像埋怨："李芒！看看你自己吧，看看你这个爱发火的样子……"

李芒吸着烟，长长地叹了一口气说："日子过久了，都是这么一年年过下来的，慢慢就迟钝了。世上的人差不多都习惯于跟坏东西平安相处。就这么忍耐着啊，忍耐着，一天天地挨。小织，你看看，咱不是这么一天天地挨吗？挨也苦，不挨也苦，犹豫来犹豫去的……还记得那条又深又窄的冻土沟么！远远地躲着它，就是躲不开。它藏在黑影里，出现在你眼前，逼着你往里走。最好的办法是把那条沟填成平地、铺成路……肖万昌这样的人，说到底是村里的灾星。可有人还把他们当成这里的顶梁柱！只要有他们，河边人的日子就没有奔头！……"

小织说："从爷爷过世后，我的心就没有安下来过。我想得和你一样苦啊，李芒！我知道：再要不分开，你也把自己折磨出病来了……你的每一句话我都记住了，我都在想。这几天，我又常常想起袁光。有时候半夜里，你睡去了，我一个人坐起来看……我想咱家里该有一个客人，该有袁光。他死得真惨。他在河边上来回走动的时候会想些什么？……"

"他一定是想到这个世界上一点让人恋的地方也没有了。"李芒握着大烟斗，又在屋子中间走动起来，"他还那么年轻，人活在世上能受到的屈辱差不多他都受到了。瞻前顾后，他可能想不出路来。他死得一定很痛苦，他本来会游泳……"

"他是不是缚了什么东西，缚住了自己的脚跳进去的？"小织惊讶地叫起来。

"很可能是。你知道他的水性多好。"李芒在桌前坐下来，随手翻动了一下那本诗集，"'用小树叶遮住眼睛，然后，不发一言'……我在莫合爷爷的小茅屋里写那本书，就琢磨过他怎样跳河……我为了合情理，把他这样的人都写成了孤儿。其实现在想想完全用不着！他们有父母，可父母自身也难保。没有敢保护他们的，他们这类人（当然包括我！）是这世上真正的'孤儿'……我这样写道：'那些人面兽心的恶人，已经从一般的政治偏见堕落为无聊时的任意捉弄、残酷欺凌！我不知道这些孤儿们是用什么方式活过来的，今天又怎样了？我甚至想走遍祖国大地，用个小本子记录下他们所有的生活……'"

李芒说着说着又激动起来了。小织温煦的目光看了看他，他才慢慢平静下来。停了会儿，他用平和的语气说：

"我这个人爱冲动。不过我要跟肖万昌决裂，这却是反反复复想过了的……"

"你能保证这回就不是冲动吗？"

"不是冲动，是实实在在的愤怒。"

"好多困难和麻烦，也都想过了吗？"

"想过了。"

小织一双闪着热情和光彩的眼睛久久地望着李芒，然后说了句：

"那么，今天就和他裂开吧！……"

……

李芒和小织走到了霞光映照的田野上。他们是来寻找肖万昌的，刚刚从他锁起的大门前走过来……田野上没有肖万昌。他们就来到了自己的田里，准备做着活等他。他们来到田里，首先就发现了一个奇怪的事情：老柳树死了！

本来这也在预料之中，但没想到它恰恰会在今天死去。它的最后一片绿叶也干枯了，折断的枝丫落了一地；根部的大窟窿朽得更深了，树桩在风中摇动时，它就发出"吱嘎嘎"的声音。它不定什么时候就倒下了。如今它是停止喘息了。

李芒和小织默默地看着老柳树，去抚摸它干硬的糙皮……

半下午时分，肖万昌在田埂上出现了。

李芒和小织把他喊到了老柳树下。李芒的第一句话就是："我们已经找了你快一天了。我们是要去告诉你：咱们把土地分开吧，就从今天开始分开！"

肖万昌淡淡地"唔"了一声，他用手梳理了一下背头，又看了一眼死去的老柳树，问小织说：

"你也同意了吗？"

小织点点头。

"那就分开吧。嗯，这样也好。做长辈的也不能老为你们操心啊。嗯，也好！……"肖万昌蹲在树下说。

李芒冷冷地看着他。

"不过一家人硬是分开，也不是什么好事情！我还是有些不放心的地方，比如给烟田上肥上水、烟叶收购这些事，有好多麻烦哩！还有，你们也毕竟和别人有些不同，我指的是李芒的出身，不怕人家挑毛病么？"肖万昌说这话时，眼睛紧盯住地上的一块石头，几乎是一个字一个字吐出来的，发音很重。

李芒笑笑说："你会在这些地方用用功夫。这是威胁。你有什么本事就做去，威胁我们可不怕。开始会苦得很，村里大多数人种烟不是也很苦吗？我们会咬着牙关挺过去。无论如何，不准备再凑合下去了……"

"我也早看出你有这个打算。你自己也说过，你是个记仇的人。不过我今天可要警告你：你复仇算错了日子！"肖万昌说着，突然像个老熊一样，威严地从树下站了起来。

　　李芒也站起来。他说道："你害怕记仇，你当然喜欢别人一下子把什么都全忘掉，你好从头把事情再做一遍，你这不是算错了日子吗？"

　　"我有过过失。可是账也算不到我身上，那时候就是那么个时代，我不那样也没有办法！……"肖万昌的声音不知怎么又低缓下来。

　　李芒高高的身躯摇了一下，站到了肖万昌的跟前。他的头略低一下，盯着对方皱纹密密的脸看了一瞬。他的像铁钩似的大手指抚摸着自己满是胡苴的下巴，嘴里轻轻"哼"了一声。他把目光收回来，看了一眼他的妻子，然后掏出大烟斗吹了两下，点上烟末吸起来。他吐出浓浓的一口烟雾，这才说道："我可琢磨过你这个人。你是个老农村干部了，你已经不是农民。你留了背头，到现在还知道把裤子压上一条线。你是个沉得住气的人，从来不发火喊叫。你一辈子养成了你那套对付人的法儿。不过，你到底还算个笨人，算个俗气人。我心里有数，你这样的人更容易走到残忍的路上去。你就很残忍。你喜欢看着别人趴在地上挣扎。你说就那么个时代，就得那样对待我们；那我问你：荒荒和老獾头他们呢？老寡妇呢？他们祖宗三代可都是贫农！你同样要欺压他们，看他们挣扎！很清楚，你总是在寻找那些没力气的人下手。哪个时代里都有你这样的人，你这样的人就靠这个过活儿！……"

　　肖万昌的脸色终于涨红起来。他有些恐惧地看了看李芒的两只大手，扭过身子说："你等着吧，你等着。我不在这里听你这一套了……"他李芒冷冷地看着他。

"不过一家人硬是分开，也不是什么好事情！我还是有些不放心的地方，比如统购日上肥上水、烟叶收购这些事，有好多麻烦哩！还有，你们也毕竟和别人有些不同（我指李芒的出身！），不怕人家挑毛病么？"有万一边说这话时，眼睛紧盯住地上的一块石头，几乎是一个字一个字吐出来的，发音很慢。

李芒笑笑说。"你用不着在这些地方用功夫。这是威胁。你有什么本事就做去，威胁我们不怕。开始会苦得很，村里大多数人种烟不是也很苦吗？我们会咬着牙挺过去。无论如何，不推奇名下去了，不推奇凌会下去了▮▮▮▮▮▮
......"

"我也早看出你没这个打算▮▮。你自己也说过，你是个记仇的人。不过我今天要▮▮▮▮▮▮警告你。你复仇▮▮▮▮▮▮逼着算结了日子！"有万昂着头威胁他从村下跳了起来。

李芒地站▮起来▮▮▮说道，"▮▮▮▮▮▮▮▮▮
▮▮▮▮▮▮▮▮▮▮▮▮▮▮▮
▮▮▮▮▮▮▮▮▮▮▮你害怕记仇，你喜欢别人一下子把什么都全忘掉，你好从头把事情再做一遍——

瞥了一眼远处的人们，就要昂着身子走开。

李芒挡住他说："你急个什么？今天这是干什么？这是一个联合要分开！我还没有说完！"他的两眼闪射着尖利利、虎生生的光，一只大手握着大烟斗，在胸前活动着。肖万昌退回一步，终于站住了。

"李芒！"小织在一旁喊了一声。

李芒吸起烟来。他继续以沉稳的语气说下去："你可不是个简单的人。你见过世面，知道深浅，要办成一件大事也很省力。比如抓荒荒，你连一句话也不用说，就有人替你做。我说过你是个沉得住气的人。你交往了不少有权有势的人，可是你也能和要饭的人坐下喝酒！你沉得住气，有时眼光也不短。不过我比你还沉得住气，我看得透你。这就好比两人斗拳，你忒厉害，可我比你还厉害。我就决定和你分开了。"

李芒不慌不忙地说完，然后就专心地吸他的大烟斗了。

肖万昌终于从对方的沉稳受到启示。他也卷了支喇叭烟吸上，用手梳理着背头。他盯着死去的老柳树，苦笑了一下……

接下去，肖万昌再也没有吱声。

小织蹲在一旁，不知什么时候哭了。她一句话也不说，只是含着热泪，钦敬地看着她的愤怒的丈夫。

十九

肖万昌走了。小织和李芒还站在他们的田里……这时李芒对小织说："小织，你先回家去吧，你先走吧，我要一个人走一走。我太激动了，啊！小织……"小织点了点头。

李芒沿着田埂往西走去了。晚霞映红了他的面庞。

一片美丽的暮色笼罩了深秋的田野。一望无际的烟叶儿在晚风里、在橘红的光色里摇摆着。这海滩平原整个儿都像在燃烧，火苗儿不停地燎着、跳跃着。烟叶儿的背面泛着微微的银白色，在一片红光中闪烁不停，很像剧烈的火焰中爆出的白亮的光点。烟农们就在这原野上活动着，有的蹲在一个地方不动，有的三五成群聚在一块儿。他们像是挑着柴火到处点燃的人，又像是凑近了火堆取暖、吸着烟玩耍的人。这景色延伸到远方、再远方，消失在太阳的底下。这很像登在了高山上，看山下浓密无边的丛林，也很像面对着平平的大湖瀚海。统一的，没有边际的，引人沉思的；思绪可以随着它延伸再延伸，直到水天交融、天壤接合的地方才缓缓郁郁地折回来。暮气慢慢有了，不知是从天空上垂下来的，还是从泥土里升腾出来的，反正是低低地挂在树梢上，成一绺，成一片，沉默着，各种各样的声音都开始收缩溶解，又渐渐细碎成一些屑末，在傍晚的田野上飞荡着。一株株老树伫立在田埂路边上，像白发的老人遥望着收获的田野、呼唤着忘归的儿子；鸟雀一群群落到它的身上，又跳跳跃跃地离开，扑到泥土上，像是它撒出的一把把种子。一条黄黑色的狗飞一般在田间小路上奔跑，又突然地立住，从烟棵间露出那神气的头颅；当它重新走去时，步子又变得那么迟缓、懒散。它有时低着头嗅一嗅泥土，后来就一直嗅着走下去了，只翘着那个卷起来的、像绒球儿一样的漂亮尾巴了……

李芒一直向西走去，最后在不知不觉中踏上了芦青河堤。哦哦，芦青河无声无息地流着，有时就是这样的默默无闻。如果不是这高大的河堤，不是堤岸这浓匝匝的林带，人们简直就会把它忽略掉。到了水旺的季节，河水已经涨到了堤腰，近岸那些芦苇蒲草只露个梢头了。又平又宽的水面上，几乎没有了波纹。它就这样安静地伏在土地上，美丽而温顺。李芒禁不住脱下衣服来，用一根柳条束好，跳入了水中。晒了一天的河水简直不像秋水，暖暖的，滑滑的，他两手合并伸出，像条鱼一样向前滑去。舒畅极了，他荡起无数的波纹！这样游了一会儿，他又抡开胳膊大幅度击水游动，全身觉得热乎乎的，痛快得很。大约很久没有跳进这河水里了，他心里有一种说不出的感觉。河是某种分界线，河的那一岸，就是外乡；河的这一岸，好像就是真正的家乡了。他从童年起学会了跨越这条河，无数次地踏响了河上的小木桥。小木桥是柳木做的，木板的边缘上生满了青苔。老远地就可以听到它在呻吟 —— 当浪头拍击它的时候，当行人踩着它的时候。一年又一年，不知多少人从它身上踏过来踏过去。两岸的人背负的重量太大了，它的腰弹动着，原想尽力地挺起来，但最终还是弯下来。它屏住呼吸坚持着，坚持着，像不可折服的样子。行人走过去了，它才直起腰来喘一口气，接着便是呻吟、便是叹气……堤岸上的林木在风中响着，有时像一种奇怪的琴声，有时像童年的欢笑。劲风中，它的叶子和细小的枝丫都指向一个方向，树干却是一根根直立着。秋天，它的颜色变得墨绿了，深沉了，和河水浑然一色了。接上去的冬天，它也就严肃起来了，不苟言笑；残酷的北风强迫它发言，它就发出一种尖利的、不叫人喜欢的啸叫。堤岸的长长的斜坡上，那么多青草。草棵都结了种子，准备繁殖了。草棵的根部新生出嫩绿的长叶来，像细长的麦叶或者那种柔韧的蓑衣草。看上去它极柔软。秋天用严霜迎接冬天，严霜也就洗红了这秋草。到了合适的季节，当你在河上展望堤坝的时候，你注意的，首先不是林木、不是蒲苇，也不是那些散开着的星星点点的花儿，而是嫣红的草棵！它不像红叶树那样红，不像枫，不像石榴花和美人蕉花的颜色；它是暗红、有些紫的那种红；更要紧的是，它的红叶儿能爽爽地披散下来，你看着它的薄薄的、湿润的红叶儿，老想去抚摸一下。在那肃气正浓的季节里，正有一种你自己都不易察觉的同情心在搏动，这时恰好转移到这艳色的小草上了……李芒尽情地击水，不时仰起头呼吸着水面上清鲜润湿的空气。啊啊，在这个秋天里，在这个忙得直不起腰、被某种东西压得缓不过气来的秋天，他终于迎来了这个下午，迎来了这个傍晚。多少年来，他从未觉得这样轻松。他要好好亲近一下这河水、这田野。他觉得他能看到很远很远的地方，无论暮色有多么浓重。

　　太阳落下去了。太阳在整个一个白天里都使河水闪着亮、放出光辉，使田埂和小路上的沙粒都清晰可辨，使烟秸上爬着的绿虫暴露在一片光斑里……现在它故意让大地陷入一种朦胧里。灰蒙蒙的颜色里，从土地里生出的稼禾和林木，看上去都黑簇簇的。一片连着一片的烟棵也模糊了，绿色的那一边完全淹没在渐浓的夜色里，就像一张纸浸到了黑色的水里，天空的星星不知不觉地密起来，像一些小灯在偷偷地点燃……李芒不知不觉地走到了海滩的丛林里，是河边的一条黑泥路把他领到这里来的。地上的草棵绊着他的脚，他感觉到已经有露珠儿溅出来。前面是黑漆漆的灌木丛、马尾蒿，是夜间才出来活动的小动物的咕咕声；它们召唤他了，问候他了。他笑了，舒适地伸了一个懒腰。他向着一片夜色高声大笑起来："哈哈哈！哈哈哈哈……"笑声在沙滩上飞去，飞得很远很远；在很远的地方，又隐隐约约传来同样的笑声。李芒自己都感觉得出他笑得有多响亮，这声音真正发自一个强健的、成熟的、有火气与胆量的男性。他相信在这笑声里，大海滩上的鬼蜮（传说中这里可有这东西！）会退走或伏下，任何想算计他、加害于他的东西都会逃遁。他笑得太坦荡、太豪迈了。

他已经很久没有这样轻松悠闲地来大海滩上了，尤其是没有一个人走上夜间的丛林。这片给了他的童年无限欢乐的丛林，辽远深邃，带着一点儿神秘。除了临海的一面，他从没有摸到它两端的边缘。这林子大半是稀稀拉拉的，可密的地方，又几乎插不进脚去，远远望着只是黑乎乎一片，像从天边压过来的一大团乌云；这林子大多是细矮的杂树棵子，可有时你又会碰到一片齐整而挺拔的杨树、柏树或者橡树。李芒记得这些粗大的树木给他的深刻难忘的印象，给他的惊喜与愉悦。那还是有些闷热的季节（夏天吗？秋天吗？），当他背着一捆大大的刺蓬菜走在沙滩上，流着汗水，突然遇到这么一片有着广阔荫凉的大树林时，他几乎要欢叫起来……他倚在菜捆上歇息了，斜着他的童年的明亮的眼睛，看大杨树那淡绿的、光滑的树皮。树皮上的各种痕迹纹路引起他各种的幻觉和想象。它们有的最像眼睛，而且是很漂亮的眼睛；它瞪得很大、很单纯热情，对他充满了友情。它们有的像一把镰刀，刀面儿很窄，刃儿很薄；他总想它是多锋利的一把刀，而且一定是无锈无裂纹无豁牙的好刀子。它们也有的像一个大大的惊叹号或者问号。每逢看到这里，他就全身一振，更加睁大了眼睛。树木有意无意地询问人间的秘密，并且又肯定地来一个叹号，像是自信地预言了什么，判定了什么……他有些迷惑，也感到有趣，懒懒地捎起草捆重新走去。他要穿越大杨树林。他故意低着头，不看那眼睛、那镰刀、那费解的叹号与问号。可是他要跨出这片林子的时候，忍不住又要抬头再望一眼 —— 他看了林边的最后一棵树，他在树干上看到了一个醒目的句号！他想：句号，划在林子的边上。他笑了……童年真有趣！

风全息了。大海滩上真暗：这是失去一个太阳、又暂时没有一个月亮的缘故。黑暗、静谧、温暖，是最适合一个人默默地倾听的时候了。你不必声响，只需使用你的听觉器官。这样沉默一会儿，必定会发觉一些细小的、轻微的响动，还会听到更远处的、在夜幕的另一面传来的声音。这些细碎的响动是一丝丝地放大了的、清晰了的。如果你开始去想象，就会仿佛看到：在那些黑影子覆盖下的树隙里、沙窝里、荆棵子里，正有各种不同的生灵睁圆了眼睛窥探着，然后伸出它们的可贵的小前爪，试探般地踩到有些温热的沙土上；接着，它轻松地转动几下头颅，灵活地拂动几下尾巴，整个身子向前倾斜、再倾斜，直到重心完全移动到前爪上时，才一个猛跃，奔驰而去了……东南西北都有野物在喘息、在交谈、在追逐，最后它们总是把争夺吵闹的声音弄得很大……天空被忽略了：多少明亮的星星！多少上帝的眼睛！天空没有乌云，苍穹的颜色却不是蓝的，也不是黑的；这时候的天空最难判定颜色，它有点紫，也有点蓝，当然也有点黑。白天的天空被说成是蓝蓝的，其实它多少有点绿、有点灰。真正的蓝天只在月光明媚的夜晚！纯洁的月光驱赶了一切芜杂、一切似是而非的东西，只让苍穹保持了它可爱的蓝色！哦哦，星光闪烁，多明净的天幕啊，多让人沉思遐想的夜晚啊！

李芒迈着他的坚实而沉稳的步子走在大海滩上，他微微含笑地看着身边黑乎乎的灌木和草棵。四周都是这莽莽苍苍的一片，看不到一条小路在分割它、在标划它的界限。这是真正的旷畅邈远、无所收束；只有这里的夜晚才使李芒胸襟开阔，身心振奋。他真想去拥抱这片海滩、这个夜晚。他的脑海里涌现出各种各样的想法，他怎么也没法儿抑制住自己的激动。这激动里面有些说得清，有些说不清。仿佛一个人精疲力竭地攀登一座高山、踏上了峰巅时的感觉，又仿佛一个人奋力地横渡一条宽河、胜利在望时的感觉。他绝对没法儿使自己待在一间屋子里，他必须使自己到一个广大的世界里去，好像那里才无拘无束，他的思绪才可以尽意飞翔。黑色将一切都染成一个颜色，淳朴而厚重，绿的叶子、白的沙土、棕色的树干，都化为一种凝重的色彩了。偶尔有鸟雀在陌生的远处鸣叫一声，显得平淡微弱，也很快散开在黑夜里了。海潮的声音没有尽头，总是平平的、没有曲折的调子，仿佛是这海滩上特有的夜歌。这里的一切都使人感到安逸而兴奋，生活中间的恐惧在一瞬间退到夜幕的背后去了，剩下的是一个人显露个性的勇气，是一种跃跃欲试的心绪。每个人都可以面向一片茫茫夜色倾吐心曲，都可以沉湎，可以幻想，可以憧憬，可以狂想。世界比原来设想的要大，力量比已经证明的要多。无休止地安慰自己，鼓励自己，娇惯自己，自己相信他是属于这片温暖的夜色了……

多。无休止地安慰自己，鼓励自己，娇惯自己，自己相信他是属于这片温暖的夜色了……。

李芒回过身去，倾听自己村庄的声音。看不见什么痕迹，但可以听到人们生活的声息。他想一定是有人在烟田里摸黑做什么，这儿的人常常半夜了还要守着他的烟棵。有人跟自己的狗和猪说话，后来跟锅灶、跟锹柄也说，再后来跟烟棵也说。跟烟棵说话时一边扳着冒杈，就象跟娃娃说话时一边梳理他的头发一样。说啊说啊，无休无止，这就组成了村庄的声音、生活的声音。他自然地想起小钗，想他的小妻子会一个人默默地走回家去，生上炉子，做一碗香甜的饭菜放在那儿等他回去。她不会急得出来喊他，她知道他该松驰一下了。她会在等他的时候把窗子擦净、把书架擦[redacted]净。她再没有那么多忧虑了，她已经忧虑过了，她现在更多的是喜悦，是轻松。她从前好象不是一个主妇似的，她从今晚起要做一个主妇了。她比过去更能感到她要做母亲。她虽然早已有了母亲的温柔、母亲的善良，可她做母亲的精神上的准备却未必充分。她能使儿子降生在一片真正属于她自己的土地上吗？能吗？忐忑不安，忧心忡忡，患了一种少妇病。……李芒仿佛看到小钗在微笑，于是他自己也笑了。这时他突然想去看看那片小草原了。

李芒回过身去，倾听自己村庄的声音。看不见什么痕迹，但可以听到人们生活的声息。他想一定是有人在烟田里摸黑做什么，这儿的人常常半夜了还要守着他的烟棵。有人跟自己的狗和猪说话，后来跟锅灶、跟锹柄也说，再后来跟烟棵也说。跟烟棵说话时一边掰着冒杈，就像跟娃娃说话时一边梳理他的头发一样。说啊说啊，无休无止，这就组成了村庄的声音、生活的声音。他自然地想起了小织，想他的妻子会一个人默默地走回家去，生起炉子，做一顿香甜的饭菜放在那儿等他回去。她不会急得出来喊他，她知道他该松弛一下了。她会在等他的时候把窗子擦净，把书架擦净。她再没有那么多忧虑了，她已经忧虑过了，她现在更多的是喜悦，是轻松。她以前好像不是一个主妇似的，她从今晚起要做一个主妇了。她比过去更能感到她要做母亲。她虽然早已有了母亲的温柔，母亲的贤良，可她做母亲的精神上的准备却未必充分。她能使儿子降生在一片真正属于她自己的土地上吗？能吗？忐忑不安，忧心忡忡，患了一种少妇病……李芒仿佛看到小织在微笑，于是他自己也笑了。这时他突然想去看看那片小草原了：嘿，小草原！

可惜看不清路径，这很难找到那片可以入诗入画的小草原。就在他有些忧虑的时候，他发现那个月亮已经在贴着一片林梢往上攀缘了。他的心像被一把欢快的小锤子敲击了一下，兴奋地跳动着。他找那片小草原去了……大海滩慢慢笼罩在一片熟悉的月光里了，沙粒慢慢又看得清了，树叶儿又变绿了。眼前的一切都在迅速地展开着层次，或退远，或凑近；或者是从草丛里挺出一枝野菊在微笑，或者是小径旁的枯树在愁蹙。大鸟儿"嘎嘎嘎"地叫着，在它的声音里，好像一切又开始从沉睡中缓缓地睁开了眼睛。一丛丛的洋槐、小叶杨、沙枣棵、紫穗槐、橡墩子……在它们的背后，那片小草原在月光里打着哈欠。李芒奔跑着，举起了两只臂膀，有力地挥动着……他卧倒在这片柔软的草地上了。这真是一片神奇的草地，在最寒冷的时候，这里也有温暖。阳光有时只照耀着这人间一隅，使人暖洋洋的。草尖上散发着熏人的香气。他躺在上面，竟然睡了过去！他发出了均匀的鼾声。

醒来时，月亮已经升得老高了。李芒觉得睡了一个好觉，解除了一个秋天的疲乏。他伸展着腰身，活动着腿脚，准备回家了……已快到中秋节了，月亮很亮。他身旁的树叶上，露滴闪着银白的光，叶子背面的毛茸茸也看得清。有一个蝈蝈在树丫上爬着，爬到顶端，身子奇怪地一跌，就折向另一个枝丫了……会鸣叫的东西都大声地鸣叫，一阵微风吹起来了。李芒从这风中马上就嗅到了烟叶儿的香气！啊，烟田再上最后一遍水，就该着收割了。到了中秋节的时候，家家都在压得弯弯的烟架旁摆上酒桌儿。他有些沉醉地仰起脸来，又一次仰望着布满星星的天空。多美好的天空啊，多美好的原野！多美好的树木、烟棵、小蝈蝈！多美好的夜露、沙子、绿色的树叶儿！多美好的小路径、河堤、木桥！多美好的虫鸣、鸟鸣、村庄的声音！多美好的乡亲、姑娘、小孩子！多美好的小织和小织正孕育着的孩子……一切都需要温暖、亲近和守护，一切都需要和他们在一起。

"李芒，你再勇敢一些、年轻一些、强壮一些吧！"

他在心里对自己喊道。

二十

李芒与他的岳父肖万昌分开了烟田,这事马上就家喻户晓了。

当李芒和小织走上田埂的时候,很多人都用迷惑不解的目光端详他们。李芒不作声,只吸着他的大烟斗,一下一下地做着活儿。

另一边肖万昌的田里,很快就有了小腊子。李芒见了,心里有些痛快。他想:小腊子啊,你学学种烟吧,这是庄稼人该会的本事;你一支接一支地吸烟,就该知道烟叶是怎么长出来的;轻骑车你已经玩得很熟了,自己家的烟田倒没有踩上几个脚印。小织常把水果什么的抛给弟弟,小腊子每一次都接得很准……荒荒有时候从地里走过来,跟李芒说上一会儿话。李芒常要手把手地教他做活儿,告诉他耘土时锄子该离烟根多远、耘多么深;旱地怎么耘、湿土怎么耘;施肥后怎么耘、什么时间耘、烟叶儿受病了怎么耘——荒荒又高兴又惊奇地拍着膝盖说:"芒兄弟,怪不得你的烟长这么好,光是耘地就有这么多讲究!"他笑着,挠着头。停了一会儿,他突然又严肃起来了,问:

"芒兄弟!听人说吸烟多了会长癌那玩意儿,怎么咱这儿的没有一个得的?"

李芒苦笑着摇摇头,真不知道怎么回答。他说:"荒荒!咱正讲种烟,你又扯到那上边了……"他接着又给荒荒讲割烟顶:怎样选割烟刀,为什么刀子要一头尖一头偏;几个叶片割顶好,什么时辰割适宜……荒荒哈哈大笑说:"有一手!有一手!……"这时小织正在离他们十几步远的地方做活,荒荒瞥了一眼,低声对李芒说:"你媳妇……真俊哪!"……

这天上午李芒正浇烟，可是浇了不到一半的时候，突然水就从放水道上退回去了！李芒焦急地去找了开机器的人，那人说："还能总给你一家子用水么？天这么旱！"

"可你也得给我浇完哪！"

"给你浇完别人就浇不完了！"

"我不是交足了柴油吗？"

开机器的人戴了一顶黄帽子，这时把帽子可笑地捋到了后脑壳上，掐着腰说："你以为有钱、有柴油就有了一切吗？"

李芒立刻陷入了迷茫，不解地问道："有了新规定吗？"

那人嘻嘻笑着，斜叼上一支烟说：

"如果贫下中农不要你那几个臭钱呢？"

李芒琢磨着"臭钱"这两个字，不由得笑了。他很可怜眼前这个人。他打趣地问道：

"贫下中农不要'臭钱'，要不要浇水的规定呀？"

"再'规定'，也得先满足贫下中农，嗯！"

他的一个"嗯"字，使李芒觉得特别可笑。那一个字，那一种语气，相当于说："就是这样子！""你看着办吧！"或者是："你能把我怎么的？""你有本事，你就试试看！"真是以一当十、当百，"嗯"字是个好东西。李芒知道他是跟肖万昌学的。这样想着的时候，那人又说话了：

"真他妈的怪事，革命这些年，又让地主富农兴盛起来了！"

他一边说一边转身走开了，摇头晃脑的。

李芒真想追上去狠揍他一顿。李芒看了看他那个细细的脖颈，心想用手卡住一拧是再合适不过的了，该好好问问他谁是地主，谁是富农？……但看到他那个瘦干干的样子，想起他家里那个寒酸样子（没有媳妇，只有半截席子）也就作罢了。

可这会儿邻地里的荒荒斜穿着田埂拦住了开机器的人。他大概也听到几句这边的争执，这时喊着："二秃子（那人头上有一块秃斑）！你凭什么给芒兄弟关了机器！狗仗人势……"

二秃子直着脖子说："多管闲事！"

"我他妈的就要管！我他妈的今个是'做代表'来了……"

二秃子乜斜着他说："怎么，腚上的伤长好了么？"

这下子大大地损伤了荒荒的自尊心，他弯腰就搬起一块大土疙瘩……二秃子奔跑起来，但大土疙瘩还是砸在了他的屁股上……

李芒怕耽搁了烟田浇水（这最后的一次水是多么重要！），到外村出高价雇来一台抽水机。可是抽水机正要往机井上放的时候，民兵连长嘴里咬着一个琥珀色烟嘴出现了，身边还跟着两个持枪的民兵。他笑眯眯地对李芒说：

"这是不允许的。"

"闲置的机井为什么不准用？"李芒愤怒地盯着他说。

"水源是统一的。你抽了水，别的井水还旺吗？"

他身边的两个民兵微笑着，点着头。

李芒只觉得一对拳头热得发痒。他掏出了大黑烟斗，慢慢地吸起来，一边端详着面前这三个人。

这时候有几个正在地里忙活的人围了上来，明白了什么事之后，讪笑着走开了，一边走一边说："人家就是有钱，能雇来一台机器！可好日子也不能都让一个人过了呀……"

李芒全听清了。他觉得心上有些发冷。

"有机器也转不动喽，没有老丈人做靠山喽！嘻嘻……"

几个人议论着往前走去，铁锹碰得叮当响。李芒盯着他们的背影，咬了咬牙关，徐徐地吐出一大口烟……他站出来，磕了磕烟斗，一句话也没说，就走开了。

民兵连长几个人惊愕地对看着。

李芒一个人径直往镇上走去。他没有告诉小织，他觉得有些话已经完全没有必要在烟田里说了。他要去找镇委。

一位三十岁左右的姓梁的书记热情地接待了他，并且用本子记下了他的每一句话。梁书记送他出来时说："我们对那里的情况已经了解了一些，放心地做你的专业户吧，有些东西，我指那些充满希望的事业，是不可逆转的！"这个梁书记热情、干练，少有的文静，这引起了李芒的极大兴趣。他和这个书记分手时，才知道他是前两年从政的一位师范学院毕业生，刚接任镇上书记三天。

当天下午，梁书记就骑了一辆摩托车来了。他兴致勃勃地看了李芒和小织的家，他们的烟田，然后神情肃穆地望了望西边的天色，推上车子找肖万昌去了。

肖万昌在几秒钟内就弄明白了对方为何而来，然后笑着说：

"梁书记！你可能不知道，李芒是我的女婿。我不好过分地偏爱他，为了工作，有时就难免委屈他一点……"

谁知这个梁书记用手利落地一挥打断了他的话，很和气地说："镇委也了解一些你的情况，这个以后再谈、专门谈。我现在要跟你说的是：不要利用群众的一些不健康的东西，比如农民意识，平均主义，政治偏见等等，去损伤李芒同志。你和李芒有矛盾、怨恨——这是明摆着的事。但你是村的支书，要执行有关农村政策。你必须马上去亲自解除对李芒的一些刁难，毫不犹豫地给他供水……"

肖万昌有些不知所措。但他很快又微笑起来。他大概在笑这个新书记的"学生腔"吧。

梁书记另有什么事情，又简单谈了几句，就急匆匆地跨上摩托走了……

中午时分，李芒和小织正在家里吃饭，二秃子就在窗外喊："李芒，给你浇地了！还浇不浇了？嗯？……"

……直到深夜，烟田才浇完。李芒和小织很疲乏地回到了家里。可是李芒不愿休息，一个人在桌前坐下，吸着烟斗，翻弄着一本诗集。小织说："李芒！快休息吧，烟田也浇了，我爸爸他们不是让步了吗？"李芒像没有听见。他认真地看起来，微皱着眉头。就这样看了一会儿，他抬头望了一眼小织，随手打开了电视机，这时候当然没有什么节目，他又随手关上了……他在屋里走动着，一手握着烟斗，一手伸在衣服下面。小织问："李芒！你不舒服吗？你怎么了？"李芒摇摇头："没。我不过感到很累，非常非常累……我心里很累。我睡不着。你快休息吧……"

小织用温柔的眼睛望着他。这双美丽的眼睛常在这样的时刻安慰着他、温暖着他，也询问着他。

他终于坐下来，和小织坐在一起说："你不知道，从烟田往回走的这段路上，我突然后悔起来，我想起了莫合爷爷。我后悔不该离开他。我真想那段日子……"

"别这样说！不能说后悔……李芒！"小织叫着他。

"肖万昌他们再刁难、迫害我们，我都不怕。可是，二秃子，还有村里那些人的话，让我受不了。他们多少年前就受肖万昌的捉弄、欺骗，到现在还过得那么苦！我们不是为了和他们在一块儿才和肖万昌决裂的吗？断了我们的水源，硬要把一地好烟棵给旱死！这就是肖万昌使出的第一个毒招。村里那些人呢，倒糊里糊涂跟着起哄、感到快意！……我好像从来没有这样失望过、这样难受过。真的，关到氨水库里那会儿也没有。从烟田回来时，我觉得两条腿那么沉……"

小织默默地听着，紧紧地握住了李芒的大手。她低下头来，发现这双大手不知什么时候已经裂开了两道口子，虽已愈合，却留下了硬硬的疤痕；两个手掌都被铁皮样的硬茧壳包住，十个指头的骨节都已经变形，由于烟汁的长期浸染，这双手已经是永远也脱不去的黧色了……她心里一酸，两眼涌满了泪水。她害怕眼泪淌到这双手上，赶紧偷偷地抹去了……她抬头盯着他的眼睛说：

"李芒！我全都能理解你现在的心情。可我觉得你太急躁了，总想着什么都应该再好一些。是啊，他们真让人不高兴。可是我们只要这么做下去，他们会变的。我们真心希望他们好起来，他们会慢慢看到我们的心……李芒！我也完全相信你，我们一定会比现在更富裕、更好！我们大家都会好起来！李芒！啊！李芒，你听见了吗？是这样吗？……"

李芒激动地说："小织！你真好。我不该说那么多丧气的话。你多么好啊，小织！……"

二十一

中秋节到了。烟田开始收获了。海滩小平原几天来就喜气洋洋的。这里的人们极其重视这个节日，从来就把这个日子看得很重。大家把酒桌搬到院子里，在月亮的照耀下喝酒。虽然大家不怎么抬头看那月亮，可是皎洁的月光使所有人都高兴一些。

喝过了酒，大家四处凑着玩。荒荒带领了好多人来李芒家看彩色电视。李芒和小织不知怎样才好，倒水、拿烟、抓瓜子和糖果。他两人高兴极了。乡亲们有的坐在沙发上，有的坐在木椅上、折叠椅上。荒荒用力地在沙发上颤动着身子说："嘿嘿！这东西好！……"

人们走了之后，李芒和小织要花费好长时间打扫烟蒂和瓜子皮……可他们心里兴冲冲的。这是一个真正的节日！往常，人们总把他们当成肖万昌的一家子，多少有些敬畏，很少来看电视。他们现在高兴极了！他们真感谢荒荒！……

过了节日，人们就动手搭晒烟叶的架子了。

人们搭了各种各样的架子，各自根据自己的设想、自己的美学观点……搭烟架子可有大讲究！李芒每看到一个不成功的架子就停下来，帮他们重新搭一种架子 —— 这是他在莫合爷爷那儿学到的：先立两根大柱，柱间搁一道"大梁"，然后在大梁两侧立些细木条框架，最后在立柱的根部绑几根撑木。这样的架子，烟吊子可长可短，只要活动一下撑木就行；烟吊子可疏可密，可根据阳光、露水的大小加以移动；来了风雨，可以将烟吊子并到大梁两侧，从大梁上搭几条苇席。真是方便极了！巧妙极了！……人们学会了搭这种架子，都很敬佩李芒。老獾头伸着拇指说："芒子是个'金孩儿'呀！"他跟最好的后生才叫"金孩儿"！

荒荒因为太笨，不得不请李芒从头至尾帮他做。他们正做的时候，民兵连长领着两个持枪民兵溜达过来了。因为没有人理他们，他们就立在一旁吸烟，互相之间交谈。这个说："哼哼，架子搭得再好有什么用？来了贼，哼哼……"另一个说："今年可不比往年，贼可多！……"民兵连长嘻嘻地接上说："咱们是负责治安保卫的，不过咱们只为贫下中农做保卫……"一边的两个民兵大笑起来，一边笑，一边用眼瞟着李芒。

这显然是一种威胁。话的表面意思是不给李芒这样的人保卫丰收果实，实际上却在暗示他的烟叶有可能遭到抢劫！……李芒用力地刹着架上的绳子，冷笑着看了他们一眼，对荒荒说："我今年准备一根铁棍子，哪个贼不怕碎脑壳，就来好了！"

荒荒一直仇恨地盯着民兵连长，对李芒的话并没有听到耳朵里去。

烟厂里每年在中秋节前后都要下来看看烟叶的收获情况，挨门挨户地登记一下，做一下烟叶的估产和预购。这一天，烟厂的王会计领着两个工作人员，由肖万昌陪伴着，一块一块烟田看过了，做了登记。到太阳落山时，他们也没有来李芒的烟田。李芒问了一下，他们早已走了。除了他的烟田未看之外，还有少数几家的，也没有看。荒荒又急又恨地来找李芒，骂着肖万昌和王会计。李芒安慰着他，说等到了正式收购时再看他们怎么办？如果烟厂不要，我们可以约同一些人去和采购站订合同，去镇上集市自销……荒荒这才安下心来，回到自己田里割烟叶去了。

烟田里最繁忙、也是最愉快的日子来到了！人们白天晚上都在烟田里收获烟叶。夜晚。田野上有一堆一堆的火焰，那是割烟的人用来煮东西吃、用来照明的。他们在闪闪跳跳的橘红色火焰下挥着割烟刀，特别来劲儿。烟叶长得真棒，又肥又大的叶子铺到地上，像铺床的绿布单，老要引逗种烟人躺到上面去……李芒和小织割着烟，身上被露水打湿了。他们觉得这是坐在长白山下的烟田里，这是坐在莫合爷爷的身边了。李芒有滋有味地吸他的大烟斗，一边做活一边和小织说话。他们有时仰脸看天：可不要在这时候下雨呀！还好，天空没有一丝云彩，到处都是星星……

肖万昌的烟田里也亮着火，可坐在火边的人不是肖万昌自己，也不是小蜡子了，而是村里的另两个人：老獾头和他的姑娘！李芒看到了，走过去问了一下，才知道他们和肖万昌开始联合了。这父女两人似乎十分高兴，女儿笑眯眯地说："芒哥，和万昌联合好哩！"李芒问："怎么好法？"她说："不要操别的心，只要用力做就行了！"她的父亲点着头、咳嗽着："是啊！是啊！庄稼人不能惜力啊！吭吭！吭吭！……"

李芒默默地走开了。

李芒和小织割着烟，不时地望一眼邻地里的火堆……李芒说："你听见老獾头咳嗽吗？"

小织点点头。

"他一夜里就这么咳嗽……"

小织说："他有七十岁了吧？"

"大概有了。"李芒停了手里的割烟刀，又吸起烟来。他低下头来说："我看他都捏不住刀子了，刀子直打颤。我担心哪一下刀子会割了他的手。那把刀子倒是锋快！不知怎么，我盯着他的刀子，想起了一个捡破烂的老头儿……"李芒慢慢地划着火柴，点上熄灭了的烟斗，"老头儿也有七十多岁，一只眼睛瞎了，穿着一条破棉裤，用一根火麻绳吊着。他靠捡破烂、白菜帮过活……我看了后，就忘不掉。我难过得要命，老想他的儿子哪去了？他没有儿子吗？谁来帮帮他才好……"

"老獾头儿子的脚好了吗？什么时候出夫回来就好了。"小织说。

李芒望着远处一簇簇的火焰，自语般地说："一个联合刚刚垮了，又一个联合开始了。聪明人不是可以从这里面看出好多东西吗？……"

小织沉思着。突然她激动地握住了李芒的手，低声说："芒！他（她）在动！啊啊，在动……"

小织的脸通红通红……李芒终于明白过来！他的脸也变得绯红了。他有些口吃地说："这真是……啊，嗯，很不安分的……一个、一个毛小子！啊啊！……"李芒站起来，兴奋异常地走动着。

"再有不久，我们就有孩子了！"

"我要把他抱到烟田上来，首先让他认识烟叶儿。我要让他识字：土地，责任田，割烟……"

"他会有福。但愿他别受我们这些折磨……"小织幸福地喘息着。

"一定不会！我们在他刚懂事时就要告诉他：这一辈子，直到永远永远，决不跟那些坏东西妥协！决不！要把他也培养成一个倔汉子，告诉他：决不！决不！……"李芒叉开长腿站在小织的面前，盯着她的眼睛说道。他握烟斗的手已经颤抖起来了。

"决不！决不！"小织重复着。

两人重新坐下来割烟。李芒说："只要村子还掌握在肖万昌和民兵连长他们手里，这里的人就别想过上好日子。他们已经有了很多经验、很多办法。我们不能只是防守，我们还要大胆地攻一攻。我们忍啊忍啊，已经忍到了一个好时候！……我从镇上的梁书记身上，就生出一些新指望来……"

"你准备怎么办呢？"

李芒沉思了半晌说："我老是忘不掉那片蓖麻林。我越来越觉得老寡妇生前一下一下摸我的脸，那是把傻女的事托付给我了……我准备做两件事：一是登报找傻女；二是把村里的事情写成一份材料，当面交给县长，不，当面交给法院和……"

……

夜晚，当大家把最后的一个烟吊子挂到架子上时，都舒心地伸个懒腰，到李芒家里看彩电来了……李芒和大家一块儿吸烟，一块儿议论着烟田、化肥、浇水，议论着烟叶的收购，议论着民兵连长和他身边背枪的人，议论那个壁上有血迹的废氨水库，也议论承包出去的集体小工厂（这实际上是肖万昌他们的钱柜子！）……

当电视上接连播放广告的时候，大家都打起哈欠来。李芒已经读过一次他写的材料，经过了两次修改，这会儿就从头读起来。大家每听到肖万昌三个字，就再也不言语，只是互相盯视着，吸着烟。

这份材料没法写得更短。因为要使人们明白一个人，就不得不简单追溯他的历史。有很多事例。有欺压，有凌辱，有血泪。材料指出，这里的权力掌握在一个愚昧、狡猾、早已蜕化变质却又似乎总有道理的人的手里；这里的权力已经相当集中，并且更为严重的是，它阻挠农民的解放，毁坏农民的幸福，已成为农村的新的桎梏！……

李芒读得非常激动，声音越来越高。材料在列举了大量事实之后，以简短的一句话结束：

我检举肖万昌。

烟农们不吱一声，只屏住了呼吸听着。

二十二

人们不完全理解那句话的意义，可是有人从此就常常学说那句话了。他们说着，还打趣地哈哈笑着。

肖万昌极为恼火。

一个早上，肖万昌正背着手往大队部走去，路上遇到一群孩子在滚打玻璃球儿玩，就站在一旁看起来。孩子们并没有发现他站在那儿，玩得很用心。他们将玻璃球瞄准了弹击，每逢击中了，就痛快地大喊一声："我检举肖万昌！"……肖万昌听着，一下一下地梳理着背头，最后终于忍耐不住，抓住一个小孩子的胳膊就是一抡！小孩子哭起来，旁边的轰一声散去……肖万昌一动不动地盯着抓到手里的孩子，看着他号哭。这孩子哭着哭着突然止住了声音，只是迎着他的目光看过来，紧紧地咬着牙齿。肖万昌竟然觉得不能与他对视，手腕一松，让他跑开了……

这一天大雾。

肖万昌要送小腊子去龙口电厂重新上班了。小腊子玩够了轻骑。也挣了一笔钱，再也不愿做鱼贩子了。但他旷工已经多半年，怕这样去会遇到麻烦，就让爸爸和他一起去。他相信爸爸走到哪里，都是一路绿灯的……他估计得不错。

从电厂回来，肖万昌觉得雾气愈发变浓了。走在田野上，看不见活动的人影，只听见嘈杂的人声。他径直往自己的田里走去，他要催促老獾头父女两人早些编完烟吊子。

一团团的浓雾，像白烟一样在土埂上流动。肖万昌跺着脚，震动着地皮。他一路迈着大步走下来，觉得这两腿真是有力量。他想这全是得益于一种安定的、优越的乡间生活了。没人更多地体味到他那个院子里的好处。他从心里可怜那些城里的中下层干部：过一种清清淡淡、规规矩矩的生活，而且神经老是紧张着！而自己呢？自己就是一个轮子的主人：让它转就转，不让它转，它就纹丝不动……正这样想着，突然听到雾气里传来一种声音：

"我……检举肖……万昌！……"

这是一种苍老、浑浊、又有些嘶哑的声音。它在雾气里鸣响着，震动着，像是从苍穹里传播下来的一样。

肖万昌打了个寒战。

他咬着牙，蹑手蹑脚地向前走去。他决心要找到这个藏在雾气里呼叫的人，他要看看这个人！

雾气从眼前慢慢退去……他终于看到了一个老头子半蹲半跪地伏在潮湿的泥土上。这个人满头白发，眯着一双长长的眼睛；他的前额上，无数的深皱中，夹着一条发亮的伤疤 —— 他正是老獾头。他的身边堆了小山似的烟叶，一双手像两把黑色的铁钩子，正紧紧地钩住了未完成的一个烟吊子，每编上一束烟叶，他嘴里就这么呼叫一声……

就在肖万昌向自己的烟田里走去时，李芒已经乘车出了县城，又沿着河堤向自己的村庄走来。

他在东方冒红的时候就乘车进城了。在那个大办公室里，他郑重地把一份反复修改核实的材料交给了他们。当时他很激动，所以现在走在河堤上，他已经记不清楚在当时都说了些什么话。他只记得那个人几乎和梁书记同样的年轻。临别时，那个人用一种奇怪的眼神看着他，然后伸出手来挠了挠头发……

河道里传来一阵阵的水声。雾气遮住了水流、蒲苇，遮住了一片嫩绿，遮住了河边上壮观的秋色。一切都被雾气搞得单调了，没有生气了。可是这水声，这哗哗的水声，又告诉人们这雾气里，这脚下，正有一条奔流不停的大河。

李芒此刻多想好好看一眼这条河！他还是第一遭从上游的河堤上走下来这么远……家乡的河啊，家乡的一股水流，一股绿色透明的液体！你滋润了海滩小平原，你使一地的庄稼油绿油绿；你不断洗去尘埃，洗去血迹，使小平原美丽而整洁。李芒和小织是踏过你的小桥逃向远方的，傻女大概也是从你的小桥上跑走的；还有老獾头出夫的儿子，一些乡亲们，也都是踏弯了小桥，走到更远更远的地方去的；至于李芒的好朋友袁光，是永远地睡在你的怀抱里了……

李芒走着，终于又听到不远处传来的田野里的声音了。他一下子就分辨出这是人们在烟田里劳动的声音。"噗噗"，那是人们在刨烟秸子；"吱吱"，那是烟吊子压着烟架发出的声响；"哧哧"，那是烟刀削烟骨；"咚咚"，那是刀子碰撞着割烟垫板……还有呼喊声，叫骂声，男男女女的嬉笑声。李芒听着听着，突然想到了小织：一个娇小而美丽的、略显臃肿却依然机敏的女子，一个非常非常可爱的少妇，正温和地、羞涩地、不亢不卑又略有矜持地走在刨过烟根的疏松的土地上……他不走了，只是伫立在高高的河堤上，久久地张望着传来一片声响的那个方向。

那里是白雾，一片片、一团团的白雾。

他慢慢地掏出了大黑烟斗，先是轻轻一吹，然后装满了烟末，点上吸起来。他在心里说："她是我那个对手的女儿，真漂亮！她能跟了我过日子，可真不容易啊……她什么时候也不会离开我，并且马上会生出一个小孩儿。我早说过：和她在一起就什么也不怕了。现在看这是一点也不错。过日子真难，有时老要哭出来；可是只要想想她，一切又都不那是人们在刨烟粒子；"哎～"，那是烟牛子压着烟架北发出的声响，"咔～"，那是烟刀削烟骨，"哗～"，那是刀子猛撞着刮烟垫板……还有呼喊声，叫骂声，男女的嬉笑。

李芒听着听着，突然想到了小妓——一个娇小而美丽的、略显臃肿却依然轻敏的女子、一个非常非常可爱的少妇，正温和地、羞涩地、不无不自又略有矜持地他走至刨过烟根的松软的土地上……她不走了，停立在了子～的河堤上，久久地张望着传来一片声响的那个方向。

那里是白雾，一片一片、一团一团的白雾。

他慢慢地掏出了大黑烟斗，先是轻轻一吹，然后装了满烟末，点上吸起来。他在心里说：

"她是我那年接过手的女儿，真漂亮！她跟了我过日子，可更不容易啊……她什么时候也不会离开我，并且马上会生出一个孩儿。我早说过，和她在一起就什么也不怕了。现在看这是一点也不错。这日子更难，有时芒星想些出来。可是又娶想她，一切又都不算什么了扰扰她！我一定好好去爱她。我永远爱她，嗯。我一定永远爱她，嗯。……"

他长长地吸了一口，呛辣起烟瘾，然后大步走去向前。

1983.3——1984·10·5——1885 2

算什么了！我一定好好去爱护她。我永远爱她，嗯。我一定永远爱她，嗯……"

他长长地吸了一口，把烟末磕掉。

一九八三年三月—一九八五年四月写于胶东、济南、北京

一

海边的风

一九八三年在龙口海边
一九八六年在济南寓所书房

对于这个海滨村庄来讲，第二年是个可怕的年头。可是第一年不知道第二年的事情，村庄的人全都兴高采烈的，突然像着了魔一般忙碌，极度兴奋，一个个变得有点莫名其妙。

虽然居住的地方离大海不算远，可是在整整一年多的时间里人们把大海忘记了。于是锅里没有鱼，碗里没有虾，小猫馋坏了。

只有一个老头子远离村庄，一个人住在海边。他的窝棚离开涨大潮留下的水印只有几米远。大海滩上，一个尖顶儿小窝棚显得多么孤寂。离开窝棚一点，有一条小破般，船根老有一摊杂物。

老头子弓着腰才能从窝棚里钻出来，直起腰，就显出瘦干干的高个子。他恼怒地向一边吆喝什么，没有回应，也就坐下来。好像他在吆喝自己的老伴或者孩子。其实他什么也没有，是真正的光棍一条。

村庄里最热闹的时候，有人来劝他说："回村吧，回村吧。"他脱下裤子小便，不搭理对方。后来又不断有人来，他还是那样，村里人后来叹息道："一辈子就那样了，谁能给他改过来？"

也许过去老头子并不寂寞。海边上从来就是热闹地方，那些赶海的、拔草药的，都要在他的小窝棚里落落脚。人们老远就喊："老筋头！老筋头！你这个老混账……"所有人都骂他，并且从他的小锅里抢东西吃。他的小锅子总煮着美妙的海鲜：蟹、鱼、蚬子。他从不放盐，只取海水煮，结果别有一种鲜味诱惑村里人。

除了深冬之外，几乎没有人见过老筋头穿鞋子。他赤脚，短裤，露出一个黑红干硬的身体。这身体大概没有一丝平常人所说的那种肌肉，而是由一股股筋交织而成的。筋是牛筋。

那时候总有人在海边上伴他过夜，点一堆火，喝几盅酒，半夜半夜地拉鬼怪故事。那可真是个有意思的年头。有一回四方来了 —— 她是个高高大大、四四方方的鱼贩子。她来了，赤身裸体地跳进海里洗澡，最后还在岸上滚动着沾一身沙子，拉长声音喊叫："老筋头啊，给我搓搓背！"

如今谁都不来了。老头子知道这会儿村里的事情做大了。他听说从前常常厮守在海边的几个老朋友全给派了新用场：虎背熊腰的于志广赶一辆木轮子车；懒得动都不愿动一下的老伙计千年龟被安排拉一个大风箱；连那些平时像苍蝇一样围在鱼锅旁、赶都赶不开的毛孩子，也都要忙着搬运什么东西。

船被风吹干了。它小得远看像一个瓢壳，腥气却能飞出几里远。一群群苍蝇围上它哼着歌，有时又拢成一个松松的球在上面滚动。盐末干结在船舷上，十分好看。它没有桅。它算个船，也算个不错的玩物，伴一个浑身生满了筋疙瘩的老头子玩了很多个年头。它在海上晃啊晃，其实是老年人的摇篮。大海无边无际，有时老筋头待在船上，一个瞌睡打过去，就任它漂走了。它在这蓝蓝的大海上自由自在地来往，没有怕过什么。大风恶浪也遭遇过，不过总算没有拆散它。太阳从海里生，又从海里落，海大得了不起。循着无比辽阔的大海展开想象，直想到世界的另一头。人如果老想什么也许总有一天会做什么，老筋头说不定会驾船一直漂流下去。

从海上驾船而去，走到哪里的可能性都有。因为海上没有路，是一片真正的广场。

老筋头终究没有抛弃这道海岸，大概是留恋着熟土与旧友。

他特别想念那个小东西 ——"细长物"—— 一个奇奇怪怪的有意思的孩子。他常常站在窝棚口恼怒地呼喊，有一多半是喊这个孩子的。

孩子的体形真像老筋头，又细又长。不同的是他小小年纪体滑肤细，抱在怀里温热柔软。小家伙有个特点让海边上所有人都惊讶得很：平展在沙土上，身体可以比站立着多出小半尺。他躺在那儿，整个身体像条软软的鳗鱼。老筋头每见他倒下了就坐到近前去，伸开粗壮的巨掌按在孩子的后背上，说一声"长啊 ——"，顺势往下一理，细长物的身体也就伸长了一截，两脚在沙土上划出几寸深深的印痕。老筋头说："你是个蹊跷玩意儿。"细长物听了，将脖子拧过来，眯着眼看看老人，说："哼。"

细长物给老筋头带来无限欢乐。老头子将一些没头没尾的故事讲给他听，双方都幸福愉快。有时细长物领来了一帮莫名其妙的朋友，那是一群男男女女、破破烂烂的孩子，浑身肮脏，口齿也不清，一律用衣袖揩鼻涕。有一次这帮孩子中还夹杂了一个矮小的老婆婆。不管是什么朋友，老筋头都一样喜爱。吃饭的时候，大家分着鱼汤，一会儿喝得浑身冒汗。

在可怕的冬天里，村里人全躲进他们的小窝。这时的海边是冷清的。于志广不来了，四方也不着面，就连千年龟也多日不见踪影。可是细长物仍旧来陪伴他，并且夜间睡觉时用一双小小的脚去蹭老人的脸颊。他们合盖一床又破又厚的大棉被子，身上的热力一齐散发出来，抵挡着寒气。

这是个美丽的夏天，大海的面容以及气味都好得很。老筋头本来可以随心所欲地驾船出海，毫不费力地搞来几条好鱼。可他懒得动。海上干净得很，没有一点帆影。好像所有渔人都忌讳着什么。老筋头光着身子往海里走，跟谁赌气似的，一步一步地往里走。他跟海混得熟透了，怎样做都行，差不多敢在里面睡一觉。他站着游、坐着游，还能顽皮地一头一头往前扎。他曾对细长物说过一句话："我是淹不死的一条老鱼。"

他在海里顺便捉了几条鱼，用来下饭。

这个夏天他常常蹲在小船旁边想心事。他有时觉得奇怪的是，他根本不需要这条船，因为他要维持日子，凭自己水上生活的本事，稍稍活动一下手脚也就绰绰有余了。可他又是那么依赖这条船。他绝不仅仅是喜欢它，而是有一半的性命分在它身上。有时他甚至愉快地想：小船被海浪打碎了的那一天，我肯定会一起死的。

也许是出于对死的恐惧，他细心地照料了小船多年。他给它堵漏、上油，换掉不中用的木板。白天伺候小船，晚上就做它的梦。有一回他梦见小船生出了轮子，变成了一辆车，载上他顺着一条坚硬的道路往前跑去。这车子跑着，跑着，但只能在路上跑，一不小心离开了路面，轮子立刻陷于泥土。他是活泼惯了的人，受不得这拘束，于是就敲掉了轮子，使它又变成了地地道道的一只船。小船重新漂在了无比辽阔的海上……那个夜晚的梦中，他乘小船到了最遥远最美丽的一个地方。

他看到了什么？梦中又到了哪里？他守口如瓶。

他渐渐明白了，对于小船的依恋，是渴望着有一天能到远远的那个地方去。噢哟，他吸了一口冷气。明白了这一切之后，他直瞪瞪地盯住了其貌不扬的小船。原来这是骨子里的一股劲儿。就是这股劲儿使他恋着一条船。

他记得第二天千年龟来了。这个老头儿个子不高，沉默寡言，走起路来双手倒剪，一年到头戴一顶黑色的小帽。小帽是四方的，一看就知道不是汉人传统。他喜欢吃鱼喝酒，三杯下肚话就多起来，并且都是知心话。老筋头故意问他："千年龟，你说说看，船和车有什么不同？"千年龟灰尘满面，遮去了酒后的红润，微微仰脸看了看他说："车有轮子，船没有轮子；再说，车是地上的东西，船在水上……"

他听完千年龟的话，拍了一下大腿。他想你个千年龟一下子就答准了。不过他可不想把什么都清清楚楚地讲出来，转弯抹角地说："车有轮子，可它只能顺着一道专门的线儿往前跑，能去的地方你想想吧，也就有限了。嘿呀，船就不是这样喽，船漂在大海上，横竖左右都能走，这就是船，嗯！"

千年龟当时诧异地望着他。他喝了一口酒，摇摇头："不过要紧处还不在这里——"千年龟赶紧问在哪里？老筋头一下接一下摇头。他已经有些后悔了。他不想告诉千年龟。

第三天细长物来了，老筋头忍不住兴奋又与他讲起了小船，讲了它与车的区别。他后来将前一天对千年龟隐去的话告诉了这个可爱的孩子："船在海里漂，你想想，'三山六水一分田'，水比土地要宽大出多少！船是在最大的一片水里面闯荡，又没有轮子,爱怎么走怎么走！明白了吗？"

他记得那时细长物似懂非懂地望着他的脸。接下去，孩子问了海的那一边、海的最深处都有些什么，他回答不出。他曾经驾着自己的小船远航过，那时候像跟谁比赛似的让小船尽情奔跑，亲眼见过一些岛屿、各种颜色的海水。但大海永远是茫茫一片，他永远是待在大海的边缘上。所以他回答不出大海的最深处到底是怎样的。细长物又问："你琢磨琢磨它是什么样的不行吗？就是说，你想出一个样子来不行吗？"

他试着闭上了眼睛。黑暗里他望到的还是一辆车子；敲掉车的四轮，变为一条船。小船在大海上任意游荡，穿过了一片蓝的水、绿的水、粉色的水、橘红的水，来到了一个冰晶般的闪亮透明的瑰丽世界。这里到处是一片迷人的芬芳，是花瓣的颜色，是春天的气息……他大口地呼吸，一脸深皱快乐地活动不停，直停了很长时间才睁开眼睛。

他告诉了大海深处是什么样子，细长物欢跳起来。孩子把一件紫色破衫的下襟儿拧紧了，在沙土上翻起了跟头。玩累了的时候他就大睁着眼睛仰望蓝蓝的天空，说大海和天空可能是一个东西。老筋头十分赞赏孩子的比喻，不过还是要给他做一个更正："我跟你说过嘛。天底下的地方是这样划分的：大约分成十份，那么三份是山、六份是水、一份才是田……"细长物鬼头鬼脑地一笑，回应道："'三山六水一分田'！"

那天老筋头与细长物烧了一条大鱼，并且喝了很少一点酒。细长物吃饭不用筷子，伸手去捏洁白的鱼肉。老筋头瞅瞅孩子乌黑的手指，说："孩子的手，有什么干净呀不干净的。"他给细长物灌了一口酒，眼瞅着这张脸红了。他端量着孩子，觉得这一对细细的长长的眉毛借着酒力又长出了一段，美妙无比。他说："你如果是我的儿子就好了。我该当有你这么一个儿子，细溜溜的，像条长虫。"细长物只顾用手捏鱼，嘴里咕哝一句："吓人！"

关于船和车的愉快对话，至今他还记在心里。

在这个滚热的夏天里，老筋头再没有心思去整治那条船。他除了躺在阴湿的小窝棚里，就是扎到海水里玩一会儿。他有一副缺子儿的象棋，从海里出来后就自己跟自己下一盘。他想象的对手就是千年龟，伸手替他搬弄子儿。结果每次都是他自己输。"你这个千年龟，那么多高招，鬼气啊。"下完棋就一阵惆怅，不知干点什么才好。他想自己是真正变老了，因为老人有时像小孩子一样耐不住孤单。他早年强健的时候可不是这样，那时胆子特别大，什么都不怕，还怕孤单吗？他回忆这一生里度过的一些孤寂日子，发现都是些黄金一般闪亮的时光。这些时光，他将留给自己最兴奋最愉快的时刻里再去诉说。

让人烦恼的还是这个夏天。这个夏天的奇怪之处，就是人们突然都忘记了大海。他们在村庄里奔忙，把事情做大了，结果连一群孩子都派上了用场。不过老筋头料定他的这些朋友过得不会愉快，早晚他们一个一个还要回来。

二

夏天过去了，接上是凉爽的秋天，身材高大的于志广驾着木轮车来到了海边。他刚喝住牲口，老筋头就认出了来人，高兴地奔到跟前。老筋头说："嘿，怎么样！到底还是得到我这儿来吧！"于志广把鞭子插在车杆上的什么缝隙里，迎上一步问："有什么好吃的东西？"老筋头不吭声，领他到小窝棚里去了。

于志广是有名的壮汉，力大无比，传说盛食物的胃比一般人要大出两倍。他从原野上走一趟，四周可吃的东西都要损失一些。这会儿他坐在窝棚里，两手抓紧了一条鲅鱼。这条鲅鱼是很大的，老筋头逮它的时候，让它把腰拍疼了。它刚刚出水时浑身闪亮，很像一把钢刀，老筋头的手指抠进它的腮中，它就狠狠击了一下老头子的腰。于志广一会儿就吃完了鱼，拍拍手掌说："真好。"老筋头问："你们那里有鱼吗？"于志广瞪起眼睛："还有鱼？！""那就是有肉了。""还有肉？！"……老筋头笑了。于志广说："你也不用笑，老家伙！你笑什么？这是在做大事情！"

"大事情"听来倒是蛮有趣的，不过因此失去了吃大鱼的口福，无论如何不能说是件便宜事。老筋头很想了解一下村里的情形，就向他打听起了几个人，问他们如今都忙了些什么。于志广皱起眉头，摸了摸领口，又看了看不远处停着的木轮子车，说：

"千年龟还不是拉拉风箱！他又能做什么？这个人懒出了花样，成天就是躺着，躺着拉风箱，踹上一脚也不起来……"

"千年龟嘛，年纪大了。他跟我下棋时也躺着，不过他老要赢我。"

"这个人不行。精神不行。再老风箱也是拉得动的，也许本来就不老——不过没人知道他的年龄罢了！他几年不洗澡，全身是灰，你见他进海洗澡啦？你肯定没见……"

"一个人一路脾气。千年龟说万物土里生，人也是一样，太干净了就活不久。"

"哼，他这个脏气样儿就只能拉风箱了。他沾手的东西没人敢吃。愁人的还有四方，她这会儿还穿一条破裙子，在大屋子里转来转去。好人哪有穿裙子的？夏天怨热，秋天呢？千年龟躺着拉风箱，四方走过来，他就往上看，她也不在乎，说：'看就看去！'"

老筋头大笑起来，痛快地鼓了鼓手掌。

"有一回四方坐在千年龟身上，裙子一搭盖住了他多半个身子，差点把老头子闷死……细长物一群小东西在大屋子里忙来忙去，满身满脸都是黑灰，像些小黑鬼。他们跟千年龟学坏了，也不洗澡，只说随便哪一天往海里一跳就全干净了。"

于志广说得很有兴味，老筋头也一阵神往。停了一会儿老头子问：

"你叫他们来海上，来我这里！"

于志广摇摇头："那不行。每人手里都有活计，像一部大机器上的轮子，一个停了全都不转了，停不得。"

"端人碗，受人管！"老筋头狠狠一跺脚。

于志广又瞅瞅不远处的木轮车，说："最重要的营生还是我这个——"

"你赶的是一辆车吧？"

于志广点点头，略有惊异。

老筋头利落地一摆手掌："那还不行。"

"怎么了？"

"车有轮子——或者两个，或者四个、三个——不管是几个，都得在硬硬的路上跑。路也就是那么长。你的车还能跑到哪里去？"

于志广大惊失色地望着老筋头。他觉得离开老人这一段时间，老人已经变得不可捉摸了。他试着干咳了一声，往后退了一步。

老筋头盯着于志广宽厚异常的胸部，又转脸望望那车，尴尬地一笑。他叹息道："不管怎么，你还知道抽空儿来看看我呀！……"

于志广摇摇头："我哪有这样的闲心。我是来海边上拉海蛎子皮。"他说着用手指了指被潮水冲积成一堆一堆的蛎皮。

老人没想到还有人要这种东西。

于志广告诉老人，海蛎子皮是拉回去造酱油的——起码要做一个试验。老筋头真正给吓了一跳。他吼道："这些东西像石头一样，也能做酱油？"于志广回应道：

"在我们那间大屋子里，想做成什么就做成什么。"

木轮子车吱扭扭地离开了海边。老筋头觉得刚刚做过了一场梦。一切都像是梦境中的事情，在脑海里摇摇荡荡。他抬头看看小船，小船好像更加沉默了。大海比以往任何时候都显得平稳、湛蓝——这平展展浩淼一片竟强烈地诱惑了他，他一刻不停地收拾了一下东西，跑到小船跟前，把它推下海，然后一桨一桨地摇起来。

海鸥围拢过来，像是要在老人身边做个巢。老筋头眯着眼睛看着四周：水波、漂浮的绿草、一片片阳光。他歪着身子试了试水温，觉得海水比想象的还要凉。他低头的那一刻，正好看到一条身上布满黑斑的鱼在船边上窥视他。更深一些的水底隐隐约约有什么黑影在活动，他知道那是鱼、蟹子，还有各种叫不上名字的东西。船往深处去了，不知是向北还是向东，他故意这样糊涂一会儿。他把这叫作"浑驾"。不知驶上多长时间，想回去的时候他才抬头看岸、看日头或者月亮、星辰。只要一眼他就清楚了。他觉得这辈子最不够劲的地方，就是没有迷航。

天色快要暗了，海风加大了。老筋头仰躺在船上，一个一个想着老朋友们的面孔，十分舒畅。海风的气味这会儿真有点像酱油，他于是突然觉得用蛎子皮做酱油的试验也许不算荒唐。他躺着，侧脸看西方那火红的一片海水。水浪微微跳动，很像在愉快地燃烧。这片富丽的红缎子铺展着，炫耀着，抖动不停。火热烫人的颜色越远越浓，渐渐跟一个巨大的球体联结到一块儿。大海化成了一片血，它简直是那个巨大的球体流淌出来的。红色慢慢暗下来，血汁越淌越多，蒙过了球体，蒙过了一切，天也就全黑了。

满天的星星，满海的星星。小船在星星之间，到了一天里最动人的时刻。老筋头每逢这时候，呼吸都放得轻轻的。他知道这时候海中所有的精灵都复活了，并且开始了大胆的游动。他无数次胆怯地企盼着，等待某一种精灵把湿漉漉的爪子搭上船舷，再搭上他的肩膀。他想他们之间不会互相伤害，他会小心翼翼地将精灵载回去，让它看看人间的窝棚……这会儿又到了这样的时刻了，他不出一声，头颅也不动一下。海水哗哗地响，漆黑的海水看不到一点边际。有什么尖尖的声音小心地响一下，又被水浪吞没了。只有星星在水中一荡一荡的。突然有一条鱼嘭一声跳进船里，又在他的肚子上滚动一下。他的肚子响起来。他这才抬头去望海岸——

海岸上有一团火焰在跳动，老筋头惊喜地捶了一下腿。他知道是村庄里来人了，如果没有猜错的话，是细长物来了。

小船欢欢跳跳地往岸上奔去，飞快飞快。那团火越来越红，火边上有个又细又长的黑影在活动。老筋头踏在船板上喊："细长物！"

岸上没人应声。停了一瞬，火边上飞出了"瞿瞿"的哨子声。

老筋头骂着，鼻子里蓬蓬地喷气，往上推船。"你这个没良心的小妖怪，你这个鬼东西！等会儿我过去揪下你耳朵扔进海里！"

火堆跟前再没有一点声音。老筋头不骂了，擦着湿漉漉的两只手走过去。火边上，果真是细长物躺在那里，他拉长了身子，一动不动，嘴里紧紧咬住一枚铁哨子。老筋头蹲下来，一声不吭地看他。细长物本来就瘦削得很，这会儿已经皮包骨头了。他的颧骨凸出来，眼窝老深。那一团头发乱得不能再乱，上面满是灰土和草屑。这会儿他的眼睛睁开了，又大又亮，一眨不眨地看着老筋头。老头子把又粗又大的手掌放在他的肚子上。肚子很凉，像海水。细长物轻轻地吹起了铁哨子……

这个夜晚，他们两人睡在了窝棚里。睡觉以前，细长物吃饱了鱼，又像以前那样活蹦乱跳了。老筋头揪紧了挂在他脖子上的铁哨子问："你戴这么个东西干什么？"细长物一拧脖子："我是一大帮小孩的头儿。我一吹哨子，他们就围过来干活儿。"老筋头不吱声了。停了一会儿他说："怪不得你不来我这儿了，你做官了。"细长物急得嗓子尖尖地喊："我是不得空闲！一人顶一个位子，一离开他们就喊我。今晚上我饿坏了，偷着跑出来……"老筋头把孩子的身体理得很长很长，然后又把他弯一弯抱到了怀里。

细长物伸出手指在老筋头硬硬的胸脯上划着印痕，一下一下划着。老人舒服地笑着，又问："你是在我身上写字吧？你欺负我是个不识字的人。"细长物不吱声，一会儿才说："我是画了一条鱼，大加吉鱼，红鳞的，嘿，硬是给你逮住了！"

老筋头知道孩子饿坏了，心里想的也就是鱼了。他决定明天进海去捉大鱼，要让这孩子的肚子溜圆起来。想着想着他闭上了眼睛。

不知睡了多会儿，他觉得细长物要挣脱他，于是就醒来了。细长物搓弄着眼睛说："我也睡着了。不过我睡不沉。我老听见有人喊我回大屋子里去。"老筋头用手试了试细长物有没有鼻涕，顺手抹了一下他的鼻子说："我也睡不沉。你胸口那个铁哨子老要硌我的肉——听我的话把它扔到海滩上吧，什么毛病都是它生出来的。扔了吧。"细长物在黑影里做了个鬼脸，没有吱声。他小心地将铁哨子从胸前拉到后背上。停了一会儿，他想起个什么，问："村东有个瞎子会算命，偷偷摸摸地算，给他一把玉米粒儿就算一回。你知道吗？"老人没应声，他又问："我偷了一把玉米粒……他给算了，说我日后是个'五斗米的官儿'——'五斗米官'是什么？"

老筋头把细长物从怀里拉出来，嫌热似的推到一边，瓮声瓮气地说一句："是猪粪。"

细长物伏在被子上，又把脸蒙在手心里。今夜的海浪声又响亮、又细碎，活像大水一丝丝地涨满了压过来。他这样听了一会儿爬起来坐了，把身子贴紧老人赤裸的胸膛。他嗅着，觉得老人的皮肤像干鱼的气味一样。他想起村里人说过的话——大家认为老筋头说不准就是一个海怪。真的，所有人都有家族分支，唯独这个海边老人没亲没故，也没有姓名。细长物恨不得他真是一个海怪呢，这会儿用手捏了捏热乎乎的老皮。

老筋头快活了一些，就抽起烟来。烟头儿一明一灭，映出半张脸颊。

他朝细长物吐着烟雾。叹息说："小东西，我是想你啊。你倒是奔着鱼来了。"

细长物"哼哼"笑着："你就是鱼。"

说完这句话，他马上侧起了耳朵倾听。那是一阵尖溜溜的声音，它夹杂在海浪声里，从空中飘过，像是愈来愈近 —— 以前细长物无数次听到过这种奇异的声音，它多像女人的歌唱。

"你愣怔什么？"老筋头用烟锅碰了碰他。

细长物细细地呼吸，往窝棚的角落里缩了缩。他记起了有人对他描绘过的海中女妖的形象：细长细长，浑身软得像麻线，用手摸一把，冰凉冰凉。她的脸庞也是细长的，一双眼美丽得没法说，双眼皮，细长细长的眼角直伸到额角里去。这样的眼神看谁一下，谁都要记上一辈子，迷得要死要死。她还打着红脑门儿，小下巴儿又光又亮。衣衫像蝉羽一样薄，缠在身上，被风吹得一甩一甩……他盯住老筋头一明一灭的烟火，问：

"听到了吧？"

"听到什么？"

"海里的女妖……"

老筋头手里的烟锅没有捏牢，掉在了地上。

细长物笑吟吟地替他摸到了，塞进他嘴里。细长物的嘴巴笑得很大，但没有发出声音。他笑老筋头藏起了一个秘密，藏得严严实实：老头子一年一年踞在海边上，那是因为要会一个女人，这个女妖半夜里湿漉漉地从海底爬上来，摸进小窝棚里。村里人说：老筋头的热血全让女妖吸走了，瞧老家伙剩下了一把筋。细长物想到这儿凑近一些，又一次用鼻子嗅老人淡淡的腥味儿。他想这气味是从女妖身上染来的也说不定。女妖是天长日久、一丝一丝地把一个人毁掉，所以细长物有时也真想亲近一回女妖——只是一回呀。他小心地仰起脸来："你真见过她吗？"

老筋头的嘴巴收成了一束，又放开，停顿了一下才说："见过，见过，经常的事……"

细长物从地上跳起来，头撞到了窝棚顶。

"那是个女鬼啊，天黑下来常冒出水面唱歌。下雨天，大雪天，她都唱。她心里有事，常年住在海边上的人古怪事见多了，女鬼只算一桩。她在海边游晃着，一般不到窝棚里来……"

"还真的来过？"

"来过。那是她实在孤单了，想找个人聊一聊。我坐在窝棚里，听见棚子门缝嚓嚓响，心里就说：'来了！'我们就这么一动不动地坐着。我看不见什么，可她坐在哪儿我清清楚楚。一会儿她走了，你伸手摸摸她坐过的那块地方，刺骨的凉。"

细长物紧紧咬着牙齿："你不是看见过吗？"

"嗯。心里边知道。她白脸皮，有些黄，又瘦又小，披头散发坐在那儿，有时你觉得是只小猫。"

老筋头低下头，下巴紧紧地贴压在胸骨上。他伸手去摸烟锅，燃上烟，默默地吸着。"什么东西都一样会孤单，就看你怕不怕它。孤单一阵，熬过去了，你再往前走；有时是孤单缠着你，你拖着它往前走，像水里的网。我年轻时候不怕孤单，一个人也过得挺好 —— 等我以后讲讲那一截日月。现在老了,现在得伴着海,伴着船,伴着细长物。还有四方、千年龟,有时一股劲地想他们。"老头子用力地搓一下鼻子,嘴唇贪婪地包裹了一下烟杆,说下去。"海边的日子你是混熟了。你这个小东西有一半儿是鱼肉生成的。一条鲜鱼放到小锅里,扔进点葱花姜末,就是一阵煮。那会儿你像个猫一样蹲在一边闻味儿。千年龟躺着,一躺半天,喝鱼汤了还是躺着。我这些古怪朋友!咱们是一块儿快活,你这细溜溜的身子,至少有一半儿是我晚上用巴掌理出来的哩!……"

细长物不安地叫了一声:"老筋头!……"

"没有我这巴掌,你就长不大。"

细长物两手抱住了老人的腰,用力地往怀中勒。他的鼻梁贴紧在老人身上,摩擦着,费力地喷气,发出了含混的无比亲昵的声音。

天渐渐明亮了一些。东方发红了,细长物打个滚儿爬起来,摸一摸怀中的铁哨子,咕哝一句什么,跑出了小窝棚。

老筋头冲出窝棚,赤裸着身子站在沙土上,愤恨地望着一扭一弯跑远的细长物。老人的眼窝又黑又深,脸上的肌肉抖了抖,大喊道:"昂——!"

远处的细长物身体一硬,站住了,他转脸望着浑身被阳光染成金色的瘦长老人,眯上了惊讶的眼睛。

老人金色的手臂扬起来,用力一挥说:"滚吧。"

三

老筋头觉得如果能把事情分开来看，那么这个秋天本身是不错的：没有多少风，天空瓦蓝，海水的颜色和气味都好。半上午时分到处都是阳光，他穿个短裤蹲在沙滩上看光景儿，看那个瓢壳似的小船。正看着，感到身后有什么懒懒地在动，一转身，见到了千年龟抄着衣袖走过来。

千年龟走到近前，伴他蹲了一会儿，就在一层干沙土上躺下来。老筋头坐到他身边端详着，心中有些愉快。他看到了一个更加消瘦的老家伙。千年龟身子松松地躺着，与过去没有什么两样。他脸上脖颈上的灰尘很多，因而也无法辨别气色如何。老筋头凭经验知道，千年龟极度饥饿的时候耳垂下边有个坑洼。他低头看了看，发现那个坑洼已经很深很深了，就痛惜地拍了拍膝盖。

躺着的千年龟紧闭双目，哼一声说："莫吵莫吵。"

"噢。你夜夜拉风箱。睡吧睡吧。"老筋头轻轻走开，到小窝棚旁边的露天小灶上忙活起来。他想现在最要紧的事情就是让老伙计先喝几大碗鱼汤。躺着拉风箱，那可真是个消耗体力的营生。

鱼汤的气味使千年龟醒来了。他没等鱼汤盛到碗里，就要伏上去喝个饱。老筋头用勺子敲了敲他的头壳。千年龟一口气喝了四大碗鱼汤，连白净的鱼骨也舍不得吐。老筋头在一旁看着，哈哈大笑。千年龟舒服地重新躺下来，两眼闪闪发亮。他的一溜儿眼睫毛全是白色的，十分整齐。老筋头的目光一落到这白色的睫毛上，就有了兴趣去猜测他的年龄。

人们普遍认为千年龟至少有八十岁，可千年龟总说自己六十岁。而老筋头琢磨，这个老家伙少说也有九十多岁。他与千年龟长年厮守在一块儿，看惯了他举手抬腿、拿东西，知道那手脚活动的方式该是多大年纪的人。更要紧的是与他下棋、谈天地之间的事情，那时千年龟表现出的丰富深奥的智慧简直使人暗暗惊讶。老筋头认定他是个暮年之人，但又是个活力长在的人。他估计这个人大约要活一百二十岁左右，并且在死前不久还能够同人下棋。

千年龟眯着眼睛，转着脸四下里看看，辨辨风向，两手按地欠起半个身子。他说："像个阳春天儿。"

老筋头明白他没说出的那句话是：这不是打鱼的好光景吗？老筋头笑笑："如今喜欢吃鱼的人也少了。"他想千年龟也该听出藏下的那句话：你们做起大事情也就忘了打渔的老头儿了。

千年龟下唇往上包了包，吹了吹自己的两个鼻孔。

老筋头用手狠力弹去沾在肚子上的几颗砂粒。

谁也不说话。这样足有半个钟头，千年龟首先笑了。他伸展了一下手脚，说："下棋下棋。"

两个人移动到窝棚里。一个仍旧躺着，一个蹲着。他们使用的就是那副缺子的象棋，缺少的恰恰是一个大子儿：车。千年龟说："我不用这个车。"即便这样，一盘棋下完，老筋头也要浑身冒汗。千年龟说："这比打鱼还累？""斗心智啊。"老筋头懊丧地回应一声。

下过棋老筋头就抽烟。他端量着眼前这个老伙计，心里想，自己到了眼睫毛发白的时候也不见得会有这么高的心智。他想象着躺下拉风箱的架势就忍不住要笑，不过怎么也闹不明白：凭着这样的智慧还要一天到晚拉风箱？他咳着，一下一下磕着烟灰。

接下去老筋头问了用海蛎子皮做酱油的结局如何——他一直挂念着这件奇异的大事。千年龟说他一概不知。老筋头又把话题转向四方，于是千年龟立刻来了精神，竟然几次两手按地欠起半个身子。他说："胖了，她胖了。别人都瘦下去。她一开始就从大屋子里偷东西吃，口渴了就使劲喝水。""这个四方！"老筋头喊一声。千年龟说下去："你爱信不信，前几天她还穿裙子哩，不怕冻腿。""像鱼一样耐寒。"老筋头又插一句。"她这个人的情谊都是假的，偷了吃的东西从来不给我。我给饿跑了，跑到你这里来了……"

老筋头只在心中冷笑，心想你个千年龟倒是说了句真话。他伸手在千年龟的脚上按了一下，见按下的一个坑凹很快就消失了。千年龟两脚贴到一块儿摩擦着："谁也别想把我饿死，我就像条鱼，一边游一边找食吃。"

"海里的东西没听说能饿死！"老筋头兴奋地说了一句。

千年龟屈了屈身子，扶正头上的四方黑帽，看了对方一眼："那是因为海太大。海里面什么都有……"

说到海里的事情，老筋头就忍不住要笑，真想伸手捏住千年龟的嘴巴。他故意问："海里的东西跟田里的东西一样多吗？"

千年龟闭上眼睛："一样多。"

老筋头吐一口："呸。比田里多。"

"海里有马吗？"

"有'海马'。"

"海里有狼吗？"

"狼算个什么。'海豹'都有。"老筋头抓起烟锅，仔细地揉着烟末。他说："你干脆点问吧，就问海里有没有人？你敢问吗？你这会儿要问，我这会儿就告诉你：有。"

千年龟恼怒地双手按地欠起半个身子，看了看他，又重重地躺下了。他把棋子拢到一边去。

老筋头长长地吐着烟，从铺子的窗洞上望着蓝蓝的天。他的目光收在棋子上，说："这副棋子可不一般，它有腥气。就算你个千年龟有心智，也闹不明白有只什么手捏弄过它们……"

千年龟拨棋子的手停住了。

"那会儿我刚学会走棋子，闷了就胡拨弄。马踏日字，车走直线——车是有轮子的东西，不这样走又怎么走。象飞田字，老将围城转。我在棋盘上两手直倒换，抽烟，喝酒，半夜里还是睡不着。"

"毛病！"千年龟大喊一声。

"睡不着，盯着棋盘想心事，觉得全盘子儿都是活物了……一天半夜里有人敲门，我心里一愣。开了门，进来一个跟我差不多年纪的老人，穿着黑衣服。今天想想也不怪，当时觉得那衣料儿真怪：黑亮黑亮。老头子长了一对鱼眼，有点鼓，盯着我直笑，偏着腿一坐说：'下盘棋吧？'我老瞅着他的眼，心里想这是谁？我可没见过。这样想着，黑衣老头儿伸手摆棋了——天哪，手指又黑又长，指甲锃亮，右手中指那儿有一块干疤。这只手捏棋子儿怪好玩的，滑溜溜地摸起来，'啪'地放下，五根手指同时一缩。"

"这个人是谁？"

"不知道。当初只想他是海边上哪个渔铺里的，像我一样的孤老头子……我们下棋，玩得痛快。老头儿走子儿飞快，差不多不动脑筋，那个带疤的手指一闪一闪。我哪里是对手。我没记得赢过一盘……"

千年龟翻了一下身，拧过头来看老筋头。他愉快地喘息，有些急促，停了会儿问："他先进哪个子儿？"

老筋头没来得及回答，千年龟就闭上眼睛说：

"肯定是先走马了——高手都是这样。"

"他先走卒！"老筋头伸手一指下边。

千年龟两手按地欠起了身子，接上又"噗"地卧下了，万念俱灰。

老筋头喷着烟，咳着说下去："你想想看吧，一分脑筋都不动的人，谁是他的对手？不过我也多少学了两招。俺俩又下棋又喝酒。说起海里的事情，我敢说今生今世再也遇不上比他懂得更多的人了。他也是个大酒量的人，贪酒。我们俩在一块儿，我老觉得这个小窝棚腥气太重。有一回我实在耐不住了，就蹦到外面去 —— 这一天是大雾天。以后我留心了，只要是大雾天他来了窝棚，窝棚里肯定是腥气熏人。两人熟了，一天不来都想得慌。后来他不光半夜里来，高兴了大白天也来。我给他烟锅，他小心地用牙咬住，吱吱地吸。吸完就咳，咳半天。有一回我的手沾了一下那黑衣服，觉得凉丝丝的蛮好。他还带给我一些古怪石头，白的，紫的，蓝的，都是大海最深处才有的。那时候我的脑筋就慢慢活动开了，寻思：这不是个凡人。"

千年龟不高兴地插话："一开始你就该弄个明白。哼。"

老筋头斜他一眼。"我出了窝棚送他，送着送着就不见了影儿。海浪又大，海滩上影影绰绰的，他走得比谁都快。我越来越认定他不是个凡人。后来我在心里给他起了个名字：老黑。我一辈子忘不了老黑。千年龟你记住吧，我下边就要讲出个揪心事了，千年龟你记住有个叫'老黑'的朋友……那年秋天，大约就是眼下这个时节。老黑一连多少天没来了，我像丢了宝贝，天天在海边上蹿。我寻思转回窝棚里，一推门，老黑坐在里边该多好。想是这样想，他再也没来。我怕是老朋友病了，又怕他搬到远处去了。那几天我正难过得胡乱琢磨事儿，邻近的一家鱼铺 —— 离我这儿三五里路 —— 传说他们打鱼网住了一个鱼人！不知多少人跑去看，回来嘴巴都张老大。我听了也赶紧跑了去，可人太多了，费了好大劲儿才钻进人空里。伸长脖子瞅了一眼。真是一个鱼人，卧在那儿，早就死了。它像小牛犊那么大，浑身是闪亮的黑皮，有尾巴，有鳍，闭着眼。鱼头多少有点像人，脑壳真大。我特意看了看右边的鳍，一眼就看到了上面有一块干疤！那时候我的心慌慌地跳，蹲在了地上。四周的人在吵，吵些什么我都听不清了……"

　　千年龟欠起了身子。

　　"我什么都明白了。老友再也不会来了，这一辈子里再没有他了。老黑原来是一条大鱼闪化的，是个鱼人。海里的人比地上的人要好，地上的人要想再聪明些，就得一心一意跟鱼人学学本事。这个老黑年纪大了，在水里走路不灵便了，不知怎么就碰到了打鱼人的网扣上。他就这么死了。也许他急匆匆赶来下棋，那就等于是我害了他。你看看，鱼人也像人一样，害怕孤单，喜欢跟别人一块儿度日月。他要是一个人待在深海里呢？我不是一个人待在大海滩上吗？一个人成天孤零零的，多了些什么，又少了些什么，谁能算得清！一个人对付日子是个难事，人一辈子也学不会它。像我这会儿，就活像那个鱼人，老要盼我的一些朋友。我一天也没安分过，不一定什么时候就驾船出海了，再也不回来。我还想去老黑伙计过日子的地方看一看。"

老筋头嘴里的烟熄了，索性收了烟锅。他的嘴唇紧紧绷着，生气似的看着千年龟。千年龟在老筋头连声感叹的时候就倦倦地伏在地上，眯起了双目。他嘲讽地问："你是说海里有人了？……"老筋头只是看着他，不屑于回答。千年龟又说："我躺在小窝棚里也觉得腥气。我这会儿明白了，你就是个鱼人。不过你的眼不鼓。"老筋头不说话。后来，他站了起来。

他走出窝棚。太阳偏在西边，海滩上暖洋洋的。那个瓢壳似的小船披着阳光，活像一个古旧的玩具。老筋头伸展了一下手脚，然后一动不动地看海。千年龟缓缓地来到他跟前，弯腰抚摸着洁净而温热的沙土，又躺了下来。

大海在阳光下闪动不停。海水由近及远呈现出一层层颜色。绿色、浅黄色、深蓝色、黑色……最远最远的那一边有一条模模糊糊的线——那线像悬在空中，又像紧贴在碧水之上。它诱惑了多少驾船人往前划，不停地划，结果它永远只是那一条线。水汽迷漫在海面上，流动在浪涛的低谷里。这个秋天的大海上没有船帆，只有大海自己。

老筋头低下头去，像是说给脚底的沙土听："天下最大的就是海了。海的最里边、最深最深的那一片里面又有什么？没人知道。只有鱼人知道。他跟我下棋，他告诉过我了……"

千年龟嬉笑着："你再转告我便是。"

老筋头久久沉默着，摇摇头。

四

到底是深秋了，每到半夜，小窝棚里就一阵阵寒冷。老筋头不得不生起炉火。他白天沿着浪印儿走，将海水推拥上来的煤块儿和木片收集起来。这都是出海的人丢失的，海浪又把它们送还了老人，作为抵挡严寒的礼物。半夜里，老筋头蹲在炉灶旁边倾听火苗的声音，噜噜响的火炉不知怎么让他想起了细长物的身体，心中又温暖又惆怅。接下去的这段时间里再也睡不着，就用来想这一辈子。他爱回想过去那金子一般闪亮的时光，那时候自己健壮，浑身都是力量。他曾经像现在一样孤寂，可是他没有恐惧过什么。那样的日子他宁可再回头过一千遍。夜里的时间就在想象中一丝丝划过，肚子饿了，就取一条干鱼烤熟，费力地咀嚼着。嘴里的牙齿已经脱落了很多，可是剩下的几个还十分顽强。他常常想起一片像大海一样浩瀚的森林，他在那儿度过了怎样的日月啊。他咀嚼着，又缓慢又有力，一条干鱼就这样吃光了。

他愿意在天蒙蒙亮的时刻站到大海的对面。如果大海像黎明一样安静，他就认为它还在安睡。海风又湿又凉，是从那一边吹过来的，走过了数不清的遥遥路程。天色模糊，水雾迷蒙，老筋头默默无语地蹲下来。

直到太阳一丝丝冒出水面，大海变得色彩斑斓，他才长长地喘一口气，往小船那儿走去。这之前他一动不动，像一尊化石。有时他眯起眼睛，打打瞌睡。他常常想到那个叫老黑的鱼人，鼻子里满是浓烈的腥气。鱼人真的来了。他掏出烟锅，一人一口轮换着吸。鱼人跟他讲海底世界，带他一遍又一遍地遨游，他全身都沉浸在里面了，如痴如醉。鱼人划着鳍走在前边，海水像布帘一样向两旁卷去，闪出一条笔直的大路。大路不知有多么遥远，一直指引着他们。有时他又觉得不是在走路，而是坐了一条大如瓢壳的小船，任意荡游。眼前的世界越来越绿，气味异常清鲜，他有些惊讶地望着这一切。

这里到处都是纯粹的绿色，青翠欲滴。葱茏茂盛的各种植物生长在晶莹透明的土壤上，盛开着碧绿的鲜花。花瓣上露水不停地颤抖，滚落在空中，芬芳的气味立刻弥漫开来。没有喧哗，没有尘土，只有宁静和美丽。在花朵中来来往往的是船，它们身上撒满了花瓣。这儿看不到一辆车子，也绝没有车轮子吱吱扭扭的声音。船的灵巧使人瞠目结舌：它们可以在一簇簇的花丛中穿过，不碰掉一滴水珠，不惊动一只蜜蜂。船到哪里都可以，四面八方都是它的方向。花瓣一层层覆盖了船舷，乘船人掬起鲜花瓣儿撒向空中和土地。土地闪亮滑润，映照着花朵和小船，使人看上去一切都是成双成对。行人微笑着走在花丛中，安然从容。无论是小鸟、蜜蜂和各种花木，都试着挨近他们。这个世界里好像一切都可以互相交谈、互相问候和致意。不止一个人停下步子，弯下腰去亲吻一下刚刚结出的果子，果子下的绿叶就像小巴掌一样伸开来，抚摸着人的脸颊。蜜蜂要到远方去，可以飞去，也可以落到人的肩膀上，让人带它去。人到远方去可以坐船，也可以在晶亮的土壤上飞速滑行。船是真正自在的，没有什么地方不可以去；它如果游在空中，也就等于飞翔了。它们永远不会相撞，不会有运行方面的事故。它们的速度没有极限，一切全按人的意志随时变更。这里的白天和夜晚、早晨和傍晚、上午和下午，不仅有着颜色亮度等等区别，而且还有气味上的差异。任何人闭着眼睛也会感觉到他处在了什么时刻。比如早晨是茉莉的香味，而中午却是茶花的香味。夜晚来临了，各种花朵都合拢起来，叶子也贴到了一起。夜里没有任何人会失眠，因为这儿的万物做出了睡眠的姿态，教导了和引诱了人们如何去获得安宁。这个世界上没有太阳，也没有月亮和星星。因为花瓣和晶莹的土壤都会发光，光明无所不在。这里绝对没有阴影。看不到一个悲痛欲绝的人，有时晶亮的泪滴挂在脸庞上，就像花瓣上的露珠。人们不是没有忧虑和痛苦，只是它们比较起巨大的幸福已经显得微不足道了。往往为了寻找幸福才去接触痛苦，比如人们的懊恼就主要来自爱情。在绿色的花朵下面，在船上，在泥土中，人们都喃喃地叙说着爱。无论对男人或女人，大家鉴定他或她是否贞洁的唯一尺度是其懂不懂得爱，懂得爱的人也就是最贞洁的。这里没有死亡，当然也没有坟墓。因为人类、蜜蜂、花朵和小鸟，一切一切有生命的东西都可以互相转化，谁面临着这种转化，都是欣慰而愉快的。获得了转化就像获得了爱，大家兴奋地歌唱起来，歌声使万物沉醉。一切都按照一个生命的意愿去安排，一切都要和颜悦色地商量。大家不知道什么叫发号施令，也不知道什么叫恐惧。这里的天地是彩色的，人们的生活也是彩色的。到处都是纯洁的、闪亮的、透明的，包括了人的眼睛和心灵。无数的船在滑动飞翔，伴随它的永远是一簇簇活鲜的花瓣。人们上了船，去远方，去一切可以去的地方，心到意到，意到船到。鲜花瓣儿飞舞起来，一片一片落在人的头上脸上，落在人的嘴唇上。一阵冰凉的、清香的气息像电一样传遍全身，船上的人立刻激动地伸手去捧那些纷纷下落的花瓣。有的花瓣落在地上，像人一样微笑，接着就化为透明的泥土。这时候就有微风送来一阵丝琴的声音，若有若无，时断时续，渐渐消失在船的后方。一群无比秀丽的、闪闪发亮的姑娘在翠绿的林间仰卧着，她们不说话，只伸出长长的手臂相互交谈。有时候一株结着果子的树木会伏身吻她们之中的一个，她也就晃动着肩膀笑起来，露出衣衫下面细细的肌肤。一只只船从旁边飞速滑过，船上的人注视着姑娘们。有的船上载满了男子，他们就让船速慢下来，轻轻地弯过姑娘们身侧，同时大家一齐呼喊着："遇见你们真幸福啊！我们必须告诉你们，我们爱你们啊！"姑娘们停止了交谈，两眼闪射着夺人的光亮，望着裹满了鲜花瓣的船，一齐喘息着、叫着："啊啊，啊！我们也是一样啊，一样！"船滑走了，姑娘们眼中饱含着泪水。船上船下，花下林中，到处可见这样的分别。在一片片的绿色之中，茉莉的清香会使一切生灵欢呼雀跃，因为这是早晨的气息。在早晨开始的时刻里，大家贪婪地呼吸，接着去享受劳动和创造的幸福。这个世界是无边无际的，劳动和创造的幸福也是无边无际的。人们把劳动与船和爱情联结在了一起。绿色越来越浓，越来越浓，所有的透明的绿色都在溶解，慢慢化为一望无际的波涛。风来了，波涛推涌着，绽开一层层白色的花簇。透明的柔软的山峰向前移动，一座又一座压向陆地。陆地上，先是一片开阔的沙滩，接上是一处小小的窝棚，是一个踽踽着的老人。

老筋头费力地将头颅从两腿之间抬起来。金色的阳光立刻照亮了他坚硬的额头。他用瘦瘦的大手抚摸着胸口，惊讶地张开了嘴巴。一双深陷在眼窝里的眼睛闪着光彩，向极其遥远的方向探望着。他不安地站起来，活动了几下，大口地吐气，仿佛要吹开他面前环绕着的晨雾。他的目光由远及近，渐渐落在水浪和沙滩交接的一道线上。

那儿有一个活物在蠕动。老筋头瞪大眼睛看着它，又走近一步。他看清了它的脑壳、胡须，还有杏核大的眼睛。它往沙滩上继续移动，一会儿就将头颅抬高一次，露出光滑的、水淋淋的胸脯。老筋头脸上的肌肉活动着，小步往前跑起来，嘴里叫着什么，声音无比亲昵。那个东西见有人迎着它冲来，开始并不躲闪，甚至还拍了拍巴掌，闭上了左边的一只眼睛。老筋头展开硬棍似的双臂，直奔过去 —— 它立起来，双目闭起，身子一翻倒在了水里，接着箭一般射进大海。

老筋头搓搓手，大骂了几声。

他认为这是个品行不怎么端正的鱼人。"呸，鱼人里面也有逗弄老人的人！"他骂着，往回走去。

他刚要进窝棚，突然听到后面有"噗噗"的声音，回头一看，又见到了那个东西——它又立起身子，向这边张望。

老筋头兴奋地拍拍手，转身大步走去，嘴里呼喊着："你躲闪什么！只管放心地来家里吧，你还年轻，不醒事，你怕个什么！……"他到后来终于小步奔跑起来。

那个东西见老筋头走近了，像上次一样愉快地立着，似乎在期待着什么。后来它拍拍手掌，闭上了左眼，实实在在地做一个鬼脸，倒入水中不见了影子。

这一次老筋头没有骂。他认定了这不是一个好鱼人。他倒真希望逮住它揍几巴掌。海中原来像土地上生长的东西一样，花花色色，什么品性都有。他感到悲哀的是现在似乎一切都在抛弃一个老人。

为了早饭，老筋头沿着浪印往前走，捡了几条半大的鱼，一个大海贝，三两个蚬子。他把这些东西统统装进小铁锅里，又倒进半锅海水，煮了起来。小铁锅冒白汽了，熟悉的海鲜味儿喷向四方。老筋头像个孩子一样，一遍又一遍地揭开铁锅的木盖子。他有一次刚刚伸出手去，窝棚外面就响起了"瞿瞿"的哨子声。他嫌烫似的将手飞快缩了。

细长物穿着一件又破又大的夹袄，站在门口。老筋头掀开门上的草帘，一下子愣住了。

细长物浑身蒙着一层灰气，像是一个陈旧了的器物。他眼神僵僵的，看着老筋头，鼻子莫名其妙地还要用力喷气。他的裤脚短了半截，露出奇细奇脏的一段小腿，不停地颤抖。铁哨子就咬在嘴巴上，鼻子用力喷气时，它就跟上发出微弱的声音。

"是你！"老筋头喝一声。

"瞿——"细长物嘴里的哨子无力地应一声。

"你他妈的多少天没来了！"

"瞿——"哨子越来越无力了。

老筋头搓着手掌，咕哝着："鬼东西……"

老头子一句话未了，突然细长物的嘴巴一张，哨子跌在了胸脯上。

接着细长物的双眼一暗，倒在了老人怀里，像一捆秫秸那么轻。

老筋头慌慌地摇晃着他，他紧咬牙关，一声不吭。"啊哟！这不是好兆头，这是饿的！……"老筋头用膝盖顶住细长物的后脑，歪着身子去舀鱼汤，吹着汽，费力地给他灌下去。

细长物尚有吞咽的力气。

半晌，孩子醒了。他软软的身子没等立起来，就伸出热乎乎的手臂抱住了老筋头的脖子。他抱着，抱着，眼里闪出了泪花。老筋头用力地搂着孩子，叫着："细长物！细长物！……"

只是不长的时间，细长物就从老筋头怀中蹦跳下来，双腿一颤一颤地在窝棚里活动了。他在铺子上滚动，翻跟头，又扑到老人后背上，让老人驮他。后来他停息下来，伸手就去抓锅盖，锅子里已经是空空的了。"你这个肚子啊！"老筋头长叹一声，望了望天色。他决定今天驾船入海，逮上几条顶大的鱼。

细长物动手帮老筋头收拾网具了。他们把小船推进海里，满脸欢笑地扳动橹桨。海水里有彩色光斑，由远到近地不停抖动，像抖动锁链一样。细长物把身子歪在船舷上，看水浪怎样从船体上飞溅开来。后来他又钻进了腥闷的船舱里。

老筋头摇着橹，跟细长物说话。细长物的声音从船舱里飞出来，带出了几分腥气。那个小舱里曾经装过像细长物那么大的鱼。老筋头说："有一年我钓上一条大鱼，肚脐像人一样……再有这样的大家伙就好了，煮的时候要分三口大锅，用去半口袋盐。"细长物在舱里笑。

船离海岸渐渐远了，回头望去，那个窝棚的影子已经模糊起来。老筋头又记起了早晨浪印上钻出的那个东西，就生气地告诉了细长物——
"我俩该晚些出海，先设法把那个坏鱼人逮住。它逗弄我玩，取笑我老
呢！"

细长物从舱里探出头来："真有'鱼人'吗？"

老筋头并不回答，只是说下去："它朝我做鬼脸，闭了左眼呢！我
转身走了，它又在身后弄出声音，回头看看，哼，它拍巴掌哩……"

细长物的眼睛亮闪闪的，身子一耸翻到甲板上坐了。

老筋头不停地骂那个"年轻的鱼人"，骂它大清早取笑一个孤老头
子，该捉住揍几巴掌。

细长物抿着嘴笑了，后来又把胸前的铁哨子咬了，"瞿瞿"地吹。
他听到这里，已经知道老筋头说的"鱼人"，不过是爬到岸上来的一头
海豹。但他故意不说。他见过那东西，也知道老筋头在装糊涂。他笑着
松了铁哨子，说：

"怪事就是多。那一年我们一大帮小孩儿洗海澡，洗到日头往西偏。
离开海滩两丈远的水里露出一个马头，大家说'小马小马'，就往那儿
游。我最先骑到马背上，抓住了滑溜溜的马鬃。后来马被抓疼了，一尥
蹄子，把我甩到了沙滩上。腿上火辣辣的，低头一看，皮都没有了……
那是一匹海马呀，海马有鳞！……"

老筋头鼻子里喷一声，说："什么海马。那是条鲸鱼。"

细长物鼓着巴掌："就是呀。你那是'鱼人'吗？你那是一头海豹！"

老筋头愤怒地盯着细长物。老头子一句话也没有说。他仿佛又看到
了一只带干疤的黑长手指夹住了一枚棋子。他闭上了眼睛，摇了摇头。

小船从浪头上跃下来，很像从冰山上滑溜出去，但不同的是这冰山富有弹性。小船的头颅昂起，从高处往四下里遥望。船儿安静一些了，一老一少就抛出一根细得不能再细的丝线。他们又开腿站着，让丝线从膝盖和臂弯里勒过去。一会儿细线跳动起来，老头子呼叫了一声，双腿弓着用力。丝线往上移动，跳荡得更加厉害——老人说："好大好大，你快抓件家伙。"话刚落，一条很扁很大的鱼像芭蕉叶儿似的跳起来！

鱼又落进水里，一霎时又跳起来。丝线好几次要绞成一团，奇怪的是老筋头总能顺顺溜溜地抽成一根……那条银亮的扁鱼挨近了船舷，一纵，在甲板上乱窜，嘴里还紧紧咬着丝线。细长物手里捏紧了一根木棒，比画一下子，"啪唧"一声击在了鱼头上。

"多好的一条鱼……行了，小锅里有东西了。"老筋头喘息着，摸出烟锅来吸。

细长物长久地蹲在那儿看鱼。鱼眼铛亮，一动不动。他迎着它的嘴巴吹响了哨子……停了一会儿，他抬头去看老筋头，见老头子一声也不吭，望着海的远处出神。他故意喊了一声："哎！"

老筋头转过脸来。

"今天能逮几个大家伙？"

老头子吐一口烟："至少再逮它三五个……"他高兴些了，"这是一顿好生活。回头小锅子里焖上大鱼，焖它半天。我有瓶好酒！小东西你这回也喝些酒吧，我还没见你醉了是个什么样子……"

"我不会醉！"

"我非要弄醉你不可。不醉不行，不醉，你吃饱了大鱼就要往回跑。"

细长物吃吃地笑。他扁着腿看着老人，做着鬼脸，说："这一回不跑了。我们盖上被子睡觉，听你拉故事——你可要多拉些故事。说不定半夜里那个女妖就来了……"

老筋头嫌冷似的缩起身子，收了烟锅。他蹲在那儿，又挪蹭到船头上，眯着眼看闪亮的海水。远处的海雾升到半空，遮去了水天交接处那条神秘的线。

细长物顺着他的目光去看，什么也看不见。

"大海没头没尾。你驾船走十天、二十天，走上一年，也找不着头。'三山六水一分田'，这话不假。船没有轮子，哪里都去得——你知道海雾那边有什么光景吗？细长物，这船得跑上几天才到那里。那里有一片老林子，像海似的——你没听过老林子里的故事。你该听听，听了，就好比驾着船去一趟。不过你可不要以为那里就是海水的边儿，不是。海是没有边的，没有尽头，土地是让海水包在中间的，那片林子也是一样。"

老筋头的脸上落满了阳光。

细长物觉得从来没有见过这样一张脸。他看着这张脸，惊讶地张大了嘴巴。

五

月光冰凉。海浪一下下拍打着石堤。一只小船不知从哪儿推过来，櫓桨碰响了船舷。小船上的两个人像伏在甲板上的样子。后来他们从海风中坐起来，才显出一男一女的身影。男的细高个子，胸脯宽厚，女的叫他"壮男"。女的完全像个孩子，穿了件彤红的上衣，壮男就叫她"小红孩"……两人压低了嗓音说话，不停地喘息。他们的声音里多少流露出一点恐惧不安。小船缓缓地驶离了石堤，两个人一齐回头注视着。

一城灯火微微闪动，这座城市像个燃烧着的巨大窑炉。

教堂的黑色尖顶高高耸立，那阴幽的倒影落进海里，像指北针似的指向远方。小船仿佛就依照它的指引往前划去。小红孩在胸前划着十字；壮男紧绷着脸，眼里有什么在闪动。

船舱里一些包袱和杂七杂八的物件，是他们带出来的所有东西了。一支桅秃秃地挺着，指点着天上的星辰。风起了，壮男深深地吸了一口气。他们默默地抱在了一起……城在远处了，此刻它像个蜂巢。那里有多少蜂子在辛苦地劳碌，维持着喧闹。

他们彼此都听得见怦怦的心跳声。这会儿刚结束了一阵剧烈的挣脱。他们挣脱了一座蜂巢。那儿有一只霸道的雄蜂，又高贵又漂亮；小红孩封在蛹里的时候，雄蜂就要将她据为己有了。壮男诞生在一个大家族里，这个大家族不允许任何人有选择的权力。极其不幸的是小红孩刚刚咬破了蛹壳就看到了壮男。于是雄蜂张大翅膀在他的俘虏身旁巡视，亮出了蜇人的毒针。小红孩呻吟的声音震栗了整个蜂巢。在这个秋天的寒夜里，当月亮悄悄爬上教堂的尖顶时，壮男杀死了那只雄蜂，从血泊里抱起了小红孩，像抱走一只甜睡的蜜蜂……两颗心怦怦跳着，恐惧渐渐逝去了，留下了昂奋的节奏。他们紧紧依偎着，停了不知多长时间，壮男站起来，徐徐地升起了帆。

小船在无边的海上醒醒睡睡。

后来小船从海里驶进了一条河道，逆流而上。两岸慢慢出现了林子，先是稀稀疏疏，后来密不透风，透着无尽的荒凉。没有人烟，野兽的嚎叫声在林间震荡。船舱里有一支枪，壮男把它放在身边。

小船后来行驶得特别艰难，最终搁浅了。他们放弃了它，把舱里的东西装进一大一小两个背囊。他们踏上土地之后，久久地注视着河里的船——一条独桅的、永生难忘的小船。

小红孩背着包裹无比可笑。她的齐耳短发甩动着，转脸去看壮男，眼睛像星星一样闪耀。后来这双眼睛暗淡下来了，只低头看着自己的脚尖。她说："我们……就这么跑出来了。"壮男点点头："是的。我硬把你抢出来了——我要和你在这片林子里住一辈子。"小红孩咬着嘴唇，久久地望着这个高个子男人。

他们白天行走，夜间就燃一堆大火休息。壮男机警得像一只神犬，有一点声息也要醒来。他睡意蒙眬的眼睛看着他的女人——她的脸庞被火焰映红了。壮男常常睡不着，就这样看着她迎来黎明。林子里不断可以看到猎人留下来的痕迹：烧黑的木块、食物的渣屑、树木上的刀痕……可他们没有遇上一个人。人在这片大林子里就像一粒沙子。两个人苦苦寻找可以定居的地方，盼望着出现一个村落。可以吃的东西全吃光了，就不得不求助于那支枪。壮男的枪法不错，可他还不敢去打熊和狍子一类大兽，只猎取一些飞禽。裤脚划破了，用布条缠裹起来。吃饭的时候他们每人握一把刀子，把烤熟的肉割下来，送到嘴里。

有一天，小红孩听到了流水的声音，她扯着壮男的手往前跑去，找到了一条小河！河的一边平坦得很，周围的大树十分茂密，似乎是个落脚的好地方。他们犹豫了一刻，决定把家安在这里。接上是不停地奔忙，终于搭了个小小的窝棚。

他们的小家暖暖和和的。小红孩夜晚久久地伏在男人胸膛上，发出喃喃的叙说："这才是家，一个小家。它是我们动手盖的，让它靠近一条小河……"壮男的大手抚在她的脊背上，眼睛睁大了望着黑暗："我爱你，我这一辈子就做这一件大事：我爱你。我告诉你，我爱你。那天晚上有什么溅到我手上，火烫火烫……我的小红孩！"她赶忙去掩男人的嘴巴……夜晚的风吹着四周远远近近的树，听起来像是有无数的野兽在怒吼。他们紧紧搂抱着。一棵巨大的树在远处倒下，发出了轰隆隆的响声。小红孩颤抖着，壮男把她搂到胸口那儿。后来她屈了屈身子，整个儿偎到男人的胸前了。壮男说："你多么小！你小成这样……我现在差不多明白了，凡是无比让人爱怜的东西，都是小的。"她伸手抚摸着他长出的胡须说："你说些什么呀！……壮男，壮男，你知道我是你妻子吗？你妻子啊！"壮男在黑影里用力点头，喉咙那儿热乎乎的。

白天和夜晚，一切时间都属于他们。

他们发现旁边那条小河里有鱼，就逮了几条，美美地做了一顿鱼汤。后来吃不完的就晒成鱼干，一串串地挂在屋子前边。他们猎到的第一只大兽是一头鹿，然后又打到了一头很大的狍子。兽皮钉在木头上，这里已经完完全全像是一个猎人的家了……可他们还多多少少有点孤独，希望听听除了风声、河水声之外的另一种声音……有一次不远处响起了一声枪响。

他们的小窝接待了第一个客人。他是一个四五十岁的猎人，熟悉林子里的每一条小路，当他见了河边这个崭新的窝棚时，十分惊讶。年轻夫妻尽最大力气为猎人准备了一顿饭。吃饭时，猎人从怀中掏出了自备的酒葫芦，让他们每人喝了一口……这个夜晚过得愉快极了，猎人告诉他也是那座城里逃出来的人，已经离开那儿三十多年了。他说自己之所以逃进林子里来，是因为当年"犯了事情"，但究竟犯了什么事情，他却闭口不谈。猎人久久沉默着，然后一个一个抓起壮男和小红孩的手掌看着，抚摸着上面刚刚结下的茧子和被什么划开的血道子，长长叹息。他说："我刚来的时候也这样，可这会儿你看吧。"说着捋起了袖口，露出了黑硬吓人的皮肤。他们睁大眼睛看着猎人，猎人低下头说："三十多年了！三十多年了！……"他从腰中抽出葫芦，又喝起酒来。一会儿他的脖子和脸都红了，喘气发出"沙沙"的声音 —— 壮男去阻止他，却被他轻轻地推开了。

猎人继续饮酒。后来他站起往前踉跄了几步，又坐下了。他突然问："你们……是，是怎么逃出来的？"壮男回答他坐船。他拍着裸露出的胸脯说："我也是……坐船来的！他妈的只有坐、坐船了……"猎人真的醉了。他一双迷蒙的眼睛一直看着壮男夫妇，一只手不停地去抓摸什么。后来壮男看出他是要找猎枪，就从一旁拿过来交给了他。他把枪抱在怀里，身子一晃一晃地唱起来。这时夜色快要降临了，一切归于寂静，只有猎人断断续续的歌声回荡在黄昏的林子里。

……别骂我这个不孝的儿孙，别骂；别问我为什么跑进了深山老林，别问。我是个满脸胡须的壮汉，我是个人。脚镣和笼头我都不要，我只要一件破衣遮身。万贯家财随它去，一贫如洗也不能使我灰心。三十多年，真像梦境啊，如箭光阴！一杆猎枪陪伴了我，它是猎人的魂。在莽林里面游游荡荡，背个酒葫芦，从天亮跑到黄昏。哦哦，别骂我这个不孝的儿孙，别骂；别问我为什么跑进了深山老林，别问！……

猎人唱着，先是看着渐渐变暗的林木，后来就紧紧地闭上了眼睛。他吐字不怎么清晰，好像有一半的声音是从鼻孔里发出来的；可是他的嘴巴张得老大，下颚颤动得十分厉害，可以看出他在用力压住哽咽。

壮男和小红孩听着听着，双眼溢满了泪水……猎人唱完了，又坐了一会儿，就要离去。他们无论如何要留猎人过夜，因为他走路晃得太厉害，令人担心。可猎人把手扬起来，使劲挥动一下说："没事！没事！我闭上眼睛也摸得回哩……"

猎人走了。远处，又响起了他的歌声，还是断断续续的……

壮男和小红孩这个夜晚没怎么合眼。他们都在心里猜测着猎人的身世，可谁也没有说出来。他们都明白自己踏上的这条路，很早很早已经有人在走了；那个猎人、还有比他更早的人，都在走这条路了。这是一条漫长无边的、布满荆棘的路……他们这一夜紧紧拥抱着，听着河水的奔涌声、听着野兽在不远处嘶叫。天亮了，壮男第一眼看到的就是小红孩通红的眼睛上还挂着泪滴。她说："壮男，我真有点怕了……"壮男问："你怕什么？"她说："我也不知道啊！"

不久那个猎人又来了。这回他领来了几个人，都是分散在很远几个屯子里的人 —— 他把客人一一作了介绍，并说，这些人的祖辈都离那座城不远，大家算是真正的老乡了，以后要互相照应。小窝棚第一次这么热闹，来的客人纷纷放下带来的土布和盐，还有莫合烟。壮男不知怎么感激大家才好，他让小妻子把从城里带来的东西分给大家……分手的时候人们告诉他们，走一条什么路、到一个什么地方，可以用兽皮换取粮食和盐、土布。

客人中有一个二十岁左右的年轻猎人，他的脸像害羞的女孩那么红，一双眼睛黑亮灼人；腰间扎了一块豹皮，裹腿也精心打过。他的猎枪是新的，连腰带上的刀子也是新的。他的头发像被黑漆染过，浓密浓密，差不多碰一下就能喷溅出滚烫的火星。年轻猎人不怎么说话，站在不起眼的角落里，轻轻地抿着嘴唇。他的嘴唇略有些厚，富有棱角，显得又憨厚又拗气。有人介绍他叫"汪坝"，夸奖说是这里第一厉害的人，不知打过多少豹子和熊了，枪法和胆气都是没比的。那个四五十岁的猎人说："猎人不是别的人。光枪法好不顶事的，还要有胆气——枪膛里的火药是让胆气点着的。"汪坝一直谦逊地笑着。壮男走过去，像兄弟一样搂抱着他，让他多来小窝棚里……他们一见面就知道了对方会成为自己的好朋友。

汪坝常常来了。他教给了这对年轻夫妇很多方法。比如识别很多药材，这样壮男除了打猎还可以采药。有一回他们挖到了一棵很大的人参，汪坝说这棵参可以换一杆绝好的猎枪、一些子弹等等。小窝棚旁边的小河里有时可以搞到一些河蚌，汪坝拣出一种长圆形的，用刀子撬开，寻找珍珠。他真沉得住气。后来他找到了一颗珍珠，小心地装到了腰间的小瓶子里——那里面已经有好几粒珍珠了。他告诉壮男哪一带河汊里这种长圆形的河蚌特别多，采珠的机会不能放过等等。

壮男和汪坝一起走在林子里，常常被这个伙伴搞懵了。有一次他们正走着，汪坝站下来，小声说一句："它在看我们了。"说着坐下来，一声不吭地待了一会儿，再走。走了不到几百米，他又站住了，向着一旁的林子生气地大声喊道："你老要跟着我们！你这是什么意思？你是什么时候被我得罪的呀？……"喊完就忧心忡忡地低下头，看着自己的脚尖。这样过了几分钟，他才抬起头来，轻松地向壮男说一句："它走了。没事了，它走了。"壮男问："什么跟着我们？什么走了？"汪坝有些惊讶地跺一下脚："老虎呀！老虎一直跟着我们哩。"壮男说："我怎么没有看见？你看见了？"他摇摇头："我知道它。我用不着看见——它跟着我我就知道，心慌慌的。"壮男仍不解："你这样的猎手还要怕老虎吗？"这一句话让红脸小伙子差点蹦起来。他站在那儿，直盯了壮男一分钟才说道："怎么敢打虎？想一想也是罪过了；虎是林子里的神，你和我，所有这一切，全靠它保佑呢！"

壮男夜间把汪坝的事情讲给小红孩听，小红孩不停地笑。她说："上帝呢？那么上帝呢？"说着面向那座城的方向祷告了几句什么，用手在胸前划了十字。她闭着眼睛，眼睫毛又齐整又长，样子那么娴静。壮男久久地吻着她。

时光在无声无息地流逝。

小窝棚缓慢地苍老，再也不是簇新的了。它被一束束的草药、一张张的兽皮熏出了大山里的气息，浓烈刺鼻。小红孩渐渐瘦下来，一双眼睛也暗淡了。她的皮肤变粗变黑，脸上手上常常带着虫子叮咬后落下的斑点。有一次她对壮男说："我老得真快啊。"壮男却觉得她永远弱小，是个不可能离开大人的孩子。他把手按在她的头发上说："你是个大些的娃娃。"小红孩这一回没有笑，而只是小心地将壮男的大手取下来，捧到眼前看着。这手掌真像一棵老橡树的杈子啊，皮儿黑硬，裂出了数不清的深深纹路；顺着袖管看上去，是一件兽皮坎肩，那是她费了好大力气才给他缝制成的。小红孩把壮男的手掌贴在了脸上，紧紧地咬着嘴唇。

他们没有孩子。小红孩说："我们的孩子会是什么样的？他穿着兽皮，跑在林子里，后来，他背着一支枪……壮男！"壮男用询问的目光看着她。她一声不吭。

夜晚越来越漫长了。大风在林子里狂啸，像雷鸣一样消逝在山的背后，又像巨石一样从山巅上隆隆地滚下来。野兽嘶叫着，一双双暗绿色的眼睛在黑影里闪动。他们不得不在前面空地上燃起一堆大火，整夜搂抱着。每逢大风怒吼的夜晚就不能安睡，常常一整夜都是睁着眼睛。有一天他们实在困极了，就睡了过去。天蒙蒙亮的时候壮男醒来，一眼就看到了一条碗口粗的蟒蛇盘在小红孩的身子四周。他紧咬牙关，看着酣睡的小妻子，最后小心地伸手捂住她的眼睛，把她抱起来。

春天里，河下游的那个屯子里闹起了瘟疫。猎人们惊慌地携带家小逃进林子深处，逃得晚的也就死去了。汪坝大惊失色地跑来小窝棚里，讲了屯子里的事情，吓得小红孩嘴巴都合不上。汪坝领他们到林子里采一种结小豆角的干草棵子，回来用它烧水喝，预防瘟疫。这些日子里两个男人很少出去打猎，偶尔到林子里去，小红孩也总是跟上他们。

有一天他们在林子里穿行到傍晚，遇到了不少散立在林子里的小窝棚。他们知道这里面住了屯子里逃出来的人。有一处小山坡上垒满了新坟，三个人待了片刻，又急慌慌地逃离了……在一个崭新的窝棚前，他们亲眼见一个林中老郎中给病人医治。那个郎中五十多岁，满脸油灰，手指骨节像核桃一样肿大。他让病人光着身子躺在一个土坑上，在坑里点上一种怪味草炙那人的皮肤。病人惨惨地叫，老郎中不得不用脚去踏住他。小红孩紧紧地揪住壮男的衣襟。后来老郎中又从腰上摸出一支方头铁针，照准那人的脖子下边就是一下。黑红的血涌出来，病人尖叫一声，身子软软地屈了。汪坝长长地吐出一口气，扯上壮男的手往前走了。他说："那个人得救了。如果再晚上几个时辰。也就没命了……"

秋天瘟疫才过去，人们纷纷搬回了屯子。这时候那个四五十岁的猎手又到壮男的窝棚里来。他说他在春天也染过病，好不容易才活过来，怕把病传给他们。他说着这次可怕的灾难，说像这样的景况历史上不止发生过一次。猎人告诉，瘟疫期间，不少人逃出了林子，又返回老家去了。这使很多猎人犯了思乡病，有人抱着猎枪号啕大哭。他的话使小窝棚里的人久久沉默。猎人说："这里原就是块没有人迹的地方，人来了，它不舒服。狼虫虎豹，还有瘟疫，都来折腾我们，老林子是容不得人了。可人身上就有股拗劲儿。"

猎人走了，小红孩的神情慌慌的。她从带来的旧物中翻找出一些小戒指、小胭脂盒，一些五颜六色的丝线。她把戒指套在指头上，又取下来，这样反反复复的。有一张旧报纸包了东西，她惊喜地将它解开，贪婪地看着上面的字迹。壮男也看那张报，一个字一个字看了一遍。后来他摇摇头说："我会忘掉的。我什么都会忘掉。"

又一个春天来临了。这个春天降临的不是可怕的瘟疫，而是外地的商人。他们是从大海的那一边来的，用火药、盐和洋布换走兽皮和鹿茸。小红孩和壮男急匆匆地赶到屯子里，火药和盐比在林子里找老户兑换要便宜得多，再加上这些商人还有很多别的新奇玩意儿，比如一些花花绿绿的红绸、小巧的刮脸刀。小红孩除了换回一块洋布，还特意给壮男弄了一把小刀。

商人们走了，带走了几驮大兽皮，还有好几个思乡的猎人。留下来的猎人流着泪水把他们扶上骡子脊背，见他们走远了，又唉声叹气地骂上一通。"他们是从大海那边逃过来，受不住，又跑回去了。"汪坝这样对小窝棚里的两个人说。

得知有人跟上商人走出老林子的这天晚上，小红孩和壮男无心点起灶火。后来他们在空地上把火燃旺，坐在火边，倾听着四周各种奇奇怪怪的声音。夜色漫漫，无数的生灵在丛林里游动，发出乱纷纷的响动。有什么在尖利地呼唤，凄凉而急促；有一种哽咽声由远而近，到后来又像是哈哈的笑声。壮男说："一个猎人可以在这里落下脚，可是生不上根……"小红孩往火堆上加着木柴，一直没有吭声。壮男看着她，一只手按在她的肩上，问："你也想家了，想逃出林子，是吧？"小红孩仰起脸来，火焰映着她一双大大的眼睛。她说：

"我没有想。我怎么敢想啊。"

他抱起妻子，久久地抱着。小红孩不安地扭动，他拍打着，像自语一样小声在小红孩耳边说着："秋天……小船、风……教堂的尖顶映在水里……那个夜晚……玻璃碎了……灯……突然停电……谁喊叫……谁的声音？小船……你睡了……"小红孩闭着眼睛，安详地睡过去了。停了一会儿，她像做了个噩梦一样，猛地从他怀中挣脱了，愣愣地站在了他面前。

他急急地问："怎么了？你怎么了？"

小红孩长叹一声，又坐下来。她盯着火焰说："不，我不离开这儿，我不……"

天亮了，火也熄去了，他们却拥抱着睡着了。半上午时分，他们一块儿醒来了。小红孩望着地上的灰烬，泪水缓缓地流下来。她摇动着壮男的肩头说："我们逃走吧，逃走吧！……"

壮男看着她，摇了摇头。

小红孩放声哭了出来。

不久又有商人到屯子里来了。壮男出去打猎，回到窝棚发现他的小红孩不见了。

壮男身上的汗水一下子涌出来，疯了一般往屯子里跑去。那儿，有人告诉小红孩刚刚随商人的骡子走了，和几个屯里老人一起……壮男的心怦怦跳着，低头看了一眼地上的蹄印，大叫一声跑开了。

六

老筋头和细长物将那条大扁鱼洁白的鱼骨摆好，晾晒在一块干净的沙土上。看一眼鱼骨就知道原来的鱼有多大。这一老一少就把这样一个大家伙给吃掉了。

细长物再也不想回那间大屋子了。他躺在海滩上，梦想着更大的鱼。他知道不久将有很多人从那间大屋子里跑出，奔这条船来。

他还没有从沙土上挪挪窝儿，千年龟就踉踉跄跄地赶来了。

千年龟没有看老筋头和细长物，竟然老远就瞅上了洁白的鱼骨，沮丧地吱喝着："天哪！这是怎么回事？这么大的鱼就让我错过了？"他蹲在了那儿，伸手抚摸起来。

老筋头笑着，用手按住他的四方小帽转动了一下。

千年龟厌烦地抖一下膀子，径自进了窝棚。他掀开锅子寻找着什么，最后从一个坛子里发现了几条刚刚撒盐的鱼，就提了出来。

老筋头说："先下棋吧。"

千年龟不屑于理他，自己抓住鱼尾到海里涮去盐末，然后胡乱扔到锅里煮起来。老筋头从什么地方摸出点东西，掀开锅盖撒进去。千年龟躺在了小锅旁边，惊诧地问："你撒什么？"

细长物在一边大声喊："他撒的是胡椒呀！"

千年龟骂一句，蜷起身子。

老筋头说："昨夜我和细长物吃一条大鱼，这怎么吃得下？肚子撑大了，就沿着海岸直走了一夜。这会儿舒服了。"

千年龟转过了身子。

"你老急慌慌地往回跑，我知道是恋着那架风箱。"老筋头又说一句。细长物大笑。

"呸！"千年龟吐了一口。

"那么就是恋着四方了。"

千年龟又吐："呸！"

小铁锅冒出了白汽。鱼的鲜味儿扑出来了。千年龟欠起身子看看，一转脸突然喊道："她来了！四方来了！"

他们一齐回头去望，见四方一扭一扭地往这儿走，脚步急促得很。老筋头和细长物都兴奋地站起来，伸手指着她嚷：

"四方！好个大家伙呀！你到底来了……你这个馋东西，闻见腥味了吧？哈哈……"

四方过去遇到这种情景，就会一纵身子蹦起来，远远地伸出又胖又长的胳膊骂："两个瘦鸟，一大一小！"可她这次就像什么也没看到听到，只是往前走……她走到跟前来了，显出了满脸憔悴。原来她给饿坏了，已经耗尽了激情和力量。

她直奔喷汽的铁锅而去，到了近前，用脚将千年龟推开一点，然后从衣襟下面掏出了什么，掀开锅盖扔了进去。

大家都知道她扔的是姜。四方最喜欢的就是少年和姜 —— 她每次来老筋头这儿喝鱼汤，总要自己带来大把的姜；她没有丈夫，也没有儿女，极喜欢怀中抱一个小孩儿抚玩。她此刻放过了姜，就坐在锅旁大口喘息，一边用眼睛瞟着一旁的细长物。细长物对她做个鬼脸，她仍旧瞟着。

鱼汤发出"咕咕"的声音。千年龟忍不住又一次欠起身子，被四方伸手按到沙土上……又过了半个钟点，四方掀掉了盖子。大家喝起来。姜太多，除了四方，一个个脸上都流动起汗水。四方两只大手牢牢地抓住大碗吹去白汽，然后身子一摇一颤地喝个不停。她太饥渴了，老筋头知道她身体的摇颤，是因为全身心都感受到了鱼汤的美妙。

喝饱了肚子，千年龟眼睛闪出微微的光亮；四方高兴地一拍手掌站起来。她笑嘻嘻地走近了细长物，一把抓住他说："你怎么没叫我一声就跑来了？你这个细条儿物件！"她无比亲爱地用下巴抵到细长物的头顶心，两只胳膊勒紧了他的腰，嘴里发出"咳、咳"的声音。细长物转脸看一下老筋头，不快地嚷一句："什么呀！"四方给细长物弄出一绺儿刘海，又亲了一下他的额头，说："像我儿子似的！"

细长物再也不能支持了，奋力挣脱出来。

千年龟一直注视着，这会儿嗓子沉沉地说："有的人，哼哼，想得多了！……"

四方挪蹭到躺着的千年龟身边，顺势坐在他身上说："你这是什么鬼意思？嗯？"

千年龟用力屏气，只是不语。

老筋头挥挥手说："讲讲大屋子里的事吧 —— 你们造的酱油怎样了？"他永远没法忘记于志广拉走的那一车海蛎子皮。

四方直了直身子，但仍坐在千年龟身上，说："咳！别提那个酱油了。不知费了多少煤水，又是煮呀又是蒸的，最后海蛎子皮雪白雪白，锅里的水黑乎乎。再往里放盐。领头的闻了闻说，不过有点土腥味，颜色也对。他让于志广先喝点试一试。于志广喝了，嘿，没过半个钟点就大吐大呕。领头的倒说，快成功了，快成功了，剩下的不过是解决呕吐的问题。现在还是分开几口大锅煮着……"

她说着，高兴得哈哈大笑，像扬东西一样拍一下手掌往上撩一次胳膊。

"于志广怎么不来海上呢？"

四方借着千年龟后背的弹性耸着身子说："他能离开呀？他走了，那辆木轮子车谁来驾？大屋子的东西哪样不靠车子去拉！如今的大个子可瘦出个样子啦，光剩个骨头架子，眼窝老深，就和他那两匹瘦马一样——是吧千年龟？"

千年龟吐出几个字："一点……不错。"

"好。"四方拍拍千年龟的头，说下去，"一伙儿人围在大屋子里，有意思啊！我这个人生性就是喜欢热闹，哪里热闹哪里去 —— 人怎么不是一辈子？大伙儿一块儿忙，要睡觉也在这间大屋子里。水汽遮住头遮不住脚，雾汽里边活动着，一伸手不一定抓住谁了，多有意思。那些小伙子就是爱闹，抱起我来，噗一下摔倒了……"

千年龟歪过头，朝老筋头使个眼色。

细长物扬四方一把沙子，说："鬼东西！那你还往海上跑？！"

四方抬了抬屁股，等千年龟活动一下身子又坐了，说："那也不行。后来没东西吃了，再热闹也不行。人饿了就老想躺着，瞌睡，又睡不着……我是熬不住了，拍拍身子就跑出来。"

"你是个祸害！"老筋头看着她说。

"浑身是筋了还坏！"四方笑嘻嘻的，"回头收拾收拾你，看你还有多少筋力……"

千年龟小声说一句："筋力可大。"

"用你瞎说！"四方的身子往下狠狠一夯，千年龟大叫。她朝老筋头翻翻白眼："今后有好吃的东西只管搬了来，这回饿坏了，只怕补也补不起来，上了岁数该咳嗽了……你可不能忘了老交情，我贩鱼那会儿带来多少粮食？"

老筋头站起来："粮食还不是我用鱼换来的？"

四方仰着身子笑了："就是呀，就是呀，你个老东西靠个海，靠个船，积了多少阴德。俺不来，你上哪儿积阴德去？"

细长物像给她伴奏似的，瞿瞿地吹响了哨子。

老筋头想起了什么，抬头望了望海，对四方说："这里数你的力气大了，你也别闲着。我划船出去撒上网，这头儿牵在锚上，你自己往上慢慢拉吧，我和千年龟下棋。等网要上了，你让细长物喊我一声。"

四方说："就便宜两个老东西一遭罢。"

老筋头回身去搬网，喊着细长物帮忙。等他们从铺子里出来时，见千年龟背上还坐着四方。老筋头说一句："真是'龟驮千斤'哪！"

他和细长物将网的一端系在岸边的铁锚上，然后摇船入海了。网不断撒到水中，水面上显出好看的弧线浮漂儿。船上岸了，老筋头大声喊着四方。

四方将绳扣儿套在腰上，哼呀哼呀地拉了起来，大脚板深深地陷在沙土中。

两个老人就在窝棚外面下棋，顺便也为了监视拉网的四方。细长物去看海中的网，有时也跑回来看两个老头移动棋子儿。千年龟躺着，一手举起棋子，胳膊像没有骨头。他的棋落下来，无一点声响。老筋头像磕头一样趴在地上，全神贯注，不一会儿汗水就从额头上流下来。他瞅准一步，就抓住棋子硬硬地往上一顶。两人正下棋，细长物喊一句："快看四方啊。"老筋头抬头一看，见她故意用力地一下一下撅着臀部往后退，使网纲儿一松一紧地弹跳。他扬起脖儿喊一句："四方你不正经干，看弄坏了网！"喊完又低头下棋。不一会儿，细长物又小声说："看看四方吧。"老筋头一歪头，又见四方这会儿大仰着身子，如果不是网扣儿拦在腰上，她早就躺倒在地了。老筋头生气地叫道："四方，你就这么拉网啊！你给我好好干！"他的话刚停，四方就憋足了力气，猛地往上拉了一大截，然后一边拉一边喊着号子：

"老筋头这个人哪，不是人哪！咳哉！他是个老水妖啊，他是个大鱼精！咳哉！咳哉！他不吃人粮啊，也不做那事情！咳哉！咳哉！……"

细长物愉快地看看老筋头。老筋头用力地往上顶棋子，千年龟就不慌不忙地把棋子吃掉。后来老筋头焦虑地看一眼四方，对千年龟说："你就快些将死我吧！"对方说一声"好"，三五下就把一盘棋结了。

老筋头和细长物跑去拉网，都随了四方的号子用力。网很快靠了岸，银色的鱼儿在浅水里跳起来。老筋头跑到水边去按住网脚，急火火地嚷着什么，指挥四方和细长物。千年龟也过来了，将鱼收进一个柳条篓里，刚好一篓。

四个人都高兴得很。他们将拣出来的大鱼焖到锅里，剩下的摆到砂子上晾晒。

海滩上，鱼儿在阳光下亮闪闪的。四方看着小窝棚，又看看泛着白光的小船，说："咱这四个人，不像一家子人吗？"

千年龟躺在锅边，往灶里捅着柴火。

四方冲他笑笑："我和老筋头像两口子，细长物好比是我生的。你最占便宜，算孩子的大伯……"

她的话音未落老筋头就吐了一口。

细长物捡一个泥蛋，弹在了四方的身上。

四方噘噘嘴："不识好歹的东西，哪里找去！我就和千年龟做两口吧 —— 这个脏东西也许真是老来的依靠。"说着走到锅前，又从衣襟下掏出一块姜投进锅里。

细长物在晒成一片的鱼儿中间走着，这时惊喜地拣出了两个砂皮鱼，对老筋头嚷："又有了！咱们还那样吧？"

老筋头看了看鱼，笑了，连声说："还那样！还那样！"说着进了窝棚翻找出一个圆圆的木桶儿 —— 这会儿细长物已经将一条大鱼的砂皮剥下来了。老筋头坐下，将鱼皮蒙到木桶上，用力地撑着。细长物在一旁帮忙，用一根细细的皮绳将鱼皮固定在桶口上。四方见了，嘻嘻笑着："这不是一个小鼓吗？"

新做成的小鼓在阳光下晒着。一会儿，鼓面紧绷绷的，细长物小心地伸手弹了一下，发出了"咚"的一响。千年龟大叫一声：

"鱼焖好了——"

老筋头很久没有这么高兴了。他从窝棚里取出了酒，让每个人都喝。千年龟躺着喝酒，酒液常常从下边的嘴角淌下来，老筋头就毫不客气地给他抹进嘴里。四方原来海量，每次吮酒都鼓大了腮帮，然后"咕咚"一声咽下。她喝得大脸粉红，眉毛更加舒展，只是比平时沉默一些了。

细长物与老筋头对饮，直到老人眼瞅着细长物的眉梢借着酒力又长出了一截，这才作罢。大家边饮边吃，为了热闹，还故意嚷出响亮的声音，与阵阵涛声呼应。

饭后，太阳升得很高，整个海滩都暖融融的，风也息了。老筋头取一段木棍，把那个鱼皮小鼓摆在胸前，盘腿坐下，"蓬咚蓬咚"地敲响了。他越敲越快，越敲两眼越亮，最后随着鼓声啊啊地唱起来。

他唱自己几十年来在河里海里游荡，已经是河里海里的人了。这是一首老人的歌，又由一个老人粗大的喉咙唱出来。周围的一切没有了声音，都在屏息静气地倾听。这歌声把人的思绪引到了久远的岁月。

汗水顺着老筋头的脸上、脖子上往下流。他张大嘴巴唱着，额上的青筋都暴凸出来。唱罢，他又将鼓槌儿塞给细长物，细长物扭捏着，老人就大喝一声："唱吧！今天高兴，今天都得放声大唱，唱！"细长物不敢再拖延，也"咚咚"地敲起鼓来。

"……我敲鼓，鼓呀就响，我唱个什么？我心里躁得慌。饿得急，跑海上，我呀，跟上老筋头拉大网！依呀依呼咳——！"

"唱得不孬！"千年龟夸着，接过了鼓槌。他敲着，敲着，敲了好久才哼出词来。因为是躺着唱的，声音也就格外嘶哑：

"敲起鼓来，我扬起槌，今天就唱唱我千年龟。一辈子，好孤单，一身老皱一身灰。眼见得就要随土去，可怜巴巴身边还有谁？敲起鼓哎，我扬起槌，今天就唱唱哎千年龟……"

老筋头默默的，当鼓槌握到四方手里，他才想起去督促她。可是四方喝多了，一改平日的脾性，不愿言语。她击鼓有气无力，随便哼了几句就放下了。老筋头说："这不行！满海滩上就你这么个旦角，不唱还了得！"细长物与千年龟也再三劝她好好唱。四方后来被逼得有些恼怒，就狠狠地击了一下鼓，差点把鼓面击碎，喊道："好，唱！唱！我唱啊！……"喊完以后频频地击鼓，"咚咚"声震人耳膜。她唱了，竟然一发而不可收，那嘹亮的歌声使旁边的三个人目瞪口呆：

"我四方，不会唱，不会唱啊也要唱！唱唱天，唱唱地，唱唱大姑娘心窝里的一口气！俺三岁跑到海滩上，看惯了男人光脊梁，看到二九黄花女，那呀依呼又怎么样？俺头发黑，皮儿黄，十八年没有吃全粮。说俺丑，哪里丑？一条辫子乌油油。一天到晚跑海上，为的就是饭一口。名声坏了嫁不出，嫁不出哎我不愁，又吃又喝又贩鱼，身强力壮呀赛头牛！哪个把俺欺，俺就绾衭袖，一拳捅破他的头！啊呀呀坏就坏在这一手，长到老没人把我收，四方啊，大海滩上胡转悠。哪是四方心里冷，她心里热得流蜡油！哪是四方嫌儿女，她想把天下的娃娃都搂到怀里头——宝宝啊，睡觉吧，美滋滋地做个梦，一觉到天明。到天明，看大船，大船上面挂个帆，那是你爹顺风顺水把家还……"

四方唱着，直唱得热泪涟涟。她身旁的三个男人一声不响地听下去。

七

跑来海边的三个人再也没有回村。那里，饥饿正威胁着越来越多的人。奇怪的是这并没有使他们停止那异常的忙碌。这期间也陆陆续续有极少数几个人来海边上寻点吃的，但塞饱了肚子很快又跑回了村子，并且再也没有跑回来。

四个人睡在小窝棚里无论如何还是太挤了。他们摸着挨在一起，倒也非常暖和。四方开始与千年龟靠着，但他们久久不愿入睡，声音嘈杂，老筋头不得不将他们隔开。四方搂抱着孩子细长物柔软的身体，做了一夜母亲。她把细长物的脚丫扳得弯曲一些，使其蹬到自己的肚子上，又将他长长的手指按在胸窝那儿。她不停地抚摸拍打，嘴里发出"噢、噢"的声音。开始细长物倔犟不驯，后来终于在她松软的臂弯里香甜地睡去。

天一蒙蒙亮，四方像一个主妇那样第一个醒来，腰上系了块油布，然后动手做饭。饭熟了，她就撩开小窝棚的帘子喊一声，三个男人，先后爬起来，揉揉眼，扑打着身上的沙土，围到饭锅那儿。

这四个人过得很好，真的像一家子人，始终有一股暖熏熏的气息环绕着他们。老筋头和细长物到海里钓了几次鱼，每次都很幸运。当他们划船离岸之后，小窝棚也就成了千年龟和四方的天下了。千年龟不断地欠起身子与四方说话，有一次还要手把手地教四方下棋。四方并不遵守棋盘的规矩，竟用一门炮一口气打掉了千年龟的两匹马和仅有的一个车。

每天都有新鲜的鱼吃，日子过得很好。高兴了就击鼓，胡乱唱一些歌。只是闲下来时大家才想一下那个村庄，都不知如今变成了何等模样。严冬很快就要来临，树叶纷纷脱落，他们想不出满村的人用什么办法抵挡寒气。细长物后来每次吃饱之后都愁眉不展，问他，也不答话，只是面向南方用力地吹那枚铁哨子。

有一天，在"瞿瞿"的哨子声里，一群孩子踉踉跄跄地向海边上跑来。他们远远看去就像些蚂蚁一样，滚动着、吵叫着，爬起来又跌倒，一个个全身乌黑，头发乱蓬蓬的。细长物双腿叉开，由于吹哨子太用力，整个面颊都变成了紫红色。哨子越来越急促，那群孩子跑得更急了。老筋头对身边的两个人说：

"细长物当过他们的头儿！"

一群孩子连滚带爬地跑到近前，吓了大家一跳。孩子们瘦成了什么！他们只有皮和骨头了，肚子被凉水鼓涨了老大，放着光泽。一双双眼睛亮晶晶的陷在深处，像灯苗似的燎着几个人的脸。"饿呀！饿呀！"他们喊着。这群孩子头发很长，又脏又乱地遮住了脖颈。他们之中还掺杂了一个同样矮小的老太婆，她瘪着嘴哭泣，可是眼中没有一滴泪水。

老筋头挥挥手说："快把鱼汤烧开，快，一锅接一锅！"

四方和细长物飞快地把鱼装进锅里，千年龟嘴对在灶上吹火。老筋头要在窝棚一边另搭一个更大的窝棚，正不停地奔忙。

鱼汤烧好了，四方左手端一个铁碗，右手把孩子一个个扳到怀里，像喂奶一样喂他们；那个老太婆挪蹭过来，正犹豫的时候，被四方一把搂紧，同样小心地给她喂了一碗……四方这样喂过了所有的孩子，脸上渗出一串串汗珠，红润润的。她见孩子们一个个倒地安睡，手一松，铁碗掉在了地上。她喘息着，嘱咐千年龟不要松懈，赶紧熬第二锅鱼汤，然后又跑去帮老筋头抱柴火搭新窝棚。

阳光晒得孩子们个个发烫，他们饱吃饱睡了一阵之后也就精神了。四方跑进他们中间，痛惜地拍打膝盖，埋怨说："小东西啊！小傻瓜！饿成了什么样子还不往海上跑！这里有老筋头，有船，到大海里抓鱼吃呀！……"孩子们仰着灰脸，看看千年龟，又看看远处奔忙的细长物说："头儿不在了，哨子响，俺们才能散开……"四方转脸骂着：

"这个小死东西！他跑来了，可他该把铁哨子留下呀！"

细长物此刻跟在老筋头身后奔忙。当他扭头看到一群伙伴在阳光下活动，就拾起垂在胸前的哨子吹了一声。孩子们爬起来，呼呼啦啦地奔向了他。那个挟裹在孩子中的矮矮的老太婆也随着跑过去，唯恐落到后边。细长物神情肃穆地挥了挥手说："快帮老筋头做活，这个窝棚天黑前要盖起来！"孩子们答应一声，散开了。

阳光照耀着一群肩扛怀抱树棍柴草的孩子，像潮头上闪亮的水沫一样缓缓流动。

除了千年龟在熬制第二锅鱼汤，其余人都忙做新窝棚了。黄昏时候，又宽又大的新窝棚也做成了。孩子们喜滋滋地跳进去，一仰身子躺倒了，球到一块儿。窝棚还闲出一大块空地，老筋头建议千年龟和四方也住进去 —— 四方明白这是老筋头要和细长物一起清静，心中有些不快。但她也乐于和千年龟一块儿熬夜，就答应下来。

入夜后，老筋头睡不着，就和细长物走出窝棚。两个细瘦的身体离得很近，在沙滩上缓步向前。老头子默默不语，细长物嫌冷地将身体贴近了他，他伸出胳膊护住了瘦瘦的肩膀。这个夜晚没有月亮，只有大海的磷光映衬出两个窝棚的轮廓、小船的轮廓。他们走到小船跟前，蹲下；老筋头背着风点上烟锅，又把烟嘴插进细长物的嘴里。细长物轻轻咳着，咂咂嘴。海风不断将烟锅里的火星儿吹出来，一闪一闪地飞到黑夜里了。老头子伸手抚摸着船，嫌烫似的，手指一缩一缩。后来这只手又按到了孩子厚厚的头发上。

他们不知在小船旁边停了多少时间，才回到了窝棚。

这个小窝棚真黑呀！什么也看不见，只是无比地暖和。老人舒服地叹气，躺下来，一边用手捶背，一边伸出脚勾倒了细长物。细长物也学老头子那样发出叹气声，将头在铺子上一滑，平展展地睡过去了。

约莫睡到半夜里，老筋头又惊醒了。他好像听到一位老友的声音在喊他——那是最早的一个棋友、鱼人老黑的声音！他坐着吸了一会儿烟，重新睡下。可是老黑仍旧喊他，他甚至又看到了老友漆黑发亮的衣服……老筋头摸索着走出窝棚。

天上的星星一齐闪动，海浪噗噗地打着沙岸。老筋头摇摇晃晃，身子靠在了小船上，小船在激动地颤抖，老筋头觉得它今夜有了人的体温。

海水徐徐地漫过来，他闻到了一阵浓烈的芬芳。他感到了海水今夜那么柔和、温煦，像一只娇嫩的手掌那样触摸着他的周身。海水漫过来，漫过来，把他和他的小船高高举起 —— 小船无比灵活地滑动一下，轻快地向前飞翔……大海的绿波无边无际，小船向着远方航行。海上的风越来越轻柔，清香的气味越来越浓，渐渐连绿色的水波也变幻了颜色。好像有初升的太阳照射一样，一丝丝红色在水浪里闪跳，五光十色，把一只好奇的幸福的船吸引了过去。

这里的一切都闪着粉色花朵的颜色。这是个彩色的、无比芬芳的世界。水浪的声音消逝在远处，就像丝弦的余音被南风拂去一样。粉绒绒的花朵盛开着，它的气息、它的颜色布满了整个空间。人们在路上徐徐行走，互相微笑着致意，好像所有的人都是朋友。脚下的土壤也是粉丹丹的、透明闪亮的，一尘不染。它培植和滋生的一切都像它的颜色和品格，又质朴又纯洁。这儿唯一的交通器具还是船，各式各样的船。它们可以在无限的空间里任意穿梭，而绝不会碰撞和受阻。这儿鸣奏着一种永恒的音乐，它来自船、花朵、泥土及一切有生命的物体身上。在这种美妙的声音里，像羽绒一样轻柔的雪花从空中洒落下来，变成花瓣上的露珠。人的身上常常沾满了这样的雪花，大家相遇时就互相伸手拂去。姑娘们以挂满雪花为美，她们的头发上、眉毛上，都有晶莹的雪花在闪耀。小伙子和姑娘在路边交谈，他们的语言是这个世界上最富有创造性、也是最随便的了，简练而淳朴。她说："你如果听到歌声，晚上的歌声，会想到什么？太阳，月亮，是传说中的东西。太阳月亮，还有星星，把光辉送到人间，是因为什么？"他回答："我如果听到歌声，我想到你的眼睛以及花瓣。我从未见过太阳月亮还有星星，像所有人一样。它们是传说中的东西。它们把光辉送到人间，是因为人间的爱都藏在黑影里，并且极易消失。"她又问："如果我使你爱，我又远离了你，你会在想念中怎样妆扮我？"他答："让我想一想。这样了，你会穿一件红色的衣服，穿一条纯蓝的背带裙子。也许你还会穿一件粗条绒蓝裤，但上衣的款式及颜色永不变换。"她又问："那么，让我吻一吻你好吗？"他答："那是很好的。"她吻过他之后，说道："我认为人一生只爱一个人是非常幸福的。"他点点头："反过来，人一生爱所有的人也是非常幸福的。"姑娘紧紧地握住小伙子的手，说："太对了。我们如果不交谈，怎么会知道彼此想的都一样呢？交谈多么重要，让我们告诉别人，让他们互相多交谈吧！"他们的谈话结束了。类似的谈话还有很多，最后都化为了粉红的花朵。与此正相反的是，如果这场谈话走向谬误和怪异，他们身边的花朵就会渐渐枯萎。这儿的动物很多，机灵可爱，与人为友，一律舔食花瓣。它们从人们居住的地方路过，常常被主人邀请了玩一会儿。人的心和动物的心因为互相接触而变得湿润，无比愉快。有一种像狼一样的形貌但并不叫狼的动物，可爱的发亮鼻头上受了伤，被一个穿短裤的小孩遇到了。小孩难过得流下泪水，抚摸它，安慰它，又为它涂上药水。人与人、人与动物、人与植物、男人与女人，互相之间不可说谎、不可背弃、不可欺骗、不可侵犯。如果这类事情发生了，那么飘飘下落的粉绒绒的雪花沾到他的脸上手上，立刻化为乌黑的汤汁，渍入皮肤，永洗不掉。人们见了他，都用无比怜惜的目光望着他，在心里说一声："我真惭愧"——他们在为自己难过，因为他们感到没有尽自己的力量去消除这类事情的发生负有巨大责任。那个被标注了黑色印记的人默默无语，不停地劳作，并且尽最大的能力去体贴周围的事物，渐渐那印记也就褪尽了。这儿的每一种花都不同，然而每一朵花都是美丽的。人与人也像花与花一样，他们如果想寻找那最深处的区别，也只有互相久久注视。人们的眼睛是不一样的。虽然眼睛都乌黑闪亮或像大海一样湛蓝，但它映照出的景物是大不相同的。在这个世界里，每一个地方都变得不那么遥远了，这完全是因为有了船。他们的意向就是船的航向，随船去居住区，去彩色的田野，去大森林。这儿的居住区也许是最自然又最奇特的。这儿只有房屋，没有街巷。几间宽敞的房子连在一起，四周就是色彩斑斓的田野。田野上有农作物，有鲜花，有树木，也有汩汩的河流。那些粉色的屋顶散在广阔的原野上，就像被花朵簇围着一样，而联结这广袤田野上的房屋的，也就是船了。每一户人家都面对着大自然，都伸手可以触摸一片粉红色的天地。居住区同时就是田野，田野同时就是城市，人们的各种建筑只是田野上的点缀，就像一簇簇鲜花差不多。居住区无比阔大，但人与人的联系又是频繁而密切的。由于有了船，距离也就大大缩短了。只有居住区之间由大片森林隔开着——它是动物的"居住区"。森林由无数的树种组成，或高大挺拔，或枝蔓蜿蜒，神奇的植物交错繁生，茂盛无边。鲜花像灯盏一样在林间闪烁，哪里鲜花怒放，哪里就光辉灿烂。各种动物在林子中歌唱着，比着皮毛的斑纹，尽情游戏。人们在劳动的间隙里进入森林，各种动物兴高采烈地围拢过来。这是森林——动物居住区的节日。人们带来了他们对大森林的问候，也带来了一大堆人类特有的难题。比如他们要让森林和动物们帮忙解除一些疾患，特别是失眠和眼疾。他们的眼睛望不太远，如果很久不到林子里，那么就望不到自己所处的这个世界的尽头，用一句时髦的话说，也就是看不到明天了。这个世界给人的独特的幸福，也就是每个人都能准确而清晰地看到明天。这儿没有太阳月亮和星星，因为光亮从泥土和植物身上均匀地散出，互相照耀着、温暖着。如果这儿接受一个太阳，那么所有的物体都要围绕太阳旋转，实际上所有物体都要尽力维持新的平衡以不致倾斜。最不能同意的是太阳再大也是一个物体，而世界上的所有物体都应该平等，这是生存的尊严。太阳在别处倾听着万物对它的歌唱，那是别处的事情。在这个粉丹丹的鲜花一样晶莹的世界里，生命是最有光彩、最有力量、最受尊重的。一切都尽情地生长，形成它自己的颜色和形状。由于土壤晶亮透明，这里也就没有尘埃。一切都永远是崭新的、鲜亮动人的，生气勃勃的。

大海涨潮了。浪花飞溅起来，扑到小船上，有水珠沾到了老筋头的脸上。他的身子紧倚着船舷，嘴里的烟斗早已熄灭了。大海里有磷火倏地闪亮了，又熄去；一些碎细的光点在水波里，好像要让水流带上沙岸……他揉揉眼睛，叫了一声"老黑"，站了起来。

这时天已经要亮了，东方出现了鱼肚白。

他走向小窝棚，觉得两腿像棍子那样硬。天真冷啊，黎明时分的风吹起来，刺骨地凉。他的牙齿碰响了，身子瑟瑟抖动。进了窝棚，细长物正好醒来了，可小家伙的思绪还在另一个世界里，他一下子抱住了老筋头说："抓住了！"老筋头让他抱着，他抱了一会儿，就失望地松开了，说："你不是……"

老筋头问他，才知道他刚才又梦见了那个女鬼……老头子一声不响了。他将身子往里缩了缩，又把细长物揽到怀里。天亮了，风更大了，又是那种尖利利的声音。

细长物说："你听——"

风声愈吹愈响。小窝棚口的草帘抖动着，闪开了一条缝隙。

老筋头铁青着脸，小声说一句："她……真的来了……"

草帘子猛地一撩，接上又安静下来。

老筋头僵直着身子坐着，脸庞微微侧向一边，注视着靠近棚口那儿。

细长物也看那个地方，但什么也看不到。

老筋头轻轻地咳了一声，一只手小心地去摸烟锅，抖得厉害……"

八

壮男向前跑去，没有回头，一直跑下去。渐渐看不到纷乱的蹄印了，他才停下来。脚下没有了路，身体处在了一片陌生的丛林中。无数条粗粗细细的葛藤交织着，竖着横着拦在了四周。他费力地打量辨认，想弄明白走到了哪里。丛林顷刻间化为一片绿色的雾气，跳动着，将远远近近的树影隔离开来。壮男叹息着，绝望地坐下来，闭上了眼睛。

夜晚来临了。壮男燃起了一堆大火，抵挡着寒冷。他坐倚着一棵大树，猎枪就贴放在右膝那儿。野兽在不远的地方来回走动，不断弄出细小的响动来。如果这堆火熄灭了，它们就会蹿过来。他此刻好像全无饥渴的感觉，虽然他已经整整一天没吃没喝了。火焰升腾到一人多高，他发狠地往里加柴。这火焰不知怎么让他想起了那座城市的教堂尖顶，想起了那个月夜的血的颜色，以及它沾在手臂上的滚烫的感觉。

火焰发出剧烈燃烧的声音，壮男恍惚中看到他们亲手搭起的那座小窝棚在小红孩的尖声大叫中烧毁了！火焰直冲腾到空中，带着不可遏制的勇猛卷去了一些黑色屑片，发出噼噼啪啪的响声。小红孩蹲在一边泣哭。一阵牲口的铃声响起来，有人轻轻地把手搭在她的肩上 —— 她立刻双目一亮，不哭了。一些人将她放到牲口背上，沉着地向森林深处走去……壮男苦笑着摇摇头。他突然明白那个心中的小窝棚烧毁了！他彻底失掉了那个汗水浸染过的小窝了。风呼叫着，野兽发出了不耐烦的狂吠。他将身子动了动，使火焰能够烘烤身体的另一部分。

这个凄冷的夜晚使壮男第一次明白了，大森林才是他的家；他从那座城市挣脱出来，如飞鸟投林。现在他再也不想回那个窝棚了，他是真正地步入大森林了！

天亮了，他的第一个念头不是回去，而是搞一个大背囊、整一个越简陋越好的栖身之所。临离开那堆熄去的炭火时，他小声说一句："那个小窝棚已经烧毁了。"

他一口气吃掉了很多野果子，水和食物差不多也就同时解决了。然后他动手为自己搞一个安身之所，尽可能地让其靠近一处水源。这个小窝可也太简单了，甚至不能避风遮雨。他想日后再慢慢收拾它吧，眼下最要紧的是新的猎物，是它所换取的锅子和食盐，还有火药。本来这些东西可以从原来那个窝里取到，最起码也可以找那个老猎人帮忙。但身上的一股拗劲阻止了他这样做。

从告别那个蜂巢般的城市的那一刻，他就明白自己做了一次庄严的抉择；当他认定那两个人的窝棚已经烧毁了时，他也同样明白自己开始了另一种更艰难的跋涉。他也不明白自己，他觉得起码不像预感到的那么痛苦，这就非常奇怪了；好像有一股奇怪的力量推动着他，把他从那座城市直推到这片茫茫林海，又把他推离了亲手搭起的小窝棚。好像人本身就有孤注一掷的冒险嗜好，又好像要发着狠去不断地证明什么。证明什么？不知道。反正要去证明。

他把自己安顿下来了，一切要从头开始。一连两天没有说话了，所有的欲望都用一杆猎枪去宣泄。他觉得自己一夜之间成了个饱经沧桑的猎人。猎取非常顺手，竟然接连打到了一头熊和一只獐子。他默默地在林间蹿行，有时走着走着就停下来，屏住呼吸去倾听 —— 他觉得自己也能够像汪坝那样了，用心力去感触远远的一个大兽。他仿佛看到那个大兽怎样卧下来，很有耐性地注视着这边的一举一动。他再向前走，大兽爬起来。前行二里多路，那个大兽失望地咂咂嘴巴，向别处跑开了……如果壮男看到刚刚熄灭的炭火，总是小心地绕开。他不想遇到生人，也不愿看到熟人。猎枪的声音，野兽绝望的呼叫，他都远远地躲避着。

尽管如此，一天黄昏还是有一位猎人光顾他的窝棚了。这是个陌生人。壮男没有任何惊讶的表情，只是往锅里多放了一些吃的东西。他们燃起一堆火，都没有说什么。天渐渐黑了，火焰烧得越来越高。猎人从怀里掏出一撮莫合烟，壮男接过来吸了。两人吸着烟，都不抬眼睛。锅里的东西熟了，他们开始吃饭。猎人吃着，非常缓慢地咀嚼。壮男看看他，伸出手来，猎人赶忙解下腰上的酒葫芦。他们一人一口饮着，酒咽下肚的时候，就舒服地张大嘴巴吐一口气。不一会儿，两个人的脸都有些红了。火堆边上的砂土烤得热烘烘的，壮男不管猎人，一个人躺了下来。他大仰着，用力地伸展腿脚，又将身体扭动着。猎人凑近了，发现他脸上盖满了尘土，膀子从绽破的衣服露出来，有一道道的伤疤。猎人把他的头扳在自己的膝盖上，这样躺着会舒服一些。他闭上了眼睛。猎人握住了那个拳起的手掌，给他展开，看到一道没有愈合的血口子。猎人的手抖着去掏衣兜，又抓过身旁的背囊翻找，找出什么东西填到他的伤口里去。

猎人直坐到半夜才离去。他起身走的时候壮男并没有送他，仍旧躺着。后来那个猎人又来过一次，带来了一些烟草，还有壮男很长时间没有吃过的鱼干。他帮壮男加固窝棚，用随身携带的一把大斧伐树，被壮男阻止了。他只让猎人将斧子留下来使用。

　　日子一天天过去了。在这短短的时间里，壮男明显地苍老了，他的胡须乱乎乎地罩住了下巴，额上的皱褶突然间刻深了。他不去想小红孩和那个窝棚，但那个小小的孱弱的身影总在眼前闪动。他在心里呼唤：小红孩！小红孩！你到了哪儿？把我一个人撇在了林子里，那就一个人吧。这样也挺好的，我重新搭了窝棚，从头开始了……他有时在深夜里想，这片大林子对于那个弱小的女人来说，也许真的太荒凉、太可怕了。

　　他去打猎，门也不锁，把小窝棚凄凉地放在荒野丛林中。直到天黑的时候他才喘息着回来，或者疲惫地蜷曲着，或者马上动手燃起炊烟。小窝棚坐落在茫茫林子中的这个地方看不出更多的道理，只有搭棚人按时回来又走去，才多少显示了这是他生活中一个了不起的标记。他在林子中做了这个新的记号，然后就围绕着这个记号去寻找，去生活着。

　　他不知道有一场惊险的猎熊在等待着他。

　　那个黄昏，他觉得青草像被红颜色染了一遍。当他这样端详了一下地上的青草，一抬头看到了一头棕熊。它笨拙地在一个粗粗的橡树根上挪动一下前爪，目光蒙眬地看了旁边的什么一眼。它并没有看到有个年轻的猎人。只是壮男抄枪弄出了响动，棕熊才转过脸来。它吼了一声，身子一扭躲到了橡子树背后。壮男沉着地接近那棵树，心里想这个熊他打下了。他必须离得再近一些。老橡树像是有意做什么，他无论怎么绕都发觉树身会吃去很多霰弹。后来他在离树十几步远处站住了，认为机会可以等得到。估计得不错。五六分钟之后，棕熊蹿了一下，离开了橡树，但它稍稍偏离了那个枪口和树木规定了的直线，猎枪就放响了。

棕熊腾一下立起来，又斜着跌倒了。鲜血像是从脖子那儿涌出来的，嘶哑的吼声令人恐惧。壮男迅速抽出腰间的刀子，与此同时棕熊却以难以置信的速度蹿起来。刀光对着熊的脖子往下一点，可是稍稍偏了一些。他身子抵在橡树上，就顺着树身往下一滑 —— 棕熊的爪子扫过，扫去铁一样坚硬的老橡皮，击中他的右肩。上臂立刻撕去一大块皮肉，像被一块烙铁印了一下。壮男"啊啊"叫着在地上翻滚。棕熊又扬起致命的前爪。他觉得全身的血液全涌到头上来了，一片火星在额头上方"啪啪"地爆响，也不知怎么伸出了刀子，像拨开一团乱麻一样，奋力一挑……

他昏过去了，天完全黑透才醒过来。他首先闻到的是刺鼻的血腥味，而这血是他与棕熊共同流出来的。棕熊的腹部破了，已经死去，可那恶狠狠的眼睛似乎还瞪着他。他什么都明白，是这棵橡树在那一刻帮了他一把。他呻吟着爬起来，向着老橡树磕了一个头。

他赢得了一头不错的熊。但他因此不得不躺倒在小窝棚里。

从进入森林至今，他好像第一次这样清闲过。没有了猎取的欲望，只有一堆永不熄灭的火焰烘烤着躯体。他闭上眼睛，就觉得身体像浮在水上一样，他知道这是躺在了那条小船上的感觉。他可真渴念那只小船啊。如今它哪去了？或者是在风雨中无声地朽蚀，化为软软的泥土；或者是让一个好人驱驾到波涛之中——"嘿，那样可真棒了！"他说出了声音。一个人躺在船上，周围都是水，那可真孤单，就有点自己这会儿的滋味。这也挺不错的。他一边想着，一边撕下一条鱼肉，放火上燎一下，有滋有味地咀嚼起来，这样孤独着真的挺好。一个人一生没有真正可以称得上孤独的时候，那个人一定过得没劲。

这些日子他多多少少想了想他出生的那个地方。他回忆起一个至关紧要的事情：他杀了一个人。至于为什么要逃离那座城，好像也不完全是因为杀了人以及小红孩等等缘故。为了什么？说不清。好像是过得烦腻了，讨厌这座城了。比如他要不客气地问：一代一代人都拥挤在这个地方，理由是什么？而这座城的实际，不过是很早、很早的一个人在茫茫荒野中做了一个标记，就是说像自己一样搭了个小窝棚。那个人的生活标记影响和决定了后来这么多人的生活范围、嗜好以及性质。这些想一想就很憋气。真憋气。他爱，他恨，他杀人，他真像在制造着逃跑的托词，那种最最表面的理由。他有了理由，也就登上了一条船。

那条船离开堤岸，漂荡在绿色的波涛上，小极了。远些看，它是一个小点子。这个小点子会动，动来动去，在远比土地阔大得多的海面上，真是不可思议。随时可以停泊，又随时可以扬帆远行。它不会做一个永久的标记，而只能流行下去。船与窝棚、船与车辆、船与一座城的区别，是十分明显的。

小船泊在林海。他们搞了一个小窝棚，围绕着它旋转了好几年。如果照此下去，他们可以生孩子，可以吸引新的窝棚。这就极容易变成一个屯子，而屯子久而久之也说不定会变成一座城。新的蜂巢又出现了。几百年过去之后，就没有人怀疑这个蜂巢存在的理由、它的合理性。其实它最初不过是两个年轻人的选择。这一选择可能断送多少人重新选择的自由！真可怕。在无尽的天宇里，人的选择也应该是永不停止、永无尽头的啊。

壮男欣慰地端量着这个极其简陋的小窝棚。他随时都可以弃之而去，正像他曾经做过的那样。那时候它就变成了一个供猎人随便歇脚的好去处了。这该是它最好不过的结局……膀子上一刻不停地滋生着新的肌肉，一阵阵奇痒。伤口愈合得不错，他十分高兴。因为怕冻了伤处，就缠裹了厚厚的布条，看起来怪可笑的。窝棚里积存的东西吃得差不多了，现在只能咀嚼所剩无几的鱼肉干。有时他费力地爬起来，揣上枪到附近的林子里转悠，希望有机会打到一只飞禽。他可真想吃一点可口的东西。一只山鸡就在不远处的枝丫上活动着，他将枪放在树杈上，用左肩顶起，试着瞄准——扳响了枪机，霰弹喷射出去，野鸡尖叫一声飞走了。

像这样尴尬的场面已经有好几次了。他每次都苦笑着，艰难地揣了枪，回到窝棚去。

他烤着鱼干，故意烤得火大一些，这样吃起来省力。

那个臂膀可以抬起来了。他回头看看那些咸干鱼，还有整整两条呢！他笑出声音……他伤后第一次离开窝棚那么远，并且成功地猎到了几只肥鸟。肉汤香喷喷的，这肉汤棒极了。美餐之后，他出了窝棚，发现太阳在树顶上燃烧。他愉快地吁了口气，将臂膀轻轻旋动着。这一段过得好艰难，但也满足了心底的那么一点拗气。他一直要证明点什么，比如现在起码证明了他可以在一头异常凶猛的巨兽爪下逃生；证明了他吃着干咸鱼也可以康复，等等。

太阳燃烧着，他只瞥了一眼，就感到它比任何时候都明亮……又一只野鸡落在树丫上，可没等他举枪就飞起来。正这时从另一个方向响起枪声，野鸡应声跌下来！他收了枪，惊讶地贴紧树干站立着。一个强壮的猎手出现了 —— 是汪坝！两个人注视了一下，大声呼喊起来，然后紧紧地抱在一起。汪坝捶打着他：

"你让我们找得好苦啊！你藏在了这里 —— 你的小红孩急得死去活来……"

"她？她在哪？"

"她没有逃出去，半路上她跳下了骡子，两天两夜没吃没喝赶回来，可你又不在了……"

壮男蹲在地上，一双手插在乱蓬蓬的胡子里，望着汪坝。

汪坝气愤地跺着脚，不知骂了一句什么。

"小红孩呀！你呀！"壮男闭上了眼睛，摇了摇头。他站起来攥紧汪坝的手，转回身去……

他到河边去寻找小红孩。

小红孩像变了一个人，黑瘦黑瘦，只剩下一双大眼睛了。她看着归来的壮男，一声不吭，只是流泪。壮男抱起她来，觉得她的身子轻得像一捆茅草。她像只小猫一样伏在他的肩上，整整一夜没有离开。他说："你跑走了，我那时头嗡嗡响，只知道再也没有你了，我们的小窝棚一下子塌了。"

小红孩默默地吻他，使他安静，使他无声无息……一个永远也没法忘记的夜晚，一个温柔和宽容的夜晚！大森林里一切的嘈杂和不安都远远地消逝了，只剩下了他们轻轻的呼吸。天亮了，小红孩又给他翻找出那把刮脸刀；当她发现了他胸膛和臂膀上的伤疤时，吓得大叫了一声。她抚摸着他的伤疤，说："大森林不要我们了，它老要赶我们走……它也许会的。"壮男沉默着，说："你也许不该从那座城里跑出来，是我把你领出来的……"小红孩生气地捂上他的嘴巴，站起来。

壮男的伤完全好了，小红孩也渐渐胖了一点。汪坝和那个四五十岁的猎人常常来他们的小窝棚做客。不久，小红孩怀孕了。他们真担心在这荒野里孩子会生不下来。小红孩病过两次，但她不敢让壮男去求助屯子里的郎中。天转暖了，林子里的各种虫子又多起来，叮咬得他们浑身红肿。白天晚上都不得安息的日子又来了，壮男再也无心出去打猎。他点上一种香草熏着窝棚，可小红孩呛得大声咳嗽，泪水溢满了眼眶。

一天壮男出去了，回来的时候扛了一头獐子。他走近窝棚，见小红孩倚在木栅栏门上，手里紧紧攥一把刀子，见了他才大出一口气，坐了下来……她告诉他：一头豹子在这儿转悠一整天了，还蹿上后面的小窗洞那儿。她说完一直看着他，汗水从额头流下来。壮男把她的手握住，说：

"你说吧，我知道你想说那个字——走……"

小红孩咬着嘴唇，摇了摇头。

汪坝常常来。壮男因为要照顾妻子，也就很少和他一起出去。汪坝在河的上游奔波一天，傍晚再赶到小窝棚来吃饭……这天太阳还挂在树梢上，壮男和小红孩正忙着什么，忽然听到窝棚外面有喘息的声音。往常这时候汪坝还回不来。他们出了棚子一看，一下子惊呆了！汪坝跌倒在小窝棚前面两三步远的地方。

他静静地躺着，脖子被什么扯破了，鲜血差不多淌尽了 —— 他的手掌满是鲜血，可以看出他刚才还在紧紧捂住伤口。他大概想赶回来，死也要死在这个小窝棚里……壮男蹲下来看看，从伤口判断，他认为是遭了熊了。这个出奇的好猎手也没有逃脱巨兽的爪子。此刻他静静地躺着，脸上没有血色，俊气的眉毛更浓更长……壮男咬咬牙站起身。

小红孩面如纸色，一手攥紧了壮男的衣襟。

壮男让小红孩等他，他去了屯子里。

林子里一片血红。一会儿，那个四五十岁的猎人和壮男一块儿来了。

猎人说："我们在太阳落下以前把他埋了吧！"

小红孩大哭起来。壮男把汪坝抱在怀中，一步一步往前走去。

汪坝埋在了小窝棚前面不远的一棵松树下。他的坟堆垒得小小的。

这天晚上那个猎人没有走。他们在坟边点上一堆大火，默默地陪伴了汪坝一夜。

天亮了，太阳把小小的坟尖染得通红。猎人站起身来，低头立在那儿，咕哝了好长一会儿。壮男和小红孩一句词儿也听不清，但那悲凄哀切的音调却让他们心痛欲裂。猎人拖着疲惫不堪的身子走了，大森林里一会儿传来他那断断续续的歌唱：

"一杆猎枪陪伴了我，它是猎人的魂。在莽林里面游游荡荡，背个酒葫芦，从天亮跑到黄昏。哦哦，别骂我这个不孝的儿孙，别骂；别问我为什么跑进了深山老林，别问！……"

两个人回到了小窝棚里。这个温暖的小窝啊，至今还留着好朋友汪坝的气息，可他要永远一个人沉睡在门外的松树下了……半夜里，只要大风呼啸起来，他们就睡不着，紧紧地搂抱着待到天明；白天，只要远处传来枪声，小红孩就说："听，他在打枪！"

壮男差不多一步也不愿离开窝棚了。可一个猎人不打猎也就没有了一切，只好在近处打一点小野物。有时他萌生出搬到屯子里居住的念头，却遭到小红孩的激烈反对。问她为什么，她不作声。后来他才明白了，如果要离开这儿，那就索性离开整个可怕的荒野。

小红孩的身子一天天笨重了。壮男尽一切力量照顾她。为她去弄可口的饭菜，可她的脸色还是越来越黄，整个人都变得有气无力。有一天她终于恳求壮男说："让我们回去吧！我真怕在这儿生孩子……真怕！"壮男木木地问：

"再回到那座城市吗？"

"嗯。"

"你……不，永远也不回那座城了。"

小红孩再一次恳求："我们走吧，随便你到哪里。可一定要离开这儿，一定……"

壮男终于明白他们真的要离开这块地方了。他们不得不做出这样的决定——但他可不想回到那座城。

为了尽快赶上时间，必须请一个人帮忙，于是就找来了屯子里的那个猎人。他们又移居到了初来森林弃船的地方，在河沿上动手造船。一个多月过去了，船造成了。

与猎人分手的时候，猎人哭了。一个近五十岁的男人放声痛哭真让人难受。他说："我死后，就让屯里人把我和汪坝葬到一块儿……"

又是一只小船漂在了大海上，像来时一样。

不同之处是船上除了他们两个之外，还有一个等待出世的生命。

这可真不是远航的时候啊！小船颠簸着，她可怎么忍受得了。壮男又要驶船又要照顾她，简直连喘息的空闲都没有。她在小船刚刚驶入海口的时候就病倒了，壮男要将船返回，她却死也不肯。小船就是找到一个小岛也好啊，可茫茫的大海什么也望不到。小船上有一个装淡水的皮囊，有一个像铁罐一样的小吊锅。壮男每天都设法钓到一条鱼，让她喝到鱼汤。

小船走了三天了。

第四天上，她在甲板上翻滚着，嚎叫声撕人心肺。这显然是早产的征兆。她两手紧紧抓住壮男的胳膊，呼叫着。壮男满身满脸都是汗水，他应答着，但不知说什么、做什么。后来他就抱起她来，她放声呼喊，他又胆战心惊地将她放下……

她喊叫了整整一个上午。中午时分，她的力气差不多全用尽了，喊声低下来。后来她平展展地躺下，一双美丽大眼睛直直地看着壮男。他小声问她："小红孩儿，我的小红孩儿！你好些了吗？"她点点头。停了一会儿，她伸出双手，让壮男将她抱起来。

她一直闭着眼睛，像是安睡过去……当太阳染红了小船，整个大海仿佛燃烧起来的时候，小红孩在他的怀中醒来了。她叫了一声"壮男"，费力地吐出几个字："你……真好……"说完眼睛又闭上了。壮男的眼泪在眼眶中旋动，但忍住了没有流下来。他俯在她耳边问："小红孩！是我把你领进了一片荒野，我是说，你真该恨我啊……"小红孩的嘴唇活动着，但已经没有力气说话了。她摇了摇头。

壮男的泪水哗哗地流下来。她死在了他的怀中。

小船在海中任意漂流，船上的男人不动橹桨，只是紧紧地抱着她，不吃也不喝……不知多少天过去了，小船终于靠在了岸上。船上的男人扑到沙土上，身子久久地贴在了上面。

女人葬在荒凉的沙岸上。他出海捕鱼，归来时第一眼就看到了那个坟尖。可有一次大风把坟尖吹平了，从此他眼里只有一片茫茫的海滩了……

九

老筋头这儿有些零零星星的客人，他们来得晚，走得早。仿佛有什么在催促着他们一样，急急匆匆的。从一些消息来看，那个村庄的情况已经无比严重了。

千年龟几次呼喊老筋头下棋，都被他拒绝了。他把两个窝棚的人喊到身边来，对他们讲了这出奇的荒谬：一群群人饥饿难忍，其中有不少人倒下再也爬不起来了；但这些人就是不愿意离开村庄！这真是永远也没法理解的事情。他决定：海边的这些人分成两沓子，一些身体强壮的（真正可以称得上强壮的其实一个也没有）人抓紧拉网打鱼、晾晒鱼干、捞海菜；最小的家伙们回村劝说大家赶紧来海上逃生。大家急忙行动起来。

细长物吹响了哨子，一群脏乎乎的孩子带着满身腥气围拢过来，随他向村庄跑去。

老筋头摇船入海，撒下网，让四方和两个半大孩子往上拉；千年龟唉声叹气地沿海岸寻找浪花推拥上来的海菜。

大大小小的鱼给网上来，收获令四方欢呼不已。她说又好像回到前些年的情景了。那时候她从这儿买走了多少鱼儿。千年龟用一个铁抓钩去抓海菜，一会儿就把湿淋淋的海菜堆成了小山似的。他用手捂着黑帽住铺子里跑，想躺一会儿，又被四方喝住了。老筋头让千年龟烧水烫鱼——鱼儿要晒鱼干，最好先放进滚热的锅里烫个半熟，这样晒得好，又可以拿起来就嚼。

千年龟拖着身子走到灶边，点燃了火就躺下来。

海上第一次热闹起来，四方拉网十分卖力，又非常得当地指挥了两个孩子。她喊着号子，并让他们呼应她。老筋头下了船就去拉网，帮着三个人拽网纲。四方的手在纲上滑一下，身子快挨到老筋头了。她说："热天里拉网多美气，光着身子，想洗澡了，躺下一滚就入水呀。"老筋头说："你现在光着身子谁还管你不成。"四方大仰着身子，把头探到老筋头耳朵上方，咕咕哝哝说了几句。老筋头响亮地吐一口："呸！"

海滩上有了哨子声，两个半大孩子赶紧松了网纲。他们回头去看，只见细长物领着几个孩子飞一般向这边跑来。

老筋头和四方都停了手，等着他们跑过来。

细长物喘着，说："哎呀！"她喘着，咽一口唾沫接上说："哎呀！真是神了。村里的人劝也劝不来，还骂我——'小杂种，乱跑什么！'……他们不来海上，死也不离开村子，还要我们都留下——我说没东西吃呀！他们说：'俺嘴巴也没闲着！'我说那怎么饿死这么多人？他们说了：'人还有不死的理？你跑到海上早晚死不？小小年纪张狂！'我知道他们是不会离开村子啦……"

老筋头打断他问："都不来吗？"

"都不来。他们说：'小杂种！乱跑！一个庄里的人在一块儿多热闹。'我们一看老的劝不动，就去劝年轻的，最后真有几个人要来了。不巧的是这事给老头子们知道了，他们骂了一大会儿，还要把我们这些小杂种捆了……"

四方对在老筋头耳边说了几句什么。老筋头这才发现缺了几个孩子，就大声问："有人给捆去了吗？"

细长物摇头："说是捆，不过吓唬了我们一会儿，倒是他们先哭了，越哭越厉害，哭着说着：'你们这些没出息的孩子啊！你们这些没良心的孩子啊！庄里人苦成这样，你们不和庄里人一起，还要撇下他们跑走！天哪！……'他们哭得人难受，立刻有好多人要留下来，再也不出村庄了。我急了，吹起了哨子 —— 一吹他们身子一摇，可就是不挪步。我就用劲儿吹，这才把几个人吹了来……老筋头，我再也不回村庄了！"

千年龟走过来，愣愣地睁大了眼睛。他看看四方，四方看看老筋头。老筋头去看孩子们，目光落在了那个矮矮的老太婆身上——她始终跟着这群孩子了。老筋头坐下来，去摸烟锅。他吸着烟，摇了摇头。这样待了一会儿，他又转过脸去望那只湿淋淋的、被阳光照得熠熠生辉的小船了。他站起来，问：

"他们还在试验做酱油吗？"

细长物点点头："还在试验，听说一大车海蛎子皮都快用光了……他们说要试验到六百六十六次，那时候也就成功了。"

四方拍拍手："他们成功了，咱熬鱼就有了酱油……"

老筋头转脸对细长物说:"你快领大伙儿捞海菜、拉网,不可偷懒。"说完大仰起脸来,长长叹了一口气。他闭上眼睛,蹲下来,像瞌睡一样晃动了几次身子,小声叫道:"四方啊!"四方走近一步,他却不吱声了。停了一会儿,他睁开眼睛站起来。

老筋头在大海滩上走动着,垂着头颅,像是遗失了什么东西。他的身后就是那群奔忙的孩子,他好像把他们全忘掉了一样。四方一声不响地跟在他一边。

老筋头抬起头来,第一遭发现大海滩上是如此空旷。一眼望去,没有什么树林,一片毛茸茸的杂草棵子的那一边,有灰色的瘴气挡住了视线。在看不见的远处,就是那个村庄了。它与大海之间相隔的,是这片海滩。

老筋头似乎没怎么进入这个村庄。他因为离开热闹地方久了,一走进街巷头晕目眩,浑身都不自在。在不得不路经一个村庄时,他都是半闭着眼睛,急急地穿越行人。如果离一个村庄近了,那种特有的声音和气息总使他多少有些紧张。他看了看四方,见她也在遥望那个村庄。

每个村庄都由一层不易察觉的气团包裹着,远远看去像月亮外面的晕圈儿。这是村庄的生灵万物发放出的气息和其他物质。比如众人的呼吸、食物的酵味、做东西的烟火及蒸汽,还有马厩及茅厕的气体……它们混在一块升起来,松松地罩着这个村庄,久久不愿散去。这层气团通常被晴蓝的天空映衬得十分清楚,一般人却视而不见。一个村庄发生了巨大的灾变或其他事故,气团的晕圈颜色就会大大改变。这是老筋头十分熟悉的事情,因为他的眼睛看惯了大海,对于村庄气息格外敏感。

现在，老筋头注视了一下那个村庄的"晕圈"，大叫一声"不好"，圆圆地睁大了眼睛。

晕圈放出了暗红的光，那气团浓浊而紧密，轮廓也不清晰，最外的边缘还散射出青紫的颜色。

四方叫了一声老筋头，老筋头像没有听见。这样停了足有四五分钟，他才拍了一下膝盖说："天哪！……"

四方问："怎么了？"

老筋头小心地把头颅侧向一边倾听。好像从村庄的方向传过来"嗡嗡"的声音，一阵阵像海浪一样，却又是若有若无。他知道现在的村庄是越来越神奇了。特别是那个大屋子，他无论如何也弄不明白它的功用、它的根底，只在默想中描绘过它的模样。这"嗡嗡"声或许就与那个大屋子有关。

它一定处于那个村庄的中间，窗洞、门口，时刻都有白白的蒸汽滚出来。在一片迷蒙之中，村庄的人猫着腰在这个大屋子里活动，又从大屋子里扩散开来。一切都无声无息，又是这样的井然有序。

四方曾把最后一次回大屋子的情景讲给海边上的人听——她走进去，空旷的大屋子里没有人影。她钻到水汽深处，揪着耳朵拉来一个肚子瘪瘪的小伙子。她曾大声训斥过他，说："你也学千年龟躺着干活！年纪轻轻的……站稳了！回我话，大屋子里的人都哪去了？"小伙子不停地喘息，说人也少不到哪里去，只不过躺在旮旯里看不见罢了。他说着伸手一划。她弯下腰四处寻觅，真的看见人们三三两两地躺着倚着，歪倒在地上，不过手里还在忙着什么。她问这是怎么了？做活的人眼也不抬。

四方还清清楚楚地记得，那天她刚要呼喊什么，蒸汽里就传来扑打的声音，原来是有几个从角落里跑出来的孩子被唤去干活，孩子不听，有人就打起他们来。一会儿扑打声没有了，几个孩子从蒸汽里走出来，低着头，手里搬一大块东西……

老筋头注视着南边，用力地点了点头。他此刻已经感到了什么——这种奇怪的感觉从很早以前就隐隐约约地出现过，如今是慢慢清晰起来了。他好像感到有什么无形的力量在左右着村庄的每一个人，整个村庄就像一部机器，人是机器上的零件；而那个大屋子，又是那部大机器的心脏。村庄的一切仿佛都渐渐归结到这间大屋子里，那些纷乱的经络和血脉都通向这间大屋子，在此结成了一束……他这会儿不知怎么又想到了那辆木轮子车，一个又高又大的身影在眼前飞快一闪。

"四方，你这一段看见过于志广吗？"

四方拍一下手："那个人可真能吃东西啊，有一天他赶着木轮子车，一扬鞭子抽下了树尖上的一串叶子，用手卷起来就吃，像吃煎饼一样；还有一次他实在饿急了，连喝八碗开水。大伙儿估计他的胃像水桶一样大。"四方说着哈哈大笑，老筋头却不吭一声。他沉思着说："大胃口的人如今可麻烦了。他该早些奔着大海来呀！"

一群孩子的拉网号子一阵阵传过来。

老筋头回身看了看海边上奔忙的人影，低着头往前走去。他们不知不觉踏上了一条硬硬的土路。

沿着土路往前走，渐渐听不见身后的号子声了。路上的辙印很乱，都是那辆木轮子车的痕迹。有两道辙印新鲜清晰，他们就顺着它走下去。

土路弯弯曲曲，把他们引向了西南方。路是没法琢磨的——常赶路的人都明白，一条路本来是向着这个方向，可你随之而行，却不知不觉到了相反的方向。路在田地上如蛇船蜿蜒，没法从它的起始去判定终点的。像他们脚踏的这条路吧，向南，向西，又向东南，最后弯弯扭扭又折向北——难道这是条通向大海的路吗？如果通向大海，那么它为什么一开始不直接向北呢？老筋头不解地瞥一眼四方。他们走着，沿着路上车的辙印——路原来是人的思路。人的思路不会是笔直，因而路的距离总比应有的长出若干。像这条入海的路吧，也许最初踩路的人是这样想的：往南走走，再往前走走，海在哪里？往北吗？那就往北走走……他的思路印在了土地上，也就成了眼前这条路。

　　车辙深深浅浅，有的地方让车轮碾成一个深坑，一看就知道车子在这儿吃了不少苦头。赶车的那个壮汉无论怎样挥鞭大叫，车子还是跃不出去。他的额角涌出汗水，后背也湿了。也许只有这个村庄里最强悍的人才配驾车——从辙印上看，车子又艰难地往前走去了……老筋头不停地叹息。唉，"三山六水一分田"，田地只那么一分，人就在这一分田上奔来跑去了……

　　四方突然喊了一声，打断了老筋头的沉思。

　　他顺着她的手势一看，见远远的路面上有一团黑黑的东西，"于志广！"老筋头惊喜地喊道。他边喊边跑。

　　可是那团黑影一动不动……跑得近了，渐渐看清了车子翘翘的后尾——两匹马死了。

　　"于志广！于志广！"他们喊着，四处寻找驾车的人。马的肋骨凸出着，一看就知道它们再也走不动了，只好倒地死去。马的四周没有人。

后来他们在路旁的野地里找到了死去的于志广。

可以看出他是在最后一刻弃车而去，想抄近路往大海跑去。可怜他没跑几步就倒下了，再也没有起来 —— 他的手伸着，嘴里含着沙土，头向着大海的方向。

这儿离海岸只有半里之遥。

十

他们用一个满是腥气的大网包将他抬到了海边上，在一群老老少少的注视下将他葬了。

海边上有了一个小小的坟堆。

老筋头最后拍打着坟堆，使它坚固光洁一些。当他抛了土铲的那一刻，他想起了另一个人。他自语一句："两个好汉……"说完他就木木地走进了窝棚。

在这一天的时间里，细长物已经率领大家搞了很多的鱼和海菜。千年龟由于不停地躺在灶边烧火，脸上的黑炭灰末已经添了数层，再加上他旧有的尘灰，如今已经不辨眉眼。但他看到无数的鱼都被自己煮过，也十分高兴。细长物胸前的铁哨子发挥了巨大威力，"瞿瞿"声不绝于耳，使一群孩子紧张而又快活。那个矮小的老太婆小足如削，在沙滩上活动着，常常像锥子一样扎进沙里。但她因为吃饱喝足，觉得力气很大，跌倒的时候从来不用别人去拉。

小小的坟堆笼罩在夕阳里。

谁都亲眼见到了这黄昏的埋葬。如果不是这样,那么没有人会相信是他在此长眠了。村庄里的很多人永远地倒下了,但这次不同的是倒下了一位最高大最强壮的汉子。看来死亡可以制服一切。看来死亡对一部分人的执拗也无可奈何——人们怎么也不愿离开村庄。

天完全黑下来了。小小的坟堆被夜幕吞没了。海边上的人全都一声不吭,呆呆地站在那儿。小铁锅干干的,人们不愿吃饭,也无心点起灶火。

海浪噗噗地拍打着沙岸,那洁白的水花在夜色里生生灭灭,闪烁着动人的白光。一天星辰映在海里,大海像无际的淡墨,染遍了天涯。这是个无风无波的春夜,天气也不寒冷,微微的风不知从哪儿吹来,带来的是意味深长的香气。人们站在这样春意浓浓的海滨,会想起大海的深处正有一个迷人的春天,那儿的银色李子花开满枝头,有红衣短裤的肥美娃娃在捏弄蝴蝶,笨拙可爱……海水的确把另一种气息引渡过来。

当人们呆立海岸的时刻,只有老筋头一个人嫌冷似的缩到了小窝棚里。

铺子上,一堆棋子散乱地摊在那儿。他一手撑了头,一手去摆弄它们。棋子摆在了它们各自的位置上,有一方缺少一个车。他挑选了红色的棋子,轻轻地、十分小心地往前走了一个格子。对面的黑影里倏地伸出一只手,手指又软又长,上面有着一块干疤——它拾起棋子,从容不迫地也挪动了一个格子。老筋头的手颤抖了,因为那只手捏起的棋子是一个卒。

棋子啪啪响着。

窝棚外面的千年龟听了，将身子探进半截。他见窝棚里漆黑如墨，根本看不到棋盘棋子，又谈何下棋！但棋子啪啪响着，分明是一局好棋、一场好杀……他吸了一口凉气，将身子收回去。

棋子啪啪响着。老筋头捏棋子的手渐渐平稳下来。他很久很久没有跟这个对手下棋了，求胜之心像火一样燃烧。他点了烟斗，一丝一丝地吸着烟，神智全聚在棋盘上了。每一方的棋子都带着深深的离别之苦，交错奔走，紧紧地扭在一起。这等于是一场倾心交谈。黑长的、带有一块干疤的手指捏着棋子，异常潇洒地在棋盘上挥来挥去，最后"当"一声落在红色的"帅"字上。一盘棋下完了。

老筋头的额头流下愉快的汗水，感激地将烟锅伸到对面。正在这时，小窝棚的草帘被风吹开了，一股凉意透遍窝棚。老筋头在心里咕哝着："她来了，她又来了……"忙将烟锅收回来。他眼看着一个身穿红衣的瘦小的女人坐在铺角，脸色煞白，脑门那儿还有一个红色的胭脂点儿。她的到来使一切都沉默了。那只黑色的有干疤的手也无声地垂放在那儿。三方都轻轻地注视。后来，老筋头看见红衣女子微微露出笑意。转向了那只黑色的手臂。她小心地拾起那只有干疤的手，嘴角动了动，站起来。他们手扯着手，棚口草帘被风一卷，跨出了门去。

老筋头一愣，接着追出铺门。

外面漆黑漆黑，什么也看不见。老筋头奔跑了几步，撞在了四方的身上。他爬起来，见到了一片惊讶的目光……他坐在了冰凉的沙土上。他觉得海风那么凉，那么尖，身子不停地抖。他的牙齿抖着说：

"煮锅鱼汤吧，越烫越好！……"

千年龟立刻动手往小铁锅里添水，烧起鱼汤来。月亮缓缓地升起来了，大海滩罩在了惨白的月色里。海水拍在沙岸上，那银亮的水珠溅开来，又飞快地在沙面上滑动一下，不见了。大如瓢壳的小船在月光下泛着淡淡的光色，像是在愉快地跳动。没有一个人说话，海滩上一瞬间这么安静。

大家看着烧沸的小铁锅都有些兴奋，围在四周，有的坐了，有的站了；唯有千年龟拉长身体躺着，斜眼去看老筋头。大家随了千年龟的目光看去，只见老筋头神色忧郁，盯住自己青筋暴起的两只大手。那两只手倒换了一下，又重新握在一起。

四方走过去，问了句："老筋头，我们敲那个鱼皮鼓吧？敲敲大家高兴些。"

他点了点头。

小鱼皮鼓搬在了小铁锅旁边，四方"咚咚"地敲响。鼓声震动着，人们那颗心立刻颤抖起来。四方用力飞快地敲，鼓声又急又响，使小铁锅里的白汽猛地蹿了出来。她的力气用尽了时，又有细长物接上；再就是下边的孩子们接续下来……鼓声急一阵缓一阵，人们都看到老筋头眼中有什么晶亮的东西在闪动。大家互相看了一眼。

鼓声渐渐慢下来，但比先前更加沉着有力。老筋头找出了他的酒葫芦，仰着脖子喝起来。四方喊了他一声，他就像没有听见，继续喝着。不知是灶火映的还是喝了酒的缘故，他的脸膛那么红。葫芦里再也倒不出一滴酒了，他就愤怒地将它抛入灶里。他的眼睛看着蓝色的夜空，喊了几句什么，接着随上鼓声唱起来。他唱的词儿是千年龟、四方和细长物听过的，他们知道老筋头又沉浸在遥远的往事里了。

"……河有多长啊，我走多远！海有多宽啊，我游多宽！我本是漂在水上的精灵啊，我是一条船！岸上的大嫂喊我喝米粥啊，村里的大叔请我去抽烟！我飞快划桨就是摆手啊，我要流落到天边！……"

他唱着，嗓音粗粗的，是那种老男人略带沙哑的声音。在这歌声里，孩子们大口地喘气，眼也不眨；那个与孩子们待在一块儿的矮小老太婆流下了泪水。千年龟躺在离锅灶最近的地方，此刻像被火星溅了一样，不停地翻身。只有四方咧着嘴角，老筋头的歌声刚刚煞尾，她就接了上去。

她的歌声像深夜里翻滚而去的河水，暴怒地呜咽。有人听出好像她在悼念死去的于志广。也有人听出那更像是在诅咒什么。那种壮年妇女的悲凄歌声一阵一阵，海浪都压抑不住，锅底的火焰顷刻间像被冷水泼了，呼呼地冒出了黑烟……千年龟赶忙大把大把地往灶里加添柴火。

火苗重新舔着锅沿的时候，鼓声又紧急如初了。四方不再歌唱。她弄乱了头发，在沙滩上走着，有时还去拍一下细长物。老筋头歪倒下去，很快就睡着了。细长物蹲在老筋头身边，又伏下身子看着老人的睡态。他看到老人又深又密的皱褶里夹住了一些沙粒，就伸手给他伸展出来。老筋头的鼻孔张大了，用力往里呼气。那衣领袒开着，胸脯及半截臂膀都被月光洗得冰凉，细长物从上面看着，把手插进了老人的衣领里，抚摸着一个温热的疤痕累累的躯体。

千年龟躺着，被来回奔走的四方踩了一下，也就猛地坐了起来。他搓揉着眼睛，仰脸去看星辰，然后就动手去捅灶火，搅着鱼汤。小铁锅一会儿又喷吐出白汽。

不知是鱼汤的鲜味儿还是什么，使老筋头很快醒来了。老头子一手揽住细长物一手向空中指划着，说："你听到了没有？"细长物侧侧耳朵，摇摇头。老人说："我刚才听到了马蹄的声音，'咔嗒、咔嗒'，从远到近，又从近到远，越过我们的头顶过去了……"细长物的身子扭动了一下，大睁着眼睛问："是于志广的木轮子车吗？"

老筋头的目光又去寻找那个小小的坟堆了。

大家喝着鱼汤。看来这一夜谁也不想睡了。四方给一老一少捧来两碗汤，又无声地走开。一群孩子因为没有碗，一人捧一个大海螺壳，"吱吱"地吸吮着。矮小的老太婆受到了特殊照顾，四方给她一个长把儿汤勺。

白天晾晒的鱼儿在月光下亮成一片。海菜堆成的山峦在沙滩上投下了很大的黑影。细长物说："老筋头，于志广不死就好了，他会用车将这些拉回村庄的。"老筋头摇摇头。细长物把鱼汤喝完，用一根手指挑着碗旋转着说："那我们就得把这些东西一点一点搬回村庄了。"老筋头仍旧摇头：

"最要紧的是让他们离开那个村庄，到海上来。"

千年龟喝饱了汤，抹着嘴巴挪蹭过来，得意地端量着老筋头，说："你平常说什么？你说我是个有大心智的人。那你为什么不让我动动心智！你想想看，如果让人把鱼隔几步扔一条，直扔到村庄里，天亮了他们还不循着鱼线跑到了海上？……"

老筋头的眼睛一亮，一下站了起来。他笑着盯了一眼千年龟，然后转向锅边上的几个孩子说："快跟上细长物做大事情去罢！"

话音未落，细长物就急急地吹响了哨子。一群孩子两眼尖尖，虎生生地看着细长物。他们用背篓背上鱼，又点上火把，匆匆忙忙往深远的夜色里奔去。

火把星星点点地散开在月夜里，哨子声也渐渐消失了。

四方又敲响了鱼皮鼓，清脆的鼓声急促亢奋。这鼓声随着清冷的月光一块撒落到夜空里，那般遥远和费解。咚咚……咚……它终于缓下来，淡下来，一下一下地拨动着海边这凉凉的夜晚。但只是一会儿，它又急躁如初了，鼓声里大片大片的月光飞快地垂落下来。

整个的大海滩都响彻着频频的鼓声，那个大如瓢壳的小船又在月光里愉快地颤动了。

夜栖的海鸥被鼓声惊醒了，在浪印上"嘎咕"大叫。它们有的从上边飞过，让人们看到了那漂亮的、一尘不染的羽衣……

不知过了多长时间，远处响起了孩子们的喧嚷声、细长物的哨子声。老筋头对四方喊一声："加劲擂鼓！"鼓声如爆豆子一般密了，圆圆的月亮在鼓声里一丝丝地往下落，最后把大地映成一片金属般闪亮。孩子们跑近了，一张张汗漉漉的脸庞像鲜花一样在巨大的圆月下一一开放。

天色放亮了。海雾在小窝棚的尖顶上飘荡。所有人都伫立着，连千年龟也站在灶火旁边。大家一直望着南边，望着村庄的方向。

细长物第一个用手向前指了一下，说："看呀！"

黑乎乎的一片人分不出个儿，在远远的荒野上蠕动着、颤抖着……老筋头大喊一声："他们可来了！来大海上了！"

荒野上的人群清晰了、越来越近了。他们的声音传过来，"啊啊"响成一片……这是一群突然陌生了的人，衣衫残破，头发长长，被海风吹拂着，一直奔涌过来。

人群望也望不到边。好像奔向大海的不是一个村庄，而是所有的村庄。他们黑压压的一片，像浪潮一样，那巨大的呼声远远压过了海的波涌。

老筋头望着越来越近的人群，大笑着呼喊一句：

"你们来了！我该走了！我本来就是河里海里的人……"

他说着不顾周围几个人惊讶的眼神，返身就向小船跑去，弯下腰推船入海。

细长物望着不远处的人群，有些恐惧地叫了一声，也奔向了小船。

四方、千年龟，那群孩子，都怔怔地站在大海与人群之间。他们犹豫了片刻，然后一块儿扑向了小船 —— 细长物原以为这个小船至多能盛下三人，可奇怪的是所有人都上来了，它还是宽松如常。细长物惊喜地看着这条船，又看了一眼摇橹的老筋头。

人群逼近了海岸。

小船驶入浪谷，消逝了。停了一瞬，它又跃上了浪峰。小船上的人向岸上频频招手。

太阳很快使大海一片火红。风愈吹愈大，整个大海都在熊熊燃烧。那长长的火舌舔着一个抖抖的小船。

小船在愤怒的火焰中昂首航行了。

一九八六年十二月——一九八七年四月于济南

《蘑菇七种》书影，印刻出版有限公司二〇〇二年五月版。

各版本的《蘑菇七种》书影

蘑菇七种

82000字

蘑菇七种

张炜

一

叫"宝物"的是一条丑陋的雄狗，难以驯化。它的性实际上更接近于狼。给它取名字的人是这方世界的君王，叫"老丁"。它发毛从小就脏臭，脾气凶悍，咬死了很多同伴和猫。有的狗赶来与它亲近，也被它咬伤了。很多人想打死它，都没下得手。老丁和它谈心，二者之间心心相印。老丁说："宝物，你遭罪了。"它的忠厚的眼睛湿润着，盯着这个拿它当成初人，消瘦疲惫。个大致上，口是方的，很开很大。有悲苦之人哪，天涯无妆，威震四方。宝物细绳般的小尾巴摆了三次。老丁被烟卷熏黄的衣指翻起来，刺着尖顶延上的毛笔。

天色暗下来时，宝物出巡了。

在这片不大不小的林子里，永远是水气淋漓。天蒙蒙，地蒙蒙，五步之内有青藤。青乱蹦，河蟹飞走，长嘴鸟儿咕咕叫唤。宝物跑着，浑身的发毛不停抖动，见到青草中摸出的得丽的鲜花，就给它浇上尿。它有一次被刺陵间的蛛网挂了一下脸，就愤怒地蹦起来。牵网的蜘蛛沿线向刺顶滑去，它一爪扒下残来。蜘蛛纸速化了，接上嗒嘣一声咬碎了鼓圆的肚子。它大叫着，花等林中跺着的百物可它咬死的是一只毒蜘蛛，嘴角正一阵麻陈。

一

　　叫"宝物"的是一条丑陋的雄狗，难以驯化。它的品性实际上更接
近于狼。给它取名字的人是这方世界的君王，叫"老丁"。它从小就皮
毛脏臭，脾气凶悍，咬死了很多同伴和猫。有的雌狗赶来与它亲近，也
被它咬伤了。很多人想打死它，都没能得手。可老丁的话它句句听，二
者之间心心相印。老丁说："宝物，你遭嫉了。"它的恶毒的眼睛湿润
着，盯着这个像石头刻成的老人：消瘦矮小，额头鼓鼓，口是方的，张
开很大。智慧的主人哪，英勇无敌，威震四方。宝物细绳般的小尾巴摇
了三次。老丁被烟卷烤黄的食指翘起来，刺着头顶短短的毛发。

　　天色暗下来时，宝物出巡了。
　　这片林子永远是水气淋漓，天地蒙蒙；青蛙乱蹦，河蟹飞走，长嘴
鸟儿咕咕叫唤。宝物跑着，浑身的皮毛不停抖动。有一次它被树隙的蛛
网挡了一下脸，就愤怒地跳起来。蜘蛛给逮住了，接着被"咯嘣"一声
咬碎了滚圆的肚子。它大叫着发出咒骂。可它不知咬死的是一只剧毒蜘
蛛，毒液正渗进它的嘴角。
　　一个黑面高个子背着枪转出来，笑着叫它。它像没有听见一样跑起
来；跑了一会儿，又突然止步仰脸，鼻子"蓬蓬"地闻着什么。一些姑
娘们挎着篮子走出来，见了宝物吓得尖叫奔跑，蘑菇撒了一地。它向前
追逐，直把她们赶得很远很远才转回来 —— 一个面孔白净的年轻人正
用一根柳条串起姑娘们丢弃的蘑菇。宝物撒一点尿，走了。

巨大的、难以忍耐的灼燎在胸部漫开，[redacted]恨不能撞倒一棵橡树。[redacted]这林子里有毒的东西可真多，连蘑菇也有毒。[redacted]吃了毒蘑菇就算活不成了。老丁认得清那东西，总是用两个手指夹住扔出来。毒蘑菇演化出的故事[redacted]万万千，俺宝物也通晓一二三。小村里[redacted]驻队干部中有个公社女书记，满脸横肉有黑斑。只因搞上了参谋长，把毒蘑菇放进丈夫碗。丈夫贪吃又贪睡，半夜三更一命归西天。参谋长领人把案破，说小案一桩有何难，无非是革委干部误食毒蘑菇，自古忠孝天下难两全。之后进[redacted]婚有厚福，说不定招个贵婿[redacted]进庭院。女书记闻听破涕笑，说化悲痛为力量革命路上一往更无前。这就是民间事那么小小一段，日月风尘埋下了沉冤。宝物那时候正处于患难之时[redacted]，它无意中向黑洞洞的一个小屋里瞅了一眼，就看见了参谋长和女书记。[redacted]女书记把两颗花顶伞毒蘑菇揣进了衣兜[redacted]。宝物承认女书记干得漂亮，嫉恨得牙齿格格响。它正沉浸在往事里，这会儿蜘蛛毒液渐渐涌入[redacted]了心脏。它尖叫一声倒下来，两爪[redacted]插进土里。[redacted]灰眼里有什么闪了一下，将熄未熄。[redacted]幻幻的蓝影儿在眼前飘着，飘暮色苍茫，树影如山，宝物出巡了。

它的三角形脑袋被树叶上的水珠弄得湿漉漉的，残缺的牙齿从紫唇间露出来，昂着硬邦邦的长鼻梁。星星还没有出来的这一瞬间，一股滚烫的热流在它毛发间涌动。那是一天的映照蓄成的电火，凉风摩擦着毛皮，电火就在身上爆开。它像被一些细线勒住了，不停地挣吼，向着夕阳沉落的方向奔跑。回返途中，它遇见什么就想咬死什么。那些不知道在宝物出巡的时刻回避的蠢物，理所当然地要倒霉了。它的鼻孔吸进一万种林中气味，让其徐徐地流入，小心辨别。蘑菇的味道最清晰，它们的形状、颜色，都如同看到一般。它在林中生活多年，跟老丁学会了吃蘑菇。老丁有神力啊，无所不能。它离开那个枯瘦的老头，脾气总是坏透了。毒蜘蛛的液汁更深地渗入，它吼着在原地转了一圈。一只刺猬急急地从灌木中钻出来，球成一个刺蛋。宝物将它埋起来才往前走去。它登上一处沙丘，前腿直立，小灰眼珠瞄向四方。五棵最高的杨树，加上五棵黑色的橡树，等于十棵。它跟老丁学会了一位数的加法。土丘下边白沙如雪，绵软可爱，曾有一对狗男女躺着聊天。他们都是林边小村里的人。还有个雌狗叫皮皮，总是打了红脑门，宝物差一点爱上它。皮皮窜到林子里，那时宝物凶猛地扑上去，咬豁了它一只耳朵。小皮皮滴着血汁，哭着跑了。这个小林场啊，一主三仆，还有一个宝物。它有着统揽全局的气魄，兢兢业业。老丁香甜的鼾声使它无限幸福，醒来时静静倾听，睡去就做关于老丁的梦。它知道老丁对它有多么好：据理力争，硬是从总场场部要来了它的口粮。原先宝物一无所有，总场场长申宝雄虽与它同占一个宝字，却无一丝同情。老丁力争不懈，宝雄才算松了手，着。它的关节鼓起来，鼓起来，又重々地松下▇去。

它看小屋裳在一片蓝色里，小屋里的人也是蓝的。一个蓝得发里的小老关，那不是老丁吗？老关子蹲在宽大的锅台上，只穿一个灰白色的长短裤，两手持一小木锨，在一口热滚腾々的铁锅里搅着。他周围有三个人，▇▇▇伸长了脖子。哎哟，好鲜的蘑菇的气味啊，好像人的气味啊。这蓝色像四个人像金属制品一样，他们机械地活动着，手脚▇关节的折动嘎々有声。它真想▇▇▇▇▇▇▇▇▇▇▇▇▇▇▇跪到老丁身边。▇▇▇▇▇▇

▇▇▇▇▇▇▇▇▇事短薛的老关唱起了下流的歌，双臂喷々向着，木锨搅动不得。也只有他是自动手做着的汤才如好诱人。白色的蒸汽往上冒着，与一片蓝色汇到一起时，又渐々成了红色、杏黄色……终于蓝色全部褪尽了，继后是黄色和红色▇孙▇遇了▇起来▇。最后，像空气一样的白色刷去了一切，所有的幻影全不见了。▇▇▇▇▇▇▇那个大毒蜘蛛的阴魂在绕着交迴旋，绕了三周，无可奈何地要离去了。"这就是民间事那么小々一段，日月风尘埋下了沉冤"。它忍狠々地盯着蜘蛛的阴魂。

就在蓝色退去的那一刻，蜘蛛毒液就宝物有毛无力的▇推出▇那颗心脏▇▇▇▇了脉管。它章拉的三角形脑袋又慢々昂▇起来。

二

老丁手里的木锨像一支桨浆，摆啊摆，铁锅里重起波澜。一边的三个人咽着口水，咂着嘴。"义太、黑杆子、每月从手缝里撒出十斤粮食。它吃着官粮，没有月薪。这都是老丁的神勇啊。智慧的主人，英勇无敌，威震四方。宝物在林子里奔驰，热汗横流，万难不辞，只为一人守着疆界。

毒蜘蛛的毒液渗入了胸部的脉管。巨大的、难以忍耐的烦躁在胸部漫开，恨不能撞倒一棵橡树。这林子里有毒的东西可真多，连蘑菇也有毒。吃了毒蘑菇就算活不成了。老丁认得它们，总是用两个手指夹住扔出来。"毒蘑菇演化出的故事万万千，俺宝物也通晓一二三。小村里驻队干部中有个公社女书记，满脸横肉有黑斑。只因搞上了参谋长，把毒蘑菇放进丈夫碗。丈夫贪吃又贪睡，半夜三更一命归西天。参谋长领人把案破，说小案一桩有何难，无非是革命干部误食毒蘑菇，自古天下美事难两全。久后遗孀有厚福，说不定招个贵婿进庭院。女书记闻听破涕笑，说化悲痛为力量革命路上一往更无前。这就是民间事那么小小一段，日月风尘埋下了沉冤。"宝物那时候正处于患难之时，它无意中向黑洞洞的那个小屋里瞅了一眼，就看见了参谋长和女书记。女书记把几颗花顶毒蘑菇揣进了衣兜。宝物承认女书记干得漂亮，嫉恨得牙齿格格响……蜘蛛毒液渐渐涌入了心脏。它尖叫一声倒下，两爪插进土里。灰眼里有什么闪了一下，将熄未熄。幻幻的蓝影儿在眼前飘着，飘着。

它的头昂起来，又重重地耷拉下去。它看见林中小屋蒙在一片蓝色里，老丁蹲在宽大的锅台上，手持小木锨搅弄热气腾腾的铁锅。他周围有三个人，伸长了脖子。哎哟，好鲜的蘑菇的气味啊，好馋人的气味啊。这蓝色使四个人像金属制品一样，他们机械地活动，手脚关节的折动嘎嘎有声。老丁唱起了下流的歌，木锨搅动不停。也只有他亲手做成的汤才如此诱人。白色的蒸汽往上冒着，与一种蓝色汇到一起，又渐成红色……蓝色终于全部褪尽，黄色和红色弥漫起来。最后，所有的幻影全不见了。那个毒蜘蛛的阴魂绕着它回旋三周，无可奈何地要离去了。"这就是民间事那么小小一段，日月风尘埋下了沉冤。"它恶狠狠地盯着蜘蛛的阴魂。

二

老丁手里的木锨像一支橹桨，摇啊摇，铁锅里面起波澜。一边的三个人咽着口水，咂着嘴。"文太！黑杆子！小六！"老丁在锅台边唤了一句，他们立刻应声："哎啦！"老丁又摇了一会儿，向一旁伸伸手，白脸文太赶忙递过去一个黑色小瓷瓶。老丁握紧瓶子，照准锅心就是三甩。文太转脸看了看其他两人，朝锅台边的老人一竖脑袋。黑杆子咧着大嘴，抄着手，快乐地蹲下又起来。小六脸色苍白，眼睛不停地动。黄色的玉米饼摞在一边的一块木板上，冒着热气。这个夜晚不用说有一顿好饭：喝蘑菇肉汤，吃玉米饼。老丁要喝酒，那是一种味道纯净的瓜干酒。如果老头子高兴，也许会分给三个人每人一口。黑杆子白天在林子里打到了一个猫头鹰，文太和小六认为它的肉不能食用，被老丁呵斥了一句。它的肉与蘑菇配在一起，味道诱人。老丁的话从来没有错过。汤熬好了，老头子从锅台上蹦下来，热汗涔涔。他唱着歌，文太和黑杆子不停地笑，老丁于是更起劲地唱。小六脸庞木木的，老丁就在唱词里加进了一句骂他的话。小六的脸红了一下，接上又白了。文太提议开饭吧，老丁瞅瞅屋外的黑夜，又歪头听了听说："宝物许是遇上了麻烦，它早该返回了。罢，不等，开饭。"话一停，黑杆子抄起大铁勺，在四只碗里一一点过。有一个印了金边的大碗里蘑菇多汤儿少，不用说是为老丁准备的。老丁说吃吧吃吧，饭后再不见宝物，那么黑杆子就捎枪出去找找吧。他说着大喝一口，又到身后黑影里摸出了一个酒瓶。酒香一下子散开来，文太激动得手都抖了，呼出一声："丁场长……"小六狠狠地盯一眼文太。老丁一抬手拍了一下文太的肩膀："喝口喝口。"文太抱住光滑的瓶子吮了一大口，"咕"的一声咽下，愉快地大喘。黑杆子起身点燃了桅灯。黄色的亮光罩住了小屋，四人围坐着，脸色通红。小六嚼玉米饼的样子很怪，左腮总是凸起一个拳大的瘤。老丁说："六儿牙口不好。"大伙都笑了。牙口如何如何，一般指牲口。

这片林子属于几十里地之外的国营林场。十年以前老丁一个人在这小屋里看管林子，总场为了加强管理，又派来三个工人。老丁自封为场长，而总场方面只将他们四人唤作"林业小组"，并临时指定小六负责。小六十四岁上入过团。四人当中，只有小六衣兜上有支无水的钢笔。老丁吃饭时常常托物言志："南边那个小村里有个花狗，狼狗样儿，两耳竖起几寸高，龇着牙瞪着眼。有一回它和宝物争东西，都替宝物捏一把汗。宝物又瘦又小没神哩。谁知它三两下就把花狗干倒了。人狗一理，切莫让装出的模样给唬住。"文太接上："老丁场长所言甚是。您老经过万水千山，烽火连天，然百炼成钢。就不像一些小人，鸡肠狗肚，阳奉阴违，必欲置人死地而后快。"文太在总场时读过很多有"毒"的古书，并且常常背诵书上的话，引起了总场办公室秘书的嫉妒。秘书告到场长兼书记申宝雄那里，文太就给贬到了这块僻远的林子里。黑杆子听了文太的话哈哈笑着，十分快意。他听不出两人的意思，但知道是冲小六去的，就笑。他原想笑过之后会得到一口酒，但老丁并未慷慨到这个地步。黑杆子像文太一样对老丁入迷，任何情势下都不会恼恨。他咂了咂嘴，觉得这个夜晚稍微有些寒意。刚来林子里不久，老丁就将自己的十七斤半重的土枪送给他，说："你负责武装吧。"从此他就枪不离身。武装多么重要，谁都知道枪杆子里面出政权，而老丁竟然把枪杆交给了自己这样一个莽汉。他一时无语，唯有感激。

　　"这种蘑菇可是稀罕。你们看它什么模样？细脖儿小脑，像肥豆芽儿。这叫'小砂蘑菇'，味儿最鲜。我在这林子多少年，这种蘑菇可吃不多。嘿哎，文太你哪里整来这么多？"老丁用筷子夹住一个蘑菇。文太说："我知道丁场长的口味儿在哪里 —— 就不厌其烦地采找……"他讲到这里觉得有一对冷冷的目光射向自己，一转脸，见浑身被夜露湿透的宝物突然出现在黑影里。他的腮肉抖一下，急急说："宝物回来啦，回来啦。"老丁搁了酒瓶，着腰踱过去，伸手撩起它的下巴看着。宝物僵硬如铁，纹丝不动。"宝物！"老丁大喝一声。宝物洒下了两滴泪水。老丁大惊，严厉地扫了三个人一眼，说："你们谁欺负它了？"三个人都摇头否认。老丁沉思半晌，点点头："它受调弄了，我知道。可怜的狗。它就是不会说话罢了，它有肚量啊。一条好心眼的狗。"他说着倒了一点汤汁，又小心地掺了三滴酒，送到宝物面前。宝物闻了闻，眼前又掠过一片蓝色。"无非是革命干部误食毒蘑菇，自古天下美事难两全。"那个恶毒的猫头鹰曾经怎样诅咒过它呀，眨眼竟成杯中羹。它快乐地饮了一大口，品着一种熟悉的气味。这气味多少有点像那个公社女书记身上的味儿，于是它怀疑是同物异形，暗中盘算准备私下一访，去看看那个女干部还在不在了。它要从参谋长的屋里搜索起来。说不定参谋长也是个善于使用毒蘑菇的角儿，如果那样女干部真的要倒霉了。宝物很快地、心事满腹地喝完了蘑菇肉汤，抿抿仍然肿胀的嘴唇，退到一边看着四人进餐。除了小六以外，其他人都吃得大汗淋漓。老丁把金黄的一个大玉米饼放到膝盖上掰断，取了一半咬着。他像个满口钢齿的小型机器，在吞噬金块儿。他把酒瓶儿放在左脚边上，不时拾起来吮一口。小砂蘑菇被他夹住，先咬去小圆顶，再咯咯地嚼掉茎子。"美味啊！先记文太一功。"文太摇着手，瞥了宝物一眼。宝物只用左眼看着文太。老丁又唱起歌来——宝物出巡归来了，老头子安心了，歌声自由自在。他把京剧和民间小调掺在一起，一会儿昂扬刚烈，一会儿涓细温柔，净唱些古怪的传闻。所有人都差不多吃饱了，跟老丁一起快乐。老丁一边唱一边又摸出那个制成不久的特大烟斗。黑杆子抓上烟末，文太划亮火柴。他吸一口，哼一句，断断续续地诅咒着一个小人。宝物忍不住兴奋活动了一下前爪，不停地瞅脸色阴沉的小六，突然老丁伸手一指宝物说："嘿，笑了笑了。"宝物真的在笑，那颗残缺的牙齿都露出来了。"要想人不知，除非己莫为。你说呢文太？"老丁笑眯眯地问了一句。文太一拍膝盖："那是当然的了。"他又推拥一下黑杆子，重复一遍："当然的了。"黑杆子看看小六，鼻子里发出"哼"的一声。他背上枪，暗里跟踪过小六，让老丁知道了，被老丁好一顿训斥。老丁说："六儿也不易哩，由他做吧。"不久文太去小村的小卖部取酒，老七家里告诉文太一些事情，让他捎话给老丁，说小六来买走一片泡制墨水的颜料。老丁恼了。他料定小六要把墨水灌到那管笔里，向总场写点什么。那个估计不错，因为半月之后总场派来了工作组，场长兼书记申宝雄亲自挂帅。一时间黑云翻滚，天低云暗，虽然撼山易，撼国营林场一分场难，但也总嫌麻烦。事后老丁让文太去总场活动，历尽艰辛才搞来小六报的黑材料。老丁目不识丁，让文太读了读，开头几句就差点让老头子昏厥过去。老人冷静了两天，对文太说："怎样对付这个，我考考你。"文太半晌不语。老丁说："还亏了是个读书人哩。对付这个容易哩，我党有个好办法，就是把阴谋变成阳谋。公布黑材料吧。"文太无比钦敬地看着老丁。第二夜，他们趁着小六不在，捻亮了桅灯，将黑杆子召到屋里，让宝物端坐到它的位置上。文太一字字念起，大家一声不响。宝物坐在黑杆子左边，面色极为冷峻。

那个秋夜的风声至今响在耳边。那个秋夜猫头鹰凄怆地叫着，一直伴着文太的朗读声。宝物听不明白，但愤怒与时俱增。如果老丁有令，它将把那个黄脸青年撕碎。它用舌尖舔着残牙。想不到小六白纸黑字，如此凶狠 —— 敬爱的场部领导党的组织见字如面，一共青团员在遥远的这里谨向您致以革命崇高敬礼，并同时汇报当地惊心动魄的斗争以及全面腐化的可怕现实。有人即老丁野心勃勃目无领导，不顾上级三令五申私自称林业小组为一分场并自封场长。革命职工敢怒而不敢言并且渐渐同流合污。本人早年入团宣誓响彻云霄，独自奋战，死而后已。这里虽然环境险恶民不聊生伙食很差，如每顿饭三两粗粮二分菜金，但尚有野菇可补其不足。最难忍受修正主义磨刀霍霍，狼狈为奸。他们让黑杆子掌握反革命武装，火药味很浓。这里还养了一条资产阶级走狗，取名宝物，向人民咬牙切齿。总之，这里已是一个针插不进、水泼不进之独立王国。是可忍孰不可忍的还有，老丁与当地民众间不三不四者勾搭，多次密谋，不可告人的勾当我看也有。老七家里与老丁过从甚密，中间由文太奔走。注：老七家里即一四五十岁民妇，相貌一般，性情残暴，成分在中农与贫农之间（待查）。她现为小村代销店售货员，以职权之便私销老丁等人干蘑菇，付以烧酒。烧酒作为资本主义货物，上级早已列为控制商品，但老丁从小店倒卖大宗。他们整日借酒浇愁，谈论黄色下流之极。上层建筑舆论阵地要占领，他们还借机散布不满情绪，今不如昔，拒不组织上级及党委多次布置的文件学习心得体会，不办墙报，不开展政治。老丁与老七家里究竟如何，仍在观察。是否有染，难以断定，因为并未亲眼看见。更为可恶的是，老丁散布谣言，将驻村女干部与一参谋长强加于人。注：众所周知，谁反对解放军就是反革命；军民团结如一人，试看天下谁能敌？且女干部为人和蔼，不笑不说话，早年曾为全社先进人物，学生时期就有突出表现，如用手捧牛屎至庄稼地等。总之此地已成反动黑窝，本人虽然坚定，但毕竟寡不敌众。当然，本人辜负党的期望与培养，没有负起领导责任，也应当检讨。切望上级及早进驻小林，使云消雾散。急急。再次致以革命崇高敬礼。

赶走了工作组，又进一步将阴谋变成了阳谋，小六算彻底失败了。那个夜晚读完黑信之后，大家久久不能平静。老丁在昏黄的灯下踱来踱去，终于在宝物跟前停住了。他蹲下，抚摸着它的头颅，说："你也听到了，黑信里点了你的名，骂你是'走狗'。"宝物无语，胸部急剧起伏。它的目光紧紧盯住一个黑暗的角落，文太起身去看了看，发现了小六穿过的一只破力士鞋。黑杆子捏紧了枪杆。那个夜晚啊，那个夜晚猫头鹰的凄厉的叫声啊。"君子能忍自安。"最后还是老丁说了这样一句，送去了无限的慰勉。从此之后小六还是小六，老丁还是老丁，似乎两不相扰。但大家都看出小六大势已去，再也没有往日的精神。老丁在林子里理所当然地决定一切，而且小村里的人也敬他三分，都呼唤："老丁场长！"那个公社女书记与参谋长仍在小村驻扎，节日里还要代表地方政权向老丁送些吃物，以示关怀。本来天下太平，一切正常，如老丁守屋，其余到林子里或劳动或管理招来做活的民工；每到黄昏，宝物出巡，绕林区一周有余；宝物归来，正好开饭，如饭间有酒，老丁则饭后乘兴神聊，讲他一生的经历和见闻，惊天动地。老七家里与林子里的人继续合作，不间断地提供烧酒。大家都很高兴，唯有小六蔫蔫地来去，安心做活。不幸的是前不久他突然精神起来，双目如电，宝物不得不尾随其后。就在发现小六兴奋异常的第七天，宝物眼瞅着他进了小村，入了小店，又买走了一片化制墨水的颜料。宝物赶回林子，对老丁做出几个危险的脸相，老丁于是派文太速去速回，直接找老七家里。老七家里说这是小六买走的第二片颜料。

"我今年六十岁了，瞒过我眼的还没有哩！"老丁抹着嘴巴说着，狠狠吸一口烟。他把烟全吐向小六那儿，使小六看起来像个雾中人。他停止了吸烟，手打眼罩向前看着："六儿在哪？你藏在烟气里了，你当我看不见？我把你看得一清二楚。我早说过了，瞒过了我眼的还没有哩……哼哼。"文太两手拍了一下，呼叫着："说得太好了！"黑杆子也嘶嘶地笑了。宝物兴奋得伏下又起来，同一动作重复多次。小六嫌热似的解开了第一个衣扣，活动了一下。老丁的脸色通红，瘦小的身躯一抽一抽，每动一下都有什么地方发出咔咔的响声，像是骨头响。他蹲在一个木墩子上，细细的两条腿不断调整着重心。"要说我这一辈子啊，嘿嘿，什么没经过？是不是，是不是？"他一边说一边将头转向宝物，"我闯荡南北，死去了又活过来，用手指从肋骨里抠过手枪子儿。要说怕的人嘛，也有也有，不过不是男人，是女人，哎哎！她们越对我好我越怕。是这样哩！"老丁说着站起来，挥动了一下大烟斗，捻小了灯苗。宝物瞥瞥四周，见其余三人都屏住了呼吸。它看到了老丁钢一般坚硬的骨骼，看到了在其间奔流不停的血液。那是活鲜如朝霞的啊。老丁——木墩上的石刻老人，双目闪亮……它看到一片化制墨水的颜料掉进水里，有一个黄瘦的手臂进去搅搅搅，刚刚搅匀，被更有力的一条胳膊端了。墨水从黄瘦青年的头上浇下来，通身都黑了，像炭做的人。智慧的主人哪，英勇无敌，威震四方。宝物知道老丁又要讲他那无穷无尽妙趣横生、同时又是真假难辨以假乱真、全世界最辉煌最瑰丽的一个人的历史了。它悔恨当年没有与老人同在一起，化为那无尽故事里的一个小小生命。再看文太黑杆子甚至是卑劣的小六，都习惯地、毫不含糊地振作起来，用钦佩的目光注视着老丁。

"人人不同，物物不同，我是老丁。"老丁这样开头，"天底下没有我这样的做人法，我日他妈所有现成的做人法。见天不死，见地不死，见铁不死，我这个老怪物死不了啦。有酒就喝，有好东西就吃。就给一万个大官牵过马骡，也给数不清的女人下过跪哩！皇帝吃的好饭我不嫌，牛马嚼的东西也不孬。人是机器，加了油就转。我是一直让它隆隆转，隆隆转，转到死，加马力，火火爆爆一辈子。我早就说过，我是省长以上的经历，也算老革命，也算老红军。在延安，我烧的木炭比张思德都多，没死，也就没出名。我也进过三五九旅，开荒种地纺棉花，还种出一棵一人多高的辣椒，首长看了说：好。我不识字，不过外国人进中国，到了北边都是我当翻译。我把驴一般都翻成骡。鬼子让我投降，那年我是师长，我打了鬼子一记耳光子。后来四五年吧，鬼子先降了。你看吧，我过的桥比一般人走的路都长。我为什么后来没有被提拔起来？还不是我有那毛病——喜欢女人。我又没有文化。没有文化做不成首长。你三个四个好好听，宝物好好听。这些当假就是假，当真就是真。没有什么大不了的事。反正有一件是真的：我是个轰轰烈烈的人！我不做后悔事，做过就不悔。我敢打光棍，敢报仇，敢一个人住这林中小屋。别人说我我不听，全当苍蝇瞎哼哼。我从南边跑到北边，最后相中了这片树林。这里风水好，蘑菇多，他妈的一辈子就这样打发，强似神仙。我不依恋钱，不依恋朋友，依恋的东西只有一个：自己的血性！哎哎！"

老丁说到这儿喘息不停，伸手取水。文太每逢这时候就激动得脸色煞白，神色不安。他全身颤抖，像弹簧一样突然从地上跳起来，向老丁脸前伸出了拇指，喊一句大家早都熟悉的话：

"你活得英勇啊！你不甘平庸啊！"

喊毕，精力全失，如泥土一般柔软地落下，再无声息。老丁声调软下来，开始了真正的长谈。那是些真正的故事啊，去伪存真，去粗取精，永远消化不尽。"我喜欢上的人哪，车拉船装。我说过，我连朋友也不依恋，等于说我不重友情。我明明白白告诉，我是这样的人。可是有人要叫我喜欢上了呀，我能跑去为他死。有一年我去了南方，那里热燥，夜里睡觉要枕一个中间灌凉水的瓷猫。这是为了冷静头脑，要不，第二天早上起来尽做糊涂事。我刚去哪懂这里面的道理？结果昏头昏脑地做事，惹出来的故事一辈子也忘不了。我在一个荒山林子里摘紫果吃，吃得牙紫唇紫，不停地打嗝。那片林子比咱这林场密上十倍，野猪都有。虎狼倒不多，咬人的东西少。我吃果子，往前走。当年十八岁，身强力壮，不怕鬼神，头上包了蓝布。这天我遇上了一个老人，他领我回到一处林间宅院。那是个逃乱的富人，一看大宅就知道。他家里有丫鬟，有太太，有小姐，有鸡和猪。也有一条狗，比宝物差多了，不会叫。小姐像面捏出来的，说话的嗓门细溜溜，胳膊活像一段藕瓜。她的眼神我不说了，我要说，今夜我受不了。那是无法抵挡的一双眼，能穿透万水千山，打倒千军万马。一句话，我一辈子只见过这一双眼。见这双眼之前，我的身体还像牛犊一样壮。就是这双眼让我支持不住，身上热一阵冷一阵。你们不知道，太好看的眼睛败你的神气，这是定准的原理。不是吗？我不说这双眼了。我只想说她后来参军，所在部队连连失败，恐怕也是害在这双眼上了。当兵的让这双眼看一下，你想还会有好结果？我保证他们连轻机枪也抱不动，还想打仗？这是后话了。先说我和她往来这么一段又一段。那一天我隔着篱笆望见了她，她的眼睛从篱笆空儿里望了我一眼。我立刻倒下来，也不顾脚下有一摊狗粪（那是多么窝囊的一条狗！），怎么也站不起来。丫鬟来拉我，太太来拉我，那个有大福不会动，还想打仗？这是后话了。先说我和她[redacted]往来这么一段又一段。那一天我隔着篱笆望见了她，她的眼睛从篱笆空儿里望了我一眼。我立刻倒下来，也不顾脚下有一滩狗粪（那是多么窝囊的一条狗!），怎么也站不起来。丫环来拉我，太太来拉我，那个有大[redacted]福不会清受的老[redacted]人也过来拉我。所有人都沾了那条破狗的粪（我就不明白为什么这样的狗还不快宰），又叫又跳。这就惊动了她呀，她走过来，我们使劲拉了一下手。有一股大电从第二根手指传到肩膀，把我电了一下。我不知怎么流了泪，眼泪汪汪，想这辈子就到这儿吧，这已经是合算的了。她呀，我敢说是个神仙下凡。我怎么说也不过分，一句话，把我杀了我也得要她。那时我觉得走千山爬万岭，原来就为了她这个人！我住在老林子里吧，我一辈子不到外边去，我就在老林子里！我不知道世上还有比这更羞羞到到的事，不知道我要了她和打下一份江山到底哪样更[redacted]合算！这个小姐！这个小大姐！这个一眼就把我看倒的闺女！她别跑啊，我全身勇力全身胆，自古讲究杀身成仁，[redacted]我一家伙把她扛到了肩上……”

“你活得英勇啊！你不甘平庸啊！”文太太呼。

“林子里百兽都惊了，一齐跑出来昂头看我，它们见我扛着她。百兽惊了，半晌才缓过神来，撕破嗓子似的叫。太太丫环也呆了，老头子抱住了自己的头。我扛着她往上走，走了一会儿又怕[redacted]磕碰了她、惊吓了她。我把她放下来——天，她不停地哭，两肩一抽一抽，哭个消受的老人也过来拉我。所有人都沾了那条破狗的粪（我就不明白为什么这样的狗还不快宰），又叫又跳。这就惊动了她呀，她走过来，我们使劲拉了一下手。有一股电从第二根手指传到肩膀，把我电了一下。我不知怎么流了泪，眼泪汪汪，想这辈子就到这儿吧，这已经是合算的了。她呀，我敢说是个神仙下凡。我怎么说也不过分，一句话，把我杀了我也得要她。那时我觉得走千山爬万岭，原来就为了她这个人！让我住在老林子里吧，我一辈子不到外边去，我就死在老林子里！我不知道世上还有比这更轰轰烈烈的事，不知道我要了她和打下一份江山到底哪样更合算！这个小姐！这个小大姐！这个一眼就能把我看倒的闺女！你别跑啊，我不知从哪涌来一股勇力（自古讲究杀身成仁），一家伙把她扛到了肩上……"

"你活得英勇啊！你不甘平庸啊！"文太大呼。

"林子里百兽都惊了，一齐跑出来昂头看我，它们见我扛着她。百兽惊了，半晌才缓过神来，撕破嗓子似的叫。太太丫鬟也呆了，老头子抱住了自己的头。我扛着她往上走，走了一会儿又怕磕碰了她、惊吓了她。我把她放下来 —— 天，她不停地哭，两肩一抽一抽，哭个没头。怎么办？我惹她太厉害了，我真的害怕了！我说，我不敢了，我撤退了，你自己管住自己吧，我真的撤退了哩。我那会儿说着退着，一头扎进了树林子里。这片林子黑乌乌的，不见天日，什么兽类都有，我日夜和毒蛇做伴。没有逃路，我也不想离开。我天天吃那种紫色的果子，打她的主意。毒蛇把头伸向我，我不停地泻肚子，该死的紫色果啊！我那会儿在水坑里照过我的模样，头发像没沤透的麻绺，眼像牛眼，鼻子嘴巴全是紫的，还有一道道血口子。我死了也不愿离开林子，因为离开林子就是离开了她。我被蛇咬过七十二次，自己救命，嘴吮草敷。野鸟来啄我的眼珠，我一只眼皮上盖一顶蘑菇伞。除了吃紫果就是吃蘑菇，烧了吃，生吃，红的绿的花的都吃过，什么样的有毒我全知道。这可不是人过的日子。我搭的草窝样子像鸟窝，夜间就蹲在里边。这个窝儿一天天搬得离大宅近了，渐渐听得见院里人咳嗽。我心里有事，就编了歌来唱，我这副好嗓子还不是那时候练成的？我唱的歌凡人不懂，里面净些花哨事，都用了反语。我相信那女人听得懂。我的歌是有气味的，不甜不酸，都是刺鼻的辣气，男人听了就跑。这歌还是带颜色的，是松树蘑菇顶上那层黄色。这色儿飘悠飘悠像朵云彩，把那个小姐一下子包裹起来。我唱：你当我不知道你头下的瓷猫缺了水？你当我不知道你的发卷里有个虫？虫儿半夜掉出来，瓷猫活了一口咬住虫。头枕瓷器是蓝花的，彩釉的，景德镇买来的，小驴驮来的。你当我不知道你一年里做了一百个梦，一百个梦都等我来圆。北边来的大汉专打南边的蛇，你就是一条软绵绵的美女蛇。我就唱这号的怪歌，我保证她在偷着听。那时候我心里的火气足，唱着唱着烧得慌，眼泪流到胸口上，胸口上面结个疤。这样唱了八十天，半夜里偷偷去扒窗。十个窗户有九个是空的，小姐学会了隐身法。

"有一天老人陪着小姐来打鸟，一枪打在我的屁股上。说起来没人信，铁砂子印在皮上，用手一扫全掉了。老家伙瞪得眼睛像铜铃，说我肯定是妖怪。小姐笑着对老人说，我是个唱歌的人，肚子里面有文化水。不如领家去念念报。老人点头同意了，把我领回去，不过让我跟他那条破狗同住一间草棚。原来小姐常年住在林子里不识字，闷得慌，要找个识字人读读报纸。她说这上面肯定有意思。我难过得要命，因为你们知道我也不识字。不过我可不说心里话，把报纸端到脸前就念。我念得多流利不打结，像真的一样。我手指大黑字说：这是题儿，叫'知道了就得学着做'。我念道：'知道了就得学着做，不做还行？俺这报从不唬人，是一张好报。俺们办报人用一百八十间大瓦房做抵押，保证不说一句假话。说的是世上有男人又有女人，女人要和男人好。男人千辛万苦不容易，从南南北北跑了来，你铁石心肠也要变。再说你身子骨不硬是不经风的草，哪如倚在一粗壮泼辣人身上？男人劳累手脚粗，裂口道道有精神。冬天不怕冷，夏天不怕热，能做木匠能打铁。吃馍吃草都可以，一刀砍上就流血。破裤子穿了千千万，哪比得你滚烫的小身子净穿绸缎？说起来话长做起来事短，我们不如把那事儿从头好好盘算……'正念着老家伙走过来了，我赶忙接上念别的：'天上下雨有水了，蛤蟆叫了。种谷子，种玉米。雨后天晴了，上山采蘑菇。红的是松板，黄的是粘窝，花花绿绿有毒哇。柳条儿，编笊篱；白苇子，织席子；席子上，摞被褥；被褥上，躺着爹和娘……'老家伙听了听，说：'报上就这些事呀？怪不得说十个识字人九个驴，登了些什么杂七杂八！'我说：'可不是怎么！'小姐催他快走快走，他吐了口怨气，就走了。我接上念：'夜间星星肯定在窗外，那不碍事；小猫从屋檐上往下探头，也莫惊；不用往炕洞里烧火，身上有火。半夜三更，狗都睡了，一男人躺在草棚里怎么得了？还不如去喊他，拍三下巴掌……'我念到这里，听见她呼呼地喘气；我斜眼一扫，见她两手抓紧裙子边，乱颤乱颤。我收了报，说就念到这里吧，明天续上。说完我就离了石凳，回我的草棚去了。这夜里那条破狗不做人事，一会儿起来撒了三次尿，恶臭难当。我恨不能立刻躲开。可我到哪去睡呢？星星斜了，半夜三更了，我在草棚四周走来走去，没有一丝瞌睡。我这样走的那会儿，还不知道这就是那个最了不起的黑夜。这个黑夜，用一个皇帝的宝座我都不换——这是俺停了一会儿才知道的。我这么走，游游荡荡，解了小溲，又是走。谁知我一抬脚黑影里'叭叭叭'三声击掌，我一愣，全身瘫了。我咬着牙，好费力才回了三声。一会儿，一个女的，是小丫鬟，过来牵上我的手往黑影里跑跑跑。

"我从一个用青藤掩了的后门钻进去，一眼见到了她。俺这会儿才涌上来勇力，三两步上前卷了她去。她说没想到会哭的男人像只老虎。真是的，英雄是我啊，哪是别人。我不信哪里有我的对头，要是有，那他活该倒霉，注定憋闷……不说了，只说我们那时的革命友谊，嘿，千难万险不在话下。天呀，这是真金不怕火，怕火非真金，我老丁年轻时这么小小一段。"老丁说到这里从木墩上跳了下来，"我恨天底下有那么多假正经的狼狗眼！那天天亮了，青藤掩窗，我用大手封住她小嘴。我说你等着瞧，我早晚会去队伍上的，身背宝剑做个大将军。她说好人不当兵，好铁不打钉。她这话让我笑了一辈子，因为她想不到以后自己会当兵。那夜我对她说，我发个誓，今后谁伤害了你，我就用宝剑刺透他的心，用钉子砸进他的脑壳，用火筷烙他最疼的地方。我发了誓。这誓发得惊天动地。谁知日后树叶落了，十年过去，部队上出了叛徒。那叛徒花一角三分买了一片化制墨水的颜色，写了一封黑信，把她出卖了。她给抓走，受了酷刑，一条腿跛了。她带着跛腿进了延安，解放以后又进京，又回省，现在就分管着咱这一省的妇女——我哩？我后来与多少人恩爱，可我不忘我的誓言。我现如今住这林子里，有心事啊。我在找那个买走一片颜料的人，一刻不敢松懈。谁买了一片颜料？我像个密探一样活着哩。告诉你一声，告密的叛徒，我找到你的时候，你也就算活到头了。"老丁将头放低，眼珠上斜，四下里瞄着。当他的目光掠过小六的时候，小六脸色煞白。"我探到了他，他也就算活到头了。"老丁咬着牙，点一下头重复一句。"想不到从过去到如今，当叛徒的都是买一片化制墨水的颜料。嘿嘿，鬼哩。不过世上没有不透风的墙……我们闲话少说吧，还是接上那个夜晚说下去吧。那个夜晚我们两人难舍难分。她流着泪说：'想不到这世上还有你这样的好人。你真好。'我也知道我好，不过我比起她来，又能好到哪里去呢？我向她发誓，誓言铮铮响。我们两人手拉着手，不愿松。我钻出青藤那一会儿，心都要碎成八块了……"

老丁的嗓子像被什么噎住了，他朝空中挥了挥手，不愿说下去了。宝物一直高昂的头颅垂下来，细绳似的尾巴紧紧贴在腿上。它悲凉地哼起来，下巴压到了前爪上。小六的脸埋在双膝间。黑杆子一直呆着，停了一瞬，眼泪一串串流下来。只有文太像僵住一样盯着老丁。后来，他如梦初醒般跳到老丁面前，握住了那双瘦骨嶙嶙的老手，不停地摇动着，摇动着。

也就算治到头了。"老丁将头放低，眼珠上翻，四下里瞄着。举起的目光掠过小六的脖颈，小六██脸色煞白██。

"我摸到了她，她也就算治到头了。"老丁咬着牙，点一下头重复一句。"想不到从过去到如今，当教徒的都是这一片化制墨水的颜料。哩么，君哩。不过世上没有不透风的墙……闲话少说吧，还接上那个夜晚说吧。那个夜晚我们两人██████难舍难分。她流着泪说，想不到这██世上还有你这样的好人。你更好，'我也知道我好，不过我比起她来，又能好到哪里去呢？我同她发誓，赌誓赌咒。我们两人手扯手，不愿松。我能当青藤那一会儿，心都要碎成八块了……"

老丁的嗓子忽然被什么噎住了，他朝空中挥了挥手，不愿说下去了。宝物一直竖着的尾巴慢慢垂下来，细绳似的尾巴耷拉地贴在腿上。它甚至地哼██起来，下巴压到了两爪上。小六的脸埋在双膝间。黑杆子一直呆着，停了一瞬，眼泪一串串地流下来。只有文太泉便住一██盯着老丁。后来，他跳到老丁面前，握住了那双瘦骨嶙峋的老手，不停地搓动着，揉动着。

                    三

"他来买走了一片化制墨水的颜料？"文太朦着眼问老七泉里██。老七泉里把头凑到他耳根："是了，是这个月前七那天傍黑里。"██████文太咬咬牙，骂了一句。老七泉里坐在柜台上，黑布衫包住了双膝。她从货架上摸了一块糖

三

"他买走了一片化制墨水的颜料？"文太眯着眼问老七家里。老七家里把头凑到他耳根："买了，是这个月初七那天傍黑。"文太咬咬牙，骂了一句。老七家里坐在柜台上，黑布衣服包住了双膝。她从货架上摸了一块糖哑着，松松的腮肉活动起来。她问："老丁身子可好？"文太点点头："场长心胸开阔啊，不像我。"老七家里把滑溜溜的糖块一不小心咽了。文太又问："一片颜色多少钱？"老七家里做个手势："一角三分。"文太点点头："叛徒从来都是舍得花钱的人。"他见老七家里手指甲很长，其中小拇指甲快有一寸了。出于好奇，他攥住这手看了看。老七家里笑得乱抖："真好孩子。"文太赶紧松了手。他瞅准机会偷了一块糖，然后随便扯几句就告辞了。在路上，他哑着糖，又想起该将这糖果留给丁场长，于是赶紧取出，用原来的糖纸包了。

文太琢磨，要抓到证据，也许还要到总场一趟才行。那些颜色早晚化成一些有毒的字纸，经邮电局捎到总场。可恶的总场，可恨的书记申宝雄，还有他的鬼秘书。文太在总场场部工作的日子真是不堪回首。后来他到了老丁管辖的地盘，这才发现世上原来还有这样的自由境界。更美妙的是邻近林子就是一个小村，小村里形形色色，有演化不完的故事。这些贫穷的村里人对林场职工格外羡慕，因而被个把姑娘爱上是轻而易举的事。林场里杂事繁多，如给未成年树打杈修枝，给苗圃清除杂草，锄地，点种野豇豆等等，都需要从小村里招些民工，每人工资六毛四分。领民工做活是最愉快的了，那时领工人像个将军，说什么话都是不改的命令。姑娘家"咯咯"笑，不听命令可不行。不听命令不要工资啦？再说工人阶级可是领导阶级，不听领导行吗？还有老丁，他是最使人心悦诚服的老人了，在林子里对付日子、对付邻近小村里的人，都有不尽的经验。有这样的老人掌舵才叫幸福哩。可怕的是出了叛徒（什么年代都有这样的东西），总场就派来工作组骚扰。那真是斗心斗智、腥风血雨的日子，多亏了老丁稳如泰山，运筹帷幄，这才化险为夷。不服老人不行啊。回想工作组当年可算是机关算尽，结果寸步难移，一步碰到一个陷坑。如今呢？又有人买走了一片化制墨水的颜料！文太最怕的是把他从老丁身边赶开，那样他又要回到总场了。

总场哟，不堪回首的日子哟！

那时的文太留了分头，衣兜上像小六一样插支钢笔。总场旁边有一处师范，三年没有招生，到处陈灰积土。他有一回闯进去，认识了看管图书的一位老头。他借回了很多书，日夜不停地看。有一阵眼睛发花，他就乘机戴上了一副左框残破的眼镜。场党委秘书读过完小，但偏偏嫉恨一切的读书人。他自己戴了眼镜，但对其他戴了眼镜的人不能容忍。文太在这两个方面都犯了忌。秘书的话差不多也就是总场的话，秘书说要查一查文太是怎么回事，总场也就开始查了。首先是跟踪文太，发现他频频出入一个破书屋，里面不阴不阳，蛛网密布。一个老人蹲在书隙里咕咕哝哝，手忙脚乱，看上去面无人色。天哪，原来文太常常接头的就是这样一个人。跟踪的人感到无限惊异，报告了场部，场部指示再探。文太一头钻到旧书堆里，半天也不出来；有时好不容易露出脸来，那个老头子凑在他耳边小声说上半天，样子过分亲昵。跟踪的人不能理解，往回走的路上反复思索，渐渐脑海里出现幻象，将看到的情景一再演绎。他再一次汇报时，说文太已经被书毒坏，嗜书成癖，竟能将头部扎入肮脏的书堆长达三个小时之久。由于被书毒害，多种病症同时爆发，行为格外怪异，比如竟和一个老头儿贴在一起，老头儿亲吻他耳垂下边一点。两人成天关在阴暗的角落，不思茶饭，非盗即娼。老头一双瘦瘦的手一挨近文太就抖个不停，抚摸拍打，显然是个谬种。如此大恶如不及早铲除，林场上千职工受到侵害只是早晚的事情。秘书听罢说这一下好了，罪证确凿，千头万绪归根结底，那就准备办起来吧。文太全无察觉，一边还扬扬自得，整日大背着手走路，甚至对打字员姑娘产生了非分之想。他背诵着从书上学来的动人词句，口若悬河，在打字室里一待就是半天，出来时热泪盈眶。他讲述的都是千古少有的爱情故事，比比画画，像是亲临其境。打字员的父母是本场老工人，老两口开始商量怎样处治这个用心不良的小子。秘书告诉他们上级早有安排，请静观事态发展。文太在这一段对人倒格外和蔼，工作也勤恳主动。又是一个星期过去了，打字员用机器打出了这样一串字："我爱文太。"她的小信封被秘书巧妙地截拦了，秘书伪造文太的笔迹写了数量相同的四个字寄给了她："去你娘的。"打字员哭成了泪人，从此再也不愿见到文太。文太正在打字室窗外痛苦地徘徊，场部基干民兵就把他逮起来了。连夜的审问，用树条子抽他，毅然决然地没收了眼镜和钢笔。审问的结果是一无所获，因为所有的令人不安的东西都是书上学来的一些词句，以及由此而催化出来的不好的念头。这一切如今都装在他的内心即肚子里，只有适当的机会才会说出来。这像食物中毒或消化不良一样，在一定的时刻总会呕吐。

场部决定一方面将前因后果如实通告小老头所在单位，另一方面将文太交给群众监督劳动，听候发落。

最难忍耐的是等待处理阶段。文太每天默默劳动，不敢胡言乱语。所有的人都可以呵斥他，他需要讨好所有的人。场长申宝雄的老婆趁火打劫，责令文太每天在劳动间隙里为她采十个鸟蛋补身体，如果可能的话，还要顺手采两斤蘑菇。鸟蛋一般都在树顶，因而文太天天爬上爬下。他瞧着小鸟蛋美丽的花纹，常常感叹不已。蘑菇很多，大半是松树蘑，他在短时间内即可采摘两斤。由于经常出入申宝雄家，一般的人物也就不敢随便刁难他了。申书记的老婆生吞鸟蛋，身体果然一天天伟壮，敢于和文太一试力气。她抱住文太的腰，轻轻一扳就把他放倒了，接上是胡乱胳肢。文太笑着在地上缩成一团，滚动不停，一会儿就上气不接下气。渐渐他怯于去申宝雄家，有时手提鸟蛋和蘑菇进退两难。申书记老婆的热情却一天天高涨，对文太不仅是胳肢，还要抚摸，说："年轻人的皮儿滑。"日子久了，她教给文太一些奇怪的举止，让他变得胆大勇敢。文太看到了一个从未看到的怪异世界，觉得以前看过的毒书何等荒唐。文太从申家出来，脾性泼辣起来，再也不像从前那么文弱。"师傅领进门，修行在个人"，文太交往女人的方法千变万化。那个打字员给他带来的灾祸显而易见，为了报复，他将她得到了又抛弃。为了报复更多的人，谁对他呵斥过，他就在申书记老婆面前说谁的坏话，到后来弄得人人自危。他从未放松过采蘑菇和找鸟蛋，认为这才是立身的根本。久而久之，他对全场的蘑菇知道得一清二楚。就在他一切如意、正设法整治那个秘书的时候，申宝雄多少领会了老婆心底的一些秘密。但他不敢冲撞老婆，只好想方设法对付文太，在这个小伙子身上寻找巧妙的主意。他采了些番泻叶偷偷掺在文太送来的蘑菇中，使老婆大泻了三天，连说话都有气无力。文太几次送来蘑菇，申宝雄都如法炮制，结果老婆再也不敢吃文太的蘑菇了。但她仍让文太来送鸟蛋。申宝雄无奈，只得将番泻叶熬了浓汁，寻机会就在碗中滴入几滴。老婆很快被泻得面黄肌瘦，文太来看她，两人也只能眉目传情。番泻叶使申宝雄赢得了宝贵的时间，他想出了一个更好的办法，就是流放这个白面书虫。当时有好几处属于林场管辖的小林子，而其中离总场最远也是最荒凉的，就是老丁这片林子了。谁知文太被流放后反而因祸得福，他很快就忘记了与场长老婆挥泪别离的场景。老丁身边的岁月像蜜糖一样黏稠而又甘甜，他们与邻村人结下的各种友谊使他永远着迷。只有这儿的生活遇到危难的时刻，才派他到总场走一趟。上次小六的黑材料，就是他从申宝雄老婆手中取走的。

当年文太来到老丁这片林子时，正好是初秋天景。老头子用蘑菇汤菜招待了他，汤汁中有诱人的肉块。原来老人的枪法很准，只一枪就可以打下从空中飞过的老鹰。老人还会下各种套子皮扣，准确地套住林中的兔子和猫獾。当时黑杆子早就是老丁身边的一个人了，老丁睡梦中说出的话他都要照办。文太在寂寞的时候讲了总场时的一些事情，流露出无限的懊恼。老丁仔细地看了看他被树条子抽上的浑身疤痕，又小心地抚摸了他被场长老婆无情地耍弄过的枯瘦的身体，破口大骂。老头子说要用一个月的时间滋养这个年轻人的身体，用更多的时间教会他过日子的新方法。随着皮肤日渐滋润，文太发现老丁是一个无所不晓、历经沧桑的奇人。这个人年事虽高，但气血旺盛，欲望像火焰一样熊熊燃烧，新异的想法一串串从鼓鼓的脑壳生出。老家伙曾经爱上的女人也多，而每一个都伴有激动人心的故事。文太被他的经历弄得目瞪口呆。刚开始他还将信将疑，到后来就真假莫辨，与老人一起激动，一起燃烧，一起过舒畅的快乐的生活，也一起荒唐。谈到整治仇人的方法，老丁可让文太开了眼界。老丁说到场长申宝雄，就哼哼一笑说："挨树条子抽的该是他哩！"后来工作组进驻这儿，文太亲眼看到了这个场长是怎么被整治的。林子里一切的一切差不多都被调动起来了，什么蝙蝠蜘蛛、长蛇狐狸，还有地枪树箭，一切的一切都出动了，变活了，赶得申宝雄一伙胡跑乱窜。村里的人也不容申宝雄在这儿藏身，像是要农民造反。那可真是个给人灵聪的古怪节日。老丁像个皇上一样，安安静静坐在他的帐子里，听外面风吹雨打。那帐子是一块紫布做成的，刚看到时文太可吃了一大惊。帐子顶上落满了灰尘，约有二指多厚。帐子就挂在一个大土炕上，半罩着老丁 —— 他平时盘腿而坐；身后的灰墙上，显赫地挂了一把宝剑。后来他听说帐子是老七家里送来的，那是用一些商品的包皮粗布做成的，又染了色；宝剑是村里一个专制利器的老铁匠锻出来的，如今这铁匠已抓进了监狱。老丁会舞剑，连舞两个钟点，大气也不喘。他十天半月就要磨一次剑，使它永远闪着寒光。文太长时间地盯着这剑，看着它的银刃和镶了黄铜的剑柄。他总以为剑中凝聚了什么奇妙骇人的故事。老丁用粗粗的食指抹着剑刃，问："你说剑是干什么用的？"文太想了想，说当然是健身的了。老丁摇摇头："剑不是刀，更不是枪，剑是报仇用的 —— 我有仇人哪！我在暗地查访一个仇人……那仇人露面的时候，我凭鼻子也嗅出他来。"文太深深地吸了一口凉气。

　　工作组狼狈地撤离之后，林子里重新繁荣和太平。百兽齐鸣，你呼我应。黑杆子高兴得当空放枪，老丁头愉快地为分场同仁亲手做了几顿蘑菇。小六与大家同时饮用汤汁，并未感到心中有愧。老丁在喝汤时曾说："看过古书的人都知道，是一个叫吴三桂的人勾引来清兵 —— 千古留下骂名啊！"老丁还给他们耐心地讲了林中蘑菇，说别看花花绿绿，归结起来也没有多少。要辨认它们很难，因为虽是同一种，由于生出的时间不同、天景不同，它们的模样也大相径庭。更可防的是毒性，人们都知道有的蘑菇只几颗就可以毒死一个人。他讲到这儿看看宝物，它深深地点了一下头。"毒蘑菇演化出的故事万万千，俺宝物也通晓一二三……"它尾巴摇动着，唱着一首又古老又新鲜的歌。老丁接上说，他这一辈子对付蘑菇的经验埋在肚里多可惜，总有一天他要与识字的人合写出来。文太听到这儿说：这才是"著作"。老丁点点头："伟人大半是有著作。"他们谈到了最高兴的时候，你一口我一口喝起了酒。由于老七家里按时收购他们的干蘑菇并付以烧酒，他们与她的友谊已经牢不可破。终于在七月七鹊桥相会的日子里，他们以一分场全体职工的名义请来了她。老丁亲手做了蘑菇给她吃，几个人开怀畅饮。老七家里是个没有节制的女人，喝得大醉，说一些昏头涨脑的话，还伸手去捏黑杆子。老丁火了，一巴掌把她打倒在帐子里。这一夜老七家里就在帐里呼呼大睡，而老丁却与其余的人燃一堆大火，在露天地里待了一宿。文太与黑杆子都说老丁不回帐子，不仅说明老场长作风过硬，而且德行高洁。天亮时老七家里走了，留下一些秽物。大家对于邀请这样一个人都多少有点后悔了。他们由老七家里又议论起村中小学刚来的一位中年女教师，一致认为她是一位独身。他们对她极其整洁的装束赞叹不已，说她全身的任何一处，都是神圣的、值得尊敬的。"多么文雅！"文太说。"而且，她是个独身。"停一会儿他又说。这个夜晚他们议论着，最后决定请这位老师领学生来场里采草药勤工俭学。

女教师领学生来到林子里这一天，是全场的一个节日。老丁再也没有耐性守在屋里，一直在林子间检查工作。女教师让学生散开，她一个人手持柳条篮采药。这些药材晒干之后，就要卖给老七家里的小店。老丁在女教师不远处活动，后来索性走到跟前。女教师说："丁场长，您忙！"老丁摇摇头："忙什么！我管的树多，你管的人多，管人不易。人都有一个脑儿，树没有。再说，你是孤单单一人，你一个人过日子不是？难。"女教师笑笑："不是这样的——他在另一个学校工作，离远些罢了。"老丁急忙摇手："不会不会，你肯定是个独身。你也太客气了啊。"女教师苦笑着，又摇了摇头。老丁弯腰替她采起草药来，每采一棵，女教师都说一句"谢谢"。老丁终于忍不住，说："谢什么？我这个人你是不了解，了解了就好了。不能谢了，那样就远了。""可您是场长啊，听人说工作很忙。"老丁拍一下膝盖："哎，莫听他们胡说了。我是个领导干部，这不错。不过能有多忙？比起你来，啧啧！我看重你哩——你来这林子里做活苦哩，我不忍心哩！我要替你做哩……"老丁去取她的篮子，扳开她的胳膊，她不得不严肃一点地拒绝了。老丁搓着手。这会儿文太和黑杆子都转过来了，他们每人手里都攥了一把药材，凑过来投到了女教师篮子里。女教师又谢他们，他们只是笑。老丁呵斥他们：

"只会笑，只会笑，一点礼貌不通。一边忙去吧。"两个人应着，看着女教师，退着走了。女教师说："您太严格了。"老丁温柔地看着她："是吗？其实不是。我说你不了解我嘛。日子久了，女同志都夸我是个好心性的人。想想看，女同志多苦多累，女同志宝贵哩。不瞒你说，我也是个独身。话说起来也就长了，我这个人眼眶太高。就是这样。"他说着，没有注意女教师惊讶的眼神。这会儿他一转脸看到了小六衣着整齐地从一旁走过，就小声补一句："那是个品行低下的人……你我相识得太晚了！你看我一转眼年纪就大了。你怎么也想不到我有多少人生经验，更想不到我身体多么好 —— 这方面场里的青年也就不行了……"他正说着，远处又传来文太和黑杆子的呼喊和歌声——在他的记忆中，黑杆子可是从未唱过歌的。他皱皱眉头。停了一会儿，他又笑了："我说过，独身不易哩！你为什么要一个人过苦日子？当然了，你像我一样，眼眶太高。这是真的。不过事情总要解决才妥帖。比如，遇上年纪稍大些的领导同志，咳咳，就应该考虑……最体贴人的好人都在老人里边呀！世上女人有几个明白这个？到了明白那一天，什么都晚了！"女教师听不下去，一挥手打断他的话说："丁场长，我不是告诉过你了吗？我早有了爱人了！"老丁一怔，不认识似的看着她，继而摇头笑了："不会不会。我明白这个，你是不好意思说真话。你肯定是个独身，同志们早就看出来了。这有什么？我也是独身。独身就说独身，怕什么？"

女教师领她的学生采了半天药材，谢绝了林场的进一步邀请。老丁和其他人都十分兴奋，还喝了一次酒。老丁说："有文化的女人就是和一般人不同。我很佩服她。"文太点点头叹一声："多么文雅！"他们一致认为林场与小学校的某些教师同为公职人员，应该加强联系，互通有无。老丁当即检讨了他平时对小学校关心不够，表示今后要有足够的重视。他说今后要经常去看望同志们。他还指示文太明天就送给女教师一些干蘑菇，以改善她的伙食。第二天文太照办了，回来时带了一些女教师的回赠品：一些学习材料等。文太说：女教师开始执意不收，我说你不收我就不走了！她终于屈服了，收下又过意不去，就找些书让我带上。"学校里能有什么！"他这样说。老丁听了，两眼闪着光亮，两手抖着接过材料，又抱到帐子里去了。他抚摸着封皮，用食指按住一个个标题黑字，又试试碍不碍手。夜晚，他把小六和黑杆子支开，只让文太念这些材料给他和宝物听。宝物刚开始还算精神振作，像往日那样昂着头颅，但只听了一会儿，就打起瞌睡来。老丁却一直全神贯注地盯着印得黑麻麻的材料。文太念完了，老丁一声不响；文太抬头去看，见老丁流出了大滴的泪水。文太喊他，他不应。停了会儿，他嗫嚅道："这是她亲手送我的书啊！"文太上前握住了老丁的手，摇动着，沉默了半晌。老丁咬咬牙关，在帐子里盘腿坐了。后来，他闭上了眼睛。文太小心地下了土炕，站在黑影里注视着老人，祷告般地说："我明白了丁场长。我不说，可我明白。您好好歇息吧，我又一次理解了您。我相信，一切的胜利都是属于您的。您好好歇息吧。"

　　第二天，老丁与文太反复商量，写出了林子里第一篇文章。文章基本上是老丁根据自己的经历、结合文太在总场的一些教训口授由文太进行文字润色而成。他们将大字抄好的文章贴在了小屋的墙上 —— 因为小六在黑材料中曾攻击这儿没有学习心得和墙报，他们早就想予以回击，只是心绪不佳没有灵感。女教师与分场的交往激起了才情，再加上批判学习材料的启发，他们决心一试。黑墨是锅底油灰用烧酒调成的，毛笔是野鸡毛儿做成的。文太将老丁哼出的话加以润饰写下来，觉得老人是如此大才，如果读过几年书，那恐怕更是个了不得的人物……文章贴在了墙上，一会儿黑杆子和小六、宝物都站在一边看起来。看着看着，小六在心中惊叹不止。黑杆子与宝物很快走开了，只有小六紧紧咬着牙关。他承认老丁仅就文才而言，也似乎是不可战胜的。这显然不是文太的思路。小六恐惧的眼睛扫来扫去，最后忍不住念了起来：题目 —— 《蘑菇与书籍比较观》；副题 —— 改造世界观之我见。正文写道：俺通过反复学习比较，觉悟提高数尺有余，认识了矛盾无处不有无时不有，事物既对立又统一的两个方面。大者宇宙小者砂粒，其理同也。比如蘑菇这东西，本是我们人民的口福，而剥削阶级却大口吞食。又比如书籍这物质，本是劳动者学习之所用，智慧之记载，而剥削阶级却用来毒化青年。蘑菇书籍，两相比较，一个生于树下阴湿之处，一个产于案头桌上之间。天气有阴晴干湿燥润之分，人心有明暗冷热喜怒之别。所产之物，皆由内外因之不同而不同。有的蘑菇花花点点，模样如伞，其表层如美女之衣、鲜花之色，引诱人们取而亲近；亲近之后又要食之，结果毁也。因为这蘑菇毒气很大，外媚内昧，其狼子野心何其毒也。由此推及书籍，其封皮也花花绿绿，硬壳绸缎烫金点银，实际上包藏祸心。白纸黑字，铁证如山，毒素比蘑菇又何止大上十倍。古人有读书变痴者，今人有读书反动者，就是书籍有毒之明证。再如有蘑菇色分七种，不一而同，或温或凉，或鲜或涩，或补或毒。有人食一种浅绿蘑菇，之后大笑不止，口吐狂言，对常人多讥之；有人读了一些书，而后自视清高，不愿接受群众改造，甚至藐视工农。二者何其相似乃尔。再如有人食了蘑菇，眼神恍惚，全身无力，大吐大泻；有人读了一些书，结果四体不勤，五谷不分，手不能提篮，肩不能挑担，终成废人。二者又同。又有人食一种怪蘑，兽性大作，不断奔向无辜异性，医生诊为脏癖；而有人被毒书淫化，伪装才子佳人，乱搞男女关系，陷于资产阶级谈情说爱而不能自拔。凡此种种，不一而足。反之也是同理。如食小砂蘑菇，清鲜可口，耳聪目明，实为烹饪之佳品；有人学了批判材料，明辨是非，通晓大义，得知国不变色之原理。如有人爱食一种柳黄，滋味很似鸡腿，营养又胜过鸡腿几倍，煮汤则汤汁油黄，做菜则混鱼混肉；而有人坚持学习宝书，数十年如一日，渐渐意志坚定，成为英雄。再如一般的松板粘窝，其貌不扬，实为佳肴。邻村小店主持人即老七家里，常年坚持收购此等干蘑，为民造福。村上人食物粗糙，大致糠菜瓜干，但村里人个个强健，双目炯炯有神。俺想这是依赖蘑菇之滋养。反之一些地富反坏分子，小店控制对其蘑菇供应，平时我场又不允其本人及子女前来林中采菇，于是眼见得他们身体枯槁，气息奄奄。最好之例证乃本文作者之一丁场长是也。他年近六十，精力超过常人数倍，走路啪啪有声，睡觉呼呼打鼾。他精血远未衰竭，不瞒世人，至今尚有常人之那种要求。不过他坚持学习，思想很通，个人生活处理得当，很好地承担了该分场之领导职务。而一般之学习材料、批判所用之书，与那种蘑菇的原理更是一般无二。如小学女教师虽然至今独身，却加紧学习，所有行为皆未出偏差。她美丽大方，衣衫整洁，不媚不俗，已博得分场同仁一致赞誉。她艰苦朴素，发扬老革命根据地某些精神，带领同学勤工俭学。而且抓紧自身学习读书之同时，尚有余力送分场干部职工一些书籍材料，在此再表感谢。比较到此，俺想原理看官想必已见分明。蘑菇书籍，异物同理，不可不慎之又慎，严重对待。君不见蘑菇大毒，食者周身发黑，须发脱落，顷刻间一命呜呼；君不见坏书误人，夺其心魄，有人竟能迷狂到持刀行凶，无法无天。所以说读书一事，万不可小视。本文另一作者即文太对此感慨良多，在此恕不多议。总之一切结论皆出自勤奋实践，俺们是林中主人，终日食菇，无师自通。食蘑菇求的是强健无疾，学材料为的是心红眼亮。俺决心提高警惕，防修反帝，站好最后一班岗。在此敬请革命群众指正。……小六读了一遍，不觉浑身淌出汗来。他突然预感到打文墨官司自己也不是对手，一瞬间陷入绝望。这时候天色已晚，墙报渐渐模糊。他站在屋前，看着宝物扑出来，朝他瞪了一眼，向林中跑去——它到了出巡的时间了。

大约就是墙报贴出的第七天上，小六到村中小店买走了第二片化制墨水的颜料。老七家里的情报也令老丁心神不安，文太于是急匆匆去了总场。申宝雄老婆肥胖如初，见了文太如获至宝。文太问起最近小六的动向，她连连摇头。文太垂头丧气地归来，一走近林中小屋就愣住了：墙报下正站着一个陌生青年。

这个青年十八九岁，像小六一样枯瘦，穿了一身学生蓝装，正一边看报一边皱眉，看样子极善于思考。他的背上还背着方方的行李，并不放下。文太在一边观察了一会儿，就走了过去问："你找谁？"年轻人捋一下头发，回答：

"我叫军彭，是从总场来报到的。今后我要在这儿工作了。"

上还背着方工的行李，并不放下。义太在一边观望了一阵，就走了过去问："你找谁？"年轻人抬一下头发，回答："我叫军鹏，是从总场来报到的。今后我要在这儿工作了。"

义太一愣，但马上笑着伸出了手。他心里想，不早不晚，正在这个节骨眼上！

四

老丁每天要用很长时间来训导他的狗。这下工作要等几千人离开小屋时才做起来。宝物凶残有余而灵慧不足，唯有老丁不这样认为。最早的时候他发现了这来脏是他狗会斜着眼睛看人，心中一动。一条习惯的黑狗，老丁想。他调整定的饮食和生卧，渐渐让定有了固定的工作时间。比如平时定趴着小屋，傍晚才是出巡的时间。定不属于任何人，只属于老丁。老丁叱喝一声，定就抖着身子伏下来。有一次老丁病了，定守在一旁不吃不喝，还及时地流泪。定斜着眼睛去看小六，还会露出那些残牙，走近他，象客人一样哼几声。不久前老丁发觉了定会任数麻，定常去用来计算林子里被偷伐的树木，小六在小屋中的出入次数等。老丁又教定两位数的运算了，由于急于求成，反而扰乱了从前的任数。老丁非常懊丧。"五把镰刀加四把镰刀，几把？"老丁大叫，宝玩细长尾巴走在后腿间，声音数地叫了七声。老丁大骂起来。看来他不得不放弃两位数的教导。老丁认为文太一愣，但马上笑着伸出了手。他心里却想：不早不晚，正在这个节骨眼上！

四

老丁每天要用很长时间来训导他的狗。这个工作要等几个人离开小屋时才做起来。宝物凶残有余而灵慧不足，唯有老丁不这样认为。最早的时候他发现了这条脏臭的狗会斜着眼看人，心中一动。一条刁怪的恶狗，老丁想。他调整它的饮食和坐卧，渐渐让其有了固定的工作时间。比如它平时护住小屋，傍晚才是出巡的时间。它不属于任何人，只属于老丁。老丁怒喝一声，它就抖着身子伏下来。有一次老丁病了，它守在一旁不吃不喝，还不时地流泪。近来它斜着眼睛去看小六，还要露出那颗残牙，走近他，像老人一样哼几声。不久前老丁教会了它一位数的加法，它常常用来计算林子里被偷伐的树木、小六在小屋中的出入次数等等。老丁又教它两位数的运算了，由于急于求成，反而扰乱了以前的一位数。老丁非常懊丧。"六把镰刀加四把镰刀，几把？"老丁大叫。宝物细细的尾巴夹在后腿间，声音颤颤地叫了七声。老丁大骂起来。看来他不得不放弃两位数的教育。老丁认为这条狗没有数学才能，就开始教它另一种本领：侦察。老丁弓着腰，在小树间一弯一弯地走，东看西看，伏下，又走。宝物的腰也弓起来，像他那样贴在小树干上，最后伏下。"嘿嘿！"老丁笑了。他们做累了，老丁就讲一些故事给它听，也讲那些男女的事情，宝物就露出了那颗残牙……日子久了，宝物的神情和步态很像老丁了。它跑进小村去，人们见了它，第一个反应就是想起老丁。它厌恶的人，人们以为老丁也不会喜欢。常了，有人就试探着它的好恶以判断老丁对某某人的态度。可是后来，又有人发觉它对同一个人不停地摇尾巴，转过脸就露出了残牙。这真让人费解。它在小村里横跳竖跑，为追一只鸡，有时竟能像猫一样登上屋顶。村里老汉鼓励年轻人说："快把它砸死算了！"年轻人急忙行动，用绳子勒，用套子套，甚至还在一块肉里下了毒。结果宝物轻而易举地躲过了灾祸，倒是小村自己的猫狗遭了殃。驻村工作组的参谋长说："看我的。"他从套子里掏出一把闪闪有光的小枪，又示意工作组的女干部看着他——两手端起，闭一只眼，一扳机子。宝物一动不动地注视着参谋长，在他扳响机子的一刹那，腾空而起，跳起足有三米高。参谋长的枪刚要连发，不知为何卡住了壳。他暴躁地拍打着，咒骂着，宝物却箭一样飞过来。参谋长还没有弄明白女干部在身旁为何惊叫，宝物就从他的肩上蹿过，把尿撒到了他的脸上。四周的人被惹得哈哈大笑，参谋长只顾弄他的枪。这会儿宝物并未逃开，而是出人意料地复扑过来，扯去了参谋长的一道衣边。不久，这一绺黄布就握到了老丁的手里。老丁注视着小村的方向，小声哼了一句："那好，咱来走着瞧吧。"

宝物忠于职守，是全场楷模。它喜欢暮色茫茫的树林，觉得这浑浑一片藏下了无穷无尽的奇妙。黯淡的光色中，它弓着腰往前跑着，有时跑到一只长嘴鸟跟前，长嘴鸟还毫无察觉。很多生灵都准备夜归了，它们招呼着收拾黑夜里吃的东西，一家子热热闹闹。宝物偏爱突然冲到它们中间，将它们一股脑儿赶开。最小的那一个跑得慢，它就叼上，扔到多刺的荆棘上。有一只老獾领着一只小獾，大模大样地从它面前走过。它愤恨地叫了一声，它们一闪就扎进树丛中去了。宝物受到了巨大的藐视。有一次它看到小獾自己在啃食大獾留下的碎肉，就把小獾赶到一边去。它将三个最毒的蘑菇搓成泥汁撒在碎肉上，躲起来看着小獾回来吃掉了。小獾抿着嘴，宝物乐坏了。它跳出来告诉小獾：你是必死的。当然，从此这个林子里再也没有出现这只小獾。有一次它用同样的方法整治一只狐狸，那只狐狸笑着说：你说林子里谁是王？宝物说：我是王。狐狸说：我也看你是王，又有肉又有蘑菇，我看王吃吧。宝物骂了起来。狐狸笑着跑了。宝物后来才闹明白，狐狸话中的寓意是：你是个该死的王。它震怒了，火气烧得它不得安宁，鼻孔边上很快生了火疮。它一连几天嗅着狐狸的臭味，都没能成功。后来一个偶然的机会它才发现：那以后，狐狸身上沾满了野花瓣的气味。它想让黑杆子的土枪对付这个刁钻的敌手，黑杆子曾跟着它跑遍了林子，身上划了大大小小的口子。狐狸善于变化，有一次变成了老丁，将宝物恶狠狠地揍了一顿，就在狐狸得意地离去时，宝物闻到了臭味儿，一抬眼，见"老丁"衣襟下有一条粗粗的红尾。宝物示意黑杆子开枪，黑杆子没有看见尾巴，反而一怒之下用枪托捣了它一下。从此它觉得有一个红狐狸分去了林子的一半，而林中所有的生灵，包括树木花草，都在暗中分为两派。它从大杨树下跑过，如果碰巧有个树枝掉在它的身上，它就认定杨树降了狐狸。狐狸必除，它这样对自己说。一切的办法都使尽了，看来只得求助于老丁，而老丁无法明白它的复杂用意。一气之下，它偷偷毁了小屋旁的鸡舍，又将菜田搞乱了，并采集了林中散落的红色狐毛，成一束咬在嘴里，一声不吭地卧在脸色发青的老丁身边。老丁火气日盛，怒斥持枪的黑杆子，于是黑杆子加紧追杀红狐。几天过去效果甚微，"红狐"又毁掉了南瓜秧。老丁无奈暗中查访，用十六斤干蘑菇请来了小村里一位偷偷作法的法师。那是个骨瘦如柴、脸色灰暗的老人，手持一柄银色拂尘来到了林中。老丁及文太、黑杆子陪伴着法师，在林中徘徊。法师满脸的灰尘令宝物不能容忍，但它没吭一声。想到那个敌手顷刻间就要遭殃了，它无比高兴，从心里感激老丁。智慧的主人哪，英勇无敌，威震四方。宝物注视着法师的一举一动，渴望奇迹发生。法师从衣袖中取出一面精致的铜镜，利用树隙的微光反射着什么，小心地转动。突然法师大喝一声："哪里逃遁？"接着，铜镜不转了，他只用一手悬住，一手指着镜心说："看看吧，里面映出来了——一只老红狐狸，没有牙了。"老丁等几个人轮番凑过去看了，都说没看见什么呀。法师一拍脑袋说："噢，你看我忘了，你们都是凡眼哪！"他说着小心地将铜镜平移到一张白纸上，纸上画了八卦。法师指天指地，口中念念有词，接着收了铜镜，点燃了白纸。纸灰升向天空那一刻，法师猛地伸长了手指，指着飘飘黑灰喝一声："去——！"黑灰在风中很快消散了。法师搓搓灰脸说："行了。它已经被我贬了。久后也许出现在林中，不过已经不碍事了。"老丁问："你怎么不抓获它，宰了它？"法师小声说："一只狐狸闹到这步田地也不易，道行不浅了。都是通星宿的，不能太过了。"老丁醒悟地点头。文太和黑杆子也吐出了一口长气。宝物站起来，抖一下皮毛，匆匆地奔向林子深处了。它重新觉得是个王了。它向着夕阳叫着："王王王！"

满林子都回荡着它的声音，威严更重了。它让老乌鸦停下来，给它扇一会儿风。老乌鸦离去时已是呼呼喘，它追上去又拔下一根黑羽来。它叼着黑羽往前走，见老鹰在撕咬一块兔肉，就用羽毛去换兔肉。老鹰只得忍气吞声地拾起黑羽毛飞掉。宝物有滋有味地吃了兔肉，步子懒散。它走了一会儿，看见了甲虫。几个甲虫慌慌地躲。它让它们都站住，一米远立一个，它要一步踩一个甲虫，从它们背上跳过去。这是带有试验性质的举动，宝物兴冲冲的。甲虫只得一字摆开，最后一只甲虫是它们的母亲。宝物先助跑，然后踏上了甲虫后背。甲虫抵抗着巨大的压力，宝物利用甲虫身上的弹力往前蹿跳。六加六等于十二，宝物高兴得恢复了一位数的运算能力。它从十二只甲虫背上蹿过。当它的脚落在最后一只大些的甲虫身上时，它有了一股莫名的火气从腹股沟那儿升起来，就在脚下使劲碾了一下。大甲虫没来得及叫一声就化成了黏乎乎的一摊。宝物对一群甲虫的嚷叫充耳不闻，跳着跑了。树隙间所有的蜘蛛都在逃避，它们知道宝物最恨的就是它们了。蜘蛛在背后叫宝物为"丑凶神"，并编了一套咒语咒它。那咒语像标语一样，呈一条条透明的细丝从树梢悬挂下来。宝物跑着，只要挨上垂挂的细丝，就是挨上了咒语。它们快乐地想，诅咒必定会应验呀。蜘蛛们的咒语是恶毒的，它们并不咒宝物马上死去，而是咒它有一天突然落入两个狠毒的人手中，让它受尽磨难。比如两个人最好是一男一女，一阴一阳，夹带着邪火整治折弄这条赖狗。两个人天性顽劣得也像宝物，俗称狗男女。狗男女治狗当然内行，他们会合伙侮辱宝物，让它死去活来。它们就这样唱念咒语，一边还弹着丝琴。茫茫夜色里，一时充满了蜘蛛的恐怖的歌声，宝物听不明白，只是不安。也许就是这歌声才使它不快，让它尽早结束了这一次出巡。

　　老丁很留意小村里的事情，特别是关于驻村工作小组的一些情况。来林中做活的民工一口一个丁场长地叫，十分乐意告诉他一些情况。他还从老七家里那儿得知，参谋长常来小店转转，喝酒解闷儿。老丁问她：动不动手脚？老七家里说：有时也动，不过都是喝醉了的时候。老丁一拍膝盖：那也算！他很快在小店里会见了参谋长，并以对待下级的态度跟对方说话。参谋长终于火了。老丁用一根食指点住他的左胸部说："不用急躁，哎哎，慢慢来。我告诉你，我们林场是工人阶级，你当然知道那算个领导阶级。俺掌握的情况很多。比如你在小店的事儿……嘿嘿！"参谋长脖子红了，半晌不语。老丁又说："我看你还是多支持我场工作，少些麻烦，是啵？"参谋长说："也是，也是。"第二天，参谋长亲自送给了老丁一包烟丝、二斤猪肉。老丁收下了。参谋长一出小屋的门，宝物呼的一下扑上来，他大叫一声返身回屋。他从门缝里盯着气势汹汹的宝物，听见口袋里的小手枪急得吱吱响。他颤抖着嗓子对老丁说："场长！我有一句话不知当说不当说。"老丁的眼一瞪："说嘛。"参谋长捋了一下头发："我这人哪，敬重的人不多，您算一个。您是有威仪的人。不过恕我直言，您的狗还不行。它该是有勇有谋的一条狗，这才配您场长。不过我知道，这也不怨您 —— 它没有经过军训哪！"老丁连连拍手："对对，没有！它越来越浑了，最近连一位数的加法都忘掉了。这是没法调教的一条狗。"参谋长一丝微笑在嘴角闪了一下，说："老场长不嫌弃的话，让我牵去训一个月吧——那时它就是一只'军犬'了。"老丁兴奋地说："那当然好喽！谁不知道军犬厉害？那才好哩。"老丁说着与参谋长紧紧握了握手，参谋长抽出手时还打了一个敬礼。老丁全身热乎乎的，立刻唤来宝物，在它的泣哭声里上了三道绳索，并亲手将绳索的末端交到参谋长手里。

宝物怎样离开了小屋，是它一生也不会忘记的。开始缚绳索的时候它完全懵了。后来就是流泪和挣脱。它全身的筋络都显现出来，皮毛起又落下，在原地弹动了五六次。老丁斥责了它，它呜呜地叫，委屈无限。绳索的末端握到参谋长手里的那一刻，它简直绝望了：那目光使老丁愣了一刻。后来老丁挥挥手说："走吧走吧，到那里你就会记起一位数的运算了。"宝物嚎着，两爪抵在地上，死命地抗拒参谋长的牵扯。"你看这是个很犟的狗。"参谋长对老丁笑着说一句，在老人不注意的一瞬间却用小拇指点划宝物的鼻梁羞辱它。它狂怒起来，两爪将泥土扬飞。老丁终于被激火了，抓起一根树条，猛地抽了它一下。宝物无声地垂下了头。它夹起尾巴，跟上参谋长走了。村边上，迎接他们的是公社女干部。她远远地就鼓掌，还跺起了脚，宝物马上闻到了一股独特的臭气。参谋长走到她跟前，挤挤眼，指一下宝物：

"今天就开始军训。"

宝物从离开老丁的那一刻就决定了要忍耐。它只在心中哭泣，不是为自己，而是为智慧的主人。它不能原谅主人的这次荒唐。就这样，它安静地让参谋长和那个满脸横肉的女干部又在身上加了两道绳索。它已经没法奔跑了，只能在原地小步挪蹭。女干部嘻嘻笑，这个丑女人。参谋长说："听说它忘记了一位数的运算，看我教它。"说着解下腰上的皮带，抽了宝物五六下，大声问："三下加四下，几下？"宝物紧紧闭上了眼，脑顶皮毛像手指一样竖起三道。参谋长又抽打起来，女人浪声大笑。后来她用手去搔它的下颔，被参谋长制止了。他们嘀咕几声，不知从哪儿找来一个膻味很重的皮套，要努力套在它的嘴上。宝物用力忍着，到后来终于忍不住，猛地一甩长嘴。参谋长狠狠一皮带，正好打在它的眼眶上。半个脸肿起来。它全力挣扎，残牙一连数次露出，咬破了自己的上唇，呜呜的叫声传出很远。参谋长还是打它："这就是军训。军训可是严格的，日你奶奶，军训了。"女人也笑，伸手在参谋长身上动了一下。参谋长手里的皮套子掉在地上，在女人耳边说了句什么，女人说："哎呀哎呀。"她全身抖起来。参谋长"哼哼"地笑，用脚将皮套踢开一点，然后用一把锈瓢从便所舀来一些尿。宝物以为那是要泼到它脸上的，就紧紧合上了眼。谁知一会儿伸过来一根冰凉的棍子，宝物不理，棍子就在脸前捅来捣去。它火了，狠狠地将棍子咬住。棍子是铁的，锈层被它咬脱了，它还是咬。智慧的主人哪，英勇无敌，威震四方。宝物可不想在这两个凶残的敌人面前给老丁丢脸。它带着一股豪情和愤怒，差一点又折断一颗牙齿。但就在这时，铁棍绞转了一下，它的嘴给弄得张开了 —— 一瞬间它明白是上了歹人的当，不过已是无可挽回地受辱了。半瓢尿哗哗倒进嘴里，又一股股滚到喉中，恶臭难当。宝物被浓烈的氨味冲出了泪水。参谋长说："军训能哭吗？"宝物的泪水被解释为哭，是它一辈子都要咒骂的啊。它在地上滚动、蹬腿，不停地呕吐，翻了四五个跟头。参谋长连连说："训没训过大不一样。不一样，你看你看你看。"女的鼓掌。宝物想到了雌狗皮皮，皮皮的泪呀，那时的皮皮的求饶声呀。你这个雌狗女干部，你早晚变成皮皮。宝物躺在尿液上，

434

呼呼地喘息。可是参谋长用一个铁勾勾住它身上的绳扣，像拖一条死狗似的拖到身边，仍坚持给它戴皮套子，一边戴一边说："一旦打起仗来，说不定有化学战哩，你不戴防毒面具还行？"说的时候下手狠起来，几下子就给它戴上了。这时的宝物真可笑。女人接过皮带抽它走，参谋长则喊："起步 —— 走！一二一二立定！卧倒！滚！前边是坑，是河，是流弹……"他们把它推倒又扶起，用脚狠狠地踢。女的累了，说："这么折腾多费劲，还不如糊上黏泥烧烧吃了。"宝物身子大抖了一下。参谋长摇摇头："老丁呢？玩笑。"他们说着将宝物拴到了小院角落一个碾砣上，进屋去了。约莫有半个钟点，参谋长才走出来。他松松垮垮地坐在破损的门槛上，喘着说："你来治这条癞皮狗吧，我看着。"女的说："俺也累了。"他们"咯咯"笑着，商定明天让民兵来继续训导。宝物注定要挨过一个漫长阴冷的夜晚了，它真想赶在天亮之前死去。它躺在那儿，当太阳沉下去，小院罩在昏黄的光色中时，一股燥热和微微的兴奋突然使它抬起头来。它茫然地四处观望着。哦哦，到了每天里宝物出巡的时间了。

它一天两夜未吃到东西，被各种各样的基干民兵训练，见了一辈子也见不到的花样。有的把它绑在树干上，给它实行假枪毙；有一次子弹真的从身上飞过，亏了皮毛脏乱阻隔了危难。有的把它坐在胯下当马，并不停地用鞭子打；它怎么驮得动，就死死地伏在地上。有的在地瓜饼里卷上一个小爆竹，冒着烟丢给它；它以为是饼烙糊了，刚刚咬到嘴里，爆竹就响了。还有人给它汤喝，刚喝了没有三口，一个大癞蛤蟆从里面大模大样钻了出来。总之是受尽了侮辱和捉弄，还伴着深深的惊恐。有的甚至想出这样的主意：烧红一个铁条，在它臀部烙上一个阿拉伯数码，像军队的战马编号。这亏了有人提醒说它最终属于老丁，才免了另一场皮肉之灾。一伙民兵走后，它真的快要死了。昏昏沉沉地躺在小院里，听着小屋里的动静。它知道那个参谋长和女干部并不安睡，日夜喊喊喳喳。他们在夜晚弄出的各种声音，它非常熟悉。在它最痛楚的时刻里，竟然有人在花天酒地。它暗暗诅咒他们一起死去，不停地诅咒。它一直未曾察觉的是，它自己早已中了蜘蛛们的咒语。它咬着残牙，等待着奇迹。小屋里仍旧有喊喳声，渐渐宝物怀疑他们在策划一个前所未有的巨大的行动。它扬起脖子不停地向上嗅着，突然头在空中凝住了！它嗅到了一种毒蘑菇的气味！这气味它可是熟透了……毒蘑菇肯定就在附近——要被派做什么用场？经验告诉它，毒蘑菇出现在哪里，哪里就要有奇妙的故事了！一阵兴奋像闪电一样从脑际掠过。灿烂耀目的金黄色伞顶在一个角落闪动，一男一女在它的光焰下活动，两双眼睛射出了热辣辣的光。它闭着眼睛，那幅图景却是再清楚也不过的。要有一个奇妙的故事了。小屋里日夜喊喊喳喳，真的要有一个奇妙的故事了。宝物的残牙被咬疼了，它快乐地闭着眼睛。不知从哪儿涌来了一股力量，它费力地挪近了那棵可恶的树，用后背抵住树干，四腿绷紧，让身上的绳索像弓弦一样绷紧。接着它一下一下咬嚼着绳子。毒蘑菇灿烂的金色映耀着快要断裂的绳索。"嘣"的一声，弦沉闷地奏响了。宝物坐起来，不知脊背折了没有。它试着站了，一阵阵钻心的疼。它小心地挪动，到后来一跳一跳跃出了小院。出了院门，那股气味又追上来，它终于咒骂着转回身。小屋门缝射出微弱的光亮，它像人一样立起来往里望着。左边的眼睛肿大了，就是这只眼睛看到了屋内的龌龊和恶毒。参谋长和女干部紧紧搂抱，他们中间才是那一把闪闪发光的蘑菇。它们的花色斑点都清晰可见。小油灯一闪一闪，蘑菇也一闪一闪。参谋长拿起一个小伞，放在眼前旋转。女干部欢快得装出要死去的样子。后来他们疲累了，说就那样吧。女干部用一个蓝色的手绢包起蘑菇，又把它放在小桌的玫瑰花旁边，接着吹熄了油灯。

宝物在夜色里爬进了小巷子。它急于寻到一点吃的喝的，浑身索索抖动。无数的鞭伤棍痕揪心地疼，它就咬折了身边的草木。有一个灰色条纹小猫在黑影里一跳闪进一个门洞，宝物紧走几步追上去。它看了门洞的木槛，心中有些快意。小猫在门洞里边轻轻地舔食一碟黑粥，宝物哼了一声。小猫伏下身子，后退了两步。多么香甜的食物。宝物张大嘴巴，只两下就把粥吸光了。身上有了热力，很快就不再抖动了。宝物用后蹄将小猫蹬翻。灰色条纹小猫的腹部竟是如此洁白，宝物忍不住揉了一下。小猫求饶地咪了一声，宝物大怒。它咬住皮毛将其提起来，重重地摔在地上，又迎着一张胆战心惊的小脸呼出了两天两夜积存的怨气。它把小猫全身都弄得又脏又臭，让它和自己身上的气味一般无二。宝物知道它的主人是小村里的一个地富反坏分子，它当然不敢不柔顺老实。宝物最后把小猫坐在屁股下边，像老丁那样眯着眼抄着手。它多么思念老丁。智慧的主人哪，第一回中了歹人的奸计。宝物眼中涌出了泪水，泪水又滴在小猫的耳朵里。后来它咬住了小猫的耳朵往门洞深处走去。它们进了屋门，听到了屋子主人有气无力的鼾声，看到了他们身上盖了一条破麻袋做成的被子。宝物在小猫的指点下找到了干粮篮子，扒开蒙布见到了一碗地瓜干糠团。它咬一口，又赶紧吐掉。多么臭的食物，多么反动的主人。宝物大骂着离开这儿，又跑进另一条巷子。它一连潜入五六户人家，都寻到了盛食物的篮子，碰到的差不多全是又涩又酸的糠菜瓜干。后来它好不容易咬死了一只鸡，将血吸净，再慢慢吃肉，直吃到太阳升起来。一群人在大街上唰唰走过，它马上想到了民兵。肚子饱了，它想找个地方躲到天黑。让老丁一个人待在空空的小屋吧，让老丁试试失去了宝物的寂寞和痛苦吧。它这会儿不知怎么竟想到了那个倒霉的雌狗皮皮，渴望着看到它的通红的脑门。它呜呜叫着向前跑去。

　　皮皮有一个圆圆的小草窝，弯在窝里害着相思病。它思念一条奇怪的恶狗，印象深刻。当这条潦倒的恶狗像闪电一样出现，皮皮差点昏厥。它的圆圆的屁股往后缩退，黑缎子一样闪亮的鼻头微微颤抖，又像某种成熟的坚果。宝物首先咬了它一口，让它泣哭。它的豁耳一动一动，像在回忆往昔那次甜蜜和不幸交织一起的经历。宝物瘦小英武，宝物勇力无限，宝物是林中之王。皮皮激动之后趋于平静，唱起了凄凉的情歌。宝物生来第一次将自己的遭际向另一条狗叙说，讲了它永生难忘的两天两夜。不过它小心地隐去了被灌注尿液的情节，只向其展示腋下的创伤。说到参谋长和公社女书记，那两个名字的音响是从残牙尖上流动过去的。皮皮不识好歹地泣哭，渐渐使宝物厌烦了。它恢复了仇恨和凶残，尽情地、毫不怜悯地蹂躏着皮皮，直到把皮皮的颈部撕咬得鲜血淋漓。皮皮大叫着，叫声怪异，宝物怕走漏消息，就狠力地窒息它。它不叫了，不过也半昏了。宝物就在它的圆圆的小窝里睡下了，睡梦中还要踢皮皮两下。皮皮浑身都被汗汁浸透，俊美的脑门上留下了三道牙印。它想安抚一下林中之王，这个仅仅在极短一段时间里才属于它的暴君——它把嘴对在宝物的嘴上，闭上了眼睛。它闻到了一股烟味，心中诧异：宝物像人一样会抽烟吗？宝物的呼吸逐渐变粗，不去理会皮皮。皮皮把烟味吸到肺腑中，幸福得无法言说。而此时宝物梦见的却是老丁，那个像石猴一样的老人双目闪亮，正吸一杆大烟斗。它的梦一直做到太阳西沉的时刻，就准确无误地醒来了。皮皮的嘴仍然对准了它，它就狠狠地吐了一口，迈着出巡的步伐向大街上跑去。奇怪的是大街上的人都急匆匆地走着，踏着血红的地面，谁也没有注意到宝物。它想在飞快挪动的这些腿脚上都咬上一口才好。人们渐渐聚集到一所茅屋跟前去了。宝物也挤在人群中间。茅屋里有人高一声低一声地哭着，哭诉说她不活了可不能再活了。宝物露出了残牙。它的鼻子扬着，突然在空中僵住。一股蓝色的气味飘到了它的鼻孔里。它闭上了眼睛。

灿烂的金色伞顶映耀得它睁不开眼。毒蘑菇在微笑。

哪里有毒蘑菇，哪里就要有奇妙的故事了。宝物每一根毛发都激动了，不顾一切地钻到最前面。于是它亲眼见到了披头散发的公社女书记跪在那儿，怀抱着一个脸色发青的男人——他已经死了，满身污秽，半截舌头咬在了牙齿外边。她的身旁站着参谋长，他手中握一把亮锃锃的小枪。女干部哭着："俺是多恩爱的一对夫妻啊！俺从来都是一条路线啊！不瞒同志们，昨晚俺还有那事儿哩！"头上包黑布头巾的老太太们哭了，痛惜地拍打着双膝。宝物却在一堆呕吐物旁边发现了那方蓝色的手绢，暗暗发出两声冷笑。它无声无响地取到手绢，返身跑走了。此刻的林中小屋里正端坐着老丁，老头子听到了熟悉的喘息声大吃一惊。

公社女书记对老丁说，"俺男人死了，俺的眼睛还干了嘛，你算什么？"老丁招手手，让她凑近一些，对在她耳朵上说了句几十年没有说过的粗话。女干部吓得跳开了几尺远。又过了三天，老丁弓着腰回到了林中小屋，对宣鹅更得不肯再走。他一边抚摸着它的三角头脸，一边编出了一首歌。他唱了一遍又一遍，后来连宣鹅也记住了。"毒蛇在演化出的故事万年，俺宣鹅也通晓一二三。……这就是民间事那么小一段，日月风尘埋下了沉冤。"他唱呀唱呀，有一天参谋长来了，刚听了一句就脸色煞白。老丁只是唱，参谋长拨起手。"好好儿不要唱了，俺一辈子尊敬您老，您才是真正江湖的人。"老丁不唱了。第三天参谋长和女干部送来了一篮子烟酒，老丁眼也不眸把哼一句。"凑近来。"他们把东西递上去，老人像瞎子一样摸了摸，说："不错。"参谋长去陪宣鹅，躲开了。老人又摸了摸女干部，重复一句："不错。"

宣鹅周身的肪膜又长好了。它恢复往日一样的灵随和精神，也恢复往日那样，在暮色苍茫的时刻里悬悬出巡。

五

林子里的活计很杂很多，常要招来一群子民工。老丁坐在帐子里，让这太里杆子是小六管理民工做活。他们在人群中走来走去，大背着手。老丁很少到林子里睁眼，有时遇上的姑娘，就让她到小屋去趴麻袋。一分场有很多麻袋，都是用来盛树籽的。老丁让姑娘坐在破麻袋上穿针走线。他认识的姑娘当他看到满身血迹、半个脸肿胀的宝物，立刻大喊了一声。宝物伏在地上，昏了过去，只是口中仍含着那方手绢。老丁一眼认出公社女书记的物件，因为她曾在他面前掏出来揩汗。老头子记住了它一片蓝色中间画了一个金黄的毒蘑菇。他连连吸着冷气，半天吐出一声："他们要谋害宝物哩！"由于极度气恼，老丁额上渗出了一层汗粒。一会儿文太和黑杆子都大叫着跑来了，报告说小村里大事不妙了，公社女书记的丈夫来探视她，误吃了毒蘑菇，周身青硬而死。老丁闻听半晌不语，直看着那个手帕。后来他让文太取了手帕去找老七家里，又对着他的耳鼓说了几声。一会儿老七家里慌慌张张地跑来了，对准老丁做了几个手势，说："还不是这样的事？也忒毒了！"老丁严厉地用双目扫扫四周，说："人命关天，我们是工人阶级，是领导阶级哩！我们能不管吗？这个案子分场是查定了。"他看看文太，"这回是查定了。"文太找来纸张，几个人匆匆地往小村里赶去了。小村里，参谋长已率先成立了调查小组，并把结果写在了碗口大的一张纸上。纸的空余部分，还画了死者误食的毒蘑菇的图样。老丁看了现场，又分别找人谈话，参谋长再三阻止也没用。公社女书记对老丁说："俺男人死了，俺的眼泪都哭干了哩，你算什么？"老丁招招手，让她挨近一些，对在她耳朵上说了句几十年没说过的粗话。女干部吓得跳开了几尺远。又过了三天，老丁弓着腰回到了林中小屋，对宝物亲得不能再亲。他一边抚摸着它的三角头颅，一边编出了一首歌。他唱了一遍又一遍，后来连宝物也记住了。"毒蘑菇演化出的故事万万千，俺宝物也通晓一二三……这就是民间事那么小小一段，日月风尘埋下了沉冤。"他唱啊唱啊，有一天参谋长来了，刚听了一句就脸色煞白。老丁只是唱。参谋长拱起手："好爷爷不要唱了，俺一辈子都孝敬您老，您才是高举红旗的人。"老丁不唱了。第二天参谋长和女干部送来了一筐子烟酒，老丁眼也不睁地哼一句："抬进来。"他们把东西递上去，老人像瞎子一样摸了摸，说："不错。"参谋长害怕宝物，躲开了。老人又摸了摸女干部递上来的酒瓶，重复一句："不错。"

宝物周身的伤慢慢长好了。它像往日一样的丑陋和精神，也像往日那样，在暮色苍茫的时刻里急急出巡。

五

林子里的活计很杂很多，常要招来一帮子民工。老丁坐在帐子里，让文太、黑杆子及小六管理民工做活。他们在人群中走来走去，大背着手。老丁很少到林子里，有时遇上顺眼的姑娘，就让她到小屋去补麻袋。一分场有很多麻袋，都是用来盛树籽的。老丁让姑娘坐在破麻袋上穿针走线。他认识的姑娘很多，大多都有过深入的谈话。这时的老丁温柔体贴，循循善诱，使做活的姑娘满脸通红，下针紊乱，不止一次把手掌捅出血来。姑娘们都穿了土布衣服，那彩色是野萝卜花、沙蒜叶子染出来的，而且打满了补丁。老丁从隔壁的厨房取来金黄的玉米饼子，端来剩下的蘑菇菜汤让姑娘吃。她们每逢这时什么都不顾了，一会儿吃得满头大汗。姑娘抹着嘴，喘息着，看着老丁。老丁说："分场是国家的，国家哩什么没有？和国家的人好上了才是福分。小村的人像蝗虫一样多，他们遇上个国家人难哩。说到我这个人，年纪是大些，不过思想可不旧。俺是个'人老心红'的人。"他说着拾起姑娘的手，一下一下拍打，目光里射出无限的希望。姑娘涌出了泪水，求饶道："丁场长……"老丁生气地把手扔开："这有什么！你啊真是个没有见过世面的人，你让我怎么说你？也罢也罢。看看你的眉眼吧，打心里让我坐不住。"他转身取下了宝剑，亮亮姿势舞起来。姑娘坐在那儿，他围着她边舞边转，让道道剑光不时映到她的脸上。姑娘用手挡着脸，老丁就越舞越快。姑娘尖声叫起来，倚在了他的身上。老丁拍拍她说："你看见了我的剑法？我有好剑法。告诉你吧，丁场长的剑是用来报仇的。说不定哪一天我辨出那个仇人来，就是一剑。我舞弄起它来，十个八个人近不了我的身。别人的剑亮，那是上了电镀。我的剑哩，是风沙磨的。一把好剑哪。省里一位首长要花上千块钱买走，我睬也不睬他。我是一场之长，理该有一把宝剑。"姑娘泪痕未干就笑起来，老丁也笑了。他给姑娘梳了头，还给她扎了个奇怪的发式，看上去像一个猫头鹰。有个叫小眉的姑娘常来补麻袋，挣六角四分五厘的工资，比一般民工多出五厘。她长得黑乎乎的，脸是方的，下巴往上翘得很厉害。老丁第一次见到小眉就说："真好。"其实所有人都不会说小眉漂亮。村里的姑娘们在一块议论说："最丑的就是小眉了。"春天的风把小眉的脸庞吹暴了一块块白皮屑，这皮屑直到秋天还留在脸上。她瘦瘦的，肩头很尖，破旧的衣服灰迹斑斑。只有一双黑黑的圆眼平静地亮着，比所有人都成熟，像个过来人似的。老丁觉得她很实在，实实在在地要玉米饼吃，实实在在地索取工钱，这之后，才安稳地坐下来缝麻袋。老丁认为对待她，也应该实在一些才是。她不会像其他姑娘那样狡狯刁泼——她们什么都骗走了，吃得肚腹圆滚滚的，甚至在老丁的怀中伸长着腰身拧动（后来老丁才明白那只是为了有利于消化）。到了关键的时刻她们却寸步不让，又哭又笑，做出不同的鬼脸，像抽走一条手巾那样从老丁怀中抽走她们的身体。老丁想到这里就无比忧愤，一个人时叫着她们的小名痛骂。他是怀抱全新的想法跟小眉相处的。小眉补着麻袋，右手里的粗线擎得很高很高。她的神态像是在给自己的娃娃缝制单衣。老丁看着她，她也偶尔抬头看看老丁，两人有过一场动人的谈话。老丁说："世上的一些事不能看得太重，是吧？"她把针插到麻袋上："是的。"老丁又说："我不知道你怎么看这林场。""林场老大。"老丁用食指刺刺头顶："嗯，实在。不过你怎么看这场长呢？""场长是你。"老丁笑笑："实在，实在。"他磕磕烟斗，"要是场长跟你好起来呢？"小眉拉出长长的线："不行啊！""怎么就不行？""俺不乐意。"老丁端正了烟斗："怎么好不乐意？""俺是老大。""老大咋了？"小眉抬起头："俺姊妹四个。我说过俺是老大嘛。一家子人里面，老大走了邪路，个个都走邪路。"老丁紧皱着眉头听完了她的话，一拍膝盖："实在啊！"他全身松软地歪在那儿，目光像即将熄去的灯苗。有好长时间，老丁一句话也没说。他望望宝剑，又望望小眉，用手轻轻捋着胡须。小眉补好了一个麻袋，将袋角掖进去，像披个雨衣似的披在了身上，继续补另一条麻袋。她的刘海从袋角上探出来，黑黑的小脸闪闪烁烁。老丁的双手举到脸前，摇动着："好姑娘啊好姑娘，你生就一副好心肠。我一辈子背过脸去，还是能记住你模样。"小眉笑了："唱歌似的。"老丁站起来，往前挪动一步说："你是个通大理的人，说话不多，句句有板眼。好啊，快熄了你场长大叔的心火吧，快点吧。"小眉点点头，咬断了麻线。她站起来，欠身到干粮篮里扭下一块玉米饼填到嘴里，往门外走了。老丁咬着牙关，最后问一句。"真的不行吗？"

小眉点点头。老丁猛地扬了一下手臂。小眉长腿一撩跑进林子里去了。

做活的民工永远被蘑菇引诱着，无法安心工作。因为蘑菇不一定什么时候就出现。他们把蘑菇用柳条串起，挂在腰带上。蘑菇的老嫩不同，品种不同，颜色斑斓。文太、黑杆子、小六和军彭，都分别率领几伙民工。文太有时和民工一块儿采蘑菇，一会儿又嫌他们耽误了活计。民工说：林场的工钱忒低，俺来做活也是为蘑菇哩。文太哑口无言。他不断采个颜色鲜艳的献给姑娘，姑娘接到手里说："有毒有毒。"文太不得不掰下一片放进嘴里嚼了，说："有吗？"蘑菇的品种很杂，什么有毒，什么无毒，谁也讲不准。大家只采绝对有把握的，比如小沙蘑菇、柳黄、松窝和杨树板等。有一种蘑菇叫草纸花，刚生出时雪白莹亮，接上就发黄；两天之后它变得像天空一样蔚蓝。大家都说草纸花是有毒的东西。有人不信，试着嚼了一点点，结果手舞足蹈。文太说这不一定叫作毒，它不过能让人添些毛病罢了。他不厌其烦地对她们讲解各种蘑菇的品性，并和她们一起到树丛深处采蘑菇。他的话一般姑娘都不太信，因为他常常话中有话。他说："我说话都是有根据的，我的古书底子很厚。"不少姑娘都跟他保持了淡淡的友谊。文太在跟她们的交谈当中常常要说到老丁，一说起来就没有节制，误了工作。他说："我们都要学习老丁。丁场长是个了不起的人，可他从来不说自己了不起。比如对待蘑菇，他是熟得不能再熟，一辈子就吃这个。他闭上眼也知道你手里抓到的是什么蘑菇，错不了也。有毒的，毒在哪里、吃多少能死、吃多少能半死，他都知道也。你们也不用躲着他，像防什么一样——其实迷上他的人万万千千，只是他不肯那样罢了。再说他要真想干点什么，防也白防。他会使剑，还会点穴。你动得了吗？老丁坚强啊，党性强啊！"文太口吐白沫，像吃了毒蘑菇一样。姑娘们问：蘑菇有多少种？文太严肃地点一下头："七种。老丁场长说这里也不过七种。你别看到处花花点点的，其实都是演化出来的，归根结底也不过是七种也。"姑娘有的傻笑，文太用食指去捅她一下。都说文太不是正经的人，说丁场长没有教育好他。文太气愤地嚷叫："这话也就是在这儿说吧，在别处说站不住脚！说我文太可以，说老丁场长那不行。"民工当中的中年妇女跟文太关系良好，这些人差不多都让文太想到了总场场长申宝雄的老婆。他跟她们谈笑自如，几乎没有奥秘，一直轻松愉快。文太在她们面前自觉小如顽童，母爱在这片林子里泛滥成灾。文太这时真不像个领工的，对她们百依百顺，跑前跑后。她们一会儿让文太这样，一会儿让文太那样，使文太累得直出虚汗。有一个大河蟹从树荫下沙沙地横行过来，中年妇女一片惊呼。文太就在众目睽睽之下伏身爬着，跟在它后面爬了几十米。大河蟹在旱地生活久了，品性近于蛇，也像蛇一样有毒了。所以大河蟹每一次都是安然走去，步态潇洒。文太闲下来时也议论一下小村里的事情，说到参谋长和公社女书记，就"咯咯"地笑。他说："女书记年轻时怎样，我还不知道？"中年妇女说你知道个什么！文太的鼻子蠒起来："总有一天讲讲她那些好事。有意思啊！"他提起小村里几个地富反坏，立刻咬牙切齿。有一个叫金松的富农，又瘦又小，走路一摇一摇，一口气就能吹倒，脸上生满了老人斑。文太对他的模样特别不能容忍，说："我一看见他气就不打一处来。反动的东西，你不打他就不倒。"说过小村，他又议论起分场里的事情。这照例要从赞扬老丁开始。说到宝物，他机警地四下瞥瞥，小声说："不过老丁对宝物也太偏心眼了。有些机密的事情，跟它说不跟我说。听故事时，好位子也让它占了。"妇女们忿忿的："一条狗懂什么！"文太摇头："哼，它的心眼都在里边，除了老丁谁也提防。不瞒你们，它是个仇恨妇女的东西。"大家尖叫了起来。文太接着又说起了小六："小六可不是个平常人。如果发生了杀人案，凶手肯定就是他；如果有人强奸了妇女，那个罪犯肯定也是他。他比某些蘑菇更毒。你不要看他又黄又小，人莫可貌取。那是让阴险的盘算压制得长不太大罢了。近一段时间我场出了叛徒 —— 我们正在追查 —— 我可没说是小六 —— 老天做证我没有说是他。我只是说人民应该怀疑他，而怀疑是允许的。不是吗？听老丁场长说，很早他就被叛徒出卖过，他心爱的人（即小娘们儿）也被叛徒出卖过。当然了，那是战争年代。不过今天也是硝烟滚滚哪，看看老丁舞剑吧，那真是刀光剑影。老丁说，叛徒总要查出来的；而一经查出，他也就活不成了。我最后要提醒你们的是，小六不可不防，毒蘑菇比起他来也算不了什么。平时不要跟他说话，没有好处。走路也不要离得太近，没有好处。他这个人闹出了天大的事也不必大惊小怪。一句话：他是真正的坏人了……"中年妇女们一声不吭地听着，姑娘们紧张地喘息。这样安静了一小会儿，突然她们之中有人喊道："文太，你是好人，你能回小屋里偷一块玉米饼给咱吃？"

不少人咂起嘴来。文太半天不吭气。"能不能呀？"又有人催问。文太摇摇头："不能。只有老丁场长一个人经管玉米饼。那是国家按人头发下的口粮，是我们工人阶级（即领导阶级）的食物。"人们失望地叹气，搓着手。有一个一只眼大一只眼小的中年妇女一下子躺在沙土上滚动起来，嚷着："老天爷爷给块玉米饼嚼嚼吧，俺也不枉活了这一遭哩。""那是人家的食物，啧啧，人家的食物。"大家叹息着散开了，又蹲下来做活。这会儿树丛摇动起来，像刮过了一阵风。小眉从树丛中钻出来，脸色通红，一直向前跑去。有人叫她，她也不停，直跑到另一群民工中去了。文太盯着她的背影，突然意识到那些民工是由小六率领的，就不安地向前走去。

小六率领民工的方法与文太差别很大。他不闻不问，只是苦做。那片化制墨水的染料引来了申宝雄，但要令他后悔一辈子。好像就是这片染料把他给染黑了，他成了一个该死的黑人。不过他就不信总场场长申宝雄会一败不回。晚上，他睡着了还紧紧咬着牙齿，把希望咬到牙缝里。他做过的最可怕的噩梦，就是一个石猴似的老东西从紫帐里走出来，手持一柄宝剑。这些日子他不停地颤抖，肌肉越缩越紧，整个人越发显得干瘦了。有一天他球着身子在苗圃里拔草，一个黑乎乎的姑娘从跟前走过，他正好抬头去看云彩。他看到的是她的一双大眼。有一股浓重的苦艾味儿从她身上飘过来，令他不能安稳。他说："不准乱跑。"姑娘站住了，嘻嘻笑着说："你真瘦。"他喝一声："胡说。你叫什么？"姑娘坐下来，一下一下把眼前的小草拔净。临走的时候她告诉自己叫小眉。从那以后小六就记住了她的名字，常在心里念叨："小眉小眉小眉。"

他去过几次小村，一个人在街巷上溜达。他遇到的都是不愿遇到的东西，比如老七家里向他冷笑，见他走过，就在身后泼一盆水；有一次他拐过一条巷子，见宝物从另一条巷子里探出头来。夜里风声大作，千树摇动，像有一万个小眉来到了林子里。他赤着身子跑出去，跑离小屋没有多远又被藤子绊倒。那一次他被寒风吹病了，浑身火烫。病好之后，他暗暗发誓再也不念叨小眉了。可是不久小腹疼病难忍，他苦苦挨着。第十天上颈部右侧生了个疮，然后是溃烂出血。半个多月之后伤口才见愈合，这时候痒得他恨不能哭喊出来。一阵又一阵的折腾，令他骨瘦如柴，喘息比猫还细弱。他还是没有忘记小眉，只是不念叨了。他要想法使心中的一切让小眉都清清楚楚。决心已定，他就行动起来。一连几天他坐卧不宁，连宝物也感到了有什么事故要发生了。他知道事情周折无限，不过还要耐心等待。也就是这苦苦等待的时刻里，一个崭新的人物出现了，那就是另一个枯瘦青年军彭。他是总场派来的！小六当时心中一动，立刻想到了申宝雄。一线崭新的希望霎时把小眉冲没了，他最急于弄明白的就是军彭这个人了。他低头拔草，心中却不停地琢磨军彭。小眉跑过来了，他又嗅到了浓烈的艾草味儿，但这味儿已经不像这之前那么诱人了。小眉喘着站在那儿，不住地呵气。小六僵硬地站起来，一说话就口吃。小眉说："你们国家人真怪啊！"小六敷衍着，眼睛却向一旁望去——他发现军彭正披了学生蓝制服在树丛里活动，像是踱步。他一动不动地望着。小眉说："哼呀，你还不转过脸来。"小六转过脸，正好看到文太向这边走来，就躲闪似的往军彭那儿走去。小眉蹲下来拔草了。

军彭在踱步，目不斜视。

惊呼着跳起来。他想关键的时刻更的来了。████
████████████████████他扒了扒树枝，以便看得更清细些。
他看到军影仍在跑步，小六走着"之"字█接近█。军影
与小六只隔了一丛柳棵了，一转脸发现了█。小六伸出
手掌，坚着往前一推；军影一愣，慌忙地点点头——文太把
一切都看在眼里，心中快乐得象有一只美丽的小鸟缓缓地爬
进。他想那肯定是暗号不对。这是说，他们一开始接头就
不顺利。他继续看下去。小六奋力地绕进了柳棵，脱多少
有些别扭，小步向前移着，忽远处伸出了手。他们握手了。
握着手，小六仰脸又说了什么，军影象耳聋似的侧脸倾听，
听定之后用力摇一下对方的手，松开了。小六█松疲地身
子斜悟着，那█悄悄很木胶粘住了一样，█动了儿动也
没有张开。后来小六伸出了右手并很快收拳，发报她往下
一沉。军影严肃而平静地点点头，扰一下头发。他重新疑
起步来，小六也愚蠢地跟上，莫他那样背起了手。████
████他们一边走一边说话，偶尔打打手势。文太猜不出说
话的内容，但敢肯定两个人并没有接上头——或者是中宫
雄派来的这个人根本不很像小六，或者█不是中宫雄的
人。但文太坚信此人在这个节骨眼上来到了这儿，必定有
灵使命。他想我要出击了，我要当着小六做两亮一亮古怪
而智慧。真正的暗号别人是听不出来的，内中人一嘎就知
道。可惜的教徒垣子，█情没有心智。文太想到这里摸了
摸衣兜，跨出了树丛。他想派该到了打断你取财程了。两
个人正低头走着，文太直后边咳了一声。军影立刻回头，

文太藏在树叶后面了，他要看小六怎样走过去、军彭又是怎样对待他。文太认为小六第二次买走了一片化制墨水的染料，总场就派来了这样一个人，需要琢磨。如果军彭是申宝雄的人，那么必然与小六接头；若军彭是申宝雄老婆的人，那就必然来与文太接头。当他眼瞅着小六向军彭接近，一颗心不禁怦怦跳起来。他想关键的时刻真的来了。他拉了拉树条，以便看得更清楚些。他看到军彭仍在踱步，小六走着"之"字接近。军彭与小六只隔了一丛柳棵了，一转脸就彼此发现了。小六伸出手掌，竖着往前一推；军彭一愣，慌慌地点头 —— 文太把一切都看在眼里，心中快乐得像有一只美丽的小虫虫爬过。他想那肯定是暗号不对。这就是说，他们一开始接头就不顺利。他继续看下去。小六费力地绕过了柳棵，腰多少有些弓，小步向前踮着，老远就伸出了手。他们握手了。握着手，小六仰脸又说了什么，军彭像耳聋似的侧脸倾听，听完之后用力握一下对方的手，松开了。小六枯瘦的身子斜楞着，那嘴像被木胶粘住了一样，动了几动也没有张开。后来小六伸出了右手并很快成拳，发狠地往下一沉。军彭严肃而平静地点点头，抹一下头发。他重新踱起步来，小六也愚蠢地跟上，学他那样背起了手。他们一边走一边说话，偶尔打打手势。文太猜不出说话的内容，但敢肯定两个人并没有接上头 —— 或者是申宝雄派来的这个人根本不信任小六，或者压根就不是申宝雄的人。但文太坚信此人在这个节骨眼上来到这儿，必定肩负使命。他想我要出马了，我要当着小六的面亮一亮古怪的智慧了。真正的暗号别人是听不出来的，而内中人一嗅就知道。可怜的叛徒坯子，只可惜没有心智。文太想到这里提了提衣领，跨出了树丛。他想活该到了打断你的时候了。

两个人正低头走着,文太在后边咳了一声。军彭立刻回头,小六脸色蜡黄。文太对军彭打了个敬礼。军彭也打了个敬礼。文太说:"辛苦辛苦!"军彭摇摇头:"哪里哪里!"文太注视着他的眼睛,一动不动,并且一边看一边暗中往前移动。军彭眼也不眨,但目光故意落在一旁的一株野蒜上。这样过了约莫有五六分钟,文太的眼睛一动未动。军彭看着野蒜,一声不吭。后来他终于大喊了一句:

"文太同志!"

文太长长地吐了一口气,面色和缓起来。他接上问:"宝雄同志可好?""好。""宝雄同志爱人可好?""好。"文太点点头:"那我放心了。"停会儿他又问:"总场对这儿有过指示没?来时见了宝雄及他家里人没?没?没?那好那好。"小六在一旁死死盯住,双手插在衣兜里。文太瞥瞥他,想:多么坏的一个家伙,把手插在那儿!如果兜里有个枪,他会在抽出手来的那一刻打死我们的!文太咬咬牙,重新与军彭对话。军彭是个极为消瘦的青年,这一点文太过去估计不足。他第一次离这么近打量对方,发现了他微微发青的眉宇间,有一道深刻的竖纹。这使他显得庄严有余。文太在心里骂了他一句。不过文太微笑着,始终亲切地与他说话:"你认为分场工作情况怎样?领导和群众如何?总之,初步印象。"军彭"嗯嗯"应答,说:"我认为是好的。这里有这里的特殊性,即普遍性与特殊性的统一了。这儿条件当然会艰苦,不过不艰苦还要你我这样的革命青年干什么?有命不革命,要命有啥用。就是这样的。望我们团结一致。"文太紧紧握起对方的手,摇动不停:"太对了,太对了,你几句话就说到了我的心坎上 —— 总场派下来的人水平

就是高 —— 当然我们都是派下来的……"他揉了揉眼睛，不愿松手。

军彭接上说："刚才我已经跟领导，就是小六同志谈过这些想法了。"

文太的双目猛地睁大，转脸去寻找小六，可那家伙不知何时已经溜走了。

文太大呼道：

"天哪！你把一个什么人当成了领导！他怎么能是领导！他把一个不熟悉情况的同志欺骗了呀……"

军彭不解地摊摊手："他说他是总场任命的组长。"文太吐着骂道："特务！叛徒！这是一分场，这里哪有什么'组'。他专找新来的同志钻空子哟。我们有场长，场长有办公室，他在办公室里办公，他就是老丁场长。你不是已经见过他了吗？那才是真正的领导。走吧，你们该好生谈谈了，走吧，我领你去见我们真正的领导——他大概这会儿坐在帐子里呢——你知道上了年纪的领导人一天一天都是坐着。我们走也。"他说着扯上了军彭的手，拨开树木枝条往前奔去。"民工呢？我们在工作呢！"军彭嚷着，身体往后用力。但文太就像什么也没有听见，满脸发红，不顾一切地往前跑。"我认识老丁同志，我难道没见过老丁同志吗？"军彭一边走着，还是嚷。文太点点头，又摇摇头："那是另一回事，那时你还不知道他是领导嘛。这就不一样。你有没有这样的体验：同一个人，你把他看成领导，再去端量就什么都是了。老丁场长可不是一般的人。你猜小村工作组有个参谋长是怎么评价老丁的？他说：你是个有威仪的人。你想想吧军彭同志，想想这是什么情景。"军彭再不言语。他们就这样手拉着手来到了林中小屋，路途上磕磕绊绊，甚至遇上了一对漆黑的蝙蝠双足相连挂在树枝上，遇上了盘腿端坐的狐狸，他们的手都没有松开。小屋旁，宝物的窝空着，四周也一片沉寂。文太捏紧军彭的手，小心地上了台阶，跨进了空洞洞的屋子。屋子的一角就是沉甸甸的紫色帐子，里面传出轻轻一咳。文太也咳了一声。"谁呀？"帐子里传出了老丁的声音。文太忙答："老丁场长，我领军彭同志来见场长了。他原先不太了解情况，所以来迟了。他现在非常想见见领导，做一些汇报等等。"帐子里一点声息也没有。军彭让文太捏住的那只手已经渗出了汗。军彭盯了文太一眼。又停了二三分钟，帐子里传出了一声："走近些来。"文太松了手。军彭揩揩手上流动的汗水，走上前去。老丁端坐帐中，背后的墙上是悬起的宝剑。他闭着双目，眼角一动一动，问了句："何时参加工作、主要社会关系、出生年月日？"军彭点点头，双手不由得贴到了双腿的裤缝上，背答："参加工作约有半年，社会关系无，可能是二十一年前风雪交加的一个夜晚出生。这些如实载入档案，档案现正捆在背包上的一双白力士鞋后面，用一块油毡纸包了。"老丁睁开了眼，不满地哼一声。军彭接上答："领导尊听。我本是一烈士遗孤，生前不知父，生后不见母。我在党及贫农老大娘的抚育下生长成人，接受哺养。后入学念书直到完小，而后回乡务农，主要负责在沟边渠畔点种蓖麻、向日葵等油料作物。再后来上级照顾让我就业，就业后听说先父曾在这片林中打过游击。为继承先烈遗志，我反复要求来这里工作。简单汇报就是这些。"话音刚落，老丁一下子从帐中跳下来，紧紧地攥住了军彭的手。"你原来是烈士子女，可你这么瘦小、这么朴素。这更让我尊敬——文太！"老丁喊了一声，文太赶紧上前一步。老丁一手指着军彭说："你今后要向他来学习。"文太点点头。老丁说："好了，这次我们一分场算是加强了。以后的情况你会一点一点分明。有什么困难、有什么要求，你只管找我提出。全场从工人到宝物，一共六个，分工不同。反正这一下是加强了。"军彭被突如其来的巨大热情烧得不能支持，双脚频频踏动。老丁想起了什么，又问："先烈——我是说你父亲，叫个什么？"军彭答："听说叫吴得伍。""有什么特点？"军彭低头思忖："听说，他脸上左下边有块疤。"老丁抬头看着窗外，说："噢，噢。"老丁对军彭又说了些激励的话，然后就打发他去林子里了。文太站在原地未动，老丁掩了门。文太说："场长，很严重。"老丁说："嗯？"文太重掩了一下门："今个我发现小六去跟军彭接头，可没对上暗号。我一下明白了，来的不是申宝雄的人！"老丁大笑："烈士子女嘛！他会是申的人？"文太皱皱眉头："我试了试，送了新暗号，知道也不是申宝雄老婆的人。""那也好。毛主席说白纸才好。白纸能重新描上花儿。"老丁的话一停，文太拍一下手，夸道："丁场长脑力绝了，绝了。"

接下的一段时间里，老丁突然变得无精打采的。文太跟他说话，他也不愿回答，蔫蔫地躺在了帐子里。文太注视着老人，见额上的横皱不停地蠕动。老丁躺了半晌说："文太啊，我心里有火。"文太一声不吭。又停了一会儿，老丁又叹了一声："这话我也只能跟你说了：我心里有火。"文太伸手握住了老丁硬硬的手掌，紧紧握着，一切尽在不言中。这样握了一会儿，老丁坐了起来，一手搭在文太的肩上："我一夜里在帐中滚动三两次，睡不沉。睡不沉哪。你可能知道这是谁的效力，这是她，那个女教师，一个方方正正的人。我想念她呀，觉得她没有一丝儿不好。我装在心里，只是不说。一辈子我喜欢上的人太多了。不过这些年把我折磨成这样的，还是头一回。我不知多少次在帐里看她给的材料，字字都亲。我们怎么不能给她一些写成的东西呢？让她也这么一字一字看，字字都亲。几天来我就琢磨这个。我想顺便也夹带几斤上好的蘑菇。你知道人家是有文化的人，看重的是纸上的字。一张嘴就说出的话，太轻，人家不看重，你说对不对？"文太想了想，说："你是指写一封求爱信？"老丁一拍大腿："就算是吧！"文太飞快地搓手，双手搓热了，又一下捂在脸上。老丁逼近了问："怎么样？快快动笔吧。"文太又搓手。老丁等着回答，等不来，也搓起了手。停了一会儿，文太弓下腰，到锅灶底下刮起了烟油灰——他要用烧酒调制黑墨汁了。老丁搂住了文太："我们是上下级的关系，可最好的兄弟父子也不过这样。文太，我念你编，咱的成败全在信上了。"文太不说话，只是一下一下刮着。他在积蓄内力。结果第一天只是用来调制油墨，第二天端着油墨坐在帐子里，激动得手抖，无法落笔。直到第三天夜里他们才把信写好。信装在一个牛皮纸袋子里，文太想了想，又采了些红色的花瓣放进去。信在送走之前，他们一遍又一遍朗读。老丁眼里汪着泪水，差不多整整一封长信他都背得上来了。信中写道："尊敬的国家女师，请先领受俺林中人道一声安康。在下心中激动，以至于提笔忘字，更不敢直呼芳名，故而称您为女师耶。知您重责在身，为国训材，时间尤其宝贵，所以言短情长，并选择洗练之文法制做此信。时逢半夜三更，室外黑色千里，万籁俱静。遥想您来该场之情景，勇气倍增。不知此时此刻您是否安睡枕上，正进入香甜之梦乡？该寝室必定异常简朴，适合无产者居住，素雅大方。且有无数学习材料文化书籍和教学仪器，并有一个能拨拨动动的铁架地球蛋。素花锦被裹您纤躯，随徐徐呼吸而微动，满室芬芳。哪似我处这般肮脏贫寒，臭汗熏人。季节已临深秋，我心诸多凄凉。几次欲去校舍一叙，无奈双腿如铅，胸跳如雷。可见我心仍如童男一般火烈鲜红，青春未熄。每至深夜三星西斜时分，我必坐起向南即校舍方向观望，全身大抖，之后还要喝三碗凉水以镇阳躁。吾辈有幸也不幸在林中一睹芳容，接上再不能安眠。其情景如电影一般反复演出，思绪万千，口中喃喃。眼见得两颊变红，手足脱皮，日日呼其姓名见其倩影。将心比心，您在舍中独自一人也必然不堪其苦，做多方设想。人之常情我最知晓，因而能够体贴爱抚。独身之苦，苦似红铁烙肉，常人无法想象。您清晨即起，漱口刷牙，穿戴齐整梳头三遍，又用粉红香皂洗了脸面，光滑如玉。然后走向舍前空地缓缓挪动谓之散步，引逗百鸟齐声鸣唱，其中雄鸟居多。不是芳心不动，实是意志坚定。待到铁钟一叩，嗡嗡有声，千家小子鱼贯入室，上课开始。一只小手紧握木条名曰教鞭，在黑板上来往指点，疼煞林中老人。我愿化一孩童端坐其中，嗅您气息闻您芳音，至死不归。我想您通体无一处不洁净，真正是完美无瑕。方圆几十里空气清爽宜人，必有气体蕴您贵腹又从鼻孔排出，能辨者是您爱人无疑。在下说到此大胆吐露真情，唯有我日夜可闻异香。看您双肩圆软平整杯水不荡，背肉丰厚又能显腰形，一望可知是学识丰富之处女，非领导而不嫁。我虽资历深远，品德高尚且身为一场之长，但比您微不足道，恰似一短短毛虫。可欣慰者唯筋骨韧壮，百折不挠，经得起您长年摔打。说到此愿再进一言：您不必在日后同枕之时过分拘谨，因级别及革命经历不同而视为畏途；实际上他平等待人，礼贤下士，死而后已。也不必因其年迈而小心翼翼，鼠目寸光，过分昵爱问寒问暖；事实上他久经磨炼无比泼辣，皮如村童，那时节无一刻可安稳。小家建立，吃荤吃素由您而定，挑泥担水让我去做。据估计很快会有贵子，哇哇大哭令人欢心。到时候穿针走线做成一件小袄，穿上后只露出红色小脸及手部脚丫。哺乳期多食米饼蘑菇，催其奶水，并辅以米粥。经考证小砂蘑菇最为适宜，可令文太多方搜寻，每日一碗，对此他已许下保证。这期间必有学生来探女师，团团围住我室；我定然按时前去驱赶，让其作鸟兽散。至夜晚风摇树动，如鬼泣哭，我当怀抱妻女，右手持剑而眠。睹娇儿样并端详您之睡态，幸福无比。唯担心我爱心太切，深夜里手脚过勤而误您安眠。到时候为求两全，宁愿让您缚我手足以待天明。妻子在哺育生产期必然释放浊气，昔日芳香化为些许腥膻。但幼童鲜嫩如花，其瓣也薄，阵阵菊味与母中和。总之小家三口世人皆羡，一场长一女师一未来之接班人。写到此我不觉泪如泉涌，手脚火烫，您见纸上块块斑点，即是泪痕。想当年众女把我追逐，避之唯恐不及，但毕竟偶有损失，男人名节难以保全。至今吾尚独身，皆因眼眶太高。后半生遇上女师也是万幸，如蒙看上一眼，死而无憾。从今后白天骄阳是您笑脸，夜晚星月是您明眸；风吹草木，是我泣诉。还求您多来林中采药寻菇，如逢天色太晚投宿林中，更是全场革命职工之殊荣。最后还望您多多保重身体，避开世间各种可能之伤害。荒村陋室，刁民无数，青壮光棍，最为悍暴。如您一人外出散步，最好藏一银针袖中，冷不防歹人蹿出，或可扎中。亦可取灰面一把装入花衣内兜，悠悠然双手插兜而行，见恶人则扬手以灰迷其双目，始得脱身。也有刁民性情胆怯，往往做出种种淫相，不可正视。总之处女之身如花之鲜、如果之嫩，千万当心保存。切不能自毁自弃，不虑千日只求片刻，成终身之恨耳。忠言逆耳利于行，良药苦口利于病，还望您坚贞不屈，保持到底，坚持到最后胜利，做到童叟无欺。林中老人含泪顿首。敬上。致革命敬礼。八月二十二日丑时。"

老丁双手抖着以面糊封了牛皮纸袋，又捆好了一大包鲜蘑菇。

六

为稳妥起见，近日黑杆子与小六共同率领民工做活。这样小六身旁就有了一个背枪的黑汉。小眉有一次从家里带来一个烧得黑乎乎的地蛋给小六，被黑杆子从中截了，掰开看了看热气腾腾的瓤儿，又嗅了嗅，才还给小六。小六一个人去树下解溲，如果久了，黑杆子也要跟去。只有猎物在远处鸣叫时，他才离开一会儿。有一天他手里提个野鸡从树棵间探出头来，一眼望见小六直盯着前面几尺远的小眉，就急急呼喊："文太！文太！"文太闻声赶来，黑杆子用枪指指小眉，又指指小六。文太走到小六跟前，端量着他说："工人阶级能这样吗？"小六哼一声："我不过看看。""工人阶级能看看吗？"黑杆子在一旁附和文太："幸亏丁场长不知道。"文太商量说："好不好写个检查什么的？"小六大嚷："我没有钢笔水。"文太笑了："那你买一片化制墨水的颜色干什么了？去年一片，今年又一片，对吧？"小六不语，黄黄的小脸渐渐转青。文太走开了，一边走一边咕哝："还是丁场长说得好——吴三桂勾引来清兵，总之处女之身如花之鲜、如果之嫩，千万当心保存。切不能自毁自弃，不贪千日只求片刻，成终身之恨耳。忠言逆耳利于行，[redacted]良药苦口利于病，还望您坚贞不屈，保持到底，坚持到最后胜利，做到童叟无欺。林中老人含泪顿首。敬上。致革命敬礼。八月二十二日丑时。

老丁双手抖着从面糊封了牛皮袋口，又包好了一大包鲜蘑菇。

六

为[redacted]稳妥起见，[redacted]近日黑杆子与小六芝同学领民工做活。这样小六身旁就[redacted]有了一个背枪的黑汉。小眉有一次从家里带来一个烧得黑乎乎的地瓜给小六[redacted]，被黑杆子从中截了，掰开看了看热气腾腾的瓤儿，又嗅了嗅，才还给小六。小六一个人去树下解溲，如果久了，黑杆子也要跟去[redacted]。只有猎物在远处鸣叫时，他[redacted]才离开一会儿。有一天他手里提个野鸡从树棵间探出头来，一眼望见小六直盯[redacted]着前面儿只远的小眉，就急急地喊：“文太！文太！”文太闻声赶来[redacted]，黑杆子用枪指指小眉，又指指小六。文太[redacted]走到小六跟前，端量着他说：“工人阶级能这样吗？”小六哼一声：“我不过看看。”“工人阶级能看看吗？”黑杆子在一旁附和文太：“[redacted]幸了丁场长不知道。”文太商量说：“好不好写个检查什么的？”小六大嚷：“我没有钢笔水。”文太笑了：“那你变一片化别墨水的颜色干什么了？去年一片，今年又一片，对吧？[redacted]”小六不语，黄黄的小脸渐留下千古骂名啊！"小六像肚子疼一样蹲下去。黑杆子说："你这样就像个兔子，不够我半枪打的——嗵！"小六伸手去拔草，汗珠从额上流下来。一会儿军彭掐着腰走近了，说："小六同志，我对你有看法的。"小六瞥瞥黑杆子，军彭就请他走开了。军彭说："你说自己是作业组长，经了解是夸大其词。"小六激动地跳起，喊："我！"军彭说："是你。"两人再不说话，互相注视了三分多钟。后来小六把手伸到了衣服的夹层里，掏出了一个破破烂烂的纸片——这是总场场长申宝雄写给他的一封信，他已经保存了两年多。宝物的嗅觉太敏，在这片林子里几乎无秘密可言，所以他只能将其带在身上。他牢记这是申宝雄的真迹，睡觉时也放在内衣小口袋里。信上有一处曾提到他为组长，但那两个字恰巧被折叠得模糊不清了。小六指点着纸片让军彭看，军彭耐着性子读了几遍，最后认为总场场长申宝雄十分器重小六。但"组长"二字无论如何是看不清的，也就无从判断那个最主要的问题。小六急得抓耳挠腮，把信对在阳光上，结果还是辨认不出。军彭在树隙间踱了一会儿步，转过身来说："这是什么时候的信件？"小六沉默着，说："本来我不愿提起。不过这事情已经暴露了——他们（我不点名字）不知如何使用了特务手段，也许总场秘书部门及关键方面藏有坏人，他们反正搞到了我写给总场的信，老丁鹦鹉学舌，将阴谋变成了阳谋，当着文太、黑杆子和宝物的面读了我的信，意在挑拨。你看的申场长的信，这是场长亲笔回信。这信是历史见证，十分宝贵。我之所以给你看，是为了证明到底谁是这片林子的领导，为了真理。"军彭点点头，但说话时声音微弱："可以的。不过，然而，虽然是这样，但是那两个字是看不清的。"小六失望地看着在远处做活的小眉，长叹一声："我总以为我们是一条战线上的，谁知……"军彭握住了他的手，耸动了几下："必要时需要外调的。我基本上是信任你的。余下的事就让实践来做个证吧，你知道一切都不是天上掉下来的，是实践得来的。这就是哲学。"小六牙齿磕碰着："我听懂了，是哲学。"

军彭刚刚离开小六，文太就走上去了。军彭对文太说："我们谈了一些哲学。"文太拍拍手："我们这里和总场不一样——那里人不懂哲学。当然了，申宝雄老婆还懂一点。我们这儿在老丁场长领导下，基本上是学哲学用哲学，如今林子里已经有很多哲学了。内因外因，蘑菇正反两个方面 —— 伞顶和顶下瓤儿；两个方面互相转化——比如太阳一晒，伞底变得和伞顶一样干硬。很多的，说不尽。"军彭接答："说不尽。比如小六同志及老丁同志的职务问题，说得尽吗？"文太愣住了："小六同志还存在个职务问题吗？你又怎么了军彭同志？"军彭皱起了眉头："事情都有正反两个方面，这才是哲学。老丁和小六谁是正面？比做蘑菇也可，他们谁是伞顶？还要调查研究哩。"文太惊呼道："要不是我亲耳所听，谁讲我也不信，你怀疑起了老丁场长！这可是你亲口说的，军彭同志！你竟然听信一个叛徒的话——他什么事情做不出来！也就是刚才一会儿，他还差点犯了腐化的毛病。你竟然去听信他。"军彭有些胆怯地眨眨眼："我只是说还要调查研究。"文太哼了一声："该调查的早调查了。不是吗？当初申宝雄同志接到小六诬告老丁的黑材料，连夜率领调查小组赶来，结果如何？小六何其毒也，必欲置之死地而后快——遭殃的反是总场领导一干人马。他们又吐又泻，像过街之小鼠，连村中小民都以白眼视之。得道多助，失道寡助，毛主席的话忘了还行？这其实也是申宝雄怀疑老丁的必然结果。对老丁怎么能怀疑呢？军彭同志，你是先烈遗孤，快快转意还来得及；如果是别人在怀疑老丁，我是不会这样规劝他的。你不知道，老丁场长对先烈的后代是十分爱护的。"军彭不吭声，但慢慢握住了对方的手，说道："我非常感谢你。感谢你阶级的友爱。但我必须指出的是，小六手中也有一点证据。我还要用力思考几个月才能答复你。再说总场调查组在这里的情形我也不知道。我当时如果是调查组成员也就好了。"文太重复一遍："那也就好了！"说着心中一阵快乐。他想真该让军彭见见那个阵势啊。他最后握了握对方的手，离去了。

文太对老丁讲了军彭的态度，老丁用焦黄的食指刺刺头顶："他来这里就是归我领导了，他不好，那是我没有把他调教好。"文太笑着："他还后悔没进申宝雄那个调查小组哩。"老丁也笑了："机会有哇。不是小六又买走了第二片化制墨水的颜色吗？机会有哇。"文太大笑。回想调查组进驻林子的日子，那可真是个使人聪灵的节日啊。文太有时真恨不能再经历那么一场古怪的节日呢！

那时候的一分场啊，真正是火火爆爆。

申宝雄率领着七人工作组进了林子，宝物迎头大叫。有一个背枪的人瞄准了宝物，黑杆子就从肩上摘下了十七斤半的土枪瞄准对方。宝物前胸挺起，让秋风撩起脏臭的额毛。正这时老丁从小屋走出，对申宝雄深深一揖道一声"上级"，然后呵斥黑杆子说："这杆枪能装二两半土药，人家的枪只装一子儿。你一枪还不是灭了人家调查组？收起收起！"

说完又拧了宝物的耳朵说："党派来的人你也咬？！你看准了，前头那个脸发黄、嘴唇上有个红点的人是咱书记。"老丁将所有人都喊来小屋门前站队，宝物站在了队尾。老丁说："稍息！立正！报数！"大家一二三四地报了，宝物也哼了一声。老丁弓着腰跨前一步，说："报告书记，全体人员集合完毕。"调查小组中有人在笑，文太瞥了瞥，见是女打字员。申宝雄说："稍息。解散。"老丁敬了礼，说："我们一切都实行军事化——您知道，我是经历过战争的人。"申宝雄歪一歪嘴巴，不愿答话。老丁又说："热烈欢迎调查小组！从今后全分场都听从您的指挥。可惜我卧病在床，不能帮您。"申宝雄冷冷地打断他的话："等候调查结果吧！"接上申宝雄安排小组的人都分开住，一半住林中小屋，一半住林边的小村。他们与参谋长和女书记率领的工作组汇合了。申宝雄往来于林子与小村之间，及时将最新情况汇集一起综合分析。所有指示都由女打字员用打字机打出。申宝雄披着大衣在室内踱步，口中念念有词，比如：报，该组已进驻小林；该组已展开工作；该组与邻村工作组携手合作等等。为欢迎调查小组，老丁抱病从帐中钻出来做蘑菇汤，让全组人一人一碗。申宝雄仅仅在喝汤那一刻才对老丁有一丝好感，喝毕态度照旧。老丁坐在帐中，紫色的布帘低低垂挂。文太和黑杆子有时把头钻到帐缝里咕哝几句，老丁咳几声他们就走开。最忙的要算小六，浑身绷紧，频频奔跑，领小组的人查看林中管理情况，又带申宝雄暗中观察老七家里。他们甚至买了她的干蘑菇收作样品。驻村的参谋长和公社女干部被老丁压迫多日，以为翻身在即，就兴高采烈地置办酒席，让申宝雄喝得满身赤红。他们历数了林中人的种种陋习，特别嫉恨的是老丁天天喝酒，并指出他对身着军服的参谋长指手画脚，唯恐天下不乱。所有情况都与小六的上告材料暗暗契合。几天来空气紧张，一群乌鸦在小屋上空嘎嘎大叫。黑杆子怀抱土枪，嘴唇发紫，见了猎物也不敢扣动扳机。文太一连几天没见老七家里，因他发觉调查小组的人在店门徘徊。这样约有五天。第六天一早，老丁出人意料地走出帐子，在门前空地上舞起剑来。老人全身是勇，剑如铁链绕周身旋动，晃得人眼花，一招收起时，总要跺一下脚，再发一声响亮的呐喊。所有人都围住了他看，大气也不出。老人收功时文太跑上前去，严肃地敬礼。老丁点一下头，将剑贴到后背上，又弓着腰回帐中去了。也就是这天下午，调查小组的人有两个掉进了林中陷坑，其中一个浑身沾满粪便，令人恶心。第二天小组的人又一齐呕吐，接着大泻，频频出入茅厕。有一根长蛇倒悬屋顶，向下伸着叉舌，让睡地铺的人一夜没有合眼。天亮了，他们还要睡眼蒙眬地到林中调查，结果有半数以上挨了马蜂。蜂窝奇怪地长在小径旁边，他们绊了一条桑须，蜂窝就从树上跌落，接着一群恶蜂围上来。于是，调查组的人个个脸庞五官肿得走了形，并且发青，所以再也不受尊重。调查小组的人进了小村，村里人视他们为怪物，并不与其认真谈话。老丁对申宝雄说，这是因为您的人初来这里不服水土，再说又不熟悉地形地物，难免出些差错。申宝雄半信半疑。就在老丁说这话的第二天，调查小组的人在去小村的路上遇见了一个红毛狐狸，它端坐路中，似笑非笑，前爪提在两侧，有人端起枪来，它就变为申宝雄；放下枪来，它又复为狐狸。大家尖叫着跑回来，见总场场长正披着大衣念着什么，让打字员打字："报，该小组进展迟缓；报，该小组行动受阻，原因待查。"

返後；报，该小组行动受阻，原因待查。"███人们大惊
失色，面如相觑。他们说："场长，你刚才还是狐狸。"
申宝雄给了说说雨人一耳光。女打字员忘走不是，接着打
上了"场长是狐狸"的字样，就申宝雄批下表。████

　　调查小组自顾不暇，文太和里杆子就███钻进██小村。
老七家里再也无心呆在小店里，挨门挨户送去了干蘑菇。
她把芸场剥来的一帮人说得一无是处，还指名道姓地说领
头的人是千流氓。文太重新调查起公社女书记丈夫的死因
来自找目击者谈话，雅谈过话，就在一个小本上按一个形
红的指印。当小本子被红色指印排满的时候，他就去找女
书记和参谋长。参谋长有吃虚脱，吓得她出汗；女书记坐
不住，一会儿出去一会儿进来。文太在他尚未的间隙里拖
要介绍了他的纪历和趣事，参谋长直打喷嚏。文太说女书
记自小凶残过人，██岁上荣过猫，十██岁上荣过狗，其父
浓眉大眼，双臂粗过碗口，常之教女儿搏跌。他入了初中，
当过铅球运动员，并在体育课上多次将体育教师掷倒。后
来入了高中，担任团委副书记，工作大肥泼辣，常之以身
做则。生理课上，她征得老师同意，登台结合自身实际讲
解倒假与青春期特征，通俗易懂。当时号召大办农业，全
校师生来往路上都要身背粪筐，收拾起一路的牛马粪便。
他的粪筐最大，并且内分五格，自觉将各种粪便分类在收，
以便科学施用。偶尔忘记带筐，她就将路上牛粪撑到庄稼
地里，而且洗衣洗手。入高中的第一车他就入了党，到方
圆几十里去讲解自己的先进事迹，一时间都知道出了女芭

人们大惊失色，面面相觑。他们说："场长，你刚才还是狐狸。"申宝雄给了说话的人一记耳光。女打字员反应不及，接着打上了"场长是狐狸"的字样，打字纸被申宝雄一把扯下来。

调查小组自顾不暇，文太和黑杆子就趁机钻进小村。老七家里再也无心待在小店里，挨门挨户送去了干蘑菇。她把总场新来的一帮人说得一无是处，还指名道姓地说领头的是个流氓。文太重新调查起公社女书记丈夫的死因，亲自找目击者谈话，谁谈过话，就在一个小本上按一个红指印。当小本子被红色指印排满的时候，他就去找女书记和参谋长。参谋长似乎有些虚脱，不停地出汗；女书记坐不住，一会儿出去一会儿进来。文太在她离去的间隙里扼要介绍了她的经历和趣事，参谋长直打喷嚏。文太说女书记自小凶残过人，八岁上杀过猫，十岁上杀过狗。其父浓眉大眼，双臂粗过碗口，常常教女儿摔跤。她入了初中，当过铅球运动员，并在体育课上多次将体育教师摔倒。后来入了高中，担任团委副书记，工作大胆泼辣，常常以身作则。生理课上，她征得老师同意，登台结合自身实际讲解例假与青春期特征，通俗易懂。当时号召大办农业，全校师生来往路上都要身背粪筐，收拾起一路的牛马粪便。她的粪筐最大，而且内分五格，自觉地将各种粪便分类存放，以便科学施用。偶尔忘记带筐，她就将路上牛粪捧到庄稼地里，并且决不洗手。入高中的第一年她就入了党，到方圆几十里去宣讲自己的先进事迹，一时间都知道出了女英雄。第二年她的表现更为突出，为了学好批判材料，常和支部书记在小屋讨论一个通宵。有一天半夜里下起了小雨，她跑出来给学校饲养场盖干草，并吵醒了所有的驻校师生，干草盖好雨也停了，大家这才发现她周身只穿一个三角裤头。事后公社领导激动地召开大会说："为了国家的财产，连那些方面也不顾的同志，不是感人至深吗？这里，哪还有什么资产阶级的羞羞捏捏！"高中毕业后，她被结合进了公社领导班子，再停一年，又接了老书记的班。最有必要提及的是后来，是她与一解放军进驻小村的情形。参谋长说这些我都亲眼目睹，了如指掌。文太说你当然比我了解喽。不过你知道她怎么欺负自己男人的事吗？参谋长无言。文太接上介绍了她男人矮矮胖胖，是老公社书记的儿子，贪吃贪睡。女书记嫌男人不爱活动，常年消化不良口中发酸。她住到小村里更是为了摆脱男人纠缠，从不主动回家。男人来寻她数次，都被她关到门外。有一次男人带了铁勾绳勾住了窗棂，这才攀进屋里。两个人打闹半夜，男人身上处处青紫，大亮时分才呼呼睡去。她是另有新欢，为达到长期鬼混之目的，该犯用一种叫"长蛇头"的毒蘑菇毒杀亲夫，恐其不死，数量过倍，先搓成碎屑，再拌以黄酒，煮汤加肉加蛋花加葱白，使其鲜味扑鼻。该犯一贯好逸恶劳，屡教不改，不杀不足以平民愤。同案犯男，身高一米七五，老谋深算，长于教唆，用心险恶。该犯与上犯勾搭成奸，遂起杀意，手段残忍，构成死罪，就地正法。此布，切切，人民法庭。文太越讲越流利，参谋长汗水淋漓，急急用手去掩他的嘴巴。文太一掌打掉对方的手说："坦白从宽，抗拒从严，何去何从，快快选择！"正说着女书记进来了，她一见参谋长脸上的汗水，一下子跌坐在了地上。她慢慢从裤兜里掏出很久以前绘成的那张毒蘑菇图形，空白处还写了调查死因的过程及结果。参谋长接到手里，双手交给了文太。文太在上面按下了自己的手印。参谋长打了敬礼，然后说："请转告老丁场长，我们坚决站在他一边，而且要发动革命群众。"他说这话时正好黑杆子和老七家里及宝物一行三个从窗外走过，行色匆匆。文太说："人民行动起来了。"

文太从小村归来的第二天，正是大雨。大雨下到傍晚，闪电照得天宇一片银亮。巨雷轰轰爆响，林中小屋集中的所有人都不愿言语。正这时门外一片嚎叫，申宝雄领着三五个人像落水狗一样出现了，一头一头往屋里撞。大家全愣了，一问，才知道是小村里的人不让他们住在那儿。村里人不怕大雨，手举三齿钩和铁钉耙将他们的住处团团围住，说要砸死这几个祸害村庄的人。后来是工作组的参谋长和公社女书记出面劝阻村民，危急时刻参谋长抽出小枪向上打了一发。他还想打第二发，但这时小枪照例卡壳了。国产枪质量不行。申宝雄领人慌慌地逃出重围，顾不得带上行李和日用物品。他们浑身乱抖，嘴唇发青，每人脚下都流了一汪水。因为要打地铺，一汪汪水使原宿小屋的几个人十分不快。没有办法，只得赶紧加打地铺，分开铺草和被褥，七八个人挤在一起。大家挤着，都抱怨来林子里调查算是倒了霉。申宝雄不愿与别人一起挤，但又没有办法。正这时老丁从帐里下来，说让总场场长睡他的大炕，他干脆为大家打更。申宝雄不加推辞，脱了外衣钻进了帐子。当他赤着身子滚入被窝时，突然尖声呼叫起来，说痒死了，痒死了，双手乱抓挠跳出帐子。原来那被单经人用痒痒草精心搓过，老丁心里有数，老人一边弯下腰安慰他，一边在暗中抽掉那片被单，然后自己钻进了被窝。老人惬意地将被角围紧了膀头说："场长，恕我直说一句吧。你没有这个福分。"申宝雄抓挠着，无言以对。这时文太从墙角的铺上走下来，说："无论如何申书记不能跟大家挤，您睡我铺吧。"申宝雄哼着到文太的铺上了。文太走到地铺跟前，在黑影里摸了摸几个人的脑袋。他躺的地方正好挨着女打字员。为安全起见，平时女打字员的铺与别人的铺之间放了两块红砖。文太半夜里摸了摸红砖，觉得又凉又硬，就偷偷地撤掉了。他与女打字员紧紧地搂抱一起，彼此心照不宣。两人重叙旧情，泪水涟涟，窃窃私语直至天明。起床那一刻，文太稍稍离开一些，并重新摆好那两块红砖。由于红砖安然屹立，所以最终也无人怀疑会发生什么事情。但女打字员却经历了永远无法忘怀的一夜，天明之后不停地向文太使眼色。这容易暴露事情，文太从她身侧走过时狠狠拧了她一下，以示惩劝。两个人都在寻找新的机会，咬住牙关作了成功的忍耐。后来调查小组的人要去林子里看一处现场，申宝雄也出门联系事情，女打字员就乘机溜到了老丁的帐子里。文太求老丁借用帐子。老丁虽然厌恶别人因这种事占用帐子，但要服从斗争需要，也只得应允。文太与女打字员难分难解，眼睛都哭得红肿了。女打字员说："你在总场那会儿，怎么好那么没有良心？"文太说："我也想不到现在会这么热爱你。我想这是战斗加强了我们的事情。"女打字员一下接一下地吻着文太，说："我一辈子都要向着你，你让我干什么我就干什么。申宝雄王八蛋。"她表示要将申的话一式两份，一份上报用，另一份就交给文太。文太又给她布置了新的任务，两人才流着眼泪分手。

调查小组这天进入林子深处，归来时伤痕累累。因为宝物在林中大窜不停，山猫野狸都被驱赶出洞，逢人便咬。狐狸和乌鸦一直围绕他们盘旋，空中陆地皆有凶兆。数不清的毒蛇挡住了去路，如茅草一般成团成簇。他们生来没曾见到这么多的蛇，只觉得头皮发麻。蝙蝠一反常态地白天出动，横冲直撞，将冰凉的分泌物甩到他们脸上。他们躲着蝙蝠和脚下的蛇，脸上又糊满了密密的蛛网，黏稠腥涩，脱也脱不掉。更有村里人来林中采菇，一个个打着树皮裹腿，拿了奇怪的弓箭，向他们射出竹签。这些大多不能伤人，但也让人胆战心惊。打猎的人还胡乱做了地枪和树箭，一不小心踩中了机关，立刻有一块木头从半空里砸下来，半天工夫已经把三个人的头顶击出了肿块。他们见有人在树隙里施放一种奇特的白烟，使用的是一些见所未见的草本植物，也正是这些烟雾使潜身树隙的虫蛇飞奔聚拢。蝙蝠捕虫，并被气味诱出。狐狸溜出来散心观阵。大野猫踏着蛇头而过，嘴里衔一只花斑老鼠。他们又气又怕，胆怯地寻问林里的人凭什么要折腾外来之工作人员？对方答道：俺们是折腾野物的，捎带着也采采蘑菇，这是老丁场长早就允许的，只有那些最凶恶的人才想以调查为名祸害我村，封锁林场，断我生路。你们瞎蒙蒙闯进了猎阵，非我等之过。他们听了无从对答，对方拍手大笑说：输了输了！他们哭笑不得，只得择路往回走，谁知陷坑比前段又增加了数倍，并且做得毫无破绽，他们轮番掉入深坑，双脚已经跌得肿胀无比，行路艰难。有几个陷坑里还混入了硕大的河蟹，它们在黑暗中一直向上举着大夹刀，有人落入夹刀之上，它们就用力一剪。结果落坑人有不少被夹破了手足，尖叫声令人惊怵。人们从陷坑里爬出来衣裤上还挂着碗口大的蟹子 —— 它们在沙地旱岸上生活久了，早已改变形态习性，身上生满了绿毛，模样就像一种恶鬼。有人恨中生嫉，点一把火烧熟了蟹子，然后去抠蟹肉吃。宝物在一边笑出了残牙。不一会儿吃蟹的人腹部鸣响，捂着肚子又蹦又跳，手脚抽筋。这个人需要半个钟点才能苏醒。一行人在林子里拖拖拉拉往前走，顾不得拨开挡路的枝条，结果衣服全被扯破了。他们走出林子的那一刻，打裹腿的一些人跟在后面嚷："都怨申宝雄！都怨申宝雄！俺跟老丁场长亲，他是俺们领路人！"调查小组的人连声长叹，进了小屋才舒一口气。他们进门就见到了眼睛红肿的女打字员，觉得一班人马个个不幸。但她红肿的眼眶内闪动着炽热烤人的光彩，看上去愈加美丽，调查小组的同志感到了另一种安慰。这天直到很晚申宝雄才回到小屋，回来时面容十分颓丧，不愿多言多语。女打字员亲手为他捧去热汤，又用一条花手巾为他揩去额上的虚汗，他于是目不转睛地盯住了对方，像是突然间发现了什么。他接着讲了这天去找参谋长和女书记的情形，说眼见得他们进了一个小院，追上去却不见人影。小院北端是一间小屋，门虚掩着，他推门进去时，恰好有一个无须老汉笑眯眯地往外走。他问那两人可在？老汉点点头。小屋里空无一人，他刚要返身出屋，老汉已在外面咔咔关了门，又用木杠从下边顶实了。他无论怎么拍打都无人应声，接着门板下的猫道里冒出了白烟，白烟一颤一颤，看来有人在后面用扇子扇。白烟有一股臭味，而且辛辣刺鼻，他很快就咳出了鼻涕眼泪。一个又老又哑的声音在外面喊："呛呛狐崽啊，呛呛狐崽啊。"就这样他昏了过去。醒来时天色已晚，屋里白烟消散。他这才发觉衣衫不整，皮肉上留了墨印，身前身后都画上了一个很大的王八。申宝雄说着解了衣服，让大家看皮肤。女打字员认真瞅着，说："画得脖儿短了些。"申宝雄发誓要寻驻村工作组的两个领导算账，有人提醒他这涉及与地方领导的关系，特别是军民团结问题；而那两个领导未必就是这场荒唐行为的支持者。申宝雄叹着气躺下来。

　　这个夜晚风声很大，树木有的被刮折了，发出了刺耳的尖叫。野猫狂嚎不止，小屋四周好像有一万种野兽在奔跑。一个古怪的鸟儿在远方呼号，像是预告着崭新的灾变。睡在地铺上的所有人都合不上眼，惊恐万状。这是他们进驻林子以来最凄凉的一个夜晚。每个人都有着伤痕，这伤创在深夜里折磨着他们，恨不能大哭大叫一场才好。睡不着，就坐起来打抖，有时伸手在暗中拧别人一把。被拧的人尖声喊叫一句，申宝雄就严厉地斥责他躺下去。好不容易睡着了，又要做噩梦。申宝雄朦胧中感到了巨大的恐惧，像寻找母亲一般不知不觉偎在女打字员的怀中，被对方狠狠咬了一口。直到天色将白，申宝雄才捂着伤口睡着了。这时女打字员一个人悄悄地爬起来，从一个角落里拿来一个酱色小瓶。小瓶中爬动着几个毒蜘蛛，她取到手里，把它们的肚腹捏碎，让绿色的汁水全滴到申宝雄的伤口上。最后一个蜘蛛的汁水很盛，她让它流进申宝雄半张的嘴巴里。一切做完之后，女打字员又躺下了。天大亮时，地铺上的人忙着穿衣服。唯有申宝雄还在昏睡，有人要唤醒他，文太从一边的铺上下来阻止说：“领导心累。”话刚停申宝雄突然闭着眼大笑，胡乱扭动，接着光着身子跳起来。女打字员瞥了他一眼，急忙捂着眼睛喊了一句：“哎呀妈呀！”接着她哭起来，骂着流氓，奔向了老丁的帐子。老丁急忙出来扶住她，一下一下拍打着，以镇惊悸。这时候申宝雄已经离开地铺，头颅可笑地硬硬昂起，两眼无光，双手在空中抓着。停了一会儿，他的头又猛地垂下来，像是颈部折了一样。他恸哭起来，含糊不清地喊着，嗓子已经变了音：“全是蓝颜色！我看见了蓝乎乎一片，太阳也蓝乎乎……东方红。有一条小虫溜溜溜爬上山去。全是蓝的。哎呀好累呀，我是小虫。我要咬我那个，她不是个好东西，有一天她和……我知道！我是蓝色小虫。我是全场一把手。我让她们入团，多发三个玉米饼。她们有的愿意。两个，三个，不，四个五个，蓝色越来越黑气，像钢板一块。我爸是让我和妈妈用枕头闷死的。他咽气那会儿盯住我看，我撒了手。妈妈给我洗身上，洗一遍又一遍。姥姥给我狗肉包子吃。包子皮是蓝的。上面有个五星。我爸被妈妈用一块紫花破床单裹好，像竹筒一样圆。她们跟我走，我们进了仓库，领料员上了北京。我一拍桌子谁不怕。秘书老婆做水饺。秘书走了，又回来。提拔两个，或者一个。用布条绑上，狠狠勒。我光着身体叫唤，雪花落了一炕，变成绒绒，绒绒全变蓝了。蓝花一闪一闪，妈妈和姥姥来了，又拿来三个包子。我把第三个交给上级，里面是四十张十元票子。工农兵学商。东西南北中。打字机咔咔，咔咔，蓝字出来了。我扑上去，抓住她的手呀，不放呀。她跟了我工作五年。她不。我总得去，闯过关卡。上了山下来，蓝色一片，小黄花像星星一样炸了。我抱住你，拨开枕头。枕头上有血，那是他吐的。我爸我爸我爸，嘿嘿嘿，蓝色驳壳枪。一颗红色五角星。妈妈来了，地铺多潮湿。香泄叶，我那个喝上了，泻……你走吧，奶奶的，一笔账记下了。我得到的比你多，你算也算不清。你还很嫩，尽管吃了蘑菇，嚼了古书。你赚下这笔也不易。我有远大计划。秘书是一例。不过他得了的你不会得。内因外因，哲学全是蓝色的。蓝色的小虫钻到枫叶子里，钻进去。蓝色退开吧，我好累，蓝色退、退、退了吧！蓝色退了……"
他大叫，眼神尖尖的，又渐渐熄灭了。他的动作快得让人不能置信，又怪异得令人费解。女打字员不时从指缝里看一眼，骂着："天哪，他那样那样！"老丁拍打她，看她的脸。文太指着申宝雄说："大家听到了吧？暴露了真实思想。别看前言不搭后语，他怀着不可告人之丑恶世界观。这怎么配做总场书记？又怎么配查老丁场长？这总而言之是个反动东西也！是可忍孰不可忍！快快滚出我分场，不可稍待，急急如律令！"大家目瞪口呆，互相瞅着。这时老丁放开女打字员走过来，对大家说："他这是中了邪了，不过也吐些真言——不许外传，他是负大责的人！要爱护咱总场的头儿，听见了啵？"大家全答一声："是啦！""那好，让我给他赶赶邪火。"老丁说完取一个木凳站好，这样就与申宝雄一般高了。他先弹了他几下脑壳，接着又左右开弓地打了他一顿嘴巴。申宝雄被打过之后，蔫蔫地坐下来了。老丁指示：穿上衣服，捂上被褥，让其发汗。人们遵旨忙活起来。

申宝雄大病了三天，病好了之后全身还残留着一些紫斑。老丁说："申书记，快快调查吧。"申宝雄说："不查了。""这不好。事情半途就废了？这不好。""不查了，不查了。"申宝雄说着召集起调查小组全体成员，宣布撤退。老丁再三挽留，又一次做了送行的蘑菇汤。他们临走那一刻，女打字员哭了。老丁愤愤地训斥她说："哭个什么？革命青年志在四方！"文太在帐子后面吻着她，说："记住战斗之友谊吧。"

老丁吩咐小六送走调查组，说："你能请客也能送客，是不是？"小六一声不吭，脸色发白。

这就是申宝雄率调查组进驻那么小小一段。那时的一分场啊，真正是火火爆爆。

三挑省，还又一次做了送行的薯芋汤。他们临走那一刻，女打字员哭了。老丁慷慨地训斥她说："哭干什么？革命青年志在四方！"文太在帐子后面吻着她，说："记住战斗之友谊吧。"

老丁吩咐小六送走调查组，说："保卫清查也别送菜，是不是？"小六一声不吭，脸色发白。

这就是申英雄率调查组进程那么小一段。那时的一分场啊，真正是火之爆之。

七

早晨，老丁踏着落叶唰啦唰啦往前走，████████ 文太见了████ 跟上去。软风████ 很凉。██████人后面追████几步，又立住了。████

████████████████████████████

████████████████████████████

██████████████ 老丁 ████ 有时仰脸望之树隙间的天空，有时看之脚下的小草。松树翠绿，枫叶彤红，栗籽在地上滚动。文太追到老丁身侧 ████ 叫了句。"丁矿长。"老丁站住了，████████ 鞍上的模狻轻起 ██ 一叠。他 ████ 瞪了文太儿眼，████████████ 往前走了。文太 ████████ 咬了咬嘴唇，██ 把手插到了头发里。████████ 想了一会儿，他指了指脑瓜 ██████████ 走回去，对正在烧火的黑杆子说："出来一下。"黑杆子跟 ████████████。他说："走来 ████████████" "怎么啦？" ████

七

　　早晨，老丁踏着落叶唰啦唰啦往前走，文太见了跟上去。秋风很凉。宝物从后面追几步，又立住了。老丁有时仰脸望望树隙间的天空，有时看看脚下的小草。松树碧绿，枫叶通红，橡子在地上滚动。文太追到老丁身侧叫了句："丁场长。"老丁站住了，额上的横皱积起一叠。他瞪了文太几眼，往前走了。文太咬了咬嘴唇，把手插到头发里。想了一会儿，他拍了拍脑瓜走回去，对正在烧火的黑杆子说："出来一下。"黑杆子跟出来。他说："真玄。""怎么咧？""丁场长后天就该过生日了，那是他的六十大寿。"黑杆子"哎哟哎哟"地叫起来，黑乎乎的大手摩擦着裤子。文太叮嘱道："我们赶紧布置起来吧，老丁自己不好说什么。这时候更要注意某些人的动向，防止破坏。我去转告驻村工作小组，还有老七家里。采蘑菇的事交给小六，但不说是干什么用。多采，柳黄和松板最好。"黑杆子为难地说："新来的军彭呢？"文太想了想说："不能瞒他。不过我来说吧。"他顾不上吃早饭，先找到老七家里。老七家里一见他就拍了一下腿，说："了不得了！"她露着黑紫的牙根，一手指向街巷说："毒蘑菇昨夜个又毒死人了，看看吧，这会儿工作组也去了。""谁？""黄花小女。刚十七岁哩，小名叫小野蹄子……看看去吧。"文太吸了一口凉气："是从你手上出去的干蘑菇吗？"老七家里又拍一下腿："俺都是收购来的哩，混进个把也毒不死人。她吃了鲜的。"文太又想起了公社女书记的男人，"毒蘑菇演化出的故事万万千"，一句歌儿从脑际飘过。他扼要地讲了老丁过生日的事，然后急急奔向街巷。

一群人围住一个小茅屋。文太拨开人群跨进去，见参谋长腰站在大土炕下，一边是公社女书记。两个女青年用皮尺量着什么。死者是一个少女，面容安详地躺在墙角。她的头发是金黄色的，像嫩嫩的玉米缨。老父亲坐在炕头上，两手按着膝盖，不停地抖。有人问他一句，他呜呜讲不清，大滴的泪水往下掉。文太没有搭理参谋长，双手拄着膝盖弯腰看小野蹄子。她穿着圆领儿小花布衫，一条半长的柔软的小绿裤，上面满是补丁。从裤口上伸出的一截腿脚黑中透红，有树枝划上的疤痕。一双很小的脚，脚上没有鞋子，只有硬硬的茧壳。一只手压在身子底下，一只手伸出来。手是小的，同样是坚硬的、黑黑的。她闭着眼睛，眼睫毛显出黄黄的一道。她睡得好香，没有人能够吵醒她。金黄色的头发散在肩膀上，瘦瘦的小肩膀撑开头发探出来。她的左腿屈着，右腿伸开，像要奔跑。昨天的田野上就奔跑着这个金黄头发的姑娘。那时，她的翘翘的鼻子被霞光照亮了，一蹦一蹦地跑。风把头发扫向一侧，红头绳脱了，头上好似系了一面小旗帜。如今，她睡着了还在奔跑，永远是梦幻，永远是梦幻。一道绿色的汁水微微联结着她的下巴和黑漆漆的炕角，她就沿着这汁水爬了一个夜晚，爬进了永远的黑暗里。炕角是她吐出的东西，那里隐隐可辨粗劣的食物和几片没有嚼碎的花蘑菇。一个邻居老太婆颤颤地走过来，从门框上取下一个柳条笊篱，指着食物让大家看。这是人人都熟悉的吃物，全村人都吃它，吃了几十年。这是发霉的瓜干切成的小方块，上面粘着树叶和糠末。一股酸味直刺脑门，闻过都皱眉头。吃它的时候要费劲儿，把脖子往上伸一伸，咽下去。老头子和老太太、小孩儿和半大的孩儿都要吃它。老人吃过了出去晒太阳，年轻人吃过了出去做活。老太婆指着笊篱上一个坑凹说："看看，这是小野蹄子昨个吃掉的一块。她悔不该吃那蘑菇，苦命的丫头。"另一个老婆婆在一边用袖口抹眼睛插话："可怜见的。她吃什么？吃什么？"这会儿老人一眼瞟见了文太，就说："比不得你们，吃香喷喷的玉米饼。给村上人一口玉米饼嚼嚼吧。"文太没有作声。他很难过。这时参谋长与公社女书记听到了什么，抬头瞥见了文太，就走过来。"又一起中毒事件。"参谋长说。文太看着小野蹄子："多么悲惨。"公社女书记喘息着："老丁和你最懂蘑菇，该研究个方法告诉群众。现在时兴'群众办科研'嘛。是吧。"文太点点头，但心里从来没有像现在这样厌恶她。他说："老丁场长早有打算。他本来就该有著作。不过这得他过了生日之后——他马上要过六十岁生日了，全场都很重视。"参谋长看了女干部一眼："同志之间可不兴祝寿。"文太愤愤地顶一句："这是总结老人六十年革命生涯的时候，怎么能叫'祝寿'！"参谋长"嗯"了一声，纠正说："他小时候不能算那种生涯的。"女干部使了个眼色，又拍打一下文太："这样吧，地方政权会考虑的，请你先转达我们的意思，改日再登门——现在还要处理案件哩。"文太看了看小野蹄子，走了。

文太讲了村庄里刚刚发生的事情，恳切要求老丁场长能在百忙之中传授分辨各种蘑菇的方法。军彭在屋内踱步，止步时举手拥护。老丁说看来著作是非写不可了，群众反映强烈。老丁走开，文太对军彭讲了给老场长过生日的事，认为该写一篇《老丁颂》，到时候让老人没有防备，高兴高兴；同时，也可以宣泄心中长期积聚的敬佩之情，一吐为快。军彭对后者有些犹豫，说这样做是否有些过了？文太说："你不知道老人的经历，所以才那样说。他是党和国家的宝贵财富，听一篇生日献辞有何不可！这也符合广大职工的心愿。如不然，那才是亲者痛仇者快的事情哩。比如小六，他会高兴为老同志过生日吗？不会！他一心想的是篡权谋位—— 我第一次揭出了事情的根源。"军彭无言以对，文太准备纸墨去了。傍黑，老七家里送来了一瓶烧酒，还从衣襟里掏出一只鸡——那是她悄悄从街上偷来的。她走后参谋长和女干部又送来一块生肉、一顶翻毛皮帽。小六不知道要有什么事情，只是忙着采菇。他已经好几天没有说一句话，嘴唇生了裂口。他在默默等候另一件事情，胸中的火苗一刻不停地燎着他。他采了满满一筐蘑菇，用怀疑的目光盯着来来去去的人。宝物用舌头舔去了身上的脏痕，比往日更加勤快。太阳还没有落山，它就出巡了—— 出巡时间比平时提前了一个钟头。老丁黑杆子都回来了，他们手里提着猎物。锅里的蘑菇汤滚动起来，肉块在水上翻来覆去。老丁坐在帐子里抽那个大烟斗，一声不响地等待。宝物提前赶回来，全身沾满了野草籽，散发出一股古怪的气味。军彭在屋中踱步。文太略带严厉地招呼小六搬动桌子，接着是布好木凳。文太刚要说什么，老七家里闯进来了。她头颅探着"蓬蓬"吸气，绕桌一周，然后从衣怀里摸出了一把绿色糖球、一根小耳勺。文太不快地盯她一眼，撩开帐子说："老丁场长，请您老入席了。"老丁咳一声出来坐下。黑杆子满脸是汗，嘴唇有些抖。老七家里把刚带来的东西献上去，说了些祝寿的话。军彭皱眉。文太说："今个是您老六十岁生日。革命生涯千万里，我们晚辈不能比。请让俺先敬丁老一杯水酒。"说着举杯，率领大家一饮而尽。黑杆子说："这是咱一分场最兴盛的时候，人员最多哩。"老丁点头，又将手掌向老七家里抖抖说："你代表地方了。你比那个参谋长和女干部强上百倍！他们的东西我不稀罕。看看那个翻毛皮帽吧，我什么时候戴过这东西？地主才戴它哩。"几个人于是厌恶地盯了一边的皮帽。宝物哼一声，咬住皮帽送到屋外去了。大家又喝了几杯酒，文太站起来大声说道：

"老丁场长，请听俺们写的献辞吧！是给您的献辞！"

老丁眉毛一动，忍不住说："还有那东西吗？"文太看看所有的人，从怀中掏出一叠白纸，展开念道："老丁颂。林中有一矮瘦老人，名曰老丁，不可不颂。该老人至今日深夜十二点半左右满六十岁整，老当益壮。六十年前情景实在遥远无法测知，想必是降生一美妙孩童全家欢喜，接着用母乳精心喂养。时逢黑暗世界，军阀混战民不聊生，老丁足迹印遍山冈平原，一度沦落民间。俗话说古来将相皆出寒门，艰难生活造就英儿。老丁幼时即熟知各种人情大理，稍大更是精明过人。瞻望其鼓鼓方额便可测丰富智慧，端详其圆圆大口亦当晓能言善辩。尘世间各色人等，无不为之倾倒。老丁年轻时刚勇过人，猛力常在，令无数妙龄少女神魂颠倒；然老丁严于律己，浅尝辄止，毅然参加革命。从此他金戈铁马气吞万里如虎，偶尔思念往日情谊泪水不断。革命圣地他曾去过，与伟人握手，与钢枪做伴。不知穿破多少糟烂草鞋，也不晓吃过多少奇怪草根。待千里江山红遍，他在丛中笑。资深功厚，草绳系腰；安邦治国，鞋露脚趾。试想普天下老人皆似老丁般勤俭节约，祖国将省下多少金钱银两。话说岁月如梭，星转斗移，老丁鼓额之上已见六道横纹，时不我待。到此时丁老方忆起终身大事，彻夜不眠。东南方有凤凰专落梧桐，咱小屋有巨龙潜于大江。水一到渠必成秘而不宣，人一走茶就凉坏人遭殃。曾几何时歹人无限猖獗，黑云翻卷。有小人脸色蜡黄胆大包天，行为可疑，眉眼猥琐，不足挂齿然实在令人气恼耳。唯老丁胸怀宽阔，不计前嫌。有信心有众望也有威仪，四方人物皆心悦诚服甘受领导。革命者解放全人类始解放自己，丁场长至老年愈加体贴众人。正人君子，最重情分；小人耿耿，声色犬马。老丁以亲身所历教育青年，勉慰一分场同仁艰苦奋斗。广播恩泽必收良报，宝物尚能跟随左右如同小儿绕膝；倒有恶少反目为仇，日夜窥视居心叵测。同室而眠，何必操戈；用心歹毒，必露马脚。好老人戎马一生，本该在林中安享天年，谁想到巧遇鼠辈盗窃粮草。俺们众志成城无坚不摧，一生追随您之足迹，棒打不散。观您牙齿望您肌肤，深知气血远未衰竭；如对异性偶有思念，更表明身处盛年。如此作保守之推算，丁老可有一百二十之寿限也。到其时科学大振，更有梦想不到之怪技，或许阳寿又可再延。总言之丁老治理林场可愈加耐心坦然，大可不必归心似箭。您之安康实乃人民福分，恳切希望多多保养。遥望革命一生浮想联翩，颤颤抖抖词不达意。小文太斗胆执笔草草成文，万望您老不吝赐教收下区区颂文。一分场全体国营职工敬撰；于阴历九月九日晚秋日落之时。"……文太读得满头大汗，待读毕双手捧献时，见老丁的泪水已经盈眶。老人擦一下眼睛收了颂词，小心地放到被褥之下，蹲在地上叹道："你们是最了解我的人哪！我奔走一辈子，谁曾说下这么多公道话？这会儿死也值了，我算交了几个真正的朋友……老七家里，给我斟酒！"

老丁与所有人一一碰杯。军彭咽下之后大咳，老丁用手背理了理他的咽部。小六也慢慢喝下，肚子疼似的弯着腰。灯苗一跳一跳，老丁的脸变红了。他响亮地笑着，离开座位，用手掌拍打着大家。拍过宝物之后，又拍小六，手掌绷成了一把刀状，在脖根那儿砍了一下。老人重新坐好，瘦瘦的身子球成一团，又挺直说："我这六十年哪，跟谁去数叨，谁又能听得明白？老天爷不容我这个轰轰烈烈的人哪！我只能趴在这林子里，守着宝剑。我不愿说起那些事了，可它们成堆儿往我眼前扎！我什么没见过？什么没听过？什么人没打过交道？我老丁十次八次也死了，不过又转活过来。我说过，我是省长以上的经历，长征那年我背上背了个外国人，害了疟疾，叫什么斯特斯特狼。有个首长喜欢烟儿，草地上哪儿找去？我用榆树叶子拌上香油给他抽。他抽了一口说：不孬。到了延安，我住在最大一个窑洞里，桌前摆三部电话机，一部通前方，一部通后方，还有一部直通总司令部。我夜夜披上老羊皮袄读《论持久战》，读也读不懂，因为我不是个识字的人，这你们知道。跑去找我的大学生女的不少，都喜欢革命人。要不是后来我去打游击，说不定会犯那错误呢！我其实有个心上人，就是我沦落民间那年头弄上的，后来也参了军。不过她跟上哪股部队，哪股必败。她是个让男人疼怜的东西，都去疼怜她，你想会有人专心打仗吗？俺与她千恩万爱，说不尽的情谊，分手以后想也想死了。她说：'丁啊，咱别去扛枪了。'我说：'这枪说什么也得扛，枪比你还金贵。'她哭着跑了。我是个大丈夫，有火气，我要爬山越岭革命哩！男子汉不能窝窝囊囊一辈子，他得在身上印十个八个枪子儿才是真格的！我头也不回往前走，逢山过山，逢河过河，追赶咱自己的队伍，嘿，追上一看，黑压压不见头尾，一个个破衣烂衫。

有小人腥毛█虽█肥大包天，行为可鄙，█眉眼猥琐，不足挂齿█发在个人气馁耳。唯老丁胸怀笔阔，不记前嫌。有信心有众望也有威仪，四方人物皆心诚悦服甘受领导。革命者解放全人类始解放自己，丁场长至老年愈加体贴众人。正人君子，最重情份；小人耿々，声色犬马。老丁以来身所历教育青年，冠绝一分场同仁艰苦奋斗。广播恩泽必收良报，宝物的解眼随左右如同小儿绕膝；有恶少友目为仇，日夜窥█居心叵测。同室而眠，何必操戈；用心歹毒，少费子脚。好老人戏了一生，本该在林中安享天年，难想到█鼠辈盗窃粮草。俺█众志戍城█无坚不摧，一生道陲险之足逾，捧打不散。观缘牙齿埋蕊肌肤，深知气血运未亢蜩；如偶有对异性█思念，更在明身处盈车。如此做保宝之椎算，丁老可有一百二十之寿限也。到其时科█大振，有望想不到之怪█，或许阳寿又可再延。总君之丁老治理林场愈加耐心坦型，大可不必归心似箭。继之安康实为人民福份，恳切期望多々保养。遥望一生深望聊█，敬々抖々词不达意。小文太斗肥故笔草々成文，万望█不吝赐教收下区々颂文。一分场全体█国营职工敬；于阴历九月九日晚软日落之时。……文太渍得满头大汗，待递毕双手捧献时，见老丁俩泪水巳经盈眶。老人撩一下眼睛收了颂词，小心地放到█眼睛之下，█辟在桌上叹道："保们是最了解我俩人哪！我奔走█一辈子，难█说下这么多公道话？这█众█也值了，我算交了几个真正的朋友……老七家里，给我斟酒！"

山东省文学创作室稿纸（24×25＝600） 　　　第 88 页

这就是穷人的队伍！"老丁说着一下子站起来。宝物迎着他昂起头部。所有人都屏住了呼吸，连军彭也怔住了。文太先默默地偎在那儿，后来一跃而起，在老丁眼前竖起拇指大呼：

"你活得英勇啊！你不甘平庸啊！"

"我跟上队伍革命，一个人还是革命。从延安下来，就一路上打着真假鬼子，往这林子里来了。那时独身一人，人又年轻，违背纪律的事多少也有点。我打打走走，半月不到，谁都知道芦青河两岸有个老丁啦。老丁是个手拿盒子炮的人，一瞄一个准。我穿了军装，后来军装被树杈子划烂了，我就脱下扔了。帽上的五星我留下，那是证据。我光着身子打枪，见过的人都说你看你看了得。我一天见个妇女在河湾洗衣服，就喊她。她跑，我当空开了一枪。后来她不跑了，我才慢慢走过去。这是我犯错误的一件事，不过我不避讳。当然了，我临走取了一套衣褂，你想干革命没有衣服怎么成？妇女非给我两套不可，我说傻呀傻呀，你家丈夫要穿怎么办？她说就告诉他河水冲走了！你们看，战争年代的人民多么好，哪像现在这样。我穿了衣服走了，一去不回，打起了游击。游击游击，主要是游。不会游的人就不会击。我成天提着一杆枪在河堤上晃晃荡荡，喝得醉里咕咚，胡乱唱着什么。这就叫游。我唱：鬼子都是王八蛋，煮熟了以后用盐腌。小伙子今年十七八，哪个相好的没仨俩。没吃黑猪肉还没见黑猪走？当汉奸的死了不如狗。老子有枪整一杆，呼隆呼隆打下半边天。我这么唱，惹得那些老乡不住声地笑。他们都知道我老丁是个没有多少正形的人，连首长也知道。要是按照正规法律处罚我，十个八个也早抓起来了。你知道不能的。因为人人都有些毛病，都有些好处，比如我呀打仗好。我立正都站不稳，可一听见枪响两眼锃亮，身子也不抖了。我的枪专打敌人的脑门心。我最恨的是假鬼子，见了他们一个不留。我有两个叔伯亲戚都是假鬼子，都让我杀了。其中一个按辈分我该叫他爷爷，胡子都白了。他是八月十五那天落到我手里的，当时他正就着黄瓜拌猪肝喝酒。我闯进去，缴了他的枪，然后忍不住馋跟他喝起了酒。他敬我一杯，我敬他一杯，直喝了一小坛子。喝了一会儿他说：'好孙子放了我吧。'我这才记起要办的事情是什么。我说：'爷爷，不能放你。'他理了理一把白胡子，说：'你奶奶在家想我啊。'我说：'你知道挂记她，还出来当假鬼子啊？'叔伯爷爷不吱声地喝酒，脸红得也像猪肝。他又说：'放了我吧，枪归你。'我说：'枪早归我了。咱俩走吧。'他站起来跟上我往外走，我盯着他穿了厚裤子的两条腿，那裤子油渍麻花的。我们两人走到了河滩上，四周没人，安安静静风景怪好。叔伯爷爷站在一棵老柳树下，流着泪珠说：'好孩子，放我回去吧，我再也不当假鬼子了。'我摇摇头，推上了扳机：'转过脸去吧，爷爷。'老头子最后盯了我一眼——我一辈子也没忘那眼神。他骂了一句：'狗娘养的孽种，我的魂灵也会灭你。'我不敢再想什么，一扬手打了他一枪，他抱着柳树倒下去。那一整天我都嗅到了血腥气，钻到柳树林里不愿出来。我后来买了些吃的东西送给了叔伯奶奶，老人家一辈子摊了个不正经的男人，像守寡一样，她见了我一把抓住我的手问：'好孩儿见你爷爷了吧？'我说：'见过。'她说：'快让他来家啊，地都荒了。'我没吭声。临走我丢下一句：'让地荒着吧，他回不来了。'"

小屋里静极了。一会儿，老七家里抽搭起来，眼泪滴到了酒杯里。

小六不认识似的看着老丁。军彭不安地站起来，踱到窗前，又折回来坐下。文太的泪水一直在眼眶内旋动。老丁又饮了一口酒，接着说下去：

"那时候咱这片林子可大，没边没沿，用来游击可真是好。仗打起来，有时饭也吃不上，只得吃林子里的果子蘑菇。那时水汽淋淋的。吃物也多，光蘑菇就分不清，一咬咯吱咯吱，怪鲜的。遇上鬼子来采蘑菇，我就撂倒他两个。外国人重营养，打死了一拨又来一拨，看来非吃上这东西不行。他们还要伐木头，用汽车拉，我就专打干这营生的。林子里当时算是游击区——地图上这地方用点点表示，点点画到哪里，我就游到哪里——只是后来才知道原来林子里还有另一个人，当然了，这是后话。反正群众那会儿知道只有我一个人算是革命的队伍，千方百计让我高兴。我说什么就是什么，没有找碴儿的。所有地主（这东西实在不多）都被我收拾过，我识破了那么多美人计。地主家小姐跟我好，我也跟她好，不过有个条件，就是支持咱八路军！反动的东西，再好咱也不能交往，这是一理。有一回我在一个富人家宿下，天亮时分让假鬼子包围了。这时候我已经有了双枪，就一手一枪地干，让小姐给我准备子弹。小姐眼明手快，俺俩忙了半天，才把敌人打退了。这样的小姐哪找去？我想让她奔咱根据地去，她舍不得父母。这就多少看出她有些反动了。也罢，我自己进了林子。这时节我身上的枪伤已经有好几处了，我想等到见了首长那天，也不讲功劳多大，只把衣服脱下就是。有的首长装作有大功的样子，其实全身光溜溜的，没疤没痕的，功在哪里？他娘的。比如有那么一个人我不说是谁，他现在又是场长又是书记，有一次洗澡我见了，前前后后看他，就是找不见什么。我问：'功在哪里？'他娘的。他不如我的女人！我战争年代交往的女人，哪个没受过红伤？她们咬着牙继续跟上队伍，有的站在路口给咱队伍唱歌说竹板，说：'快快走，快快干，翻过大山是好汉！'那是给行军的鼓劲哩！和平年代的女人也有模范，我看准了的不多，只有两个，一个是你老七家里，另一个是申宝雄老婆。老七家里你不用撇嘴，要明白天外有天。听文太讲她可不像男人那么混账，事事坚持正义。要知道世道发展到了今天，两口子也不一定就是一条线上的人。对她最了解的要算文太，小文太深入虎穴，得了虎子。反过来说，情同手足的人也会丧下良心。比如说我在林子里打游击那会儿遇上一个快死的年轻人，用掐穴的办法把他救下来，又教育他参加了革命，跟上我干。我把自己的驳壳枪给了他一支，教他如何打敌人脑门心。后来的事我真不愿说。他长得又瘦又小，脸色蜡黄，不说你们也知道像谁。我可怜他，有好的尽给他吃，想喂胖他。夜间寒冷，我用衣襟盖住他的小腿弯。有时半夜刮大风，风钻骨缝呀，他就哀求说：'丁司令丁司令，让我钻进你胸口那儿吧。'听听他没有血色的一对小嘴唇多么会说，跟我叫司令哩。我说：'罢，钻吧！'他就倏的一下滑到我大襟衣裳里边，贴在我身上。他真瘦啊，骨头硌我；他的嘴里老有一股邪味刺我的鼻子，还不知好歹地'夫夫'吹气。有好几次我真想捏住他的脚趾把他抽掉扔了。后来我还是忍了。为什么？就因为他是个革命的战士了。再说我也该有自己的儿子，他这样在怀里屈着让我多少动了父子心。有时候我抱着抱着就觉得是自己的儿子长大了。不过我还没有老婆呀，儿子，哪来的儿子！臭东西，嘴里一股野蒜味儿。你们看，我哪里对不起他。白天，我让他正步走，用树根给他扎上腰，教了他一首老根据地的歌。谁知到以后，到了战斗激烈起来的时候，就是他把我们卖了 —— 那个人跟我一起，另一个革命队伍的人——这也是后话了。我要说的是有那么一天，我在林子里摘桑葚儿吃，登上一棵树，发现远处一群苍蝇嗡嗡嗡。我知道不好，就跑了过去。离开那地方老远，我就闻到了一股臭味儿。扒开树枝一看，我发现了一个快死的八路。他的一条腿坏了，动不了，饿也快饿死了。那条腿呀，烂得吓人，上面白白一层蛆虫，臭味就是那上面发出来的。他快死了。我扒树枝时发出了声音，他的手指就按到了扳机上。想想看老七家里和年轻人，想想看，快死的革命队伍的人还这么坚强！我看了赶紧摆手说：'莫按下手指呀，我和你一模一样。'他不信，手指还放在扳机上。焦急中，我从裤兜里摸出了那个红五星。我就这样挨近了他，他也昏过去了。我闭着嘴不喘气儿，用茅草做成小笤帚给他扫去蛆虫，扫一下我的心缩一下。多么疼啊！革命多么不容易啊！扫完了蛆虫，我又给他喂桑葚，嚼一口，用手指给他抹一口。后来他转醒了，我们谈了起来，越谈越亲。我知道他也是老区来的，领头的就是刘志丹！他一个人坚持在这林子里打游击，腰里还别一卷地图。图上的一角划了些点点，他说这是他的游击区，我那时知道了这区里还有另一个人在游击。我从交谈中知道他打死了不知多少敌人，只是前几天被敌人的小手炮打伤了。他是个老实人，不喝酒不抽烟，有点空闲就看地图。他是个好人哪，太好的人不能打游击——只会击不会游，哪有不失败的道理。我给他打来了野物，烧得喷香喂他吃。我端量了他一会儿，见他个子不太高，脸上有块疤。我问他叫什么，他说：'我叫吴得伍。'

　　"他叫吴得伍，我一下就记住了这个名字……"

军彭一直聚精会神地听着，这会儿带着哭音蹦了起来，喊："那是我爸呀！我爸我爸我爸……呜呜呜……！"

老丁离开座位，一下子夹住了军彭的脸，用手拍打着、抚摸着，泪水哗哗地流下来。老人说："不错，正是你的爸爸。好孩子你不要难过，不要哭。好好干，好好继承先烈的遗志。我那会儿用野物喂他，他活过来了，你不用担心——你听我讲下去。"说着放开了军彭，回到座位上。老人流着泪水喝口酒，又夹了肉片，费力地咀嚼。"这真是个英雄。他被我救下，从今后俺们一块儿干，再加上那个小瘦东西，革命队伍一下发展成了三人。三人总得有个头儿，我们决定选出个政委来。照理说吴得伍看得懂地图，当政委最合适，我跟小瘦孩儿说好都投他一票。谁知小瘦孩儿嘴上心里不一样，暗暗投了我一票，这样我得了两票 —— 另一票是吴得伍投的 —— 我成了政委。我怎么能当政委？久后我怎么有脸去见刘志丹？我真想把小瘦筋的头拧下来。小东西高兴得嘻嘻笑。我说不用笑，夜间睡觉你站岗。吴得伍这个人 —— 军彭同志我要说你爸句坏话了，他哪里都好，就是有一条，太顾恋老婆。睡到半夜里他常常没了影儿，这开始让我起了疑心。我怕他是个通敌的人，你知道战争年代人专往坏地方想呀。我后来暗暗跟上他走起了夜路。好家伙，你爸手提盒子炮行走如飞，爬了一座小山，跨过芦青河桥，又转过三个大村镇。他走了足足有四十里，我跟着他累得嘘嘘喘。后来他在一个小土屋跟前停住了，敲门三下，出来个女人。我怕他们是有勾搭的那种事情，后来才明白革命队伍的人是不拿群众一针一线的，不会那样的。真的，原来他们是夫妻。干革命多么不容易，回家睡觉要跑上四十里，来回八十里，天亮前还要赶回宿营地。从年岁上掐算，军彭同志，你是那些黑夜里有的一个人了。那时我对吴同志多少有些看法，心想你对女人也太迁就了，也不管是什么年头。不客气说，他算个喜好女色的人。我以政委的身份批评了他，他没有吭声。后来呢？后来我为这个后悔了一辈子。原来他早做好了死的准备。一个快死的人了，怎么不可以？他是最后亲近女人了。人到了快死的时候自己知道，人是有古怪灵性的。但是我相信他不知道会死得这么简单，他那些日子只知道有什么从天边逼近了，就像一块黑色天气，上拄天下拄地，不声不响地凑过来了。他知道死的日子快要到了，得赶紧留下个后人。他想得不错。后来真的出事了，小瘦东西不见了！我们两个人满林子找，怎么也找不到。天刚蒙蒙亮，我对吴得伍说：'恐怕不好，小瘦东西要是把我们卖给敌人，我们就算完了。'老吴是个好人，思想不转弯。他说：'怎么会哩？'我说还是防着点好，就拉他一下往东跑下去了。跑了没有几步有人嘻嘻笑，我一看，原来四周的大树底下都蹲了假鬼子。完了，我估计得一点不错。我这会儿把手里的枪一下插进腰里，说：'你们先别急着动手，死活一会儿就明白。我先要把自己家的事办完 —— 小瘦东西趴在哪？你给我出来，本政委要见见你！'没人吭声。我又喊一遍，有个角落沙啦啦响，那个小瘦东西真的站到树底下了。我一见他恨不能把他的头砍下来。我大喝一声叛徒，他吓得直抖。我问：'小瘦东西，我问你，我把你当亲儿子待，救了你的命，我哪里对不起你？'小瘦东西擤着鼻涕，哼哼着说：'对、对起。''那你为什么还要卖我、卖你吴大？'他揉着眼，半天才说：'人家对我更、更好，人家给我好饭吃。'我死也要死个明白，就问：

'什么好饭？'小瘦东西答：'包子。'一群假鬼子哈哈笑起来。我快给气死了。就为了几个包子出卖了革命队伍，向敌人告密，老天爷可是亲眼见了。我一下抽出枪来，第一个打叛徒。谁知小瘦东西被后边的人挟上退下了。接着他们喊着让我俩投降，俺回答的是枪子儿。吴得伍好枪法，一枪打一个。俺俩边打边退，我的胳膊受了伤，老吴的腿受了伤。他跑不动，我就连拖带拉拽他走。他的血啊，把我全身都染红了。后来老吴的肩膀又挨了一枪，一说话就冒血泡。他说的话电影上也常演，就是嘱咐我替他交党费。先烈哪里都好，就是太挂记钱了。我说替你交就是，这会儿要紧是突出去。他说不行了不行了，我说行行行。他不走了，要用枪打自己的喉管，我火了，夺了他的枪……"

"爸！我爸我爸我爸！"

军彭再也不能支持，大叫着，碰翻了一个菜碟。

老丁又一次起来抱住军彭的脸，拍打着安慰他，等他平静下去，才坐在座位上。"老吴同志牺牲了。他死得很勇敢。我第一回见人死得这么勇敢。刘志丹手下的人就是行。他死了，我突出去了，全身都是他的血。他的血比什么都红，像红云彩一样啊。我一辈子会记住他流的血，我老丁什么都不怕，不怕人暗算，也不怕天塌地陷。我跟俺们吴得伍扛着钢枪打天下，地图一角的小点点就记下了我俩的游击区！我要一个人打游击了，打一辈子游击啊！吴得伍啊，你放心走吧，我一个人待在这游击区啊！"

老丁说着说着喊起来，单腿跪地，昂着头颅向南望去。宝物从它的位子上离开，匆匆地在酒桌四周行走。黑杆子激动中和老七家里靠在一起，抹着眼泪。文太的脸红一阵黄一阵，胡乱搔着头发，终于又一次弹跳起来喊一句：

"你活得英勇啊！你不甘平庸啊！"

他喊完气力顿失，像泥土一样瘫在那儿。小六瞥瞥周围的人，伸长脖子吸了一口气。军彭一直在哭，这会儿揩揩泪水，上前抱住老丁说："老丁场长，老丁场长！受孩儿一拜吧！孩儿不知道你是先烈的战友，不知道你们一起浴血奋战……孩儿对不起你呀。我，我还暗暗怀疑过你不是场长。从今后你老说什么就是什么，我把你当成父亲。我要革命到底。"老丁的泪水滴在军彭的头发间，伸出粗老的大手按住他说："好孩子我不怪你，吴得伍没了，还有我哩。谁敢欺你？不瞒你说孩子，你丁叔的这把宝剑就是用来查访那个叛徒的，早晚刺在小瘦东西的脑门心上。记住啊，人不可轻视吃物，那个叛徒在当年还不就是为了几个包子出卖了先烈？叛徒都是告密的好手，他不在了，他儿子也会在，我凭他的长相就能猜个八九不离十。好孩子，要继承先烈的遗志，要跟我一起查访那个叛徒。你没听人说吗？有人把国家变色的希望寄托在第三代第四代身上。军彭，记住咱们林子里出过一个叛徒——这个告密的好手，让咱查访到的那天，也就算活到头了。记住，记住叛徒的长相……"

八

小六不停地喝凉水。后来全身热烫，像被火烤过了一样。他唇上爆

他不在了，他儿也会在，我凭他的长相就能猜个八九不离
十。好孩子，要继承先烈的遗志，要跟我一起查访那个报径
。你没听人说吗？有人把国家变色的希望寄托在第三代
第四代身上。罗彭，记住咱们从林子里出这一个报径——这
个答案我好手，让咱查访到那天，也就算活到头了。
记住，记住报径的长相……"

八

　　小天 ████████ 不停地喝凉水。后来█全身热烫，像
被火烤过了一样。他唇上爆起白皮，嗓子█沙哑。早晨
或深夜天气凉爽时，他就光着脚到林子里奔跑。有一次脚
指上扎刺了一根大刺，让黑杆子沿他拔出来。林子里有白
色的柏树干，走滑得很，他抱住树█干身子就软了，嘴里
呼唤："小眉小眉小眉！"从林子里回来，眼角发红，嘴
上的裂口流着血，后面还紧跟着宫妙。黑杆子没好气地问
一句："你病了吗？"他█████夜间█在床上翻滚，咬
嘴声接连不断，又太真想你他拧下一块肉来。有一天半夜
他坐起来写什么，钢笔███夹夹个有多，█████左人█████一
齐举灯围住他费。只见一张白纸上印痕全霉，只是无色，
原来钢笔无█水。白天他随别人一块出去劳动，神色快去。
有一次他拦住了罗彭跟去猴，说："罗彭同志，没人愿跟
我谈一谈。你能愿跟我说一说吗？"罗彭活了一句。"谈
什么？"他的手抖着说，"谈一……爱情。"罗彭用厌恶
的目光盯住他。他说着，"一阵一阵，像浪一样往前涌，
我受不住。我受不住哇，这是爱情啊，我受不住。我寻思

494

起白皮，嗓子沙哑。早晨或深夜天气凉爽时，他就赤着脚到林子里奔跑。有一次脚背上刺了一根大棘，让黑杆子给他拔出来。林子里有白色的杨树干，光滑得很，他抱住树干身子就软了，嘴里呼唤："小眉小眉小眉！"从林子里回来，眼角发红，嘴上的裂口流着血，后面还紧跟着宝物。黑杆子没好气地问一句："你痴了吗？"他夜间在床上翻滚，哎哟声接连不断，文太真想给他拧下一块肉来。有一天半夜他坐起来写什么，钢笔尖沙沙有声，众人一齐举灯围住他看。只见一张白纸上印痕重叠，只是无色，原来钢笔无水。白天他随别人一块出去劳动，神色焦虑。有一次他拦住了军彭的去路，说："军彭同志，没人能跟我谈一谈。你能够跟我谈一谈吗？"军彭冷冷一句："谈什么？"他的手抖着说："谈谈……爱情。"军彭用厌恶的目光盯住他。他说："一阵一阵，像浪一样往前顶，我受不住。我受不住哇。这是爱情啊，我受不住。我寻思她模样，睁眼闭眼都是她。第一回的，第一回有个爱情了。她像不明白。一阵一阵往前顶啊，这些日子又猛烈了……我！军彭同志！跟我谈谈这个吧，我憋不住了，我憋死了，我不行了呀！没一个人跟我说话，我不行了呀！"军彭哼一声："你不是买了一片化制墨水的颜料吗？你会写嘛！""不行呀，不行呀，我只买过两片……"军彭厉声质问："第二片呢？！"小六的脚抬动着："我、我……""你是个阴暗的人！你这样的人也配谈论爱情吗？"军彭说完大踏步向前走去。小六僵在原地，后来大仰着脸，踉踉跄跄往前赶。他见到做活的民工，一步闯过去，睁大眼睛四处寻找，问："小眉？"妇女们大笑："谁还不行，非得小眉不可吗？"他说："小眉。"他出了林子，一路匆匆奔向村子。他在街巷上转着，有时还弓着腰。有一次小眉真的出现了，他扑到跟前问："你怎么呢？你快呀！"小眉嘻嘻笑着，从衣兜里摸出一张纸片，捏住一角抖着，转身就跑。她边跑边回头，希望他追赶。他叫着追起来，赶过一条巷子又一条巷子。有一次正好参谋长和公社女书记转出来，一下拦住了他的去路。他从他们中间穿过，参谋长一愣，拔出了小手枪喝道："站住！"他不听，还是跑去了。参谋长让民兵把这个人逮住，绑住押到办公室盘问了一番。小六呜呜讲不清楚，民兵用枪托捣他。小六一边抵挡着一边嚷道："哎呀，好香的野艾草味呀，好香呀。野艾草味呀，好香呀，一阵一阵的野艾草味呀，哎呀，我受不住的艾草香味呀……"民兵都笑了。参谋长用手托起他的下巴看看，说："是不是误食了毒蘑菇？"他让人去喊林场来领人，文太就来了。文太给小六松了绳子，又取一瓢凉水给他当头浇下来。小六不喊叫了，摇着头，摇去了满脸水珠。往回走的路上文太斥责说："你想怎么样？告诉你，损坏林场与地方关系的事劝你还是不要做。"小六说："我想小眉。文太，我想小眉，我不行了。"文太说："劝你还是不要做。"小六说："小眉呀，小眉呀，小眉小眉小眉……"他越说越急促，后来撇开文太一个人向林子深处跑去。

　　文太本想将近期小六的情况向老丁汇报，但后来发现这不能够。老丁躺在帐子里，像小六一样翻动着身子，见了文太一把抱住，说："文太，我心里有火啊！"文太知道老人又想起了女教师：那封信仍不见音讯。老人耐心地等待了七天，第八天上，他终于受不住了。老丁说："人家不愿意吗？我寻思她会愿意。"文太一拍大腿："她当然会愿意。她也许高兴过分了，一时不敢回信。"老丁叹息着："折磨死我一个老人了。我耐不住性儿啦，老想跑去看她。我一遍一遍想她的肩膀，走路的稳重样儿。上次她来采药，我和她说话多顺茬儿。我知道她喜欢我。"文太想了想道："喜欢和喜欢不一样。她如果喜欢的是你的职位，那就不能算真正的爱情了。"老丁有些不高兴地盯他一眼："说哪去了！她是那样的人吗？她喜欢的是我这个人。"老人在炕上活动一下身子，把头压在枕头上咕哝着："尊敬的国家女师啊，俺林中人先向您道一声安康……您也不能不理别人的死活。您的心好硬啊，林中人怎么受得住。我们都是公职人员，更应该多体贴才是！国家女师！国家女师！我要在这里骂您哩，国家女师！"老人的脸在枕头上颤抖摇动，整个瘦小的身躯弓起又放下，帐布被震抖了。文太惊讶地看着，心想老人与小六是绝对不同的两个人，可这几天的情状却是相同的。他那么替老人难受，知道这一切对一个老人是无法抵挡的——那像火苗一样燎着胸口啊。他紧紧握着老丁的一只手，又把这手贴在脸上。他自语一般急急地轻轻地呼叫着："老丁场长，我比谁都理解您老！您是个重感情的人，您待我们场里人恩重如山。我真想帮您，可又帮不上忙。您老多保重啊，您老自己多支持着一会儿吧。我真恨那个国家女师，让我骂骂她吧。"老丁从枕头上抬头插一句："不许骂她！"文太急忙说："我怎么敢骂她！像您老一样，我是说说气话。我多想看看她的模样，她多么稳重大方！她多么文雅！我一辈子看不到比她更美貌的女人了。"两个人紧紧搂抱在一起，互相捶打后背，久久不语。

这个夜晚，文太陪老丁在小学校舍四周徘徊。他们指点着寻找女教师安睡的那间小屋，后来见黄亮的一扇小窗上映出了女教师的影子。她在端杯喝水。老丁紧紧盯住，说："看见了吧？她尽喝水。哎呀，我算见她了—— 你知道我不敢来看她。"文太握着老丁的手，弓着腰往前走几步，说："老丁场长，我真想过去拍拍窗纸，把她叫出来。"老人阻止了。他说这只隔了一层窗户纸，一戳就破的，就破的。后来灯熄了，老丁说："她睡下了。看着她孤单单的，我心里真不是滋味啊。多好的姑娘，四十多岁了还是独身！我们怎么早就没有发现呢？这事咱也有责任。我们应该早早让她结束独身生活。"文太信心十足，用力握了一下老人的手："会的。一定会的。"他们继续沿校舍旁的小路走去，长时间沉默着。小路两旁的草叶有露水生出来，夜已经深了。老丁接着又讨论了一旦婚期来临，他们要做些什么等等。他们讨论了每一个细节，比如新房的安置、酒宴请不请参谋长和老七家里等等。较为一致的意见是坚决不请公社女书记。还有，在婚期的前后十天时间里，要让黑杆子和宝物特别注意一下某个人。天有些凉，天空的星星又大又白。老丁看看校舍的方向，见它无比安静地呈现一溜黑影。不远处的小村庄有狗的叫声，叫声停了就更加寂寥。他抚摸着自己的胸部，轻轻哼唱起来。后来这歌声就大了，引逗小村里的狗齐声呜叫。老丁唱着，唱罢对文太说："她会辨出我的音调来。我相信这夜晚她是睡不安稳了。多好的一个夜晚，我唱了歌给她听。"他的话音刚落，一个黑影飞快地奔过来。老丁一眼看出是宝物，说："它来了。它是不放心我呀，走吧！"

老丁的事情使文太越来越沉重。他等不到女教师的回信，像老人一样焦虑。他对军彭说："快十天了，就像钝刀割肉，谁受得了。"文太讲了事情的前前后后，说："老人把你当成儿子一样，别人我才不讲。"

军彭在小屋里踱起了步子，停住说："让一个德高望重的老同志在婚姻上折腾成这样，我们是不称职的。"文太点点头："不过怎么办呢？"军彭只顾自己说下去："老同志为革命战斗了一辈子，晚年什么幸福不该得到？我们眼睁睁看着他这样，对不起他啊！"文太久久地握着军彭的手，默默无语。

　　老丁越来越消瘦。几天来他不吃饭，只喝一点蘑菇汤。后来他病倒了。文太、军彭和黑杆子焦虑万分，用各种野物给他补身体，又请来小村一个中医开了汤药。老丁的病时好时坏，参谋长和女书记代表地方来看过，彼此使着眼色。老丁对左右说："什么医生也除不去我的病根。"参谋长问："病根在哪里？"老丁不语。他们走后老七家里又来了。老丁握着她的手，再三抚摸。老七家里亲了亲老丁鼓鼓的额头，哭了。文太说："我从来没见过这么动人的爱情。"他们此刻最恨女教师，都认为她比不上老丁场长一根毫毛。夜间，秋风吹得人心里一揪一揪的。小屋里，只有老丁和小六的铺子发出叹息声。两个不同的人，在同一个夜晚害了同样的病。风一阵大似一阵，野物凄啸。有鸟儿扇着翅膀从屋顶上经过，带来了隐隐约约的雷声。文太也睡不着，朦胧中见军彭一个人披着衣服在屋里踱步。风把什么吹得尖响，像一阵阵邪恶的口哨。宝物从屋角爬起来，转着身子将尾巴压到屁股下，才重新躺了。夜深了，黑漆一样的雾气从窗缝涌进，蒙到了文太的脸上。文太觉得军彭爬上铺子，黑杆子起来小解，之后又到干粮篮里拧了一块玉米饼填到嘴里。一阵咀嚼声引来了三两个蝙蝠，它们呼呼飞着，紧贴着文太的眉毛滑过去。林中一棵大树折断了，发出"咔啦啦"的巨响。文太似乎看到折断的大树枝叶下，有一个褐色的大河蟹支起笨躯爬过，沙沙声如同急雨。一片片泥土在风中开了裂纹，接上无数的蘑菇圆顶钻出地皮，一望千里，令人惊悸。每一个蘑菇顶部都生出一只眼睛，张望着黑夜。文太心上一紧，泪水从颊上流下来。他爬下铺子，伏到窗口上望着，见无数的树冠猛烈摇摆。突然，他看到黑漆漆的丛林间飘出了一团白影。白影在跳动，可以辨出是一个舞动的人形。文太"啊啊"大叫跌在地上。黑杆子一翻身滚下来，抱起文太。文太说："看看！"白影跳得近了，离窗口只有十几米远了。老丁哼哼着爬出帐子，小六也到窗前来了。那个白影呼叫着在原地跳动，声音粗哑。文太吸着凉气，声音颤颤地问："你是什么东西？"白影答："我是人。"文太说："你是谁？"白影又答："我是小野蹄子。"文太尖叫："你不是！小野蹄子死了，让毒蘑菇毒死了。"白影跳着，哈哈大笑："我就是小野蹄子。我把命丢在林子里了，我来找我的命啦……"文太离开窗户，说："妈妈呀，小野蹄子真的来了！"白影继续呼叫："我是小野蹄子啊！我来了！"她喊着往前扑，屋里的人慌乱起来。黑杆子去取枪，忙乱中走了火，把屋顶打了个洞。这一下大家都记起鬼是打不得的，绝望中向后门挤去。白影长长的毛发在风中撩动，很快靠近了窗口。一屋的人全跑出了后门，四下奔去。老丁跑在最后面，他的头脑被凉风一吹，清醒了许多。后来他站住了。

白影跷着脚去摸干粮篮子，大口地嚼着玉米饼。

老丁看得清楚。老人轻轻地靠上去，猛地将白影抱在怀中，任她大叫着挣扎，只是不放。后来她失了力气，一下子疲软了。老丁给她掀去头上的麻绺，褪下身上的布单。她哭了，连连求饶。老丁这才辨认出是来小屋里补过麻袋的一个姑娘。老丁厉声喝问为何装鬼？她说："俺饿。俺想拿走干粮篮子。"老丁说："你可知这是犯大罪的？"姑娘身子抖着，直说："俺饿呀！"老丁让她吃玉米饼，她泪痕未干就两手捧住吃了起来。老丁把干粮篮子摘到帐子里，帐里立刻充满了玉米饼的香味。她哭着，说再不敢了，不敢了。外面的风继续刮着，野物不停地呼号。老丁把所有的玉米饼都包好，交给了姑娘。姑娘走的时候谢过老丁，说要把这些玉米饼交给年迈的奶奶和姥姥。她再也不敢了，不敢了，她趁着夜色溜出去，没有忘记那个白布单和一团麻绺。天亮时分几个人从林子里钻出来，见老丁正躺在帐子里呼呼大睡。军彭感叹道："真正的唯物主义者是无所畏惧的！"文太说："我听见白影儿在尖叫，吓死我了！我到处找老丁场长，还当老人被鬼掳去了——那样场子就得塌了天了。"小六脸无血色地爬到铺子上，用床单蒙住了全身。一会儿，床单颤动起来，传出了抽咽声。军彭厌恶地转过身去，在屋内踱起了步。早饭时老丁醒来了，神情安定。他招呼大家吃饭，黑杆子取过干粮篮子见空空如也，不知如何是好。老丁说："它们被鬼取走了。鬼也饿呀，他们都是贫农。"一句话说得大家不语。小六的呻吟渐渐弱小，后来就睡过去。文太和军彭动手熬了点蘑菇汤，勉强吃了早饭。文太讲起了小野蹄子金黄的头发，军彭瘦削的肩头抖了几下。他恳求说："老丁场长，人民多么需要你的才智！早一天写出《蘑菇辨》，早一天挽救出一些人。您老贡献吧！"老丁点点头："不是不写，是工作太忙。一个分场有多少事情，我实在闲不出手来。写是要写的。"文太在一旁催促说要尽快为老人笔录。"伟人大半是有著作的。"他说。老丁拍拍手："也罢也罢，那就写起来吧。"接下的时间里文太调制黑墨,老丁闭目养神。他们坐到了帐子里。这期间一些闲事都由军彭和黑杆子照料,宝物常常跟随小六。以前写任何东西都不是这般艰难,这似乎要花费很多个时日。文太出来时总是急匆匆的。

小六在林子里劳动,蹲下就不愿活动。他的对面有一个年老的民工在拔草,他就闲下手来喊:"你是小眉吗?"老头子斜他一眼。小六说:"然而不是。"做活的民工中有细弱一点、穿了鲜艳衣衫的,都被他认作了小眉。他伸手去捏人家的头发,被人家打了嘴巴。小六沮丧地蹲下,揪掉一株草。宝物在他身旁撒尿,臭味刺鼻。它对小六笑着,残牙露出来,呈漆黑的颜色。有一次一只小野兔子不慎被它逮住,它就在小六眼前二尺远的地方宰杀猎物。小兔吱吱叫着,一道血水溅到了小六身上。小六退一步,宝物就咬起猎物逼上一步。血腥味顶着他的鼻子,他捂着鼻子拒绝呼吸跟前的空气。然而宝物耐心地咬开毛发极为细腻的小兔腹部,咬出尚在跳动的器官,咬出一个杏子大小的紫红色的东西,咬出一个像碧蓝的石头似的东西,又咬出一瓣菊红的叶片。它咬着,舔着上唇。小兔内脏中分离出一个活跃的东西,在沙上滚动了一下,接着蹿起半尺高,又往前一蹿,蹿到一边的小树丛中。小六呆住了,一动不动。宝物呼地一扑,长嘴到树丛中拱了几下。一会儿,树丛中有什么"呀"的一声哭了。小六木木的脑瓜在想:那个蹿跳的东西大概是小兔的灵,小兔的灵刚死去。宝物折回来了。小六惊讶地发现:宝物丑恶的脸膛一瞬间被印上了绿得发黑的几个箭头,这些箭头指向各不相同的几个方向,像是要撕碎一张肮脏的面孔。小六说:"你……"宝物迎面一吼,然后去吃剩下的肉块。黑杆子捎枪走来，手里捏着三两个又大又黄的柳树蘑。他粗声粗气地对小六说："玩什么名堂！"小六指指宝物，黑杆子怔住了。他对宝物说："玩什么名堂！"宝物在原地一卧，接着四蹄一腾，一阵沙烟爆起来，一下子迷住了两个人的眼。他们搓着眼，等沙烟消尽了再寻找宝物，它已经无影无踪了。黑杆子大声叫骂起来。小六一个人做活的时候，不免又陷于沉思。有姑娘之声在树丛震响，他必然身体抖颤。野艾草的香味阵阵扑鼻。他举了一束野艾草不停地走。在黝黯的林子里，蜘蛛的网子不断地将他罩住，他奋力摆脱着。蜘蛛在树梢看着他挨上咒语，心中兴奋。蜘蛛把从未有过的恶毒咒语抛向了这个枯瘦青年，因为他的面部已经显出了不祥的兆头。小六若无其事地举着艾叶往前走，后面传来了军彭严厉的呼叫，他像没有听到。后来他走出了林子，向小村方向奔跑起来。蜘蛛的咒语追逐着他，他疯了一般向小巷子里跑。

一个缚了草绳的奇怪的残土墙上，有着四方小洞。小六惊喜非常地趴在洞口向里望着，嘴里一声接一声咕哝。他想把身子扎进那个洞里，但总也不能。小方洞的深处有什么在活动，他激动地哭起来，肩头抽搐着。这样停了不知多长时间，突然有一个老头子穿了黑衣服，手提一根木棒走过来。老头子摸了摸小六的后背，伸手抓住拉出来，照准头部就是一棒。小六像一捆谷秸一样倒下来。老头子骂了一句，弓着腰跑开了。停了没有一分钟，一只黑黑的小手在小方洞里摇了一下，一会儿一个黑黑的姑娘跑出巷子，大叫着拍打倒地的小六。小六怎么也不醒，黑姑娘就一下下拍打，后来还抚摸起他变硬的胡茬。她四下里看着，急出了眼泪，嚷着："你好狠心哪爸！你把他给打死了！"她嚷着，捧住小六的脸，在鼻子的一侧亲了亲。不一会儿，小六醒来了。他一定睛，立刻大叫："小眉小眉小眉！"他紧紧地、毫不犹豫地抱住了姑娘。小眉像被勒坏了一样，脸庞憋变了形，一双小手狠推小六。小六松松手，说："妈呀！"小眉说："你刚才死了。"小六两手按住她的肩膀说："我等你的音信！我等！你怎么了？你怎么了？"小六发疯地摇她。她"咯咯"大笑，一下蹦起来，跳着后退，说："嘻嘻，等什么音信？嘻嘻。"小六拍着手叹息："怎么办哪！又美丽又愚蠢的人！叫我怎么办哪？"小眉凑前一步问："什么是'愚蠢'？就是长得黑吗？"小六哭丧着脸没有回答，只好伸手按住她，不歇气地吻了一会儿。他们在一块的时候，正有一个四五十岁的中年妇女在巷口上看。他们吻一下，她就咬一下牙，下巴用力地点一下。她手里提了一包干蘑菇，正要去小店里。她是老七家里。她的一双大黑手正按在墙上，十个手指把土皮抓下了屑末，哼哼地笑着。停了一会儿，她觉得眼前模糊，就用青布衣襟去擦眼。擦完眼，人家两人已经分开了。只听小六急急地喊叫："收到了吗？"小眉笑着嚷："收到也不稀罕！"小六一跺脚："我问收到了吗？"小眉从衣襟里掏出了两张纸，在远处抖着："就是写了黑麻麻的糊窗纸吗？"小六说："天哪！你不识字。这是信哟——我天天等你回音，天天……你！"小眉嘻嘻笑着，一边抖着一边跑，让小六追赶。小六真的追上去。这边的老七家里两眼放出了光亮，焦急得直搓巴掌。她的脚抬了几下，但终于没有挪动。焦急中她拦住了从另一个巷口拐出的一个老头子，对在他耳边说了几句，然后转开了。老头子双手举拐一声断喝，小六回了头。老头子招手让小六过来，小六不解，老头子又喝："给我过来！"小六挪过来，老头子狠狠一拐杖，骂道："你撺闺女家！"小六捂着头躲闪，又想起了什么往回跑去——可是小眉已经不见了。

小眉抖着纸片往前跑，被老七家里拦住了。她一手挟住干蘑菇包，一手飞快地揪了小眉一下，把她揪到另一条胡同口。老七家里问："手里是什么？"小眉把纸片背到身后，不吱声。老七家里说："拿着吧！反正你是睁眼瞎。什么时候了？还不快找个识字的念出声来，你知道那上面藏了什么？你就不害怕！"小眉疑惑地看她，问："你识字吗？"老七家里骂道："识你姥姥家个地瓜蛋！我不识我不会找学问人吗？"小眉又说："我不愿找参谋长和女书记。我想找女教师。"老七家里做个吓人的手势说："天哪！女教师这会儿正白天黑夜想着老丁呢，焦急八叉的，她看了这些字纸，好的地方她还不偷换了去呀。这可不行。"小眉急得要哭，老七家里说交给我交给我，说着一把扯下信纸往前跑去。小眉跟上她跑，她说："回去等吧。我没告诉你结果，你千万不要再靠近那个蜡黄脸小六了，啊？！"小眉这才止步。老七家里跑着，到小店扔下蘑菇，又往林子里跑去。宝物迎着她打哈欠，她不睬。进小屋的时候，宝物将她拦住了。她大叫，立刻被黑杆子捂住了嘴。她想骂，军彭披着衣服走来了，说："不要吵。"老七家里压低了声音："我要见老丁场长。"军彭摇摇头说："对不起。这不成了。"老七家里刚要喊，黑杆子又捂嘴巴。军彭解释说："老丁场长近几天与文太（他仅仅做记录和细部整理而已）正作《蘑菇辨》，谁也不得打扰。万望海涵。"老七家里急出了汗水，紫色的嘴唇暴起白皮。她从衣襟底下摸出叠起的纸片，晃一下说："俺是报材料的。"军彭说："那报给我好了。"老七家里说：“臭美。这材料俺只报给老丁场长。”说着她跑开了。停了没有几分钟，老七家里重新跑到小屋跟前，不说话，只从怀中掏出那几张纸——上面已经插了三根鸡毛。军彭上前看了看，知道鸡毛信是火急的，只得放她进去。老七家里将信纸掖进帐子的褶缝里，然后坐在炕下一个蒲团上。少顷，帐子里有些混乱，文太和老丁骂起来。老丁从帐布间探出坚硬的头颅问：“怎么到手的？”老七家里答：“从小眉手里取来的——她也不认字儿。”老丁走下炕来，咬咬嘴唇说：

“事情透底了。原来小六为这个又买了一片墨水颜料。嘿，鬼东西，这下算明白了。”

老丁将宝物和黑杆子、军彭叫来屋内，讲了事情的原委，让文太宣读小六写给小眉的信件。老人很快活：“听听吧！咱一分场就是出才人。听听才人想了些什么花里胡哨的东西。这回谜底算揭开了哩，嘿，小六是个什么都会写的大才人。他想小眉了——那闺女可实在，他眼力不能说错。文太念念，念念。”文太清了清嗓子，说：“他的文法不顺，不过同志们凑合着听吧。”他念道：“题目，求爱信。接正文——亲爱的小眉小妹您好。接到这封信件您必然感到突然慌乱，恳切期望您能稳重大方。这信的目的一言以蔽之，仅为了送去些感情构成一对革命战友而已，别无他求。先介绍一下本人政治面貌及其他基本情况，供您夜间思考。我生于古历二月，生日较大。家庭出身雇农：房无一间，地无一垄，父亲外出时穿母裤，而母只得卧炕并以黄沙埋住腰部以下。可见成分比雇农还贫因而苦大仇深坚决革命斗争。十七岁入团并且宣誓，介绍人一个姓李一个姓张（他们如今不知去向未再联系）。本人积极开展政治努力学习要求进步身体健康。注：身高一米六五见硬，略显黄瘦但并非疾病，因七岁那年开春患过蛔虫（并不传染），食虫药三包，泻下死虫无数，痊愈。社会关系方面父亲早死，母亲为一家庭妇女，没有兄妹。现存世上尚有姨母三闺女的外甥（呼我为舅）一人在家务农。总之政治面貌清白根红苗正且成长在红旗之下。本人常常忆苦思甜牢记父亲讨饭被地主放狗咬伤及冬天在大雪地冻掉九根脚趾等事。地主逼债如狼似虎闯入我家，见母用黄沙埋住下身即用力拽起无所不用其极。血泪账一本本记下，共同生活时我会常常与你温习并互相鼓励前进。您本是我阶级兄妹，在林中一抬头见了便产生深厚感情，夜间尤其思念（白天稍差）。思念您周身上下一处处手足头脚等等，心中激动万分。您之眉眼如革命闪电，电光石火稍纵即逝；您之两腿如同总场场部的那匹灰斑骒马，又踢又蹦一奔千里无敌手。小脸黑油油是劳动人民本色，虽然脚上有牛粪然而革命者喜欢。您泼辣大方艰苦朴素，有一次裤子破了还坚持在林中劳动直到天黑。所有方面我都看在眼里喜在心头，几次想吐露又怕您把我当成流氓所以小心观测。观测结果就是这信。我思想深处即内心激动万分。有时恨自己没能出生在您左边小屋，同为村童一起拔苦菜掷泥蛋赤身洗澡，由小到大进入学生时代。说不定恋爱更早发生互相无所不知，成为新一代人民公社社员，结婚时老支书赠咱俩一副镢头、一个小铁锄外加系了红绸的宝书。我们为革命种好良田及进行科学实验，志在广阔天地炼红心。我看你小肩膀很瘦即产生可怜，甘愿献上一切。您诚然不够丰满，但我坚信您是一块好钢。您不像有些中年妇女，与坏人勾结满身臭气，脱离农业生产经商反而自以为得意。任何人与此等妇

（专心）

■等待■，盼你■不要忘革命战友的期望。本人正处于
封别时期，度日如年有灾（仔细情况等从后面叙），总之有
人一手遮天，唯恐天下不乱。谢～，致以战斗敬礼。紧
握（住）小手。盼来复眉妩连复。于阳历七月七日一早。

"他好～郎！"黑杆子大写了一句。

"多么狂妄，坐师多么无知、多么腐化！"笔彭挥了
一下手。

"这显而易见是一讨反动的侣。"文太说着瞅了一眼
眼睛发红的老七家里。她这时搂■一下眼，笔着小太，说，
"天哪，这个车关难给俺做主呀！他信上说那个'牛鬼蛇
女'还不是说我？指究笔揽……"老丁大哇■一声■■
■问："你亲眼见他们牵上线了？"老七家里
拍一下腿："可不！我这就见他们搂着■哩。""这个大才
人哪，净想好事，嘿～。"老丁笑着，招呼文太到帐子里
写字去了。宝驹带关着小太睡进帐子，打了个响亮的喷嚏。

九

暮色苍茫，树影如山，宝驹出巡了。

■■紫色帐子里仍旧歪腿坐着老丁。老人闭
着眼睛说话■，一边由文太把黑墨滴在纸上。温涎～的草
叮咛着管妙的腿脚，突然胴起来，正巧把一个七星瓢虫吸
进弄孔里。蚂蟥的长～丝线从树梢垂挂下来，宝驹
小心地躲开。■■

■■文太埋下头滴着黑墨，老丁的手一治他的关发
黑墨就一滴～滴下去。智慧的主人啊，英勇无敌，威震四

女一旦结成夫妻都会痛不欲生自暴自弃革命半途而废。所以今去信并非只求男欢女笑席上枕间意志消沉。我与您即便有了那后代也仍旧坚持正确路线互为进步表率，并不因那种事而毁了原则于一旦。年头长久必生出些老皱，但我信您是个老树红花儿，又吐新芽。红旗漫舞战歌嘹亮，高路入云端。我如能收到回音，就飞跑到小村看您，到那时再请介绍苦大仇深的双亲二老。我这信一发出就专心等待，盼你能不辜负革命战友的期望。本人正处于特别时期，度日如年有余（仔细情况等以后面叙），总之有人一手遮天，唯恐天下不乱。谢谢，致崇高战斗敬礼。紧紧握住小手。盼亲爱眉妹速复。于阳历七月七日一早。"

"他妈妈的！"黑杆子大骂了一句。

"多么狂妄，然而多么无知、多么腐化！"军彭挥了一下手。

"这显而易见是一封反动的信。"文太说着瞥了一眼眼睛发红的老七家里。她这时揉一下眼，骂道："天哪，这个年头谁给俺做主呀！他信上说那个'中年妇女'还不是说我？指桑骂槐……"老丁大咳一声问："你亲眼见他们牵上线了？"老七家里拍一下腿："可不！我还见他们搂着哩。""这个大才人哪，净想好事，嘿嘿。"老丁笑着，招呼文太到帐子里写字去了。宝物昂头看着小六睡过的铺子，打了个响亮的喷嚏。

九

暮色苍茫，树影如山，宝物出巡了。

紫色帐子里仍旧盘腿坐着老丁。老人闭着眼睛说话，一边的文太把黑墨滴在纸上。湿漉漉的草叶绊着宝物的腿脚，它跳腾起来，正巧把一个七星瓢虫吸进鼻孔里。蜘蛛的长长丝线从树梢垂挂下来，宝物小心地躲开。文太埋下头滴着黑墨，老丁的手一沾他的头发，黑墨就一溜溜滴下去。智慧的主人哪，英勇无敌，威震四方。宝物鼻孔里的七星瓢虫箭一般射出。在一处残破的树坑边缘上，一溜儿生出五加六十一个蘑菇，有蓝有绿。它嗅着，弯着身子绕开了。参谋长和公社女书记躺在炕上，他们中间是一簇灿烂的金黄色伞顶儿。宝物至今身上的骨节还要在阴雨天里疼痛。它盼望那两个人挨上蜘蛛的咒语。水淋淋的藤蔓和树叶很快把它的皮毛湿成一团一团，水渍到皮肉上有一阵奇痒。沙土上印了深深的人的脚痕，分别散发出小六、文太及黑杆子的气味。有一处似乎散发出文太和老七家里混合的气息，宝物万分惊奇。林子里已经洒过几十次雨水，还是洗不掉申宝雄一伙人的肮脏。宝物觉得他们的气味有点像失效的粪便。申宝雄老婆的气息似乎也通过男人曲曲折折地传递过来，那是一种难言的霉烂丝绸的气味。文太身上一旦沾了这种气味，就必然去过总场场部。它嗅出这种气味，知道事情会有吉祥的结果。大河蟹浑身绿毛犹如青苔，凶恶的双目像没有长成的手指，一动一动指点江山。宝物认为出巡的时刻遇上它们，多少是个凶兆。老丁坐在帐中，文太滴出黑墨。一切都会逢凶化吉。老人多少时日没到林子里了？记不清了，算不出了，遗忘了一位数的运算。

　　就在宝物出巡归来的时候，老丁和文太从帐子中走出来，拂去了衣衫上的尘土。《蘑菇辨》写成了。军彭上前握了握老丁的手，表示祝贺。

黑杆子兴奋得手都抖了，握不牢枪杆，十七斤半的土枪落到了脚趾上。他拐着去洗菜洗蘑菇，点火做饭。老丁满脸红光，长长地舒气。小六长时间蒙着床单呻吟，老丁伸手摸摸他的脑瓜说一句"大才人"。蘑菇汤做好了，宝物抿着嘴角。老丁招呼大家快快坐下，让黑杆子将小六拉起来吃饭。烧酒的味道使文太坐立不安，他的左手捏紧了右手腕子，摇动不停。老丁让文太先饮一口，说他几天持笔最为辛劳。文太美美地喝了，擦擦鼻子说："辛劳的是场长您。这是您一生经验。我不过适时记下了您的智慧。"老丁微笑不语。老人让军彭和黑杆子都喝了酒，还给宝物的小碟中滴了五六滴。最后他把酒瓶递到小六手里说："你也喝口吧，今天是大赦的日子。"小六木着脸，一口饮去了好多。老丁怔怔地看着，说一句："好。"小六弱不胜酒，脸色一会儿变得血红。灯火点起来，光亮下每个人都兴冲冲的。老丁今夜饮酒很多，一会儿哼哼呀呀地唱起了歌。这歌声是大家十分熟悉的，只有军彭对其中不洁的词儿一时还难以适应。老人唱道：我是个他妈的老皮起皱的好老头啊，火气太旺，六十岁了还出头油。想想十八九二十郎当岁，那时候力气大似牛。睡过多少革命觉，糊糊涂涂跟多少人儿结下了仇。不知道累，也不知道愁，打江山跑遍东南西北，瘦得像个猴。他唱着，直唱到不久前闹鬼的夜晚，他说那可是个好鬼。文太惊恐地看看军彭，又看看宝物。最后老人唱到了女教师，自然而然地将那封信化成了歌儿。"国家女师！国家女师！"老人的筷子从手中脱落下来，泣不成声。文太扯一下军彭的手，两人离开了饭桌。"我从来没有见过这样动人的爱情。"文太声音涩涩地说了一句，再不吭声。这个夜晚小六早早上铺躺下了，呕吐了几次才睡过去。老丁直到深夜才算止住泪水。老人在最激动的时刻曾将文太几个人的头搂了，不停地拍打。那时刻宝物早已坐在了老丁的怀中。军彭说："我们一分场团结得像一个人一样。"他们商量了很多事情，都认为斗争形势发展很快。至于《蘑菇辨》，无疑是群众搞科研运动中最重要的成果，他们决定先向小村工作组负责人通报，然后当众宣读；适当机会，该成果将越级上报。

第二天一早，文太找到了参谋长等通报了科研成果。女书记拍一下参谋长的肩膀说：再也不会有小野蹄子以及那个亲爱的人的事件发生了。参谋长一笑说不会了。文太接着谈到了小六，指出该同志近来行为反常，场里与贵单位取得联系，以免恶性案件发生。参谋长说不了解情况，难以插手。文太不高兴地说："军民联防嘛。再说他常常跑到你们管辖范围哩。"参谋长拍了拍脑袋："此人我抓获过。"文太笑着一拍手："就是他也，小脸蜡黄。你们不知道，他近来常常打一贫农女儿之主意，该同志叫小眉。"公社女书记瞪大了眼。参谋长说："戒严了就是。"最后分手时参谋长问过了老丁场长的身体状况，叮嘱对方千万代他们问好，请革命老前辈多多保重等等。文太一一应允，走了。参谋长与女书记立即差人将小眉传来工作组办公室，命令其立正站好。小眉不知何故，嘻嘻地笑。女书记喝道："严肃。"小眉不敢笑了。女书记掏出一个小本子，边问边记："年龄；性别；家庭出身；主要社会关系。"小眉艰难地答了，只是不懂性别。女书记厌恶地告一声："就是'女'。"又问道："你与小六进行到什么程度了？"小眉不懂。女书记拍一下桌子："睡没睡过？"小眉的泪珠一串串流下来。女书记看了一眼参谋长说："看来睡过了——很严重。"小眉抽咽着："你、你骂俺了，你把俺看成什么。"参谋长一摆手："不必纠缠，送她到合作医疗那儿查查。"他们推着小眉走了。一路上很多的人跟上去，到了一间小土屋跟前时，已经围了一圈儿人了。小眉想跑脱，几次都被民兵逮住押回。赤脚医生一男一女，真的打赤脚，脚上沾了泥巴。他们把小眉抬上一个土台子，小眉又蹬又踢。没有办法，只得上来几个民兵按住，捆了手足。布帘内传来小眉"呀"的一声大叫。一会儿女书记与赤脚医生走出来，满脸汗珠。"情况怎么样？"参谋长问。女书记说："还好。"他们重新推拥着小眉到办公室去了。参谋长严厉地训斥说："告诉你，已经检查过了。你现在觉悟还来得及。小六有严重问题，决不许你与他来往。这是命令。"小眉说："俺不听命令。"参谋长从腰里掏出了小手枪，"啪"地放到桌子上。小眉说："打死俺也不听。"

小眉房子四周有了持枪的人。

小六手持艾草跑进小村。拐进了小巷子，他又渴望伏到那个绑了草绳的土墙上，把头扎进小方洞里。可是一个民兵在土墙边挡住了他，往外不断地推拥他。他喊着："我要见小眉！"民兵把枪横过来，一下子把他推倒，骂道："去你妈的！"小六爬起来，不甘屈服地喊破了嗓子："我要见小眉——"他的长声大喊引来了五六个民兵，他们把他拉起来，横竖楞揍，一会儿有血迹渗出鼻子。有人还把他的裤子撕成了一个破洞，让他正好不能遮羞。小六捂着破洞滚动，染血的脸又沾了沙土。后来他把脸贴在土上，久久不动，像要吞食土块似的。正这会儿公社女书记喊着赶来了："闪开闪开，让我看看流氓是个什么样子。"有人把小六拉了起来，女书记瞥一眼说："哎呀！"她又看了一会儿，喝一声："还不快跑，等会儿参谋长来了，非用小枪打你的脑门心不可。"小六一怔，接上撒腿就跑了。女书记也走了。一会儿一个穿得破破烂烂的中年妇女往小眉家走去，民兵们见是老七家里，也就未加阻拦。小眉听到小六的几声长喊，早已哭成了泪人。老七家里从怀中掏出一张破报纸，小眉当成情书抢到贴在了胸口上，问："信上说了什么？"老七家里四下瞥瞥，说："孩儿，你被人耍了。信上尽是有毒的词儿，你这么点年纪怎么受得住。他想用毒信把你骗到林子深处，用毒蘑菇把你害了。"小眉抱住老七家里，身子直抖。抖了一会儿她说："不过我想他呀，我老想要跟他。我一个人待在屋里试了试，不行。我老想要跟他。"老七家里伸开黑黝黝的五根手指，在小眉头顶捏了一下，骂道："臭东西！到底是个没脸的货——幸亏我来。告诉你吧，我是个过来人，什么都知道。我找明白人打听了小六，人家说那是个有脏病的人（看看小脸蜡黄！）。他不中用。让他沾了身，你身上就慢慢烂，先是下边化脓，接着头发全脱。鼻孔眼里往外掉小蛆，小蛆又变成苍蝇……""哎呀妈呀！"小眉尖叫起来。老七家里接着说："知道怕了？最厉害的关节我还没说呢。"小眉嚷："别说了别说了。"老七家里拍着腿："偏要说！偏要说！他身上有个地方生了癣，谁见谁怕。到了半夜就疯癫，瞅你睡了，用小刀儿剜你的肉……"小眉昏了过去。老七家里用长长的指甲掐住她的人中穴，一用力，嘴里发出"嗯"的一声。小眉嫩嫩的上唇被掐出殷红的血。

这个夜晚下起了雨。小六躺在林间沙土上，让雨水洗着身子。他十分安静，一个大癞蛤蟆从腹部爬过，他一动未动。两个红眼睛的、小猪一般大小的动物在一边吵闹，他就像没有听见。这个夜晚不回小屋去了，让雨水淋死自己才好呢。他冻得瑟瑟抖动，头和脚快挨在一起了。呻吟引来三五只乌鸦，它们在头顶的枯枝上躲雨观察。他觉得身子底下有什么在蠕动，用手一摸，原来湿土滋生出了一簇簇蘑菇。他在蘑菇的圆顶上滚动，它们很快碎裂了。他感到一阵快意。雨水顺着枯枝及蹲在上面的乌鸦身上浇下来，他索性脱了衣服。赤裸的身体被雨水抚摸着。浓烈的艾草香味被雨水冲击着弥漫开来，他胡乱披一件衣服奔跑起来。黑暗中，他又一次准确无误地伏到了捆绑草绳的土墙上，把头颅深深地扎入土洞。他呼喊着小眉，小眉在屋子深处颤抖。"我是我啊，我是小六……"小眉用一个布单裹住身子跑到土洞一侧，大口喘息。小六哭了，说："亲爱的眉妹，你该回答我信。要不，你再亲我一下吧。"小眉停了半晌说："想不到……遇上你个坏蛋。"小六泣不成声："你回我信！小眉小眉小眉！"小眉跺跺脚："鬼才回你！你这个毒蘑菇！毒蜘蛛！"小六嚷着："放我进去，放我进去呀！"他的头用力往前挣，脖子转动着。小眉慌了，拾起一个剁猪菜的木墩，轻轻砸了小六一下。小六的头往回缩着、缩着，瘫坐在土墙根上。雨停了。东方有了曙色。戒严的民兵又要到来了。小六觉得四周全是一片红色，揉揉眼睛站起来，扶着墙走出了巷子。林子就在远处，林梢像火苗一样红。他大口呕吐起来。

　　小六一直未归，小屋中的人怀疑出了事情。上午时分，参谋长与女书记来到小屋，要亲睹科研成果；而老丁则坚持要在全体人员面前宣读。于是黑杆子和军彭宝物四出寻找小六。一会儿他们分别从林中和小村归来，都说没有见到踪影，只是在小眉后窗洞那儿发现了抓挠过的三两道印痕。时间宝贵,已经不能再等了。老丁只得带着一点遗憾,让文太宣读。宝物与女书记挨坐在一起,闭上了左眼。文太介绍了成文经过,然后缓缓读道:"《蘑菇辨》—— 谨以此文献给女书记之亲夫及女青年农民小野蹄子及古往今来一切误食毒菇之不幸人民 —— 愿他们安息。观历来之典籍,虽对蘑菇多有记叙,浩繁如烟,却仍未精确分明。甚至有人借文墨而颠倒黑白,以菇论姑,黄色下流不堪入目。盖因文权不掌工农,文人墨客没有实践。近代之书又称蘑菇为菌类,本文作者大不以为然。一菇出土,清香扑鼻,亭亭玉立,其伞部如少女之裙褶,何菌之有?吾认为蘑菇本一植物,其梗为茎,其伞为叶,分木本草本两种。俺老丁一生吞食此物无数,深得口腹之乐。幼时牙牙学语,生母即喂以菇汤,现仍记汤色乳白,略有米醋酸味。后长成青年,流浪山冈,从未断此等补养。再后来进入小林并负该分场之重责,更是在树丛湿草间往返来回,神出鬼没,因蘑菇绊脚而倒地无数。其形其色其味,耳濡目染烂熟于胸,且能举一反三。读书是学习使用也是学习而且更其重要。我难忘一初秋天景气候凉爽,本人清晨小解后食一灰菇,结果昏迷不醒映出幻象,男女追逐于气雾之间。如此情景另有三次,于是私判灰菇为不洁之物。又如一种红菇伟壮约有半尺余,颜色诱人亲近并做多方假设。其梗丝丝如肉,呈杏红,鲜丽不忍烹用。待到次日煮汤一碗试饮,始觉清香透过肺腑,直贯丹田。然不消一日三刻,只觉口渴难耐,蹦蹦跳跳见异思迁。俺老丁深知悔之晚矣,吓出一头虚汗大者如豆粒。有合欢树又称芙蓉,其根部善生绿色大菇,观其状必有剧毒无疑。此菇稍老,伞顶破败如絮,令人再添三分厌恶。岂不知取来晾晒一干,可做冬令之佳品。老七家里小店所贮之菇以该类居多，且据农户反映最抗消化，实为备战备荒之物资。吾曾再三咀嚼以究其因果，发觉此菇梗部韧壮如老牛之筋。李子树左侧常生黄色小蘑，其貌不扬，伞顶平坦如板，并有波浪圆形花纹恰似树之年轮。此物大凉，不可多食，否则大泻如注。苫草根下生一零星小菇，大如指顶，微微腥臭，有小毒。闻听十里外之雇农家小女食后不省人事，昏厥于路旁，被一麻脸车夫席卷而去（注：此案于十五天之后破）。有一种怪菇初生洁白如雪，其形如小小芦笋，村姑多爱采集。此菇其名也怪，单单一个字如同常人呼叹，谓之'嘿'。嘿在幼时鲜嫩娇美不可言说，一到老壮即不可食也。其梗枯瘦僵硬，其顶干结鼓胀，观之如老式烟斗，并果真散布出烟油之味。如有毒蛇追来，采一株嘿扔下则可退蛇于片刻。再有一种菇类很像马兰之花，蓝蓝如小灯亮盏，生成一簇。该菇切不可与韭菜配。曾闻一老者食过此等菜肴，尔后青筋暴起，双目如铃，在街上奔跑三天，逢人便打。有麻斑的蘑菇亦不可食。皆因其麻点为瞌睡虫所啄，啄时留下唾液。食过该菇，必有昏睡，重者再不复醒。有歹人曾将此菇研成干末以备用，作案数起，切望革命群众再加警惕。有一种片菇薄薄无梗，像树叶飘零于潮湿泥土之上，人称其为'瓜干'。取瓜干炒蛋胜似肉片，因能壮阳，故一般同志多喜之。又有小小蘑菇微小如豆，滚动于烂草之间，颗粒呈红黄，有人多疑为蜥蜴之蛋卵。实际上该豆菇营养超群，以做汤为最佳。唯不足处乃不易保管之弊，脆弱如冰，风光之下少顷即逝，化为一摊白水。有一菇类其状如小人，头颈胸腰皆俱，乍一看眉目清秀。该菇食时下部必除，不然则骚臭难闻，三日后两股生出红色斑点，历久不消。俺老丁曾在柿树下一青石右侧捡得一片红色圆菇，置于掌上，自觉可爱而久久不忍抛弃，携在袖内。回屋后与鹌鹑合烹，食后通体舒适，肌肤明滑润滋。至半夜心情愈加温柔体贴，追忆数十年与同性异性之各种友谊，热泪盈眶。之后数日，观林中少男少女，皆引为亲生之骨肉，欲怀抱亲近拍打以克尽父泽。我认为此菇必含有益人类之特别怪素，只惜仅此一遇。吾以为蘑菇一物花花点点，实难遍数，犹如人类。优者如英雄模范，劣者如地富反坏。性质居中者为多，有益无损，聊可充实饥肠，恰似广大群众。当然群众是真正英雄，在此再缀一笔。至于蘑菇一物是否有性别之分，历来莫衷一是。窃以为万物皆赖此而繁衍，唯菇类可逃耶？否其性别者实为少见多怪之正人君子，躲躲闪闪貌似一生不曾同房。其实大至伟人小至昆虫，原理相通，不必讳饰。君不见有菇艳丽丰腴，生于花草之侧，迎风摇曳，仪态万方？君不见有菇挺直干练，长在石树之间，独立傲视，坚定茁壮？两相比较，不言自明，在此不再赘述……说到林中之菇，虽斑斓无限，然细论也不过七种耳。小砂蘑菇，多产于花生棵下，属菇中珍品。灰包不可食，但老壮之后可敷伤创，堪称一宝。另有柳黄松板、杨树菇及草纸花，皆可炒可炖。需指出唯草纸花一种，稍老则不可采集，食后全身奇痒。最毒不过长蛇头，幼时金黄可混迹于柳黄，人常误食。少则须发皆脱，多则顷刻身亡。如女书记之夫及小野蹄子所食之菇皆是。分辨之法颇难，常用者以舌舔之梗部汁水，如感微麻则速速弃之……"

文太口齿清晰，一字字吐出来，听者无一遗漏。老丁在一旁闭着眼睛，轻轻随音节拍打膝盖。所有人都不响一声，陷入沉思。参谋长在文太停歇时评述道："这是一部真正的科学！唯一让人担心的是过分深奥，怕是难以普及到群众中去……"军彭打断说:"你该知道这是老丁同志几十年经验结晶,是著作。你们要跟群众讲解。不是吗?"参谋长想了想,点头答:"也是。"女书记评价说文章很好,尤其是开头一句即肯定丈夫是误食毒菇而亡,很有实事求是的精神。是唯物主义的。不过这也令她追忆起旧时情意,添诸多伤感。

　　整个下午大家都在寻找小六。参谋长和黑杆子是有枪的人,这时候持枪在手。老丁怕真的发生了不测之事,也从帐中取下了宝剑。几个人分头在林中奔波,老丁与宝物同走一路。他认为唯有宝物具备嗅觉特长,对它寄托很大希望。林子深处昏暗潮湿,青苔滑腻,各种虫类交错奔走。大河蟹抖着绿毛,举起长钳示威。有大鸟在丛林另一面呱呱大叫,见到人迹又飞上最高的树,像石块一样搁在枝丫上。黑杆子粗粗的嗓子喊叫:"小六!小六——!你奶奶的,跑到哪去咧?"一群乌鸦大吵着从头顶一掠而过。参谋长从另一条小路抄过来,正好遇上老丁,弓着腰建议说,如果仍找不到,他将命令小村全体民兵出动。老丁拒绝了。女书记紧紧跟在参谋长后边,见了宝物急忙躲闪。女书记衣衫不整。参谋长看到宝物向他暗暗狞笑,就用手拂了一下脸,发觉头发上缠了很多蛛丝。文太在远处招唤老七家里,一会儿两人手拉手从树隙间钻出。大家坐在树下歇息。老丁看看天色,用食指小心地抹着剑刃。他说:"我们歇歇脚再找。他必定是藏在林子里……他是逃不脱的。我这里可没有忘记他。我以前告诉过你们,我在这林中一直查访一个仇人——这个人也许早就死了——不过他会留下后代根苗。这个人也是告密的好手,也会买一片化制墨水的颜色。我琢磨这是那个仇人的儿子。我记住了仇人的脸相……"

这事……"他让几个人折树枝，又让几个人脱下上衣，将衣扣紧好穿进████油两支木杆，做成了担架。小六被抬上疯走起来。███████████████████████████

███ 老丁一边陪担架快走一边说，"小六！你抗住劲儿——一会儿搔上泥药就好了！哎呀，你在林中吃了多少蘑菇，连都记不清楚。你到底年轻……"小六的黑眼珠快没了。灰中透青的眼白渐渐翻转到了正中。老丁让人停下，大喊着："小六！小六！"小六的手抽搐着抿一下老丁，老丁将耳朵对在他的嘴上。他的声音微弱得没有第二个人听见。然而老丁听得非常明白███████：

"我不是误食。我是故意……"

小六死在了担架上。

有人哼起地哭起来。奇怪的气味立刻引来林中无数野兽，它们在四周逡视。巨兽又一次出现了，在最高的大树根上蹲着，沉甸甸的。宝驹绕着担架跑动，██不让任何野物接近这儿。它的细绳般的尾巴摆动几次，偶尔抬关一瞥████████老丁。"青青森漠化出的故事万千，俺它物也通吃一██二三……无非是革命干部误食毒蘑菇，自古天下美事难两全……这就是民间事那么小之一段，日月风尘埋下了沉冤。"宝驹的脑脐飘进了那阵歌声，它一亭服子，更向着吹来的林风狂啸起来。████████████

                              十

林子里第一次死人，这个人的葬礼还算隆重。下半那四周一点声息都没有。整个林子都在倾听。大家互相盯视着，紧绷着脸。

天傍黑时黑杆子发现了一片破碎的蘑菇，接着又看到了一绺头发，发色枯黄，他认出是小六的。黑杆子粗暴的嗓门很快将大家唤到一起。人们在四周勘查踪迹，不久即听到了微弱的呻吟。大家围了过去。

小六蜷曲在一团青草上，嘴角流出了黑色的血。四周全是呕吐物，其中多半是未曾嚼碎的蘑菇，一片片被绿色的汁水连扯着。一股浓烈的蘑菇味儿散发出来。

宝物嗅着呕吐物。老丁托起了小六的头。"误食了毒蘑菇？"小六无力地睁了睁眼。老丁站起来喊："快快把他抬到合作医疗去，快快！天哩，林中人也出了这事……"他让几个人折树枝，又让几个人脱下上衣，将衣扣系好又穿进袖子，两支木杆做成了担架。小六被抬上疾走起来。老丁一边随担架快走一边说："小六！你抗住劲儿——一会儿灌上泻药就好了！哎呀，你在林中吃了多少年蘑菇，还辨不清楚。你到底年轻……"小六的黑眼珠快没了。灰中透青的眼白渐渐翻转到正中。老丁让人停下，大喊着："小六！小六！"小六的手抽搐着扳一下老丁，老丁将耳朵对在他的嘴上。他的声音微弱得没有第二个人听见。然而老丁听得非常明白：

"我不是误食。我是故意……"

小六说完死在了担架上。

有人呜呜地哭起来。奇怪的气味立刻引来林中无数野兽，它们在四周窥视。巨鸟又一次出现了，在最高的大树桠上蹲着，沉甸甸的。宝物绕着担架跑动，不让任何野物接近这儿。它的细绳般的尾巴摇动几次，偶尔抬头一瞥老丁。"毒蘑菇演化出的故事万万千，俺宝物也通晓一二三……无非是革命干部误食毒蘑菇，自古天下美事难两全……这就是民间事那么小小一段，日月风尘埋下了沉冤。"宝物的脑际又飘过了那阵歌声，它一仰脖子，真的向着吹来的林风狂唱起来。

十

　　林子里第一次死人，这个人的葬礼还算隆重。下葬那天场长兼书记申宝雄领着一帮人赶来了。他们全是上次进驻这儿的调查组成员，因而至今脸上还带有一丝晦气。小屋的人对他们都很熟悉，一个一个上前默默地握手。他们带了一个小小的花圈，中央是一簇鲜艳的蘑菇。参谋长和女书记也带来了一些人。整个葬礼都由老丁主持，老人站在高处，那额头比往日鼓得更厉害了。他历数了死者一生大事，对其乳名及生日时辰都记得一清二楚，令人惊讶。再也没有人比老丁更熟悉死者的了。他呼叫着小六，说人固有一死，或重于泰山或轻于鸿毛；小六如果晚死几年也许会重于泰山，现在还不行。不过人死了，开个追悼会，以寄托人们的哀思。"小六啊！小六啊！"老丁呼唤着，泪水从眼眶中一串串跌落下来。他让黑杆子和参谋长一齐放枪，他们照办了。老丁说今天的葬礼让他想起了战争年代 —— 那个如火如荼的年代啊，那个生生死死的年代啊！多少先烈比如吴得伍同志就是被叛徒出卖身亡 —— 让我们踏着他们的血迹前进吧！老人说到这儿扫了一眼军彭，军彭大声喊起了"爸爸"。老丁上前扯起军彭一只手领到众人面前说:"看到了吧?这是烈士留下的一个遗孤。如今他在林场继承先烈的遗志了,他的大号叫作军彭。"葬礼结束之后众人悲切地散去,老丁及小屋的人当晚点起蜡烛,摆上了丰盛的葬后宴。老七家里眼睛红肿地赶来小屋,从怀中掏出两瓶烧酒。老丁一一给人斟酒,摆摆手掌让大家喝酒。他拿起杯子,先洒到地上一点,然后一饮而尽。这是跟小六告别的酒啊,这是多么有劲的酒。肥嫩的蘑菇颤颤地被夹起,抛给了宝物。宝物一下连一下舔着明亮的鼻子。老丁的脸红了,把头转向窗户,背向着大家。文太和军彭叫他,他不应。停了一会儿老人转过脸来,让大家吃了一惊:老人满脸都是泪水。"丁场长!"大家叫道。老丁摇摇头,长叹一声:"小六走了。我越来越孤单。我想他啊!他生前是个贪嘴的人,最后还是害在了嘴上。他该早一天听听《蘑菇辨》。我还想国家女师,我心里有火!"老丁说着用力揩掉了泪水,蹲在了木墩上,大声喊着:"我早说过,我是天不怕地不怕、一个轰轰烈烈的人。我不知死过多少回,最后都是死里逃生。我的命比常人强硬,一辈子是个反叛人。我反天反地反皇上,一生只信服红军。我的朋友如今都在北京和省里,可我不找他们。我依靠的只是一桩:自己的血性。我自小流浪啊,赤脚扛枪到处跑,没有家没有窝,最后才寻到这片林子。这里是我和吴得伍打游击的地方,是我查访叛徒的地方。我老了,可我心里还有火。我要去找国家女师!她一个人在小学校里,我想她。我要告诉她我一生的磨难、一生的故事,我要领她走上革命的路,沿我和吴得伍走过的芦青河往前闯!我要告诉她我和她生死在一块儿,一辈子不分开。国家女师!国家女师!你听不到我一个老头到苦丁的喊叫了吗？你听不到，你再也听不到。我苦丁送走了一个牢骚满腹的人，我苦丁永久永远哩！"老人呼喊着，潇洒似地解了衣帽，一饮下满～一碗酒。文太恒～地望着老人，不觉间据紧了苦影的手。（后来他终于跳起来，伸出粗指）人叫道：

"你活得真多啊！你不甘平庸啊！"

一阵雷声 ■震响了窗户，接上泻下了哗～大雨。小屋在闪电中摇摆不停，一会儿屋内传出了老人的歌声。这歌声～是从一张合不拢的嘴里流淌出来的，吐音不清，声域宽润，一瞬间压倒了雷鸣。老人在闪电中摇晃着瘦小的身，■，啊～地唱下去。

又是一个黄昏。宝驹驰跳在水汽淋漓的林子里，一眼看到了小火的吹尖。一链～黄菸现半裂为红土，敛夕阳映得金光灿烂。它有些怒慢地闭了眼睛，轻～他踱过去。当黄菸哇儿渐～淡了时，它又重新奔跑起来。

暮色苍茫，树影如山，宝驹出巡了……

1988.3 — 1988.6 于荣雨、龙口

子的嗓门吗？你心硬哩！你是我老丁的人，我要扯上你的小手往前走哩。我什么都不怕，我只有一辈子！等到我跟小六在阴间会面那天，我会哈哈大笑。国家女师！国家女师！你听到老丁的嗓门了吗？你听不到，你再也听不到。我老丁送走了一个年纪轻轻的人，我老丁永久不死哩！"老人呼喊着，嫌热似的解了衣怀，饮下满满一碗酒。文太怔怔地望着老人，不觉间握紧了军彭的手。后来他终于跳起来，伸出拇指叫道：

"你活得英勇啊！你不甘平庸啊！"

一阵雷声震响了窗户，接着浇下了哗哗大雨。小屋在闪电中摇摆不停，一会儿屋内传出了老人的歌声。这歌声是从一张合不拢的嘴里流淌出来的，吐字不清，音域宽广，一瞬间压倒了雷鸣。老人在闪电中摇晃着瘦小的身躯，啊啊地唱下去。

又是一个黄昏。

宝物蹿跳在水汽淋漓的林子里，一眼看到了小六的坟尖：一簇簇蘑菇顶伞鼓出新土，被夕阳映得金光灿烂。它有些恐惧地闭了眼睛，轻轻地绕过去。当蘑菇味儿渐渐淡了时，它才重新奔跑起来。

暮色苍茫，树影如山。宝物出巡了……

一九八八年三月—九月写于济南、龙口

远行之嘱

一九八七年在德国莱茵河上

"明天你要赶路，早些睡吧。要说的话是说不完的，睡吧。"

我摇摇头。真不想离开这张书桌，不想离开姐姐的小房间。我明天就要走了，离开姐姐，去开始一个人的长途跋涉。我害怕这一天，又渴望着这一天的到来。我是姐姐带大的，她比我大十多岁。几天来她帮我打点行装，说了那么多的话。我多么珍惜远行前这最后一个夜晚。我又一次摇头：

"姐姐，我在车上打瞌睡吧……让我待在你屋里谈下去吧，不然我在路上会后悔的。"

她看看窗子，没有说话。

窗外漆黑一片，也许是树木和云彩遮挡了，看不到星光。夜静极了，一片小树叶落在地上也听得见。这样的夜晚由于有了姐姐而变得温暖和安逸了，以后的夜晚呢？真不敢想象。我十九岁了，实实在在的一个男子汉，即将开始我的远行了。这样的远行每一个人都有的。在漫漫的路途中，我不知道将会遇到些什么，但肯定有坦途也有凶险。姐姐对我不放心是自然而然的。她看着我长高了，如今又要亲手送我去远方。我将在路上花掉很多年的时光，这些年里，我将永远记住你的声音。

"你路上常常是一个人。会有人和你结伴，不过大多数时间还是你一个人。要想到一个人走路的难处。你最好记住，今后是一个人了……"

姐姐的声音压得很低，完全是一种告别的语气。

我说："我不怕什么。我担心的是遇到情况想不出好主意。你也说过，我是个没有主心骨的人，这是我最大的弱点……"

"这也怪我。我总是让你这样、那样。本来这片林子里只有我们一家居住，你活动的地方很大，应该从小磨炼出很强的生活能力。你很小就会爬树；八岁那年你敢一个人游到大海里面……这当然都是能力。不过一个人最重要的能力还是主见，是判断事情。可惜你从小跟我在一起，我替你做出的判断太多了。"

"但是，"我有些急促地说下去，"但是我也跟你学会了理解事物的方法呀，比如说我今后遇到了什么难题，就会想起你是怎么解决的……"

姐姐的手按在桌上，眼睛闪了一下："毛病就出在这儿。今后面对那个难题的只是你了。你不妨忘掉我 —— 重新想出自己的办法。我的经验只能给你辅助，只能这样。"

姐姐是对的。我记得自己任何时候都习惯于求助她。比如小时候路口上有一个马蜂窝，马蜂老要蜇我。那时姐姐已经从省城的一所师范学校毕业了，因为受爸爸的事情牵连而暂时待在林子里。我问姐姐马蜂窝怎么办？她说可以用火把燎 —— 以后我对付马蜂也就永远使用火把了。我笑了。

姐姐仍然很严肃。她说："你要有一个人走下去的决心。我说过，不会有什么伴儿和你一同走到底的。抱怨也没有用。翻山过河，还有，一个人走到大沙漠上……"

"那真可怕。"

"没有水，没有绿草，连绊脚的荆棘都没有。如果你走不对方向，就会倒下去……一个人不怕高山大河，就怕沙漠。"

"我带了指南针呢。"

"走长途的人都带了。但愿它能帮你。不过你可别全指望它呀。不知怎么，我多少有些害怕它，害怕它耽误了赶路的人。我也不知道这是为什么……"她撩了一下头发，嫌有些闷热似的打开了窗子。

深秋的凉气涌进来，姐姐又把窗扇合上一半。

我的背囊放在一边，它可真是够大的了。那里面有一把锋利的半长刀。她帮我整了背囊，但我偷偷加进了这个东西。我不告诉她，因为怕她因此而增加忧虑。东西太多了，我想扔下一些，姐姐不同意。她说天气快冷了，不久你就要把棉衣服穿在身上，路上天气又会渐渐转暖，那时候就可以扔掉棉衣，行装也就轻松了。我看看背囊，舔了舔嘴唇。我准备明天在车上时将刀子翻找出来，放在易取的地方。背囊里还有一些姐姐不知道的小东西，我必须带上它们；也许依靠了它们，我才能更好地走完我的旅程。

姐姐看了一眼背囊说："你真要走了，以前想都不敢想。可是你也该走了。父亲离家的时候比你小得多，他走得格外艰难。父亲看不到他的儿子离家了……"

我忍住了什么，但后来还是打断她的话："姐姐，我求你不要再提父亲了。你知道我恨他。"

"知道。我这几天没提父亲一个字。可是我还要跟你说父亲，我要说，只跟你说一次。因为我想来想去，还是不能把话藏在心里。你知道我跟你一样恨他，不过上路之前不跟你好好谈谈父亲，我会难过……我们都把父亲藏在心里，今天晚上让我们说出来好了。"

不知由于气愤还是怎么，我的身上有些颤抖。父亲死了，他的坟就在林子里，我每一次进林子都小心地绕开它。他生前走遍了半个中国，关于他的一生我敢说永远都是个秘密。这个世界上除了母亲说他是个好人，所有人都肯定他是个十恶不赦的坏人。他被指定为最危险、最丑恶、最反动的一个男人。他受尽了折磨之后也就死去了。然而他生前是家庭中的暴君，别人折磨他，他就折磨妻子和孩子。就因为他的缘故，我们被人从城里驱赶出来；但任何一个像样的村庄都不允许我们去居住，最后只能住在林子里，由林子边上的一个村庄负责惩罚我们。妈妈、姐姐和我受尽了屈辱，我身上带着别人留给的伤疤，也带着父亲击打的印痕。我身上疤痕累累……我用乞求的目光逼视着姐姐，那意思她当然会明白：让我忘掉他吧，让我轻松地上路吧！

姐姐盯着我。我明白她要说什么：你忘得掉吗？！

我低下头去。

姐姐沉默了一会儿说："不管怎么说，父亲是个走过千山万水的人——他走过了，而你才刚刚开始。他的后半截路全在林子里了，我们扒开树棵和茅草，找找他的脚印，这也许是应该的。他生前绝对不许我和妈妈追问他的历史，可是他高兴了，比如喝了酒，自己就会讲。有些话我永远也听不明白，问妈妈，妈妈也不知道。他的话让我搞不懂。他后来让我们跟他叫'老红军'，非这样叫不可。"

父亲喝醉了酒就让我们那样叫他。有一次我不叫，我说："不，你不是'老红军'，你是……"他一巴掌把我打得鼻子冒血。后来姐姐为了我，一声连一声喊起了"老红军"——父亲，他眯上了血红的眼睛，哈哈大笑着骑在一个白木凳上，一手握着酒瓶。那会儿我还卧在草地上，血溅了手上、衣服上……我闭了闭眼睛。

姐姐突然说："我现在倒想，他真是一个老红军。"

我猛地站起来："胡说！他到过陕北吗？他长征过吗？没有！可你……你怎么了姐姐？"

"我觉得父亲说的不是醉话。记得他临死的那个晚上吗？他躺在床上，嘴里吐着白沫，咕哝了些什么谁也听不清。妈妈伏在床上，极力想听懂什么……爸爸就这样和妈妈挨得紧紧的去世了。我叫着爸爸，问妈妈他临死说了什么。妈妈的眼泪掉下来，用手擦去说：'你爸爸说，他是个老红军。'"

姐姐的话让我回忆起那个可怕的夜晚。我也记得妈妈的话，但我不会相信父亲。我摇了摇头。那个晚上，村子里专门管理坏人的瘦筋领了一帮真枪实弹的民兵游动在林子里。他们在暗中监视我们，怕我们在一个人垂死挣扎的时刻做出什么。父亲死了，母亲哭着，用手使劲捂着嘴——瘦筋不允许这个屋子传出哭的声音。我真害怕想那个夜晚。我说：

"让我们谈点别的吧，谈……就谈那个诗人。"

姐姐的脸红了一下。她点点头："他这个冬天就回来了。他的刑期满了。真不知道他这会儿成了什么样子。"

"他一出狱就会跑到林子里的。一定会的。我真想他，一闭眼睛就能想出他的模样。"我这样说着，完全为了让姐姐高兴。但我说的是实话。

那个诗人是姐姐的同学，他在那座小城里时爱着姐姐，后来就跑到林子里来。他的一条腿不知何时受过伤，一拐一拐的。由于他老在林子里出没，瘦筋认定他是海中泅上来的特务，就率领民兵包围了林子。诗人在突围中与一个持刀人搏斗，把对方伤了，被判为无期徒刑。姐姐这几年几乎将所有时间都花在他的身上，为他辩护上诉，终于使诗人减刑。诗人已经在狱中度过了六年。我最后一次见到他，记住了那双有些深陷的大眼睛和坚硬的方额。关于他的回忆能带来特殊的温暖，我相信在最艰难的时刻，我和姐姐都是靠思念这个人才获得一点希望和安慰。

"我把他的那本诗抄了一份放在你背囊里，你在路上不要丢了。到了你不喜欢的时候，你就寄给我 —— 我不敢说你一辈子都会喜欢他的诗……"姐姐很平静地说。

我点点头："记住了。不过你的诗我也一起带上吧，你知道我喜欢。"

"它不值得带，什么多余的东西都不能背着上路……你以后如果在一个地方住久了，就要来信，我把他和我的新诗一块寄给你。"

我不吱声了。我多么想见一见诗人再走。可是那要等到冬天……记得他第一次到林子里来可把我吓了一跳。那是个晚秋，橡子落在地上。我在林子里捡橡子，忽然从橡子树上跳下一个人来。他满脸胡须，头发蓬乱，我盯他一眼，扔下篮子就跑。跑了一会儿，我回头去看，见他一条腿跪在那儿，正往篮子里一颗一颗捡橡子 —— 我把它们撒了一地。我看了一会儿，就走了回去。后来的日子里我就替他和姐姐站岗了。我们既要回避着瘦筋的人，又要躲开父亲。只有妈妈和我们站在一起，她有时握住诗人的手，叫："孩子！孩子！"诗人看上去有四十五六岁，实际上只有三十多岁。诗人读诗给我们听，我听不懂，但像大家一样激动。我永远忘不掉那时候的林子。就在我坐的这个小桌前，坐过我们家的诗人。

姐姐也沉浸在往事里。她这会儿望着墙壁说："他是个能够宽容别人的人。你这点上远远不如他。你知道父亲对他多么凶狠，可父亲死了以后，他偷偷去坟上放过鲜花。那时我们家里倒没人敢去……父亲如果看到这些会难过的。当然，你和我永远也不会理解父亲。我最不明白的是他为什么一直不让我和诗人在一起。这个家被父亲领到了地狱里，他完全明白我是绝望了……"我打断她的话："全家都绝望了，包括他自己。""是啊，都绝望了。在这时候，诗人送来了一线光亮，他是我的希望、我们的希望。可父亲一见到诗人待在我屋里就大喊大叫，用酒瓶摔着砸他。有一回父亲坐在院里剁猪菜，一抬头看见诗人往我屋里走——他想偷偷绕过去。父亲跃起来抓住了他的衣领，骂得难听极了，还比量着要用菜刀劈了他。妈妈、我和你都在一旁哀求父亲。诗人没有说一句话，也没有反抗，只是事后长长地叹气。他当然不怕那把菜刀，仍然到林子里来。"

　　这些没法解释，也不需解释。我说："他被生活逼疯了，他不会爱任何人了，也不愿在这个家里看到爱……"

　　"这已经不是我们的父亲了。那个为了爱情奋不顾身，抛弃一切从海滨城市赶到妈妈身边的男人，才更像我们的父亲。那时候他多好啊，我什么都想象得出来。妈妈住在一个小城里，就是那个港口小城……父亲的苦日子就是从那个小城开始的。我真不知道他该不该来这个小城……"姐姐有些激动地喘息着，胸脯起伏不停。

　　我咬了咬牙关，没有作声。如果让我回答，我会说他不该来这小城。因为根本就不该有这个家，不该有我们。我们是人，不是牲畜——即便是畜生，只要老老实实地拉犁，也不能没完没了地抽打和羞辱它们。我们住在林子里的这一家，每一个成员都是有罪的。父亲要起早摸黑赶到大田里劳动，像牲口一样被人看押着；雨天，他要到那个村子里排水；雪天，他要去街巷上扫雪 —— 大雪下一层，他就要扫去一层。每逢集市什么的，他都要被捆绑了，像牵牛一样拉到街头，有一个民兵在前边敲锣，一边敲一边喊："哎 —— 让开 —— 哎 ——"妈妈混在人群里，往前挪动着看父亲，还要忍住眼泪。她如果流泪了，就会被认出来，和父亲捆到一起。那时候好多孩子就会高兴得蹦起来⋯⋯姐姐和我要做最苦最累的活儿，做活时要一声不吭。但我已经感到很幸福了，因为我从那个学校毕业了。那是个村办的七年制学校，一座真正的地狱⋯⋯

姐姐注视着我，我抬起头，与她温煦的目光相碰了。但我知道我的目光是冷冷的，此刻像冰一样。她说："我不该在你临走时谈论这些，不过我实在忘不掉它们。我也不愿让你忘掉，我不信一个浑身轻松的人就一定会过得好。一个勇敢的人什么都不用回避，你是十九岁的男子汉了，你用不着怕什么。不是吗？你还很小的时候就已经十分倔强了，你的眼神像父亲⋯⋯"

我又一次站起来，觉得浑身燥热。后来我又坐下了。我说："我知道你指什么。那是我在学校的时候，你听到什么消息跑去了，见我浑身是血，就上来抱住了我。你见我不吭一声，也不哭，就那么看着你⋯⋯后来，姐姐你后来说了一句话，我到现在也没忘。你说：你的眼神比你身上的血还要吓人。就是这句话。"我两手捧住了两颊，说下去，"你看出了我的眼神里有什么，可你没说。你今天才说出来：像父亲。姐姐！

你知道我那么小怎么会有那样的眼神。那是疯狂的、仇恨的——你知道你赶到学校时，他们已经整整打了我一天了——那天我一早上学校去，一帮同学就叫着父亲的名字，并学着他被捆绑的样子。他们不叫我的名字，只将父亲的名字前面加一个'小'字来代替我。我忍受着侮辱，像过去一样。可是这一天我们小组里开小型批斗会，有个老师也来参加了，点名要同学批斗我。我给推到了桌子上。他们喊口号，跺脚骂我，后来有人喊了一声什么，猛地把我从桌上推下来。我的头磕破了，血流进了眼睛里。我两手去搓眼，怎么也擦不干净。我睁开眼，看到教室里，同学和老师，他们全是红的颜色。"

我说到这儿闭上了眼睛。一片片的红色更清晰了。我不停地搓揉眼睛。"推我的那个同学两手拄在膝盖上看我，头一歪一歪地笑。我看他也是血的颜色，就握紧了拳头，往他下巴那儿来了一下。所有人都惊呆了，哇哇大叫。那个老师说：'反了！反了！'接上这个一拳那个一脚打起来。我不吭声，不流泪，拳头打到我脸上，我也不躲闪。就这样硬挺着，不一定瞅准机会给谁一下。他们咬着牙往上扑，说：'打烂他！打黏他！'有几个人从破桌上扳下了一个板条，上面露出一溜钉子尖，两手举起来拍了我一下。我疼得在地上滚，血一下染透了几层衣服，拿钉板的那个同学这才把板子扔了。有几个同学见我流了这么多血，吓得要把我拉起来，那个老师阻止说：'让他滚！让他滚！'我听了就一动不动地趴在地上，趴了一会儿，一下子站起来。我睁开血糊糊的眼睛，一眼看到了你走过来。我就那么看着你。你流泪了，没说一句话，弯下腰抱起我往回走了。一路上，我的血沾了你一身，我的手指全让血和泥

土粘在了一块 —— 我全身发黏。我这才明白了什么叫'打黏他'……为了不让妈妈看到这么多血，你背着她给我擦洗，用止血草的绿水抹伤口。我永远忘不了这一天，忘不了那个学校 —— 七年里我不知被折磨过多少次，差不多爸爸在街巷上游斗一次，学校的老师和同学就要仿照着对我来一次……"

姐姐听着，几次难过地咬着嘴唇。她这时说："那一次是你的一个同学跑到林子里报信的，他说你大概给大伙打死了……同学中原来也有同情我们的。我们永远不要忘记他。可是大多数同学都要参加批斗，你与他们都一样，都是十来岁的孩子——你不觉得这很奇怪吗？"

"有的原来还跟我很好。我给过他们铅笔刀，还从林子里逮过小鸟、折过花给他们。可是到了时候一闹起来，他们也对我伸出了拳头。"

"这些仇恨比什么都可怕，因为它连点根据都没有。一些人从小就知道站在强暴的人一边，去无缘无故地欺凌弱小无援的人。那天我抱着你回头望了望，见一片孩子的脸全都仰着看我，这些脸在阳光下闪亮，非常好看。我扭头往前走了，心里想这都是些挺好的孩子啊，这么小就迷上了打人，合伙把我的弟弟打得鲜血淋淋。那天我想的是我们大家都完了，完了，因为我们这里从孩子开始就让人失望了 —— 这样想当然有些过分，但从那儿我也明白了一个重要的道理，它非常重要。"

"什么道理？"

"这就是大多数人的激愤和向往不一定就是合理的、正确的。再没有比人更容易被撩拨起来的了。当有人以'多数人的要求'为借口做什么的时候，常常隐藏了最大的欺骗和阴谋。有时候大多数人在盲目地一块儿激动。所以我们判断事情的时候，千万不能以人数的多少为唯一的依据。任何时候都能冷静自己，站在真理一边，可真是太难太难了。我今晚上一开始就对你说，生活的能力主要是一种主见，是判断事情，就指这个。你一路上不知会遇到多少蜂拥的人群，你千万不能盲目跟随。你要看重自己的智慧，要蹲在角落里把事情想好。一万个发昏的头脑也比不上一条清晰的思路，这是事实。你想想看，前些年那个村庄里的人是怎么对待我们的？不错，也有人设法保护我们、爱我们，成为我们生活中的一缕阳光；但绝大多数人在不公正地对待我们，排斥甚至藐视我们。他们人数众多，但他们并没有因此就变得合情合理。事实证明他们错了，他们太残酷了。所以说，弟弟，真正可靠的指南针是没有的，我一开始就说，我有些害怕那个机械的东西。我的意思是你真正重视起你自己，去思索，去寻找……"

"姐姐！"我感激地叫了一声，打断了她的话。她说得很慢，这会儿停住了，期待着我说什么。我什么也说不出，我只是激动。原来我们全家人经历过的那一切全存在她的心里，她不但没有回避，反而把这一切令人心悸的苦痛从头咀嚼过。她生活得太难了，她把一切不愉快、一切难言的苦楚全掩盖在柔和的温笑下面。她始终像一个姐姐那样温柔……我说："我一定记住这些，记住你刚才的话。"

她点点头："那就好。你的眼神太让我担忧——因为你虽然口口声声说恨着父亲，但你的脾气太像父亲了。有时你那么孤傲，也容易冲动。你的倔强怎么形容都不过分。这些真不让我放心。我常想，你一个人到外边去，什么委屈事情碰不到？你没有家里人的规劝，闹得不可收拾怎么办？父亲走到这一步有其他原因，不过性格也决定了他一部分命运……"

我承认自己的性格有些像父亲。我也为此大为苦恼。我不明白的是，我为什么学习了一个自己所憎恨的人的毛病？我问："这是遗传不是？"

"可能是。我们的血管里流着他的血液。性格与品德和思想不是一回事，我总相信它会遗传。"

我咬咬牙关："这真糟糕。"

"也不一定。父亲的性格常常是孤注一掷，暴躁，目空一切，这当然不好。可它的另一面是顽强、是忍辱负重，坚定不移地活下去。你的性格中也有母亲的一面，那是柔和、平静和忍让，多愁善感。可这种性格的另一面是没有主见——你知道妈妈是个没有主见的人。她太软弱，太脆弱。这些素质不用说也遗传给了我们两人。"

姐姐的分析很对。她的所有分析，都可以在我们家庭的那段生活中得到印证……我默默不语，心头一阵痛楚。

她接上说："你明白了这些，你就会变得主动多了，有力量多了。你的反省就会是经常的事了。只要你能每时每刻反省批判你自己，我也就安心了。你爱妈妈，可妈妈的缺点你不要保留；你恨父亲，父亲的优点你不能去厌弃。你和我是父母合成的，是一个新人，新生命，我们在这个世界上得自己活……"

"自己活……"我小声默念着这几个字，抬起头看着窗外那无边的漆黑世界，大口地呼吸着。我可清楚这几个字的分量。那一段日子里——我可不信那样的时光就会一去不复返了——我算弄明白了，这世界上就是有人不想让我们活下去，尽管我们活着一点儿也不妨碍他们活。那时候那个村子可算穷到了底，我们家就要随这个村子分红。其实我、姐姐、父亲、妈妈，四个人没白没黑地干，反倒欠下了村子的钱。村里的人都有自留田，我们却没有份，于是就在树木空隙和房前屋后垦出一点土地。父亲五十岁以前两手几乎没有沾过泥土，他为了活下去拼命地干。他学会了使用各种农具，侍弄各种庄稼，并且成了一把好手。他不知褪掉了几层皮，真正算是脱胎换骨了。他在垦出的荒地上种玉米、山芋和黄烟，这些作物在夏季需要浇大量的水，这时我们自己掏的那口土井总是干涸，父亲就领我们去芦青河边担水。我们家离河边有二里多路，而且一直要穿越林子。树根绊倒了水桶、累得躺在地上，都是经常的事。父亲总是从后边赶上来，不住地骂着，用脚踏，用树条抽。有一次我再也起不来了，就用手抵挡着父亲的脚，死也不爬起来，最后是姐姐救了我。夏季是值得我一辈子诅咒的，每到了夏季，我总想这是我和父亲之间最危险的季节。说不定他会发了狠把我扼死，也说不定我会在他熟睡时给他一刀。这些都说不定。

夏季过去了，我们还活着。庄稼长得乌油油的——我们的庄稼不是用水、也不是用汗浇灌的，而是血汗养活的，它永远是深绿色。瘦筋领着民兵到林子里转，总是用嫉恨的眼睛盯着庄稼。他说："赶地！赶地！"——我们一听这两个字就要浑身发抖。那是指我们种地垦荒超出了他们划定的界限，把公家的地"赶"开了。这是剥削阶级的一种土地欲，是罪大恶极的。接着瘦筋就要惩罚我们，让民兵把靠近边缘的几尺宽的一溜儿庄稼全都削掉。黄烟秸、山芋蔓和玉米棵上都渗出了晶莹的水珠，后来这水珠又变成了红色，通红通红。瘦筋他们走了，除了父亲之外全家人都抱头痛哭。父亲在地里走来走去，恶狠狠地冲我们叫骂："再哭他妈的给你几巴掌。"妈妈第一个止住眼泪，弯下腰收拾被砍掉的烟叶。那些秋天我永远也不会忘记，因为我们收获的更多的，是屈辱和眼泪……我问姐姐：

"你还记得那天早晨……玉米被砍倒了，我们……"

姐姐打断我的话："怎么会不记得。那个早晨我给吓坏了。经过了那个早晨，我更不明白父亲了。"

那天我们得知玉米田被瘦筋他们砍了，一齐扔了手里的碗往田里跑去。整整三行玉米被半腰斩断了，还没有成熟的玉米棒子吊在秸子上、踩在湿土里。父亲腰里掖了把镰刀，站在田头上。谁也不知道他为什么要带一把镰刀来。我们跟在妈妈后边收拾折断的玉米秸，把青嫩的玉米棒子捡起来……我们不敢吭一声。我看到妈妈做活的两手抖得厉害，就小声叫她："妈妈。"妈妈不应声，头也不回。有一个人蹲在玉米地里，弄得玉米叶儿唰唰响 —— 我不知怎么一下想到了一个人，诗人。我总觉得他快来了。我对在姐姐耳边说："是他。"姐姐打了一下我的手。正这时我们身后响起了炸雷一样的吼叫："你给我站起来！"我们在这吼声里一下子凝住了。玉米地里死一样安静，那个人没有一点声响。"站起来！"父亲又那样吼了一声。那个人缓缓地站起来 —— 他让我们看清了，真的是诗人。原来他比我们早一步来到这里。我估计他要穿过林子到我们家去，目睹了凌晨的惨剧，就躲在了这儿。靠近被砍削的玉米秸那儿有很多玉米棵被踩得七歪八倒，它们之间有的已经让一只手小心地扶起来，并在根部加了新土。这一定是诗人干的。我想他正干着，我们来了。这时诗人跛着腿走出来，看也不看父亲，蹲到歪倒的玉米那儿干起来。父亲喊道："你又来了！我说过这个家再不准你来沾边，我说过……你吃我一镰吧！"他说着一下拔出镰刀，一步一步向诗人逼近过去。我们叫着站起来，妈妈不知为什么搂住了姐姐，嘴里叫着："我的孩子！我的孩子！"姐姐喊："快跑，你！"那个诗人站起来，拍了拍土，直眼盯着父亲。父亲举起了镰刀，两眼通红，喷着火气。他突然"嘿"地大叫一声，镰刀狠狠地落下来，把诗人刚刚扶正的那株玉米当腰斩断……妈妈跌坐在地上。

小屋里没有一点声音。我相信此刻姐姐又一次听到了那把镰刀掠过空气的嘶嘶声。她沉默了一会儿，说：

"父亲欠我们的东西太多了 —— 我多少年来一直这么想。他一步一步把他的老婆孩子领到了地狱的入口。可是现在我不那么想了，这也许是我上了几岁年纪的缘故。不过我不敢说我不恨他了，更不敢说心灵深处有一点点爱。我每逢走到林子里，看到那被荒草掩着的两个坟尖 —— 妈妈的坟和父亲的坟靠得那么紧 —— 心里就泛出一阵酸楚。我可怜他们，我是说我也可怜父亲。我知道我和你都太小了，没有能力去理解自己的父亲。可是你就要走了，这些天我一遍又一遍想着父亲，不知该怎么跟你谈。我心里想，一个儿子长大了，就该把父亲和母亲、特别是父亲弄明白，弄不明白，应该焦急，应该尽快搞清楚。我不信一个连父亲也搞不清楚的人，会在外面过得好。"

"姐姐！"我着急地喊了一声。这喊声里掩藏了一丝别人听不出的愧疚。

姐姐看也没有看我。"不用说，没有父亲，母亲就会活得更久，活到现在。差不多是父亲一手害死了她。可她临死的时候唯一的要求是跟自己的男人葬到一起。她还是恋着他，在阴间里也要追随他。你不觉得奇怪吗？妈妈到底怎么了？是妈妈糊涂还是我们糊涂？不知道……理解父亲太难了，因为我们不知道很早以前的父亲。你还记得父亲那张照片吗？"

我点点头。这张照片对我的刺激太深了。那是一个深夜，姐姐拉严了窗帘，从桌子下面的小盒里抽出了一个小本子，又翻出了一张硬纸片——我以为那肯定是诗人的照片了。谁知那是个陌生人。一个男人，二十多岁，又黑又大的眼睛，头发浓密。他穿了西装，文弱羞涩，像是另一个世界里的人……我不信这会是父亲，然而事实上这正是几十年前的他。这张照片一直由妈妈保存着，她给了姐姐。我一遍一遍凝视着照片上的人，第一次有了对生身父亲的强烈的好奇和向往，但这仅仅是对那个年轻的父亲。这怎么能是他！他们之间怎么会有什么联系！我心中的父亲一直是那个伸开两腿坐在泥土中、手握一把菜刀恶狠狠地剁着猪菜的老男人。他满脸深皱，眼睛又小又恶，手上是发红发紫的伤疤，在田里做活时，像大家那样一转身就解了裤子小便。这才是现在的父亲。从此我心中就有了两个父亲，而奇怪的是我坚信那两个父亲之间充满了深深的仇恨。我有一次将这个想法告诉了姐姐，姐姐说："胡说，他们是一个人。"我没有作声，我也知道他们是一个人，但还是认为照片上的人与现在的父亲有着强烈的仇视。有一次我又把这个想法告诉了那个诗人，诗人望着姐姐，问道："难道弟弟说得不对吗？"

原来岁月可以把一个人分成两半。一半恨着另一半，差不多要杀死另一个"他"。

姐姐说："我刚刚说过父亲性格中的顽强 —— 你很容易一般化地去理解这个'顽强'。不了解过去的父亲，这一切你就没法搞明白。仅仅说他是'顽强'行吗？照片上的那个人怎么变成了后来的父亲？这一切能够让人相信吗？但它的确发生过。就这样，岁月可以改变一切，重铸一切，让你目瞪口呆。你后来亲眼见有些人是怎么打父亲的，可母亲看了回来一边流泪，一边擦着眼泪说：这也许不会是最坏的呢。要知道父亲这之前还住过五年监狱，在深山里戴过脚镣、开过矿。是啊，我们没法亲眼见到深山里的生活，就不能说回到林子以后的父亲更受虐待了。妈妈说父亲从来不讲深山里怎样，这个男人把什么都闷在肚子里。每个人抵挡磨难的方式都不同，有人大喊大叫抵消一些痛苦，有人就不声不响地吞咽下去，把它在肠胃里消化掉。比如那一次我亲眼看到了他们批斗父亲和另外几个人：会开到接近尾声的时候，主持会的几个人、站在台子两侧的几个人都激动到了顶点，骂着，搓着手，最后打起了被批斗的人。他们甩着皮带横抽，台下的人就呼口号、助威。他们越打越来劲。父亲和身边的那个人被打得嘴角流血，后来又猛地给推倒在地上。两个人没有提防，嘴巴碰得直流血 —— 那个人费力地爬起来，一丝一丝挪了几步，一下子伸手抓住了打他的那个人，发狠地叫着。好多人惊叫着跑过去，有人一棍把他击昏了……那一刻我的心都跳到嗓子眼了，我怕父亲也会那么来一下。可后来没有。后来所有人都不声不响地盯着最后一个趴在台上的人 —— 他碰伤得最重 —— 久久地趴着，后来也是一丝丝挪动着，爬起来，紧紧闭着眼睛。我怕他也会突然伸出两手。但这种担心太多余了。他闭着眼睛，费力地吐出一颗牙齿，仍旧默默地站着。那以后我为他的忍让暗自庆幸，也多少有些瞧不起他。多少年过去了，现在回想起来，就再不敢那样看父亲了。你说呢？你能说父亲那样就是软弱、是窝囊吗？"

我长长地舒了一口气。我不能那样说父亲。我摇摇头。

"我不敢去看父亲的手，"姐姐看着自己的手，"那双手有时候让我恶心，有时候让我害怕。十根手指全变了形，有的骨节像烟斗那么大。茧子从掌心长到手背上，又被疤痕分成一块一块，往上鼓着。这双手能代替锄子除草松土，还能顶铁锹用，有时像一把镰刀那样，不知怎么就把伸到田边的树枝削去了。父亲一有空闲就蹲在田里，很少拿上工具。他的十根手指插进土里，什么都阻挡不住。正是这双丑陋的手才使我们全家没有饿死。你不难想象这双手原来是怎样的，它一点也不比你的难看。这双手发起火来够吓人了，打到你和我的身上、打到妈妈身上也比一般的手重十倍。可是我现在想想，我没有多少理由像过去那样恨这双手了……"

我听到这儿想告诉姐姐：是这双手使这一家在林子里活下来；可同样是这双手把一家人推到了灾难里。像这样活着，难道比死去还要好多少吗？我只是这样想，并没有说出来。此刻我想到了母亲，想到了我真正怀念的人。她才是让人可怜的……我难过得很，用力地抑制着什么。

姐姐好长时间没有说话，她只是看着我。她的眼睛、她的神情，不能不让我想起母亲。

我的永远再也见不到的母亲哪！我在远行的前夜里可以忍住什么，一百次地提到父亲，就是不愿提到您。我们如果过多地谈论您，会扰乱您的安睡。您在一片夜色里如果看到一个神气十足、即将离家的活泼的儿子，会微笑的。

姐姐的目光久久地落在我脸上。再有几个钟头我就要启程了，她要更多地看着我。我不怎么看她，因为我心中深深地印上了她的形象，因为我在她的目光里多少还有点羞涩。我们沉默着。有一次我抬起头，见姐姐在用询问的目光盯着我。我叫了一声："姐姐……"

她说："那把刀呢？我找了几天，没有找到……你一定看见了。"

我心上被什么轻轻按了一下。

"你看见了就告诉我。"

"那刀……"我嗫嚅着。

姐姐站起来："你真的需要吗？"

我想了想，回答说："我需要它。"

姐姐的眉头微微皱了皱，然后叹了一口气。她的手指在桌子上活动了几下，好像仍在表示怀疑……她终于坐下了，一只手扶着额头。

那把刀是我们家唯一可以称为武器的东西，能够保存下来可真是一个奇迹。谁都不知道这把刀的来历，只是觉得它的样子有些特别，刃子也特别锋利。有一次我用它削一支木棍，妈妈看见了立刻夺下来包到了围裙里，四下里看看说："让你父亲看见就糟了……"她小步跑到姐姐屋里，让姐姐藏起来。我从那儿模模糊糊知道了那是父亲用过的刀，而他差不多已经忘记了。可是有一次父亲喝醉了酒，竟然跟母亲要起他的刀来。他吆喝着："我的战刀呢？"母亲声音怯怯地说："哪有什么刀啊！你早不知丢在什么地方了……"父亲拍着桌子嚷叫："胡说……老红军怎么能没有……没有一把战刀！"……我清清楚楚知道那把刀就在姐姐的小屋里，也知道自己有一天也许真的会把它派个好用场的。也就在那一年的秋天，我在一个深夜把它取出来，月光下用拇指试了试它的刃子……

"你还是把刀留下来吧。"姐姐好像一直犹豫着，这会儿说道。

"我总得有个护身的东西呀，再说……"

姐姐摇头："我还是不放心。"

可是我已经十九岁了，作为一个男人，我有理由带一把刀上路……那时候我没有很好地使用它，是因为我还太小。那个秋天我才多大？不记得了，只记得那是一个秋天……满地铺着死去的树叶……父亲和母亲又一次被那个村子捕走了。他们把父亲和母亲用一根麻绳拴在一起，一路上，妈妈没有哭；她低着头 —— 她很少被人绑起来，这会儿害怕村里的人看到她的脸……几个民兵把他们押在一个碾屋里，又跟一家富农的父女两人一块儿拴在碾砣上 —— 他们一直被押了七八天。后来有人想出一个主意，用他们换来邻村的几个坏人 —— 这就可以斗个新鲜。他们于是落到了一个陌生的村子里。陌生的人们对于这几个人更有理由冷酷无情，而且动用了更陌生的方法。不久父亲躺在地上起不来了，有人用脚去踏他，他就没命地嚎叫，这在过去是很少有的事情。妈妈哭着哀求那些人说："别折磨我的老头子了，我知道他不行了……"人家根本不听，上前就把父亲拖起来，两人架着他往前走。这样又是几天过去了，父亲常常昏死过去，他们才不得不把他送回来。妈妈奇怪地挺住了，她竟然没有倒下去。回到林子里，她和姐姐急急忙忙采了些草药给父亲裹伤口，然后去村里，请求他们允许我们家请一个医生来……医生请来了，他轻轻按了按父亲身上，告诉：父亲至少断了三根肋骨。妈妈说这能不能接上？医生摇头。他离开的时候对妈妈使了个眼色，妈妈跟他出了门去，半晌才回来——她面无血色，一进门就坐在了地上。她小声说：医生料定你父亲也就是这几天的事了。父亲在炕上一会儿就尖叫一声，骂着什么，有时能听出是骂母亲。我希望这一切快些过去，这些尖叫，这些咒骂，都过去吧。我看着炕上挣扎的那个人，在心里说："也就是这几天的事了……"我当时瞥了一眼姐姐，见她也看着炕上的父亲。我相信她心里也有过那样的一句话。

如果不是亲身经历了那个秋天，谁也不会相信林中小屋会发生这样的奇迹：父亲在炕上苦熬了几天，竟然一拐一拐地下来走路了。他瘦得只剩下皮和骨头，那双眼睛陷得老深，有些吓人。他用一支细细的槐木做了拐杖，费力地从屋里走出来，又到姐姐的房间里看了看，然后站在了小院里。我悄悄地跟在他一侧，不时地瞥他一眼。后来我吓得跑回了姐姐身边。姐姐见我惊慌的样子就问："怎么了？"我说："他，父亲站在院里还、还笑呢！"姐姐"啊"了一声，赶忙到窗前去看他。此刻正好妈妈跑出来了，伸手去扶父亲，被他推了个趔趄。妈妈说："你死不了啦，你还没有受到头啊……"她说着就呜咽起来。父亲哼了一声："让那些人做梦去吧。老红军要死那么容易吗？"我揪住了姐姐的衣襟，我每逢听到他的嘴里吐出那几个字眼，就感到一阵难忍的羞辱。这会儿我想，我们好像都被父亲打败了似的。他还是活过来了，打败了死神，也打败了我们 —— 在这个四口之家 —— 如果勉强加上诗人是五口之家 ——"我们"两个字又包括了哪几个人呢？反正不包括妈妈，但可能包括姐姐……

　　小院里又响起了"咔咔"的剁猪菜的声音。父亲又像往日那样坐在泥地上做活了。但那几根断掉的肋骨并没有长好，老要扎他的内脏 —— 每扎一下他就要暴怒一次，拼命地喝酒，砸家里的器具。我们都不敢从他的身边走过，因为他不一定什么时候给我们一下。有一回妈妈端了一碗汤给他，他把汤泼到妈妈身上，砸了碗，又揪住她的头发狠狠抢了一下。当时可能折断的肋骨又在扎他的内脏了，他的眉毛眼睛都拧到了一块儿，两手抖着、抖着，然后一拳把妈妈捅倒了……他还像过去那样霸道，那样凶恶，可也越来越无能为力了。田里的任何重活都做不了啦，那个村子就让他打扫全村的街道和厕所。他回到自己的田里还想象往日一样做活，但已经没有那样的力气了。他比以往任何时候都更加爱惜田里的庄稼，从菜叶上发现了一个虫子，就把虫子扯成好几段。有一回从林子外面跑来了一头猪糟蹋了青菜，他气得双手乱颤，就做了个陷坑。结果猪虽然陷入坑里，但它又掘土跑走了。父亲咬着牙盯着黑的林子，跺了一下脚。我知道他决定了什么。第二天，父亲就从一个小店里买回了毒药，掺在了一个玉米饼里 —— 妈妈苦苦哀求他不要这样做，他骂着，还是把它扔在了菜地里。他把全家人都赶开，一个人守候在地边上。两天之后，那头猪死在了林子里，父亲又在一个黑夜把它割成儿块拖回家里。他让妈妈做肉汤给他吃，妈妈不做，他就发狠地搂起妈妈的头、后背，有一次还打了她的耳光。我和姐姐去护住妈妈，身上不知挨了多少巴掌。我们后来待在了姐姐的小屋里，听着小院里父亲吭哧吭哧的喘气声。一会儿火光闪动着，他在煮肉了。肉的香味很浓很浓，但我们都像是嗅到了一股毒药味儿……这之后不久，妈妈也许是再也不能忍受父亲的凶暴，也许是对什么都无望了，在一个下午喝掉了父亲剩下的毒药。

现在我仍然不敢想那个下午的情景。汗珠从我的额头渗出来，我不安地去掏手巾。姐姐叫了我一声，过来给我擦汗："你怎么了？你的脸色不好……"我挡开了姐姐的手，嘴里一连串叫着："不不不……"

我又闻到了毒药的气味，这时张大嘴巴喘息。那个下午我永远不会忘记的，那个下午。我记得那天中午下了一阵小雨，所以林子里到处湿漉漉的。妈妈一个人吃过了什么，擦去了嘴角的水，微笑着，把我和姐姐叫到了身边。她躺下来，盖了一床被子，看着我们说："你们两个是好孩子，会听我的话。是吧？会听话……我要你们不去恨父亲，不去恨他，他也活不久了。你们要尽力去扶扶他……"她说着咳了一声，再不说话了。我觉得妈妈好像年轻了，脸上有一层白霜似的东西，鼻子有些红。不过我总觉得有什么奇怪的地方，后来才明白：她从来不在这时候躺下休息呀。我问："妈妈，你身上不舒服吗？"妈妈摇摇头。姐姐一声不吭地看看妈妈，又看看我。后来妈妈的身子扭动了几下，姐姐一下揭开了被子，又快速地盖上，大喊了一句："妈妈，你是不是……？"一句未完她就哇地大哭起来，伏在妈妈的身上。她用手推我："快去叫医生，就说妈妈吃了东西，就要不行了，快，快跑！"我的脚下什么知觉也没有了，像是一纵身飞出了屋子，飞入了林子。我不知赤脚踩过多少棘棵，却一点也不知道疼痛。我觉得脑袋里有什么一声连一声地爆响，眼前只有一条弯弯的小路，小路像蛇一样，自己会动……

医生在我们家一直折腾到天黑，直到妈妈大口大口地呕吐，他才搓了搓手，说："行了，没事了……"我直到这时脑子才恢复了正常。我一直不敢凑近了去看妈妈，只听着医生倒弄皮管的声音，听着妈妈嘴里发出的呻吟声。姐姐端过一盆发红的东西，那是药液还是妈妈吐出的血？我相信都有。姐姐把脸盆端到外面去了。我伏到炕前看着，我发现妈妈的脸变成了灰白色，皱纹又密又多，肮脏的枕头上散着她稀疏的花白头发。我用力地忍住了眼泪，往外走的时候，与姐姐撞在了一起。"你要去哪？"她问。我没有回答。我蹑手蹑脚走进了姐姐的小屋，拉开抽屉，翻倒了一个纸箱的破棉絮。我终于找到了那把刀子……外面，月亮已经升到了林梢，远处的村子里传来狗吠。我看着月光下黑压压一片林木，用拇指试了试刀刃。"什么都在这个夜晚了，到头了。"我在心里咕哝了一句，把刀插在腰带上。正这时姐姐从妈妈的屋里一步跨出来，伸手拉住了我，低着嗓门问："你在这儿干什么？"我不作声，蹲在了地上。她用手在我身上摸着，我就拼命摇晃两肩。最后她还是握住了刀柄，抽了出来。我看不清她的脸，但我听得见她呼呼的喘气声。我们谁也没有说话。停了一会儿我说："你看不住我。我一定把他杀了。"这句话是咬着牙说的，我觉得仇恨已经填充了浑身的每一个毛孔。姐姐问："你杀了谁？"我毫不犹豫地回答：

"父亲。"

这样回答之后，心底冒出了一个微弱的声音，那就是妈妈在炕上的叮嘱，她留给我们的最后一个叮嘱……我的手伸到姐姐的背后争夺那把刀，这会儿手指抖动了一下。姐姐轻轻一拨就推开了我的手，接上抱紧了我。她抱着我，抚摸我的后背，手指活动得缓慢而又小心。我的头埋下去，一辈子都不想抬起来了。这就是那个月夜发生的事情。如果不是姐姐，这把刀子早就派了用场，我也不会有明天的远行了。刀子没碰到父亲，但他还是在那年的冬天死去了。妈妈虽然那次没有危险，不过却留下了深深的创伤，第二年春天就去世了。就是这样的一把刀子，我没有资格带上它吗？它一路上会守护我，也会向我倾诉关于它的一切。姐姐，你就让我带它上路吧。

姐姐这会儿终于走到背囊跟前，打开来，寻找着。

"你！……"我叫了一声。

姐姐把刀取在手里，对在眼前看了半天，又重新放到了包里。我松了一口气。

南风吹进屋里，一阵凉。不知是深夜几点了，有鸟儿压低声音叫了一声。我向天空遥望，透过树隙，发现了一片又大又亮的星斗。它们在这个夜晚炽烈地燃烧着，光亮刺目，简直让我不能置信。我记不起曾经见过这样大的星斗，此刻仿佛感到了它的灼热。天空没有云，没有一丝雾气。近处的树上淌下水珠，洒在冰凉的泥土上。我清晰地看到了这个夜晚一棵棵矗立的树木，它们向上拢起的浓黑的枝丫，一动不动。整棵树木看上去像是一座座方尖石碑。泥土上是一层暗红色的草，无数片火叶燎着这个秋夜。一个小蚂蚱很偶然地蹦出来，展开钢硬的后翅弹了一下，发出了极细弱极清脆的弦音。芦青河在远处响着，它的声音只在这安静的时刻里才传过来。当我再一次仰脸去看天空的时候，发现一天的星斗更大了，它们颤动、旋转，一齐向我逼近过来。我压抑着心底的惊讶，悄悄地退回到姐姐身边。

姐姐说："这把刀是你的了。路上会遇到意想不到的事，也许会有野兽 —— 到那时你就用得着了。不过你知道我担心的到底是什么。我怕你冲动起来不得当地使用了它。一个真正坚强的人永远也不忘自己的责任，不会随便把自己交出去。说到这里我还是要提到可恨的父亲，他就从不轻易放弃生的希望，相信自己该活，也就活下来。你可能问他活下来又有什么好处、有什么用，那我劝你还是先这样问一句：如果父亲早死十年我们这个家又会怎么样？你会弄明白父亲还是尽了一个男人的责任。没有他，这个家也就真的完了。你有一把刀，这把刀是从林子里的这个家带出来的，记住这点也就够了。不要轻易使用它，最好一辈子也不要使用它。"

我赶忙说："我会记住的。我一辈子把它放在身边。"

"你在林子里过了十九年，这是有血有泪的十九年。你不会忘记。我担心你忘了另一些东西，就是你在最艰难的时候得到的安慰和希望。你不该忘掉……"

我打断她的话："永远也不会。"我的脸有些发烫。我怀疑姐姐知道了我的背囊里还装下了什么。那是几个美丽的小海贝、一块手帕——这是农村简朴而永恒的信物。我当然要把这些带上，开始我的长途跋涉……我回答姐姐："不会忘记。"

"你的朋友不会跟你一块走，他们还要留下来过自己的日子。不过他们的心会跟随你上路。我知道你这几天会跟他们道别，说很多很多话。我只是不放心，怕你忘了。"

我看着姐姐，眼眶一阵发热。我张大嘴巴呼吸着，让这秋夜的风灌满我的肺叶……这片林子和田野，会铭刻在我的心灵里。当我结束了七年可怕的学校生活，投身到自然的怀抱中时，还是感受到了另一种温暖。尽管每天的农活很累，满手满脸都是泥巴，我还是尝到了少有的愉快。特别是我躲开了父亲 —— 他往往被押到更脏更累的地方去干活了 —— 现在差不多完完全全是我一个人了。劳动无论多么艰苦、周围的人无论对我多么冷淡，我还是没有放弃去寻找友谊，哪怕仅仅有一丝指望。一些比我早几年毕业回来的姑娘们看我的时候，目光里没有半点轻蔑和鄙视，这使我觉得十分奇怪。就在她们当中，我发现了一个叫阿队的姑娘，发现了她的热烈的目光。

阿队的父亲是当地人，母亲是南方人，很早以前就跟爷爷生活在一起。她的母亲没有了。她长的样子让人看一眼就忘不掉：额头鼓着，眼睛圆圆的，细细高高，脸色很红。她差不多总穿一件通红的衣服。她爷爷疼她，唤她"丑乖"——我曾问姐姐什么是"丑乖"。姐姐笑而不答。我知道阿队是非常美丽的，常常注视她。我看她的时候，一颗心就快乐地跳动。阿队离我近的时候，我可以闻到她身上的热烘烘的气味……她常把好吃的东西装在衣兜里，瞅空就给我一把，那主要是酸枣、花生、糖果等。有一次几个年轻人休息时摔跤玩，阿队偏要把我当成对手。她一下抱住了我，我也抱住了她。她的腰那么细。她使劲揪我的衣服，还伸出一只脚来下绊子。当然，我轻轻一下就把她摔倒了。这是我永远难

忘的游戏。这是我一生中无法重演的无忧无虑的天然有趣的一幕。后来
——大约是半年之后的一个下午，我第一个来到空无一人的田里，等待
人们一块儿做活。我坐在长满紫穗槐的沟渠边上，看身体大如拇指的小
黄鸟儿啄食。一会儿，突然阿队从绿色的枝条间探出头来，朝我做了个
鬼脸。她嘻嘻笑着，告诉说早就看见我了，于是猫着腰从渠中钻了过来。
她喘息着说："渠下边可阴凉了！"我们一块儿到渠里去了。她的身子
一缩回紫穗槐中，就再也不笑了。她看着我，伸手抚动着我的头发，又
用手指轻轻按了按我的眼睛。她看到我的手腕上有一个血口子，就惊讶
地张大了嘴巴。我不愿告诉她这是父亲打的 —— 他把一个铁铲子扔过
来，我用手去挡……我退开了一步。阿队的眼睛比刚才更亮了，呼吸的
声音更大了。她口吃地说："我们，抱在一起，好吗？"我的眼泪不知
怎么出来了，我说："我们摔跤那会儿抱过了……"她紧紧地抱住了我，
说："那才不算，那可不算。"她的胸脯一起一伏挤压着我。我的泪水
一滴滴落下来。她给我擦去了泪水。最后，她盯着我的嘴唇看了看，低
下头吻了一下。

那时的情景就像在眼前一样。我紧紧地咬着嘴唇，从桌前站起又坐
下。姐姐问："你看过她了吗？"

她问的是阿队……我闭上了眼睛。

我没有去看阿队。"阿队！我的阿队……"我多少次在心底这样呼
唤着，可我一次也没有去看她。

还是别让我看到她吧。阿队，我的阿队……我被钉子板打得浑身是
血的时候，我没有流泪，可我与她在一起的那会儿流泪了。她的温暖的

身躯使十几年的积冰一瞬间全部融化了。以后的日子里，那真是不可思议的一段时光。人的一生中原来还有这样的一段时光组成，令我心醉目眩。我多少次在深夜穿过林子，到那个村子里，在她的茅屋前边徘徊。她一有空就到林子里干点什么，采蘑菇、捡干柴、摘野枣，仰起脸呼喊什么。当父亲不在的时候我就跑进林子深处，寻找我们一起待过的地方。那时我穿着打满补丁的衣裤，裤子还是一条刚刚染上黑色的暗花布做成的。我的头发又乱又脏，洗也洗不干净，脚背上是泥土和刚刚结住的伤痕。总之，我的一切全都标明了我是林中小屋的一个儿子，我只配有这样一副模样。我是在这个时刻才明白了爱情的，它可不管你住在林中小屋、在草窝里、在土洞里，甚至是在粪坑里，它只要找到你，可不管你住在哪里。这样的情景只有一次也就够了，有一次也就什么都不该抱怨了。我走过来了，我长大了，我是个大人了 —— 从那儿起我再也没有埋怨什么……阿队的父亲知道了女儿的事情，扬言要放火烧了我们的小屋。父亲拧住我，把我折磨得死去活来。但我都没有抱怨什么。不久阿队被卖到了南山，换回的是五斗上好的玉米。阿队说自己很快会死的。我后来见过一次阿队，她没有死，只是瘦得两眼更大更深。那双深陷的眼睛里有看得见的火苗。阿队，我的阿队，别再让我看到你，让我就这样上路吧。

　　姐姐沉默着，她在想阿队、想她的诗人吧。在这样的秋天的夜晚，他们在哪里？他们会想到这个林中小屋吗？这儿只剩下了姐弟二人……她的温柔的眼睛注视着我，在这临行前的夜晚她看了我那么多。这目光就是一种叮嘱。当我踏上漫漫旅程的时候，我的前面一直会有着这样的目光……她声音缓缓地说下去：

"尽管你生在林中小屋里，你知道还是有人喜欢你。我想起这个就高兴，就忧愁。你长高了，长大了，说话的声音有那么一股男人的味儿。这有多么好，我心里甜滋滋的，因为你是我的唯一的弟弟。我知道你多多少少会给我们这个家惹下乱子的，后来果然出了阿队的事情。她一门心思爱护你。她看见我，就换了一种特别友爱的眼神。这一切都非常美好，非常非常美好。从那时我知道你的天性中除了刚烈火爆，还很多情，有时十分细微也十分敏感……"

"姐姐！"我急急地打断了她的话。

"不是吗？你应该说是这样……"

我急促地喘息，不想肯定也不想否定。

她说下去："这当然是一种好的天赋，你为什么要不好意思？不用说这往往与难得的才华连在一起，就是说你有独到的能力。你认识或不认识这种才华，它都存在于你身上。不过我还是担心，担心你的多情和这方面的柔弱会耽误你赶路。谁知道你将来还会遇到什么？谁知道你心里还会涌起什么风暴？就看你怎么把住自己的舵了。本来我不想说这些，后来想了想，我不能不特别提醒你一下。这些你都明白，我只要一说到这儿，你就全都明白了……

"不过弟弟，我不是说你要在爱面前犹犹豫豫才好，不是。我还是要说父亲，你应该像他那样，为了爱去奋不顾身。你觉得一切都从心底下喷涌出来，不是什么东西可以压迫住的，就让它喷涌好了。父亲为了母亲抛弃一切，从那座海滨城市匆匆赶来，然后再也没有离开。当然，他的厄运也从这里开始了。可是你能说父亲在临死的时候后悔了吗？如今为一种爱大胆付出的人又在哪里？他的火热和诚挚使他的生命放出光来。这种燃烧才叫棒呢，连剩下的灰烬都是永远烫人的。

"你现在长大了，会知道自己是个挺好的小伙子。不过我怕你太看重了这些——你会不知不觉就过分看重了这一切。这样就会误解你自己，你会为满脸皱纹难过。其实这有什么办法？那一切本来就会是短暂的。你不会是个狠心的坏人，不过我还是怕你变成那样的人。如果你将来变坏了，我会难过死，消息传来那天，我会走开，胡乱过完这一辈子，再也不见你。你现在是个好人，这一点我清清楚楚——你的心软，看不得苦难，恨死了那些欺压别人的人。这是我的安慰。可是你才长大，你明天就要离家，谁知道你一辈子会怎样？我又不能一直看着你……"

姐姐的嗓子像被什么咽住了。我真想去安慰她，去求求她别再为我忧虑牵挂……我要上路了，天一拂晓我就要背起背囊——我，林中小屋的儿子，将来会背叛吗？我紧紧咬住牙关，在心里呼喊：永不！永不！

"弟弟，你在同龄人中，也许算是受了很多苦的人。你身上那么多伤痕，还有更多的看不见。我得说这真了不起。这一切会帮助你。可是你该明白这又没有什么——因为人生下来就要过各种生活，天底下的苦难太多了，你经历的这点点不算什么。过分看重这一点点会显得挺可笑。想想吧，一个在别人眼里还算个不足二十岁的小孩子，整天被苦难压得皱着眉头，这有多么可笑。你一定也看到了，受过大苦的人中只有一小部分更加善良，他们才一辈子自觉地为消除世间的黑暗去争斗，站在弱小的人一边；所以说一个人过去的历史不能证明一切。尽管这样，你以后遇到受过大苦、遭到过很大不幸的人，还是要特别地给他一些尊敬，不妨先把他当作同类。虽然这样不免要常常上当。我们不能再有别的做法。你与那些人在一起，只有一次、只找到一个同类也是值得的，这样你一辈子就不会孤零零的了……"

姐姐在说下去。我的两眼极力地忍住了什么。我在天刚拂晓时就要上路了……"姐姐，我的姐姐！"我在心里呼唤着。

"我怕你日子久了，多少会忘了这个林中小屋 —— 你以后多想想这个小屋吧，想想它的颜色，它漏雨时淋下的黑印，屋角的两个土缸，还有父亲起山芋的木铲、妈妈的针线笸箩……你夜间一件一件想想，会睡个好觉。你觉得身子边上就是小屋里的东西，这一切你一出生时就闻惯了它们的气味。它教给你的东西太多了。你会成功。到那一天你要明白这只是你的一段好时光，什么都会自然而然地过去。你要赶紧抓住你最有力量最有心思的时候，为那些不幸的人做点什么。

"同样的道理，因为你是这个小屋里走出来的人，什么也骗不过你；你又疾恶如仇。所以你会遇到一件接一件的麻烦事，用大家的说法，就是你得'倒霉'。我多么怕你走到这样的绝路上去。我们都见过父亲是怎样生活的 —— 他一步接一步，像命里规定了似的，走入了罗网。我真怕你也那样。想到这儿我就一阵阵难过，不知该怎么才好。可我不能教给你躲避，不能让你走另一条路，你没有权力做出哪怕稍稍不同的选择。你就该走这样的一条路。我想说的还不是这些，主要的不是这些。我要说的是后来，是这些倒霉事全来了的时候，你会怎么活？你想想吧，你要离家了，要走，不把这些想透怎么行？前几天我帮你整行李，想来想去也没有说，怕你带着一身不愉快出远门。可后来想，只是躲着也不是个办法！弟弟，你还是要想想……到了那时候，你会顽强得像一开始那样吗？你不会丧气得去揪自己的头发吗？我想你即便丧气，也只是一段时间，最终你还会挺起腰杆。你一定是个能吃苦的人，会嚼着东西活下去。我相信你会像父亲那样，活下去，活下去。这一切虽然难以做到，但还只是第一步的事情。最重要的是你到了那种境地，你绝望了的时候，会怎么去评判你这以前的生活？你还会为自己的勇敢骄傲吗？你还会为自己那一段的事业自豪吗？你要活下去也许不难，可是这种活不能是挣扎，不能是挨日子。我觉得父亲多少有些令人失望的地方，就是他认了，他输了；他的顽强是一种挣扎的顽强，是一个失败者的坚韧 —— 而我要求你的，是想让你做个不败的人！什么也打不倒你，打不烂你，什么也不能……"

我听到最末一句，突然脑际又闪过了那支带钉子的木板，听到了他们的吵嚷："打呀，打烂他，打黏他！"……

"无论到了什么时候，你都要守住心里头一点东西。它是什么，我也说不清。是一条自己摸到的原则吗？说不清。不过你会感觉得到它的存在 —— 尤其是有人伤害它、碰到它的时候，你立刻会强烈地感到它神圣地居于心的正中。你会是这样的人……离家了，一切全靠自己照料。走吧，上路吧，一辈子忠于友谊，忠于最珍贵的东西。一辈子也不要中伤别人 —— 记住你跟其他人的区别是什么、在哪里；一辈子不忘你是从林中小屋走出去的一个儿子……"

我的眼睛终于把什么忍住了。我一直看着姐姐的眼睛。我记住了她的美丽庄重的面庞。我不知不觉间一直紧握着拳头，这时拳心里全是汗水……我站了起来。

小屋里一片曙色。

姐姐走过来，提起背囊放在自己身上。后来她给我背上它，拉过我的手臂，穿过那两道背带 —— 这突然使我想起了小时候母亲替我穿衣服的情景……

我说："背囊好沉呢。"

姐姐没有说话。

我又说了一句："背囊好沉呢。"……

一九八七年九月十五日于济南

一九八八年七月十日于龙口

请挽救艺术家

一九八八年夏在龙口市郊

给局长朋友信

一

我本来要去你那儿，但这里有事走不开。写信也一样，我想你会重视这件事的。我此刻的心情很急切，怀着这么一线希望。我接到了一位好朋友的信。他原来曾和我在一起工作，几年前调到了你们市里的一个区电影院。从信上看，他现在的处境糟透了。我心里很难过，但又帮不了什么，只好求助于你。你离他比较近，更重要的是，文化局长是你朋友。你跟局长讲讲，让他随便关照一下，哪怕是去个电话也会好一些。总之，你看怎样好就怎样办吧。真难为你了。

他叫杨阳，今年二十七岁。他画油画，怎么说呢？说他画得多么多么好，大约你会嘲笑我。不过我讲出真实的感受，也就是我感觉得到的这个人，大约你不会取笑我。他几乎没有发表作品，也许只发过一两幅黑白插图也说不定。先后考过两次省艺术学院，没考上。他的事一直使我耿耿于怀，我怕他这样的人对付不了如今的生活。简单点说吧，我认为他是一个艺术家。

或者这样说，如果不出更大的意外的话，他肯定是个了不起的艺术家。

我想象的意外大概有两方面。一方面是他这样的性格不能取得周围的谅解，他又接受不了来自环境的各种刺激，接下去性情更坏，形成一种恶性循环。那时候他身体也糟了，精神也垮了。一句话，他完了。另一方面是他如果恰恰处于一个特殊的时代 —— 这个时代有一个不识好赖艺术、不识大才的毛病，可以叫作艺术的瞎眼时代。这种时代无论其他领域有多大成就，但就精神生活而言，是非常渺小的、不值一提的。这种时代往往可以扼杀一个艺术家，使他郁郁萎缩，最后在艺术的峰巅之下躺倒。总之，他差不多也完了。我现在还来不及为这一方面担心，你知道，我担心的是前一个方面。

他在那个小影院里画广告画。那儿其实什么都上演，你知道这种场所是弄钱的。主要是武打片，偶尔也演演小戏、杂技和魔术。杨阳倒不在乎这些，他反正只是画广告罢了。据他信上讲，他的广告画在四周是有口皆碑了。不过是否对影院的利润产生积极影响他倒没提。你知道他过去在省里工作，后来得了病，病得较重，需要人照料，就要求回老家。那时候可能是疾病的影响，他显得急不可待，恨不能立刻调回去。我对他说，你来省城也不是一年两年了，要走也不用那么急，再说病也稳定住了。我的意思是走也可以，但要联系一个好点的单位。他说自己目前能到一个搞艺术的部门最好了。他说到这上面就发出"啧啧"的声音。他说如果能上区文化馆什么的，也很棒。我给他联系过几个地方。有个文学期刊需要美编，我就推荐了他。可后来没成。人家找画家看了他的画，说不行不行，他的画连造型都不准。再说又无学历。接着又联系了几个类似的单位，他们都以各种理由拒绝了杨阳。他万念俱灰，又想起了自己的病，就急急忙忙地联系了老家的几个单位，收拾行装了。

现在讲起这些我真后悔。我应该拦住他才好。因桌子也会发生冲突。

我不敢说有很多人喜欢他。领导一次次批评他，连一些毛小子也要找碴儿训训杨阳，再跟领导汇报说："我们又批评杨阳了！"……差不多所有人都嘲笑他的画。人们似乎不能容忍在这样一个大机关工作的人在纸上画来画去的。要说的太多了，总之是他该离开这儿。他走的那天，我和爱人起早去送他。记得那个秋末的夜晚，下了冰凉的雨，我们一路都踏着残破的落叶。

那个市的文化局并没有让他搞专业。他们推脱说文化馆的人员超编，让他去电影院画广告。杨阳没有太多抱怨，干得挺来劲。除了画广告，他还要打扫卫生，抓逃票的人，等等。他尽管不太情愿，但总还是按影院经理的要求干了。事情糟到如今这个地步他也闹不明白。经理一天到晚对他吹胡子瞪眼，骂得非常难听。他有时真认为一个人刚开始搞艺术，无论如何还是待在大城市要好一些。那时候我更多地考虑到他在这个大机关的窘境，考虑到他的疾病。我想他离父母毕竟近了，那样会好得多。在这个大机关里，搞艺术的人天生就不能容身，各种烦恼都汇拢到你这儿，使你招架不住。杨阳当时二十多岁，刚来这个机关时也不过十几岁。他怎么得了这么重的病，我完全清楚。他也许真该走，回到他那片土地上去。也许他回去了，病也就彻底好了，我心里渴念着会发生这样的奇迹。老家来函，同意他回文化局工作，具体工作待定，大约要到文化馆画画之类。杨阳高兴得很，似乎这一生的问题都有了着落。我当然也松了一口气，替他庆幸。你知道，在这儿他会彻底给糟蹋了。他似乎特别不适合在这样的一个环境工作，因为他实在受不了。经理让他干这干那，稍不如意就是一顿怒斥，还扣掉他的奖金，故意羞辱他，不让他画画。

你可能不知道，艺术天分很高的人往往有极强的自尊心。经理想方设法折磨他，还说："比你个熊样儿强的我不知制伏了多少，你算个什么玩意儿！"影院里分配宿舍，故意让他提要求——他与好几个修理影院房屋的民工挤在一起，身上爬满了虱子，他要求换换地方。经理哈哈大笑，说行行行。结果是新宿舍没他的份，还把民工中最脏的一个老头子塞到了他们已经极端拥挤的屋子里。他没办法，只得设法求人找了一间民房。那儿离影院稍远一点，经理就偏让他做夜班守场子，还要赶早班打扫卫生。只要来晚了一步，那就一定要大会批评，扣发奖金。杨阳要求调走，经理说："没门。"杨阳连起码的自由都失去了保障。有一次他母亲病了，从另一个区里打来电话，办公室的人接了，说一声杨阳不在，"砰"的一声就扣了。他还常常丢信，有一次就从废纸篓里发现了我给他的信。

最奇怪的是杨阳自己也不知道什么地方得罪了经理。他真的不知道。我回想一下他在省里工作的情形，发现当时他对领导的厉声厉色也常常表现出迷茫。他好像什么也没做错，又什么都错了。

大体情况就是这样，你或许会根据这些找到一点办法。注意，听说经理与文化局长也是朋友，不要在局长跟前说经理的坏话。你只说杨阳还小，不懂事，望他们照顾一下就行了。我不知道你与经理跟局长谁关系更深一些？总之你会找到适合你的角度的。也许这些在你看来不是什么大事。不过你千万帮帮忙，你相信我对他的判断吧，他需要你的手，真的。

二

信悉。你信中问杨阳与经理矛盾的根源在哪？这可得让我好好想想。不错，你只有找到根源才能对症下药。杨阳的来信又多又长，我曾竭力从字里行间分析着，问：到底为什么？

看样子经理是下决心要折磨折磨他了。这绝不是一般的矛盾。杨阳说自己平时太拖拉，不会待人接物，甚至是没有给经理送礼，等等。我想这些都可能酿成矛盾，但不会是关键。他们之间肯定还发生过什么更大的事情，不然对方不会这样想方设法去整一个涉世尚浅的年轻人。我的每一封信几乎都要探根问底，想找出症结来。他的来信只说一些鸡毛蒜皮的事，什么刚到影院时给经理画了一幅像，画得太像，惹经理不高兴啦；什么有一次见经理爱人在街上扛着一块纤维板没有帮她一手啦。我知道这是被我的信逼急了，他挖空心思追记下的。怪可怜人的，看来他真的搞不明白。

有一次他来信中无意间流露出这样一件事：经理的女儿从师范学校放假回来，曾去看过他的画。她长得不错，真不像是经理的女儿。她来了两次，那副神气他很讨厌，等等。我看了心中一动：是否因为恋爱婚姻问题伤害了领导呢？你会明白，这个问题有时是很敏感的，特别是基层一些干部，自尊心都是很强的。比如说如果经理的女儿对杨阳有意，而经理也有这个想法，那么杨阳不理睬，拒绝了，经理就会觉得受了侮辱。发展下去，杨阳工作中是吃不消的。这都是我的假设。我后来直言不讳地在信中问了杨阳，问他有没有这种情形 —— 经理方面直接提出的、或者仅仅是暗示出来的。我让他不要急于回答，最好是仔细想想，想想他的女儿那天都说了些什么，以及经理在他面前是怎样议论自己女儿的。更主要的是影院其他工作人员有没有人在他跟前说起过经理女儿，并有过试探性的话？杨阳停了些日子才回信。他差不多完全否定了这种可能性。只是他又如实地追认了关于别人在他面前议论那个姑娘的几句话——那天中午他正和两个人在影院门口安放广告牌，经理女儿从一边走过去了。其他两人都是经理的小耳目，很受重用，可他们这会儿远远打量着，说她的黑裤太紧了。杨阳信上写："总之，他们说得很下流，我没法告诉你。"

杨阳是个非常腼腆的人，十分内向。我曾经担心他永远学不会与女孩子相处。我不相信一般的姑娘会去爱他。他长得很瘦，背好像永远挺不直。我那时常用一只手顶住他的腰椎，用另一只手使劲扶他的胸部。他笑着，说："真是的。"那大概是说这样没用吧。他几天里也笑不了几次，好像永久地思考着什么。可是他如果笑起来，就会真正地笑一次——我从没有见过比他笑得更真更纯的人。那双眼睛完全像孩子一样，天真无邪。他笑了，两手垂在身侧，或者插在衣兜里。这个时刻如果我跟他说什么，他或者心不在焉，或者干脆不予回答。好像这一段时间在他那儿是专门用来笑的。他是可爱的吗？我觉得是这样。但更多的人不认为他有什么吸引人的地方。我们机关那时候姑娘不少，她们看也不看他一眼。临近的一个单位有一位四十余岁的姑娘常过来办事，互相之间都很熟悉。她比较漂亮，只是脸色不好，走路时轻手轻脚的。她十分喜欢杨阳，常盯着他的脸目不转睛，说："小杨阳，小杨阳。"有时还用手去抚摸他的头发。杨阳很不驯顺地一仰脖子跑开了。有一段时间杨阳负责保管图书，那个姑娘借走了很多，逾期不还。杨阳因此与姑娘恼了，她在楼梯上小步跑着骂："你这个小瘦猴……"当然，杨阳在画画中也有了他的女友，但那是后来了。他们最终也没有好到哪里去。你看，杨阳就是这样的人。他在这儿的姑娘眼中不是出色的青年，在你们那个小城里呢？我想经理女儿不会看上他的，他们的矛盾也不会由此而生。当然，这事你还可以考察一番。大概不会有什么事。

仅仅从信上了解情况是不行的。你最好能到他那儿去一趟。如果能住上几天就更好了。你可能发现什么线索。一切都不会是无缘无故的，因为那个经理，虽然官职不大，但也要管理一个影院，一般情形下不会花费这么多精力去对付一个普通的工作人员。可是杨阳对我隐瞒了什么也是不可能的，因为他信赖我，寄希望于我，盼我能找熟人把他调出或是怎么的。他明白：我需要最真实的情况。

三

我在梦中见到了杨阳，他的样子使我一整天都不高兴，急着要给你写封信。这样也许会好一些。我见到他瘦骨嶙嶙，面色发乌，头上长了青苔。我去握他的手，他的手冰凉冰凉。他领我到他的屋里去，我就跟上他走了。在一个大影院的地下室里，黑咕隆咚的，我不知踏过了多少台阶。空气越来越湿，气味难闻极了。有蝙蝠从里面飞出来，把粪便甩在我的身上。又走了一会儿，见到了一线光亮。杨阳说到了。我一看，地上渗着水，铺着稻草，卧了好多男女。我凑过去一看，见他们都是麻风病人。我的心颤抖着，贴着滴水的墙往一边挪动。好不容易到了杨阳的小床跟前。这是一张小木板床，为了与麻风病人隔开一点，四周都挂满了画。我坐在床上，满眼里都是画。画的是各种各样的人，其中有少女，也有麻风病人。他们残缺的四肢使我不敢正眼去看。杨阳说他在他们中间惯了，终于可以画他们。这里有天然的模特儿。正说着话，杨阳的咽喉被什么卡住了。我转脸一看，见一只黑红的手从画页间伸出来，卡在杨阳脖子上。不用说这是个病人，我尖叫了一声。后来我醒了，吓出一身冷汗。

这个梦当然是不祥的。伙计，你来解解这个梦吧。

一整天我都感到有些恐怖，爱人问我怎么啦，我也没有回答。杨阳的实际处境幸亏要比梦中好。他的事近一年来成了我很大的心事。我现在甚至想，杨阳会不会一气之下做出什么让人吃惊的事呢？你知道他的性格让人担心。他成天不说话，你就不知道他在想什么，但一旦行动起来是很莽撞的，又没有人和他一起商量个事情。他绝对不能没有朋友，可如今偏偏就没有！我有个过分的要求，我想请你接信后去看他一下。哪怕谈五分钟也行。你把见到的具体情况写信告诉我，这样我就可以放心了。他的住处糟到何等地步，这是我尤其牵挂的。

上次我信上讲他离开了和民工合住的小屋，自己找了房子，但房子太远，经理又瞅这个机会治他，现在很可能又搬回来了。如果这样，算是糟透了。你跟局长谈话时，可不要忘了房子的事。杨阳如能有一间宿舍，在外面受够了气，回去还可以轻松一下。现在连这样一个地方都没有。他现在的住处比在省城机关里还要差，这是我远远没有料到的。那时这儿的宿舍太紧，单身汉不可能一人一间。杨阳与另外四人合住一间小平房，潮湿得很。那四个人都属于"积极要求进步"一类的机关干部，这类人不用说你会很熟悉。他们简直不给杨阳一点好脸色，下班回来时常常教训他、调弄他。杨阳利用业余时间到野外写生，有时回来稍晚一点他们就不开门。那四个人刚刚从下面调上来时我见了，一个个穿得很土气，当然也比较质朴。由于杨阳早来二年，他们自己显得很自卑，抢着与杨阳说话。两年之后，他们渐渐认识人多了，没事常到处长科长家串门，知道杨阳是机关里不受欢迎的人，于是就变了脸。四人之间也钩心斗角，但对付起杨阳来却是非常一致。这个嫌他的画"恶心"，那个就说"油漆味顶鼻子"，弄到最后就偷偷踢杨阳的画。有一次杨阳气得再也忍不住，一气之下抓起了一块砖头，他们吓得赶紧跑了。事后他们一齐去找科长报告，又找了副局长，说杨阳犯了精神病，要杀人。

杨阳当然精神健全。奇怪的是当时几乎全机关的人都认为他或多或少有点不太正常，他们眼里的正常，当然是与整个机关的气氛色调完全相一致的那一切，是一个人的极大的改变自己和掩饰自己的一种能力。面对生活，特别是这个城市的生活，一个人的忧虑多思、常常沉浸在某种情绪之中，是完全正常的。一个热爱艺术的人，一个有着如此良好素质的人，面对最丑恶和最绚丽的，不能不长久地陷于激动。至于那种所谓的"敏感"，也是完全正常的。人的各种器官不应该退化，他本来就应该敏感。不然麻木痴呆才算正常。在这个机关里，一个人要进步，首先要学会忍耐，要收敛起一切创造的能力和才华，要克制活鲜蓬勃的生命一次又一次的冲动。总之，要变得真正地平庸，而绝不仅仅是伪装出的一种平庸。

更可怕的是那些来自看不见摸不着的地方的压力。一个人在这样的环境下生活，就像在一个气压失常的世界里，身体的各个器官由于无法忍受而跟你抗议、捣蛋，你本人却一点办法也没有。首先是憋闷，是左胸胀疼，是极度的烦躁。那是什么器官在抗议？是心脏！是人体的动力源头！你忍受着，而且，要长年这样忍受。因为你没有办法。你向无色无味的空气抗争呼叫吗？在我们这个机关里工作，总有类似的感觉。你周围的大部分人都像空气一样，无色无味。他们穿着差不多的衣服，有着同样的音量和微笑说话打手势的方式。他们见了领导一律围过去，见了客人一律握手，见了颓废现象一律谴责。没有什么不正常，也没有什么对不起别人的地方。这是费时多年、用一种看不见的力量修造出的一张奇怪的、富有弹性又极为执拗的网络。一个人想突破这张网是不可能的。你用尽全身力气在网眼那儿挣扎，那张网于是极有礼貌地随你的挣扎凸出一块，迁就着。但你的力气渐渐使尽了，它就缓缓地用固有的弹力把你收回来，收到原地、网的中央。你如果不甘心，当力气缓过来时不妨再试一次，但我敢担保结果与以前相同。你只有坐在这张网的中央。

我体验到，生活中有一种力量无时无处不在，那就是要把生命扭曲、要它改变本色的一种力量。一个人生下来就是要与这种力量搏斗的，最后弄得精疲力竭。这种抗拒是自然而然地发生的，并且永远不会终止。大多数人，比如杨阳，他们与之搏斗的方向性和目的性都无从明确，所以才充满焦躁和烦恼。生命之火本来就应该熊熊燃烧，无论来自哪个方向的力量要将它熄灭，都会遇到顽抗。维护欲望和个性，实际上就是在维护自己仅有一次的生命。我实实在在地感到了杨阳的坚韧不屈和勇敢。这与他衰弱的躯体几乎是不相符的。他一声不吭地画下去，不停地创造，不理睬那些白眼。他现在的处境说来也是必然的，如果不是这样，那我就会惊讶了。真的，他天真质朴，他没有别的生活方法……

　　你去时如能多留意一下他婚姻方面的想法并对他有所帮助，那就更好了。他大约回去后通过别人介绍或别的方式认识了两个女友。一个早断绝了往来，另一个他正犹豫。这方面的问题我想也会是造成他痛苦不安的重要因素。我觉得他对两个姑娘都不怎么爱，谈不上什么炽热的爱情。前一个是个修鞋厂里的女工，据他说样子虽不太好，但很"古怪"——这个词你不了解它的独特含意，它在杨阳那儿是"极有特点""有韵味"之类的意思。他们谈得不错，她从厂里偷出一种布让杨阳作画，两人还去河边上散步。后来是女方的父母打听出杨阳在单位"干得不好""没有前途"，就硬逼姑娘离开了他。他开始苦恼，后来也就无所谓了，因为一开始就不是那种铭心刻骨的爱。后一个完全是别人撮合的，是郊区的一个打字员，人长得也不错，只是有轻微的狐臭。这倒不要紧。要害问题是她想借此缘由调到市中心机关工作，这就没有多少意思了。但她似乎缠住了杨阳。他又很软弱，经不起温柔的手掌。

四

不知你去了没有，我又想起了要紧的一件事。如果你去之前接到这封信就好了。我想请你当面劝阻杨阳，不要让他再那样画那个打字员了。这本来是个平平常常的事，可在那个地方容易弄成一件新闻。杨阳在来信中流露过这个意思，说如果经理知道了也许会抓住这件事做个大文章。不过他信上说为了艺术，永远不会对这些愚昧丑恶的东西让步。我在给他的信上表示了忧虑，但并没有干脆地制止。就他目前的处境看，这样也许不妙。

那个打字员是主动让他画的，做各种姿势。但没有画裸体，尽管杨阳很需要。顶多是她少穿一点衣服。我从信中分析了一下，打字员让他画的原因主要有两个：一是她想借此与杨阳多接触，巩固两人的关系，进一步将他缠住；再就是让另一个人画下自己来，她也觉得很有趣。杨阳曾寄来了关于她的三张素描，我想那是蛮动人的。你想，由于对方这样做的目的性不纯洁，他也就没有必要和她合作下去。再说我更担心的还有其他的问题。杨阳毕竟是个二十七八岁的小伙子了，对于异性的热情燃烧起来，也许会把理智抛到一边的。那时他肯定会加倍地痛苦。还有，那个姑娘的品行到底如何我们不知道。如果她为了达到与其结合的目的而胡缠起来，拙讷的杨阳会陷于非常难堪的境地。

还有经理。他不会放过这个机会收拾杨阳。那时候他可以理直气壮地骂流氓了，甚至做出更卑劣的事情。这样的事还是想在前面好。

我之所以让你当面劝他，是因为这是很难的一件事。你给他分析一下利害。我知道他在想些什么。在这儿的机关里工作时，他常懊恼地对我说："人体！必须画人体！"有朋友给他走了后门，让他去艺术学院画过几次裸体模特，他恨这一切开始得太晚了。你想他目前在一个小城里，遇到一个可以画的人是多么不容易。他不会轻易让步的。但他还是必须忍耐一下，也许这一切很快就会过去。

你从他那儿回来，如果时间允许，最好按我写的地址到他父亲那里去一趟。那是一个老实的退伍军人，曾经在朝鲜战场负过伤。你去了之后，跟老人讲一讲杨阳，使他相信他养了个好儿子——过去这位老同志是这样认为的，可如今不行了。一个在战争年代过来的人，见自己的儿子在单位上没有工作好是非常气愤的。他不相信儿子做的那一切都是有道理的，常常写信去责备，用命令的口气让儿子停止画画。他没法明白他的儿子已经没法停止了，就像难以突然间终止自己的生命一样。父亲的态度使杨阳感到压力很大，因此放假的时候都不想回去了。那个老人认为儿子在省里的大机关工作是非常光荣的，如今得了病调回来，虽出于无奈，也算做一次可耻的退却。

五

真感谢你去看了他。你所看到的一切或许比我告诉你的还要糟，这真不幸啊。我写到这儿，隐隐地觉得这不幸绝不仅仅是属于杨阳自己。

你观察了，询问了，也做了力所能及的劝解。可你说对杨阳与经理难以调解的矛盾更加茫然了。你说你一直在试图弄清这种矛盾的症结在哪里，见了杨阳以后，变得越发糊涂了。

好像杨阳与经理之间什么也没有发生。

我相信你的话。所以我对于经理一班人如此迫害一个手无寸铁（请原谅我用了这样一个词汇！）的年轻人而感到无比的愤怒。我心中无法压抑的郁愤使我坐卧不宁。为什么，凭什么？他严重地伤害了什么？他没有完成工作任务吗？你亲眼看见了他是一个什么人 —— 面色苍白，瘦弱单薄，一双腿像儿童一样细，站在那儿颤颤悠悠的。

你一定会记住他的眼睛。我以前也跟你描叙过这双眼睛：深深的，亮亮的，透出了莫名的忧伤。这眼睛望着我，常常使我不知所措，好像要做些什么，又不知道怎么去做。不是这眼睛太复杂了，而是这心灵的窗洞太单纯了。一切都在这双眼睛面前化繁为简，变得质朴无欺。

我像你一样思索着怎样去缓解他与周围的矛盾，并力图找出其中的主要因由。看来一时无力做到。正像你信中所说的，他按时上下班，从一开始到现在，一如既往地完成领导交给他的任务。他不知道经理为什么恨他恨成这样 —— 有时像是对他发泄着什么。这些当然导致了一定程度的抗争，但由于来自父亲和其他方面的压力，他的忍耐已经快要使他发疯了。

这里面简直像藏下了什么谜一样。每当我无力破解的时候，我就想从与他相处的那几年的情形中推导出什么。在这个大机关里，我说过，他显得格格不入。他从来没有伤害过任何人，对领导的指示也总是服从。不一定从哪个方向伸过来什么东西撞击他一下，使他晕头转向。他瞪大一双吃惊的眼睛四下看着，怎么也闹不清原因。我们的机关大楼很高，平常不开电梯，上下楼的人都走楼梯。我现在还能回想出杨阳急匆匆地在楼梯上奔跑的样子。他的头发被汗水粘在额上，一个人跑着。其他所有人都手搭扶杆，缓缓地踏着台阶。杨阳瘦瘦的身影在栏杆空隙里闪动着，很像一只小鸟在挣扎。我当时不知道，他那会儿病已经很重了，可他像我一样毫无察觉。他在楼梯上跑着，性子很急，老处长皱皱眉头说："胡乱跑什么？"杨阳赶紧放慢了步子。他像别人一样缓缓地踏着台阶，有时离别人近一些，又往一旁闪一闪。有的老同志厌恶年轻人挨得太近，生怕把自己挤下台阶，就用眼角扫着他。杨阳有时干脆立在一旁，孤零零地等候着。

这座机关大楼每到了午夜就变得幸福可亲了，因为只有这时候才是杨阳一个人。整整一天他都不吱一声，偶尔走出办公室，也要沿走廊边上蹑手蹑脚地走。办公的人们一声不响，这种气氛使杨阳大气也不敢出。他坐在桌子一边，两眼直盯盯地瞅着什么，有时眼神里突然有兴奋的火星在闪动，一只拳头不知不觉握得紧紧的。对桌的科长把眼一瞪，他的脸立刻煞白了。他怔在那儿，约莫有两秒钟，这才俯下身子去看文件。夜里，差不多有一半的工作人员要回到大楼上加班。他们忙各种各样的文件草稿、搞无数的表格，一个个窗口雪亮耀眼。好不容易熬到了午夜，窗口一个接一个熄灭了，最后只剩下杨阳的了。他从自己的屋子探出头来，见到漆黑一片的颜色，一颗心乱跳 —— 他不止一次对我描叙过这时的情景。他小心地走近墙壁的开关，一抬手使两盏灯亮起来。接着他把走廊上、楼梯上的所有灯都开启了。大楼内亮如白昼。杨阳一个人在走廊上大步走着，又踏上楼梯，噔噔噔从二楼跑到五楼、六楼，又下到一楼。他衣衫湿透，气喘吁吁，最后才回到自己的屋里作画。

他画个不停，如果是星期六的晚上，干脆就画个通宵。这时候的杨阳就像换了个人似的，两眼犀利得可以穿透纸页。他的瘦瘦的胳膊像一根有力的桑条，弹性十足，狠狠地挥来挥去。这样他就忘记了周围的一切，忘记了他处于一个庄严的大楼里。他告诉我，有一天深夜他伏在桌上睡着了，一觉醒来，想起要去干点什么。走出办公室，就飞快地往顶楼跑去。后来他跑到了阳台，这才记起是来取一个石膏模型的，白天他曾在这儿画过。取了东西往回走，踏上楼梯，觉得所有的灯都在映他的眼睛。他压紧一道栏杆往下看着，见盘旋的楼梯围成的空间深不可测，下面灯光瓦亮。当他感到眩晕，就要离开栏杆时，这才发觉自己迷失了方向。到处都是一样的栏杆和台阶。扶手上了红漆；还有黄色的门，全都一副模样。他一个一个拍打着，没有一扇门对他开启。他拍得手掌都红肿了，还是没有回到自己的那一间。他拼命地从上往下，又从下往上，在走廊上奔波着。可恨的强烈灯光耀得他睁不开眼睛，他用力睁开，泪水就溢满了眼眶。这时候他觉得自己这么孤单。母亲，他那么想念母亲——"妈妈！"他喊叫着，四处回响，就是不见一个人影。

从那次迷路之后，他再也不敢一个人深夜待在大楼里了。可他又不愿回到自己的宿舍，与那四个人待在一起。我不相信一个人会在机关大楼上迷路，因为楼梯和走廊都是极其规整有序的，而且每个工作人员对这个场所都熟透了。杨阳不愿反驳我，我知道他是无须反驳的。他更多地与我谈着他的画。也说他现在最难以战胜的一种东西就是思念——

"我想回去，去看妈妈。"他的长眼睫毛忽闪着，像说给自己听。

就是那个夏天，机关的一次身体普查中，查出了杨阳的病。他是最年轻的一个，但偏偏他的病最重——肝脾综合征，脾脏的血管随时都可能破裂。那时就会大出血，那么我们的杨阳也就算完了。机关门诊部不敢马虎，一边给他治疗，一边联系地方住院。大约住了半年院，他又被送到一个疗养院去了。我多次到院里看他，他跟我说的只是妈妈和油画。

你知道，杨阳的性情很可能是受疾病影响所致；但他的疾病又是怎么形成的呢？

写到这里，我又想到了他与经理之间所存在的可怕的矛盾。这种矛盾的原因我们搞不清，但都知道它是不可调和的。正像杨阳最终也没有被这所大机关所接受一样，那座小小的影院也不会接受他的。我甚至觉得，这个大机关的办公楼上，每个人都有一个位置，唯独杨阳从来也没有过。他的办公桌所安放的地方曾经是他的位置吗？也说不上。发工资的时候有杨阳一份，仅此证明大楼上有杨阳这个人头。可发完工资，杨阳又哪去了呢？他走了，去医院了，疗养院了，后来又调回老家去了，终于大楼上无影无踪了。他消逝得干干净净。这儿始终不承认他该有一个位置，他如果坐在那儿，就与四周的一切分外的不和谐，最后他走了，生病了，也就是自然而然的了。我依此推断那座影院里也没有杨阳的位置，像在这儿的大办公楼一样，他甚至连一点足迹也留不下。这座大楼至今还有杨阳的那张办公桌，不过是给推到了杂物仓库里罢了。因为人们都知道杨阳是得过重病的人，也就不愿使用他的桌子，害怕传染，所以只好搁起来。等到时间把杨阳的气味完全冲洗干净了时，也许会有人去搬出那张桌子使用。

　　我想我们挽救（请原谅我使用了这个词）杨阳的工作正在紧迫起来。因为在那种恶劣的情形下，他的旧病就会复发，那时候怎样诊治都无济于事，他也就彻底消逝了，连同他的油画一起。

给画院副院长信

一

也许您对我的推荐和请求感到有些荒唐。您接着会原谅地一笑，因为我是您的朋友，还是一个门外汉。不过我拒绝您的宽容和谅解，因为我要更固执地坚持说：他是一个艺术家。

我的判断愿意迎接一千个大艺术家的挑剔，甚至愿意等候你我都难以亲睹的时间的考验。是的，他是一个注定了要把自己的一辈子交给艺术的人，是在人丛中闪闪发光的一个人物，一个只需用肉眼就可以鉴别出来的艺术家。

您看了他的作品也许会拒绝他。那样可真是太悲惨了。拒绝过他的所谓艺术家已经不止一个了，但愿您可不要去凑热闹。您拒绝他的理由我会想得出，那就是您会认为他的技巧尚不圆熟。如果是这样，我将无言以对。

不过我很快会直言不讳地问一句：对于一个艺术家、一个真正意义上的艺术家，在他获得巨大成功的诸多因素中，属于技术方面的东西到底有多少？不错，您会说一个人在技巧上的磨炼也许要花费一生的心血——但最终决定他是不是一个艺术家的，恰恰还不是这一切。决定的东西在于他是不是一个独特的生命。生活会自然地赋予这个生命很多很多，这个生命于是就成长起来了。反过来，一个人只要接受刻苦的严格的训练，常常都会具有圆熟的技艺。而以技艺相传的，只会是一种行当，或叫作一种职业。而艺术，我的天，你能叫她是"职业"吗？

世界上有什么还会比艺术更好地体现生命的冲动和力量；有什么比艺术还会更贴近生命的本色和原力？

对于一个艺术家，他不能容忍从职业的角度去理解他的工作，因为那样就包含了一种侮辱。而这一切正是别人所不能理会的。

我正是从以上的意义去鉴别艺术家的。我有我的原则，坚定不移。技术方面的眼障顷刻坍塌，我不相信我自己莫辨真伪。我也许是一个低能儿，但我不能不忠于一种质朴的真理。于是，我只能毫无顾忌地向您进言：请您将世俗的一切偏见抛到一边，做一次勇敢的人，伸出双手去迎接一个有灿烂前程的人。

他的境况简直令人不能相信，可以说是步履维艰。他像很多艺术家一样，无法维护自己正常的生活。我想这方面的缘由您会理解。现在需要您做的是扶持他一把，尽可能地把他迎接出来。我想他在您的身边会工作得很好，您四周的人也较能接受他，因为大家都在搞艺术。在这个世界上，我想他是最适宜于栽培在您这样的花盆里，如果他在您这里也不能落脚，那真是令人悲哀。正像很多后来被公认的艺术家们一样，他现在还刚刚开始，一无所有，您当然要去看他的画，那是他的作品。您看吧，您可能一下子喜欢上了。不过他本身就是一件艺术品。您见了这个随便的、有几分拖沓的小伙子，见了他的忧郁的眼神、薄薄的缺少血色的嘴唇、说话时有些颤动的嘴角，您会感到一阵隐隐的震动。

一个真实具体的年轻人站在了您的面前，让人不敢正视。

他可以区别于您所看到的一切人。而这之前也许您很少见过这样的情景。不是吗，生活中那么多人，人流汹涌，面孔陌生，但您会漠然地一眼扫过。他们身上缺少真正能够触动您的一点什么。这就是说他们太平淡了，似曾相识，缺乏更深层的陌生感。您没有感受到更具体的一个人，这个人是从土地上生发出来的，带着丰富的汁水，欣欣向荣，而绝不是一个干枯的标本。他的任何像植物身上的茸毛和枝蔓都没被修削，完整无缺。他没有被打扮、被修饰，与身边的那一群无法调和混淆——您一眼就记住了他。

谁来鉴别他呢？让汹涌而过的人群去携走他吗？不，他们会自然地淘汰他，认为他是一个在未来的路途上连累别人的人。他站在那儿，极度孱弱，赤手空拳。可他对于人间的困苦特别敏感，见了悲伤和不平就会唱一曲抚慰的歌、抗争的歌。他纯洁无瑕，一辈子也不会饮酒。几乎所有的空余时光都被他牢牢地抓住了，他在那时刻里倾听天籁。您是个艺术家，我们的友谊也许很独特。我差不多等于手扯手地将他引到了您的面前。

您来鉴别他吧。

二

原谅我的冲动。也大概说了不少大而无当的话。不过那是我心中的荐言。现在我想，为了能把他尽快地调出那个荆棘窝，您只要让他进画院就行。您看一个画院中有多少杂七杂八的事情？他做什么都可以。

如果一开始就调来搞专业，恐怕周围会议论的，反而行不通。我们这儿的画院有一个门市部，经营书画纸砚，工作人员都是从待业青年中招来的，大多是女孩子。您那个画院是否有类似的地方？如有，杨阳去卖书画也很好。他在业余时间会学习画画。您是搞国画的，但在艺术上一定也会给杨阳很多帮助。

原单位放他走也是一个问题，这方面我正找人帮忙。他们不放他走主要是想捉弄他，让他精疲力竭，而绝不是喜欢他赏识他。这种勒索当然令人无比愤怒，不过我相信不会持久的。我正设法通过一个局长去解围，如果奏效，他就可以调出来了。因而找一个好的接收单位就变得迫切了。他如果再调到一个类似影院那样的地方就彻底毁掉了。

您如能调他去画院，他的生活将发生重要转折，也许一生都难以再有比这个更好的机会。说起来太可惜，七七年刚刚恢复高考制度时他只差一点没考进省艺术学院，但他的成绩可以上中专艺校。一位美术老师看过他的画，断言这个杨阳肯定是艺术学院的料子，不要贪眼前小利进一所中专。杨阳于是放弃了一个机会。后来当然艺术学院没有考上，原因与上次相同，文化课的分数偏低。

有个事情倒值得告诉您：杨阳在中学时曾参加过一次地区级画展，中央美院的一位教授看过他的画，说杨阳的天赋极高。他现在仍与教授有通信关系。

三

　　您对杨阳很感兴趣，这使我获得了某种安慰。您问他与影院经理如何酿成了这样深的矛盾，我却无法使您得到满意的回答。我的另一个朋友也问过这个问题，并亲自去看过，同样没有结果。您怎么也对这个问题感兴趣呢？我又怎么回答您呢？

　　当然，我明白一个接受单位总要关心这一类问题的。不能糊糊涂涂地调一个人来。

　　但这个问题连杨阳自己也回答不了。他至今闹不明白经理为什么那么恨他，处心积虑地要折磨他。最近经理又有了对付杨阳的新点子，就是让他专门负责打扫场子 —— 广告画让邻近一个工厂宣传科的人画。这使杨阳不能容忍，与经理大吵了一架，接着病了好多天。杨阳在那个区里不用说是最厉害的画家了，这会儿却连画广告的资格也没有，这种侮辱太过分了。

　　我曾多次研究过他们之间的症结在哪里，但都搞不明白。我现在只能假设经理这个人有一种折磨人的癖好，是个虐待狂。不折磨别人，他就无法平静自己。我曾经听人说过乡间有一个狠毒的老太太，一生富贵，晚年令人咋舌。在告别人世前的五六年里，她残酷地蹂躏身边的人。她可以一夜一夜不睡觉，监督跪着的使女，让她头上顶个瓷碗。她发疯似的指使四周的一切，让整个大院里的人像热锅上的蚂蚁那样奔波，别人不准大声说话，不准笑，连脚踏地都不准发出咚咚的声音。离她十几丈远的一个长工夜里打呼噜，她让人把他赶紧扼死 —— 人们把长工偷偷赶跑，回来禀报说已经埋掉了，她这才舒了一口气。她要喝鸡汤，但不准许别人宰鸡，而是让人把鸡缚了翅膀和双腿递给她，由她亲自拧断鸡的脖子。她离开人世的最后一刻也该记上一笔，因为这是绝无先例的。她大口呼气，眼看就不行了，儿媳抱着孩子说："快哭奶奶！"小孙子伏在一张松弛的老手上，这只老手抖着，却越收越紧，死死攥住了一只嫩嫩的小胳膊。小孙子疼得大哭，老手还是不松。一家人吓得喊起来，好不容易才把她的手扳开，见她已经过去了。再看小孙子的胳膊，留着深深的指印，有好几处流出了血。

这就是那个老太婆的故事。有些人年纪不是特别大，心态与她却差不多。他憎恨一切比他活鲜的、真切的、生动的东西。任何东西以任何方式展示出美丽的姿态，都要引起他的刻骨嫉恨。要与他平安相处，也许只有装出一副临近死亡、畏畏缩缩、垂头丧气的样子。他不承认生命的规律，也不知道自己的来历，想象金石那样的刚劲不朽。他是世上最愚蠢的人，却要用这种愚蠢的刻度去统一一切。人类不能没有歌唱，就像绿色中必然要绽开鲜花一样。有些人喜欢寂死无声的世界，这样他的嚎叫才会显得惊天动地。你要让那样的人震怒是十分容易的，也是自然而然的。你的血液只要是鲜红的、滚烫的，只要还在奔流，他就不会容忍。这种恨看起来像是无缘无故的，但这种恨恰是最为可怕的。我之所以找不出经理与杨阳矛盾的缘由，其原因就在这里。为了什么事情闹到了势不两立、一个偏要将另一个制伏制死呢？谁也说不上来。

写到这儿我想与您讨论更多的问题。比如说，为什么有人虽然也享受着艺术成果，但却常常对真正的艺术家表现出莫名的怨艾？这种怨艾甚至滋长蔓延，演变为深刻的仇视，他们并且乐于展示这种冲突，显得自己格格不入。而在一定的时机，又恰恰是这部分人最容易附庸风雅，装出一副十分在行的样子，像抓住了一只麻雀那样，要把艺术拳在掌心里。这种令人哭笑不得的事情并不罕见 —— 您是画院的领导人，大概见得更多。我想一些心智苍白而又品性恶劣的人，必然会表现出这样的变态心理。他们面对五光十色的生活，麻木不仁，百无聊赖，往日的放纵使他们如今已是无可挽救。但他们又不甘心让人们听到呻吟的声音，于是就放肆地谴责他们嫉恨的一切。艺术是心灵旺盛的泉水滋养出来的，所以那些心底枯干的人最容易迁怒于艺术。他们可以标榜自己是与艺术家格格不入的"另一类人"，而绝不愿承认自己是一个颓废衰败的人。其实艺术家最为神奇又最为平凡，就像一粒沙子那样普通；他只是人类当中应有的一种现象，就像天空必然要发生的放电现象一样；他说到底是一种劳动者，是人的最本能的创造欲望的体现者。从这个意义上讲，仇视艺术家的人不仅天性顽劣，而且不可理喻。说到底，对艺术家的那种哀怨和仇恨也可以看作一部分人的本能，那就是出于对一种旺盛的生命力的恐惧和妒忌。

再比如说，为什么艺术家的行列里能够潜下更多的浑蛋和无赖？他们奇怪的是偏偏要打扮成一个艺术家。这些人好比花蕊里的虫子，伪装成花朵中间活动的生命。这是不是因为一种劳动复杂到难以言说的地步，反而更容易掺假？它不可言说，只能用一颗心去默默体察，因而沉思不语。一个伪艺术家是难以识破的，即便辨认出来，也不容易说得清晰。人们提出的证据只能是一种感觉，而人世间的任何法庭都是排斥感觉的。

有的人说到底是人世间最懒惰的人，游手好闲，惧怕劳动。任何物质生产都是可以触摸的，实实在在，可以用尺量，也可以以数计。那儿没有他的藏身之地。于是他就选择了精神劳动。这种人的贪婪是远远超出一般人的，他为了攫取更大的利益，常常使用最残酷的手段，用真正陌生的方式去把艺术家们击倒。更为恶劣的是，他们是那些仇视艺术者的天然盟友，内外勾结，险恶非常。

我不知道要做一个真正的艺术家有多么难。他们除了因为沉浸在那样一个瑰丽的世界里痴迷忘返、懵懵懂懂、不知不觉被脚下的自然坎坷绊倒而外，还要提防另一类人从后脑那儿伸出的棍子。任何打击都首先指向大脑，因为那是人的核心地带。他实在太需要保护了，太需要谅解了。这样的艺术家不仅在熠熠生辉的时刻里需要援助，而是从刚刚起步时就要有人扶持。杨阳就是这后一种情形。你问他与经理矛盾的原因，我不能回答得再具体了。您是副院长，您比我更有资格回答 —— 请原谅我的刻薄。我只是要求您能赏识他，帮助他。我觉得您在献身给艺术 —— 既然这样了，那么我的要求就不过分了。

我这次唠叨得可不算少。您爱怎么想就怎么想吧。您可以微笑着看待我的激动。您只要明白，我的激动是因为我要给您推荐一个艺术家，他很困难，他很年轻，他很危险！您明白这些也就行了。就写这些。

四

把他来这个大机关以前的情形告诉您吧，您可以更好地理解他和他的处境。整个过程简直是一个悲剧，我极不愿意谈它。

那是杨阳两次高考失败之后的最沮丧的日子。街道上请他画一些宣传画，他干得非常卖力。为了排遣心中的不快和焦虑，他把那些画画得又大又亮。各种颜色向人直逼过来，看上五分钟，像被各个方向伸来的拳头揍了一顿似的。他握笔的姿势让街道上的人觉得好生奇怪。他们认为的画家只是平常在街头阳光下给人画肖像的人 —— 那些人两眼如鹰，戴着老花镜，小心地捏紧一根碳梗硬描硬描。那才是画家哩！而杨阳瘦弱不堪，站在竹皮做成的长条脚手架上，衣服被风吹得皱到了一边去。小家伙的大笔往上一捅一捅，一会儿就捅出一轮太阳一片田野。围着观看的人真不少，老太婆们吸着嘴，发出"夫夫"的声音。

观看的人当中有一个络腮胡子的人。这人高个子，五十多岁，两眼眯得很厉害，看上去醉眼蒙眬。当时谁也不知道，就是这个人要决定杨阳的命运。

他一连几次来看杨阳画画，他是省里一个大机关下来招选干部的，是一个处长。他毕竟在大城市工作，并且他的儿子也学油画，他慢慢看出了面前这个小伙子是个"好材料"。当时他的心有些痒，走开两步又退回来，最后大概下了决心。

第二天，他向当地有关领导提出：这个人要带到省城里去。

这个消息震动了半个城市。人们都为杨家的人高兴。那个大机关的名字可是吓人的，去那儿工作当然了不起。杨阳的父亲是退伍军人，老人无比兴奋，没有商量就一口答应了。杨阳当时也觉得非常愉快——虽然他已经感到了有什么不对劲的地方，因为他酷爱画画啊。他高兴的是作为一个人，可以初步结束在十字街头上徘徊的尴尬了。走吧，去省城！去那个大机关！

就这样，杨阳被处长带走了。他启程之前曾在被窝里想过，这回要亲眼见到那座更大的城了！他要把城里的所有楼房、甚至是所有的窗户都画下来。他会见到很多很多的画家，结识很多很多的画伴。什么也别想阻挡他，他要画个天昏地暗，不停地画，把居住小屋的天棚、地板、四壁，全都画上鲜亮优美的图画。那时他就算居住在图画之中了。他甚至想过要在将来寻找一位美丽的体积很大的姑娘，把她也画到画里；如果她愿意，他完全可以把她的身上也画上画，画上美妙的阳光下的水滴和绿色的蜻蜓，画上红艳艳的果子……第二天启程了，第三天就来到了省城。

他不觉得省城有什么好，黑色的烟雾漫在空中，他从车窗往外看了一会儿，后来一抹脸，抹下两点油灰。油灰是从哪里来的？

开始分配工作了。处长把他交给了副处长，副处长又把他交给了一位科长。科长是南方人，说一口古怪的普通话，并用这样的话扼要介绍了机关的性质，此次招选干部的标准、目的、其他要求，等等。接着，与杨阳同来的一大帮子人，都被送到一个机要训练班上去了。

杨阳这才知道大家都来做机要工作。训练班的纪律难以想象的严明：吃饭和上操按时准点，站队报数；一个人不准外出，走得稍远了必须报告；信号灯一亮，要马上坐在操作台前；一分钟内拍打多少码子；准确而迅速的换算……杨阳适应起来也快，半年下来，就像个机器人一样准确无误。在整个训练班上，他的各项成绩最好。又停了半年，训练班结束了。生活虽然依旧紧张，但毕竟不是在接受训练了，这就松弛了一点。杨阳于是又想到了他的画。

接下去的日子里他像害了热病似的，坐卧不安，口渴烦躁，一双眼睛里有什么在燃烧。周围的人找来了科长，又找来了那个目光蒙眬的处长。处长看了他一会儿，当证实了人们报告的事情属实时，就慢声慢语地说："杨阳，你可要努力啊，不要使领导失望。"杨阳紧紧地盯着处长，几乎是喊了一声："处长！我要画画！"处长一愕，立刻摆手："不行，你是个好材料……"

杨阳哭了。他再没有吭声。

最可怕的要算值夜班了。那时候整个大楼漆黑一片，只有杨阳一个人。他害怕极了，但夜里偏偏记起的是小时候听过的鬼故事。他一闭上眼，就看见无数的鬼在长长的走廊上跳舞，五颜六色，好不容易睡着了，突然信号又响起来，"哇哇哇，哇哇哇"，像小孩子哭一样。紧接着红灯绿灯交错闪亮，自动呼叫系统也发出声音来。杨阳搓揉着眼睛，一颗心嗵嗵跳着奔向操作台。工作时间也许只有短短的时间，也许只是演习，但杨阳从工作台上下来，再也睡不着了。白天要照样上班，因为值夜班轮流安排，每人在工作室睡一个星期。

杨阳在跟我叙述那时的情景时，常常要不时地回头看看，好像那段生活就在身后一样。那时他已经不做机要工作了，离开了操作台，做了机关资料员。那个处长好像失望得很。

他被调离机要岗位是必然的。因为他后来不顾一切地画了起来，疯迷了一般。我曾见过他画的一张操作台的油画，那真是一幅杰作。我认为肯定是杰作。我不相信有人可以产生如此奇异的联想。在机要操作室里，一切都是依靠坚硬的逻辑而存在的。每一个衔钮都是严厉的，冰冷的。而杨阳却让它们有了热情，有了生命；连飞旋的电波也有了光色和性别。您如果看到这幅画就好了。这是件非常可惜的事情。我当时望着这张画，身上一阵阵燥热。您看到的会是人间一块特殊的田野，上面衍生了一些特殊的生命。生活中灰迹处处，蛛网丛生，只有火热的电波在歌唱。那些密密的按键被一种无形的力量击中了，痛苦欲裂，嚎叫声使人发疯。红的灯绿的灯摇曳不停，像升上半空的水莲。自动呼叫系统的鸣声器像人的眼睛，怪异、深邃，蕴含了深深的愤怒，张望着所有的人。看不见的黑暗处好像存在着另一只独眼，那仿佛是一个老人的目光，一会儿善良一会儿狠毒，无声地笑着。风在吼叫，机关大楼的尖顶摇震起来。只有操作台正上方的工作灯像一只蜜桃，水灵灵鲜活可亲。一群蜜蜂卷成筒状，在窗外旋动，背景是中间蚀了黑洞的银月。电火花响着……这样的一幅画。我无法讲得清。最不幸的是它被副科长看见了，于是很快传到了处长手里。

我以前说过，处长的儿子也是画画的。处长看不懂杨阳这张画，就回家给儿子看。他的儿子一把抢到手里，盯着画大口喘息，不愿吃饭。后来，他用拳头擂着桌子，不知为什么哭了 —— 这是处长后来跟别人说的，具体情况不得而知。反正是那张画再也没有送到杨阳手里。只是不久处长儿子来找杨阳了 —— 杨阳接待了他，谈着，沉默着，一个小时过去了，突然处长儿子插上了门，返身坐下，哭了起来。他说："原谅我，原谅我……"他抱住了杨阳，用脸贴了贴对方的脸，又坐到原处。两个人还是沉默着。不一会儿，同屋的人回来敲门，处长的儿子坚决不开。这事于是惊动了处长，他亲自砸开门领走了儿子。

　　杨阳告诉我这件事时，两眼闪射着光亮。他说处长儿子是个少见的人物。我问他有没有才华？他点点头："当然有。"停了会儿他又告诉我："那张画被他撕掉了……他后悔了，又从垃圾桶里取回来，拼接贴好，可已经不成样子了。"我吃了一惊，赶忙问："为什么？"杨阳说："你问他吧。"

　　到底为什么，我想只有处长知道。因为事后他果断地决定了两件事：一是将杨阳调离机要工作岗位；再就是不允许儿子与杨阳接近。他们后来真的没有再见面。为这事杨阳曾经十分痛苦，时间长了才略好一点。处长说过："世上有一个疯子就够了；两个疯子分开也好得多。"他的眼睛没有神采，可是我从日常的接触中发觉，处长是个聪明绝顶的人。他显然藏下了更隐秘的心思。他很爱他的儿子，并且极其看重儿子的绘画才华。我越来越感到困惑的是，他为什么不让杨阳与他儿子一起切磋，又为什么不从艺术事业的角度稍稍支持一下杨阳呢？他的心底未免也太幽暗了一些……后来我又多少原谅了他一些，因为我觉得一个人心灵的空间可以开通和间隔无数间，我无权简单化地理解一个父亲与一个儿子的特殊关系。

　　处长能够从遥远的地方将杨阳招选到省城，能说与儿子的事业无关吗？究竟是哪根神经受到了触动，使他下了那样的决心呢？处长故意将一个天才禁锢在机要室里，让红绿灯闪乱他的双目，能说与儿子的事业无关吗？这种关系又是什么？这其中有什么心理在作怪？而最后，处长又为什么坚决制止两个酷爱艺术的年轻人接触？

我回答不了，亲爱的朋友。

我只大胆假设一个事情，这就是，在处长的儿子看到杨阳那张画的那一刻，长久蓄成的一种自信心在这一瞬间被彻底地击垮了。处长的儿子流出的是绝望的眼泪。

接着，杨阳就是一个无足轻重的资料员了。这对于他倒是个好事情。他一度很感激处长。但渐渐事情有了变化。他发现没有人对他退出机要部门一事表示谅解。机要工作是神秘而神圣的，一个人从这个岗位上被剔出来，就好比谷地里拔出的一棵莠草。人们猜测着这个瘦瘦的小伙子有什么毛病，是否被查出了什么历史问题、现行问题？是否行为不轨？还有人说这个小伙子之所以瘦削不堪，是因为邪癖在身，记忆力减退，当然不适宜做机要工作啦。杨阳紧咬着牙关。他只是画着，利用一切间隙画着。

他的画很多很多，据人讲藏在了什么地方。他有一次给我看过一张人像，我看着看着愣住了。这是处长的那个儿子，绝对没错！

被画出的小伙子是让人永远难忘的。杨阳那么敏感准确、那么犀利地一下子抓住了对方肉体之内深潜的隐秘。我甚至不敢久视画面上的一对眼睛。这对眼睛初看像女孩子的一样美丽温柔，可慢慢又可以看出一股凶悍的光焰在跳荡，那瞳仁像针尖一样又亮又小，咄咄逼人。再看那被一轮朝阳映红的头发，乱蓬蓬，一绺一绺，好似狂风中不甘熄灭的火苗。我吸了一口凉气，说：

"我知道你画的是谁。"

杨阳的目光暗下来，叹息一声说："没有人读懂我的画，只有我画的这个人除外。"

当时我们都沉默着。那一天我们在黄昏的天色里沿一行白杨走了很久。那是个深秋的日子，我们把一行白杨走尽了，又奔向一溜红枫。枫树叶儿已经有不少落在地上，杨阳取一片最红的放在手里。一道挂了青色石英墙皮的大墙在红枫的另一边。那是个陌生的、秘密的大院。大院十分森严。我们常常在这条路上走过，我很喜爱这条路。结婚以前，我与爱人常常走在这条路上。杨阳看了几眼高墙，没有作声，奇怪的是从来没有人问过这是个什么大院？我们一直走到天色漆黑才折回去。那天我请他回家里一块吃饭，他拒绝了。

杨阳的肖像画使我知道了他长久地惦念着一个人。这个人是他的朋友还是敌人？这是两个刚刚握手随即分离的年轻人。

在给我画看的第二三天，他病倒了。这次病把他折磨得太厉害了。发烧，说胡话，刚刚清醒就跟我要一样东西。我好不容易听明白了：他让我去宿舍取来那张画像放在病房里……不久就是机关体检，再不久就是杨阳查出了大病、再一次入院、到疗养院，直到调回老家工作。

他走后不久，我在一次偶然的机会见到了处长的儿子。这个年轻人已经完全变了一个人。他衣衫不整，神情沮丧，瘦得皮包骨头。我与他说话，他傻傻一笑，摇摇头走开了。后来我才知道，处长正为儿子忧心如焚，曾请了不少医生给他看过。这些医生大多是神经科的，他们都表示无能为力。后来有一个内科医生提议请一个肠胃专家来看看，他说人的一切疾病差不多都是胃的毛病引起的。处长冷冷笑了两声，再也不为儿子请医生了。那个小伙子常常在机关大楼下面转悠，再也无心画画。

这就是杨阳在这所机关的大致情景。您或许可以从中了解一下杨阳和他的艺术。我想这不仅仅是杨阳个人的悲剧，因为其中至少包含了两个角色。我不理解他们。我只知道他们是一对熊熊燃烧着的人，酷似一对孪生兄弟。可他们却是那么不同。

处长现在仍旧是处长，只不过几年来皱纹骤添。

五

杨阳又来信了。他被爱情困扰着，也被画困扰着。我读着他的信，有时真想让他直接找您一趟。当然这不稳妥，因为您太忙了，这需要您的应允。

他的信上说，夜晚他怎么也睡不着。为什么？就因为他构思的一幅新的作品上，有一架风车，有盐 —— 他想到了盐的光亮，怎样在画布上表现这光亮……他的确是被盐的光亮激动得睡不着的。您看，就是这样一个脆弱的艺术家。我敢说能被食盐的光亮激动得失眠的人，肯定是一个艺术家。

食盐在这儿仿佛又成了我新的尺度，但我是认真的，您也一定会同意我的。

我心中一阵阵急躁，不断回忆与他在一起的情景。我发现我需要一颗纯洁的孩子般的心灵的陪伴。我也需要艺术的滋养。而这二者杨阳身上都具备。眼看着他在一个暴君手下受苦受难，我不知怎样才好。您的回信给我希望，我也完全能谅解您对于这件事的一切看法以及解决它的所有步骤。您显然是对的。您考虑问题是艺术家的方式，但更是一个行政领导式的。也许您的办法才切实可行。

还需要我活动一下他身边的什么关系，请您告诉我。

对了，我不得不提一下倒霉的海参，我看出来了，您是迫不得已才告诉我的。不错，杨阳的境况得到改善、他最终要调出来，最后恐怕还是要借助于文化局长的力量。通过一个人 —— 这个人的选择我尚需再想想——送给局长一点海参是必要的、必不可少的。不过我打听了一下，最近海参是极不好搞的，而且贵得吓人。我想商量一下，海米能不能取代它——当然数量可以多一些——能不能呢？

我不得不在信上问一问。悲夫。

六

收到了您的信。事情是这样，杨阳回老家之后谈了两个朋友。第一个结束了，第二个尚未结束。但没有定下来。这个事情当然关系到调动，不过问题是那个朋友并不理想，杨阳与她没有中断关系，完全是他的性格所致。

您要是读一下他关于这方面的信就好了。杨阳性格中刚强和柔弱两个方面都让人吃惊。他太善良了。目前这个是个打字员，杨阳多次画过她，我也看过寄来的一些素描。有一些，显然作者倾注了巨大的热情。不过杨阳要画一棵树也会这样的。他信上说，她有时很美，不过有点狡猾，像小狐狸那样。这又有了另一种可爱。不过问题是他已经感到了她不是十分爱他。她如果被他所爱，那么他会终生不渝。他就是这样的一个人，是一个真正的男人。他回去工作后遇到的第一个朋友曾经强烈地打动过他。那是个修鞋女工，据说她的脸有些红，眉毛弯弯的，一笑起来嘴巴有一点歪。杨阳像欣赏一件艺术品一样，曾仔细地、快乐地向我描绘过她。他说："也许我与她再也不会分开了？"这句话的后面不是句号也不是叹号，而是问号。

他说他那时很多的作品中都有一股暖融融的调子，几乎比任何时候都爱使用明亮的黄色。他自认为那时的画是很棒的，"绝对来劲的东西"，"我明白自己是怎么了"，"这一切也许会过去的？"他后来的话中总是使用问号。这反映了他那颗兴奋而忧伤的、动荡不止的心。有什么不好的东西在隐隐地渗透，他艰涩冰冷的生活中印上的这一道阳光正缓缓地消逝。他说他们散步的时候，他更多地想起的是在大机关工作时的情景，那时他似乎真的爱上了一个人。可惜在一切还远远没有成熟的时刻，他被疾病折磨得倒下了，最后离开了那座又混乱又温暖的肮脏的大城市。

杨阳在机要训练班上认识了一个戴眼镜的姑娘，她是一位机要员的妹妹，当时正在机关门诊部工作。她的名字很怪，叫"咕咕"——杨阳奇怪地盯着她的脸，说："咕咕咕"——他不知怎么多叫了一个"咕"？听起来有点像斑鸠的叫声。姑娘的脸唰地红了，杨阳也不好意思地退开了一步。他这样叫她的名字完全是无意的，那只是发音器官的某种惯性作用。他还小，远远没有学会逗姑娘呢。他是真正腼腆的孩子，他自己就像个姑娘。咕咕常来看哥哥，渐渐跟杨阳熟得很了。她曾摘下眼镜让杨阳戴上试试，杨阳戴一下赶紧拿下来说："晕死了。"又说："这么晕你都能戴，真行。"咕咕哈哈大笑。杨阳第一次见到了摘去镜片的一双眼睛：她的眼睛这样大、这样柔和，像两湾深深的湖水。他喊了一声："哎呀！"

后来他凭着记忆画出过这双眼睛。

咕咕高高的个子，皮肤并不很白。她在门诊部搞注射。让人见了最难忘的，除了那双眼睛，还有顽皮的嘴角。这样的嘴角与温柔文静的面容形成了很大的反差。她在那儿搞注射，杨阳就不去打针。他的身体很弱，需要打针的时候很多，但他总是忍着或到别的医院去。他说，他自己很脏，很脏很脏。

咕咕是一尘不染的，像阳光一样明亮和洁净。

结果杨阳最后查出大病来了，烧得迷迷糊糊，被抬到了门诊部。给他注射的正是咕咕。咕咕给他卷起衣服，一眼看到的是瘦削的身躯、像儿童似的臀部。姑娘打完了针，在用酒精棉球轻轻搓揉的那一刻，忍不住流下了泪水。她一声不吭地坐在一边看着他，等着他睁开眼睛。在杨阳病倒之前，他曾借给咕咕很多画册，还画过咕咕好多张画。咕咕会长久地保留着这些画。

杨阳那天醒来，一眼看到咕咕，脸一下子红透了。他最终还是没有逃过咕咕的针头。

　　我在杨阳住院后常去看他。他告诉我咕咕也来过。只要提到咕咕，他的眼睛就立刻明亮了。我们的谈话常常有意无意地转到咕咕那儿。咕咕给他的水果他一个也不吃，全都放在床头柜上。他挑拣一个红的握在手里，又放在眼睑上滚动一下，说："真好的一个苹果。"

　　他从疗养院回来，有时要去找咕咕一次。咕咕的哥哥制止妹妹与杨阳接触，说那种病是传染的。咕咕似乎并不在意。杨阳也知道咕咕家里人不欢迎他，但还是要去。他对我说："我想看见咕咕，到她单位上，也到她家里去看她。有一天我怎么也受不了，跑到外面，跑到咕咕家楼下……'咕咕！咕咕！'"

　　后来发生了一件不幸的事，我相信杨阳一辈子也不会忘记，也相信他下决心离开这座城市，也会与那件事有关。那是八月里的一天，杨阳一整天都把自己关在办公室里，这是个温暖的星期日。他狂热地画了一天，傍黑时分完成了一张画 —— 他说这是他最满意的一张了。那是画了一棵半边碧蓝半边火红的枫树，树下站着咕咕。咕咕的眼睛看着什么，热烈的目光投向正前方。他携着画跑到外面，一直跑到咕咕家的楼下。在楼下站了一刻，他又蹿上楼去，擂着咕咕家的门 —— 那时也可能是咕咕不在，开门的是咕咕的哥哥，他两手沾满了面粉，扫了杨阳两眼，怒冲冲地就要关门。杨阳举了举手里的东西，喊了一声："咕咕！"高大的男人转过身子，一把扯下画来，骂一句："滚你妈的蛋去！"那扇门轰的一声关上了。

他呆了片刻，扭头走了。他这才明白了，这个凶恶的男人绝对不允许妹妹再走近他了。他扭头走了，迈出了离开这座城市的第一步……很多天以后我才知道这件事，我非常愤怒，并鼓励他到单位上找咕咕。他摇摇头，说，他这回明白了很多。"'小痨病鬼'——那个家伙以前这样笑着骂过我。我明白了，我没有资格靠近她了……咕咕！"他就这样，离开了。

您看，他是带着肉体和心灵的双重创伤离开了这座城市的。他要回到他出生的小城去。他是从那儿挣断脐带，投入了沸沸腾腾的生活的。如今他又回去了。

首先是文化局的背信弃义，并没有像许诺过的，让他专业绘画；再就是那个经理对他的百般折磨。他现在连一个人起码应该享受的平静和安全都得不到，又怎么进行艺术创造呢？他在那个窝窝囊囊的地方被啮咬到什么时候？这谁也不知道了。

我有时愤怒地想过：这座城市厌弃的，将是她的最了不起的儿女之一。

您是画院的副院长，正处在一个可以帮助他的地方和时刻。如果您像对待您一贯的艺术追求那样不倦、那样不知妥协，就一定会成功地帮助他。只要您的画院要他，他做什么都可以。他永远不会让您失望。他是个弱小的又是个坚强的人。您如最后决定了就来一个信，那边放他走的事，包在我身上。

该说的话差不多都说完了。请您扶持我的朋友吧！请您挽救一个被爱的火焰烘烤得浑身灼热的艺术家！请您挽救一个正在遭难的艺术家！您将功德无量！紧紧握手！您的朋友！

附杨阳信

一

今年的情况看来更糟些，因为经理召集人开会，把全体人员分成三个单位，就是三个小组。我们检票、烧水和扫地的、画广告的是服务组。经理不让我下午画广告，从四点三十至五点这半个小时，要突击准备晚场。其余就是让我帮伍大娘（烧水的，她是经理的远房亲戚）抬煤。原来有一个推煤的小铁车，后来没有了。我怀疑是他们故意给了另一个小组。时间安排得太紧，我觉得把我编入服务组的目的就是治我，我几次提出不干抬煤的工作，因为前几年烧水的人都是自己运煤。经理说现在是包干制，爱干不干，耽误了供应开水，就在月底扣钱。无奈。

我对广告画越来越头疼，纯粹是商业玩意儿，没办法。经理说这张好就好。他特别说要画好女演员的关键部位，即乳房要凸出一些。这对我的打击非常大。我最后的一点权力也受到了干预，我简直是气个半死。我每逢看到他那个黑乎乎的指甲在我的画上点来点去，就恨死了他。他身上有一股怪味我也闻到了。我敢说全天下没有一个人能有这种气味，不是酸臭，也不是霉烂味，好像是硫黄又加进了兔子粪似的，真的。他就是刚刚洗澡回来也让人恶心。

这几天做梦老离不开经理，我常听见他从窗外喊我，赶紧爬起来，心跳，外面什么都没有。我缺少的睡眠没法计算。我已经三个月没有好好睡一觉了。

前几天经理又破口大骂了，没有点谁的名，只是骂服务组。他骂着闯进屋来那会儿我正调一块颜色。当时我身上一抖，以为他会给我一巴掌。他没有动手，只是用手一指外面，让我出去抬桌子。

我最怕的还是回宿舍的事。我和民工合住一屋，身上爬满了虱子。这些民工有不少是从讨饭的那些人中招来的，原因是工钱便宜。经理说让谁干谁就能来干，来的人要送经理很多东西。全影院就我一个人睡在这儿，这当然是欺负我。

他女儿放假来影院里玩，她到我这儿来看了，听说我会画画，又是从大机关回来的。总之，她来看新鲜。经理（我真想有一天能用石块把他的头拍碎）还能有这么好看的女儿。她的体形令人难忘。不过这个小家伙的神气有些让人讨厌。

近来常常后悔，觉得来这个城市这一步是走错了。不过现在是回不去了。在你身边就好一些，那时我心里不痛快就找你说一通。现在差不多总是我一个人。我想家，又不愿回家。我父亲看不上我，好像也不支持我画了。他最高兴的时候是我在大机关那会儿，现在好像一切的错都是我的了。他根本不听我的解释，自以为是。他说我完了，让他想不到。

妈妈在的话，我会好得多。可惜她去世了。我一写到"妈妈"两个字就想哭。我有一半的画是想着妈妈画的。

二

　　我真怕给陌生人写信。按你说的给局长的那个朋友写了。真不好写。记得曾看你写信，马上就写好 —— 可我在这方面要用多得多的时间。可这是必须的。我想我对他什么都不了解、怕误解。有一天我接到他的来信，我马上回了信，但好多天没有回音，我心中又后悔、又惆怅！我写了工作情况，但与给你的信比，简单多了。我不知我该不该写那些。我天天等他的信。也许是我的自尊心太强了，陌生人回信晚了我就受不了。我对他介绍了目前的处境、这儿关系的复杂等。

　　我告诉他想快些调出去。去文化馆当然好，但不好调，盯着那儿的人太多了，刚来时就是被人挤掉的。实在调不成，与这个影院头儿谈谈，能对我稍微合理些也行，不过我怀疑这很难。区里想成立个广告公司，一年多也没成立起来。据说他们早就盯上了我，想要我去。但也有朋友劝我最好不去，我明白他的意思。那儿是有活干的，画外面的大型广告。全市有一百几十个广告牌，画完最后一个，前面一个又褪色了。天天画机器，枯燥无比，再也不会余下好的心情。长期下去会练成一种不好的笔法。这是最糟的事情。不过我目前影院的处境，我恨不能立刻就走。

三

　　最近，我终于处理好一个重要事情，就是那个人不会再来缠我了。

和她的最后几次交谈很不愉快。她也终于暴露出很多毛病，有的方面可以说是虚伪。我有时想，就是一辈子不结婚，也不要她。最后，对她仅有的一点好印象也不存在了。好了。终于过去了，谈她没意思。

在她走后的第二天，有一个很独特的美丽女孩来找我。她很适合做模特，气质不错，她真有意思，看来追求她的人是有的。对她不很了解，以前当过售货员，后来才去了修鞋厂。奇怪（在有些人看来）的是她倒很满意这个工作。她二十二岁。我为她随便画的小像，她挂在床头。明天我们一起出去玩，画画，照相。

前几天我不愉快，一个人悟出个道理 —— 对你不好的人，在关键时刻是闭口不语。像对那个女孩（以前的），他们甚至支持我与她好。当然，有个画画的朋友就劝过我干脆算了吧。

现在算是愉快了。明天会愉快的。不过我写这信时，不是告诉你别的意思。也许我与她只是朋友而已。

这时我又想起了咕咕 —— 记得吗？不知她怎样了。那时我们的散步，现在还听得见脚步声。我走在她后边时，一抬头就看见一条干净的半旧的条绒蓝背带裤子。与现在的女孩在一起没有这样的感觉了。

我写这信时，抬头可见经理办公室的窗子亮着。他还没有走。我的笔按在纸上像要折断。我不写了。

四

前些天我去那个区找了他一趟。他虽是你的朋友，我去时还是鼓了很大勇气。我对陌生人都多少有些怕。我怕他是个我不喜欢的人。去了两次都没找到，我又有些高兴，好像就为了见不到才去的。我留下新的地址回来了。不几天收到了他的来信，说他不在家，很抱歉。其实也是我不好，我应等他回家。我太急，不该匆匆回来。我写信向他表示了歉意，并把近来的情况告诉了他。

最近影院正在上新的录像。除了来新片子，来重要的片子，不然连两三天画画的时间也不给。一个月只画二次。经理倒知道宣传的重要，不过他要求的是另一种效果。这一段我主要是看门、扫地、抓逃票的人等。在影院里，我除了受服务组长的领导，还要受办公室的领导，是唯一受双重领导的人员。他故意这样制定。这对我很不利。还有组长，我们都出了力，拼命干，经理常常表扬他。那人的欺骗性很大，组长也看出来了。现在，我们都成了眼中钉！

现在工作量大极了，卫生区增加了一倍。差不多一年了，我一天病假也没休。真不容易啊。组长请了六天病假，经理在会上公布规定：大夫的病假条只起建议作用，要他再批准才行。副组长是他的狗，以前就找过我的茬，百般刁难。组长与经理暗斗，我在明斗。他口上喊改革，其实是养着一些，累死一些。影院是个三不管单位，非常黑暗，经理干什么都行。区里的广告公司还没批下来。以前文化馆和剧团办的都倒闭了。我倒真希望它能成立，它想要我。这个希望可能破灭。不该回来。

几年了，整天与小人周旋，为工作发愁，太没意思。如果这儿有个真正志同道合的朋友，我也会坚持下去。

当时调文化馆就受到很大阻力，看来，我的命运太差。文化馆长是我的老师，七七年因他的一句话，使我放弃了上中专。这就失去了一个机会。不过我对他还是感激的，他毕竟曾教过我，也帮助我调文化馆，可局里有个人很坏，与馆长有很大的矛盾。因馆长在剧团时办垮了一个广告公司，局里就扣了他三个月的工资。钱退还了，可还是结下了仇。局里那个人认为是馆长帮我调动，于是在我到来之前半个月把下面一个文化宫的美术老师调到文化馆。馆长后来到图书馆当馆长，又调我去图书馆，我因恋着画画，就去了影院。因为当时讲好是专职画广告。我哪里晓得会是这样。

我不能像狗一样去讨好经理。去年九月我为艺术节画画，被扣去了两个月的工资。十一月又找借口扣去了奖金。他用各种办法来打击和羞辱我，使我无法安宁。我不会向他屈服。我连他如此仇恨我的原因都不明了。我有时怀疑是否有人暗里说了坏话，使他对我造成了误解。有时又怀疑我的父辈与他的父辈有世仇……这些怀疑都没有理由。你来信一再询问产生矛盾的主要原因，让我回忆有关事件。我知道你的好意，但我实在不明白，好像他生下来就是要恨我一样，我从来没惹了他，真的，一丝也没有。

这一切也导致了恋爱的不顺利。曾经有个姑娘，她很淳朴。我们终于分手了。这事我曾告诉过你。现在的这个是新认识的。她被男方抛弃，通过听她说，我很同情她。我知道那个男的是个伪君子，可是她还留恋着他！我不明白，她为什么告诉我这个。我们认识有两三个月的时间。我想对以前的事不应计较，重要的是喜欢不喜欢。我只是很同情她。她也说过，我们大概不能成。她要"嫁鸡随鸡"了。近来我很苦，不知怎样才好。她不能使我幸福，都不能。我想提出分手。我又要得罪一个人了。现在看来是走错一步，步步都错。我没有欢乐、爱情、幸福！是什么能使我支持下来？我始终在幻想。我的心中存在希望，有心爱的艺术，有光亮。如果发挥出来，起码在社会上也能有价值。画广告牌，这是为大众的艺术。经理虽然现在贬低我的广告画，但懂的人还是认为我的广告画有水平，有灵性，与其他地方的不同，比如省内几个城市的。也可能我对待每一幅都较认真。广告牌的寿命很短，也算不上高级的艺术。再也没有比我更不适合搞广告的人了。

五

父亲来信骂我了。他来看过我一次，那个该死的经理对他好像很尊敬，其实是设法愚弄我。他对父亲说了什么我不知道。父亲心里不赞成所有工作不好的人，不管这个人怎样。但我的工作是认真的、大家都肯定的。工作不好与跟领导的关系不好是两个问题，可父亲就是不懂。

他对我说那些话，使我一辈子也不想回家了。我一个人，真的孤零零的了。妈妈没有了，这是对我平生最大的打击。父亲到我住的地方看了，他应该立刻明白，可他不。现在的时代，哪个工作人员住在这样潮湿的地方？再看看经理住在什么地方，他的朋友住在什么地方！

我夜间胡思乱想，成了我的幸福。我想你，想在机关的日子。我那时也不知怎么得罪了领导，不过他对我还不像现在这样。我画了很多画，枫树，还有咕咕。我想去看看你和你爱人还有咕咕。晚上我做梦，到了一条河，大概就是芦青河，上面有莲。我一时一刻都在渴念什么，不能平静。我想她们是可爱的还是不可爱的，该不该重新和解？不能的。我清醒的时候，就说不能的。我只想画，不停地画。有一个地方如果能让我安心地画，我会一辈子感激那个地方，哪里也不去。

经理现在说要抓思想教育了，还说首先要抓的就是我这个人。说一块坏肉不能糟了一锅汤，让两三个人分别帮助我。这其实是让他们监督我、折腾我，我仅有的一点看书的时间也被他们占去了。他们来了，就说一些不着边际的大话、开粗鲁的玩笑。我真想跳到天外去。

如果有要我的地方，我不惜一切也要调去！经理不放，我就和他拼了。没有退路，只能这样了。我太软弱，我恨自己。没有退路。

六

你信中总提到我的身体，我很感动。大体情况是这样：我认识的一个大夫前几个月看了，说恢复得比较好。自我感觉也比前好了。现在服务组工作量太大，我算是坚持下来了。从化验结果看，还是脾的原因，白血球比健康人稍低一些。四千至一万正常，我刚刚达四千。血小板正常，肝功能正常，阴性，可能不是传染的，是劳累、营养不良等所致。从疗养院出来到现在，肝功能一直正常。我已两年没吃治肝的药了。有时吃维生素。我曾看了一本治疗书，一病例和我相似，但比我重得多，吃了中药完全好了。可医生说那样治必须住院，因吃那治脾的药伤肝，还要调理肝。所以，等以后再说吧。我的病，即使发展也缓慢。收到你的信后，我原想做 B 超，但经理老找碴儿，控制严格，以后寻机会彻底查一查。

上次谈到的那个姑娘，经常来，我有点同情。可是不会结合的，我有预感。她也感到了。可是她却提到今年结婚等话。我想了想，我以前好像跟她讲过九十月份分房子的事。那是经理与郊区大队联系建的一幢宿舍楼，分给新结婚的职工。这房子当然不会给我，我也不会因为房子去迁就这么大的事。虽然房子像性命一样宝贵。我再在民工这儿挤下去就要死了。她还想赶快往这个区里调，总之她不想等。还是分手算了，这才是理智的好办法。

我越来越感到情绪给我的影响是多么大，还有环境。记得去年九月为了一幅小风景，创作冲动使我半夜起床。全部改动五六次，一次一种风格。有一次画完我说，这是郁特里洛啊。这个法国风景画家可折磨过我。当时日记这样写道："十七日。这幅画经历了几个阶段。开始要画一个简单的浓云、田地、水洼里有树叶和小黄花，一种雨后的景色。受灯的启发，后来又受雨的启发，画了在雨天发着光的盐。为了盐的光，我激动得没有睡好觉。要把盐滩画出味来。整个调子是玫瑰、深褐、纯青和柠黄。去盐滩村看风车、水车，画了五六幅速写。风车一转动是雄伟的，像那唐吉诃德见到的。重画，天空用深黄加白在蓝底轻扫，透明感加强，很理想。又重画了，很忧郁，这使我想到郁特里洛，柠黄紫和蓝。虽然很深沉，但不透明。现在又全部重来。十八日。今天上手还是郁特里洛，帆布画得像青鱼皮；中午，全部刷去。下午三点重画，较顺利。加上风车。晚上，去一个地方吃饺子。今天是八月十五（阴历），月亮很圆。"这幅画你一定会看到。

最近一段，我什么也画不出来。现在我看书，没有目的性地看书，不知这样下去会有什么收获。

我很长时间没有休班了。真想好好休息一下。明天接连五天放映一个新的武打片子，每天五场。每月都有这么两三次。大部分观众欣赏力极差，一听武打片兴趣就来。有些很棒的片子没人看。就写这些。

一九八七年十一月底写于济南

一九八八年六月改于龙口

附 录

欲望：时代与人性的另一面 [*]

——试论张炜小说中的恶魔性因素

陈思和

一、为什么要用恶魔性因素来解读张炜的小说

想到这样一个题目，是来源于一篇论述德国作家托马斯·曼的小说《浮士德博士》的论文[1]，从德国文学以至欧洲文学传统中提炼出来的恶魔性因素，引起我极大的兴趣。中国当代文学中有没有可能反映出世界性的因素[2]，能否体现出中国作家在全球性格局下达到与外国作家的同步性思考，以及何以显现世界性因素的本土环境特点，都是我所关注的领域。为此我曾尝试将恶魔性因素移用到中国当代文学研究，首先是讨论"文革"题材书写中的恶魔性因素[3]，进而要讨论的是全球化历史进程中的恶魔性因素的特征及其相关问题。

近几年张炜连续创作长篇小说《外省书》和《能不忆蜀葵》，引起

---

* 本文发表于《文学评论》二〇〇二年第六期。

的争论非常激烈，我发现这些争论与其所批评的对象中，隐含了批评者对某些张炜的传统风格所不能涵盖的新的因素的陌生感与焦虑感，那包括了作家超越现实的政治层面和自然的民间层面、直接面对中国现代化进程中出现的复杂状况而发出的心声，以及作家个人所特有的思想探索与人格冒险。由于这样一些因素的怪诞显现，其遭到误解以至引起争论都是正常的。但是我仍然以为这两部作品对张炜来说是重要的，它们不是张炜向新的创作高峰过渡的标记，而是文学直接面对当下生活的血肉相连的展示，并在展示中隐含了传统的批评术语所无法涵盖的新因素。生活中无法命名的东西应当先由文学来命名，对此评论界可以用各种术语来命名它，而于我来说，为论述的方便，则借用现成的英语 demonic 的中译：恶魔性[4]。

与《浮士德博士》的主人公一样，《能不忆蜀葵》的主人公也是一位被誉为天才的艺术家，他同样有一个象征性地把自己灵魂抵押给魔鬼的奇遇，由此使我联想到西方文学中浮士德式的追求模式，再由此上溯到《外省书》两位主人公的怪癖性格，用恶魔性因素来给这种怪诞性格以命名是可以成立的。这个概念还可以从《蘑菇七种》的"文革"书写中延伸过来，构成一个完整的"文革时期的夺权斗争 —— 改革开放时期的自我释放 —— 全球化时期的欲望追求"的欲望三部曲，完整地演绎出中国式恶魔性因素的发展轨迹。讨论这些行为心理或多或少都碰触到一些概念，诸如疯狂、原欲（里比多）、破坏欲、原罪感，等等，美国心理医生、《爱与意志》的作者罗洛·梅曾说到心理治疗中命名的重要性："我们依靠命名，直接地面对了病魔的世界。医生和我站在一起，在这个炼狱中，他知识比我丰富，他知道更多的魔鬼的名字；正因为如此，他就能在技术上充当我的向导，给我指引下地狱之路。在某种意义上，诊断可以被看作是现代人大声叫出暗中作祟的魔鬼的名字的一种方式。"[5] 命名是为了更好地面对，所以我把张炜、阎连科等作家创作中的某些性格命名为"恶魔性因素"，也正是鼓励了这种面对恶魔性的必要勇气。

二、张炜小说里的恶魔性因素
——原欲诸种

考察古希腊有关文献中"恶魔性"一词的复杂含义，大致可以肯定，在古希腊的人们观念里这不是一个反面的词。它仿佛与神明相通，但又有着巨大区别，是介乎人神之间的中间力量。它神通广大，常常在人们理性比较薄弱的时候推波助澜，构成对社会某种文明秩序或正常权威的颠覆，其颠覆对象包括社会意识形态的正统性、社会伦理道德的制约性，以及对自然界规律的神圣性，在这种强烈的颠覆动机里仍然包含了创造的本能。罗洛·梅把"恶魔性"定义为："能够使个人完全置于其力量控制之下的自然功能。性与爱、愤怒与激昂、对强力的渴望等便是例证。它既可以是创造性也可以是毁灭性的，而在正常状态下它是同时包括两方面的。"[6] 如果以这样的标准来解读张炜小说中的恶魔性因素，我觉得应该以张炜在八十年代创作的中篇小说《蘑菇七种》为开端，九十年代创作的长篇小说《外省书》和《能不忆蜀葵》为主体，综合地探讨张炜小说中的"原型的欲望"以及恶魔性的因素。

欲望三部曲是我对张炜的这三部作品的艺术概括，"欲望"在张炜创作中是一个不自觉的隐形结构。在显形层面上，张炜是个持二元论的作家，政治为中心的现实层面和自然为中心的民间层面始终交织在他的艺术世界里，常常各不相容。在描写前一层面的《古船》《家族》里，民间层面退出了他的艺术视野；而表现后一层面的《融入野地》《九月寓言》等，美丽的大地哲学又淡化了现实层面的严酷斗争。正因为读者对张炜的阅读期待有所不同，他的每一部创作都引起过激烈争论。但我以为，前一层面是社会环境与社会教育造就的张炜人格的自觉投射，表达了知识分子精英批判的立场；而后一层面的民间世界更能体现张炜的阴柔含蓄的艺术风格，他毕竟是一个属于大地的民间歌手，有一种与现实世界格格不入的民间因素制约着他的创作倾向。而恶魔性因素则是在这两个层次以外的第三个层次，代表着人类精神世界的一部分。我研究当代文学中的民间形态时，一直有个很难说清的感受，我觉得民间世界本来不是给作家提供与现实社会尖锐冲突的战场空间，它是一种自在的世界，与现实世界并存而又格格不入的空间，因此它保存了许多现实世界所不容的审美因素，同时也显现了个人性自由发展的理想所在，它的许多怪诞和狰狞现象显示的另一种粗糙的生存方式，只是证明了多种生活方式都有存在的合理性，而不是要彼此取而代之。所谓的"民间理想主义"的乌托邦性质也往往体现在这里，张炜的《九月寓言》在这一特征上表现得非常出色。而恶魔性因素则是另外一个显在的精神审美空间，它不回避现实世界矛盾冲突的尖锐性和残酷性，或者说，它本身就是来自现代文明推进过程中的负面效应，同时又是以毁灭性的姿态表现了生命意义的对立和文明制度的精神反抗。张炜对现代性的质疑态度和对生态环境的关注，以及对民间藏污纳垢审美精神的融会贯通，都引导了他倾向于对恶魔性因素这一精神领域的发掘和表现。但要指出的是，关于恶魔性的审美因素及其精神构成在中国当代文学中还远远没有充分地展开，阎连科与张炜的小说所呈现的恶魔性因素都仅仅在原欲（原型的欲望）的层面上有所涉及，还没有达到西方现代文学具有的令人战栗的深刻程度，诸如"恶"的人性因素、罪感与忏悔、复仇与恐怖，等等。阎连科与张炜所不一样的表现在于，阎连科创作中对恶魔性的表现有所自觉，他的许多好小说都是鬼气缠身，意象惊人；而张炜创作中的恶魔性因素则是无意识的流露。我们读张炜小说时，发现恶魔性因素往往是破碎的、混乱的、复杂的，但又恰恰是从这些不自觉的流露中，我们似乎更加清楚地看到了恶魔性因素的原始的状态。

《蘑菇七种》："文革"时期的权欲斗争及原欲的雏形

在张炜的小说系列里，较早地体现恶魔性因素的是一部怪诞的中篇小说《蘑菇七种》，这部小说不仅比较早地体现张炜的民间追求，而且处处着墨于恶怪意象的描写。小说开始第一段就这样写道：

叫"宝物"的是一条丑陋的雄狗，难以驯化。它的品性实际上更接近于狼。给它取名字的人是这方世界的君王，叫"老丁"。它从小就皮毛脏臭，脾气凶悍，咬死了很多同伴和猫。……很多人想打死它，都没能得手。可老丁的话它句句听，二者之间心心相印。……

这段描写已经把恶犬宝物的魔鬼性凸现出来，再配上一个诡计多端的主人，仿佛是浮士德主仆的出巡。恶犬宝物横行森林中了蜘蛛的剧毒，神智昏迷中却看到了人世间恐怖的恶毒景象，结果被唱进民间歌谣里："毒蘑菇演化出的故事万万千，俺宝物也略知一二三。"故事所描写的时间背景是"文革"，叙述语言、故事细节都带有那个时代的特点。那个神秘莫测的树林就是一个与外部世界（场部）对立的独立王国，小六是总林场指定的组长，但在树林里没人理会，老丁是自封的场长，却受到了包括恶狗"宝物"在内的树林众生的拥戴，由此建构起一个神话般的民间世界。小说里最精彩的一幕是总场派工作组下林子调查，树林里的枯木朽株一起努力演化出种种凶相，把他们吓得狼狈鼠窜，赶出了树林。故事发展荒诞不经，叙事视角忽人忽狗，却把"文革"中司空见惯的基层夺权运动写得出神入化。

"暮色苍茫，树影如山，宝物出巡了"，这既是神话的开始，也是欲望的发端。真正"出巡"的当然不是一条狗，而是恶犬宝物的主人、森林里的君王老丁，恶犬只是他内心世界的恶魔性的向外投射。他横行森林却义薄云天，为了保持森林君王的地位，使出全部权术来与场部指定的组长小六作惊心动魄的斗争，最后利用神巫力量把小六置于死地。这场斗争若发生在正常社会必定是惨烈酷劫的冤假错案，而发生在民间的魔幻世界里却变成魔鬼玩弄的一场恶作剧。而且可笑的是，老丁的对手小六其实早已放弃争夺权力之心，是因坠入了情网而丧魂落魄，才被落井下石惨遭横死；可是"英勇无敌，威震四方"的君王加恶魔老丁也因为失恋而形容憔悴无计可施，终于堕落为一个小丑，与小六殊途同归。综观老丁的欲望原型：权欲、性欲和物欲，正好应对了古希腊文献中有关恶魔性的三种诠释，包含了原欲的基本雏形。蘑菇既能养人又能毒人，蘑菇七种其实也是象征了种种欲望神魔共生，为了实现这种种欲望他不惜调动一切手段。其中欲中之欲不是性的里比多，而是权的里比多，其中浓缩了多少中国人的原始欲望。这也就是原型的欲望。

《蘑菇七种》写的是"文革"背景下发生的故事，虽然以寓言的形式展现森林里的奇观，但其把权欲作为原欲的主要表现对象还不仅仅是强调了中国文化的传统特色，而且凸现了"文革"的时代特征。当物质极端匮乏、人性极端压抑的时代里，革命的时代刺激了弥漫全国的权力欲望。随着"文革"的结束和改革开放时代的到来，政治的可怕阴影终于逐渐退出了人们的日常生活，人性首先在思想解放运动中觉醒，人性解放的欲望开始成为新的时代精神，自我里比多的释放比物质欲望更早进入中国人的日常生活，八十年代中国社会无数婚姻家庭的解体和重新组合，洋溢着人们对个性解放的浪漫想象，整个社会风气和人性解放运动都具有空前的理想色彩。张炜的欲望三部曲的第二部《外省书》写的正是这样一个社会转型的年代，人性解放的欲望不能不成为其描写的主题，成为原型的欲望，虽然这原欲里仍然包含着极为丰富的内涵。

《外省书》：人性解放时代的生存欲望与生命欲望

《外省书》直接描写了正在进行中的经济开发，但叙述结构非常奇特。张炜通过史珂这一复杂的艺术形象，构筑起一个社会发展和个人命运的关系：主人公史珂是个百无聊赖的知识分子，身在经济开发大潮中处处感到是局外人，扮演着当下社会的多余者和批判者的角色。但吊诡的是，指挥这场经济开发运动的真正主人不是政府的市长，而是史珂的侄子、当年赫赫有名的资本家的孙子史东宾，今天轰轰烈烈的海边开发事业，正是当年史家老一辈梦寐以求的理想。所以，史珂望着即将消失的海岸边，终于说："史家从上一代就在打这个主意，到了这一代才得逞。"[7] 于是，小说打破了张炜原来小说世界里的家族式的人物分布，构成为一个人与一个世界之间的对立。史珂从京城退居济南，又从济南退居海边，为的是躲避尘世喧嚣，埋头写一本莫名其妙的书。这本书的书名一直没有决定，内容也只是一些零星的思想笔记，史珂最后说，既然自己身处外省的外省的——外省，那么这本书也可以称之为《外省书》了。这一连三个"外省"，既可以读作京城／省会／海边的三级差别，也可以理解作全球化／国家化／乡土化的三级差别，然而当平静的海边也被经济开发的浪潮所席卷的时候，就如史珂所感到的：真是无路可退了。在这种退却又退却中，我们看到小说里的二元对立模式变了形：与史珂相对立的不再是一群人或者一个阵营，而是整个欲望的世界。当他如顽石跳出红尘一梦时，那"梦"本身则是一个如火如荼开展着的声色世界，在这个世界里，几乎所有的人都为欲所驱而苦逐不休。史珂与欲望世界相对立，可是站在他一边的人数极少，而且面目不清，冰清玉洁的师辉、善良而无能的捡松果老人，等等，形势实在是令人沮丧。而那象征着欲望的世界里，却活跃着一大群血脉喷张、精力过人的人们，他们为时代推波助澜，为自己伸张个性，在罪恶与创造的刀锋边上，把生命过程有声有色地留在人生的舞台上。

如果我们从原欲的角度来解释史珂所面对的欲望世界里的人物，如果我们暂时借助西方精神分析学把原欲解释为里比多的话，那么，我们就能解释为什么作家通过师麟之口为每个人物都取了一个动物外号。这些外号在小说里没有实质性的意义，看上去似乎只是为了加强小说的寓言性，但如从原欲的理论来理解，人向动物性的退化或者返回生命祖先的潜在意向，正是被压抑的动物内驱力的无意识流露，小说里主要人物的动物外号几乎都是鱼类（鲈鱼、鲷鱼、鲤鱼）和灵长类（狒狒），含有一种贴切生命初始状态的意向。这些在原欲支配下的人物可以分作两大类，一类属于生存的欲望者，一类属于生命的欲望者。前类有史铭、史东宾、马莎等；后类有师麟和狒狒，作为两类欲望的基础——原型的欲望，也就是性的欲望。

前类人物都曾经有过一段人性受到极端压抑的生活痛史，以至于他们把争取生存的权利看作是唯一的奋斗目标。以史铭为例，他幼年时代有过一次可怕经历，使他一生都处于被阉割的恐惧和焦虑中。他在恐怖年代里利用出访机会毅然叛逃去国，又用狂热的性欲追求来掩盖其幼年时代留下的性恐惧烙印，以致被弟弟史珂骂为："在你嘴里好色倒成了爱国。"但是史铭的强烈的生存欲望是成就他一生事业的最大动力，他的精力旺盛，知识渊博，性格趋新，善于接受新的科学信息，与未老先衰、信息闭塞、知识陈旧、语言乏味的弟弟形成了鲜明对照。史铭的恶魔性体现在他的性格冲动里，为了个人生存机缘而冲动，他可以不顾连累家人，用毁灭国族观念、家庭利益和亲友的生命为代价，来创造自己的生存与发展机会，终于完成了破坏与创造的同一性。连与他格格不入的弟弟史珂也忍不住对他发出这样的赞叹：欲望是一种真正的能，它有点像等待开发的铀——那种威力啊……史铭不是一个简单化的人物，他的性格里所含的超越一切道德的复杂因素，使这个形象闪耀着奇魅的光彩。史铭的儿子史东宾几乎是父亲的翻版，如果寻找张炜小说里的人物谱系，大致上是《古船》里的隋见素一流的落难英雄。他也同样有过恐怖年代被摧残的经历，但遇到了经济开发的有利时机，他血液里流淌着家族的恶魔性遗传因子，像一条扬子鳄不动声色地利用权力的腐败，创造出一个家族王国（这个秘密发家的故事被作家隐蔽在史东宾与市长的关系里）。这样的形象在张炜以前的笔下本来是恶俗之极的人物，可是在史东宾的性格里却处处埋伏着可能出现的转机，他爱上师辉就是生命中出现的一道超越生存意识的光亮，这一点与《能不忆蜀葵》中的淳于阳立一样，出于对美的感动和出自生命需要的爱，人物的原欲从生存的欲望向生命的欲望提升，他的性格里就会出现某些亮点(即爱的欲望)。生命的本能集中体现在爱欲上面，一个还能产生真正动情的爱的生命，还是有希望的生命。

　　小说里真正洋溢着充沛的生命欲望和博大的爱的精灵，就是被称作鲈鱼的师麟。这是生命本能的自然体现，他和另一个人物狒狒都仿佛从远古的生命场里走来，极不合时宜地走到了现代文明制度里。师麟参加革命是天经地义的，只有在社会秩序极度松弛、文明的枷锁被革命打成碎末的时候，他的恶魔性格才有可能长驱直入畅通无阻：这就是充满诗意的"老房东时代"。他无数次流连忘返于美色之中，成为革命的情种，但是一旦社会秩序重新建立，哪怕他是这个新制度的创建者和功臣，也不得不受到文明制度的压抑与惩罚。马尔库塞引用弗洛伊德理论来解说原欲与文明的冲突："弗洛伊德说：'幸福决不是文化的价值标准。'幸福必须服从作为全日制职业的工作纪律，服从一夫一妻制生育的约束，服从现存的法律和现存的秩序制度。所谓文化，就是有条不紊地牺牲原欲，并把它强行转移到对社会有用的活动和表现上去。"[8] 这时候再也没有水乳交融的大地般的爱情，老房东时期的浪漫精神不得不让位给社会秩序和文明规范，鲈鱼只能在干涸的环境里奄奄一息，悲惨地死去；在革命年代里，师麟一生爱抚女性无数却未曾留下一儿半女，也就是弗洛伊德所说的，性爱本来是由快乐本能所驱使，只能是两个人之间的事情：一对情人就是一切，也无须他们共同生育子女来使自己幸福[9]。而到了现代文明制度下面，原欲只能向现实妥协，师麟与胡春旖的结婚建立家庭则象征了生命的快乐本能向社会现实的转化，基督教家庭背景的胡春旖代表了文明、理性和责任，他们生育了美好的女儿师辉，建立了为社会称道的家庭。但是，师麟的故事仍然沿着原欲的冲动不可遏制地滑向悲剧，这场原欲向文明的妥协终于被证明是失败的，原欲毕竟无法约束，师麟的泛爱精神至死也没有获得文明制度的宽容，当然也无法获得他的妻子的最终谅解。

如果说师麟象征着"欲"，那么，狒狒则象征了"罪"——这也是恶魔性因素的一个重要概念。狒狒近于巫，她用草药为师麟沐浴，甚至以女体来慰藉性无能的老人，从民俗的角度看都扮演了古代民间巫的角色，所以最后她能够决定师麟的死亡仪式。由于作家所特有的民间叙事能力，这个人物成为张炜笔下最生动可爱的女子形象之一，她的个性就仿佛是一只大自然里活蹦乱跳的猿猴，任何束缚对她都无可奈何。

　　狒狒身上费解的细节是她最后向史东宾的保镖电鳗投怀送抱，背叛了保护人师麟，我以为这表明她对人性中的爱欲有了清晰、自觉的意识，由对师麟的博爱的无意识的欲望转向了对电鳗的具体的性意识的欲望。一旦意识到这个转变，她就结束了为师麟所扮演的巫女的角色，学习做一个"正常人"了。正如师麟不得不向文明制度妥协而与胡春旖结婚学做正常人一样，野性的、原始的、充满了生命原欲的狒狒在现代生活制度下终于也不得不妥协而成为"人妻"。唯一可慰的是她与电鳗的结合仍然建立在强烈的性的基础之上，保持了某种原欲的因素。

　　由于性的欲望及爱的欲望是人类生命本能中的基本欲望，所以在追求人性解放的社会大潮里，性欲成为原欲的最主要的特征。《外省书》把欲望九九归一地纳入性欲大潮来着力表现这个时代的特征。但是，中国在上一世纪八十年代的社会思潮里，人性的解放始终是以发展社会经济，以及对政治制度的改革愿望联系在一起的，如果把小说里的人们受到的困扰都归结为性的困扰时，那么，当时另一个同样推动社会发展和人性解放的欲望原型——物的欲望，并且由物欲与性欲相结合而形成的恶魔性因素，就被严重忽视了。史东宾的身上仍然保持了张炜一贯的书生气，一旦真正爱上了师辉，他的百万家产与史家家族的事业都变得微不足道了，他还不能发自本心地做出一个现代资本家的理性判断。马克思主义的经典作家一向认为，在资本的积累与发展过程中人们对利润与财富的掠夺才是最根本的欲望："随着资本主义生产方式、积累和财富的发展，资本家不再仅仅是资本的化身，他对自己的亚当具有'人的同情感'，而且他所受的教养，使他把禁欲主义的热望嘲笑为旧式货币贮藏者的偏见。"[10] 马克思所谓的"自己的亚当"正是指资本时代的被膨胀起来的性的欲望消费，而这样一种与"现代化"相吻合的原欲是随着资本与财富的不断扩大而膨胀起来的，正如史东宾与马莎的性爱关系建立在他的如日中天的事业基础上，他对师辉近于迫害的追逐也是建筑于巨大的财富的自信上面。但史东宾在爱上了师辉以后如何在物欲与爱欲中做出痛苦的而又并不浪漫的选择，张炜无法为我们提供进一步的答案。只是这一探索在作家的创作中依然进行着，于是就有了《能不忆蜀葵》里的艺术家淳于阳立的故事，由此展开了恶魔性因素穿行在物欲时代的新的艺术镜头。

《能不忆蜀葵》：恶魔性在物欲时代的穿行

把资本与财富的欲望置于第一位的欲望，从而遮蔽了人性最基本的欲望，这本身就是资本时代人性异化的标志。《能不忆蜀葵》如果仅仅停留在这样的意义上来讨论艺术家与市场经济社会的关系，那也不过是重复了以往许多批判现实主义作家已经做过的工作。我觉得这部小说的可贵，是张炜没有重复前人以及他自己关于这个问题的思维惯性，他所面对的是一个新的课题。小说在叙事上略显得有些匆忙、零乱和不够和谐，正是作家面对纷乱现实所做的紧张思考所致。淳于阳立面对的困境也就是史东宾的困惑的延续，但是淳于是个土生土长的中国知识分子，他不仅把主要欲望从性的原欲转移到艺术的升华，而且他勇于面对困境做出认真的实践。我在前面指出过，恶魔性因素既不属于传统的知识分子精英的人文范畴，也不属于虚拟的民间世界的理想范畴，它是来自西方文化的一种精神性的指向，尤其是西方现代主义在整个文化大转型的时刻提出来的一种带有堕落、颓废倾向的精神对策，这种对策及其实践的后果，西方文学中有过深刻的艺术揭示，而在中国文学中至今仍然是空白。不管张炜是否自觉到这一点，他的探索实际上是给当代文学带来了新的话题：恶魔性的因素在物欲时代里表现出一些怎样的特征。

什么叫作"物欲时代"？《能不忆蜀葵》所描写的时代背景是上一世纪九十年代的中国社会，是人们追求金钱财富、追求消费享受的年代，市场经济的社会体制保障了人们的追求欲望的合法性和可行性，人性的解放从理性走到了"自己的亚当"的原欲大释放，以致八十年代在人性问题上所表现出来的理想主义被席卷一空，以财富为基础的欲望吞噬了一切温情脉脉的人性因素，浮士德所想象的人通过征服自然以证明自身的价值，变形为对物质世界的赤裸裸的占有欲，物的欲望成为一切欲望的基础，原欲中的原欲。文学是时代最好的感应与反射，综观九十年代的小说，几乎没有作家描写坚贞动人的爱情故事，取而代之的是妓女和准妓女的故事，或者形形色色出卖肉体以满足物质享受欲望的新人类宝贝的故事。物的欲望在社会上成为支配一切的怪物，但知识分子身处这样一种环境而心身所历的煎熬，我们的文学却从未认真表现过，所以当人文精神寻思和呼唤的声音终于嘶哑淡去的时候，恶魔性的因素宿命般地到来了。

淳于的故事让我联想到托马斯·曼的《浮士德博士》的故事，那也是讲述了一个艺术家创造中遭遇了创造的困境，于是他受到魔鬼的诱惑，与之签订合同，由魔鬼来帮助他创造出真正的天才音乐，以便与贝多芬时代的古典音乐划清界限，但付出的代价将是他一生不能再拥有幸福。相传这个音乐家的原型是综合了马勒、勋伯格等现代音乐家的故事[11]。现代主义艺术就是反传统的、与社会现实格格不入的恶魔性的艺术，以最大的标新立异来拯救大地上弥漫的平庸之气和浮躁之气，企图重新来激活西方文化的生命力。那位音乐家把自己严密地封闭在书斋里，完全与社会隔绝，他的恶魔性因素主要是表现于他所创作的两首交响乐——《启示录》和《浮士德博士悲叹之歌》，而这些作品的灵感正是在他与魔鬼订交以后被激发出来的，魔鬼本身并无作为，在小说里只是起了一个中介的作用。但接下来我们马上就可以看到，张炜笔下的淳于是如何被激发出魔鬼性，而这些魔鬼性因素又是如何对现代艺术反其道而行之的，这也就是中国式的恶魔性的恶作剧。类似的故事发生在《能不忆蜀葵》第二卷第二章第二段里，淳于正处于艺术创作上走投无路的时候，他遭遇了一个奇迹：在列车上他遇到一个魔鬼般的人——老广建，他是淳于初中的同学，"这人比淳于大一岁，也是中年人了，头发中夹杂了许多银丝，带了眼镜。……皮鞋锃亮，手上有颗大戒指"。一副俗不可耐的形象。他在当年是有名的大笨蛋，如今竟成了一个大富翁。淳于出于想了解"这个无所不能的世界又变出了怎样的魔术"的好奇，便随老广建去了一次度假村，这完全是一次游仙窟式的奇遇，淳于在欲望世界里梦游归来就彻底丧失了艺术灵魂，他毅然放弃了自己的艺术生涯（用淳于的话说是暂时"告别艺术"或者"搁置艺术"），投身到现实世界的欲望旋涡中去，开始了他的恶魔性的冒险生涯：下海经商以及他的大败而归。

从表面上看，淳于的道路与那个中了魔鬼蛊惑的音乐家的道路是相反的，但从他们对生存的环境不能相容的态度中，又可以感受到同类的艺术家的气质。他们都是不受社会欢迎的人，又都是自标为天才——这与十九世纪以来恶魔性因素从宗教神话题材转向世俗文化是一致的。淳于出身于"红色革命家庭"，在"文革"的特殊背景下培养了他无所畏惧的骄傲与贵族气；他又从小在乡村贫苦环境中长大，一次因食鱼中毒被农村养母用蜀葵叶救活，但民间的"毒"已经深入骨髓，加深了他桀骜不驯而愤世嫉俗的性格，被人称作"土驴"。他的成长史上第一个导师是他的陶陶姨妈，又是一个张炜最擅长写的亦巫亦母式的人物，给了他一种完全我行我素的教育。纵观淳于阳立的天才生长之路，血缘、环境和教育为他创造了非常有利的条件。他所做的第一件反叛社会流行观念的行为，就是出于纯粹的艺术冲动去寻找另一个天才少年楷明，而后者当时正因为家庭出身不好陷于极度的孤独寂寞之中。淳于的登门造访是楷明人生的转折点，也是淳于作为一个敢于视流行的阶级观念为敌屣的英雄证明。他具备了天才的一切素质：他的智力、胆识、精力都有过人之处，人性的欲望也有强大的魅力。可是当他和楷明后来都成为艺术家的时候，楷明由于中规中矩地顺从社会的要求和市场的规律而为世俗所接受，成为一个名利双收的"成功人士"；而淳于却依然以不屈不挠的好斗性与一切毒害艺术的社会污染作战，结果被一步步赶入了自暴自弃的孤立绝境。这本来应该是一个具有神性的人，却陷于世俗的泥浆里不能自拔。他在"告别艺术"的会上发出宣告："既然楷明这样的人都得了洋奖，连靳三这样的人都与联合国官员照了相，伙计们，这就让我们不得不严肃考虑一个问题了 —— 如今'艺术'这玩意儿还搞得搞不得？"这里半掺狂热嫉妒半掺严肃真情，也就是说，当艺术已经被市场所操纵，已经被主流的艺术趣味所左右（在全球化时代，艺术的标准往往取决于艺术市场上买方的金额），那么真正的天才艺术家自觉退出市场化的"艺术"圈子不失为一种洁身自好。他宁可通过其他领域的经济活动来满足物质欲望，但不出卖艺术良知。这也可以看作他蔑视世俗潮流的最后一搏，他不但没有拒绝社会潮流，反而迎着潮流投身于商海，希望挣扎出一个艺术家的新世界 —— 这就是他流连忘返的小海岛。我觉得淳于向商海的纵身一跃本身就是恶魔性的，就仿佛德国音乐家的创作勇敢地走向地狱一样。

据我所知，淳于阳立作为当下社会的某一类艺术典型，读者对他的性格诠释是相当有分歧的。不同的意见来自两个方面：一方认为他是个堕落的艺术家，或者说根本不是艺术家，而是当代的文化泼皮；另一种意见认为他是当代英雄，是"王子"或者神人，所以他与现实环境格格不入，他的失败具有"英雄末路"的悲壮感。前面一种意见多半是依据了正统的人物性格标准；而后一种意见是明显感受到作家的艺术暗示，但双方共同的缺陷是看不到这个人物身上非常特殊的恶魔性因素。前者对恶魔性因素缺乏理解所以把艺术形象的性格标准放在纯而又纯的模子里加以规范，后者则看不到恶魔性因素又如何使这个人物从神性降低到藏污纳垢的境地。其实淳于身上的恶魔性因素并不神秘，那是中国特殊的社会环境所造成的悲剧。淳于是上一世纪六十年代的"文革"乱世到九十年代的全球化大趋势这一特殊年间的产物。少年时代的淳于为读到一幅画可以感受灵魂的战栗，进而不顾世俗偏见去找困厄中的桤明交心，两人一度成为挚友。这个故事放到"文革"的背景下 —— 那整个民族精气都被阉割掉、没有独立意志的年代 —— 来理解，淳于敢于反叛的性格就突兀而现。但是当中国走进全球化趋势的九十年代，一切都趋向体制化规范化商品化的年代，当人们再一次在社会大趋势下丧失自我的独立精神和生命原欲，亦步亦趋臣服全球化的强势的时候，当多少平庸之材借助平庸而呼风唤雨、沐猴而冠的时候，像淳于阳立那样元气淋漓的个性则失去了社会青睐的可能性，创造性的一面失去了生存的条件，无法再创造出新的生命力，那就只能剩下恶魔性的放肆破坏和粗俗反抗了。这是社会造成的悲剧，也是淳于个人的悲剧，是"文革"与"全球化"两个看似截然不同的时代在他身上"共谋"的结果：淳于的缺陷是很明显的——也可以说是中国式的恶魔性的特征之一——他所缺乏的，一是必要的"才"，二是应有的"德"，而这两者正是"文革"时代教育普遍缺失所造成的整整一代人的悲剧；艺术（专业）上无足够的天分与才力来应对时代挑战和全球化的新统治；人格上又缺乏应有的道德能力来约束自身的欲望和调节个人与社会的关系。所谓人在天地之气中，要紧的就是有天高的才华与地厚的道德，天才地德不足，面对社会的大趋势要么就随波逐流丧失个性，要么就妄自尊大被焦虑、烦躁和愚蠢拖着奔向泥淖。有些个人悲剧，看上去是全球化造成的"因"，其实追究到底还是"文革"时代的愚昧和野蛮统治结下的"果"。不幸，淳于正是被迫驱入了后一条道，他与无意识下走前一条道路的桤明，正好形成对当代全球化趋势中中国知识分子的两种悲剧性下场的概括。

淳于的另一个中国式的悲剧是社会不良群体的包围。张炜在这部小说里完全摆脱了过去以"家族"分类的二元对立的人物谱系，他在淳于的"城堡"里安置了一群社会小人：蛐蛐、谷仓、教授……这是中国知识分子在社会上遭遇的"被包围"的典型环境。对照托马斯·曼笔下的那个音乐家，他是把自己的活动严格限定在书斋里，完全与社会孤立起来，卢卡契评论说，这是因为"这位新浮士德所接触的知识界正迈着一种反动透顶的假绅士派荒唐可笑的死人舞蹈的舞步，匆匆迎向法西斯主义的野蛮行径"，所以这位音乐家"怕见世界"，而把恶魔性看作为内心世界的一种原始情感和驱动力[12]。而在中国，像淳于那样的知识分子失望于知识界与庙堂以后，仍然是有一个文化上的退路，那就是民间的社会。所谓"隐身江湖"历来是知识分子精英的最后退路，所以中国知识分子对恶魔性的想象往往反映在对外部世界的争斗之上（所谓"替天行道"就是这种思想，侠文化也是一种中国式的恶魔性）。但是在现代社会中，民间不能不是庙堂和时代大潮的投影，它自身的道德规范已经在历来的社会大变动中被摧毁无遗，反过来民间的藏污纳垢特征又会滋生出一批社会渣滓——鲁迅谓之"包围者"，这些不良群体是民间藏污纳垢中最不具有创造意义的生命体，不会产生出积极的意义，他们是靠寄生于一些权势力量兴风作浪来制造自身生存的空间。他们所依附的权势力量，也即鲁迅所说的"猛人"（包括名人、能人和阔人三种）。鲁迅一针见血地指出：谁一旦成为"猛人"，"则不问其'猛'之大小，我觉得他的身边便总有几个包围的人们，围得水泄不透。那结果，在内，是使该猛人逐渐变成昏庸，有近乎傀儡的趋势。在外，是使别人所看见的并非该猛人的本相，而是经过了包围者的曲折而显现的幻形"[13]。张炜第一次在文学作品中如此真切地创造了这么一种民间社会的猛人与包围者的关系。在对待雪聪及其他人的关系中，淳于被人所包围的结果，是增加了他的恶魔性的丑陋与狰狞。

既然恶魔性穿行在物欲时代是那么的丑陋和狰狞，那么它给人性建设中带来了什么？张炜又是如何来处理这一现象？在西方文学里，恶魔性被理解为一种与神性相反意义的精神现象，以原型的欲望为基础，从道德上说总是含有堕落的一面。托马斯·曼笔下的音乐家第一次遭遇魔鬼就是在妓院里，魔鬼化作妓女，在音乐家身上播下了梅毒。这是恶魔性因素最物质也是最动物性的本质。尼采曾经把恶魔性看作是人性下坠的标记，他在《查拉斯图拉如是说》第三部《幻象与谜》里，通过查拉斯图拉之口讲了一个故事：他在向上走，魔鬼却化作侏儒压在他身上拼命地把他往下拖，于是出现下面的句子：

向上去：——反抗着拖它向下，向深谷的精神，这严重的精神，我的魔鬼和致命的仇敌。

向上去：——虽然严重的精神半侏儒半鼹鼠似的瘫坐在我身上，使我也四肢无力；同时他把铅滴倾入我的耳里，铅滴的思想倾入我脑里。

"啊，查拉斯图拉，"他一字一咬地讥刺地说，"你智慧之石啊！你把自己向空高掷，——但是一切被抛的石块，必得落下！"(14)

有的研究者认为，恶魔变幻的侏儒形象正是潜藏在查拉斯图拉——尼采身上的平庸形象的象征，而平庸是尼采在自己身上看到的最令人心悸最令人厌恶的东西。尼采已经发现了人性的阴影和里层，他已经正确地看到它是每个人身上不可避免地要存在的一面。但是这种事实正是尼采难以接受的，所以他让查拉斯图拉最后战胜了内心的平庸，他说："站住吧，侏儒！我！或是你！但是，我是我俩中的强者：你不知道我最深的思想，你不能藏孕它！"(15)他确实想以自己思想的深刻性和精神的高贵性来与内心世界里趋向平庸的恶魔性划清界限。如果我们认真读张炜的欲望三部曲，也会发现，只有第二部《外省书》所描写的性的原欲与中国知识分子追求的人性解放有着自觉的联系，而第一部《蘑菇七种》里的权力欲望和第三部《能不忆蜀葵》里的物质欲望都是与知识分子的良知背道而驰的，这里就显示了作家的批判色彩和神性与恶魔性的冲突。张炜在淳于的艺术形象里熔铸了他关于知识分子人文精神面临时代挑战的严肃思考，原先习惯于以"上升"和"下沉"构成两个对立家族的思维模式被转换为同一体中恶魔性的思考，即在淳于身上同时具有上升与下沉的两种因素。

仿佛是一部精神性的抒情长诗，主人公淳于的灵魂在巨大的内在分裂中忍受煎熬，作家好几次把他安排在昏迷或者半昏迷的状态，无论是爱还是痛，都是以一种类似梦境的形态呈现出来，也表现出小说本身具有的高度抽象性的艺术特点。

三、张炜小说里恶魔性因素的整体性局限

我在前面论述张炜小说里的恶魔性因素是有意回避了对一个元素的分析，即作为原欲的对立者的形象，在《外省书》里是史珂，在《能不忆蜀葵》里就是桤明。这是最引起争议的形象。我读过一篇批评文章，直言不讳地指出这部小说的失败主要就在于桤明的故事和淳于的故事缺乏整体结构的关照，"桤明只是个木偶、傀儡，他被作家拿来作对比和陪衬，对淳于的故事，桤明只是起被动的说明作用"[16]。如果就结构而论，这位批评家所说的并不错，问题是在他的批评前提已经假设了桤明的故事与淳于的故事在小说里具有同样的重要性，所以必然要构成某种对称性，但如果小说的原有结构就不是以两人的对称为结构呢？正如史珂与师麟也不是一种对称结构，这两部小说在结构上都设计了一个特殊的叙述者，即一个人与一个欲望的世界。那个叙述人基本上是一个有点老派的人文主义者，对欲望世界持保守的批判的看法，整个欲望世界是在他们的冷眼观察、思索、反诘中逐渐展开的，当然他们也不仅仅是冷静的观察者，他们同样也是物欲时代中的人，也能参与到种种潮流中，甚至还是得益者，因此他们在小说里所起的支点作用，本不在他们自己

的故事,而在他们的思考、辩论与诘难——这种结构与托马斯·曼的《浮士德博士》的叙述方式也有某种相似性。如果是这样的话,那么,师麟的故事与史铭父子的故事构成某种并置关系而展开,淳于的故事是与他的包围者,以及几个女性的关系独立展开的,他们的故事与他们的叙述者自身的故事没有、也不需要构成对应的或者对称的结构。但这并不是说,叙述者自身的故事不重要,但比起叙述者承担的叙述任务来,故事显然只是为了进一步说明叙述者的思想观点而已。比如我们在史珂身上看到的是一个性无能者的痛苦和无奈,以此来反衬欲望世界里蓬勃的性欲在一个健全的人性(师麟)中是如何势不可挡。但是问题也随之深入地提出:张炜即使把叙述者作为某种观念的代表,那么,他是否把他们的观念表达得很好了呢?在这点上我同意那位批评家的意见,这两部小说的最大问题是没有把他们所面对的欲望世界的恶魔性因素给以充分地表达出来,描绘出来,并能给以及时到位的批判。

由于这两位叙述者在小说里并不是第一人称的叙述者,所以他们介乎于叙述者与具体角色之间,所以他们对欲望世界的态度、观点和立场,不完全是通过他们的声音来表现的,还通过他们的形象来间接地表现。他们的许多行为本来就是为了说明他们的某种思想和观念,因此,他们的形象是否饱满在这个意义上变得至关重要。应该说,张炜在这两个叙述者的形象塑造上是充满了前所未有的矛盾,这种自相矛盾来源于张炜本人的主观世界对生活激变的认识还停留在传统人文主义的态度,但是出于一个作家对生活的敏感,他已经感受到生活激变中出现的新的人性因素 —— 恶魔性因素的威慑性,接连几部作品他不断关注到这些恶魔性的因素，并切实塑造出在当代文学创作中几乎是全新的人物形象，但对于如何阐述这些他新发现的人物形象，他的叙述话语却不得不哑然失效了。所以我们不能不看到，《外省书》里的叙述者史珂整个形象是干瘪无力的，他曾经引用一位西方诗人的诗："为那无望的热爱宽恕我吧，／我虽已过四十九岁，／却无儿无女，两手空空，仅有书一本。"可是他恰恰缺少的是那无望而真挚的热爱，他也不了解那"仅有书一本"正是诗人用全部生命的能量吟唱出来的书，离开了对全部生活的热爱，对变动中的生活处处感到陌生也不去了解，那么，盲目的逃避、拒绝和否定决不是致对方于死命的有效斗争，也不是富有战斗力的批判。所以我们读到史珂的那些笔记里的议论、那些与他哥哥的辩论，都不能不感受一种陈腐的味道。而桤明呢？他虽然顺应社会潮流而成为一个成功人士，但是他在应对生活中的阴暗力量挑衅时完全丧失了积极的斗争性，甚至于对生命中的至爱也变得冷漠无奈，失去了任何可能的生命勃动。只要对照淳于对雪聪的狂热痛苦的爱与桤明对小天使的虚假鬼祟的爱，两人品格之高下已经有了分野，桤明的恋爱故事虽然也有催人泪下的细节，但终究是一个社会名流的风流史，离开原欲的爱已经很遥远了。应该说，把史珂和桤明塑造成干瘪无力的形象本不是张炜的本意，塑造这类的人物原来是张炜所擅长的，如《古船》里的隋抱朴，为什么会在这两部小说里给人产生相反的印象呢？我想这不是张炜的无力，而是他所依据的对世界批判的武器的无力，也是人文主义者在中国的尴尬。正如一次大战以后的德国人文主义所遭遇的挑战：一方面是传统人文主义在战争中暴露出严重的软弱涣散，另一方面反传统人文主义的形形色色现代主义又迅速地向法西斯化滑行，伟大的民主作家托马斯·曼正是针对德国文化的两难处境创造了《浮士德博士》，把德国文化中的恶魔性传统发挥到时代的思想高峰。而中国从"文革"到全球化的大趋势的历史性变化中，恶魔性因素从权力欲到人性解放中的性欲和物欲，始终没有停止过促使其发展的外部环境。当九十年代恶魔性因素借着人性解放和经济解放的潮流以不可遏制的势头在社会思潮中迅速膨胀时，知识分子传统的人文主义、启蒙主义等精英思想武器显然不是最有效的抗拒力量和批判力量。既然知识分子所面对的恶魔性是来自人性深处的根本之欲，那就不能简单地否定它，而是要把它融入人性中去，发挥它的积极的创造性的一面。就在我刚才所例举的尼采关于恶魔下坠性的议论以后，就有研究者指出：如果尼采对恶魔性不是如此清晰地划清界限，不是"我！或是你！"这样泾渭分明地相对立，而是强调"你和我本是同一个自我"，那就会显得更加明智和更加有勇气。事实上，人是无法将自己内心世界里的恶魔性完全剔除掉的，正确的态度应该像歌德笔下的浮士德那样充满面对的勇气，把魔鬼作为自己的仆人和部属；恶魔"如果同我们自己结合起来，就可能成为一种富有成果的积极力量一样……歌德完全知道传统的恶魔象征内蕴着的模棱两可的力量。尼采的非道德主义，虽然表述得激烈得多，却不过是在精心阐发歌德的论点：人必须把他的恶魔与自己融为一体，或者如他所说，人必须变得更善些和更恶些；树要长得更高，它的根就必须向下扎得更深"。[17] 我认为这才是真正直面人生的战士的态度。事实上，史珂与桤明都不具备这样的浮士德的精神，所以他们不能一往无前地向积极、完善的人性推进。

然而，我们在阎连科和张炜的近期创作中不约而同地读到了类似的艺术形象，他们以极为复杂的人性内涵以及突出的欲望内涵，给当代文学创作注入了新的时代诠释，给艺术形象理论提供了可供解读的文本。尽管我觉得对这些艺术形象的解读，包括作家本人的诠释都是不成功的，但究其原因却在于理论上的滞后性已经束缚了人们对这些创新作品的艺术内涵的进一步理解，当艺术创造需要面对新的生活现象，理论也同样需要研究新的人性因素和文学因素，以此来解释生活中出现的新现象。面对恶魔性其实就是面对人性自身在当今社会的种种考验与应对，因此研究恶魔性因素不仅对艺术创作而言，也是对社会发展中某种人格重铸都会带来积极的意义。

注 释

(1)（11）见杨宏芹《试论"恶魔性"与莱维屈恩的音乐创作》，《当代作家评论》2002 年第 4 期。论文对恶魔性的定义为："它是指一种宣泄人类原始生命蛮力的现象，以创造性的因素与毁灭性的因素同时俱在的狂暴形态出现，为正常理性所不能控制。随着人类文明的进步与理性的增长，它往往被压抑，转化为无意识形态。在人的理性比较薄弱的领域，如天才的艺术创作过程，某种体育竞技比赛活动，各种犯罪欲望或者性欲冲动时等等，它都可能出现。它也会外化为客观的社会运动，在各种战争或者反社会体制、反社会秩序以及革命中，有时也会表现出来。还要补充说明的是，在其创造性与毁灭性俱在的运动过程中，毁灭性的因素是主导的因素，是破坏中隐含着新生命的可能，而不是创造中的必要破坏。但如果只有破坏而没有创造，单纯的否定因素，也不属于恶魔性。"

(2) 见陈思和《关于 20 世纪中外文学关系研究中的世界性因素》，《中国比较文学》2000 年第 1 期。

(3) 见陈思和《试论阎连科的〈坚硬如水〉中的恶魔性因素》，《当代作家评论》2002 年第 4 期。

(4) 关于恶魔这个词，英语可以拼作 demonic，其含义有两种：一种是指恶魔的、魔鬼似的、邪恶的、残忍的；第二种是指力量和智慧超人的，像一种内在的力量、精神或本性那样激烈的、有强大和不可抗拒的效果和作用，非凡的天才等。结合本文使用"恶魔性因素"的意义，我比较倾向于认为恶魔性因素其实是深深隐藏在人自身的内在性里，面对恶魔性也具有了真正面对自己的勇气，看到了人性中所含有的恶魔性的因素。

(5)(6) 罗洛·梅《爱与意志》，冯川译，国际文化出版公司 1987 年版，第 185、126、127 页。

(7) 见张炜《外省书》。

(8) 马尔库塞《爱欲与文明》，黄勇、薛民译，上海译文出版社，1987 年版，第 18 页。引文中个别词略有改动——引者。

(9) 弗洛伊德《文明及其不满》，本文转引自马尔库塞的《爱欲与文明》，第 26 页。

(10) 马克思：《资本论》第 1 卷，《马克思恩格斯全集》第 23 卷，人民出版社，1972 年版，第 651 页。

(12) 卢卡契《现代艺术的悲剧》，《卢卡契文学论文选》第 1 卷，范大灿译，人民文学出版社 1986 年版，第 556 页。

(13) 鲁迅《扣丝杂感》，《鲁迅全集》第 3 卷，人民文学出版社，1982 年版，第 486 页。

(14)(15) 尼采《查拉斯图拉如是说》，伊溟译，文化艺术出版社，1987 年版，第 186、187 页。查拉斯图拉，一般译作查拉图斯特拉。

(16) 吴俊《另一种浮躁——从〈能不忆蜀葵〉略谈张炜的小说写作》，《文汇报》2002 年 3 月 22 日。

(17) 巴雷特《非理性的人——存在主义哲学研究》，段德智译，上海译文出版社 1992 年版，第 204—205、201 页。

图书在版编目（CIP）数据

秋天的愤怒／张炜著．—济南：山东教育出版社，
2016
　（张炜文存）
　ISBN 978-7-5328-9249-5

　Ⅰ.①秋…　Ⅱ.①张…　Ⅲ.①中篇小说 - 小说集 - 中
国 - 当代　Ⅳ.①I247.5

中国版本图书馆 CIP 数据核字（2015）第 312857 号

总 策 划：刘东杰
出版统筹：祝　丽
特邀编辑：马　兵
责任编辑：赵燕瑚　顾思嘉
装帧设计：王承利　宋晓军
手稿摄影：曹清雅

张炜文存
秋天的愤怒

张炜著

主　管：山东出版传媒股份有限公司
出版者：山东教育出版社
　（济南市纬一路 321 号　邮编：250001）
电　话：（0531）82092664　传真：（0531）82092625
网　址：sjs.com.cn
发行者：山东教育出版社
印　刷：济南精致印务有限公司
版　次：2016 年 3 月第 1 版　2016 年 3 月第 1 次印刷
规　格：720mm×1092mm　16 开本
印　张：41.25 印张
字　数：476 千字
书　号：ISBN 978-7-5328-9249-5
定　价：82.00 元

（如印装质量有问题，请与印刷厂联系调换）印厂电话：0531—88783898